KB062390

나유타 I

나유타 I

2015년 11월 16일 초판 1쇄 인쇄
2015년 11월 19일 초판 1쇄 발행

지은이 홍유라
발행인 이종주

기획 편집 배찬우
경영 지원 배진경 김슬기
마케팅 김정수 차보현 신은경

발행처 (주)로크미디어
출판 등록 2003년 3월 24일
주소 서울시 용산구 원효로97길 46 5층
Tel (02)3273-5135 **Fax** (02)3273-5134
홈페이지 rokmedia.com rokbooks.blog.me
E-mail queens@rokmedia.com

값 12,500원

ISBN 979-11-255-9994-4 (1권)
ISBN 979-11-255-9993-7 04810 (세트)

홍유라 장편소설
나유타 I
ROK MEDIA

《I》

《Ⅱ》

3부

終

外傳

나유타, 숨겨진 이야기들

겨울의 시작

미유라는 줄곧 달리고 있었다.

어둠이 출렁인다. 시각이 아닌 촉각을 타고 한차례의 파도가 온몸을 훑고 지나간 듯했다. 그림자조차 비치지 않는 완벽한 어둠은 공허한 동시에 또 실체 없는 물질로 가득 차 있는 듯한 기괴한 분위기를 풍긴다. 눈을 뜨고 있음에도 감고 있는 것과 다름없다. 시각에 혼동이 온다. 텅 비어 있는 공간을 더듬어 발길을 들여 놓는 매 순간마다 심연 같은 허공으로 떨어져 내릴 것만 같은 공포가 밀려든다.

발걸음에 섞인 머뭇거림이 잦아진다. 그러다 문득 걸음이 멎었다. 마치 무언가에 막히기라도 한 양 그저 덜컥, 아무런 예고도 없이. 미유라는 두 손으로 얼굴을 감쌌다. 시리게 얼어 있는 손끝의 체온에 소름이 끼친다. 마지막으로 돌아보았던 황궁의 하늘이 불길에 시뻘겋게 젖어 있어 두려웠다. 자욱하게 깔린 뿌연 연기와 매캐한 냄새, 낯선 소음과 비명들 속에서 아시하는, 그녀의 동생은 미유라를 이 한없는 어둠 속에 밀어 넣으며 말했다.

—언니, 도망가. 절대로 잡혀서는 안 돼. 이곳은 내가 어떻게든 알아서 할 테니까 어서 가!

미유라는 망연하게 앞을 응시했다. 그 최후의 순간까지도 아시하는 침착했다. 미유라의 앞에서 그녀는 조금의 망설임도 없이 비밀 통로의 문을 닫아 버렸다. 문이 닫히는 순간 희부옇게나마 새어 들어오던 빛이 완전히 차단되면서 미유라는 미궁 속 괴물의 배 속에 홀로 남겨졌다. 거대한 아가리를 벌린 채 웅크리고 있던 이 어둠의 배 속에.

생각해 보면 크게 다르지도 않다. 이 길은 잊힌 유적이다. 시간을 잃어버린 미로였다. 어둠이 무한한 시간을 먹고 괴물로 화했다 해도 이상하지 않다. 소설 속에나 나올 법한 이야기지만 미유라는 지금 자신이 처한 상황도 소설을 넘어 꿈처럼 느껴졌다. 그것도 단순한 의미의 꿈이 아니라 흡사 악몽이었다.

산소가 희박해 숨이 막혔다. 아마 바닥없는 공포감이 숨통을 틀어막고 있기 때문일 터였다. 모든 것이 다 끔찍했다. 시야를 삼켜버린 이 괴물도, 어디로 이어지고 있는지 혹은 이어진 곳이 있기는 한 것인지 알 수 없는 이 길도, 어디까지 버텨 줄지 알 수 없는 체력도, 그리고 미유라를 혼자 대피시키고 더 이상 든든한 울타리가 아니라 적진이 되어 버린 황궁에 홀로 남은 아시하의 안위도.

아시하, 너라면 이런 어둠이 무서워서 엉엉 울거나 덜덜 떨거나

하지는 않겠지.

사실 정말로 두려워해야 할 사람은 아시하였다. 지금쯤 적들에게 둘러싸여 있을 동생의 심정이 어떨지 미유라는 짐작조차 가지 않았다.

—같이 가.

그 아이를 혼자 남겨 두고 싶지 않았다. 하지만 아시하는 미유라가 뻗은 손을 잡는 대신 미유라의 등을 떠밀었다.

—안 돼. 누군가 한 사람은 남아서 시간을 벌어야 해. 둘 다 없어지면 의심을 살 거야. 둘 다 위험해지느니 한 사람이라도 안전하게 도망치는 게 나아.

그렇지만 이제야 후회가 된다. 아시하가 아무리 단호하게 등을 떠밀었어도 그 애의 곁에 남을 걸 그랬다. 혼자 남았다는 사실이 믿기지가 않는다. 부피감 무겁게 고인 적막이 외로웠다. 모든 것을 다 잃어버렸다는 지독한 상실감은 마치 몸 한구석을 생으로 도려낸 것만 같았다.

어둠 속, 보이지 않는 외길 위에서 미유라는 떨었다. 한 발짝만 더 내디디면 낭떠러지 아래로 굴러떨어질 것만 같았다. 발아래 뻔히 뻗어 있는 길을 두고도 길을 잃은 것만 같다. 누군가 쫓아올까 봐 두려운 마음이 절반, 차라리 누군가 쫓아와서 자신을 익숙한 황궁으로 잡아갔으면 하는 마음이 절반이었다. 마지막으로 존재할 장소를 선택한다면 그래도 사랑하는 가족들이 있는 황궁이기를 바랐다.

울음을 참으려 기를 쓰고 물고 있던 어금니가 시리다. 손바닥에 갇힌 얼굴이 축축하게 젖어 갔다. 자신은 미아였다. 모든 것을 다 잃고 끝없이 미궁 속을 헤매는 미아.

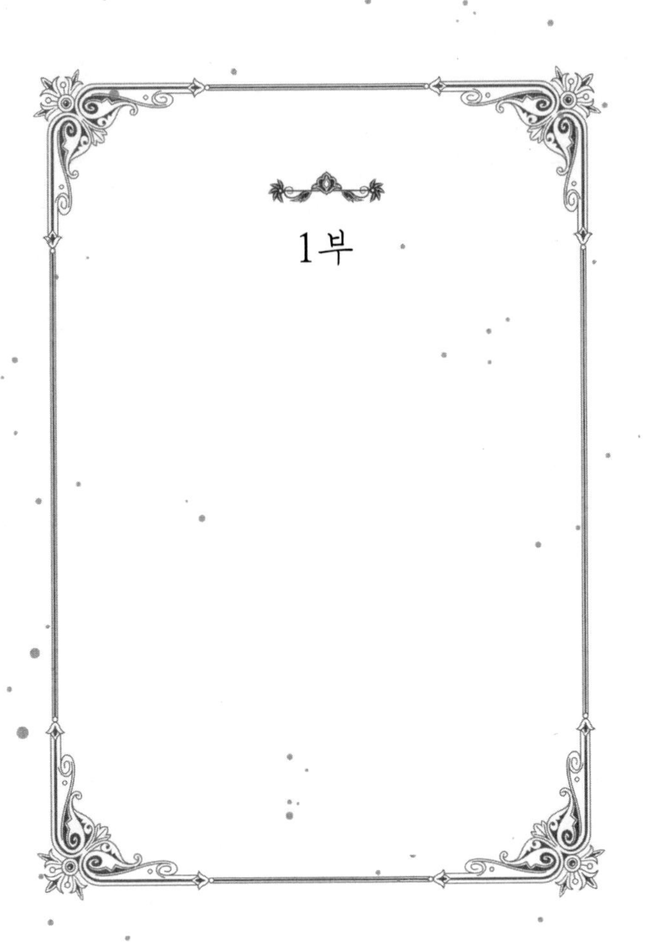

1부

미궁

하늘은 핏빛이었다.

탐욕스럽게 날름거리며 타오르는 불의 혀가 하늘을 불길하게 적셨다. 남궁으로 거침없이 밀고 들어온 일단의 침입자들이 가지런히 정렬되어 있는 방문을 차례차례 부숴 열자 어둠에 잠겨 있던 거대한 옷장이며 구두 진열대 따위가 어슴푸레 모습을 드러냈다. 하지만 사람의 그림자는 보이지 않았다. 눈치 빠른 궁인들은 이미 남궁을 비우고 도망친 지 오래였다. 물론 그들 중 태반은 남궁을 탈출하기도 전에 이승을 탈출했지만 말이다.

기괴할 정도의 고요 속에 가라앉아 있던 남궁은 곧 낯설고 거친 소음들로 분주해졌다. 방 서른 칸을 채우고 있던 색색의 드레스들이 옷장째로 허물어졌다. 구두, 가방을 비롯해 목걸이와 반지 등의 장신구들도 서랍 속에서 우르르 쏟아져 내렸다. 그중 일부는 썰물이 채 빠져나가기도 전 다시 밀려오는 파도와도 같은 군인들의 발아래에서 형체를 잃고 부서졌지만 대개는 군인들의 옷소매나 주머니 같은 곳으로 쑤셔 넣어졌다. 남황녀 아시하의 수집벽에 대한 소문이 군인들 사이에서도 자자했던 탓이다.

그러나 금붙이나 보석처럼 누구나 다 알아보는 귀중품들이 아닌, 일부 사람들의 취향을 공유하는 미술품이나 악기들은 대우가 달랐다. 벽 전체를 덮은 태피스트리와 카펫, 유화 액자들은 그 뒤편이 귀중품의 은닉처가 아닌가 의심한 군인들의 손에 찢겨 나갔다. 밀쳐진 석고 조각상이 기우뚱거리다 쓰러져 쓸모없는 파편들로만 남겨지기도 했다.

이렇게 남궁 외곽에서 일부 군인들의 약탈이 자행되는 한편, 남궁의 가장 깊은 곳에서는 자신들의 임무를 잊지 않은 소정의 군인들이 굳게 닫혀 있는 방문 앞으로 속속 모여들었다. 눈짓을 주고받은 군인 하나가 칼을 꺼내 손잡이를 내리쳤다. 까앙! 금속성의 비명이 울리며 걸려 있던 자물쇠 조각들이 후드득 떨어졌다.

문이 열렸다.

그곳은 남황녀의 침실이었다.

짙은 재스민 향기가 훅 풍겨 왔다. 날 선 바람이 몰고 온 피비린내에 익숙해져 있던 군인들에게 그 쌉쌀하면서도 무거운 향은 보이지 않는 선을 긋는 듯했다.

남황녀는 화장대 거울 앞에 턱을 괸 채 앉아 있었다. 표정이 사라진 얼굴이었다. 마치 문밖의 소란은 자신과 아무런 상관이 없다는 듯이. 그녀는 위험한 인기척에도 고개를 돌리지 않았다. 그 묘한 분위기가 군인들의 진입을 가로막았다. 군인들은 차마 발을 들여놓지 못하고 방벽처럼 사위를 둘러쳤다. 그러나 위태롭게 이어지던 긴장감은 곧 그들을 헤치며 들어온 한 남자의 묵직한 발걸음에 균형을 잃고 부서졌다.

그는 정면에 배치된 남황녀의 초상화와 일부러 시선을 맞부딪치며 들어섰다. 초상화 속 남황녀의 눈동자에는 유독 여러 겹의 물감이 덧입혀져, 어디에서 보더라도 눈빛이 도드라지도록 연출되어 있었다. 황녀의 눈빛에 반한 화가가 일부러 저 눈을 또렷하게 표현하기 위해 그 외의 다른 부분을 흐릿하게 처리했다지. 저 기법에 화가의 이름이 붙었든가 남황녀의 이름이 붙었든가 했다는 것 같았지만 그는 그런 것까지는 세세히 기억하지 않았다.

남황녀의 침실은 예상했던 것보다는 단조로웠다. 침대와 화장대, 등을 올려놓은 작은 탁자와 벽에 걸려 있는 초상화 한 점, 동백나무 분재 하나가 가구의 전부였다. 다만 침대와 벽의 색을 강렬하고 무겁게 사용해 화려함을 잃지 않은 게 역시 그녀다웠다.

"황녀 전하."

비웃음이 선명하게 걸린 남자의 목소리에도 아시하는 미동조차 없었다. 저 오만하고 시건방진 여자 같으니. 남자는 사심을 담아 다시 한 번 한껏 비꼬았다.

"저런, 옷을 고르고 계셨습니까? 아니면 화장을 하고 계셨습니까? 몸단장이 안 끝나 미처 도망을 가지 못하신 게로군요. 하기야 그 드레스와 보석, 신발들 다 챙겨 가시려면 오늘 안으로는 힘들겠다 싶었습니다만."

그제야 남황녀가 서서히 고개를 돌렸다. 고양이처럼 긴 눈매와 서늘하면서도 당당한 눈빛이 익히 들어 온 소문대로였다.

아시하는 천천히 몸을 일으켰다. 고집스럽게 세운 등과 곧은 어깨 때문에 그녀는 실제 자신의 키보다 더 크게 보였다. 초점이 또렷한 눈동자와 이국적일 만큼 높은 코끝, 단호하게 다문 입술의 형태가 두드러지게 선명했다. 아시하가 천천히 걸음을 옮길 때마다 몸에 휘감긴 짙은 보랏빛 드레스가 불빛을 무겁게 머금었다.

그다음 벌어진 일은 아무도 예상하지 못한 것이었다. 목표를 향해 분명한 발걸음으로 또박또박 걸어온 남황녀가 불현듯 남자의 따귀를 갈겼다.

"못 배워 먹어서 황녀에 대한 예의를 모르는 모양이지?"

그녀는 다시 한 번 남자의 얼굴을 후려쳤다.

"첫째, 내 허락 없이 내 방에 감히 그 지저분한 발을 들여놓지 말 것."

말이 끝나기가 무섭게 또 아시하가 손을 휘둘렀다. 쫙, 매서운 소리가 울릴 때마다 군인들이 움찔 어깨를 떨었다. 마치 자신들이 얻어맞기라도 한 것처럼.

"둘째, 내 앞에서는 늘 무릎을 꿇을 것."

쫙! 황녀가 다시금 뺨을 올려붙였다.

"셋째, 내 허락 없이 입을 열지 말 것. 넷째……."

아시하가 손을 재차 치켜든 순간 남자가 아시하의 손목을 비틀어 잡았다. 몇 차례나 후려 맞은 그의 얼굴이 벌써부터 시뻘겋게 부어 있었다. 앙칼진 성미만큼이나 매운 손맛 탓이었다.

"그토록 상황 파악이 안 되나, 남황녀?"

남자가 윽박지르자 남황녀가 눈빛을 냉랭하게 돋웠다. 아시하는 주저하지 않고 남자의 정강이를 걷어찼다.

"당장 무릎을 꿇고 나유타의 황녀에게 걸맞은 예의를 갖춰라!"

"이년이 아직까지도 자기가 나유타 황녀인 줄 알아!"

비틀어 쥔 손에 힘을 가하며 남자가 버럭 소리를 질렀다. 꺾인 손목에서 뚝 부러지는 소리가 나는데도 아시하는 비명 한 번 지르지 않았다. 차라리 마지막으로 남은 황녀가 미유라였으면 편했을 것을. 남자는 짜증이 치밀었다. 심약한 채황녀 미유라였다면 별문제 없이 양위를 선언하게 만들 수 있었을 터였다.

남자가 검을 뽑아 들었다. 핏기 서린 희푸른 칼날을 목에 들이밀자 아시하가 눈썹을 치켜 올렸다.

"네 처지를 좀 알려 줄까? 고해라. 황제가 어찌 되었지?"

"목이 잘렸습니다."

"황후는?"

"저희들이 들이닥치자마자 도망치다가 길이 막히니 창문으로 뛰어내려 자진했습니다."

"채황녀는?"

"불에 탄 시신을 확인했습니다."

"그럼 이다음에 너는 어찌 될까?"

남자가 빈정거렸다. 아시하는 싸늘하게 맞받아쳤다.

"쿠데타를 일으킨 주모자의 몸을 소에 매달아 여섯 등분하고 이 일에 참여한 모든 관련자들을 색출하여 그들의 일가친척까지 처형해 죄를 물을 것이다."

"자고로 미친년에게는 매가 약이라 했지. 아니 이 경우엔 개죽음이 약인가?"

남자가 칼을 크게 휘둘렀다. 누군가 숨을 크게 들이켜는 소리가 났다. 그러나 황제와 황후마저 죽인 지금 그가 손 속에 자비를 둘 리가 없었다. 목덜미가 서늘하다. 아시하는 잇새로 입안을 눌러 물었다. 바람 소리가 크게 일면서 화끈한 열기가 쇄골을 쓸어오는 순간 마음을 굳게 먹고 있었음에도 숨이 멎었다. 현기증이 일었다.

챙! 날카로운 소리와 함께 목을 휘감아 오던 생경한 감각이 불현듯 저 멀리로 후드득 달아났다. 마치 시간의 단면을 통째로 베어 낸 것처럼 모든 것이 정지했다. 그런 기분이었다. 감각을 회복하기까지는 어느 정도의 시간이 필요했다.

호흡을 잊고 있던 아시하가 간신히 목구멍 끝에 달랑거리며 매달려 있던 짧은 숨을 내뱉었다. 기묘한 시간 차를 두고 발밑에서 무언가 쩌억 깨지는 소리가 났다.

아시하는 천천히 눈을 감았다 떴다. 손바닥으로 쇄골 부근을 훑자 핏방울이 길게 묻어났다. 손끝이 닿은 순간부터 의식하지 못하고 있었던 통증이 뜨끔하니 일었다. 발아래 구르고 있는 자신의 깨진 인장을 스치듯 본 아시하가 다른 이들의 시선을 따라 고개를 돌렸다. 어디선가 날아온 단검이 장검을 쳐 내고 벽에 박혀 있었다. 얼마나 힘을 실어 던진 것인지 아직까지도 손잡이 끝이 파르르 떨리는 채로.

숨결이 가파르게 좁아진다. 아시하는 주춤주춤 물러서며 길을 터 주는 군인들 사이로 유유하게 걸어오는 낯선 남자를 발견했다. 남색 제복을 입은 키 큰 남자였다. 머리 위로 비뚜름하게 얹은 모자하며 하나로 질끈 묶은 긴 머리 때문인지, 언뜻 보기에 남자는 군인처럼 보이지 않았다. 하지만 입고 있는 옷은 분명 장교 정복이었다.

"형님, 혼자 남은 마지막 황녀야. 살려 두면 효용 가치가 많겠지. 이만하면 충분하잖아?"

"이안."

아시하를 겁박하던 남자가 미간을 일그러뜨렸다.

이안이라고 불린 남자가 벽에 박힌 단검을 여유롭게 회수했다. 그다음으로는 바닥을 구르고 있던 형의 장검을 주워 아시하의 새

하얀 이불보에 쓱쓱 문질렀다. 고개를 바싹 젖힌 채 자신의 일거수일투족을 날카롭게 지켜보던 남황녀의 손목을 형의 손아귀에서 자유롭게 풀어 준 후 이안은 검을 그의 허리춤에 꽂아 주었다.

남자가 빠드득 이를 갈며 내뱉었다.

"황녀의 신병을 구속한다."

"자, 황녀 전하. 가시지요."

아무리 기가 센 황녀라고 해도 남자인 이안이 미는 힘에는 당해 낼 재간이 없었다. 아시하는 입술을 꽉 눌러 물고 이안이 형이라고 부른 남자의 뒤를 따라 나갔다. 뒷덜미로 시선이 따갑게 꽂힌다. 짙은 모멸감이 밀려왔다. 아시하는 일부러 더 턱을 치켜들었다.

가득 고인 피 냄새가 짙다. 절로 숨이 막혀 온다. 그저 문 하나를 넘어서는 것만으로도 그곳은 전혀 다른 세계였다. 아시하는 몇 걸음 떼지 못하고 자리에 멈춰 섰다. 군인이 휘두른 칼을 맞은 궁녀 하나가 바닥으로 푹 고꾸라졌다. 눈이 마주쳤다. 아직 앳된 소녀였다.

"뭐야?"

남황녀를 끌고 나오던 남자가 턱짓으로 소녀를 가리켰다. 군인이 대답했다.

"옷장 드레스 속에 숨어 있었습니다. 남황녀의 침실을 청소하는 궁녀라고 합니다."

천장까지 닿는 옷장과 화려하고 풍성한 남황녀의 드레스 속이라면 저런 조그맣고 어린 소녀 하나쯤이야 충분히 몸을 감출 수 있을 법도 했다.

"운도 없군. 나가는 문은 반대편인데 왜 안으로 뛰어들어 와?

멍청하긴.”

그 말에 군인이 흘끔 아시하의 얼굴을 쳐다보았다. 그 시선을 따라 아시하를 돌아본 남자가 픽 비웃었다.

“과분한 충성심이로군. 정작 남황녀는 누군지 전혀 알아보지도 못하는 얼굴인데 말이지. 쓸데없는 희생을 했어.”

남자가 손을 대충 휘저었다. 죽은 소녀가 발목을 잡힌 채로 질질 끌려 복도에서 치워졌다. 소녀의 깨진 머리에서 길게 흘러나온 핏물이 아시하의 발치를 적셔 왔다. 아시하는 입가를 단속한 채 남궁의 참담한 복도를 도도하게 걸어 나갔다.

남황녀의 등 바로 뒤에서 이안은 그녀가 뒤로 늘어뜨린 오른쪽 손목을 보았다. 부러졌는지 퉁퉁 부어 있는데도 황녀는 아픈 내색 한 번을 비추지 않았다. 이안의 시선이 좀 더 아래로 떨어졌다. 긴 복도를 걸어가는 아시하의 드레스 밑단이 풀잎과 흙물에 젖어 있었다. 줄곧 침실에 있었던 남황녀의 옷자락에 흙물이라. 이안의 눈매가 가늘어졌다.

아시하는 곧장 지하 감옥으로 끌려갔다.

황궁 내 지하 감옥은 황제가 기거하는 곳에 죄인을 함께 둘 수 없다는 이유로 폐쇄한 지 백 년이 넘어 폐허나 다름없는 곳이었다. 지상에서 지하로 뚫린 가파른 내리막길의 양옆으로 감방들이 촘촘히 붙어 있었다. 오래 사용하지 않아 문틀까지 비틀어진 깊은 감방 한 곳에 다다라 남자가 아시하를 팽개쳤다. 그 힘을 버티지 못하고 아시하가 바닥으로 휘청거리며 쓰러지자 남자가 아시하의 머리채를 잡아챘다. 두피가 팽팽하게 당겨지는 바람에 저절로 턱이 딸려 올라간다. 아시하가 지지 않고 눈을 치떴다.

"네년이 언제까지 그런 눈빛을 할 수 있을까?"

남자는 아시하처럼 고상하게 뺨을 겨냥해 치지 않았다. 작달막한 아시하의 얼굴을 전부 다 감쌀 수 있을 만큼 커다란 손으로 아시하의 옆머리를 갈겼다.

순간적으로 눈앞이 멀고 골이 띵하게 울렸다. 남자가 연거푸 서너 번 더 후려쳤다. 뒷머리와 귓전을 가리지 않고 날아드는 손날에 눈을 뜰 수조차 없었다. 무심코 혀를 깨물었는지 진한 피 맛이 입안에 가득했다. 평범한 남자의 힘이 아니다. 수없이 칼을 잡아 굳은살이 층층이 박인, 그 자체로 무쇠와도 같은 손이었다.

정신을 차릴 수가 없다. 매질이 끝나 간신히 눈을 떴을 때, 아시하는 곰팡내와 냉기가 빽빽하게 올라오는 차디찬 돌바닥에 한쪽 얼굴을 맞대고 쓰러져 있었다. 그 과정이 못내 기억나지 않았다. 겨우 목을 가누자 헝클어진 긴 머리 타래가 후드득 쏟아지며 시야를 가렸다. 남자가 아시하의 머리카락을 거칠게 걷어 냈다. 귓가가 윙윙 울며 남자의 목소리가 가까워졌다가 멀어지기를 반복했다.

"기분이 어떠신가?"

어조에 담긴 빈정거림이 뚜렷하다. 아시하는 놀라울 만큼 정연한 어조로 대꾸했다.

"기억해 둬야 할 거야. 황족은 반드시 그 곱절로 갚는다."

"과연 그거 기대되는군."

아시하의 얼굴을 확 끌어당긴 남자가 음산하게 경고했다.

"하지만 어쩌나. 그 전에 네 목 간수부터 잘해야 할 텐데."

비린 쇠 맛이 자꾸 맴돌아 역하다. 바닥에서 올라오는 축축하고 쏘는 냄새가 역하다. 머리카락을 뭉쳐 쥐고 있는 남자의 손이 역하다. 살기 어린 남자의 시선이 역하다. 뱀처럼 꿈틀거리는 남자의 목소리가 역하다. 모든 게 다 비리고 역해 연신 헛구역질이 올라왔다.

"아까보다 훨씬 보기 좋은 꼴이 됐군."

아시하는 다시 바닥으로 밀쳐졌다. 머리를 쿵 찧는 순간 온몸의 힘이 전부 빠져나갔다.

"가둬 놔."

남자의 목소리가 아득하다. 타닥타닥 발걸음 소리가 멀어진다. 발소리는 불티가 튀는 소리를 연상시켰다. 그래서인지 시야에 선명하게 맺혀 있던 잔상이 어른어른 기억을 타고 떠올랐다. 핏빛 어린 하늘, 그 잊을 수 없을 강렬함.

"장군님, 문틀이 어긋나서 잠글 수가 없습니다."

"그럼 도망 못 가게 다리라도 자르든지."

"예?"

사방이 어수선하다. 아시하는 귀를 닫았다. 절망할 것도 없었다. 어차피 죽게 될 거라고 짐작했다. 미유라를 혼자 비밀 통로로 도망치게 한 이후부터 아시하에게는 의심할 여지 하나 없는 결말만이 남아 있었으니까.

어차피 모두들 그렇게 죽지 않았던가. 황제와 황후도 죽음을 피하지 못했다. 군인들이 침실로 들이닥친 순간 아시하는 직감했다. 저들이 황궁을 점거하기 위해 가장 먼저 제거해야 할 대상은 황제와 황후다. 그다음이 차기 황제인 미유라였고 둘째인 자신은 가장 마지막이었다. 그러니 군인들이 자신을 찾아냈을 땐 그 위에 존재하는 모든 중요한 인물들을 처리했다는 뜻이었다.

다만.

언니. 그 겁에 질린 처연한 얼굴이 눈에 밟힌다.

심약한 언니가 비밀 통로를 무사히 빠져나가기는 했을지, 또 그 비밀 통로가 제대로 된 통로가 맞기는 한지 아무것도 확신할 수가 없다. 미유라는 좋게 말하자면 얌전한 성격이었고 솔직하게 평하자면 기가 약했다. 그런 언니가 암흑에 갇혀 오도 가도 못하고 떨기만 하는 모습을 상상하는 건 어렵지 않았다. 혼자 보내지 않았더라면 좋았을 것을. 하지만 그때 미유라의 곁에는 아무도 없었다.

아시하는 눈을 느리게 깜빡였다. 초점이 명확히 잡히지 않았다. 머리가 뜨겁고 지끈거린다. 이미 한계를 지나치게 넘어간 탓인가, 시야가 이지러지고 거칠게 뛰는 맥박에 속이 울렁거렸다.

바로 어제까지만 해도 일상은 지극히 평온했다. 평생을 황궁에서 나고 자라 온 아시하는 20년 넘게 늘 반복해 왔던 자신의 일상이 죽을 때까지 한결같으리라는 사실을 의심해 본 적이 없었다. 황궁은 자신의 전부였다. 황녀라는 신분도 자신의 일상이었다. 모든 사람들이 몸을 낮춰 오고 그녀의 심기를 거스르지 않기 위해 애를 썼다. 열일곱 살 때도, 열다섯 살 때도, 열 살 때도, 여덟 살 때도, 다섯 살이나 세 살 때도 그건 마찬가지였다. 너무나도 당연한 날들이었다. 그리고 앞으로도 계속 그래야만 했다. 하지만 지금 날 때부터 자연스러웠던 그녀의 일상이 갑자기 무너졌다.

아시하는 허공을 노려보았다. 속을 태우던 열기가 머리로 올라갔는지 머리가 지끈거린다. 가슴과 머리는 이토록 뜨거운데 등은 또 춥다. 마치 심한 감기를 앓기 직전인 것처럼. 이것이 감기라면 아마 가장 독하고 길고 아프고 힘든 감기가 되겠지.

추위를 이기기 위해 몸을 웅송그려 안고 아시하는 의식을 찾기 위해 노력했지만 결국 그만 정신을 놓아 버렸다.

"언니."

아시하는 미유라를 불렀다. 그녀의 언니는 움직임이 적고 조용하며 늘 차분하다. 마치 그림으로 그려 놓은 것처럼. 미유라의 갈색 머리카락은 빛을 받을 때마다 황금색으로 표면이 반짝반짝 빛난다. 새까만 아시하의 머리카락과는 대조적이다.

미유라는 태생적으로 색이 엷었다. 아시하가 피나는 노력 끝에 곱고 하얀 피부를 쟁취한 반면 미유라는 딱히 관리하지 않아도 창백하리만큼 흰 피부와 연갈색 눈동자를 타고났다. 아시하가 독한 식단 관리를 하며 몸매를 유지하는 반면 미유라는 원래 식탐이 없었고 딱 부족하지 않을 만큼만 먹고는 욕심 없이 식사를 물려 살이 찌지 않았다. 아시하가 전속 디자이너까지 두며 체형과 생김새에 맞는 화려한 의상을 제작해 입는 반면 미유라는 움직이기 편하고 장식이 없는 옷을 선호했다. 그럼에도 불구하고 미유라는 나유타 최고의 아름다움이라 손꼽혔다.

"무슨 일이야?"

"언니, 잠깐 나 좀 봐."

묘한 기색으로 궁녀들을 물린 아시하가 미유라를 남궁으로 이끌었다. 본디 남궁의 명칭은 따로 있었으나 두 황녀의 별칭에 따라 미유라의 궁은 채궁, 아시하의 궁은 남궁이라 칭해졌다.

남궁에 들어서자 두 황녀를 알아본 궁녀들이 주르르 물러서며 고개를 깊게 숙여 왔다. 그녀들을 본체만체 지나치며 아시하가 미유라를 데려간 곳은 아시하의 침실이었다. 철마다 매번 손을 보는 아시하의 침실에는 그새 못 보던 그림이 두 점 더 걸렸고 침대가 새로운 디자인으로 바뀌었으며 꽤 오래도록 한쪽 모퉁이를 차지하고 있던 장식장이 사라졌다.

"왜 그래?"

숨 돌릴 틈도 없이 아시하를 쫓아 들어온 미유라가 의아한 얼굴로 방을 빙 둘러보았다. 가구가 좀 바뀌기는 했지만 익히 보아 온 동생의 침실이다. 문득 미유라는 대외적으로도 유명한 아시하의 수집벽을 떠올렸다. 호들갑을 떨며 데려올 정도라면 아마도 뭔가 대단한 물건이라도 수집한 거겠지. 막연하게 상상하며 두리번거리던 미유라에게 아시하가 낮은 목소리로 물었다.

"언니, 혹시 비밀 통로라고 알아?"

"비밀 통로?"

고개를 갸웃 기울인 미유라가 기억을 더듬었다.

"소설책에 자주 나오잖아. 외적의 침입에 대비하기 위해 건물을 지을 때 외부로 통하는 길을 미리 뚫어 놓는다고. 그게 왜?"

"그렇지? 나도 소설 속에서나 나올 법한 이야긴 줄 알았더니."

아시하는 팔을 길게 뻗어 단단하게 선 벽을 짚었다. 손가락 끝이 일정한 리듬을 담아 벽을 통통 튀어 지나갔다.

꽤 오래 유지하고 있던 침실이 지겨워 구조적인 변화를 꾀하려고 방을 며칠에 걸쳐 세심하게 살펴봤었다. 이번에는 가구를 바꾸는 정도가 아니라 아예 공간 자체를 새롭게 바꿔 보려는 계획이었다. 귀한 물건들을 모으며 안목을 높여 오다 보니 자연히 미감도 뛰어났다. 아시하에게는 2년 전 양화에 휴양궁을 지을 때 그 궁의 설계 일부에 참여한 이력이 있을 정도였다.

"가구를 다 들어내고 봤더니 장식장을 세워 뒀던 벽에 가느다란 틈이 있더라."

벽을 쓸며 천천히 걸어간 아시하가 기둥 사이에 멈춰 섰다. 미유라는 아시하가 서 있는 부근을 시선의 끝으로 훑었지만 별다른 균열을 찾지 못했다. 아시하는 벽을 탁탁 두드렸다. 조금씩 위치를 바꿔 두드릴수록 툭툭툭 이어지던 둔탁한 소리에 서서히 공명음이 섞이기 시작했다.

"저번 유적 탐사에 따라갔다가 완평에서 비밀 통로를 뚫어 놓은 유적을 봤어. 거의 비슷한 원리로 작동이 돼. 딱 정확한 지점에 힘을 가해야 문이 열려. 아마 아무나 찾아내면 안 되니까 그런가 봐."

두꺼운 벽 너머의 공명음을 주의 깊게 듣고 있던 아시하가 한 지점에 이르러 벽을 밀어냈다. 한동안 꿈쩍도 하지 않던 벽은 아시하가 힘껏 체중을 싣자 어른 하나가 몸을 숙여 빠져나갈 수 있을 만한 크기의 공동으로 변했다.

미유라의 눈이 휘둥그레졌다.

"입구는 많이 좁지만 조금 더 들어가면 서서 걸을 수 있을 정도로 길이 넓어져. 컴컴하고 축축하고 머리 아픈 냄새가 나서 금방 나와 버리기는 했지만. 이거 어디로 이어져 있을까?"

"그, 글쎄……."

미유라는 주춤주춤 물러섰다. 익숙하던 공간의 비일상적인 낯섦이 두려운 얼굴이었다. 입구에 바짝 다가선 아시하가 내부를 두리번거리며 살폈다. 겁 없는 여동생의 등을 잠시 바라보던 미유라도 결국 용기를 내어 어깨 너머로 고개를 내밀었다.

빛이 길게 닿지 않는다. 한 톨의 밝음도 허용할 수 없다는 듯 빛을 무한히 빨아 마시는 통로였다.

“우리 들어가 보자.”

아시하의 제안에 미유라가 곧바로 몸서리를 쳤다.

“난 싫어.”

“왜?”

“무섭잖아.”

“같이 있는데 뭐가 무서워?”

“어둠이 나도 같이 삼켜 버릴 것 같아서.”

미유라가 고개를 절레절레 흔들었다. 흐음. 잠시 생각하던 아시하는 통로 내부로 상체를 들이밀었다. 순식간에 등허리까지가 어둠에 거멓게 잠겼다. 소스라치게 놀란 미유라가 아시하의 팔꿈치를 붙잡았다.

“아무것도 없어, 언니. 아무도 안 잡아먹어.”

겁에 질린 미유라를 돌아본 아시하가 어깨를 으쓱이고는 몸을 뺐다. 벽을 밀자 둥그런 입구가 초승달 형태로 점차 이지러지더니 가느다란 틈조차 보이지 않을 정도로 꽉 맞물려 닫혔다. 아시하는 잠시간 숨겨진 균열을 손가락으로 쓸었다. 미유라의 긴 한숨 소리가 귓전에 망울망울 맺혔다.

“언니는 진짜 겁이 많아.”

한숨을 듣고 장난스레 타박하자 언니는 조용히 쓰게 웃었다.

그 이후 아시하는 미유라에게 비밀 통로의 이야기를 꺼내지 않았다. 그곳은 미유라에게 있어 호기심을 자아내는 공간이 아니었다. 그러나 아시하에게는 달랐다. 아무도 찾지 못한 잊힌 통로. 어떤 비밀을 숨기고 있을지 모르는 신비한 통로. 상상력을 무한히 자극하는 그 나이 먹은 비밀은 오직 자신과 미유라 단둘만이 공유하고 있는 두근거림이었다. 떠올리면 적당히 설레고 궁금한 오래

된 유적, 그런 것이었다.

그러나 설마 저 잊힌 길을 실제로 쓰게 될 날이 오리라고는 상상해 본 적이 없었다.

돌이켜 보면 그날은 뭔가 조금 이상했다. 숨을 쉴 때마다 속이 거북했다. 공기가 평소와 달랐다. 바뀌어 가는 계절이 몰고 온 새로운 바람이 아닐까, 그렇게 스스로를 진정시켰지만 그럼에도 불구하고 아시하는 잘 벼려진 칼날 같은 날 선 예기를 느꼈다. 그것은 길을 걸어가다가 흠칫, 괜히 등 뒤를 한 번 돌아보았을 때 텅 비어 있는 뒤쪽을 보며 어쩐지 미심쩍은 기분을 느끼게 되는 종류의 것이었다.

기이하게 춥다. 올해는 겨울이 조금 더 이르려나 봐.

아시하는 궁녀를 시켜 두꺼운 숄을 가져오게 했다. 실제로 황궁이 위치한 수도 나해는 나유타의 북부에 위치해 있어 다른 지역보다 겨울이 일찍 찾아오는 편이기도 했다. 어쩌면 그간 중서부, 남부의 유적 탐사를 다니느라 더위에 익숙해졌는지도 모른다. 게다가 대학에 입학한 이후로는 나해에 머무른 기간이 얼마 되지 않기도 했고.

추위인지 긴장인지 모를 한나절이 구불구불 지나갔다. 의외로 생각보다 훨씬 더 평온한 하루였다. 그러다 보니 어떤 냄새나 소리를 자꾸 접하면 자신도 모르는 사이에 익숙해지는 것처럼 그 낯선 분위기에도 점차 무뎌져, 저녁 무렵에는 평소와 다름없는 하루라는 인상만 남았다.

아시하에게는 종종 미유라의 궁에 남들 모르게 놀러 가는 취미가 있었다. 바람이 거칠게 불 때나 눈이 내릴 때, 비가 올 때나 계절이 바뀔 때, 그런 날들을 골라 창가에서 이불 하나를 같이 뒤집어쓴 채 바깥을 구경하거나 소리를 들으면 기분이 좋았다. 늦은 밤 차를 한 잔씩 나눠 마시면서 톡톡 떨어지는 빗소리를 들으며 별것 아닌 이야기를 미유라와 함께 소곤거렸다.

그날 미유라와 함께 있었던 것은 천운이라는 말로밖에 설명할 수 없을 것이다.

불현듯 본궁 방향에서 들려온 비명이 귓가를 찢었다. 이어 쇳소리가 카랑카랑 울었다. 본능에 가까운 직감이었다. 아시하는 미유라의 손을 붙들고 채궁의 침실을 뛰쳐나왔다. 혹시나 하며 창문 너머로 바깥을 살펴보니 이미 매운 연기가 스멀스멀 번져 오는 중이었다. 무슨 영문인지 파악을 미처 하지 못한 미유라가 희푸르게 질린 낯빛으로 아시하에게 이끌려 걸음을 재게 놀렸다.

상황을 알아보러 나갔는지 채궁에는 궁인이 거의 없었다.

"누구, 여기 아무도 없어?"

아시하가 목소리를 높였다. 황녀의 방 근처에는 언제나 황녀를 보좌하는 궁녀들이 24시간 대기하게 마련이다. 그런 사람들이 하나도 보이지 않는다니. 이상한 일이었다. 직무 태만으로 큰 벌을 받을 수 있는 문제임에도 불구하고 황녀의 곁을 비웠다. 예감이 좋지 않았다.

다시 한 번 아시하가 사람을 부르려던 차에 미유라를 오래 따랐던 궁녀 하나가 두 황녀를 알아보고 다급하게 달려왔다.

"무슨 일이지?"

선불리 대답을 하지 못하는 궁녀에게 아시하가 재우쳐 물었다.

"불이라도 난 거야?"

"모, 모르겠습니다. 상황이 좀 이상한 것 같아요. 혹시 모르니 두 분 다 안에 계셔야 합니다. 황녀 전하, 바깥은 위험합니다."
"병장기 소리가 들린 것 같은데."
아시하가 날카롭게 되물었다. 두 황녀는 잠시 숨을 죽였다. 채앵, 챙, 어지러운 소리가 연달아 울려왔다. 분명 칼이 부딪치는 소리였다. 근위대의 검술 훈련을 참관할 때마다 익히 들어 왔던 그 소리를 이 중요한 순간 잘못 판단할 리가 없다. 반신반의할 이유가 없었다. 미유라의 손을 움켜쥔 아시하가 기민하게 채궁의 복도를 내달렸다. 미유라의 궁녀 역시 덩달아 황녀의 뒤를 좇아왔다.
소리가 그리 멀지 않았다.
"본궁 쪽에서 들렸어."
떨리는 음성으로 미유라가 속삭였다. 아시하도 고개를 끄덕였다. 본궁은 황제와 황후의 침실이 있는 곳이다. 황궁 안에서 가장 안전해야 할 장소였다. 아시하가 빠르게 말했다.
"만약 본궁 쪽에서 변고가 생겼고 황실 근위대가 제 역할을 하고 있다면 1차 저지선은 본궁과 채궁 사이에 펼쳐졌겠지. 그렇다면 비교적 저지선에서 먼 남궁이 좀 더 안전해."
단지 저지선에서 멀리 떨어지기 위해서라면 다른 별궁들이 좀 더 적합했지만 이 순간 아시하가 떠올린 것은 남궁 침실에 있는 비밀 통로였다. 그 통로의 존재는 자신과 미유라밖에 모르는 것이다.
"부모님은? 부모님은…… 아시하?"
맞잡고 있는 미유라의 손이 걷잡을 수 없이 떨리고 있었다. 아시하는 어금니를 악물었다. 그걸 알고 싶은 건 아시하도 마찬가지였다. 그럼에도 본능이 끊임없이 위험을 경고해 와, 아시하는 차마 본궁 쪽으로는 고개도 돌리지 못했다.

채궁을 벗어나기 직전 아시하는 미유라의 목에 걸린 인장을 풀어 궁녀에게 건네며 단호하게 덧붙였다.

"만약의 경우 어떻게 해야 하는지 알고 있으리라 생각한다."

대대로 모든 황족은 신분을 증명하기 위한 수단으로 문양을 음각한 인장을 만들어 늘 지니고 다녔다. 특히 황녀들의 경우에는 소지하기 쉽게 목걸이로 제작해 거는 경우가 일반적이었다. 석상 같은 얼굴로 궁녀가 인장을 받아 들었다. 무게가 얼마 나가지도 않는 그 인장이 마치 묵직한 쇳덩어리라도 되는 것처럼, 궁녀는 인장을 감아쥔 손을 주체하지 못할 만큼 떨어 댔다.

얼마 안 있어 본궁으로부터 흘러온 불길이 엄청난 기세로 채궁의 일부를 잠식하기 시작했다. 이제 더 이상 뒤를 돌아봐서는 안 되었다.

남궁은 다른 궁에 비해 위치가 다소 외진 편이었다. 꾸미는 것을 좋아했던 아시하가 궁 주변도 제 취향에 맞춰 바꾸기 위해 일부러 외진 곳을 달라 졸라 댄 덕분이었다. 역시 바깥을 살피러 나갔는지 남궁에도 인적이 거의 없었다. 차라리 이게 나았다. 상황을 재빨리 파악하지 못할 바에야 다른 사람들의 눈에도 띄지 않는 편이 좋았다.

"무슨 일일까, 아시하?"

"나도 몰라."

대답과는 달리 아시하는 조금도 걸음을 늦추지 않고 남궁의 빈 복도를 질러갔다.

남궁의 가장 깊은 침실로 들어서자마자 아시하는 문을 걸어 잠갔다. 벽을 두드려 보지 않아도 문이 열리는 위치는 기억하고 있었다. 아시하의 속도에 맞춰 오느라 넘어갈 듯 숨을 몰아쉬던 미유라는 곧 제 동생이 막힘없는 태도로 비밀 통로를 밀어 열자 더욱 불안해졌다.

"그건 왜?"

"혹시 모르는 거잖아. 만약 아무 일 아닌 거면 내가 곧바로 언니를 데리러 들어갈게."

"궁에서 도망쳐야 하는 일인 거야? 네가 생각하기에 그러니?"

아시하는 입술을 눌러 물었다. 형언할 수 없는 불길한 느낌 때문에 목이 바짝바짝 타들었다. 대답에 망설임은 없었다.

"그래."

"그럼 같이 가."

결과를 장담할 수 없는 선택의 갈림길에서 갈등하지 않았다면 그것이야말로 거짓말일 것이다. 선택의 결말에 따라 무엇을 각오해야 하는지 알 수 없는 지금, 아시하는 미유라의 곁에 있고 싶었다. 만약 이 통로가 막혀 있다면? 바깥의 일이 사실 아무것도 아닌 소란이라면? 가슴을 죄어 오는 이 불안감이 실체 없는 거짓이라면?

그렇다면?

불현듯 쥐 떼 같은 소란함이 남궁을 덮어 왔다. 웅성거림 같기도 했고 쇳소리 같기도 했고 비명처럼 들리기도 했으나 거리가 상당해 분간은 쉽지 않았다. 어쩌면 그 모든 게 다 엉킨 소리인지도 몰랐다. 이토록 낯설 수가. 정체가 무엇이건 간에 찬물을 뒤집어쓴 듯 뒤가 오싹했다. 저 거대한 쥐들은 어떤 목적을 가지고 누구의 무엇을 쏠아 대려는 것인가. 본궁과 채궁의 그 소요가 남궁까지 덮쳐 온다는 것은 이미 한 차례 이상 저지선이 무너졌다는 의미이기도 했다. 주저할 시간이 없었다.

“언니, 도망가. 절대로 잡혀서는 안 돼. 이곳은 내가 어떻게든 알아서 할 테니까 어서 가!”

아시하는 극도의 공포로 질려 있는 미유라의 등을 떠밀었다. 문을 닫기 직전 미유라가 다급히 손을 뻗어 문틈을 잡았다.

“같이 가자. 널 두고 나 혼자 어떻게 가! 응?”

“안 돼. 누군가 한 사람은 남아서 시간을 벌어야 해. 둘 다 없어지면 의심을 살 거야. 둘 다 위험해지느니 한 사람이라도 안전하게 도망치는 게 나아. 그리고 우리 둘 중 살아남아야 할 사람은…….”

잠시 말문이 막혔다. 순간의 판단이 어쩌면 생과 사를 가름 지을지도 모른다. 여태껏 대면해 본 적 없던 그 막연한 두려움이 삽시간에 실체를 지닌 괴물이 되었다.

더 중요한 사람이 살아남아야 한다. 아시하는 자신과 언니 사이에 놓여 있던 신분의 차이를 다시금 절감했다. 채황녀 미유라, 남황녀 아시하. 언젠가 황위를 계승할 미유라와 언제까지나 황녀로만 남을 아시하. 그 이름이 같지 않기에 늘 요구되는 무게가 달랐다. 이제 그 다른 무게를 등에 지고 살아왔던 정당한 대가를 치러야 할 순간이다.

우리 둘 중 살아남아야 할 사람은.

“……언니야. 언니는 황제가 돼야 해.”

내가 아니다. 언니다.

“잊지 마. 언니는 차기 황제야.”

어둠에 잠겨 있던 미유라의 하얀 얼굴이 얼어붙었다. 아시하는 문틈을 꽉 쥐고 있는 미유라의 손을 떨쳐 내고 단호하게 문을 닫아 버렸다.

머리가 깨져 나갈 것만 같다. 펑 하고 터져 나갈 것만 같았다. 누가 자꾸만 관자놀이를 꽉꽉 찍어 댔다. 춥다. 뜨겁다. 물에 가라앉은 것처럼 숨이 턱턱 막힌다. 흡사 가위에 눌리는 것처럼 몸이 움직이지 않는다. 물이 소용돌이처럼 발치를 휘감고 자꾸만 더 깊은 곳으로 끌어가는 느낌이었다. 이대로 익사해서 죽을지도 몰라. 아시하는 기를 쓰고 손가락을 움직였다. 가위에 눌린다는 건 정말 귀신이 누르는 걸까. 아시하는 귀신을 안 믿었고 미유라는 믿었다. 어렸을 적 몸이 약해 종종 아팠던 미유라는 가위에 잘 눌렸고 귀신을 본 적도 있다고 했다. 무서워. 미유라는 속삭였었다.

–겨우겨우 눈만 떴는데 어떤 여자가 머리맡에 앉아서 나를 딱 내려다보고 있는 거야. 눈이 마주치는 순간 몸은 움직이지 않는데 눈도 감기지가 않아서…….

–거짓말.

–진짜야.

–난 한 번도 안 겪어 봤는데.

아시하는 번쩍 정신을 차렸다. 꿈이다. 무서운 꿈을 꾸었다. 있을 수 없는 꿈을 꾸었다. 그래, 말도 안 되는 일이지. 맥박이 달음박질쳤다. 안도를 위해 아시하는 일부러 얼마간 더 눈을 뜨지 않았다. 어둠에 갇혀 가슴을 다독였다. 하지만 눈을 뜨는 순간 아시하는 숨이 멎는다는 그 느낌을, 심장이 차디차게 내려앉아 얼어붙는 그 느낌을 소름 끼치게 깨달았다.

누군가 아시하의 머리맡에서 그녀를 내려다보고 있었다. 조금 세게 내쉰 숨결이 피부에 닿아 온다 착각할 만큼 가까운 거리였다.

"놀라라. 원래 그렇게 예고도 없이 눈을 번쩍번쩍 뜨십니까?"

놀랐다고 말하면서 전혀 놀라지 않은 기색이다. 이게 어찌 된 일인지 혼동이 왔다. 아시하는 애써 기억을 더듬었다. 꿈이라고 생각했는데 꿈이 아니었던가. 어디까지가 실제고 어디까지가 허상인지 분간이 되지 않는다.

"누……."

입을 열자마자 우웅 이명이 울었다. 낯설었다. 한차례의 두통을 밀어 보낸 후 무심코 몸을 일으키려 했을 때 오른팔에서 두통과는 비교도 되지 않는 끔찍한 통증이 일었다. 너무 아파 비명조차 나오지 않았다. 아시하는 간신히 이를 악물며 통증을 견뎌 냈다. 생생한 고통이 혼몽하던 머릿속에 일격을 가했다. 이안. 아시하는 남자의 이름을 기억해 냈다.

왼팔에 의지해 몸을 일으키던 아시하가 휘청거리자 이안이 재빠르게 그녀의 등 뒤로 팔을 받쳐 부축했다. 예의 바른 체온이 등을 대각으로 가로질러 허리까지 닿았다. 조금만 몸이 움직여도 멀미가 나 울렁였다. 이안의 지지에 기대어 간신히 벽에 주저앉은 아시하가 이내 이안을 사납게 떠밀어 냈다.

"어디다 손을 대, 치워!"

치미는 구역질을 내리누르느라 잠시 숨을 멈췄던 아시하가 간신히 목소리를 끌어냈다. 터진 입안이 쓰라렸지만 아시하는 내색하지 않았다. 그보다 발음하기가 불편해 어눌해진 목소리가 더 신경 쓰였다.
이안이 태연하게 입을 열었다.
"오른쪽 손목뼈가 부러지고 목 근처에는 반 뼘의 자상, 깊은 상처는 아니나 흉터는 남을 수도 있겠습니다. 충격에 따른 일시적 실신, 감기로 인한 발열, 오한, 몸살, 근육통이 있을 겁니다. 머리에 별다른 외상은 남지 않겠지만 당분간 두통과 어지럼증을 비롯해 약간의 기억 손상이 있을지도 모르겠습니다. 뭐, 지금 보아하니 별로 걱정할 것은 없겠군요. 그 외의 다른 증상이 있습니까?"
"뭐?"
"우선 손목에 부목을 대야겠군요. 상처부터 보지요, 아시하."
지금 나를 뭐라고?
한기 서린 얼굴로 아시하가 이안을 노려보자 이안이 말을 이었다.
"먼저 전해 드릴 소식이 있었군요. 조금 전 전前 황족들의 위位가 일체 몰수되었습니다."
아시하가 눈을 치켜떴다. 자신은 태어나기를 황녀로 태어났다. 그러니 죽을 때까지 황녀여야 했다. 돼지에게 이제부터 너는 돼지가 아니라 소다, 라고 한들 돼지가 소가 되지는 않는다.
"누가 감히 누구에게? 무슨 권리로?"
바들바들 치를 떠는 아시하를 향해 이안이 무릎걸음으로 바투 다가앉았다. 그제야 아시하는 그가 뭘 하고 있었는지 알았다. 사방에 흩어져 있는 물그릇, 약, 지지대, 붕대. 어쩐지 입안에서 쓴맛이 도는 듯도 하다. 기가 막혀 우습지도 않다.
"뼈가 어긋나면 꽤 고생스러울 겁니다."
아시하는 대답 대신 그를 쏘아보았다.

"아시하."

그녀를 그저 아시하라고 부를 수 있는 자격을 가진 사람은 세상에 오직 세 명뿐이다. 아버지, 어머니, 언니. 그들을 제외한 누구도 아시하를 함부로 부르지 못했다. 황족에 대한 무례는 용서받을 수 없는 대죄였다. 그랬었다.

이렇게 무력해 본 적이 있었던가. 새삼 망연해진다. 하늘이 땅이 되고 땅이 하늘이 된다고 해도 이렇게까지 충격적이지는 않으리라. 손목, 몰수, 쇄골, 황족위, 흉터. 남자가 늘어놓은 많은 이야기들이 두서없이 맴돌았다. 귓전에서 심장이 펄떡거린다. 모든 것이 다 뒤죽박죽으로 뭉그러져 혼란스러웠다.

"거참. 굳이 힘으로 해결을 봐야 한다니 참으로 번거로운 분이시군요."

아시하가 잠시 주변을 살피지 못한 사이, 성큼 다가온 이안이 아시하의 목 뒤와 무릎 아래로 팔을 단단히 받쳐 넣었다. 뒤이어 몸이 가볍게 번쩍 들렸다. 아시하는 자신도 모르게 소리를 질렀다.

"놔!"

"그러다 평생 오른손 못 써도 상관없습니까?"

물론 오른손잡이인 아시하에게 오른손은 소중하다. 하지만 자존심만큼 소중하지는 않았다. 발버둥을 치며 아시하는 그나마 다치지 않은 왼손으로 남자의 가슴께를 쥐어뜯었다. 손바닥이 뜨끔하더니 작고 딱딱한 물건이 뜯겨 나왔다.

아시하는 무심코 손에 쥔 물건을 보았다. 황실의 문장이 새겨진 오각형의 물체. 그건 황실에서 직접 내린 훈장이었다. 아시하는 새삼 남자가 입고 있는 남색 제복을 상기했다. 군인들은 소속과 직위에 따라 다 다른 제복을 입는다. 황녀로서 가장 흔하게 볼 수 있는 제복은 황궁 근위대의 흰색 제복과 금장 견장이었다. 어제 자신의 침실을 침입한 그 무도하고 잔악한 남자가 입고 있던 군복은 중앙군을 의미하는 크림슨 레드. 그리고 이 남자가 입은 것은 남색 제복이다.

남색. 그런 색이 있었던가. 눈에 설다. 어디 소속이지?

두통 때문에 머리가 명민하게 돌아가지 않는다. 손가락이 파르르 떨린다. 속이 들끓어 숨을 들이마시기 버거웠다. 훈장을 다시 한 번 눌러 쥔 아시하가 억지로 숨을 크게 삼켰다. 꽉 막혀 있던 가슴에서 둔통이 올라왔다. 동시에 아시하는 훈장을 집어 던졌다. 벽에 부딪치는 쨍그랑 소리가 얼얼했다.

황금색이 얼핏 스치더니 구석 어디론가 핑그르르 굴러갔다. 소리가 난 쪽으로 일별조차 하지 않는 이안을 보며 아시하는 이를 갈았다. 조심스럽게 바닥으로 내려놓는 손길조차 치가 떨렸다. 손을 놓으면 도망칠 거라고 판단했던지 그는 아시하를 제 어깨와 가슴에 감싸 안듯 기대 놓은 채 아시하의 오른팔을 잡았다.

남자의 손이 차디찼다.

"비켜!"

"소리 지르는 걸 보니 완전히 살아나셨군요. 약은 더 안 드셔도 되겠습니다."

순식간에 뼈를 맞춘 후 손목에 지지대를 대고 붕대를 두르는 솜씨가 예사롭지 않았다. 스멀스멀 체온이 달라붙는 기분이 든다. 이 느낌이 싫다. 손목을 잘라 버리고 싶다. 이까짓 게 다 뭐라고. 고작 손목을 고정시킨 것만으로도 줄어든 통증에 아시하는 배신감마저 느꼈다.

차라리 갈기갈기 박살이나 나 버리라지!

번쩍 쳐든 오른손을 바닥으로 내리치려던 아시하의 시도가 아슬아슬하게 허공에서 붙들렸다.

"황녀 전하."

그의 목소리가 나직했다. 몸을 숙여 아시하의 귓가에 바짝 다가온 그가 속삭였다.

"미유라 황녀를 어디로 빼돌렸습니까?"

순간 목이 졸려 오고 눈앞이 아득해졌다. 온몸을 비틀어 남아 있는 기력을 전부 짜내기라도 했는지 힘이 들어가지 않았다. 그가 쥐고 있던 아시하의 오른손을 바닥에 천천히 내려놓았다. 동시에 아시하가 비틀거리는 와중에도 몇 걸음 물러앉으며 얼마간의 거리를 확보했다.

이안은 아시하를 직시했다. 황실에서 나고 자란 황녀라 타고난 몸가짐이 있어 어떻게든 등을 곧게 세워 앉으려 애를 쓰는 모습이었으나 앉아 있으려는 것 자체가 무리라 얼굴에 이미 혈색이라곤 조금도 찾아보기 어려웠다.

"언니는 죽었다면서."

그 와중에도 그녀를 어떻게든 버텨 내게 하는 건 정신력과 자존심이었다. 이안이 긍정했다.

"그렇지요. 손에 인장을 꽉 쥔 드레스 차림의 여자를 채궁에서 발견했습니다. 얼굴이 알아볼 수 없을 정도로 타 있더군요. 아주 모범적인 시신이었지요."

이안의 어조는 덤덤하고 차분했다. 본래 타고난 성정이 그런지 아니면 군인의 신분이라 온갖 일을 겪어 어지간한 일에는 감정의 기복이 없는 건지 모르겠지만 궁에서 황족이 몰살당한 사건은 절대로 어지간한 일이 될 수가 없을뿐더러 그래서도 안 되었다. 이안의 시선을 받아치면서 아시하는 바닥을 움켜쥐었다.

드드득. 늘 모양 좋게 손질해 온 손톱이 거친 바닥을 긁으며 갈려 나갔다. 미유라의 드레스를 입고 미유라의 인장을 쥔 채 불타 죽었다는 그 여자가 누군지 알고 있다. 미유라를 오래 따랐던 그 궁녀다. 그녀가 미유라의 옷으로 갈아입고 미유라를 대신해 화염 속에서 죽음을 맞이한 것이다.

의도해서 내린 명령이었고 계산했던 결말이다. 더불어 아시하였기에 가능했던 명령이기도 했다. 그때 미유라는 어떤 판단도 내리지 못할 만큼 혼란스러운 상태였으니까.

다행이었다. 만약 아시하가 미유라를 대신해 다른 사람을 희생시키려 할 것을 알았다면 미유라는 결코 찬성하지 않았을 터였다.

미유라는 모든 사람의 생명이 동등한 가치를 지녔다고 믿는 사람이었다. 비현실적이고 유치하리만큼 순진한 이상. 미유라에게는 항상 그런 부분이 존재했다. 도대체 어디에서 그런 생각을 하게끔 한 것인지 아시하로선 도무지 이해가 되지 않는 부분이기도 했다.

모든 사람의 생명은 결코 동등하지 않다. 그럴 수 없었다. 모든 사람들은 어깨에 짊어지고 사는 삶의 무게가 다르다. 살아온 시간이 다르고 관계를 맺으며 지내는 사람들의 숫자가 다르다. 공식적인 지명도가 높은 사람이 있고 아무도 알아주지 않는 사람들도 있다. 사회적으로 파장을 일으키는 깊이와 넓이가 다 다른데 어떻게 모두를 동등하다 일컬을 수 있는가.

황궁에서 궁녀 한 사람이 죽게 되면 그것은 간혹 벌어지는 사고다. 그렇지만 차기 황위를 이어받을 황녀가 목숨을 잃으면 그것은 국가의 재난이 된다. 아시하가 자신이 남고 미유라를 탈출시켰던 이유 역시 미유라가 아시하보다 더 중요한 위치에 있기 때문이었고, 그 궁녀가 아시하의 명령에 따라 죽음을 선택한 것 역시 그 무게를 이해했기 때문이었다. 그리고 그 결과로 미유라가 아직 무사할 수 있었다. 같은 일이 또다시 벌어진다면 아시하는 앞으로도 몇 번이고 미유라를 위해 무엇이든 희생시킬 각오가 되어 있었다. 비록 그 희생의 범주에 자신이 포함된다고 할지라도.

그러니까 절대로 미유라의 생존이 들통나서는 안 된다. 저자의 말에 동요해서도 안 된다. 얼굴이 알아볼 수 없을 만큼 타 있었다는 이유로 일부러 의심하고 떠보는 수작인지도 모른다. 휘둘리지 말아야 했다.

"그 입 조심해."

아시하가 쏘아붙였다.

"네놈들은 황족에 대한 예의도, 고인에 대한 예의도 없어?"

진짜 미유라의 소사체는 아니었지만 대외적으로는 미유라로 알려져 있는 여자다. 일국의 차기 황제가 불에 타 죽은 채 발견되었는데도 어떻게 모범을 운운할 수 있는가. 황실에 대한 연민과 경의가 눈곱만치라도 남아 있었다면 절대로 가능할 리 없는 언사였다.

"언니의 시신을 발견한 것도 네놈들이고 나에게 언니의 죽음을 통보한 것도 네놈들 아니었던가? 그런데 이제 와서 내가 언니를 빼돌렸다고?"

"그렇습니까?"

되묻는 눈치가 묘했다.

"무슨 뜻이지?"

"별 뜻 없습니다만."

그 말은 도리어 별다른 뜻이 있다는 의미로 들렸다. 그는 그의 형과는 전혀 다른 부류였다. 쉽게 욱하지 않고 무슨 생각을 하고 있는 것인지 마음을 잘 내보이지 않는다. 앞서서 행동하기보다는 한 발짝 물러서서 상황을 관조하는 쪽이다. 전면에 나서지 않는다는 점에서 자기방어가 강해 보이지만 외려 아시하는 줄곧 공격받고 있다는 기분을 지울 수가 없었다. 한마디씩 주고받을 때마다 제 속을 들춰 보이는 것만 같아 말을 이어 가기가 힘들었다. 속내가 읽히고 있는 건 아닐까 불안해서 견딜 수가 없었다.

"거짓말도 아닌데 그렇게까지 날을 세울 이유가 있습니까?"

순간 명치가 확 긁히면서 비위가 뒤틀렸다.

"그럼 내 가족이 다 그렇게 됐는데 이 상황을 고분고분하게 이해해야 할까?"

본능적으로 내지르자마자 막연하게 고여 있던 공포가 새카맣게 살아났다. 살아 있는 언니를 지켜야 한다는 핑계로 외면하고 있었던 다른 가족들이 있었다. 도저히 상상할 수 없다는 이유로 회피하려 하고 있었던 일들이 있었다.

아버지, 어머니.

그 잔학하고 무도한 남자가 뭐라고 했더라……?

"내 가족들 지금 다 어디에 있지?"

분명 그 남자의 말에 따르면 아버지는 저자들에게서 도망치려고 하다가, 아니다. 도망치려고 했던 사람은 어머니라고 했었던가. 귓가가 멍멍했다.

"그러니까…… 내 가족의 시신은 지금 어디 안치되어 있지?"

이상했다. 자신의 입으로 말하고 있음에도 불구하고 아시하는 자신이 지금 무슨 말을 하고 있는 것인지 위화감을 느꼈다. 입 밖에 꺼낼 일이 없을 줄로만 알았던, 일상에서 매우 비껴 난 어울리지 않는 단어들. 죽음을 언급하고 있는 자신이 낯설기 그지없다.

아마도 머릿속에 안개가 자욱하게 끼어 있기 때문일 것이다. 줄곧 시야가 어찔하고 혼란스러워 초점을 맞추기가 쉽지 않았다. 뿌연 연기 속을 하염없이 헤매는 듯하다. 그 경황에도 또렷하게 좇아오는 남자의 시선만큼은 분명하게 느껴졌다. 기이했다.

"아마 지금쯤 미유라 채황녀의 시신은 다른 시신들과 함께 구덩이에 매몰되었을 것이고."

잠시 말을 멈춘 남자의 침묵이 하 수상하다. 짧은 적막에도 견딜 수 없을 만큼 초조해졌다. 아시하는 무릎 위에서 주먹을 그러쥐었다. 열 때문에 피부가 서로 조금 스치기만 해도 뜨거웠다.

아시하를 직시하며 이안이 말을 맺었다.

"전 황제와 황후의 시신은 그간의 죄를 물어 거리에 효수한다 하더군요."

순간 앞이 아뜩했다. 온몸의 힘이 빠져나가며 애써 꿋꿋하게 세우고 있던 등줄기 위로 오싹한 감각이 내달렸다. 세상이 휘청거리기 시작했다. 시야가 일렁인다. 토할 것 같다. 토하고 싶다. 너무나도 실감나지 않는 이야기에 이 짧은 동안에도 수천, 수만 번의 생각들이 머리를 부여잡고 아시하를 흔들어 댔다.

악을 쓰며 버티고 있던 인내가 드디어 허물어졌다. 땅이 기운다. 그것이 마지막 감각이었다. 곧바로 아시하는 암막 속으로 침잠했다.

미유라는 뒤척였다. 어째서인지 눈이 부시다. 커튼을 제대로

치지 않은 걸까. 게다가 잠결에 이불을 걷어차기라도 했는지 몸이 으슬으슬 떨리기까지 했다. '춥다'고 생각한 순간 이가 딱딱 부딪칠 만큼의 오한이 미유라를 깨웠다. 창문이 열려 있기라도 한 모양이다. 미처 걷히지 않은 잠결에도 추위를 피하려 주섬주섬 주위를 짚어 이불을 찾던 미유라는 돌바닥의 거친 감각이 손가락 끝을 찌르자 소스라쳐 눈을 떴다.

아, 맞다. 그랬지.

나는 황궁에서…… 도망 나왔지.

그 비밀 통로는 끔찍했다. 아무리 더듬어도 끝이 보이지 않는 길은 지옥이나 다름없기에 미유라는 깊이를 알 수 없는 공포 속을 헤맸다. 그냥 돌아가는 게 나을까, 아니면 아시하를 믿고 한도 끝도 없는 이곳을 떠돌아야 할까 얼마나 갈등했는지 모른다. 언제부턴가는 누가 듣건 말건 상관없이 엉엉 울면서 걸었다. 걷다가 뛰다가 힘들면 잠시 주저앉기도 했다가, 벽에 부딪쳐 길게 꼬리를 끄는 자신의 울음소리가 기괴해 떨기도 했다가 넋을 놓기도 했다. 그곳을 어떻게 빠져 나왔는지 기억이 드문드문한 것을 보면 꽤 심하게 겁에 질려 있었던 모양이다.

다행스럽게도 미유라는 미궁이라고 생각했던 통로의 출구를 마침내 발견했고 그 출구는 어딘지도 모르는 뒷골목으로 연결되어 있었다.

없다고 생각했던 길의 끝을 마주하자마자 맥이 다 빠진 미유라는 까무룩 정신을 놓았다. 놓친 의식은 순간의 잠으로 이어졌다. 꿈도 꾸지 않았다. 바로 어제까지의 나날이 덧없는 꿈조차도 되지 못한다는 듯이. 먹먹하다. 가슴이 끝없이 무너져 내린다.

미유라는 초라한 자신의 행색을 내려다보았다. 신발을 어디서 잃어버린 건지 두 발이 모두 맨발이 되었다. 드레스 또한 찢기고 오물을 뒤집어써 악취가 풍겼다. 돈도 없고 먹을 것도 없고 무엇을 해야 하는지도 모르고 무엇을 할 수 있는지도 알 수가 없다. 미유라는 황궁이 아닌 다른 곳을 혼자 나와 본 적이 없었다. 무슨 일이 벌어진 것인지, 누구에게 도움을 청해야 하는지, 도움을 청해도 되는지, 어디를 갈 수 있는지, 어디로 가면 좋은지 아무것도 판단할 수가 없었다.

—혹시 모르는 거잖아. 만약 아무 일 아닌 거면 내가 곧바로 언니를 데리러 들어갈게.

아시하는 그렇게 말하며 자신을 내보냈다. 그리고 데리러 오지 않았다. 그것만으로도 충분했다. 어떤 일이 벌어졌는지 확신할 수는 없어도 짐작할 수는 있었다. 대부분의 황궁 내부, 특히 황제와 황후가 가장 오랜 시간을 머무르는 본궁에서는 국법으로 병장기의 지참을 엄금했다. 그러나 그날 쇳소리가 들린 곳은 본궁이었다. 불길이 잠식해 오던 채궁의 하늘도 선명했다. 아시하의 남궁은 비교적 고요한 편이었지만 황궁 안 가장 중요한 두 궁에서 동시에 사달이 난 것은 있을 수도 없고 있어서도 안 될 일이다. 어디선가 황족의 암살을 모의한 것이다.

맙소사.

미유라는 무의식적으로 입을 틀어막았다. 너무 무시무시한 상상을 했다. 비명이 가느다랗게 샜다.

부모님은 어떻게 되셨을까? 아시하는? 황궁은? 채궁은? 남궁의 비밀 통로는? 아직 아무에게도 들키지 않았나? 이대로 사람들을 만나도 되나? 내 얼굴을 아는 사람이 있으면 어쩌지? 황녀라는 신분을 밝혀도 되나, 밝히면 안 되나?

그리고 난 지금 황녀가, 맞나?

삽시간에 소름이 끼쳤다. 모골이 송연했다. 누가 봐도 이건 황녀의 모습이 아니다. 게다가 어떤 자들이 황궁을 점거했다면 자신은 그들에게 있어 가장 먼저 잡아들여야 할 적이었다. 세상에서 가장 고귀했던, 가장 자랑스럽게 여겼던 어제까지의 신분이 가장 거추장스러운 걸림돌로 탈바꿈한 시점이었다.

미유라는 깨달았다. 황궁을 벗어난 자신은 더 큰 미궁 속에 들어와 있었다. 어제 울면서 도망쳤던 그 길은 외길이었지만 지금 자신의 앞에는 수 갈래로 뻗은 길이 놓여 있었다. 그리고 그 길의 끝마다 무엇이 있는지 미유라는 한 번도 겪어 본 적이 없었다.

황녀로서 존재했던 지난날, 미유라는 모든 사람들에게 보호를 받았다. 일상은 언제나 정연하게 정리되어 있었고 매일매일은 엇비슷하게 흘러갔다.

무엇을 공부해야 할 시간입니다. 어디를 가야 할 시간입니다. 누구를 만나야 할 시간입니다.

사람들의 엄격한 보호 아래 가는 곳은 전부 다 안전한 곳이었고 그들의 보호 아래 만나는 사람들은 모두 검증받은 안전한 사람들이었다. 미유라는 사람들이 거미줄처럼 뻗어 만들어 준 안전한 보호막 아래에서, 위험이 걸러진 검증된 시험지를 받아 들었고 늘 안전을 최우선으로 한 몇 개 되지 않는 답지를 선택했다. 무엇을 선택해도 문제가 되지 않는 답들이었다.

비밀 통로에 갇혀 있을 적, 미유라는 하늘을 볼 수 없었다. 사방이 벽으로 막혀 하늘이 보이지 않았다. 그러나 지금 그 암흑을 빠져나와 다시 하늘을 마주할 수 있게 된 이 밝은 순간이 미유라는 어제보다 더 무서웠다. 이렇게 버려져 본 적이 없었다. 모든 방어막이 거둬지고 황궁에서 내쫓긴 지금이 어제보다 더한 악몽이었다.

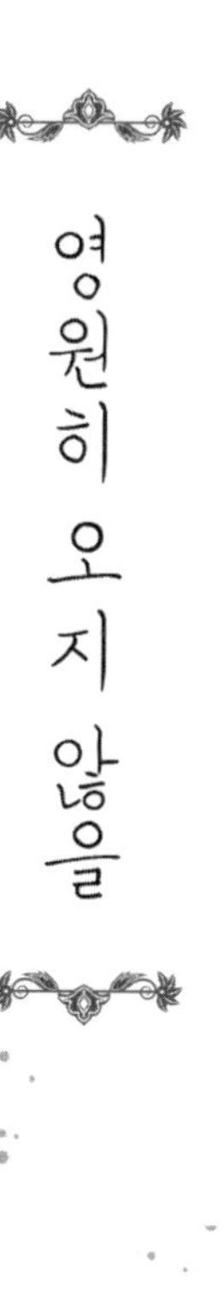
영원히 오지 않을

불에 가장 심한 피해를 입은 곳은 본궁이었고 그다음 채궁의 일부에 화재가 옮겨붙어 방 몇 개가 소실되었다. 목적이 뚜렷한 화재라 제한적인 장소에만 집중되었던 것은 다행이었으나 그 제한적인 장소들이 황궁 내 가장 중요한 궁들이었기에 복구 작업은 밤낮을 가리지 않고 진행되었다. 조를 이룬 군인들이 뼈대가 흉물스럽게 드러난 본궁에서 시커먼 재의 잔해들을 헤집었다. 활용하지 못할 자재들이 수레에 실려 궁문 바깥으로 버려졌다. 잔해들과 함께 묻어 나온 맵고 싸한 악취가 황궁 주변을 칼칼하게 에워쌌다. 더불어 황궁의 성벽마다 일정하게 걸려 있던 나유타 황실의 깃발이 사라졌다. 이는 황궁의 주인이 바뀌었다는 명백한 상징이자 선언이었다.

정리는 일사천리로 진행되었다. 죽은 사람들은 가족들에게 인계되는 일 없이 신분의 고저를 막론하고 거대한 구덩이 속에 한꺼번에 매몰되었다. 급격한 변화에 적응할 수 있는 일말의 여유 따위는 없었다. 황궁 재건은 혼돈 속에서 시작되었다.

황궁을 점령한 군부는 곧바로 비상계엄령을 선포했다. 질서유지라는 명분하에 거리로 나선 군인들의 수가 급격하게 늘어나면서 나유타의 수도 나해에는 인적이 드물어졌다.

미유라는 그늘 속에 숨어 걸었다. 다른 사람들이 자신을 알아보지 못하도록 하기 위해서였다. 사위가 탁 트인 곳에 도달해 황궁을 보았다. 더 이상 황궁에서는 검은 연기가 치솟지 않는다. 그것이 한편으로는 다행이었고 또 불행이었다.

황실의 깃발이 사라진 나해는 을씨년스러웠다. 사람들은 입을 꾹 봉한 채 다급한 걸음으로 길을 가로지르기 일쑤였다. 그리고 사람들이 서둘러 사라진 길의 모퉁이에서는 어김없이 둘씩 짝을 이룬 붉은 제복의 군인들이 나타났다. 황궁을 점거한 자들이었다. 군인들의 눈을 피해 들어간 어두운 골목 사이에서 미유라는 황궁에 대한 무성한 뒷소문들이 덤불처럼 자라나고 있음을 알았다.

황궁에서 엄청나게 많은 수의 시신들이 파묻혔다.

가족을 잃은 사람들이 행방을 수소문하고 있다.

누군가는 충격으로 자살했고 또 누군가는 정신을 놓았다.

"황후마마가……."

"황제 폐하께서……."

미유라는 남루한 행색의 나이 든 남자 둘이 황족에 대한 이야기를 하고 있는 것을 보았다. 조금 더 자세한 내용을 듣고 싶어 가까이 다가가려는 순간 그 둘이 미유라를 돌아보는 바람에 화들짝 놀라 더 이상은 듣지 못했다.

아시하가 무엇을 기대하고 자신을 내보냈는지 짐작이 가지 않는다. 어떻게 해서든 구출해 달라는 의미였을까, 아니면 멀리멀리 도망가라는 뜻이었을까.

차라리 황궁으로 돌아갈까.

내가 도망친 황녀 미유라라고 밝히는 편이 나을까.

몇 번이나 반복했던 생각을 애써 털어 낸다. 그러라고 아시하가 위험을 무릅쓰고 탈출시켜 주지는 않았으리라. 예리한 여동생은 자신보다도 먼저 상황을 꿰뚫어 보고 있었음이 분명했다. 불안해 하는 자신을 위해 '데리러 들어갈게.' 같은 말로 위로하면서 아시하는 그때 무슨 생각을 했을까. 황궁에 남은 아시하는 지금 자신보다 더한 고초를 겪고 있을 텐데 자꾸만 마음이 약해지는 스스로가 한심했다.

계속 이렇게 거리를 떠돌아다닐 순 없다. 미유라도 그건 알고 있었다. 하지만 가진 것 없는 빈 몸으로, 더군다나 이렇게 위험한 신분으로 무엇을 할 수 있을지 막막했다.

차라리 학교를 찾아갈까. 그러나 그곳에 가서 무엇을 할 수 있단 말인가.

황녀의 신분은 늘 다른 학생들로부터 미유라를 고립시키는 요인이었다. 동등하지 않은 신분 때문에 미유라는 그 누구와도 속을 터놓고 친하게 지낼 수가 없었다. 물론 교수님과 학생들은 모두들 미유라에게 극도의 정중함을 보였지만 그건 사람 사이의 벽을 더욱 견고하게 만들 뿐이었다. 또한 학교에는 보는 눈이 많다. 미유라에게 호의적인 사람도 있지만 적대적인 사람도 있을 터였다.

한 가지 더. 쿠데타를 일으켜 황궁을 차지한 그들은 그만큼 많은 사람들을 움직일 힘이 있는 위치에 있다. 그런 힘을 가지려면 높은 귀족일 가능성이 컸다. 모든 구성원들이 황족과 귀족으로 이

루어진 학교에서 누가 적이고 아군인지 분간하기는 어렵다. 그리고 그들은 대부분 미유라의 얼굴을 안다. 순간 오싹함이 등줄기를 타고 죽 흘렀다.

지금 이 상황에서 누구를 믿을 수 있는 걸까.

혹시, 그래도 혹시 그 사람이라면.

불현듯 어떤 생각이 섬광처럼 뇌리를 스쳤다. 만약 그가 곁에 있었더라면 지금 자신의 처지는 달라졌을지도 모른다. 그러나 결국 미유라는 고개를 흔들었다. '그'는 좋은 대안이 될 수가 없다. 정확히 말하자면 사람의 문제가 아니라 환경의 문제였다.

그는 소수민족인 완족 출신이었다. 완족은 아시하도 유적 탐사를 하느라 방문한 적이 있던 완평을 근거지로 둔 원주민 부족이다. 그러니 그를 만나려면 완평까지 가야 했다. 완족이라. 과연 완족이 몰락한 나유타 황실의 핏줄을 자신들의 땅에 받아 주려고 할까.

나유타 국민과 완족은 서로 감정이 좋을 수가 없었다. 훗날 나유타를 물려받아야 할 황녀였기에 미유라에겐 완족에 대한 자세한 이야기를 들을 기회가 있었다.

완족은 본래 나유타의 토착 부족이었다. 그러나 먼 옛날, 다른 땅에서 이주해 온 사람들이 완족을 밀어내며 새 국가를 세우고 그 이름을 나유타라 명명했다. 나유타가 점점 국가로서의 면모를 갖춰 갈수록 완족은 설 땅이 없게 되었다. 애초 완족은 땅을 소유한다는 개념이 없는 부족이었다. 그 탓에 완족의 땅은 줄곧 줄어들었고 지금에 이르러서는 완평 하나밖에 남지 않았다. 그나마도 현재 완평은 나유타에 귀속된 국토로 완족에게 장기 임대해 주고 있다는 명목이었다.

미유라는 한숨을 삼켰다.

역시 불가능하겠지. 일반 나유타 국민도 아니고 그들을 지배했던 황실의 딸이 찾아간다면 완족은 미유라에게 복수를 하려면 했지 숨겨 주고 도와주려 하지는 않을 것이다. 무엇보다 미유라는 홀로 완평을 찾아가는 방법조차 몰랐다. 길을 물어보고 물건을 사고 돈을 지불하는, 평범한 사람들이라면 누구나 일상적으로 하는 그런 행위를 미유라는 단 한 번도 스스로 해 본 적이 없었다. 할 필요가 없었다. 사실은 지도를 보거나 가격을 흥정하는 그런 일들을 하기 이전에 그런 상황에 놓일 일조차 없었다. 필요가 결여된 생활을 하고 있었던 것이다.

생각하면 할수록 스스로의 유약함과 무능함이 원망스럽다. 숨을 쉴 때마다 숨통 안에 단단한 울혈이라도 맺힌 것처럼 통증이 일었다. 만 하루 이상을 꼬박 굶었다. 이제는 걸어 다닐 힘조차 나지 않는다. 목표가 있다면 그것을 위안으로 삼고 기운을 내겠지만 앞날이 막막해 보이지 않는 지금은 하릴없이 흘러가는 1분 1초조차 고통이었다. 황궁에 갇혀 생사조차 알 수 없는 아시하를 생각하면 이래서는 안 되는 걸 알지만 뜻처럼 되지 않는 감정을 주체할 길이 없었다.

"저 여자 뭐야?"

어디선가 들려오는 소리에 미유라는 반사적으로 어깨를 떨었다. 누군가의 시야에 노출된다는 것이 이토록 두려운 일인지 예전에는 미처 알지 못했다.

"꼴 좀 보게. 거지 아냐?"

"요즘 분위기 흉흉해서 거지들도 많이 없어졌던데."

"미친 여자일지도 몰라. 그간 작작 죽어 나갔어야지."

미유라는 흠칫 입술을 깨물었다. 얼굴이 화끈거렸다. 여태껏 살면서 저런 험한 소리는 들어 본 적이 없었다. 미유라는 장식 하나 없는 단출한 드레스를 입고 있어도 누구보다 빛이 난다 칭송을 들었던 나유타 제일의 미인이었다. 그런데 지금은 미친 여자라 한다. 거지 같다 한다. 참담했다.

"생각 있어?"

저들끼리 소곤거리는 소리가 바람결에 실려 날아왔다. 순간 무슨 뜻인지 이해하지 못했다.

"뭐, 좋잖아. 꼴은 저래도 저 정도면 몸매는 그만한 것 같은데. 혹시 알아? 씻겨 놓고 보면 제법 예쁘장할지. 돈 좀 쥐여 주면 우리는 싼 맛에 해서 좋고 저도 돈 벌어서 좋고. 어때?"

여전히 정확하게 알아들을 수는 없었지만 예감이라고 해야 할지 직감이라고 해야 할지 모를 서늘함이 미유라의 등줄기를 쓸었다.

―이도 저도 판단이 안 될 때는 여자의 육감만큼 정확한 것도 없대.

어디선가 들었다며 흘러가는 소리로 말해 주던 아시하의 목소리가 기억났다. 그러고 보니 자신은 아시하가 느낀 육감의 수혜자였다. 제대로 된 상황도 모른 채 단지 불안하다는 이유만으로 아시하는 자신을 남궁 속 비밀 통로로 밀어 넣지 않았던가.

"야!"

그들이 미유라를 소리쳐 불렀다. 어깨가 바짝 경직되었다. 머리카락이 쭈뼛 서는 느낌에 미유라는 얼른 그 자리에서 달아났다.

그래야만 할 것 같았다. 킬킬거리는 웃음소리가 조롱하듯이 자꾸만 길게 따라붙어, 마음이 더 참담했다.

철컥철컥 요란한 쇳소리가 아시하의 의식을 깨웠다. 눈이 번쩍 뜨인다. 벌써 날이 밝은 건가, 싶어 복도를 살피니 바깥에는 아직 푸르스름한 새벽빛도 섞이지 않은 완연한 어둠만이 가득했다. 아시하는 숨을 짧게 끊어 쉬었다. 옥지기가 바깥문에 걸린 쇠사슬을 긁어 잠을 깨울 때마다 아시하는 뒷덜미가 채어 내던져지는 기분을 느꼈다. 잠을 깨우는 게 아니라 의식이 깨워진다. 아시하는 무릎을 모으고 그 위로 얼굴을 묻었다.

하루 한 차례 아시하에게는 꿀꿀이죽과 물 한 그릇이 지급됐다. 무엇을 넣고 끓였는지 알 수 없는 죽 한 그릇과 가끔 희뿌옇거나 이유 모를 노란색을 띠기도 하는 물 한 그릇. 허기는 견딜 수 있어도 갈증은 그럴 수 없다. 맨 처음 최소한의 마실 수 있는 물과 씻을 수 있는 물을 요구한 아시하에게 옥지기는 그릇의 물을 뒤집어씌우는 것으로 응대했다.

"누구한테 명령질이야?"

머리카락을 타고 뚝뚝 흘러 떨어지는 물방울들에 새삼 한기가 들었다. 옥지기는 중앙군 소속을 의미하는 핏빛의 군복을 입고 있었다. 한 세기가 넘도록 사용되지 않았던 이 지하 감옥에 옥지기가 있을 리 만무하니 아마도 적당하다 여겨지는 사람을 하나 뽑아 배치해 놓은 것일 터. 아시하는 빈 물그릇을 쥐고 있는 옥지기의 투박한 손마디를 보았다. 너무나도 닮아 있었다. 제 머리채를 쥐고 머리를 내동댕이치던 그 남자의 손과.

"네 주인에게 전해라. 이런 장난질은 받지 않겠다고."

아시하는 미련 없이 옥지기가 들고 온 죽을 바닥에 쏟아부었다. 옥지기는 뚝뚝 떨어져 고인 죽 웅덩이를 어이없다는 표정으로 한참을 쳐다보았다. 그러더니 입술을 비틀었다. 하! 그게 아시하의 행동에 대한 옥지기의 대답이었다.

어쩌면 그때 조금쯤은 예감했는지도 모른다. 적의가 스민 날들을.

다음 날 옥지기는 아시하의 앞에서 보란 듯이 그릇을 엎었다.

"앗, 실례. 고귀하신 분이니 이까짓 것에 뭐 별로 아쉽진 않으시겠지요."

말끝이 미묘했다. 따지자면 비꼼에 가까운 높임말이었다. 심지어 옥지기는 더럽혀진 바닥을 치우려는 흉내조차 내지 않았다. 몸매 관리를 위해 한 달 동안 하루 한 접시의 생야채와 물만 먹고 견딘 적도 있었던 아시하는 배고픔에 익숙했다. 그러니 며칠 정도 굶는 건 아무렇지 않았다. 하지만 옥지기의 말투와 행동에까지 아무렇지 않을 수는 없었다.

아시하는 똑같이 대갚음했다. 저 따위 죽 정도야 전혀 상관없지만, 하고 표정과 턱짓으로 말한 남황녀가 뒷말은 직접 입 밖으로 냈다.

"그런 허약한 팔로 칼은 제대로 들겠어?"

그 이후 남자는 지독하게 굴었다. 전혀 예상 못 한 바는 아니었지만 그 방식의 유치함이 신경을 갉아 먹었다. 옥지기는 시간을 불문하고 수시로 쇠사슬을 끌렀다. 철판을 긁는 듯한 날카로운 소음에 간신히 잠들었다가도 벌떡벌떡 깨기 일쑤였다. 그럴 때마다 심장 소리가 온몸에서 진동했다. 수시로 가슴이 철렁거려 잠을 이룰 수 없었다. 옥지기는 제 동료들을 감옥으로 데려오기도 했다. 창살 너머에서 구경하고 낄낄거리고 수군거리고 눈짓을 나눴다. 보란 듯이 쇠사슬을 잡아 흔들며 새장 같은 감옥에 갇혀 있는 남황녀의 처지를 일깨웠다. 참다못한 아시하가 긴 통로를 건너오자 그중 하나가 성긴 창살 안으로 손을 불쑥 들이밀었다. 창살 틈새에 두꺼운 손등이 낀 채로 군인이 손가락을 까딱까딱 흔들었다.

"조금만 더 가까이 와 주시죠. 어디 그 귀하신 황녀 전하의 옥체 좀 감상하게."

생소한 공포였다. 문 하나에 가로막힌 거리는 언뜻 멀어 보여도 사실은 이렇게 쉽게 침범당할 수 있을 만큼 가까웠던 것이다. 감겨 있는 쇠사슬을 보면서 아시하는 처음으로 자신을 속박하고 있는 저 문에 어쩌면 자신을 지켜 주는 일면도 있을지 모르겠다고 생각했다. 아시하는 그대로 뒤돌아섰다. 아시하는 저 약한 보호막이 얼마나 쉽게 무너질 수 있는지 이미 경험한 바 있었다.

아시하는 생경한 천장을 말없이 노려보았다. 눈을 감고 있을 때에는 한발 물러서 있던 현실이, 눈을 뜨고 낯선 풍경을 받아들이면서는 급격하게 가까워졌다. 오한이 난다. 울컥울컥 치밀어 오르는 열화 때문에 속이 부대꼈다.

미유라 언니는 어떻게 되었을까? 나유타는? 황궁은? 지금 상황이 어떻게 돌아가고 있는 건가.

그리고 나는 이곳에서 언제까지 살아 있을 수 있는가.

이 알 수 없는 유예가 조금도 반갑지 않은 이유는 끝이 너무도 분명하기 때문이다. 군인들이 침실 문을 부수고 들이닥친 순간 아시하는 죽었어야 했다. 이미 모두가 그랬듯이, 아시하의 앞에서 소녀가 죽어 고꾸라진 것처럼, 어쩌면 그것보다도 더 처참하게. 그러나 그 당연한 죽음 대신 자신은 이렇게 아직도 살아 있다. 그 속이 의심스러웠다.

살려 두지 말아야 할 사람을 살려 두는 이유라면.

한 가지는 분명하다. 만약 그들이 자신을 살려 둔다면 그건 아직 아시하에게 빼앗아야 할 것이 남아 있기 때문이다. 그게 무엇인지 상상하기조차 끔찍했다.

걸어 들어온 감옥이지만 걸어서 나갈 수는 없는 곳.

익히 알고 있는 사실이지만 상기할 때마다 숨이 막힌다. 이 줄다리기에서 끌려가지 않으려고 필사적으로 발버둥치고 있지만 이미 중심은 기울어 있다. 지금도 한 발자국 한 발자국씩 떠밀려 곧 까마득한 벼랑으로 곤두박질칠 것만 같다.

그래도 곁에 미유라가 없어 다행이다. 아시하는 주먹을 꽉 움켜쥐었다. 언제까지고 이 손이 비어 있기를 바란다. 이 손이 미유라의 뒷덜미를 잡아채는 날이 오지 않기를 바란다. 언니만은 반드시 살아남기를 바란다.

—미유라 황녀를 어디로 빼돌렸습니까.

그 목소리만 생각하면 아시하는 지금도 소름이 끼쳤다. 화를 내야 한다는 생각조차 하지 못했다. 같은 학교를 다녀서 미유라의 소사체가 가짜임을 알아보았던 것인가. 너무 당황한 나머지 의심을 깔끔하게 해명하지 못하고 흐지부지하게 흩트려 버린 탓에 이안이 미유라에 대한 의심을 거뒀는지 아닌지도 아직 모르는 일이었다.

혹시 그 의심이 그 남자의 개인적인 생각이 아니라 이미 저들 사이에 만연히 퍼져 있는 의심이면 어떡하지.

아시하는 허공을 노려보았다. 마치 그 남자가 눈앞에 있기라도 한 것처럼. 견딜 수 없을 만큼 가슴이 갑갑했다.

장소를 불문하고 세상의 모든 감옥들은 하나같이 살풍경하다. 습하고 어둡고 눅눅하고 무겁다. 이안은 적막한 감옥 안으로 걸음을 디뎠다. 좁고 가파른 통로의 양쪽으로 촘촘하게 박힌 창살이 시야를 세로로 조각냈다. 그 길의 가장 끝 제일 깊숙한 방에 남황녀가 미동 없이 앉아 있었다.

이안은 그 자리에 멈추어 섰다.

남황녀에게는 그녀가 있는 곳이 어디건 그 장소가 마치 남궁의 접견실이나 침실처럼 보이게끔 만드는 고유의 분위기가 존재했다. 어슴푸레 빛나는 창백한 얼굴, 고집스럽고 단호한 입매, 늘 자신이 우위에 선 듯한 시선 처리, 타고났다고밖에 말할 수 없는 곧은 자세는 그녀의 강한 부분이었고 허리까지 흐르는 새카만 머리카락과 그 틈새로 드러난 목덜미, 정갈하게 펼쳐진 긴 드레스 자락은 그녀의 유한 부분이었다. 그건 시간이 박제된 초상의 단면과도 비슷해 보였다. 좀 더 가까이에서 보면 그 얼굴에는 폭행의 흔적이 여실하고 긴 머리카락은 엉망으로 헝클어진 데다 몸은 부쩍 야위었으며 옷에는 갈변한 핏물이 덕지덕지 말라붙어 있었지만 그런 불필요한 부분들을 눈에서 가려 버리는 독특한 속임수가 남황녀에게는 있었다.

그러나 그 속임수가 남황녀의 장점이라고 말할 수는 없다. 죄인이 죄인의 모습을 하고 있지 않을 때 경외를 느끼는 사람이 있는 반면 속이 뒤틀리는 사람도 있게 마련이니.

이안은 아귀가 비뚤어진 문을 열었다. 남황녀를 지키는 옥지기는 그녀가 너무 날카롭고 공격적이며 손이 많이 가는 수감자라고 말했다.

"아직까지도 자기 위치가 어떤지 자각을 하지 못한 모양입니다."

그 말마따나 남황녀의 주변에는 흩뿌려져 두껍게 말라붙은 죽 무더기가 보였다.

"팔이 불편하셔서 식사를 못 하시는 모양이군요."

귀에 익은 목소리에 아시하는 시선을 들었다. 또 그자다. 반갑지 않은 방문객은 언제나 방해받고 싶지 않은 시간에 나타난다. 어쩌면 방해받고 싶지 않은 시간에 오니까 더욱 반갑지 않은 것인지도 몰라. 먼 기억의 일부가 풀려 나왔다. 하지만 저자는 언제 어떤 시간에 보더라도 절대로 반갑지 않을 남자였다. 예전에는 미처 알지 못했던 감정이었다.

"그래도 식사는 제때 하셔야지요. 여기선 몸 돌봐 줄 사람도 없답니다."

저 남자의 의중을 모르겠다. 명확하지 않은 불쾌감이 든다. 까닭 모를 의문은 이안을 뒤따라 들어온 옥지기가 그릇을 내려놓으면서 분명해졌다.

"식사 가져왔습니다."

이안 앞에서의 옥지기는 사뭇 달랐다. 오늘 아침 아시하의 식사에 악의 서린 장난을 치고 불시마다 휴식을 방해해 신경을 팽팽하게 당겨 놓던 모습 따위는 찾아볼 수 없을 만큼. 실소조차 나지 않았다. 옥지기의 앞에서 자신은 한없이 약자였다. 인정할 수도 납득할 수도 없는 일이다. 슬그머니 아시하를 돌아보고 나가는 옥지기의 표정이 의뭉스러웠다.

"드시지요."

아시하는 입 앞으로 불쑥 들이밀어진 수저에 황당함을 감추지 않았다. 하지만 뭐라도 대꾸하려고 입을 여는 순간 그 즉시 숟가락이 입안으로 직행할 것만 같아 입을 열지도 못했다. 이안이 태연하게 재촉했다.

"난생 처음 집도 절도 없이 황궁 밖을 헤매고 다닐 채황녀를 생각하면 이럼 곤란하죠. 적어도 여긴 밥이라도 제때 나오잖아요?"

"미친……!"

울컥하는 마음에 무심코 욕을 뱉었다가 정체도 모를 꿀꿀이죽이 입안으로 들어오는 바람에 아시하는 질겁했다. 당장 뱉어 내려 했으나 턱을 감싸 쥔 이안의 악력이 너무 셌다.

"이야. 정말 미유라 황녀가 살아 있나 봅니다?"

아시하는 고집스레 입술을 다문 채 눈을 치떴다.

"진짜 궁금하네요. 도대체 어떻게 내보냈습니까?"

가슴이 터져 나갈 듯 쿵쿵거린다. 아시하는 주먹을 세게 쥐었다. 손바닥 사이사이로 손톱이 파고들며 날카로운 통증이 맺혔다. 정신이 번쩍 들었다.

"도망칠 수 있었다면 같이 나가지 그랬어요? 그랬으면 적어도 여기서 지금처럼 목숨이 오락가락하지는 않았을 텐데."

"무슨 수작이야?"

아시하가 날카롭게 되받았다.

"언니의 마지막을 확인해 놓고도 줄곧 와서 들쑤시는 저의가 뭐지? 내가 여기서 목숨이 오락가락한다고 지금 겁이라도 먹은 것처럼 보여? 어차피 처형시킬 거잖아, 내가 살아 있어 봤자 당신들에게 절대로 이득이 될 게 없으니. 내가 그 속을 모르는 줄 알아? 내 가족이 그리됐는데 내가 뭘 더 두려워할 것 같아!"

미유라의 생존을 확신하고 있다면 이렇게 자꾸 떠볼 이유가 없다. 저 남자도 확신이 서지 않으니 자꾸만 아시하의 앞에서 미유라의 이름을 거명해 반응을 살피려는 속셈일 것이다. 미유라가 살아 있다는 것을 안다면 자신을 이렇게 얌전히 감옥 속에 놓아둘 리가 없다. 진작 온갖 고문을 받고 죽어 나갔을 테지.

"정말 채황녀가 죽었다고 생각하십니까?"

"죽었다면서."

"참 희한하시군요. 그렇게나 우애가 두터운 자매였다면 채황녀의 생존을 바라야 하는 게 아닙니까?"

"무슨 궤변이지? 언니의 죽음을 확인한 사람은 네놈들 아니었던가?"

"황제, 황후와 달리 아무도 없는 곳에서 홀로 죽음을 맞은 채황녀에게는 여러 가지로 미심쩍은 부분들이 있습니다. 뭐, 그런 부분은 차치하고서라도 저는 황녀 전하께서 직접 확인도 못 한 자매의 죽음을 이렇게 쉽게 받아들이리라곤 미처 생각지도 못했군요."

숨이 바싹바싹 마른다. 신경이 시시각각으로 닳아 끊어지는 듯했다. 조심스럽게 골라 딛는 걸음마다 전부 함정인 것만 같았다. 어느 순간 아시하는 직감했다.

저 남자는 알고 있는 거다. 미유라 언니가 살아 있다는 사실을.

어떻게 눈치챘는지는 몰라도 분명 느낌이 그랬다. 아시하는 부들거리는 손끝을 꾹 눌러 감췄다.

남자가 아시하의 식사를 천연덕스럽게 독촉해 왔다. 그 태연자약한 얼굴에 화가 치민다. 이까짓 죽 몇 모금이 필요하다는 생각은 해 본 적도 없었다. 몸의 허기는 아시하를 괴롭히는 다른 허함에 비하면 정말 아무것도 아니었다. 곧바로 이안의 팔을 뿌리쳤다. 이안이 재빨리 아시하의 손을 붙들었다. 그 단단한 힘에 붙잡히고 나서야 아시하는 자신이 습관적으로 다친 오른팔을 사용했음을 알았지만, 별 상관없는 일이었다.

"오른팔은 당분간 움직이지 않는 편이 좋다고 말씀드리지 않았던가요?"

"무슨 상관이야? 손목 하나 없는 남황녀는 인질로서의 가치가 떨어지든?"

"우리에겐 황녀께서 팔이 없든 다리가 없든 하등 달라질 게 없습니다. 이건 그저 자기만족을 위한 자해나 다름없지요. 황녀께 스스로 학대하는 취미가 있는 줄은 몰랐군요."

이안의 말이 끝나기가 무섭게 아시하는 붙잡히지 않은 왼손으로 그릇을 낚아채 이안의 가슴팍으로 내던졌다. 퍽, 부딪친 소리가 제법 컸다. 주름 하나 잡히지 않았던 남색 제복 위로 회색 얼룩이 곰팡이처럼 더덕더덕 묻어 흘러내렸다.

"묻자."

뒤집어쓴 죽이 발밑으로 뚝뚝 떨어져 고이는데도 이안은 전혀 개의치 않는다는 듯 태연했다. 제멋대로 널뛰던 머릿속이 일순 가라앉았다.

"내 부모님이 지었다는 그 죄가 뭔지 좀 들어 보자. 도대체 어떤 대역죄를 지었기에, 딸들이 모르는 어떤 일을 하셨기에 사람들 앞에 목만 덜렁 매달려 구경거리가 되어야 하는지 그 이유 좀 들어 봐야 되겠다."

옅지만 예리한 달빛이 이안의 윤곽을 타고 희미하게 빛났다. 아시하는 팔을 잡아 뺐다. 과하게 가까워진 간격이 달갑지 않았다. 당기려는 힘과 빼려는 힘이 충돌했다. 시선이 흩어졌다. 그제야 손이 천천히 놓여났다.

"글쎄요. 사치와 향락, 부정부패에 물들어 국민들을 외면한 죄, 나라 안팎으로 어수선한 때에도 기강을 바로잡기는커녕 나라의 안보를 위태롭게 한 죄. 아마 이 정도의 이야기가 되지 않을까 합니다만."

"사치? 향락? 누가, 내 가족이?"

하도 여유작작하기에 얼마나 대단한 이유를 댈까 싶었는데 들어 놓고 나니 웃기지도 않는다.

아시하는 코웃음을 쳤다. 공문으로 쓴 종이까지 재활용했던 아버지가 사치를 해? 품위 유지비가 남으면 국가 예산으로 고스란히 반납하던 어머니가 향락을 누려? 미유라 언니는 그 흔한 장신구 하나 몸에 달지 않았다. 중요한 행사에서도 간소한 차림새를 고집해 의전을 담당하는 궁녀들이 발을 동동거리며 성화를 하곤 했던 것이다.

중상모략도 이만하면 성의가 없다. 그걸 누가 믿겠냐 쏘아붙이려던 아시하가 멈칫했다.

―세금과 친인척들을 동원해 부정부패를 저지르고 군의 기강을 문란하게 한 죄. 이것으로도 모자란가요?

기이한 기시감이 인다. 낯이 익은 말들이었다. 떠오를 듯 말 듯 조각난 몇 마디 말들이 기억을 어슴푸레 헤맸다. 어디서 들은 말이었을까?

군대가 황궁으로 침입해 황족을 살해했다. 그럼 그 군대를 움직인 사람은 누굴까. 쿠데타를 하루 이틀 만에 계획하고 실행할 수는 없을 터. 그렇다면 황궁으로 말이 들어가지 않도록 모든 정보를 차단할 만큼 힘을 가진 사람이 과연 누가 있는가.

—황제 폐하 직속의 정보부가 변변치 않아 군대에서 수집한 정보만 받아 보고 있다는 게 말이 되나요? 만약 군대에서 정보를 왜곡하거나 은폐하면 그건 누구의 책임이죠?

풀려 나온 기억이 섬뜩하게 내리꽂혔다. 이안은 아직 자리를 뜨지 않고 문간에 기대서 있었다. 시선이 빨려들 듯 향했다. 이안. 이제 그 이름도 기억이 난다.

4백여 년 전 나유타의 황권이 강력하던 시절, 나유타의 선제先帝는 자신이 가장 믿고 아끼던 친우에게 통합된 군권의 대부분을 넘겨주었다. 친우에 대한 신뢰의 표명이었다. 그러나 몇 대에 걸쳐 내려오면서 군권은 줄곧 확대되었고 황권은 끝없이 축소되어 지금에 이르게 되었다.

—중앙군으로 배정된 예산의 대부분이 어디로 쓰이고 있는지 그 내역을 확인하지도 못하면서 계속 규모를 확대시킨 이유가 뭐죠?

—군 사령부의 대부분이 지금 총사령관의 두 아들을 포함해 그 친인척들로 구성되어 있는데 아무리 군 인사 발령권이 총사령관

의 권한이라 할지라도 이건 허가할 수 없는 사항 아닌가요?

—비밀리에 군대 개편을 진행하되 총사령관 역시 동시에 제거해야 해요. 자기 권력이 절반으로 줄어드는 걸 눈뜨고 지켜볼 인간이 아니잖아요. ……걸어 넣을 죄목이 뭐가 부족해요? 세금과 친인척들을 동원해 부정부패를 저지르고 군의 기강을 문란하게 한 죄. 이것으로도 모자란가요?

모두 아버지와 독대해 했던 이야기다. 경악스러운 일이었다. 황제와 황녀가 사람들을 물린 자리에서 나눈 비밀스러운 이야기까지 총사령관의 귀에 들어가고 있었던 것이다. 왜 여태 생각하지 못했을까. 어렵게 허락을 구한 후 총사령관에 대한 뒷조사를 할 때 그 이름을 본 기억이 이제야 떠오른다. 이안. 이 남자가 총사령관의 둘째 아들이었다.

목이 조여 온다. 속이 텅 비어 버리고 오로지 껍데기만 남은 듯 공허했다. 중앙군을 재편하고 지방군을 승격시키겠다는 계획을 세우고 그 계획에 동조할 만한 귀족들을 선별해 조용히 만나고 다닐 때 그들은 마땅치 않은 얼굴로 난색을 표하곤 했다. 그 표정이 하나하나 기억난다. 왜 주어진 대로 만족하며 살지 못하는가, 미래에 황제가 될 사람은 당신이 아닌 당신 언니인데 왜 황녀의 신분으로 주제넘은 짓을 하고 다니는가. 그들은 그런 말을 하고 싶었는지도 모른다.

쏟아 내고 싶은 말이 너무 많다. 할 수만 있다면 온갖 저주와 증오를 담아 저들을 갈가리 찢어 내고 싶었다. 하지만 현실은 저들이 나를 찢어 내리라는 것을 안다.

아시하는 억지로 시선을 떨쳐 냈다. 고개를 틀어 이안을 외면했다. 네가 주위를 보지 않고 너무 설쳤지. 눈빛으로 그런 이야기를 하고 있을 것 같았다. 황녀가 되어 황권을 지키려고 한 게 무슨 잘못이냐 항변하고 싶다가도 결국 지금의 결말을 상기하면 자신은 천고의 죄인일 뿐이다.

아시하는 반사적으로 몇 걸음 물러섰다.

"나가."

"더 궁금한 건 없으십니까?"

"당장 나가."

교활한 침탈자와 같은 공간을 공유하고 말을 섞는다는 자체가 견디기 힘든 모욕이었다. 이안을 노려보며 아시하는 부단히 거리를 확보했다. 입이 마르고 손이 떨렸다.

"비록 남궁의 화려한 침실만큼은 못 되겠지만 인간은 적응의 동물이니 부디 편안하게 침수 드시지요, 남황녀 전하."

남자가 단정하게 고개를 숙여 보였다. 아시하는 싸늘하게 식어 내린 얼굴로 남자의 뒷모습을 쏘아보았다. 이내 발소리가 천천히 멀어졌다. 훌쩍 큰 뒷모습이 사라지기까지는 몇 걸음 걸리지 않았다. 저 멀리서 쇠사슬이 감긴다. 아시하는 그 자리에 주저앉았다.

차라리 모르는 게 나았다. 그랬다면 최소한 알량한 죄책감에서 도망칠 수는 있었겠지. 그러나 이런 생각마저 죄악임을 절절하리만치 잘 안다. 아주 찰나의 생각이라도 모르는 게 나았다고 생각한 스스로가 추악하고 역겹다. 소름이 끼쳤다.

서 있으면 주저앉고 싶고 주저앉으니 몸부림을 치고 싶었다. 팔다리가 저리도록 비틀고 내던지고 싶었다. 쥐어뜯고 싶고 두들기고 싶고 쥐어짜고 싶었다. 목이 메고 감각이 어룽거렸다. 갑자기 모든 것들이 생소해졌다. 축축한 공기, 시큼한 냄새, 끈끈한 바닥, 무한한 어둠, 벽의 냉기까지가 기이하리만치 설다.

속이 서늘하다. 아시하는 벽을 짚고 몸을 일으켰다. 거친 표면에 쓸린 팔뚝과 손바닥의 피부가 쓰라렸다. 그 통각마저 반가워 눈물을 흘릴 수도 있을 것 같았다. 잃어버린 것이 너무 많아 헤아릴 수가 없다. 아버지, 어머니, 언니, 그 찬란하던 날들, 다시는 오지 않을 시간들. 영혼의 일부분이 뜯겨 나갔다.

아버지. 나유타의 황제 폐하는 소심한 성격이었다. 야금야금 거품처럼 사라지는 황실의 권력을 알면서도 별다른 조치를 취하지 못했을 만큼. 그나마 정략결혼을 통해 황권을 강화할 수 있는 기회가 있었지만 아버지는 사랑을 좇아 평민인 어머니를 선택했다. 기막힌 모순으로, 이는 아버지의 인생을 통틀어 가장 대범한 선택이라 불렸다.

어머니는 마냥 소녀 같았다. 영원보다는 찰나를 사랑했다는 점에서 언니와 통하는 부분이 많았다. 직접 젖을 물려 키우고 밤마다 동화책을 읽어 주며 차기 황위 계승자를 양육한 황후는 어머니가 유일했다고 들었다.

언니. 비밀 통로 속 잠겨 있던 어둠을 두려워하던 미유라의 새하얀 얼굴이 떠오른다. 언니도 지금쯤이면 부모님이 어떻게 돌아가셨는지, 어째서 돌아가셨는지 알고 있겠지. 공포가 숨을 죄어온다. 내가 버텨야 언니가 버틸 수 있을 거라고 믿었다. 내가 포기하지 않는 만큼 언니도 견딜 수 있을 거라고 생각했다. 하지만 이 모든 발단이 어디서부터 시작되었는지 언니가 안다면 그 원망을 어떻게 감당할 수 있을지 감히 짐작조차 할 수가 없다. 막막하다.

문뜩 돌아보니 켜켜이 겹친 텅 빈 감방들이 보였다. 백 년 전 죽음과 유령과 비명과 악다구니가 가득했을 그 공간들이 하염없이 깊고 넓었다. 보이지 않는 것들이 가득해 그 무게에 목이 졸렸다. 숨이 막힐 듯한 고요, 사람을 미치게 만드는 적막감에 아시하는 그 자리에서 튕겨 올랐다.

빛이 모자라다. 아시하는 그대로 자리에서 뛰쳐나갔다.

창살에 갈라진 달빛이 그림자를 제치며 앙상한 팔을 뻗어 왔다.

침착해야 한다고 되뇌어 보지만 자꾸만 손이 덜덜 떨린다. 잠시 감정을 뒤로 미뤄 놓고 가슴을 진정시키려 했지만 그게 가능할 리가 없다. 이제는 익숙해진 두통이 뱀처럼 관자놀이를 휘감았다. 아시하는 비틀비틀 벽에 기댔다. 하지만 벽인 줄 알고 등을 댄 그곳은 감방의 뒤틀린 문이었다. 눈앞이 핑그르르 돈다고 생각한 순간 아시하는 허청거리며 열린 문 너머로 나뒹굴었다.

너무 순식간이라 비명조차 나오지 않았다. 사실 방비할 시간이 있었어도 비명 같은 건 지르지 않았을 것이다. 바닥에 들이받은 어깨가 욱신거렸지만 그쯤은 아무것도 아니었다. 정말로 아무것도 아니었다. 몇 번이나 쓰러지고 몇 번이고 두들겨 맞더라도 이젠 전혀 아무렇지도 않을 것만 같다. 이 숨이 멎을 듯한 통증이 너무도 커서, 철없고 겁 없는 과거가 쌓아 올린 이 어리석음이 너무나 통렬해서.

차라리 다른 통증을 빌어 이 죄책감을 덮을 수만 있다면. 그렇다면 내게서 무엇을 잘라 가더라도 기꺼운 마음으로 감내할 텐데.

아시하는 그대로 엎드려 바닥에 얼굴을 묻었다. 다 뜯겨 나가 허한 속을 채우려 빈손을 그러모았다. 해가 뜨지 않았으면 좋겠다. 시간이 흐르지 않았으면 좋겠다. 눈을 뜨지 않았으면 좋겠다.

모든 게 그대로 이렇게 멈추어 버린 채 끝이 나기를 원한다. 가능하다면 영원히.

"친애하는 황녀 전하."

술 냄새 섞인 숨소리가 귓전으로 훅 밀려들었다. 불유쾌한 자극에 온몸의 감각들이 화급히 깨어나 경고를 보내왔다. 아시하는 소스라치며 몸을 일으켰다.

"이런 곳에서 주무시고 계셨습니까?"

옥지기의 말에 함께 몰려온 다른 군인들이 낄낄 웃어 댔다. 벌떡 일어난 아시하가 옥지기를 밀치고 방을 벗어났다. 감옥 가장 깊은 곳, 자신이 제일 먼저 던져진 안쪽을 향해 걸음을 옮기려던 아시하는 여기저기 산개한 군인들을 보고 입술을 깨물었다. 어쩐지 기분이 불안했다. 지상과 연결된 정문 앞에 한 명, 보다 깊은 아래쪽에 두 명, 그중 하나는 자신이 내내 머물러 있던 그 감방 안에 서 있었다. 그리고 뒤에서 손을 뻗어 오는 옥지기까지 합쳐 도합 네 명의 군인들이 마치 숨바꼭질이라도 하는 것처럼 그녀를 크게 에워싼 형태로 흩어진 상태였다.

번개 같은 찰나 아시하는 아직 열려 있는 정문을 보았다. 남자 셋이 기다리고 있는 등 뒤와 남자 하나가 지키고 있는 앞문. 판단은 빨랐다. 아시하는 오르막길을 달려갔다. 저자들의 농락거리가 되느니 탈옥자가 되어 처벌을 받는 것이 낫다. 그런 아시하의 행동을 예측하지 못했었는지 당황한 옥지기가 길게 소리를 질렀다.

"뭐 해, 문 잠가!"

아시하가 정문까지 도달한 그 순간 군인이 재빠르게 나가 바깥에서 문을 닫고 쇠사슬을 칭칭 돌려 감았다. 아시하는 바로 근처의 감방으로 뛰어들어 문을 밀어 닫았다. 아귀가 뒤틀린 문과 창살이 부딪치며 째앵 울었다.

"이야, 깜짝 놀랐네. 작은 장난 좀 쳤기로서니 남의 인생을 그렇게 조지려고 하시면 큰일 납니다, 황녀 전하."

옥지기가 말을 할 때마다 독한 술 냄새가 풍겼다. 옥지기가 문을 덜컹덜컹 흔들었다. 아시하는 체중을 실어 버텼다. 그러자 생명줄처럼 문틀과 창살을 한데 모아 쥐고 버티는 아시하의 손등을 옥지기가 쓸어내렸다. 끈적하고 뜨거운 촉감에 소름이 돋았다.

"황녀에게는 허락받지 못한 자가 손을 대지 못한다!"

"손대면 어떻게 됩니까?"

다른 두 명의 군인들이 킬킬거리며 응수했다. 하나같이 싸구려 술 냄새가 지독했다. 개중 덩치가 큰 하나가 가볍게 문을 밀자 가슴이 철렁할 만큼 문이 덜컹 흔들렸다. 아시하보다 적어도 1.5배에서 2배 이상까지 체격이 나가는 군인 셋이 이만한 문 하나 열지 못할 리 없다. 그저 아시하를 상대로 수작을 피우는 것일 뿐이다. 그래도 아시하는 문을 놓을 수 없었다. 그 후에 닥칠 일을 지금의 자신으로선 도저히 감당해 내지 못할 것만 같아서.

"젠장, 난 재미를 못 보잖아."

문을 잠그느라 얼떨결에 문 바깥으로 밀려난 군인이 투덜거렸다.

"넌 거기서 망이나 잘 보라고."

덜컥. 문이 떠밀렸다. 기를 쓰고 버텼지만 힘의 차이가 너무 명백했다. 낡아 빠진 문의 이음새가 밀고 당기는 힘에 이리저리 오가다 결국 뚝 부러졌다. 기우뚱하게 열린 문 너머에서 군인 셋이 성큼성큼 들어왔다. 팔만 뻗으면 닿을 거리를 두고 그녀를 둥그렇게 둘러쌌다.

비켜! 나가! 그 어떤 말도 위압이 되지 못했다. 권위와 경외가 사라진 지금, 이 장소에서 아시하는 그저 약자였다. 하염없이 뒷걸음질을 치다 보니 등에 벽이 닿았다. 옥지기의 손이 아시하의 야윈 어깨를 쥐었다. 다섯 손가락 하나하나가 더운 열기를 지니고 옷 안으로 스며들었다.

"손대지 마!"

옷의 이음매가 뜯겼다.

"나한테 손대면 그 손목을 잘라 버릴 테니까!"

악을 쓰는 것 외에는 할 수 있는 게 없다. 그럼에도 소리라도 질러야 했다. 너무 분해서, 아무것도 하지 못하는 나 자신이 너무 미워서, 한없이 절망스러워서.

남자들의 힘에 깔려 바닥에 강제로 눕혀졌다. 주인 모를 손들이 허벅지를 훑고 가슴을 더듬으며 깊게 들어왔다. 온 힘을 다해 팔다리를 버둥거리자 손목과 발목이 제각각 짓눌린다. 손 하나가 새된 비명을 지르려는 입가를 틀어막았다.

"빨리 하고 교대해!"

바깥의 군인이 초조하게 소리쳤다.

"알았어, 기다려."

건성으로 대답하며 옥지기가 아시하의 다리 사이에 자리를 잡고 앉았다. 드레스 밑단을 거칠게 끌어 올리며 커다란 몸을 바짝 붙여 왔다. 옷 앞섶이 줄줄이 뜯겨 나갔다. 뜨겁게 데워진 입김이 드러난 가슴과 쇄골을 쓸었다. 해지고 더럽혀진 드레스 속에 감추고 있던 하얀 피부가 조금씩 드러나면서, 옷을 찢고 벗겨 내는 손길이 다급해지고 분주해졌다.

옥지기가 군복 벨트를 끌러 집어 던졌다. 창살과 부딪치며 울린 둔탁한 쇳소리에 군인 하나가 조금 당황한 얼굴을 했다.

"진짜 하게?"

"까짓것 뭐."

입은 망설이는 척하면서도 손은 주저하지 않는다. 필사적으로 다리를 모으고 몸을 떨어뜨리려 애를 썼지만 팔다리를 옥죈 힘이 너무 셌다.

"어차피 처형은 정해져 있는데…… 한 번도 못 품어 보기는 좀 아깝잖아. 소리 못 지르게 입이나 잘 막아."

체중이 실려 온다. 옥지기는 허벅지를 주무르던 손을 더 깊게 밀어 넣었다. 욕정에 들뜬 목소리가 탁하다. 소름이 돋고 비위가 역해 구역질이 올라온다. 떼 낼 수만 있다면 닿아 있는 제 피부를 저며서라도 떼어 내고 싶다.

"하기야 티가 나는 것도 아니고. 그럼 다음은 내 차례다."

다른 군인이 동조하며 허리띠를 풀었다. 아시하는 코와 입을 누르는 두꺼운 손 밑에서 밭은 숨을 뱉었다. 앞이 아득해졌다가 선명해지기를 반복한다.

더는 굴러떨어질 곳이 없을 줄 알았다. 이미 막다른 곳이라 더는 헛디딜 길도 없는 줄 알았다. 거칠어진 숨소리와 자질구레한 소음들에 의식이 산란했지만 눈을 감을 생각은 하지 않았다. 회피할 수도 없고 도망갈 수도 없다면 끝까지 볼 것이다. 하나하나 씹어 먹듯 기억에 박아 넣고 결단코 잊지 않을 것이다.

그때였다. 바깥에서 경계를 서고 있던 군인이 소리를 질렀다.

"야, 빨리빨리 옷 챙겨 입어!"

"왜?"

"3조 녀석들이다. 이쪽으로 오고 있어."

3조라면 기온 장군의 부관이 이끄는 직속 부대였다. 순식간에 사지의 속박이 풀렸다. 아시하가 몸을 추스르기도 전에 남자들은 군복 매무새를 다듬고 벨트를 주워 둘렀다. 전광석화와도 같은 속도였다. 아시하는 제 몸에 남겨진 붉은 자국들을 넋을 놓고 내려다보았다. 옷가지는 속옷까지도 전부 북북 찢겨 몸에 두를 것이 없었다. 간신히 정신을 수습하며 겨우겨우 천 하나를 끌어당겨 몸을 가리자마자 절도 잡힌 걸음 소리가 감옥 앞에서 멎었다.

"여기 무슨 일인가?"

그 고지식한 목소리를 들으며 아시하는 약간의 희망을 가졌다.

아무리 죽어 나갈 수감자라 해도 자신은 남황녀다. 스무 해 동안 지켜 왔던 그 가치는 쉽게 사라지지 않는다. 남황녀와 옥지기 하나만 있어야 하는 이 지하 감옥에, 수감자인 황녀는 나신으로 쓰러져 있고 있어서는 안 될 다른 군인들이 셋이나 더 들어 있다. 누가 봐도 명명백백한 상황이다. 저 군인들은 규율을 어기고 귀중한 몸을 탐한 대가를 치러야 한다.

"죄인이 감옥을 탈출하려고 시도하기에 붙잡아 넣고 있던 중입니다."

"그래?"

남자의 눈이 아시하를 향했다. 찢겨진 옷으로 대충 가렸다고는 해도 몸 절반 이상이 훤히 드러난 반라의 몸이라 평정을 유지하기가 쉽지 않았다. 그 뒤를 따르고 있던 새로운 군인들도 아시하를 연신 흘끔거렸다. 제 몸과 주변을 훑는 시선이 아무리 무감각하다 해도 상황 자체가 일찍이 겪어 본 적 없는 수치였다.

"여자 하나 잡는 데 장정이 넷이나 필요한가?"

"평범한 죄인이 아니다 보니 그렇게 됐습니다. 근처를 지나가다가 얼떨결에 끼어든 셈입니다."

"알았다. 지금 즉시 본래 자리로 복귀해라."

아시하는 고개를 번뜩 쳐들었다. 이게 끝일 리 없었다. 그녀가 도망치려 했다면 어떤 방법으로 도망치려고 했는지, 옥지기가 그때 무엇을 하고 있었는지, 근무 중인 군인들에게서 왜 술 냄새가 나는지, 황녀의 옷이 왜 전부 다 찢겨 있는지, 어째서 아무것도 묻지 않는단 말인가. 누가 들어도 거짓일 게 뻔한 상황에 왜 반박을 하지 않는가.

"자, 잠깐……."

목소리가 덜덜 떨렸다. 아직도 충격에서 벗어나지 못했다. 오늘은 이렇게 벗어난다 해도 이것으로 끝일 리가 없다. 그런데도 아무 후속 조치가 따르지 않는다는 것은 그녀에게 어떤 짓을 하더라도 눈감아 주겠다는 의미와 다름없었다.

끝이다. 물러서 있던 추위가 뒤늦게 덮쳐 왔다. 그렇구나. 인정하니 허망했다. 허탈해서 웃음이 났다. 우스워 웃는 게 아니고 슬퍼서 우는 게 아니다. 기가 막혀 웃음이 났고 치가 떨려 눈가가 뜨거웠다. 숨을 참고 먹먹하게 뭉쳐 올라오는 통증을 삼켰다. 아직은 울지 않을 것이다. 지금은 눈물 흘릴 때가 아니었다. 곧 죽을 것 같아도, 스스로 제 목을 졸라 죽일 것 같아도 아직은 울 준비가 되지 않았다.

이 시간이 전부 끝나면, 영원히 잃어버린 추억들을 겁내지 않고 대면할 준비가 되면, 담담하게 받아들이고 인정할 수 있는 날이 오면 그때 눈물 흘릴 것이다.

영원히 오지 않을 그날이 오면 말이다.

해가 저물어 하늘이 컴컴해도 황궁만은 늘 시간을 가리지 않고 밝았다.

대여섯 명의 군인들이 뭉클뭉클 검은 연기를 뿜어내는 횃불에 장작을 더했다. 재건 공사나 거리의 질서유지에 차출되지 않고 오로지 불 관리만 맡은 군인들은 처음에는 자신들이 편한 보직을 받았다 생각하며 기뻐했다. 그러나 착각도 잠시, 하필이면 초겨울이라 해가 짧아 장작이 많이 드는 탓에 힘은 힘대로 드는 반면 영 생색은 나지 않는 것이 차라리 공사장에 들어가느니만 못했다. 게다가 불이 필요한 시간은 해가 지는 순간부터였다. 아침도 어둑어둑하고 저녁도 이르게 찾아오는 계절이다 보니 2교대로 일하는 작업장보다 더 긴 시간을 일해야 하는 것은 물론이거니와 매일 밤샘 근무를 하면서도 이토록 표가 안 나니 뒤늦게야 깨달은 것이다. 뽑기 운 한번 더럽게 나빴다고.

작업장들을 돌며 횃불을 손본 군인들이 마지막으로 몰려간 곳은 기척 하나 없이 외진 채궁의 성벽 아래였다. 적당히 어둡고 거리가 있어 다른 사람들의 시야에서 벗어날 수 있고 본궁이 멀지 않으니 시간 맞춰 작업장을 돌기도 좋다. 늘 그래 왔듯 그림자 아래 모여 앉아 되는대로 온갖 이야기를 주워섬기며 잠을 쫓는 일과였다.

"그, 남황녀 말입니다."

비록 아시하가 황녀 직위를 뺏기고 감옥에 갇혀 있는 처지라고는 하나 군인들 역시 오랜 기간 미유라와 아시하를 황녀로 섬기면서 자란 나유타의 국민이었다. 옛날에 비해 지금은 상징적인 의미로 존속되어 온 황실이라고 해도 그녀들은 20여 년이 넘도록 국민으로부터 가장 사랑받은 황녀들이자 나유타 황실의 대중적인 상징이었다.

"무슨 경을 치려고 남황녀 얘기를 해?"

"대관식 전에 재판에 회부한다는 소문이 있던데요."

"재판?"

"어영부영하다가 살려 두긴 했는데 조만간 처형해야 되니까요. 되도록 잡음 없이."

군인들이 잠시 침묵했다.

황궁으로 밀고 들어왔던 그날, 이들이 받았던 건 쪼개고 쪼개져 전체 그림이 보이지 않을 만큼 세분화된 임무였다. 지휘에 따라 일사불란 움직이면서도 그 결과에 대해 생각할 겨를이 없었다. 퍼즐은 너무 많았고 또 너무 드넓게 뿌려졌다. 막막하게 흩어진 수천 장의 퍼즐들 중 군인들이 집어 들어 맞춘 건 고작 한두 장에 불과했다. 하지만 모두가 한두 장씩 이어 붙인 퍼즐은 순식간에 거대한 그림이 되어 나타났고 그 결말은 황실의 몰락이었다.

그 이후는 혼란의 연속이었다. 나유타의 오랜 상징이던 황궁이 처참하게 불타오른 순간 느껴지던 정체 모를 상실감, 거리를 단속하기 위해 조를 지어 나갔다 돌아온 동료들의 얼굴에서 엿보이는 피로감, 진실과 허황이 적절하게 섞여 분별할 수 없는 소문들.

"그 기온 장군의 따귀를 후려쳤으니까요."

"보통 성질머리가 아니지. 그러지만 않았어도 조금은 처분에 여유를 뒀을 텐데."

"쉿."

"어차피 따로 듣는 사람이 있는 것도 아니고 이미 다들 알 만큼 아는 이야기 아닙니까?"

"그게 아니라 남황녀는 폐위되었지 않나. 꼬투리만 보여도 즉처하겠다 장군님께서 이를 갈고 있는 판에 조심해서 나쁠 게 없어."

"참 적당히 처신만 잘했어도……."

"도대체가 배짱도 좋아. 나는 그 눈빛만 봐도 오금이 저리는 판인데."

"하필 그 자리에 있던 사람이 한둘이 아니라 입단속을 할 수도 없고……."

자연적으로 목소리가 수근수근 낮아졌다. 그녀에 대한 이야기는 가장 흥미로운 주제인 동시에 가장 위험한 주제였다.

마침 자리에는 사건의 목격자도 있었다. 부하들 앞에서 남황녀에게 한바탕 수모를 당한 기온이 아시하를 직접 지하 감옥까지 끌고 가 던져 넣으면서 고스란히 대갚음했단다. 평생 화초처럼 곱게만 자라 온 황녀가 누구에게 맞아 본 일이 있겠는가. 충격을 이기지 못하면서도 자존심을 못 죽여 끝까지 바락바락 반항하다가 결국 장군의 화를 더 부채질했다.

기온 장군이 부하들에게 남황녀의 다리를 잘라 버리라 명령하고 나간 뒤 그 자리에 동석해 있었던 참모 장교가 사태를 무마시키긴 했지만 지금의 고요는 다 떨어진 갑옷에 종이를 너덕너덕 기워 넣은 꼴만도 못했다. 두들겨 맞은 남황녀가 감옥에서 며칠을 앓는 동안 기온 역시도 남황녀의 남, 아시하의 아만 들려와도 부하들을 쥐 잡듯 잡아 댔던 것이다.

누군가 혀를 끌끌 찼다.

"어째 두 황녀가 전부 얼굴값을 못합니다."

"그러게…… 하나는 그 잘난 얼굴 불에 타서 알아보지도 못할 정도라 하고 또 하나는 저렇게 오늘내일하는 마당에야."

"쉿. 목소리 좀 낮추라니까."

"그 이야기, 나도 좀 들을 수 있을까요?"

그때 황궁에는 어울리지 않는 높고 카랑카랑한 목소리가 불쑥 끼어들었다. 있어서도 안 되고 있을 수도 없는 어린 소녀의 음성이었다. 대번에 경악한 군인들이 앉아 있던 자리에서 펄쩍 뛰어올랐다.

"누구야!"

순식간에 경계 태세를 갖춘 군인들이 사방을 둘러보았다. 자그마한 그림자가 모퉁이 너머 그늘 속에서 톡 튀어나왔다. 워낙 가까운 곳이어서 군인들이 더욱 놀랐다. 이야기에 너무 집중한 탓에 무심코 주변을 신경 쓰지 못했던 것이다.

키가 아담하고 몸집이 통통한 소녀였다. 별로 몸을 숨길 생각도 없었던 듯 소녀가 태연하게 타박타박 걸어왔다.

"듣다 보니 재미있던데 하던 이야기 마저 하지 그래요?"

"지금 황궁에는 민간인의 출입이 엄금되어 있다. 넌 누구냐?"

"나 민간인 아닌데?"

소녀의 눈매가 어딘지 낯익다. 가늘고 높은 목소리 때문에 앳된 티가 나지만 말투는 또 상당히 고압적이었다. 소녀가 반지를 낀 손가락을 느릿느릿 흔들었다. 문장이 새겨진 반지는 소녀의 작은 손가락에 비해 지나치게 커 보였다. 문장이 크다는 것은 그만큼 문양이 복잡함을 의미했고, 문양이 복잡할수록 신분은 더 높게 마련이다. 손에서 반지를 뺀 소녀가 그것을 가볍게 던졌다. 얕은 포물선을 그리며 날아온 반지를 확인한 군인들이 이내 하나둘씩 창백해졌다.

"태선 공후의 딸 리네아예요. 아까 그 이야기 다시 해 보죠. 우리 오빠가 남황녀한테 맞았다면서?"

소녀가 생글생글 웃었다.

신분의 고저에 따라 별궁의 침실을 임시 처소로 배정했지만 총사령부의 대부분은 별궁에서 본궁까지 오가기가 번거롭다는 이유로 본궁과 가까운 채궁에 짐을 풀었다. 심지어 기온은 그마저도 시간이 아깝다면서 본궁 앞에 군용 천막을 치고 그곳에서 살다시피 했다. 그쯤 되면 불필요한 자원 낭비를 막기 위해 별궁을 폐쇄할 법도 하건만 때마다 꼬박꼬박 별궁으로 돌아오는 단 한 사람 때문에 그럴 수도 없었다.

일반적인 경우라면 이 빠듯한 시기에 참 눈치도 없다, 욕을 먹을 일이지만 그 대상이 차후 2황자가 될 인물이라면 외려 지적을 하는 사람이 눈치 없다 욕을 먹는다. 차라리 남의 일이면 그냥 저런 사람이구나 넘길 텐데 그게 자신의 상관이 되어 놓으면 그럴 수도 없는 일.

불빛 하나 걸려 있지 않은 별궁의 복도는 유독 침침하고 스산하다. 결재받을 서류를 한 아름 안고 부관은 긴 복도를 질러갔다. 쿵쿵쿵 끝없이 이어지는 걸음 소리가 계속 신경을 긁는다. 안으로 깊게 뻗은 구조 때문인지 혹은 바닥과 벽의 재질이 특수한 것인지, 별궁은 유난히 소리를 제 안으로 갈무리했다. 어쩌면 온갖 소리들을 낮에 흡수해 두었다가 밤이 되면 뱉어 내는 게 아닌가 싶을 정도였다.

마음을 여유롭게 먹으려 해도 발걸음이 자꾸만 다급해진다. 더불어 발소리도 쿵쿵쿵쿵 빠르게 그를 쫓아왔다. 나유타에서는 신분이 침실의 위치를 결정했다. 신분이 높으면 높을수록 침실이 안쪽에 자리하는 것이다. 미유라와 아시하의 침실 또한 채궁과 남궁의 가장 높고 깊은 곳에 있었다. 별궁을 홀로 쓰고 있는 이안의 침실 역시 마찬가지였다.

그러니까.

부관은 숨을 들이켰다.

귀신이 있다고.

애써 떠올리지 않으려고 해도 자꾸만 떠오른다. 솔직히 총사령부가 온 핑계를 대며 별궁의 멀쩡한 침실을 마다하고 공사 중인 채궁으로 몰려간 데에는 그 소문이 한 몫, 아니 두 몫은 톡톡히 했을 터였다.

황궁과 귀신. 일견 전혀 어울리지 않는 조합처럼 보이지만 의외로 황궁에는 그 무수한 궁의 숫자만큼 사연과 소문이 무성했다. 이곳에 인생을 묻은 수많은 사람들과 그들이 축적해 온 헤아릴 수 없는 시간들 틈에서 형태를 입고 자라난 건 비단 황족들만은 아닌 것이다. 군대와 귀신 역시 마찬가지였다. 가장 믿지 않을 것 같은 사람들이 기실은 가장 믿었다. 체력을 극한까지 소모하는 훈련 때문인지 남의 피를 손에 묻혀야만 하는 숙명 때문인지는 몰라도 군에는 헛것을 보는 사람들이 꽤나 많았다.

그러니 다들 쉽게 무시하지 못한 것이다. 어느 한밤중, 모두가 깊이 잠이 든 그 시각 침대 옆에 서서 고개를 숙인 채 가만히 내려다보고 있더란 어린 소녀의 이야기를. 그 낯선 시선을.

부관은 어깨를 움츠렸다. 왜 잊으려고 할수록 선명해지는지 모르겠다. 비죽비죽 신경이 곤두선다. 한층 예민해진 청력이 실제인지 허상인지 모를 소리를 자꾸만 잡아냈다. 길게 꼬리를 물며 이어지는 발소리 너머로 묘한 소음이 다각거렸다. 정체 모를 시선이 그림자처럼 쫓아오며 온몸을 훑는 듯도 했다.

그 어떤 기척도 지금 이 순간에는 반갑지 않다. 뒤 한번 돌아보면 끝날 상황임을 알면서도 그럴 마음이 들지 않는다. 괜히 한번 서류를 추슬러 안으며 있을 리 없는 온기를 찾았다. 참으로 겁도 없다. 이런 별궁에 혼자 지내면서 왜 복도에는 불을 안 밝혀 놓는지. 도대체 회의 시간만 되면 어디를 가기에 결재를 이렇게 뒤늦게 받게 하는지 괜스레 원망도 일었다.

부관은 길게 한숨을 쉬었다. 그래, 알기는 안다. 부관이 되어 모시는 상관의 행방을 모른다면 말이 되지 않는다. 하지만 곧 죽을 황녀가 갇혀 있는 감옥을 꾸준하게 드나들어 봤자 좋을 일이 뭐가 있는지는 정말 모르겠다. 심지어 회의를 빠지고 황녀를 찾아갈 때마다 그는 부관을 제 대신 회의에 밀어 넣었다. 회의록을 정리해 가져다줄 사람이 필요하다는 핑계였지만 그렇게 황녀와의 면회에서 배제되고 있는 것이다.

또 한 번 뒷덜미가 송연했다. 부관은 마지막 몇 미터를 남겨 놓고부터 냅다 뛰기 시작했다. 달리기 시작하니 그 으스스한 기척이 느껴지지 않아 차라리 다행이었다. 문 앞에 다다라 주먹으로 쿵쿵 두들길 때는 경우 없는 짓이라는 생각조차 들지 않을 정도였다.

"결재 서류와 말씀하신 회의록 가져왔습니…… 으아악! 나타났다!"

다급한 나머지 부관은 안의 기척을 확인하지도 않고 벌컥 문을 열어젖혔다. 그때 실체화된 감각이 등허리를 홱 밀치며 먼저 방 안으로 뛰어들었다. 심지어 언뜻 본 그 뒷모습이, 여태 내내 무서워하고 있었던 어린 소녀의 뒷모습이어서 부관은 더욱 경악했다. 불시의 일격에 혼비백산한 부관이 서류까지 와르르 집어 던지며 비명을 질러 댔다.

동시에 소녀 귀신도 소리를 빽 질렀다.

"아악! 뭐야!"

당연하지만 그 소녀는 귀신은 아니었다.

어깨까지 늘어뜨린 밤색의 머리카락이며 자그마한 키, 통통한 체격은 어디서나 볼 수 있는 평범한 소녀의 모습이었다. 가볍게 홍조가 도는 뺨이 소녀를 언뜻 10대 중후반으로도 보이게끔 했지만 부관은 그 소녀가 겉으로 보이는 만큼 어리지 않다는 사실을 알고 있었다. 소녀의 눈매가 부관도 잘 아는 누군가의 눈매를 고스란히 빼다 박았기 때문이었다.

잠시 당혹스러운 정적이 흘렀다. 리네아는 시선을 데구르르 굴렸다. 옷을 갈아입던 중이었는지 이미 윗옷을 반쯤 벗고 있던 이안과 황당하지만 상관의 가족이라 차마 티를 내지 못해 억울해하고 있는 부관을 차례차례 쳐다보다가 새치름한 표정을 했다.

"왜들 그래? 귀신이라도 본 것처럼."

"차라리 귀신이었으면 덜 놀랐을 거다. 리네아, 대체 네가 여기 왜 있는 거지?"

"나 길 잃어버렸어."

리네아가 새침하게 대답했다.

"글쎄, 내가 오늘 하루 종일 얼마나 헤맨 줄 알아? 길을 이렇게 복잡하게 뚫어 놓을 거면 인간적으로 표지판 정도는 좀 설치해 놓든가."

"이 황궁 안에 제구실을 하는 게 하나라도 있어서 다행이다."

이안이 태연스레 되받았다.

리네아는 입술을 삐죽거렸다. 그렇잖아도 조금 전 만난 군인들에게 민간인의 출입은 금지되어 있단 소리를 들었다.

솔직히 말하면 사실은 진작부터 알고는 있었다. 지금 황궁에는 군인이 아닌 사람들이 들어올 수 없다는 것을. 리네아가 황궁에 들어오려 했을 때 궁문을 지키고 있던 문지기가 리네아의 앞을 막아섰었다. 물론 리네아는 그런 문지기를 효과적으로 협박할 방법을 알고 있었다.

—곧 황녀가 될 나를 감히 관계자가 아니라고 단언할 수 있어? 내가 문전박대를 받았다고 하면 내 아버지와 오빠들이 어떻게 나올까? 뒷감당 가능해?

결국 리네아는 곧바로 기온에게 출입 허가증을 받아 오겠다는 억지를 부려 황궁에 입성했다. 그리고 혹시라도 마주칠지 모르는 가족들을 피해 구석진 곳으로 달아났다. 뼛속부터 군인인 아버지와 큰오빠 기온이 명령을 철회하고 막내딸의 고집을 받아 줄 인물들이 아님을 그녀는 너무나도 잘 알았다. 분명 인가도 없이 멋대로 들어왔다며 눈물이 쏙 빠지도록 혼나고 집으로 끌려갈 것이다. 때문에 리네아는 사람들의 기척이 들리는 방향으로는 얼씬조차 하지 않았다.

리네아의 목적은 남궁이었다. 미감이 뛰어난 남황녀는 남궁 근처에 호수를 조성하고 나무 한 그루 꽃 한 송이까지 세세하게 손을 댔다고 들었다. 게다가 보석, 그림, 악기 등 아름다운 것이라면 종류를 불문하고 수집하는 습관까지 있었다. 오죽하면 황궁의 가장 귀한 보물들은 남궁에 모여 있다고 전해질 정도일까. 리네아는 남궁을 미리 둘러보고 그곳을 자신의 처소로 달라고 요구할 심산이었다.

그렇지만 이렇게까지 길을 헤매게 될 줄은 몰랐다. 그간 남궁에 대해 얻어들은 부분이 상당했기에 조금만 둘러보면 찾을 수 있을 거라고 생각했었다. 다소 외지면서 곁에 호수가 딸린 궁. 그런 궁은 남궁 하나뿐이라 했다. 더불어 황궁의 이곳저곳을 둘러보는 건 생각보다 더 재미있었다. 오랜 시간을 들여 조금씩 증축해 온 황궁은 각 시기마다의 특징이 어우러져 부분 부분들이 새롭고 신기했다. 하염없이 걸어도 힘든 게 느껴지지 않을 정도였다. 황궁의 구획이 엉망으로 나뉘어 있다는 사실도 이번에 처음 알았다. 길은 생각지도 못한 곳에서 불쑥 나타나 하나로 합쳐지기도 하고 갈라져 다른 방향으로 뻗어 나가기도 했다. 황궁의 길이 미로처럼 지어진 이유는 외적의 침입을 막기 위해서였지만 리네아가 그 사실을 알 리 만무했다.

한참을 걷다 문득 뒤를 돌아보았을 때 리네아는 자신이 길을 잃어버렸음을 깨달았다.

드넓은 곳을 정처 없이 걷다 보니 이제는 저 건물이 그 건물 같고 이 길이 아까 그 길 같아 보일 지경이었다. 심지어 자신의 위치마저 파악이 안 될 정도였으니 이러다 아무도 모르게 초상 치르는 건 아닐까 그제야 덜컥 겁을 집어먹은 리네아는 사람들이 있는 곳을 찾아 방향을 돌렸다. 다행히도 본궁과 채궁 주위에 불빛이 환하게 밝혀져 있어, 그 근처를 맴돌던 리네아는 한 무리의 군인들을 찾아낼 수 있었다. 게다가 그 군인들에게 황당하기 그지없는 소문도 얻어들었다.

"그런데 오빠는 꼴이 왜 그래?"

가족들을 뒤에 남겨 놓고 황궁에 입성했다기에 호사를 누리고 있을 줄 알았는데 눈으로 확인한 오빠들의 모습이 참으로 가관이다. 큰오빠는 남황녀에게 뺨을 얻어맞았다더니 작은오빠는 곰팡이처럼 보이는 끈끈한 액체를 온몸에 죄 뒤집어쓴 상태였다.

"남황녀께서 그러신 겁니까?"

내내 입을 다물고 있던 부관이 불편한 기색으로 물었다.

"또 그 여자야?"

"또라니?"

"큰오빠는 그 여자한테 뺨 맞았다면서?"

"맞을 짓을 했으면 맞았겠지."

"그럼 오빠는 그 여자한테 똥물 뒤집어쓸 소리를 해서 뒤집어쓴 거고?"

그 여자. 황족의 위도 빼앗기고 감옥에 처박혀 있는 아시하에게 그 정도의 칭호면 족하다고 리네아는 생각했다.

아시하를 만난 적은 없지만 태생적인 혐오감은 있었다. 아시하가 황녀라면 리네아는 공녀였다. 아시하가 황제의 딸인 만큼 리네아 역시 태선을 다스리는 공후의 유일무이한 딸이었고 국군의 최정점에 선 총사령관의 딸이자 군대 고위급 장군들의 막냇동생이었다.

가진 직위로 따르면 충분히 세상에서 모자람 없는 높은 혈통이다. 심지어 아시하와는 나이도 같았다. 어머니 없이 아버지와 오빠 셋을 둔 리네아가 태선에서 가장 고귀한 소녀로 자라고 있을 때 아시하 또한 황제와 황후의 둘째 딸로 태어나 수도 나해에서 고귀한 소녀로 크고 있었다.

조금 더 시간이 흘러 사리를 분별할 나이가 됐을 때 리네아는 미유라와 아시하에 대해 듣게 되었다. 맨 처음 자신이 고개 숙여야 할 동갑내기 소녀의 존재란 당혹감이었다. 최대한 만날 일이 없어야겠다고 다짐했다. 그녀는 그녀의 세계에서, 나는 나의 세계에서 마주치지 않으면 된다고 생각했다. 그럼에도 불구하고 아시하에 대한 온갖 소식은 리네아의 주변에서 떠날 줄 몰랐다.

돌아가신 어머니를 닮아 호리호리하고 늘씬한 이안을 제외하고 리네아와 그녀의 오빠들은 전부 아버지를 일정 부분 이상 닮았다. 그나마 꾸준하게 몸을 만든 기온이 아버지의 혈통을 극복하고 체격을 늘리기는 했지만 뼈대부터 타고난 이안의 큰 키는 따라잡지 못했고 막내오빠는 양친의 유전자가 반씩 섞여 또래보다 키는 한 뼘가량 작아도 깡마른 체질을 유지하고 있었다. 그러나 리네아는 땅딸막하고 통통한 아버지의 유전자를 그대로 물려받았다. 그래서 리네아는 키가 크고 가냘픈 남황녀가 굴곡진 몸매를 강조하는 꽉 달라붙는 드레스를 유행시켰을 때 그녀를 저주하고 싶을 만큼 미워했다.

대학에 입학할 무렵도 마찬가지였다. 황족과 신분 높은 귀족의 자제는 관례에 따라 국립대에 입학하게끔 되어 있었다. 리네아는 대학 입학을 앞두고 마음 편히 잠들지도 못했다. 나유타에서 가장 이름 높은 미인의 동생인 남황녀와 자신이 같은 범위에 묶여 얼마나 비교를 당할지 생각하면 자다가도 숨이 막혀 벌떡벌떡 깨기 일쑤였다.

그러던 중 다행스럽게도 남황녀가 국립대 입학을 포기했다. 자세한 내막을 알 수는 없었지만 아시하는 어마어마한 반대를 뿌리치고 돈만 있으면 누구나 입학이 가능한 사립대에 들어가게 되었다고 했다. 리네아는 안도했다. 다소간 편한 마음으로 대학에 들어갈 수 있을 거라고 여겼다.

그해 국립대에서 가장 신분 높은 신입생은 리네아였다. 그리고 그녀는 아시하의 몫까지 합쳐 어마어마한 관심을 끌게 되었다. 뒤늦게 알았지만 이는 결코 좋은 일이 아니었다. 가장 신분 높은 여자들은 한자리에 없어도 결국은 어떤 식으로든 한데 묶여 비교되는 대상이었던 것이다. 리네아는 내내 유령과 함께 대학 생활을 하는 기분이었다.

"기온 장군님께서 아시면 또 한바탕 화내시겠는데요."

두 사람의 눈치를 살피던 부관이 조심스럽게 끼어들었다.

"작은오빠가 그 여자한테 망신당하고 들어와서?"

"허가받지 않은 민간인이 황궁을 휘젓고 다녔으면 불법 침입에 군법 태만이다, 리네아. 목이 날아갈 일이지."

"두 분 다요. 제발 언행에 주의하십시오. 누가 알까 무섭습니다."

리네아가 눈을 둥그렇게 뜨며 항의했다.

"황족은 비죄非罪야. 그걸 몰라?"

"네가 황족이냐?"

"곧 될 거니까."

"어디서 나온 자신감인지는 모르겠다만 형님께 남황녀의 일을 캐묻는다면 그건 절대로 비죄가 될 수 없다고 단언하지."

말끝에서 이안이 입술을 끌어 올렸다. 지나치게 입술이 붉어 분위기가 독특했다. 부관은 무심결에 생각했다. 서로 참 닮지 않은 남매다. 같은 피를 나눈 기온과도, 리네아와도. 여성스럽다 할 것은 아닌데 섬세하게 다듬어진 듯 곱다. 눈앞에 있는 어린 공녀가 작은오빠의 외모를 질투한다던 소문이 헛말은 아니지 싶었다.

"옷 갈아입는데 언제까지 그렇게 서 있을 겁니까?"

"회의 결과에 대해 보고드릴 때까지요."

"아하."

부관이 한 뭉치 들고 온 서류를 작은 탁자에 내려놓았다. 몇 장 집어 팔락팔락 넘겨보던 이안이 고개를 들어 리네아를 가리켰다.

"우선 다른 일부터 처리합시다."
얼결에 지목당한 리네아가 이안과 부관을 번갈아 쳐다보았다.
"나?"
"불법 침입에 군율 위반으로 모자라 극비 정탐에 성희롱까지."
"내가 뭘!"
탁탁탁. 서류를 모아 쥔 이안이 탁자를 세 번 두드리며 판결했다.
"따라가서 황궁 밖까지 확실하게 쫓아내십시오."

다음 날 아침 기온과 이안이 본궁의 복원을 지휘하며 대관식에 대해 논의하고 있을 때 기온의 부관이 간밤에 있었던 남황녀의 소식을 전해 왔다.
"어젯밤 자정 넘어 아시하 전 황녀가 탈옥을 시도했다 합니다."
"탈옥? 그년이?"
"네. 제가 도착했을 때는 이미 군인들에 의해 재수감된 상태였고 그 과정에서 의복이 심하게 손상되었기에 추운 계절이라 혹시 몰라 옷을 가져다주도록 조처했습니다."
"차라리 홀딱 벗겨 놓으면 두 번 다시 도망은 못 가지 않겠나?"
"경위서는 받았습니까?"
기온의 빈정거림에 이어 이안이 질문했다. 기온의 부관이 대답했다.
"구두로 들었습니다."
"옥지기가 분명히 문을 잠그고 지키고 있었을 터. 어떤 방식으로 도망치려 한 겁니까?"
애초에 사건을 크게 만들 생각이 없었던 부관이 잠시 말을 잇지 못하고 난처한 얼굴을 했다.

"듣지 못했습니다."

"당시 상황은요?"

"옥지기를 제외한 군인이 셋. 탈주하던 남황녀를 보고 일조했다고 했습니다."

"상식적으로 거짓이 없다 생각되십니까?"

부관이 한동안 침묵했다. 절반의 긍정과 절반의 의심이 입을 막은 탓이었다. 애초 부관이 지하 감옥을 들여다보게 된 것도 우연한 일이었고 그가 도착했을 때 감옥 안의 상황 역시 마무리되어 가는 중이었다. 남황녀의 태도가 묘하기는 했으나 남자 넷이 말을 맞추면 그것으로 끝이다. 그들 외에 지켜보고 있었던 사람이 있는 것도 아니고 죄인의 형편을 봐줄 이유 또한 없다.

기온이 입을 열었다.

"그만. 나는 이번 일로 그년의 기가 좀 꺾였기를 바란다."

부관이 고개를 끄덕였다. 기온이 묵과할 것을 알았기에 그도 눈을 가린 것이다. 잘잘못을 가리지 않을 일에 구태여 군인들을 다그칠 필요가 없었다.

"중요한 건 그년이 탈출을 시도했다고 알려져야 한다는 것이지. 우리 모두가 그렇게 믿어야 해. 그년에게 흠집이 생기면 생길수록 재판에 부쳐 처리하기도 쉬워진다. 그 외의 일들은 전부 불필요하다. 이안, 이견이 있나?"

"없습니다."

잠깐의 생각 끝에 이안이 동의했다. 짧은 논쟁을 마치고 다시 대관식을 계획하는 두 예비 황족을 향해 부관은 절도 있는 경례를 하고 물러났다.

완족

군인 두 명이 빈 거리를 감시하며 지나간다. 미유라는 담벼락에 숨어 내려앉은 심장을 다독였다. 하마터면 들킬 뻔했다. 보통 사람들이라면 몰라도 군인들은 미유라의 얼굴을 알아볼 확률이 컸다. 군인들이 사라지기를 기다리며 몸을 일으키던 미유라는 손목을 꽉 잡아 오는 악력에 놀라 그만 비명을 질렀다. 아니, 질렀는데 비명이 나오지 않았다.

입을 막아 버린 손 때문이었다.

"넌 뭔데 남의 구역에서 알짱거려?"

모두가 공용으로 사용하는 거리에 개인의 구역이 있다는 소리는 생전 처음이다. 얼굴을 틀어쥔 손에서 비린내가 올라왔다. 황궁을 빠져나와 처음 보는 좁은 골목길의 틈새를 헤매고 다닐 때, 구석마다 쌓아 올린 쓰레기 더미에서 종종 풍겨 오던 바로 그 냄새였다. 이제는 제법 익숙해진 탓에 구역질을 참을 수 있는 것을 다행으로 여기며 미유라는 재빨리 사과했다.

"모, 몰랐어요. 죄송해요."

"당장 안 꺼져!"

남자가 사납게 을렀다. 그러더니 뭔가 괴이쩍다는 듯이 고개를 갸웃했다.

"잠깐만. 너 고개 좀 들어 봐. 왠지 낯이 익은 것도 같은데?"

순간 눈앞이 캄캄해진 미유라가 그의 손아귀에서 팔을 힘껏 잡아 뺐다. 머리가 어질어질했다. 몇 발자국 쫓아오려는 남자를 정신없이 밀어 뿌리치면서 미유라는 온 힘을 다해 달아났다.

남자가 보이지 않는 지점까지 다다라서야 주저앉아 간신히 숨을 돌린 미유라는 잡혔던 손을 망연하게 내려다보았다. 손목이 화끈거렸다. 생소하다. 일찍이 이렇게까지 무례한 자가 없었다. 황녀에게는 허락받지 못한 자가 손을 댈 수 없었다.

미유라는 굽어진 골목길 안쪽으로 들어섰다. 바람이 맵싸했다. 물먹은 듯 무거운 다리로 비척비척 걷다가 미유라는 구석에 웅크려 앉았다. 마음이 너무도 고단하다. 늘 좋은 음식만 먹고 아름다운 풍경만 보고 살았던 지난날들과 달리 갑자기 남들이 먹다 버린 음식을 주워 먹고 고인 웅덩이의 물을 떠 먹어야 하는 현실이 믿기지가 않았다. 늘 곁에 계시던 부모님이 더 이상 존재하지 않는다는 건 더욱 믿을 수가 없었다.

그저 소문으로만 들은 이야기지 아직 직접 확인하지는 못했잖아. 그런 얄팍한 위안이나마 미유라에게는 절실했다. 차갑고 단단한 돌바닥에 기대자 새삼 냉기가 스며 이가 딱딱 부딪쳤다.

아시하. 심지어 소문조차도 들리지 않는 여동생은 더욱 먹먹했다. 아무것도 짐작할 수 없었고 멋대로 짐작하고 싶지도 않았다.

많은 추억을 함께 공유하고 무수한 감정을 같이 나눴다. 비록 대학에 입학하면서부터는 대부분의 시간을 떨어져 보내야 했지만 마음의 일부분이 아시하와 연결되어 있음을 의심한 적은 없었다.

미유라는 많은 일들을 기억하고 있었다. 미유라의 생일 연회가 있던 날, 멀리 유적 탐사를 떠난 탓에 오지 못할 거라고 알고 있었던 아시하가 마치 마법처럼 나타났던 일. 정작 아시하는 자신의 생일 때에는 일이 바빠 나해에 오지도 못했었다. 언젠가는 사고를 당해 아팠던 미유라를 곁에서 간호해 주기도 했다. 외국에서 온 서커스단을 구경하기 위해 손을 꼭 잡고 몰래 황궁을 빠져나가려다 걸린 적도 있었다. 드물지만 남자에 대한 수다도 떨었다. 아시하의 대학 동기들은 성적으로 자유분방한 편이었는데 아시하는 가끔 그 동기들의 이야기를 주워듣고 와서 미유라를 혼비백산하게 만들었던 것이다.

-언니, 남자는 코를 유심히 보래.

-무슨 소리야?

-미리 벗겨 볼 수 없으면 짐작이라도 하라는 거지. 첫날밤에 모든 게 뭐 같아지는 경험을 하면 큰일이잖아. 우린 황녀라서 결혼 무르기도 쉽지 않은데. 나는 몰라도 언니라면 결혼 전엔 절대 안 해 볼 거 같으니까 알려 주는 거야.

그런 이야기를 짓궂을 만큼 아무렇지도 않게 했다.

물론 아시하가 늘 좋은 동생이었다고는 할 수 없다. 아시하의 사치스러운 씀씀이 때문에 남궁은 언제나 빚에 시달렸다. 다음 해 예산을 미리 끌어와 갚아도 청산이 안 되어 미유라가 채궁의 예산으로 아시하의 빚잔치를 막아 준 적도 있었다. 하지만 그럼에도 아시하가 밉지 않았다. 그 애는 그런 동생이었다.

미유라는 눈을 감았다. 희미하게 바래지던 추억에 시시각각으로 색채가 덧입혀진다. 회랑을 길게 가로지르던 붉은 노을빛, 아버지의 황금색 정복, 연무장의 누른 모래 먼지, 어머니가 흥얼거리던 동요의 멜로디, 어린 시절 가끔 후식으로 나오던 매운 생강과자.

몸이 아득하게 가라앉으며 깊은 잠 속으로 침잠해 들어갔다. 현실에서 도피하려는 자신이 부끄러우면서도 미유라는 내심 내일이 오지 않기를, 눈을 뜨지 않기를 기도했다.

그러나 이미 알고 있었다. 시간은 불공평해서 달콤한 순간은 순식간에 녹아내려 흔적도 없이 사라지고 닥쳐오지 않기를 바라는 시간은 이미 코앞에 닿아 있다는 사실을.

다시금 정신이 들었을 때 미유라는 부러 한참 동안 눈을 뜨지 않았다. 눈을 뜨자마자 또 창백한 하늘과 거친 돌바닥이 보인다면 견딜 수 없을 것 같았다. 어디선가 들려오는 낯선 말소리가 미유라의 끔찍한 현실을 쉼 없이 알려 왔다. 스스로 선택한 좁은 어둠에 갇혀 미유라는 두어 번 얕게 잠들었다가 깨어나기를 반복했다.

하지만 그렇게 버틸 수 있는 짧은 평화도 잠시뿐이었다. 이제는 만성이 되어 버린 불안에 심장이 쿵쿵 울려와 미유라는 결국 눈을 떴다.

미유라는 잠시 샛노란 천장을 바라보며 여태껏 자신이 긴 악몽 속에 살고 있었던가 의심했다. 황궁이 침탈당하고 부모님이 돌아가시고 아시하가 위험에 처한 매우 끔찍한 악몽. 하지만 채궁의 천장은 옅은 미색이었고 정체 모르는 말소리가 들려오는 일도 없었다. 바닥에 깔린 담요와 덮고 있는 이불은 영문 모를 일이었지만 그렇다고 해서 현실을 피해 갈 수 있는 것도 아니었다. 미유라는 체념하며 몸을 일으켰다.

"일어났어요?"

마치 기다렸다는 듯 곧바로 가까워지는 인기척에 미유라는 당혹감을 느꼈다.

"아가씨 안색이 너무 나쁘니 좀 누워 있는 게 좋겠어요. 뭔가 마실 것이라도 줄까요?"

"아……네, 물 좀……."

얼떨떨하게 대답하면서도 미유라는 도무지 영문을 알 수 없었다. 중년 부인이 미지근한 물을 가져왔다.

"남편과 함께 바깥에 나갔다가 길에서 쓰러져 있는 아가씨를 보고 놀라서 데려왔어요. 요즘처럼 흉흉한 세상에 무슨 일인가요? 집이 어디죠?"

미유라는 머뭇거렸다. 곧이곧대로 황궁이라고 대답할 수는 없는 노릇이었다. 물그릇을 비운 미유라가 눈치를 보며 대답했다.

"먼 곳에서 왔어요."

"이런 시기에요?"

대답이 너무 어색하고 성급했다. 거짓말이 들통 났나 싶어 당황한 미유라가 우물쭈물 고민하다가 조심스럽게 덧붙였다.

"집은 먼 곳인데…… 일 때문에 나해에 와서 지내고 있었어요. 저어, 채궁에서 일하고 있었거든요. 궁녀로 오게 되어서. 그런데 궁에서 변고가 생겨서 정신없이 도망쳐 나오다 보니까……."

아시하였다면 좀 더 자연스럽게 둘러댈 수 있었을 것이다. 어설프게 의심을 살 만한 발언도 하지 않겠지. 아시하는 임기응변이 좋았다. 대단한 말을 하는 건 아니지만 자신의 의견을 납득시키는 재주가 있었다. 같은 말을 해도 미유라보다는 아시하의 말이 설득력 있게 들렸다. 성인이 되어 대학에 입학할 때에도 아시하는 자신의 능력을 십분 발휘해 모든 이들의 격렬한 반대를 뚫고 사립대 고고학과에 들어갔을 정도였다. 미유라로선 상상조차 못 할 일이었다.

"채궁에서 나왔다고요?"

"네? 아, 네."

단박에 부인의 안색이 달라졌다. 또 의심받을 만한 말을 한 걸까 싶어 지레 놀란 미유라가 창백하게 질린 얼굴로 대답한 순간 문 밖에서 후다닥 달려 들어온 중년의 남자가 미유라의 곁에 바짝 다가앉아 다그치듯 물었다.

"혹시 유릭이라는 사람을 아시오?"

며칠을 바깥에서 헤매고 다닌 미유라의 몰골도 말이 아니었지만 이 중년 남성의 모습 역시 미유라 못지않게 초췌했다. 그러고 보니 스치듯 들은 이야기가 있었다. 지금 나해의 여관들이 난데없이 성업 중인데 그 이유가 황궁에서 일하다 사고를 당한 사람들의 가족이며 지인들이 죄 몰려와 있기 때문이라고.

유릭. 낯선 이름이다. 아무리 미유라라고 한들 그 많은 황궁의 사용인들을 전부 기억할 수는 없었다. 미유라가 고개를 젓자 두 사람의 얼굴이 눈에 띄게 어두워졌다.

"황궁에 사람이 얼마나 많은데 어떻게 서로 다 알고 있겠어요. 모르는 게 당연하지요."

"그렇지. 그렇겠지……."

난처해진 미유라의 심정을 느꼈는지 부인이 미유라의 역성을 들어 주었다.

"놀랐다면 미안하오, 아가씨. 우리는 그저 그 녀석이 미유라 전하를 위해 그렇게 고생해서 근위대에 합격한 지 얼마 되지도 않아 이런 흉흉한 일이 생겨 걱정스러운 마음에……. 하지만 아가씨같이 연약한 사람도 빠져나왔는데 근위대 훈련까지 받은 그 녀석이라면 아마 어디엔가 무사히 잘 숨어 있을 거요. 그렇지 않소?"

차마 말문이 막힌 탓에 미유라는 그저 고개를 두어 번 주억일 뿐 대답을 하지 못했다.

아들을 찾기 위해 나해로 올라온 이 부부가 황궁에서 일어난 끔찍한 소문을 듣지 못했을 리 없다. 어쩌면 자신보다도 훨씬 더 많은 소식을 알고 있을지도 모른다. 미유라는 이런 희망을 가장한 불안을 너무나도 잘 알았다. 가슴이 시려 온다. 같은 마음으로 아시하를 걱정하고 있기에, 그 기분을 잘 알기에 미유라는 유릭이라는 이름의 그 낯선 청년이 정말로 무사히 살아 있기를 진심으로 빌었다.

중년 부부는 미유라를 살뜰하게 돌봤다. 음식을 잘 소화하지 못하는 미유라를 위해 따뜻한 죽을 쑤어 오고 갈아입을 옷도 준비해 주었다. 깨끗하게 씻고 나오면서 미유라는 혹시나 부부가 자신을 알아보지는 않을까 걱정했으나 기우였다. 부부는 완전히 다른 사람처럼 바뀐 미유라를 보고 놀란 표정을 지었지만 대외적으로 공표된 채황녀의 사망 소식 때문인지 정체를 의심하지는 않는 듯했다.

미유라는 유릭에 대한 이야기를 물었다. 근위대라는 신분도 마음에 걸린 데다 자신을 위해 황궁에 들어왔다는 이야기 역시 마음 한구석을 석연치 않게끔 했다. 미유라와 아시하가 국민들에게 대중적으로 인기를 끌기는 했지만 그것과 근위대는 전혀 다른 문제였다. 근위대가 되기 위해서는 극한의 훈련과 어려운 시험을 반복해 거쳐야 한다. 선망하는 두 황녀를 가까이에서 보겠다는 가벼운 마음으로 근위대 시험을 치렀다가 견디지 못하고 나가떨어지는 청년은 해마다 수없이 많았다.

"아가씨도 채궁에 있었다니까 아마 잘 알 거예요. 채황녀 전하께서 얼마나 선량한 분이셨는지."

그러니까 이런 이야기였다.

약 6년 전, 중년 부부는 완안에서 자그마한 가게를 운영하고 있었다. 그런데 갑자기 나타난 어느 거상이 시세보다 저렴하게 물건을 팔며 손님들을 끌어갔다. 손님을 잃은 가게들은 결국 하나둘씩 문을 닫아야만 했는데 그 거상이 가게들을 모조리 인수하더니 물건 값을 비싸게 올려 버렸다. 중년 부부의 가게도 계략에서 벗어나지 못해 전 재산을 하루아침에 날리게 된 남편은 그 충격을 이기지 못하고 쓰러졌고, 갑작스러운 생활고에 남편의 치료비까지 겹치자 가세는 급격히 기울었다.

부부는 가게를 잃기 전까지는 아무리 힘들어도 어린 아들 앞에서는 내색하지 않으려 했다. 하지만 남편이 병을 얻고부터는 더 이상 숨기려야 그럴 수가 없었다. 당장 쓸 생활비조차 융통하기 힘들어 막막한 심정에 몰래 한숨을 쉬다 방문을 열어 보면 주눅 든 얼굴의 유릭이 문 앞에 우두커니 앉아 있곤 했다. 우리 집에 큰일이 생긴 것이냐며 불안하게 묻는 유릭에게 네가 걱정할 일은 아무것도 없다고 달래 보곤 했지만 그게 거짓말인 건 부인도 알고 유릭도 알았다.

그렇게 무력한 날들이 무정하게 흘렀다.

부인은 가게와 남편을 돌보는 일만으로도 여유가 없었기에 큰 불안에 떨고 있는 어린 아들까지는 미처 세심하게 챙기지 못했다. 유릭은 어머니의 그림자를 초조하게 따라다녔고 자리를 보전하고 누운 아버지의 방문 앞을 하염없이 서성였다. 생활의 터전을 잃은 상인들이 모여 부당함을 호소했지만 그들이 낼 수 있는 목소리는 극히 한정적이었다.

그러던 중 나해의 황족들이 완안으로 휴양을 온다는 소식이 전해졌다. 황제와 황후, 그리고 두 황녀가 전부 행차하는 공식적인 휴양이었다. 황족들이 완안을 휴양지로 선택한 전례가 없었기에 처음에는 다들 뜬소문인가 의심했지만 곧 완안의 골목길이 깨끗하게 정비되면서 소문은 사실로 드러났다. 그날부터 완안은 사람들의 열기에 들썩였다. 황족은 같은 시간에 살고 있을지는 몰라도 같은 공간을 공유하는 사람들은 아니었다. 평생 가도 한 번 볼 수 있을까 말까 한 고귀한 이들의 모습을 볼 기회가 오지는 않을까, 기대하는 사람들이 늘어나면서 가게를 잃고 생활을 잃은 몇몇 사람들의 가련한 이야기는 더더욱 관심사에서 멀어졌다.

드디어 그날이 왔다. 황족의 마차를 맞이하러 새벽부터 몰려나온 사람들로 거리가 북적거렸다. 날짜를 세지 않던 사람들도 분위기만으로 그날이 온 줄 알았을 정도였다. 유릭은 아침을 먹자마자 곧바로 집에서 뛰어나갔다. 부인은 그저 아들이 사람들의 흥미를 따라 행렬을 구경 갔겠거니, 하고 가볍게 여겼다. 근래 들어 침울해진 아들이 하루 정도는 분위기에 휩쓸려 즐겁게 지내기를 바라는 마음도 내심 있었다.

키가 작은 유릭은 사람들 틈새를 물고기처럼 파고들었다. 어린 소년이 모처럼 좋은 구경을 나왔나 보다 생각한 사람들은 조금씩 틈을 벌려 소년이 지나갈 좁다란 길을 만들어 주었다. 그 사이를 꾸물꾸물 한참 헤쳐 가던 유릭은 누군가의 허리께에 콱 부딪치곤 그 자리에 섰다. 고개를 들어 보니 손을 맞잡은 채 몸으로 바리케이드를 치며 사람들을 통제 중이던 군인이 바로 앞에 서 있었다. 어느덧 환영 인파를 뚫고 나온 것이다.

멀리서 함성이 울렸다. 색색의 꽃잎들이 허공에 흐드러지듯 피어났다. 마차가 벌써 근방까지 도달한 모양이었다. 유릭은 까치발을 세우고 군인의 어깨 너머를 흘끔거렸다.

보얗게 깔린 먼지 너머 가장 먼저 보인 것은 금색 견장을 단 황궁 근위대의 모습이었다. 황족을 전담으로 호위하는 황실 근위대는 지방에 사는 이들에게는 황족들만큼이나 보기 힘든 사람들이었고 황족을 가장 측근에서 호위한다는 직책과 외양의 화려함으로 인해 국민들에게는 선망의 대상이기도 했다. 많은 인파에 놀라 길게 투레질하는 말을 달래는 솜씨가 능숙했다. 찍어 낸 듯 굳은 입매와 냉정한 시선, 새하얗게 반짝이는 아름다운 제복이 시야를 강렬하게 흔들었다.

자로 재단한 것처럼 약간의 흐트러짐도 없이 열을 맞춘 근위병들이 앞을 지나갔다. 그들이 정돈해 온 길 저편에서부터 나유타 황기를 높이 든 두 명의 근위병이 말을 달려왔다. 그 뒤로 황금을 부어 만든 듯 시리게 번뜩이는 마차가 모습을 드러냈다. 황제의 마차였다.

관중들이 환호를 내질렀다. 이어 십수 명의 근위병들을 사이에 두고 황후의 마차가 뒤를 따랐다. 평민 출신으로 우연히 황제의 눈에 띄어 끈질긴 구혼 끝에 일약 신데렐라로 떠오른 황후는 황권 약화의 한 축을 담당했다는 비난에서 평생 벗어나지 못했지만 그 유례없는 사랑 이야기만큼은 전설로 남았다.

나유타의 역사 속에서 평민의 신분으로 황후 자리에 오른 여성은 고작 단 두 명. 그나마도 선대 황제는 유명한 귀족가의 영애를 첫 황후로 맞아 그녀에게서 후계자를 보았다. 그가 갓 성인이 된 평민 소녀와 재혼을 한 건 그로부터 40년 후, 병환을 앓던 황후가 사망한 지 1년이 지났을 무렵이었다. 그때 황제의 나이 예순둘이었다.

하지만 현 황제는 스물다섯의 나이로 지금의 황후에게 구혼했다. 황제가 적지 않은 나이로 결혼을 하지 않고 버텨 왔던 건 황후가 신분 차이를 걱정해 결혼을 망설였기 때문이었다. 그러나 결국 기나긴 설득 끝에 황후가 결혼을 결심했고 이듬해 황위 계승자가 될 첫 딸 미유라를 낳았다. 아시하는 미유라가 세 살 되던 해에 태어났다. 두 딸을 낳으면서 지독한 난산을 겪었던 황후는 더 이상 임신을 할 수 없는 몸이 되었고 황제 또한 다른 정부를 두지 않았기에 황실은 지금의 형태로 완성되었다.

황제의 마차가 먼지를 일으키며 멀어지는 모습을 유릭은 망연히 지켜보았다. 무서웠다. 도무지 용기가 나지 않았다. 줄곧 머뭇거리는 사이에 황후의 마차도 황제를 따라 사라졌다. 한 무리의 근위병들이 마차를 호위하며 관중들에게서 일정한 거리를 확보했다. 그 차가운 눈빛을 보며 유릭은 손을 벌벌 떨었다.

엄중한 경호를 받으며 차기 황제인 미유라의 마차가 나타났다. 유릭은 숨을 크게 삼켰다. 마음을 가다듬었다. 유릭이 용기를 낸 것은 마지막인 아시하의 마차가 가까워졌을 때였다. 지금이 아니면 더 이상 기회는 없다는 불안이 유릭을 조바심 나게 만들었다.

화려한 깃발이 펄럭이며 좁은 하늘을 반쯤 가렸다. 그 순간 유릭은 군인들의 팔꿈치 밑으로 몸을 굴렸다. 별안간 웬 소년이 아시하의 마차 앞으로 몸을 날리자 그 광경을 발견한 사람들이 비명을 질렀다. 그 쩌렁쩌렁한 비명에 놀란 말이 소년을 밟아 넘길 듯 푸드덕거렸다. 내내 무표정하게 행진하고 있던 근위병들도 뜻밖의 사태에 놀란 건 마찬가지였다. 가장 앞에 서 있던 근위병들부터 차례차례 급정거를 하면서 도열이 와르르 헝클어졌다. 게다가 남황녀의 마차에 묶인 말 네 마리를 한꺼번에 멈추게 하기는 불가능했다. 제멋대로 뛰는 말들의 힘을 이기지 못하고 크게 출렁이기 시작한 아시하의 마차를 근처의 근위병들이 달라붙어 간신히 진정시켰다.

"황녀 전하, 괜찮으십니까?"

사색이 된 근위병들이 다급하게 아시하의 안위를 확인했다. 어느새 환호는 뚝 멎어 있었다. 관중들은 허옇게 뜬 얼굴로 눈치를 살피기 바빴다. 멋모르는 시골 소년이 황족의 행차를 방해한 것이다. 그게 어떤 결과를 불러올지는 모르는 일이었다. 구사일생으로 말굽을 피한 유릭 역시 머릿속이 텅 빈 채로 넋을 놓고 앉아 있었다.

"이게 무슨 짓이야!"

성난 일갈과 함께 마차 문이 벌컥 열렸을 때 유릭은 일이 크게 잘못되었음을 느꼈다. 근위병들의 부축을 받으며 마차에서 내려온 황녀는 새까맣게 언 눈동자가 도드라진 어린 소녀였다. 도자기 인형처럼 화려하지만 온기 없는 외모가 숨을 멎게 했다.

"송구합니다, 황녀 전하. 웬 소년이 갑자기 달려드는 바람에."

유릭을 말발굽으로 받을 뻔한 근위병이 고개를 숙여 상황을 고했다. 남황녀는 주저하지 않고 유릭을 노려보았다.

"누구, 저놈이야?"

그때 유릭은 지금 이 순간이 아니면 결코 그녀에게 말 한마디 전할 수 없음을 직감했다. 유릭은 그 자리에 재빨리 엎드렸다. 다리가 후들후들 떨렸다.

"화, 황녀 전하! 드릴 말씀이 있습니다."

"뭐 해? 당장 끌고 가."

"잠시만 들어 주시면 됩니다, 황녀 전하!"

"내게 할 말이 있었다면 네 주인을 통해 전했어야 될 일. 신분을 망각하고 감히 황족의 행차를 가로막은 죄 중하다."

남황녀가 단호하게 말을 가로막았다. 약간의 온정조차 비치지 않는 목소리가 일말의 여지조차 냉담하게 잘라 냈다. 아시하의 눈빛을 받은 근위병들이 유릭의 무릎을 꿇리고 팔을 잡아 꺾었다. '악!' 비명이 절로 터졌다. 뒷덜미를 잡아 눌러 고개를 들지 못하도록 유릭을 결박한 근위병이 유릭을 강제로 잡아끌었다. 그렇게 몇 걸음 끌려가던 도중이었다.

"이게 무슨 일이죠?"

아까와 같은 의미의, 그러나 다른 느낌의 목소리가 앞을 가로막았다. 고개를 들 수 없었던 탓에 유릭은 그녀의 드레스 밑단에 잘게 흩뿌려진 푸른 수레국화 문양만을 볼 수 있었다.

"놓으세요."

곧바로 조용한 음성이 재촉했다. 뒷목을 누르고 있던 근위병의 악력이 약해졌다. 두 황녀 사이에서 갈피를 잡지 못한 근위병이 당혹스럽게 말을 꺼냈다.

"저, 이 소년은 남황녀 전하의 마차에……."
"언니!"
근위병의 설명을 자르며 남황녀의 카랑카랑한 목소리가 끼어들었다. 남황녀가 언니라고 부를 만한 사람은 단 한 명뿐이다. 그녀가 채황녀 미유라였다.
"놓아주세요."
미유라가 다시금 지시했다. 차기 황위 계승자의 명령을 어길 수 없는 근위병이 아시하에게 동의를 구하자 아시하가 냉랭하게 주장했다.
"인가받지 못한 평민은 황족에게 다가올 수 없고 말을 걸 수도 없어. 하물며 행차 중인 내 마차에 뛰어들어 자칫하면 사고도 날 뻔했고. 잘못에 대한 대가를 치르게 해야 해."
"아시하, 고작 소년 하나가 뛰어든 일에도 대처하지 못할 만큼 우리 근위병들의 훈련이 부족하다고 생각되지는 않는구나. 이 소년이 네게 바란 건 고작 몇 분의 시간인데 너는 그조차도 관용을 발휘할 마음이 없는 거니?"
미유라가 차분하게 반문했다. 짧은 정적이 흘렀다. 유릭은 남황녀가 곧 특유의 차가운 어조로 반박을 하리라 짐작했지만 의외로 그녀는 더 이상 채황녀에게 맞서지 않았다. 아시하가 유릭을 외면하고 돌아서자마자 뒷목과 팔을 구속하고 있던 속박이 풀렸다. 다리에서 힘이 쭉 빠져나갔다. 유릭은 그 자리에 주저앉았다.
"하고 싶은 이야기가 있다고 했던가요. 인가하겠습니다. 만약 아시하가 이야기를 듣지 않겠다고 한다면 제가 듣지요."
유릭이 서서히 고개를 들었다. 가냘픈 몸매를 푸른 수레국화로 감싼 황녀가 눈앞에 서 있었다. 가지런히 모아 쥐고 있는 손이 투명하리만큼 희고 햇빛을 받아 빛나는 머리카락은 언뜻 금색으로도 보일 만큼 밝았다. 미유라 채황녀를 일컬어 사람들은 나유타의 꽃이라고 말했다. 그 이유를 알 것 같았다. 미유라는 장미나 튤립처럼 단독으로 있을 때 강렬한 이미지를 풍기는 황녀는 아니었다. 오히려 그런 화려한 이미지에는 아시하가 더 어울렸다.

미유라는 매화나 벚꽃을 닮았다. 그 한 송이 한 송이는 담백하고 밋밋하지만 무더기로 피면 잔잔하게 눈을 홀린다. 유릭은 미유라의 옷자락에 흐드러진 푸른 꽃송이들에서 오래도록 시선을 떼지 못했다.

그날 소년의 꿈이 새롭게 그려졌다. 이제까지 황녀는 유릭의 현실 속에 존재하지 않았다. 결코 좁힐 수 없는 격차가 있었기에 평생 꿈꾸어 본 일도 없었다. 하지만 유일하게 손이 닿을 수 있는 거리 안에서 미유라를 보필하는 근위병의 새하얀 정복을 보며 유릭은 그 옷을 입고 미유라를 뒤따르는 자신의 뒷모습을 처음으로 상상했다.

유릭은 곁눈으로 미유라를 흘긋 살폈다. 유릭이 사정을 털어놓는 내내 미유라는 무릎이 스칠 듯한 가까운 거리에서 조용히 이야기를 들었다. 반면 아시하는 듣는 둥 마는 둥 뚱하니 창가에 앉아 이따금 미유라를 돌아볼 뿐이었다. 그 불퉁한 태도에서 남황녀는 이 자리에 원해서 동석한 게 아니라 미유라에 의해 억지로 와서 앉아 있다는 티가 여실히 풍겼다.

머릿속으로 할 말을 정리해 오기는 했으나 막상 두 황녀를 대면하니 말이 생각만큼 매끄럽게 뻗어 나오지 못했다. 결국 중간중간 말을 더듬어 가며 긴 이야기를 마치자 미유라가 한숨을 쉬었다.
"힘들었겠어요."
"그게 다야?"
두 황녀의 반응이 성격만큼이나 극명하게 갈렸다.
"아시하, 평범한 사람들이 정당하지 못한 방법으로 평생 일궈 온 재산을 잃었어. 억울한 게 당연해."
"언니, 억울하다고 해서 무슨 짓을 해도 정당한 건 아냐."
유릭은 두 황녀 사이에서 움츠러들었다. 저녁 식사를 마치고 미유라가 약속을 지키겠다며 유릭을 불러 줬을 때는 너무나 기뻤지만 그 자리에 아시하도 함께 있는 것을 보고 저절로 기가 죽었다. 말이 계속 더듬어져 나온 8할의 이유는 아마도 아시하에게 있을 것이다. 이야기를 들으며 간간히 다독이고 위로해 주는 미유라와 달리 아시하는 내내 냉담했다.
긴 의자에 기대앉아 있던 아시하가 방 중앙으로 타박타박 걸어왔다. 편한 옷으로 갈아입고 말간 얼굴을 하고 있는 미유라와 달리 아시하는 여전히 화려한 차림새였다. 아시하가 걸을 때마다 발소리 대신 머리 장식에서 따르르한 맑은 울림이 일었다. 가만히 고개를 꼬고 유릭을 쳐다본 아시하가 방 중앙에 있는 종을 흔들었다.
딸랑, 소리가 끝나기도 전에 근위병이 들어왔다.
"부르셨습니까?"
"용건 끝났으니 잡아서 가둬 놔."
"아시하!"
당황한 미유라가 벌떡 일어나 아시하를 제지하려 했다. 하지만 아시하도 이번만큼은 굽히지 않았다.
"이야기는 충분히 들었고 나도 언니처럼 아버지께 말씀드려 이 일을 조사해 달라고도 할 거야. 하지만 잘못을 저질렀으면 벌을 받는 건 공평해야지."

아시하의 고집이 워낙 완강해 결국 유릭은 하룻밤을 완안의 감옥에서 보내야 했다. 다행스럽게도 날이 밝자마자 미유라가 감옥으로 찾아왔다. 근위병들을 대동해 들어온 그녀는 직접 문을 열어 유릭을 풀어 주고 손가락에 끼고 있던 반지까지 빼어 건넸다.

"아버지의 약값으로 쓰도록 해요."

선하고 다감한 위로였다. 심지어 채황녀는 근위병을 시켜 유릭을 집까지 배웅하도록 지시하기도 했다. 유릭은 얼떨떨한 채로 미유라의 반지를 꽉 쥐고 집으로 돌아왔다. 이웃들에게 남황녀의 행차를 망친 죄로 끌려갔다는 소식을 듣고 망연자실해 있던 유릭의 부모님은 무사히 돌아온 아들을 보며 놀랐고, 그 아들이 가져온 미유라의 선의를 보고 또 한 번 더 놀랐으며, 정말로 황궁에서 파견된 조사단이 악덕 상인을 잡아가자 또다시 경악했다.

"그 애는 그 뒤로도 줄곧 얘기했었어요. 그렇게 천사 같은 사람은 또 없을 거라고. 정말로 아름답고 선한 분이셨다고."

미유라는 조용히 눈을 내리깔고 기억을 되짚었다. 자신이 가진 6년 전의 기억은 부인과 남편이 미유라에게 생생하게 설명해 준 것에 비해 여러모로 불명확하고 희끄무레했다. 사실은 유릭이라는 그 소년의 얼굴조차 확실하게 떠오르지 않았다.

"근위대에 들어가겠다면서 몇 년을 엄청 고생했어요. 물론 근위대가 된다면 우리로서도 명예가 되는 일이니 내심 바라기는 했지만 정말로 될 거라고 기대는 못 했답니다. 그런데 결국은 해내더군요. 막상 황궁에 들어가니 그곳에서 보직을 받는 것도 다 연줄이라 채궁에 배정받지 못하고 문지기로 지내긴 했지만, 한 번씩 휴가를 받아 집에 와서도 채황녀 전하의 이야기만 했어요."

오히려 미유라가 기억하는 건 그 소년의 일보다 그때 아시하가 자신에게 했던 이야기였다. 아마도 그 유릭이라는 소년을 감옥에 가두라 명하면서 사람들을 전부 내보낸 뒤였던가, 그랬을 것이다. 곧바로 쫓아 나가 명령을 철회하려는 미유라를 아시하가 붙잡았다. 잠시만 내 이야기를 들어 보라면서.

—언니가 선례를 남기면 이제 사람들은 재판을 통해 일을 해결하지 않고 황족의 마차에 뛰어들어 해결하려고 할 거야. 언니가 저 애를 처벌하지 않으면 아무런 두려움 없이 언니의 길을 방해하고 언니의 시간을 뺏을 거란 말이야. 그게 훨씬 쉽고 빠른 데다 우리의 황녀 전하는 자비심이 넘쳐 어떤 벌도 내리지 않을 걸 아니까!

그럼에도 불구하고 사람들의 앞에서 소년을 감싼 미유라에게 아시하가 뜻을 굽혀 줬던 것은 차기 황제가 될 미유라에게 동생이 항의하는 모습이 좋게 비치지 않을 것을 염려해서였다. 결국 미유라는 아시하의 의견에 따라 소년이 감옥에서 하룻밤을 보내게끔 했다. 아시하의 생각에 무조건 동조하는 것은 아니었지만 아시하가 무엇을 걱정하는지 알 것도 같았기 때문이었다.

아버지께 소년의 이야기를 전하며 진상을 조사해 달라고 요청하러 갔을 때에는 이미 아시하가 아버지의 서재에서 대략적인 설명까지 마친 뒤였다. 미유라가 소년에게 들은 이야기를 보강하고 나자 아시하가 말을 덧붙였다.

"이상하잖아요. 자기 땅에서 사람들이 저렇게 재산을 다 빼앗기고 농성하는데도 완안 현백이 아무런 조치를 취하지 않고 있다는 게. 뒤에서 결탁한 건지도 몰라요. 그런 사람들이 힘을 가지기 시작하면 필연적으로 황궁의 힘이 약화되고, 또 세금도 줄어들 수밖에 없어요."

그때 미유라는 막연하게 느꼈다. 어쩌면 황제는 냉정하고 단호한 아시하한테 더 어울리는 자리가 아닐까. 그저 내가 좀 더 먼저 태어났다는 이유로 나보다 자질이 뛰어난 여동생의 기회를 박탈한 건 아닐까.

소년의 앞에서 아시하는 악역을 자처했다. 그랬기에 미유라가 성녀가 되었다. 이야기를 들어 주고 치료비를 내어 준 건 정말로 별것 아닌 호의였다. 이야기를 듣기 전에는 아예 기억조차 하지 못했을 정도로. 하지만 그 호의 때문에 소년은 황궁에 들어왔고 아마도 지금은 죽었을 것이다. 근위대라는 위치 탓에 일반 궁인들보다 훨씬 위험했을 테니까. 차라리 아시하처럼 무심하게 대처했다면 최소한 그 소년은 이 부부와 함께 완안의 어딘가에서 평범히 살아 있었을지도 모른다.

미유라는 한동안 침묵 속에서 제 손등만 한없이 내려다보았다. 갑자기 눈물이 툭 떨어졌다. 눈물이 차오른다는 느낌도 없이 멍울져 손등을 때렸다. 그 얄팍한 무게마저도 죄책감이었다.

"죄송해요……."

"아니, 아가씨가 죄송할 게 뭐가 있어요?"

차마 혼자 살아 나와 죄송하다 소리를 할 수 없었다. 그랬다가는 유릭이라는 그 소년의 죽음을 결말짓는 것만 같아서. 하지만 말을 하지 않는다고 해서 이 중년 부부가 미유라의 심정을 눈치

못 챌 리 없었다. 애써 울음을 참는 미유라의 등을 두드리며 부인이 먹먹한 얼굴을 했다. 지켜보고 있던 남편이 결국 울분을 비쳤다.

"아가씨가 왜 사과해, 진짜 나쁜 놈들은 그놈들이지. 놈들은 자신들이 국민을 위해 나유타를 구했다고 하지만 믿는 사람이 얼마나 되겠어? 지금 나해에 몰살당한 가족을 둔 사람이 얼마나 많은데. 황제 폐하와 황후마마를 잔인하게 살해하고 그 선한 황녀님을 불태워 죽였어. 그렇게 착하고 좋은 분을……. 인간이 할 짓이 아니지, 그건. 남황녀 전하도 어떻게 되셨는지 소문만 많지만 운이 좋아 살아 있대도 뭐 얼마나 멀쩡한 꼴로 있겠어?"

늘 그리웠던 가족의 소식이 귓가에 서늘하게 박혀 왔다. 미유라는 아찔해졌다.

그저 소문일 뿐이야.

항상 그랬듯이 위안을 삼아 왔던 핑계로 마음을 진정시키려 해봤지만 외려 등줄기가 더욱 섬뜩하기만 했다. 미유라는 눈을 꾹 감았다. 숨을 크게 한 번, 두 번, 세 번 반복해 내쉬고 삼켰다. 목이 아려 왔다.

"황제 폐하와 황후마마가, 돌아가셨나요?"

등을 쓸어 주던 부인이 한숨을 담아 나직하게 답했다.

"황궁이 불타자마자 바로…… 저기 중앙 광장에 아직……."

비명조차 막혀서 터지지 않는다. 차라리 평생 그 미궁 같은 통로에 갇혀 헤맨다 해도, 밤마다 가위에 눌려 앓는다 해도 이만큼 끔찍하지는 않을 것만 같았다.

맙소사, 아시하. 난 대체 널 어디에 남겨 두고 혼자 도망친 걸까.

조그만 마차가 황궁의 궁문 앞에 섰다. 문지기는 임시 출입 허가서를 받아 들었다. 이런 양식의 허가서가 발행되었다는 이야기는 듣지 못한 데다 가장 밑에 찍힌 직인이 총사령관인 태선 공후의 것이라 문지기는 마차로 다가섰다.

"죄송하지만 이 허가서의 주인이 어느 분이신지 뵐 수 있습니까?"

"허가서에 무슨 문제라도 있습니까?"

묻기는 시종에게 물었는데 대답은 마차 안에서 들려왔다.

"아뇨, 그런 건 아니지만."

대답하면서 문지기는 아무런 치장도 없이 단순하기만 한 마차의 외양을 살펴보았다. 태선 공후의 허가서를 들고 온 일행이라고 보기에는 시종 두엇을 딸린 마차 두 대라는 규모가 너무 단출했기 때문이었다.

"그러게 괜히 마차를 빌려서 타고 오니 뭐니 하니까 번거롭잖아?"

반대편 마차에 달린 창문이 달칵 열리더니 새치름한 얼굴 하나가 튀어나왔다. 눈에 익은 소녀의 얼굴에 문지기가 당황했다.

"나 기억하죠?"

리네아가 당돌하게 물었다. 어떻게 잊을 수 있겠는가. 총사령관의 이름을 들먹이며 억지를 부려 황궁에 들어왔던 얄미운 소녀를.

"나하고 오빠 얼굴, 잘 기억해 놔야 할 거예요. 앞으로 자주 보게 될 테니까."

태선 공후의 가족이니 어쩔 수 없이 문을 열어 주면서도 문지기는 억울했다. 그날 리네아가 허가서를 받아 오겠다며 을러대고는 그대로 내빼 버리는 바람에 하루 종일 얼마나 공포에 떨었던가.

그나마 리네아가 무슨 재주를 부렸는지 이안 장군의 부관이 공녀를 배웅하면서 문지기에게 몇 마디 주의를 주는 정도로 끝났기에 망정이지, 자칫했다간 책임을 혼자 다 뒤집어쓸 뻔했다.

그런데 기억해 놔야 할 거라니.

앞으로 자주 보게 될 거라니.

리네아가 남긴 마지막 말을 떠올리며 문지기는 몸서리를 쳤다.

“거봐. 뭣하러 신분을 숨겨?”

마차를 돌려보내며 리네아는 호림을 흘겨보았다. 리네아와 함께 황궁을 방문하게 된 호림은 시종들을 불러 채비를 하게 하는 대신 영업용 마차를 불렀다. 그렇지 않고서는 같이 가지 않겠다고 호림이 버티는 바람에 리네아도 어쩔 수 없이 작은 영업용 마차에 오를 수밖에 없었다. 별로 들뜬 기색도 보이지 않고 마차에 오르는 막내오빠를 보며 리네아는 초장부터 김이 다 새는 기분이었다.

몰래 숨어들어 가는 것도 아닌데 대체 저렇게까지 조심하는 이유가 뭐람.

더군다나 이번에는 억지로 밀고 들어가는 것이 아니라 아버지에게 정식으로 초청을 받은 허가증도 가지고 있었다.

이안에게 걸려 쫓겨난 이후 같은 방법을 두 번은 못 써먹겠다 생각한 리네아는 아버지에게 애교 섞인 편지를 보냈다. ‘아빠, 큰오빠, 작은오빠가 다 황궁에 들어가서 나랏일을 하느라 바빠 집에 돌아오지를 못하니 여기 남은 저와 막내오빠는 가족들이 그리워요. 같이 저녁 식사를 해 본 지도 오래되었네요. 보고 싶어요.’ 그 편지의 답례로 아버지에게서 식사 초청장이 도착했고 리네아는 곧바로 호림에게 이 반가운 소식을 알렸다. 하지만 호림은 초청장을 팔랑팔랑 흔들며 뛰어들어 온 리네아를 보고 정색했다.

-피 냄새 나는 저녁 식사는 별로 달갑지 않은데?
-밥맛 떨어지게 그건 무슨 소리야!

가지 않겠다는 호림을 겨우겨우 설득해 황궁까지 들어왔지만 그는 여전히 시큰둥했다. 줄곧 책만 들여다보느라 황궁에 들어와 본 적이 없을 텐데도 호림은 이 색다른 장소에 별다른 감흥을 느끼지 않는 듯 보였다. 그런 호림을 보고 있으니 리네아마저 날아오를 듯 발길이 가볍다가도 흥이 확 식었다. 아버지와 두 오빠들이 기다리고 있는 식당에 도달했을 때에는 호림 못지않게 리네아 역시 표정이 굳어 있었다.

"늦었구나."

태선 공후가 질책했다. 엄격한 군인인 그는 기다리는 일을 싫어했다. 시간을 쪼개고 쪼개어 쓰는 군대의 특성도 있지만 총사령관이라는 직책상 남을 기다리게 하면 했지 본인이 기다려야 할 일이 없었던 것도 한 몫 했다. 호림이 고개를 꾸벅 숙였다.

"군인인데도 시간개념이 엉망인 놈도 있지 않습니까."

기온이 사나운 눈썹을 들어 올리며 말을 보탰다. 심지어 기온에겐 리네아와 호림을 구해 주려는 뜻이 아니라 이안을 한데 엮어 같이 야단치려는 의도가 있어 보였다. 아버지의 뜻을 거스르지 못해 결국 군인이 되기는 됐으나 늘 민숭민숭 미적지근하게 한 발만 담그고 있는 이안이나 아예 학자가 되겠다며 책만 보고 있는 호림이나 진골 군인들에게는 눈에 안 차긴 매한가지. 그러나 뜬금없이 튄 불똥을 맞고도 이안은 과히 신경 쓰는 기색이 아니었다. 저런 태도가 더 큰오빠의 심기를 돋운다는 걸 아는가 몰라. 리네아는 입을 삐죽였다.

“전 빼 주세요. 막내오빠가 마차를 부른다고 시간을 지체하지만 않았다면 안 늦었어요.”

“마차를 왜?”

“몰라요. 그러니까 들어오면서도 괜히 한 번 더 잡히지. 창피하게.”

“태선의 아들이 채신머리없이.”

태선 공후가 혀를 쯧 찼다. 기온이 마뜩잖은 눈길로 호림을 건너다보았다.

“저렇게 소심해서야.”

방에 틀어박혀 책만 읽느라 얼굴은 희묽은 데다 손목은 여동생인 리네아보다도 더 가늘다. 유약한 체격과 예민해 보이는 인상은 태선 공후가 늘 한심하게 여겨 오는 호림의 특징이었다.

“그냥 두시지요. 뭐 남들 두 몫만큼 사고치는 녀석이 있으면 누군가는 좀 덜해야지요.”

“그거 내 얘기야?”

듣고 있던 리네아가 앵돌아졌다.

“켕기는 구석이 있으면 네 얘기겠지.”

“내가 뭘 했는데?”

“그걸 굳이 다시 듣고 싶어 하다니 너도 참 별일이다.”

너무 무서워 말 한마디 붙이기 어려운 큰오빠와 사사건건 마음이 맞지 않고 말수가 극히 드문 막내오빠 사이에서 그나마 말 붙이기 쉬운 사람이 이안이었다. 말이 잘 통한다고 말할 수는 없어도, 속내를 겉으로 비추지 않아 도대체 뭘 생각하는지 모르겠다는 단점이 있어도 리네아는 이안을 가장 스스럼없이 대했다.

더불어 이안은 가장 쓸모 있는 오빠였다. 남황녀가 유행시킨 드레스를 도저히 입을 수가 없어서 어쩔 수 없이 유행과는 동떨어진 옷을 입고 연회에 참석해야 했을 때, 분한 마음에 밤새 운 리네아는 이안을 제 파트너로 데려갔다. 신분 높은 공녀인 자신을 앞에서 비웃지는 못해도 남녀와 신분이 존재하는 한 그곳은 뒷말이 많은 세계다. 하나라도 험담을 줄이겠다는 각오로 가장 잘난 파트너를 데려간 리네아는 그날 연회의 승자가 되었다.

"성희롱, 무단……."

풉. 리네아는 마시던 음료를 그대로 제 옷에 내뿜었다.

"뭐라고?"

기온과 아버지는 물론이거니와 심지어 무심한 호림마저 리네아를 흘끔거렸다. 얼굴이 확 달아오른 리네아가 항변했다.

"무슨 소리야? 오빠가 장난치는 거예요, 끝까지 다 본 것도 아니고!"

"뭘 끝까지 봐?"

"그런 거 아니란 말이야. 아, 내 옷!"

차라리 황궁 무단 침입부터 거론할 것이지.

허락받지 않은 짓을 저질렀다고 호되게 야단맞는 게 낫지 남부끄러운 상상의 주인공이 되는 건 더 싫다. 처음 입은 옷을 망친 리네아가 울상이 되어 발을 쾅쾅 굴렀다.

"갈아입을 옷도 없는데 나 어떡해!"

게다가 당장 돌아갈 마차도 없다. 돌봐 줄 시종이 있는 것도 아니고 아버지와 오빠들 앞에서 신경질을 부려 봤자 받아 줄 사람도 없다. 억울하고 짜증이 치솟아 울먹거리던 리네아가 남궁을 기억해 낸 건 이때였다. 공녀인 그녀가 궁인의 옷을 빌려 입을 수는 없고 황후와 채황녀의 옷은 궁이 불탔으니 화기에 상했을 것이 당연하다. 그렇다면 남은 것은 멀쩡하게 보존된 남황녀의 옷뿐이다. 의외의 기회였다.

“남궁이 어디야?”

“남궁은 왜 묻지?”

남황녀라면 감정이 좋지 않은 기온이 눈을 날카롭게 뜨며 물었다. 리네아가 웅얼웅얼 변명했다.

“아니, 옷을 갈아입으려는데 거기밖에 없을 것 같아서…….”

“글쎄, 그다지 좋은 생각은 아닐 텐데.”

리네아를 슥 훑어본 이안이 고개를 절레절레 흔들었다.

“왜?”

“그녀는 너보다 10센티는 더 크고 10킬로는 덜 나가거든.”

지금 무슨 소리를 들은 건가, 멍하게 서 있던 리네아가 소리를 빽 질렀다.

“……오빠!”

이건 정말 뜻밖이라고밖에 설명할 수 없을 거다.

좁은 길을 걸어 내려가며 리네아는 습기가 눅눅하게 밴 공기를 들이마셨다. 상상해 보지 못한 대면이라 순간순간 머리가 멍하기까지 했다. 울컥하는 마음에 뛰쳐나오기는 했지만 솔직히 큰 기대는 없었다. 기껏해야 남궁을 찾겠다며 돌아다니다 저번처럼 길을 잃거나 오빠들이 보낸 군인들에게 잡히겠거니, 이 정도가 생각할 수 있는 전부였다. 그럼에도 괜한 오기에 인적이 드문 길을 찾아 들어갔다. 지난번 황궁을 몰래 방문했을 때 한 가지 느낀 사실은,

의외로 이 넓은 황궁의 어떤 장소도 방치되지 않았다는 점이었다. 지금은 특수한 상황이라 손이 닿지 않는 곳도 있고 일부 중요한 장소에 인력이 몰려 있기도 했지만 황궁은 비교적 궁 전체가 잘 관리되어 온 축이었다. 그렇기에 사람들의 발길이 끊긴 것처럼 보이는 장소가 있다면 오히려 수상쩍다고 보아도 좋았다.

"죽었다 살았다 하도 소문만 무성해서 궁금했었는데…… 살아 있었네요, 이런 곳에?"

살아 있는 황족을 죽었다고 포장할 이유가 없으니 분명 어디엔가 있을 거라고 생각하긴 했지만 이런 장소일 줄은 몰랐다. 물론 몰락한 황녀를 고이고이 궁 안에 모시고 있을 리는 없고 가둬 놓을 장소야 빤하긴 해도 어딘지 모르게 이질적이었다.

누가 황궁에 지하 감옥이 있을 거라 상상했겠는가. 땅굴을 파서 만든 지하 감옥의 존재뿐만이 아니라 지저분한 창살 너머 고고하게 앉아 있는 남황녀의 모습도 기대했던 것과 매우 달라, 리네아는 내심 놀랐다. 물론 겉으로 드러내지 않을 만큼의 분별은 있었다.

"누구지?"

아무런 소개 없이도 리네아가 남황녀를 곧장 알아본 것과 달리 남황녀는 리네아를 전혀 알지 못했다. 여태껏 그랬을 테지. 리네아는 비죽였다. 그녀는 모두에게 기억되지만 정작 자신은 아무도 기억하지 않는 여자였다. 그럴 필요가 없었으니까.

"리네아."

이름을 밝혔으나 남황녀는 눈썹 한 번 까딱하지 않았다. 모르는 사람이라는 의미였다. 그러면서도 별로 궁금한 눈치도 아니었다. 황녀의 오연하면서도 거만한 얼굴을 쳐다보는 순간 갑자기 심술이 났다. 리네아는 입가로 가짜 웃음을 밀어 올리며 부연했다.

"곧 남궁의 주인이 될 사람이에요. 그 궁이 남궁이라고 불릴 날도 이제 얼마 안 남았겠지만."

가면처럼 굳어 있던 남황녀의 무표정한 얼굴이 그제야 부서졌다. 살짝 안색이 변한 아시하를 보면서 리네아가 다시 진심 없는 겉치레를 했다.

"이 정도면 충분히 인사가 됐나요?"

언제고 불려 가 조사를 받을지 모른다는 걱정에 옥지기는 미리 세 명의 동료와 말을 맞춰 놓았다. 근무 중 술을 마셨다는 징계야 어쩔 수 없지만 남황녀에게 손댔다는 징계만큼은 어떻게든 피해야 한다는 판단 아래 술은 인정하되 남황녀와의 일은 부인하기로 마음먹었다. 일에 지쳐 술을 마신 건 잘못했지만 그 덕에 탈주하려는 남황녀를 잡을 수 있었다. 술을 마시고 온 자신을 보고 남황녀가 쓰러진 척 일을 꾸며 문을 열게 만든 후 달아나려 했다. 때마침 함께 술을 마셨던 동료들이 근처에 있다가 그 광경을 보고 함께 남황녀를 쫓았다. 옷이 찢긴 건 남황녀가 반항했기 때문이고 오히려 사람이 오자 그녀는 제 옷을 잡아 뜯어 자신들에게 겁탈 죄를 씌우려고 했다. 나무랄 데 없는 짜임새였다. 그런데 이 장황한 정성이 무색하게도 상부에서는 아무런 질책이 없었다.

그 이후 남황녀는 먹을 것도 마실 것도 거부했다. 아예 옥지기와 마주할 여지를 만들지 않으려는 듯이. 세 명의 동료들은 자리를 비운 사실이 들통나 한동안 지하 감옥 근처로는 얼씬도 못 하는 처지가 됐고 혼자 남황녀의 살기 어린 눈빛을 받아 내려니 괜히 켕기는 탓에 옥지기는 한동안 그녀를 무시하기로 마음먹었다. 어쨌든 그녀가 감옥에 갇혀 있는 한 아쉬운 건 남황녀 쪽이지 자신이 아닐 테니까.

자정이 가까웠으니 오늘 하루의 일과도 끝이다. 바닥에 앉아 꾸벅꾸벅 졸기 시작한 옥지기는 불현듯 냉기를 느꼈다. 남황녀처럼 지하 감옥에 들어 있는 것도 아니고 계절을 방비해 옷도 든든하게 입고 있는데 스며드는 추위가 의아해 무거운 눈꺼풀을 들어 올리려 하는 순간 금속의 공명음이 귓전에서 가늘게 울려왔다. 지이이잉. 옥지기는 일어서지도 앉지도 못한 엉거주춤한 자세로 목을 겨누고 있는 장검을 곁눈질했다.

"그분이 여기 계신가."

달밤처럼 낮은 물음 끝에서 위협을 담아 검 끝이 목을 가볍게 찔렀다. 검을 피해 천천히 고개를 돌리려 하자 검날이 목덜미의 미세한 움직임을 따라 바싹 쫓아왔다.

"돌아보지 말고 대답해라."

"나, 남황녀 전하 말씀이십니까?"

그것은 대답으로도 충분한 반문이었다. 누가 들어도 남황녀가 이곳에 있음이 여실했다. 검이 대답 대신 숨을 옥죄었다. 예기에 베인 목이 뜨끔했다.

"손, 들어."

검의 넓은 면이 턱에 닿았다. 옥지기는 검이 미는 대로 턱을 당겼다. 검이 허락한 공간은 옥지기가 조금씩 일어설 수 있을 정도의 아주 좁은 틈이었다. 옥지기는 다리에 겨우겨우 힘을 실었다.

조금만 비틀거려도 날카롭게 벼려진 검에 목이 베일 것만 같았다. 지시에 따라 두 팔을 천천히 들자 괴한의 손이 허리께에 닿았다. 검을 빼앗으려는 듯 보였다.

"안내해라."

괴한이 명령하면서 옥지기의 검을 뽑았다. 검이 스르릉 끌려 나왔다. 그 선명한 소리에 옥지기는 눈앞이 까마득해졌다. 이대로 아시하의 앞까지 안내를 하면 자신은 기온 장군에게 죽을 것이고, 이 괴한에게 반항을 하면 바로 이 자리에서 죽을 것이었다.

"당신 누구……."

어떻게든 시간을 끌어 보아야 한다. 이런 젠장! 누구 지나가는 사람조차도 없나 기대하면서 어떻게든 끌려가지 않으려 버둥거리던 옥지기의 눈앞으로 희뜩한 빛이 스쳐 갔다. 텅! 괴한에게 뺏겼던 옥지기의 검이 바닥에 떨어졌다. 동시에 괴한이 검을 뒤로 걷어찼다. 괴물 같은 반사 신경이었다.

옥지기는 바짝 긴장한 목을 세우며 눈길을 떨어뜨렸다. 괴한의 왼손에서 피가 후두둑 듣었다. 검붉은 피가 옥지기의 발등과 발바닥을 방울방울 적셨다. 옥지기는 괴한의 손등을 찍어 맞히고 떨어진 단검을 발견했다.

"일국의 군인이 적을 맞아 검 한번 뽑아 보지도 못하면 되겠습니까?"

느긋한 목소리가 바람을 타고 흘러왔다. 이안이 천천히 검을 들어 괴한을 겨냥했다. 잠시 적을 지켜보던 이안의 눈동자가 가늘어졌다.

"그러고 보니 우린 구면이로군요, 안타이."

순간 두 개의 검이 쨍하게 부딪쳤다. 안타이는 옥지기의 목을 왼팔로 단단하게 감아 전면을 보호하는 방패로 이용하면서 상대를 마주 보았다.

총사령관의 둘째 아들 이안 장군. 알아보기는 어렵지 않았다. 이안과 안타이는 같은 국립대 출신이었고 둘 다 나름대로 학교에서 유명세를 떨쳤다. 이안은 군부를 이끄는 대귀족의 아들이었기 때문에, 그리고 안타이는 국립대에서 유일무이한 완족 출신이었기 때문에.

황족과 귀족들만이 다닐 수 있는 국립대에 완족인 안타이가 입학할 수 있었던 것은 그간 완족이 끈질기게 벌여 온 독립운동 때문이었다. 완평을 근거지로 둔 완족이 나유타의 핍박과 차별을 상대로 끈질기게 저항하자 줄곧 완족을 향해 채찍만 휘두를 줄 알았던 나유타 황실에서 협상을 제안했다. 그리고 그들이 내민 제안 중의 하나가 완족 후계자의 국립대 입학이었다. 후계자 단 한 명의 대학교 입학. 나유타의 황족과 대귀족들만이 받을 수 있는 고등교육을 함께 받게 해 주겠다는 당근이었다. 물론 그 제안을 받아들이지 말아야 한다는 의견도 있었으나 나유타를 이끌어 갈 젊은 인재들이 어떤 교육을 받는지 알아 둬서 나쁠 게 없다는 중론에 따라 완족은 국립대에 입학할 적임자를 선출했고, 그 결과 안타이가 대학에 입학하게 되었다.

학교에 들어온 후 안타이는 알았다. 나유타 황실이 결코 자신을 인정하는 의미에서 입학을 허가한 것이 아니었음을. 대학에서 안타이는 철저한 외톨이였다. 안타이는 이 땅을 지켜 온 토착민으로서의 독립성을 인정받기 위해 국립대에 들어갔지만 나유타는 그를 상대로 나유타의 선진성을 주입시키고 귀족들의 무시와 괴롭

힘을 통해 완족의 좁은 입지를 깨닫게 해 자존심을 뭉개는 쪽에 목적이 있었다.

말하자면 완족의 차기 족장을 맡을 안타이를 나유타화化시키려 했던 것이다.

안타이는 국립대 안에서 가장 핍박받는 자였고 이안은 귀족들의 최고 정점에 서 있던 자였다. 안타이가 수업에 들어오는 순간 강의실을 지키고 있던 귀족들은 단체로 수업을 거부했다. 귀족들은 신분을 무시한 안타이의 입학이 자신들의 우월성에 커다란 타격을 입혔다고 주장했다. 학교 전체가 안타이 혼자와 반反안타이로 나뉜 듯했다. 시간이 흐른 만큼의 기나긴 따돌림 속에서도 안타이가 끈질기게 버티며 대학에 남자 귀족들은 보다 본능적인 방법을 선택했다. 검술 수련 중에는 실수를 가장해 안타이를 찔렀고 승마를 할 때에는 안타이가 탈 말의 인장 아래 바늘을 꽂거나 다리를 부러뜨렸다. 활을 연습할 때에는 일부러 안타이를 겨냥해 화살을 날렸다. 간간히 있던 집단 폭행은 날이 갈수록 강도도 거세졌고 횟수도 늘어났다.

반면 이안은 귀족 중에서도 손꼽히는 혈통의 귀족이었다. 이안은 사람을 내치지도 않았지만 거두어들이지도 않았다. 다른 이들에게 거리감을 유지한다는 점이 안타이와 동일했지만 그 결과는 사뭇 달랐다. 안타이는 배척받는 입장이 되었고 이안은 추종을 받는 입지에 섰다. 항상 싱글싱글 걸려 있는 이안의 웃음 속에는 어려서부터 엘리트로서 키워진 자의 여유가 존재했다.

이안을 처음 본 날을 안타이는 기억했다.

안타이는 비어 있는 어둑어둑한 강의실로 불려 갔다. 자주 있는 일이었다. 웬만한 남자들보다 키가 크고 체격이 좋은 안타이를 무률 꿇리기 위해 남자 하나가 배를 겨냥해 발길질을 했다. 반격하는 순간 다시 완족을 향한 박해와 보복이 있을 것을 알기에 안타이는 반항하지 않았다. 주먹과 각목들이 등을 번갈아 후려쳤다. 한참 꼼짝없이 두들겨 맞고 있는데 비어 있는 줄로만 알았던 강의실 뒤쪽에서 누군가 부스럭거리며 일어났다.

"이거 참, 시끄러워서."

이안이었다. 그의 출현이 얼마나 뜻밖이었던지 귀족들마저 놀라 잠시 정지했다.

"실례했습니다. 손을 좀 봐 줄 놈이 있어서."

누군가 웅얼웅얼 변명했다. 그들은 안타이를 폭행하는 것보다 안타이를 폭행하느라 이안의 휴식을 방해한 게 더 죄스러운 듯했다. 이안이 안타이를 향해 느릿느릿 걸어왔다. 안타이는 그의 곱상하고 화사한 얼굴과 시선을 마주쳤다. 그 찰나에 이안의 얼굴에 항상 걸려 있던 가면 같은 미소가 깨끗하게 걷혔다. 마치 인간이 아닌 무생물을 보는 듯한 눈빛이었다. 기이하게도 그 극히 짧은 시간에 여태껏 그렇게까지는 느껴 보지 못했던 짙은 모멸감이 밀려왔다. 직접 폭력을 행사하는 귀족들보다 한 발짝 물러선 곳에서 방관자로 존재하는 이안이 더 가증스러웠다.

그때와 같은 얼굴이 지금 제 눈앞에 있다.

안타이의 살기를 대수롭지 않게 받아 넘기며 이안이 다시 입을 열었다.

"의외군요. 여기서 볼 줄은 몰랐는데. 당신이 지키던 사람은 채황녀가 아니었습니까?"

"네놈에게 미유라 황녀 전하의 존함을 입에 담을 명분이 있는가?"

"아, 그렇군요. 채황녀는 죽었지요, 우리 손에."

이안이 의도적으로 마지막 말에 힘을 실었다. 맞댄 검 너머에서 단단하게 뭉친 힘이 밀려왔다. 말수가 극히 적은 이 완족 남자는 말보다는 행동으로써 자신의 기분을 표현한다. 바로 지금처럼, 이렇게.

안타이는 미유라가 명한 휴가를 보내러 완평에 머물고 있을 때 황궁의 비보를 접했다. 채황녀가 불에 타 죽었다 했다. 믿을 수 없었다. 다른 완족 형제들은 차라리 잘되었다고 말했다. 그로써 안타이를 나유타 황실에 매어 두고 있던 연결 고리가 끊어진 것이 아니냐면서. 하지만 미유라는 단순한 연결 고리 따위가 아니었다. 그녀는 심연에 비친 빛이었다. 봄의 꽃이자 여름의 바람, 가을의 하늘이자 겨울의 태양이었다.

채황녀 미유라.

안타이가 졸업을 1년 남겨 두었을 무렵 나유타 황실의 자랑이자 차기 황제가 될 미유라가 입학했다. 나유타 최고의 꽃이라던 황녀의 입학을 앞두고 귀족들은 천한 완족인 안타이가 황녀의 앞에 나타나 그녀의 눈을 더럽히지 않을까 노심초사했었다.

어떤 협박을 받아도 끈질기게 학교를 떠나지 않았던 안타이는 귀족들에게 독종이라 불렸다. 독종은 다시 학교의 음습한 장소로 끌려갔다. 평소처럼 묵묵히 가해지는 매질을 신음 하나 흘리지 않고 견디고 있는데 갑자기 주변이 소란스러워졌다.

"멈춰요."

안타이는 눈을 떴다. 눈으로 흘러든 피 때문에 시야가 온통 붉었다.

"거기 누구죠?"

"황녀 전하, 신경 쓰지 마십시오. 인간이 아닙니다."

"같은 외형을 가지고 같은 언어를 쓰고 같은 생각을 하는 존재가 인간이 아니라면 그럼 뭐죠?"

미유라가 질책했다. 잠시 주변을 정돈하는 소음이 일더니 사람들이 물결처럼 갈라졌다.

"완족입니다, 전하."

놀란 미유라가 얼굴을 찡그렸다. 그러자 그것 보라는 듯 누군가가 재빨리 말을 보탰다. 안타이는 생각했다. 모습을 보이지 말라는 황녀 앞에 얼굴을, 특히나 험한 모습을 보였으니 내일부터 따돌림은 더 심해질 테지. 심지어 황녀마저도 표정이 좋지 않았다. 그토록 현숙하다던 채황녀도 결국은 어쩔 수 없는 황족의 일원이었다. 기대한 것이 없어서 허탈하지도 않았다.

그 와중에 안타이는 멀찍이 서서 사태를 관망하고 있는 이안을 발견했다. 완족과 황녀의 첫 대면을 구경하러 몰려온 온갖 어중이떠중이들 건너편에서 그는 안타이를 향해 가볍게 고개를 까딱하며 알은체를 해 왔다. 다분히 작위적인 미소가 걸린 얼굴로. 그러더니 별 흥미롭지도 않다는 듯이 천천히 걸음을 떼었다.

동시에 미유라가 좁은 보폭으로 다가왔다. 얼굴에서 뚝뚝 떨어지는 피를 손등으로 대충 문질러 닦아 내면서 안타이는 무감정하게 미유라를 올려다보았다.

"저 무례한 놈."

"황녀 전하께 당장 예를 갖추지 않고 뭐 하나!"

비록 미유라의 앞이라 대놓고 표현은 못 해도 안타이에 대한 적개심은 안개처럼 깔려 있었다. 그때였다.

"의사를 불러오세요."

미유라가 워낙 단정하게 지시하는 바람에 다들 무슨 이야기를 들었는지 이해하지 못한 얼굴들로 멀뚱거렸다. 아무도 움직이지 않자 미유라가 주변을 둘러보았다. 서서히 소요가 일기 시작했다. 의사? 저놈 때문에? 진짜야? 속닥거리는 일부분이 경로를 이탈해 미유라의 귀에까지 스몄다. 그녀는 한 명 한 명 차례대로 시선을 맞췄다.

"묻겠습니다. 완족의 거주지가 어딘가요?"

눈치를 보던 귀족 하나가 대답했다.

"완평입니다."

"그럼 완평은 어느 나라에 속한 곳이죠?"

"……나유타의 국토입니다."

"네. 완평은 나유타의 국토이고 이 사람은 완평을 고향으로 둔 사람이지요. 나유타 안에서 태어나 살고 있는 사람은 모두 제가 보호하고 책임져야 할 사람들입니다."

안타이의 앞에 무릎을 꿇고 앉은 미유라가 옷소매로 얼굴의 상처를 지혈했다. 황녀의 하얀 소매가 단박에 벌겋게 젖어 들었다. 안타이는 무의식적으로 움찔했다. 미유라의 얼굴이 지근거리에 있었다. 눈부처가 맺힌 눈동자 색이 독특할 정도로 연하다. 서로의 숨결이 자꾸만 부딪쳐 얼굴을 간지럽게 했다. 완만하게 뻗은 코의 곡선, 산호색 입술, 하얀 목덜미, 유난히 가느다란 팔목, 상처를 지혈할 때마다 얼굴을 부드럽게 스치는 긴 손가락, 그 손가락 끝에 맺힌 옅은 체온의 온기.

손가락 끝에서 맥박이 톡톡 뛰었다. 느낌이 생경했다. 자신도 모르게 안타이는 미유라의 손을 탁 쳐 냈다.

"전 나유타의 국민이 아닙니다."

나유타 국민들이 완족을 같은 인종으로 인정하지 않는 것처럼 완족 또한 나유타의 황실을 자신들의 지배 계층이라 여기지 않았다. 안타이의 단호한 거부에 지켜보고 있던 학생들이 들불처럼 으르렁거리기 시작했다. 감히 황녀의 손을 뿌리치고 황녀 앞에서 저런 무례한 소리를 입에 담다니, 두고 보자 이를 가는 이들이 한둘이 아니었다.

그러나 미유라는 담담했다. 이중에서 가장 화를 내야 할 사람이라면 그녀임에도 불구하고. 그녀의 흰 옷자락에 스며든 자신의 핏자국이 선명했다. 미유라는 잠시 시선을 내리깔았다가, 난처하게 미소했다가, 다시 소매를 살짝 접어 피에 젖지 않은 부분으로 안타이의 상처를 닦아 주었다.

"제가 많이 부족하죠?"

안타이는 다소 당황했다. 미유라가 나직나직 말을 이었다.

"이곳의 학생들이 공존의 아량을 발휘하지 못하는 건 결국 이들이 훗날 이끌어 갈 나유타의 잘못이고 나유타의 잘못은 곧 제 잘못이에요. 이런 모습을 처음 봐서 많이 놀랍고 무섭기도 한데 이유와는 별개로 이들이 누군가를 상처 입혔다면 그건 제가 한 짓이나 다름없어요. 그러니 모든 도의적인 책임은 제가 지겠습니다. 나유타의 국민이 아니라도 환자인 것만큼은 분명하니 우선은 치료부터 받아 주세요."

하얀 손이 안타이의 손을 쥐어 왔다. 안타이가 도망치기라도 할 것 같았는지 나름대로 힘을 주어 꽉 붙들고 있는 모양새였다. 천생 귀한 혈통이라 무거운 것은 아무것도 들어 본 적이 없을 가늘고 연약한 손. 뿌리친다면 얼마든지 뿌리쳐질 힘없는 손. 안타이는 어딘지 생소한 기분이 들어 채황녀의 그 손을 한참 내려다보았다.

어째서인지 그 손길을 두 번은 거부할 수가 없었다.

그 한 줌도 안 되는 힘을 거역할 수가 없었다.

채황녀는 의사가 올 때까지 안타이의 손을 놓지 않았고 환자가 완족임을 안 의사가 떨떠름하게 치료를 마칠 때까지도 그 손을 꼭 붙든 채 기다렸다. 치료가 끝나자 그녀는 안타이의 손을 가볍게 잡아끌었다. 안타이는 그녀의 별것 아닌 힘에 이끌려 갔다. 제 손의 절반밖에 되지 않는 채황녀의 손이 크고 강하게 느껴져 당황스러웠다.

그 옅은 체온이 멍울져 몸 안에 남아 있는 듯했다.

여전히 안타이는 나유타를 자신의 나라라고 여기지는 않았다. 그러나 나유타와 완평의 그 모든 이해관계를 뒤로 하고 미유라는, 그에게 그저 황녀였다. 오로지 그녀 하나만을 보고 황궁까지 따라 들어왔다. 완족을 황궁에 들일 수 없다는 반대도 꿋꿋이 버텼고 안타이의 신분을 문제 삼은 남황녀의 경멸과 무시도 견뎌 냈다. 미유라 역시 안타이를 곁에 두기 위해 손수 사람들을 찾아다니며 일일이 설득하는 번거로운 일을 마다하지 않았다.

그런 채황녀가 죽었다.

말리는 완족을 뿌리치고 단신으로 무모하게 황궁에 뛰어들었다. 미유라의 죽음이 믿기지 않았다. 눈으로 직접 확인해야만 했다. 만약 미유라를 찾지 못한다면 아직 살아 있을 가능성이 있는 아시하 황녀라도 구할 계획이었다. 그간 아시하가 자신을 어떻게 대했건 아시하는 미유라가 제 몸처럼 사랑하는 단 하나뿐인 여동생이었다.

맞부딪친 검의 궤적이 번쩍번쩍 공간을 잘랐다. 이안도 능력 있는 군인이었으나 안타이 또한 모든 남자들을 전사로 키워 내는 완족 출신이었다. 한 팔로 옥지기의 목을 죄고도 안타이는 이안의 검을 곧이곧대로 맞받아쳤다. 검에 고스란히 실려 압박해 오는 힘을 받아 내기가 쉽지 않았다. 검을 옆으로 흘린 이안이 삽시간에 검을 깊게 뻗어 안타이의 시야 오른쪽을 서늘하게 훑어 갔다.

급격히 좁아진 거리 차에 안타이가 몸을 뒤로 물렸다. 쿵. 감옥문에 등이 부딪쳤다. 팔뚝에 힘이 실리면서 목이 졸린 옥지기가 신음을 컥, 흘렸다.

"불편할 텐데 그자는 좀 놓아주는 게 어떻습니까?"

이안이 턱으로 옥지기를 가리켰다. 안타이는 입매를 비틀었다. 옥지기를 방패로 쥐고 있기에 이안이 공격할 수 있는 경로가 절반으로 줄어든 반면 안타이도 움직임에 제한이 많고 몸이 무거워져 빠르게 대응할 수 없는 불편이 컸다. 안타이는 옥지기를 움직여 자신을 보호하는 대신 옥지기를 기준점으로 세우고 그를 벽처럼 이용해 단점을 상쇄했다. 옥지기를 사이에 두고 밀고 당기는 검의 간격 속에서 옥지기는 의지와 상관없이 제멋대로 이끌리며 휘청거렸다.

이안이 줄기차게 안타이의 비어 있는 오른쪽을 헤집고 들어왔다. 옥지기의 눈 바로 앞에서 검이 부딪치며 불꽃이 확 튀었다. 얼굴이 뜨끔했다. 귓전에서 연달아 기분 나쁜 쇳소리가 터졌다. 세 번, 네 번, 다섯 번. 피하지 못하고 안타이의 힘을 받아 낸 이안이 시큰거리는 손목을 가볍게 매만졌다.

"실례. 아직 오른손이 그리 익숙하지 않아서."

이안이 검을 왼손으로 고쳐 잡았다. 그러더니 잠시의 틈도 들이지 않고 바로 안타이의 오른팔을 노리며 검을 깊게 뻗어 왔다. 안타이가 재빨리 옥지기의 몸을 당겨 앞을 보호했다. 옥지기의 어깨를 아슬아슬하게 스치며 검이 선회했다.

옥지기는 바닥에 떨어진 이안의 단도를 노려보고 있었다. 자신의 칼은 이미 괴한에게 뺏겨 던져졌으니 가져올 길이 없지만 이안이 괴한의 손등을 노리고 날린 단도는 두 사람의 발에 번갈아 채이며 같은 장소를 빙글빙글 돌았다. 잘하면 가져올 수 있을 것만 같다. 옥지기는 용을 쓰며 발끝을 쭉 밀었다. 닿을 듯 말 듯 단검이 빙그르르 회전했다. 괴한은 이안의 검을 막아 내느라 옥지기가 무엇을 하는지 신경 쓸 겨를이 없어 보였다. 다시 다리를 길게 뻗었다. 그때 괴한이 옥지기의 목을 확 꺾어 오는 바람에 몸의 중심이 무너졌다.

"억!"

비명을 삼키며 팔을 허우적거리다 보니 손에 감옥의 쇠창살이 잡혔다. 재빨리 창살을 움켜쥐었다. 동시에 신발 끝으로 단검의 날 끝을 턱 밟는 데 성공했다. 됐다. 이대로 살살 끌어오다가 짬을 내 칼을 주워 이자를 찌르는 거다.

그렇게 발끝에 힘을 주던 순간이었다.

"손목이 달아나는 꼴을 보고 싶지 않다면 그만두는 게 좋을걸."

창살을 쥔 손목을 꽉 눌러 오는 악력과 귓가에 속삭여 오는 낮은 목소리.

옥지기뿐만 아니라 안타이와 이안마저 칼을 맞댄 채로 멈췄다.

얼기설기 얽은 창살 너머에서 남황녀가 턱을 당기며 도도하게 고개를 들었다. 황녀로 존재하던 시절 그녀는 늘 그런 태도로 사람들을 시선 아래 두곤 했다. 그녀는 안타이가 일찌감치 밀쳐 두었던 옥지기의 검을 손에 들고 있었다. 키이이익. 검이 그려 내는 궤도 아래서 돌바닥이 얕게 긁혔다.

아시하는 모두에게 주목을 받으며 살아온 황녀였다. 남들의 시선을 받는 일에 익숙했고 남들의 시선을 끌어당기는 일에도 익숙했다. 고작 그 짧은 동작 하나로 세 남자의 이목을 집중시킨 아시하가 입매를 싸늘하게 다물었다.

–어디에 갇혀 있는지 좀 자각을 해야 하지 않겠어요? 그 잘난 황족위 몰수된 게 언젠데.

–너희들이 몰수한다고 선언해서 몰수되는 그런 황녀라면 내가 여기 있지도 않겠지. 네놈들은 나를 가둠으로써 정당성마저도 같이 가두려 한 거니까. 내가 너흴 무서워하는 것 같아? 천만에. 오히려 네놈들이 나를 무서워하고 있을걸.

소녀는 어린 만큼 당돌했고 당돌한 만큼 건방졌으며 건방진 만큼 어리석었다. 자신이 남궁의 다음 주인이라며 찾아온 그 소녀는 아시하가 싸늘한 태도를 보이자 주위를 좀 둘러보라며 훈계했다. 아시하는 창살을 사이에 두고 자기보다 한 뼘 이상 작아 보이는 소녀에게 바싹 다가섰다.

–너도 주위를 한번 둘러봐. 미래를 미리 체험해 두는 것도 나쁘지 않지. 머지않았을 테니까.

아시하는 원래부터 눈빛이 강하기로 유명했었고 한참 키가 작은 소녀는 가뜩이나 큰 남황녀가 내리 쏘아보는 그 눈빛에 서서히 질려 갔다. 겁먹은 꼴이 우습다. 아시하는 비웃음으로 소녀를 배웅했다.

하지만 아시하의 비위도 이미 엉망으로 뒤틀린 후였다. 황족의 피가 흩뿌려진 황궁을 저런 자들이 차지하고 또 그곳에서 영위를 누리며 살아간다고 상상할 때마다 지옥에 내던져지는 기분이었다. 저들이 아버지의 집무실에서 공무를 처리하고 어머니의 침실에서 잠을 자고 언니의 서재에서 책을 읽고 자신의 만찬장에 앉아 고상한 척 식사를 즐길 거라고 상상할 때마다 몸부림을 치고 싶었다. 손발이 억세게 죄어들었다.

그래서 완족 남자를 발견했을 땐 눈물이 다 날 것 같았다.

언니가 경호원으로 받아들인 그 완족 전사가 옥지기를 인질로 잡고 이안과 검을 주고받을 때마다 흘러나올 것만 같은 신음을 삼키려 입을 틀어막았다. 안다. 그가 자신을 구하려 한다면 그건 전적으로 언니의 덕임을. 그가 황궁에서 지내는 동안 그토록 천시했던 자신에게 얼마나 애틋하고 미쁜 심정이 있다고 여기까지 들어오겠는가. 저 남자는 오로지 언니에 대한 각별한 유대감만으로 이곳까지 뛰어든 것이다.

쾅. 안타이가 문에 부딪치면서 그의 등이 달빛을 가려 감옥의 명도가 한층 낮아졌다. 아시하는 자세를 낮추고 살금살금 다가갔다. 다시없을 기회가 찾아왔는데 감옥에 주저앉아 멍청하게 시간을 보낼 순 없다.

나에게는 꼭 해야 할 일이 있다.

게다가 감옥 바깥에는 주인을 잃은 장검까지 떨어져 있었다. 감방의 창살은 촘촘하지만 감옥의 창살은 성겼다. 삐쩍 마른 여자의 팔목, 특히나 아시하처럼 줄곧 섭식을 거부해 앙상하게 가늘어진 손목 정도는 여유롭게 통과할 수 있을 정도로.

아시하는 정말 기쁘게 웃었다.

"내가 이 순간이 오기를 얼마나 기다렸는지 알아?"

한숨도 잘 수 없었다. 한시도 쉴 수 없었다. 온몸 구석구석을 더듬어 오던 여섯 개의 손에 질식할 것 같아서 한자리에 머물러 있지도 못했다. 눈을 감으면 악몽으로 나타날 것 같았고 눈을 뜨면 의식이 자꾸만 상기시켜 와 차라리 정신을 잃고 싶었다. 그러면서도 정신을 잃으면 그사이에 또 같은 일이 벌어질 것 같은 두려움에 생이 삭아 가는 심정이었다.

"내가 말했지. 내 몸에 손대면 그 손목을 잘라 버리겠다고!"

아시하는 단 한 번도 제 손에 피를 묻혀 본 적이 없었다. 하지만 이번에는 주저하지 않고 버둥거리는 옥지기의 손목을 검으로 내리찍었다. 다친 손이라 힘이 마음껏 들어가지 않아 검이 뼈에 부딪쳐 튕겨 나왔다. 울컥울컥 흘러나온 피가 손아귀를 적셨다. 이를 악물고 아시하가 한 번 더 검을 내리쳤다. 한 박자 늦게 옥지기가 비명을 질렀다.

"아아아악!"

안타이가 옥지기의 입을 틀어막았다. 이안이 굳은 얼굴로 지켜보고 있다가 감탄했다.

"정말 대단한 분이십니다, 남황녀 전하께서는."

"안타이."

아시하는 처음으로 완족 경호원의 이름을 불렀다.

"그자를 처치해!"

아시하가 외치자마자 안타이가 감옥의 빗장을 칼로 내리쳤다. 아시하를 세상에서 갈라 놓고 있던 그 두꺼운 쇠사슬이 한 칼에 잘려 바닥으로 떨어졌다. 이안의 시야를 방해하며 안타이가 검을 휘둘렀다. 아시하는 안타이가 벌어 준 틈을 놓치지 않고 바깥으로 달려 나갔다.

남궁. 목적지는 남궁이었다.

“참으로 담이 크신 분이 아닙니까?”

눈앞에서 황녀가 도망쳤는데도 이안은 당황하지 않고 안타이의 검을 받아 흘렸다. 안타이는 황녀가 멀찍이 달아나자 이안과 대치하며 그 반대 방향으로 조금씩 그를 유도했다. 그녀에게 시간을 만들어 주기 위해 이안을 붙잡고 있으려는 계획이었다. 그 빤한 생각을 읽으면서도 이안이 휘말릴 수밖에 없는 건 완족 전사 특유의 악력 때문이었다. 힘으로만 겨루자면 이안은 안타이에게 밀렸다. 이안은 안타이보다 체격이 호리호리하고 몸이 가벼웠다. 줄곧 검을 흘려 처리한 것도 그 이유에서였다. 근육이 내는 힘의 중량이 근본적으로 다른 것이다. 하지만 이안에게는 또 다른 무기가 있었다.

목을 노리고 지척에서 단검이 날아들었다. 아슬아슬하게 몸을 돌려 단검을 피하기는 했으나 검은 어깨를 깊게 스쳤다. 곧바로 뒤이어 날아든 두 번째 단검이 안타이의 허벅지에 퍽 박혔다. 안타이는 뻑뻑하고 둔중하게 밀려오는 통증을 무시하며 황녀가 사라진 방향을 흘끗 살폈다. 황궁 지리에 밝은 남황녀는 어떻게 하면 사람들의 눈에 띄지 않고 몸을 감출 수 있는지 잘 알았다. 이미 그녀의 그림자조차 보이지 않음을 확인한 안타이가 자세를 고쳐 잡았다.

무겁기만 하고 쓸 줄도 모르는 검은 이미 어딘가에 내버린 뒤였다. 아시하는 정신없이 내달렸다. 되도록 사람들이 없을 것이라 짐작되는 길을 본능적으로 판단하고 나무 그늘이나 돌담을 이용해 되도록 몸을 감춰 가며 이동했다.

언니, 기다려.

두 번 다시는 감옥으로 돌아가고 싶지 않다. 그 장소에 갇혀 있는 것만으로도 고문이었다. 그곳은 너무 많은 생각을 들게 한다. 그곳에서 이안에게 부모님의 처분에 대해 들었고 황궁이 침탈된 이유를 들었으며 자신을 송두리째 앗길 뻔했다. 지옥에 곤두박질친다 해도 이보다 더하지는 않으리라.

멀리 별빛이 쏟아지는 물길이 보였다. 남궁 근처에 호수를 조성하느라 만들었던 물길은 표면에 빛이 담겨 시릴 만큼 파르랗다. 저 너머, 바로 저 너머가 남궁이었다.

신경이 예민하게 곤두선 탓에 그저 낙엽이 바스락거리기만 해도 전부 인기척처럼 들렸다. 바람에 스친 나뭇가지가 떨기만 해도 가슴이 철렁 내려앉았다. 아시하는 잠시 눈을 꽉 감았다.

이건 그냥 숨바꼭질 놀이 같은 거야. 어렸을 때 종종 했던 그 놀이를 지금 하는 것뿐이다. 지금 황궁 안의 그 누구도 나만큼 이곳에서 오래 살아 본 사람은 없어. 이 주위는 전부 눈을 감고도 다닐 수 있는 곳이야.

그러니 아시하, 아무것도 걱정하지 마.

숨을 크게 삼키고 다시 눈을 떴다. 제법 가을이 짙다 못해 이제는 겨울이라 불러도 될 만큼 차가워진 바람이 소슬했다. 아시하는 가만히 길을 살폈다. 오면서 대충 느낀 바, 군인들은 대부분 본궁 쪽으로 집중되어 있는 듯했다. 남궁의 위치가 외져서 다행이었다. 아시하는 조심조심 소리를 죽여 길을 가로질렀다.

얼핏 검은 그림자가 멀리 스쳐 갔다. 주위를 경계하며 그림자처럼 조용히 스며드는 모습이 아시하와 퍽 닮아 있었다. 안타이다. 무사히 빠져나왔구나, 싶어 아시하는 안도했다. 사람이 없는 길을 찾느라 황궁을 빙빙 돌아 도달한 아시하와 달리 안타이는 최대한 빠른 길을 찾아 날래게 이동한 듯싶었다. 더불어 조금 더 서둘러야겠다는 생각이 들어 걸음을 재촉하려던 아시하가 불현듯 드는 공포심에 우뚝 서서 주위를 둘러보았다.

조용했다.

그런데 어째서 조용한 거지?

인질로 잡아 놓고 있던 황녀가 달아났는데 이렇게 고요할 수 있는 건가?

심지어 비밀리에 진행된 쿠데타에서도 묘하게 오싹한 예기를 느꼈었다. 하지만 도망친 황녀를 수색하는 일은 비밀스럽게 진행될 일이 아니지 않는가. 설마 남궁 쪽으로 도망칠 거라고 생각하지 못해서 다들 엉뚱한 곳을 뒤지고 있는 거라면.

설마 안타이가 정말로 이안을 처리한 걸까? 완족의 전사는 기척을 죽인 은신에 능하고 여럿일 때보다는 혼자일 때 강하며 원거리보다는 근접전에 뛰어나다고 했다. 하지만 이안도 고위 장교다. 그 자리에 오를 만큼 훈련을 받은 사람이, 심지어 안타이보다도 훨씬 변칙적인 인물인 그가 홀로 들어온 데다가 황녀라는 짐까지 짊어지고 있는 안타이에게 쉽게 당했을 거란 생각은 들지 않는다. 그자는, 이안은 그렇게 녹록한 인물이 아니다.

그 남자라면 혼자 완족 전사에게 맞서 싸우기보다는 한발 물러선 곳에서 안타이와 도망친 황녀를 함께 붙잡을 수 있는 방법을 궁리할 터. 황녀를 구하러 들어온 안타이를 적당히 상대하다 놓아

주면 안타이는 남황녀를 데리러 찾아갈 것이고 그 뒤를 밟으면 손쉽게 둘을 전부 포획할 수 있다!

거기까지 생각이 미친 순간 아시하는 곧바로 몸을 돌렸다. 이곳에서 최대한 멀어져야만 했다. 마음이 조급해졌다. 주위를 전혀 돌아보지 않고 달빛이 도는 물가로 뛰쳐나갔다. 얕은 물길을 첨벙첨벙 밟아 건너가면서 아시하는 자신의 기척을 의도적으로 주위에 뿌렸다. 잔뜩 무거워진 옷을 질질 끌며 휘청휘청 달려가던 아시하는 얼마 못 가 근처를 순찰하고 있던 두 명의 군인과 마주쳤다.

"뭐야!"

아시하를 보자마자 두 군인은 즉시 상황을 파악했다. 병사 하나가 아시하의 팔뚝을 거칠게 틀어쥐더니 동료의 어깨를 떠밀었다.

"어서 기온 장군님께 보고해!"

"내 몸에서 손 떼!"

아시하가 쨍하게 소리 질렀다.

"어디다 손을 대는 거야!"

몸을 틀어 손을 홱 뿌리치자 잠시 아시하를 놓쳤던 병사가 더욱 강한 힘으로 팔을 옥죄어 왔다. 그는 이미 다른 한 손을 검집 위에 올려놓고 있었다. 병사가 경고했다.

"군법에 따르면 탈옥자는 즉결 처형 대상입니다."

"그래서?"

손길의 촉감에 신경이 곤두서 또 한 번 팔을 쳐 내자 이번에는 병사가 검을 뽑아 들었다. 검 끝이 아시하의 턱을 향했다. 마치 그날처럼. 그다지 떠올리고 싶지 않은 불유쾌한 기억들이 부지불식간에 아시하를 덮쳤다.

멀찍이서 소란을 듣고 수상함을 느낀 군인들이 우르르 달려왔다. 주변의 모든 병사들에게 포위된 아시하가 자신을 둥그렇게 둘러싼 장검들을 보며 입술을 깨물었다.

"왜 자꾸 위험을 자초하고 그러십니까?"

성큼성큼 다가오는 군홧발 소리가 들렸다. 이제는 누구인지 굳이 돌아볼 필요도 없었다. 기다렸다는 듯 슬금슬금 치워지는 장검들도 별로 달갑지 않다. 아시하는 무감정하게 대꾸했다.

"위험? 네놈 손에 잡혀 있어도 위험한 건 매한가지 아닌가?"

"그럴 리가요. 제가 얼마나 남황녀 전하를 보호하려고 애쓰고 있는데, 서운하군요."

헛웃음조차 나지 않는다. 바로 지척까지 다가왔던 남궁이 다시 한 발짝씩 멀어진다. 미련도 열망도 이제는 소용이 없다. 아시하는 뒤를 돌아보았다.

안타이는 무한하게 깊은 밤을 달려갔다. 시간을 잊은 채 잠들어 있던 어둠에서 오래된 냄새가 났다. 일찍이 미유라가 달려갔던 바로 그 길이다. 한 치 앞도 보이지 않는 어둠을 헤집어 달려가면서 안타이는 남궁을 돌아보던 아시하의 오연한 표정을 기억에 눌러 담았다.

남황녀 아시하와는 사이가 좋았던 적이 없다. 아시하는 미유라가 안타이를 데려온 순간부터 그를 싫어했다. 늘 미유라의 가장 가까운 곳에서 그녀를 호위했던 안타이는 아시하와 마주칠 일이 많았다. 그때마다 아시하는 안타이를 늘 이름 대신 완족 그 남자라고 부르며 경멸했다. 완족 남자 따위 보기도 싫다는 아시하 때문에 미유라를 수행하다가 문 앞에서 쫓겨난 적도 부지기수, 완족이 따라다니니 황실의 위엄이 살지 않는다며 조롱을 당하기도 하루에 수차례.

—잘 들어. 언니가 살아 있어.

그럼에도 불구하고 아시하는 안타이에게 미유라의 생존을 알렸다. 미유라를 위해서 안타이에게 기대야 할 만큼 그녀는 현재 가진 게 아무것도 없었고 도움만 된다면 무엇이라도 내칠 수 없는 절실한 상황이었다.

남궁. 침실. 두 번째 기둥. 통로.

나열된 단서들의 의미가 명확했다. 그리고 그 단서들의 끝에 미유라가 있었다. 이해한 순간 숨이 멎을 것만 같았다. 그가 알고 있는 그의 황녀는 좁고 어두운 장소를 두려워했다. 허약한 체질 탓에 어린 시절부터 종종 가위에 눌렸다던 채황녀는 깜깜한 어둠이 무서워질 때면 침실 바깥에서 대기하고 있던 안타이를 끌고 황궁 곳곳을 산책하거나 여동생의 방을 찾아가 한침대에서 잠들고는 했다. 그렇게나 겁이 많은 사람이었다.

이안이 단검을 꽂은 허벅지가 아려 왔으나 절뚝거릴 시간조차 아까웠다. 혹시나 피가 떨어져 족적으로 남을지도 모른다는 생각에 단검을 뽑지도 못한 채로 상처 부분을 꽁꽁 싸맸다. 걸음보다 마음이 더 급하게 안타이를 남궁으로 재촉했다.

늘 채궁과 남궁을 번갈아 오가던 두 황녀 덕분에 길은 익숙했다. 그리고 자신보다 훨씬 먼저 남궁을 향해 달려간 남황녀는 분명 먼저 도착해 안타이를 기다리고 있을 터였다. 그런 아시하의 속도에 맞추려면 지체할 시간이 없었다. 다급하게 남궁에 다다라서야 겨우 숨을 돌릴 수 있게 된 안타이가 아시하를 찾아 주변을 살폈다.

그때 아시하를 오싹하게 만든 불길한 예감이 역시 안타이에게도 닥쳐왔다. 추격자 하나 보이지 않는 지나친 적막은 결코 좋은 현상이 아니었다. 이런 평온을 기대한 적 없었다. 그럴 수 없는 상황이었다. 아시하와 안타이는 같은 것을 느꼈고 같은 것을 걱정했다. 찰나의 판단 직후, 이들은 서로 다른 선택을 했다.

아시하가 자신을 미끼로 내던진 것이다.

그녀는 의도적으로 자신의 주변에 군인들을 불러 모았다. 아시하가 일부러 흔적을 뿌리자마자 그 소리를 들은 군인들이 겹겹이 달려와 남황녀를 둘러쌌다. 제각기 뽑아 든 검이 희게 번뜩였다. 당혹스러운 상황에 놓였음에도 남황녀는 겁내지 않았다. 오롯하게 턱을 치켜들고 있는 남황녀의 태도를 보자마자 안타이는 이미 그녀가 비슷한 상황을 겪어 본 적이 있을 거라 직감했다.

그렇다면 그녀는, 그의 하나뿐인 황녀는 괜찮은 건가?

채황녀를 염려하는 순간 심장이 철렁했다. 황궁 안 지하 감옥에서 재회한 남황녀는 몰골이 매우 엉망이었다. 두들겨 맞고 찢긴 모양새가 더없이 초췌했다. 그렇게까지 무너진 남황녀를 이전에는 단 한 번도 본 적 없었다. 그녀는 유독 겉치레에 신경을 썼다. 언제나 귀한 화초처럼 화려하고 잘 다듬어진 모습만 보일 수 있도록 노력하던 사람이었다. 그러던 남황녀가 지금은 폭풍에 휩쓸려 갈기갈기 찢긴 잡초처럼 망가졌다. 미유라가 어떤 상황에서 탈출했는지는 모르나 요령 없는 채황녀 역시 남황녀와 별다르지 않을 것이었다.

갈등이 참으로 지난했다. 마음 같아서는 당장 미유라를 찾아 달려가고 싶다. 그러나 아시하는 미유라의 하나뿐인 동생이다. 위험한 상황에 몰린 동생을 모르는 척 내버리고 미유라를 찾아간다면 미유라는 분명 동생을 희생시켰다는 죄책감을 이겨 내지 못할 터였다.

아무래도 남황녀를 구해야 하지 않을까. 그렇게 마음을 먹고 뛰쳐나가려던 참이었다.

불현듯 이안이 나타났다. 마치 여태까지 안타이와 이 모든 상황들을 주시하고 있었다는 느낌으로. 그는 안타이가 숨어 있는 장소를 다 알고 있다는 듯이 그 방향을 향해 시선을 한 번 또렷이 꽂았다가 곧바로 아시하를 향해 걸어갔다. 그가 남황녀의 팔을 잡자 남황녀가 잠시 저항했다. 하지만 얼마 버티지 못하고 남황녀는 이안과 병사들에게 에워싸여 감옥으로 끌려갔다.

잠시 남궁을 돌아보던 아시하의 표정이 더없이 침착했다. 그 차분하게 가라앉은 태도가 안타이의 등을 떠밀었다. 그녀의 눈이 말하고 있었다.

당신은 나를 구할 필요가 없다.

제 발로 감옥을 향해 걸어가는 아시하의 뒷모습이 쌀쌀맞게 선을 그었다.

남궁 주변이 텅 비었다.

병사들을 싹 끌고 사라진 아시하 덕분에 어디서도 인기척이 느껴지지 않자 안타이는 소리 죽여 남궁으로 숨어들었다. 아시하가 수감된 이후, 남궁은 그 당시의 기억을 고스란히 남긴 채로 황폐하게 방치된 상태였다. 배를 허옇게 드러낸 물고기들이 호수의 가장자리에 둥둥 떠 죽어 있었다. 얼마나 많은 피가 흘렀던지 아직도 완전히 마르지 않아 걸음마다 쩍쩍 달라붙는 끈끈한 피의 냇물, 절반으로 쪼개져 나뒹구는 석고 흉상의 머리, 바닥에 함께 말라붙어 있는 한 움큼의 검은 머리카락, 주인을 잃은 손가락 두 개. 어디 하나 온전한 것 없이 온통 무너지고 잘려 나가고 뭉그러진 것들 투성이였다. 일찍이 아시하가 보았고 겪어야 했었을 장면들이 선연하게 그려졌다.

안타이는 성큼성큼 복도를 가로질렀다. 이곳은 흉가였다. 주인을 잃은 집은 순식간에 흉가가 된다. 층계를 오르고 망령들이 떠돌아다닐 법한 황량한 복도를 지나 열려 있는 남황녀의 침실로 들어섰다. 안타이는 시간을 낭비하지 않았다. 그녀가 던진 단서에 의지해 비어 있는 공간을 찾아내고 미유라가 하루를 꼬박 갇혀 울었던 밤의 미궁으로 망설임 없이 걸음을 디뎠다.

완족을 구했던 미유라의 다정함이 감옥에 갇힌 아시하에게 안타이를 보냈고 언니를 염려하는 동생의 마음이 다시 언니에게 구원을 보냈다.

부디 그 구원이 무사히 닿기를.

아시하는 덤덤하게 감옥을 훑어보았다.

인질인 아시하가 이안과 군인들의 눈을 피해 황궁을 탈출하기는 힘들다. 정상적인 건강 상태라도 가능성이 낮은 판에 아시하는 그간 계속된 식사 거부와 회복되지 않은 부상으로 몸 상태가 최악이었다. 하지만 잘 훈련된 전사인 안타이는 아시하보다 조건이 유리했다. 이안도 안타이보다는 황녀를 더욱 중요하게 생각할 테니 어차피 한 명이 잡혀야 한다면 아시하가 남는 게 나았다.

결국은 다시 돌아왔다. 천운은 여기까지인가 보다. 함께 달아나고 싶었지만 이 이상을 바라는 것은 기적을 원하는 것이다. 둘 다 탈출할 수 없는 상황이라면 가능성이 높은 한 사람이라도 탈출하는 것이 옳다.

"놔."

이안이 주위를 물리자마자 아시하가 팔을 잡아 뺐다. 이안이 혀를 찼다.

"일을 참 번거롭게 만드시는군요."

아무것도 기대하지 않게 된 지 이미 오래다. 아시하는 조소했다.

"탈옥은 즉결 처분 대상이라지?"

"그렇다고 해서 감히 황녀 전하를 즉결 처분할 수 있을 리 있겠습니까?"

"그러면? 더 견고한 감옥을 만들어 가둘 생각인가?"

"감옥이라……."

말꼬리를 길게 끄는 어투가 자못 태평하다.

"이미 한 번 탈출하려 하셨다지요."

그런 식으로 알려질 거라고 충분히 예상했던 일이라 아시하는 놀라지도 않았다.

"또 마음에 안 드는 곳으로 모시면 이번엔 어딜 부수고 나갈지 모르겠군요. 뭣하러 그런 번거로운 짓을 또 하겠습니까?"

"뭐?"

"어디, 생각을 좀 해 봅시다. 어디가 좋을지. 아니, 황녀 전하께 여쭤 보지요. 어디면 만족하시겠습니까?"

도무지 이 남자가 뭘 생각하는지 모르겠다. 비아냥을 담아 냉랭하게 반문하던 아시하는 입을 다물고 이안을 말없이 쏘아보았다.

즉결 처형도 아니고 감옥도 아닌 제3의 장소라니. 물어보는 저의도, 무슨 대답을 원하는지도 짐작이 가지 않는다. 아시하가 눈을 치뜨고 노려보기만 하자 이안이 천연덕스럽게 물었다.

"남궁은 어떻습니까?"

아시하의 얼굴에서 감정이 싹 걷혔다.

"남궁을 드리지요."

이안이 재차 단언했다. 뻣뻣하게 굳어 얼어 있던 아시하가 억지로 시선을 들었다. 무슨 이야기를 들은 건지 도저히 이해가 가지 않는다. 아시하가 황녀로서 지내 왔던 20여 년의 세월이 전부 남궁에 들어 있었다. 그 장소를 돌려준다는 게 무얼 뜻하는지 안다면 결코 저 말은 나올 수 없다. 미유라를 도망시키고 기온이 들이닥쳐 목숨을 두고 협박하던 그때보다 지금 이 순간이 더 충격적이다. 와들와들 떨려 오는 숨을 가쁘게 누르면서 아시하가 간신히 입을 뗐다.

"당신 지금……."

"장군님! 지금 기온 장군님께서 오십니다!"

쾅, 망가진 감옥 문을 요란스럽게 젖히며 달려온 군인이 우렁우렁한 목소리로 소리쳤다. 아시하의 소식을 듣고 오는 게 분명했다. 앞으로 닥칠 일들이 너무 뻔해서 도리어 무섭지 않았다. 쿵쿵 울리던 심장 소리가 천천히 가라앉는다. 끝이구나. 삶이 위태로운 외줄에 올라앉게 된 후부터 마음속에서는 항상 거짓된 희망과 흐릿한 체념이 끊임없이 싸워 왔다. 흡사 이날을 위해 연습해 온 것처럼.

안타이를 보며 언니에 대한 희망을 가졌으니 이제는 그녀가 체념해야 할 순간이다. 하지만 미유라가 살아 있고 안타이가 언니를 도울 것이다. 할 수 있는 최대한의 일을 해냈으니 더는 억울하지 않다. 아시하는 이안을 당당하게 쳐다보았다.

긴급하게 군사 회의가 소집되었다. 이번에는 정말 지하 감옥을 빠져나와 아무도 없는 길을 통해 달아나다가 군사들에게 발견되어 다시 끌려왔다. 길도 제대로 나지 않은 곳에서 한 번 도망쳐 나온 것도 기가 막힐 일인데 이미 그녀에게는 한 차례 전적도 있다 보니 안건이 심히 중했다. 평범한 수감자였으면 발견된 그 자리에서 처단을 했겠지만 남황녀에게는 다시금 유예가 주어졌다. 만약 탈출한 남황녀를 가장 먼저 발견한 사람이 기온이었다면 그는 그녀의 신분 따위는 고려치 않고 군법에 따라 그 자리에서 처형했을 것이다. 그러나 그녀를 발견한 군인들과 그의 동생은 성질이 너무도 유했다. 남황녀는 상처 하나 입지 않은 몸으로 돌아왔다.

"난 이런 절차가 필요한 이유를 이해할 수 없다, 이안."

기온은 벌겋게 열이 오른 얼굴로 연신 씩씩거렸다. 그는 남황녀를 정말 벌할 작정이었다. 감옥에 도착하자마자 검을 뽑아 크게 휘둘렀다. 이안이 얼른 아시하를 당겨 뒤로 물리지 않았다면 그 살기 어린 궤적은 분명 아시하를 크게 해쳤을 터였다. 문이 떨어져 나간 데다 옥지기마저 없는 감옥에 아시하를 남겨 둘 수 없어서 기온은 남황녀를 포박해 회의실 옆의 공실에 던져 넣고 군인들을 여럿 배치해 물샐틈없이 감시하도록 했다.

"옥지기가 그 여자를 빼돌리려 했다고?"

"네."

"그 옥지기는 어디 있나?"

"잘못을 물어 그 자리에서 즉결 처형했습니다."

대관식을 앞둔 새 황제, 태선 공후는 누구보다도 신경이 곤두선 상태였다. 특히 전 황조에 관련된 일이라면 더 예민했다. 자칫했다가는 체면과 위신에 문제가 생길 것이다. 더구나 그간 나유타의 상징으로 군림해 온 두 황녀의 유명세는 무시할 수 있는 수준이 아니었다. 반역을 모의하면서 사령부가 가장 우려했던 부분도 그것이었다. 아름답고 선한 성품의 미유라와 자신감 넘치고 당당한 아시하는 고귀한 황녀라는 신분과 맞물려 나유타 국민들의 자랑거리이자 국민들의 욕망을 대리 충족하는 역할까지 맡아 그 명성이 드높았다.

"새 황조의 시작에 있어서 구황조의 오래된 유물은 거치적거릴 뿐이지."

태선 공후의 음성이 무거웠다. 태선 공후와 기온을 비롯해 군사회의에 둘러앉은 사령부 장교들은 이안이 짧게 간추려 한 보고를 들은 직후였다.

그간 혼자서 계속 남황녀를 감시해 왔던 옥지기는 시간이 지날수록 가련한 남황녀의 처지에 연민을 품게 된 모양이다. 얼마 전 벌어졌던 남황녀의 탈옥 시도 때 그녀를 잡아 가두기는 했지만 크게 절망한 남황녀를 보며 마음이 약해진 그는 결국 그녀를 몰래 풀어 주려 했다. 때마침 감옥을 감시하러 온 이안이 그 현장을 목격하자 옥지기는 이안에게 대항하며 남황녀가 도망갈 시간을 벌어 주려 했고 이안은 옥지기를 그 자리에서 베어 죽이고 도망가던 남황녀를 잡아 왔다. 다행히 당시에 근처를 순찰하던 군인들이 있어 남황녀를 발견하고 붙들고 있었으며 그들은 그녀가 혼자 도망치던 중이었다고 증언했다.

"옥지기가 그 여자를 놓아주려고 했다고?"
얼굴을 구긴 기온이 재차 확인했다.
"네."
"정말이란 말이지?"
"추궁하니까 그렇게 대답하더군요."
그 옥지기는 이미 감옥 앞에서 시신이 되어 누워 있으니 확인할 길도 없다. 기온은 잠시 이안을 노려보다가 태선 공후에게 증언했다.
"그년이 리네아에게 이렇게 말했다고 합니다. 너희들이 수백 년간 쌓아 온 나의 정통성을 이겨 낼 수 있겠냐고."
"어영부영 시간이 흐르기만 기다릴 이유가 뭐가 있소?"
"그렇습니다. 조용히 잊히지 않는다면 강제적으로라도 잊히게끔 해야 합니다."
"사실 여태까지 살려 둘 필요도 없었지 않습니까."
몇몇 군인들이 기온의 의견에 한마디씩 보태며 동조해 왔다. 아시하의 존재가 현재 상황에 전혀 도움이 되지 못할 거라고 생각하는 강경파들이었다. 와중에 온건파들은 소극적으로 몸을 사렸다.
"광장에 효수된 전 황제 부처에 대한 동정론이 만만치 않습니다."
"당장 나해만 벗어나도 분위기가 사뭇 다릅니다. 미유라가 정기적으로 후원해 온 어느 고아원은 원장부터 원아들까지 모두 검은 상복을 입고 있다가 적발됐습니다."
"그러면 어쩌자는 거요?"
"차라리 한꺼번에 다 처형시켜 버리고 아예 백지 상태에서 시작하는 게 나았지!"
"이렇게 드문드문 싹을 남겨 놓으니까 자꾸 불미스러운 소리가 나오는 것 아니오?"
"그만! 그만!"
사소하게 일기 시작한 수군거림이 점점 높아진다. 탕탕탕. 태선 공후가 탁자를 내리쳤다. 웅성임이 점차 잦아들다가 어색한 침묵이 찾아왔다. 가족 사이에도 의견은 분분했다. 태선 공후와 기온, 그리고 유일한 황녀가 될 리네아는 아시하를 처형하자는 의견을 분명히 했다. 반면 군인이 아니라서 군사 회의에 참여하지는 못했지만 셋째인 호림은 강경파들의 주장에 불편한 기색을 역력히 드러냈다. 굳이 그렇게까지 해야 될 이유가 있겠습니까, 하고 되물었다는 이야기가 꽤나 유명했다.
"이안, 너는 어떻게 생각하나?"
이윽고 태선 공후가 이안을 지목했다.
"그 여자는 장애물이냐, 아니면 전리품이냐?"
장애물이라 하면 당연히 부숴 없애야 할 것이고 전리품이라 하면 으레 챙겨 넣어야 할 것이다. 이안은 아시하가 갇혀 있는 옆방에 짧은 시선을 던졌다. 남황녀는 재갈이 물리고 손발도 꽁꽁 묶여 장정들에게 들려 왔다. 군인들의 손에 꼼꼼히 몸수색을 당했고 그대로 방구석에 처넣는다는 표현이 어울릴 만큼 아무렇게나 다뤄졌다.
"틀린 말은 아니라고 봅니다."
"뭐가?"
"그녀가 믿고 있는 황족의 명분은 시간이 만들어 준 것입니다. 게다가 가족을 잃고 궁에 유폐된 황녀라니 동정을 얻을 소지도 충분합니다. 혈통과 정당성이라, 약점을 제법 정확하게 찌르지 않았습니까?"

"그러니 깨끗하게 없애 버리자는 거다. 우리에게 약점이 될 소지가 있다면 그 약점을 아예 없애 버리면 될 일."

"아니요, 그 여자의 혈통과 정당성을 우리 쪽으로 고스란히 가져올 수 있는 방법이 있습니다."

자리에 함께한 장교들 태반이 당혹감을 숨기지 못했다. 이안이 제시하려는 방도를 눈치채지 못해서가 아니었다. 그건 아시하를 죽여 없애는 것만큼이나 과격하기 짝이 없는 방법이었다. 이안이 아무렇지 않은 얼굴로 말을 맺었다.

"결혼입니다."

기온이 경악하며 소리를 질렀다.

"그게 말이 되나!"

"결혼은 원래 서로 간의 관계를 돈독히 다지기 위해서 수 세기에 걸쳐 정략적으로 이용된 손쉽고 정당한 전략입니다. 아마 나유타 역사에서도 기록을 찾아보면 국혼에 관한 이야기가 여러 건 나올 겁니다. 우리 황조가 그녀와 혼인 관계를 맺으면 전 황조의 정당성을 우리에게로 흡수해 올 수 있습니다."

정서적인 거리낌을 뒤로하고 이해타산으로만 따지면 이안의 말에 별 틀린 구석이 없기는 했다. 하지만 여태까지 처형을 하네 마네 살벌하게 논의해 오던 대상을 두고 갑작스레 결혼이라니.

태선 공후가 떨떠름한 표정을 지우지 못하며 물었다.

"하지만 이안, 그 여자가 일신의 안전을 위해 원수 집안과 결혼을 했다고 오히려 국민들에게 민심을 잃을지도 모르는 일 아니냐?"

"그거야말로 우리가 알 바 아니지요. 그녀가 구차한 삶을 연장하기 위한 선택을 했다고 동정을 사든, 배알도 없는 결혼을 했다고 욕을 먹든 그건 그 여자 사정입니다. 우리는 밑져야 본전이죠."

양쪽으로 갈라진 어느 의견과도 마음이 맞지 않아 안절부절못하던 한 장교가 조심스럽게 이안의 눈치를 살폈다.

"만약 저 여자가 결혼을 거부하면 어떻게 합니까?"

"그녀의 의사는 중요하지 않습니다. 우리는 명령을 하는 입장이지 협상을 하는 입장이 아니니까요."

"그건 강제로 결혼식장에 들여보낸다는 뜻입니까?"

"안 될 이유 있습니까?"

이안이 반문했다.

"없기는 합니다만……."

고개를 흔든 장교가 물러앉았다. 하지만 여전히 기온은 마뜩잖은 얼굴이었다.

"꼭 그렇게 번거롭고 불편한 짓을 해야 할 필요가 있나? 혈통이든 정당성이든 하는 얘기는 어차피 시간이 지나면 자연스럽게 해결될 문제 아니냐. 그깟 이유로 저런 골칫덩이를 끌어안고 있겠다고?"

마찬가지로 강경파 인물들이 기온의 편을 들었다.

"솔직히 순순히 결혼식장으로 걸어 들어갈 성미도 아니잖습니까?"

"쇠사슬로 가둬 놓은 감옥에서도 탈출하는 판국에 더 꽉꽉 묶어 가둬 놓을 수 없다면 깔끔하게 처리해야지 이제 와서 결혼이라니. 아예 도망 나가라고 문을 열어 주는 것과 뭐가 다르냔 말이오."

"진짜로 결혼 생활을 시킬 것도 아닌데 뭐가 어떻습니까?"

"어차피 결혼은 대외적으로 공표할 핑계일 뿐이고 생활은 지금과 다르지 않게 하면 될 일입니다. 그냥 작은 궁 하나 비워서 생활하게끔 하면 되고 오히려 경호한다는 명목 아래 감시하기가 더 쉬울 겁니다."

"그러니까 감시 인력을 늘리는 것 자체가 쓸데없는 낭비라고!"

온건파들이 이안의 주장을 밀기 시작하자 기온이 울컥 역정을 냈다. 그러나 기온과 달리 혈통과 정당성을 자신의 약점으로 여겨온 태선 공후는 이안의 의견을 쉽게 내치지 못했다. 태선 공후가 가타부타 의견을 내지 않고 고민을 시작하자 아시하의 처분을 놓고 설전이 더욱더 분분하게 오갔다.

"라단에서 나유타 황궁에서 일어난 대량 학살을 비판하는 성명서를 발표한 건 아십니까?"

"중립 국가에서 왜 남의 나라 일에 끼어들어?"

"공식적으로 항의 서한을 보내야 하오!"

"지금 문제가 그게 아니잖습니까. 지금 이 상황에서 전 황녀까지 처형하면 여론이 얼마나 악화될지……."

도무지 합치점이 보이지 않는다. 언성이 높아지다 못해 점점 말다툼처럼 번져 갈 즈음, 이안이 자리에서 벌떡 일어섰다.

"잠시만요."

머리 위에서 들려오는 목소리에는 자연스럽게 이목을 집중시키는 효과가 있었다. 이안이 말을 이었다.

"결혼을 해야 하는 이유가 한 가지 더 있습니다."

"그게 무엇이오?"

"채황녀 미유라가 살아 있습니다."

순간 아우성이 뚝 멎었다. 누군가 숨을 훅 들이마셨다. 상상도 못 한 공표에 다들 기함해 아무도 말을 잇지 못했다. 이안이 좌중을 둘러보았다.

"이곳의 모든 분들께서 아시다시피 저들은 우애가 깊기로 유명한 자매 아닙니까? 지금은 어디 숨어 있는지 알 길이 없지만 아시하가 살아 있는 이상 조만간 미유라는 분명히 자기 동생을 구하려고 할 겁니다. 그런 좋은 미끼를 지금 없애 버리면 미유라를 어떻게 유인합니까?"

"미유라가 살아 있다고?"

"그게 무슨 소리야?"

"그 여잔 죽었잖소!"

이 자리에 모여 있는 태반의 군인들은 직접 채궁에서 미유라의 소사체를 확인한 사람들이었다. 미유라의 인장을 가지고 새까맣게 타 죽어 있던 그 시체가 미유라가 아니라면 누구란 말인가. 그 시신에 직접 손을 대기까지 했던 젊은 장교가 애써 비명을 억눌렀다.

"미유라는 채궁의 가장 안쪽 방에서 불에 탄 채 발견되었습니다. 우리가 들이닥칠 때까지 살아 있었던 전 황제 부처와 다르게 말입니다. 한 손에는 도장을 쥐고 얼굴은 알아볼 수 없을 만큼 새카맣게 타서 마치 누군가에게 발견되기는 기다리는 것처럼 죽어 있었습니다. 방문이 고작 다섯 걸음밖에 떨어져 있지 않은데도 방을 나가려는 시도조차 없이 말이죠. 계단만 내려오면 채궁의 긴 회랑 곳곳에 정원으로 통하는 문이 있는데 충분히 빠져나갈 수 있는 곳에서 일부러 죽을 이유가 없습니다."

"자살한 것 아닙니까?"

"그녀는 자신의 생명이 가장 중요하다고 교육받아 온 차기 계승자였습니다. 그런 사람이 자신의 목숨을 그리 간단하게 포기할

리 없습니다. 황위 계승과 상관없던 둘째 황녀 아시하도 군인들이 들이닥칠 때까지 자신의 침실에 숨어 있었다는 점을 기억해 주시지요. 수상한 건 그뿐만이 아닙니다. 황위 계승자가 죽었는데 그 신분을 짐작할 만한 것이 도장 하나밖에 없지 않습니까? 아시하의 태도 또한 석연치 않습니다. 부모님과, 또 그토록 사이가 좋다고 알려졌던 제 언니가 바깥에서 죽어 가고 있었는데 그녀는 자신의 침실에서 몸단장을 하는 여유를 보였습니다. 가족 간의 정이 깊은 모습으로는 보이지 않지요. 그녀는 그 작위적인 행동으로 뭔가를 숨기려 한 것일지도 모릅니다. 최소한 미유라의 시신이 진짜가 아님을 눈치채고 있었거나 극한 경우 미유라의 도주에 일조를 했었을 가능성도 보입니다."

"그게 사실이라면 차라리 저 여자를 고문을 해서라도 알고 있는 것을 털어놓게 하는 게 옳지 않겠소?"

"고문이 통할 성격이었다면 진작 자신이 들고 있는 패로 거래를 하려고 했겠지 않습니까? 조금만 지켜봐도 아시겠지만 계산이 매우 빠르고 성질이 과감한 여잡니다. 가족이 관련된 일을 자백할 리 없습니다. 혹시라도 죽음이 낫다고 판단해 손목을 긋기라도 하면 우리는 그녀가 숨기고 있는 일을 영영 알 수 없게 됩니다. 그럴 바에는 지척에 놓고 감시를 하면서 빈틈을 찾는 게 낫습니다. 주변 상황을 짐작하지 못할 방향으로 끊임없이 변화시켜 혼란하게 만들다 보면 미유라에 대한 단서가 나올지도 모르지요."

"이거 참 골치 아파서……."

섣부르게 뭐라 말을 꺼내기 어려워진 사람들이 흘끔흘끔 태선공후의 얼굴을 살폈다. 반은 믿고 반은 의심하는 눈초리들이었다.

"그럴 리가 없다."

기온이 딱 잘라 일축했으나 반박이 바로 이어졌다.

“정말 살아 있으면 어떡합니까? 솔직히 도장 외에 신분을 증명할 게 없었던 건 사실입니다.”

“그럼 지금 시체라도 다시 파헤치잔 말이오?”

“다른 누구도 아닌 채황녀의 일입니다. 필요하다면 해야지요.”

“이안 장군.”

열성적으로 기온의 편을 들던 강경파 노장군이 이안을 지목했다. 이안이 단정하게 그를 응시했다.

“장군께서는 자신의 증언에 책임을 질 수 있소?”

“그렇습니다.”

이안이 단호하게 확언했다. 기온과 이안으로 대표해서 나뉜 어느 측의 주장도 쉽게 수용하지 못하고 있던 태선 공후가 고민 끝에 한발 물러섰다.

“그렇다고 치자. 그럼 누가 과연 저 여자와 결혼을 하겠다고 나설 것이냐?”

기온이 곧장 치를 떨었다.

“난 거부한다.”

“당연합니다. 이 결혼은 단순한 결혼이 아니라 그녀를 최측근에서 경계하자는 자립니다. 하지만 형님은 나중에 아버님의 자리를 이어받아야 하니 힘을 보태 황실을 밀어줄 수 있는 여자를 맞이해야지 이런 내막이 많은 결혼식은 자칫했다간 형님 스스로의 자리를 위태롭게 만들 겁니다.”

“그럼 호림이는 어떠냐?”

“안 돼.”

“그분은 너무 병약하셔서…….”

최소한 남황녀의 기에 맞서 싸우지는 못할지언정 그녀와 동등할 정도의 배짱은 있어야 한다. 그런 부분에서 호림은 무척 허약했다. 남황녀라면 상종조차 하지 않겠다 말하는 기온조차도 자신을 대신해 호림을 결혼식에 내던지지는 않겠다고 여길 정도로.

회의에 참석한 모두가 동의했다.

"그분은 책 읽는 것 외에는 관심이 없지요. 하지만 어떻게 벌어질지 모를 돌발 상황을 대비하려면 검을 쓸 줄 아는 사람이 곁에 있어야 합니다."

기온과 호림을 빼면 남은 사람은 하나뿐이다. 사람들의 시선이 이안에게 집중됐다.

"선택의 여지가 없군요."

이안이 고개를 끄덕였다.

"제가 하겠습니다."

남황녀의 처분을 논의하기 위해 급하게 소집한 회의는 누구도 상상하지 못한 결론을 내고 파장했다. 죽은 줄 알았던 채황녀는 살아 있고 죽음에 이르는 처분만을 기다리고 있던 남황녀가 차기 2황자의 예비 약혼녀가 되었다. 상황을 정리하려니 당장 옆의 공실에 갇혀 있는 남황녀를 어떻게 상대해야 할지부터 난제였다. 여태까지 그래 왔던 것처럼 죄인으로 대우할 수도, 그렇다고 해서 약혼녀로 대우할 수도 없는 그녀를 이안이 결혼식까지 떠맡아 보호하기로 했지만 실상은 보호가 아닌 감시임을 이 자리에 있는 모두가 다 알았다.

"이안."

회의를 마치고 자리를 뜨려는 이안을 기온이 붙들었다.

"옥지기는 그 자리에서 처형했으면서 왜 그 여자는 즉시 처형하지 않았지? 따지고 보면 죄는 그 여자 쪽이 훨씬 크지 않으냐?"

"그 옥지기가 군인이기 때문이지."

군인의 가장 큰 임무는 지도층에 대한 절대적인 복종이다. 사감私感을 갖기 시작한 군인은 더 이상 군인이라 할 수 없다. 이안의 담백한 대답에 기온은 내밀한 수치심을 느꼈다. 개인적인 감정을 우선해 옥지기보다 남황녀의 처분을 우선시하려 했다. 그에 비하면 그의 동생은 얼마나 군인다운가. 지극히 냉정한 판단으로 옥지기를 처형하고 남황녀의 가치를 계산했다. 평소라면 흔들리지 않았을 기준이 자신도 모르는 사이에 흔들려 있었다. 더없이 불쾌했다. 그럼에도 이 꺼림칙한 뒷맛은 무어란 말인가.

"알겠다."

속이 거북하다. 기온은 이안을 먼저 내보냈다.

회의에 참석했던 모든 장교들이 회의실을 비우는데도 기온이 끝까지 나타나지 않자 바깥에서 대기하고 있던 부관이 기온을 찾아 들어왔다.

"장군님."

기온은 이안처럼 남들을 설득하는 언변도 없었고 호림처럼 책을 많이 읽지도 않았다. 공부를 좋아하지도 않았고 하물며 막내인 리네아만큼의 말재주조차도 갖지 못했다. 그래서 자신을 지배하고 있는 이 갑갑한 기분을 뭐라고 불러야 하는지도 알 수 없었다.

그는 탁자를 쿵 내려쳤다. 깜짝 놀란 부관이 등을 빳빳하게 세웠다. 기온은 다시 힘을 실어 탁자를 내리쳤다.

"왜 그러십니까?"

"남황녀가 처음 감옥을 탈출하려고 했던 날 그 자리에 있었다던 군인 셋을 불러와라."

덮어 두기로 묵시적 약속이 되어 있던 그날을 다시 언급하는 상관에게 의아한 시선을 보내던 부관은 곧 경례를 붙이고 물러 나갔다.

결혼이라고.

뭔가에 홀린 듯한 기분이다. 기온은 그 후로도 오랫동안 회의실에 홀로 머물러 있었다.

재회

계절이 바뀔 때마다 공기의 냄새가 달라진다. 싸하고 서늘한 냄새가 바람에 실려 어렴풋이 풍겨 오는 것을 보니 어느덧 겨울에 들어선 듯하다. 겨울. 아시하는 겨울을 좋아했다. 그녀가 겨울 태생이기 때문이었다. 더위와 추위를 전부 타는 미유라와 달리 아시하는 추위를 비교적 덜 탔다. 미유라가 신기해할 때면 아시하는 뿌듯하게 말했다.

—나는 겨울에 태어났잖아.

겨울에 태어났으니 추위를 덜 탄다는 뜻이었다. 가을에 태어난 미유라로서는 아시하의 말이 진심인지 농담인지 알 도리가 없었다. 미유라는 봄과 가을이 좋았다. 너무 덥지도 않고 너무 춥지도 않고, 적당히 기분 좋은 바람이 달콤한 부드러운 계절.

다만 겨울을 좋아하던 아시하를 내내 보고 자랐기 때문인지 겨울은 아시하의 계절이라는 느낌이 종종 들었다. 이제 아시하의 계절이 돌아왔다. 첫눈이 내리는 날이면 미유라는 아시하와 함께 아무도 밟지 않은 새하얀 눈밭에 발자국을 찍었다. 남궁에서 채궁까지, 두 궁을 잇는 사슬처럼 얽힌 두 쌍의 발자국.

미유라는 걸어오던 길을 돌아보았다. 눈이 내리지 않은 마른 바닥에는 발자국이 남아 있지 않았다. 지금은 아시하도 곁에 없다. 오롯이 혼자다.

어리석다.

몇 번을 생각해도 어리석다.

그런데도 미유라는 다른 방법을 선택하지 못했다.

중년 부부는 함께 완안으로 돌아가지 않겠냐고 물었다. 하지만 미유라는 그럴 수 없었다. 아시하의 소식조차 모르는 채로 나해를 떠나고 싶지 않았다. 황궁에서 시선을 떼어 놓는 순간 아시하가 이 세상에서 사라질 것만 같은 기분이 들어 끔찍했다. 이런저런 핑계를 대며 나해에 남으려는 미유라에게 중년 부부는 얼마 남지 않은 돈을 건네며 신신당부했다. 가게를 처분하고 다시 나해로 돌아올 테니까 그때까지 몸조심하고 있어야 한다고. 범상치 않은 외모와 황궁에서 일했던 이력이 외부로 알려지면 미유라에게 좋지 못한 관심을 갖는 사람들이 많아질 거라고. 그러니 늘 주위를 잘 살피고 신분을 숨긴 채 지내야 한다고.

베일을 내려 쓰고 미유라는 땅거미 지는 골목을 걸었다. 모든 골목이 다 엇비슷하게 생겨 길을 찾기가 매우 어려웠다. 이럴 줄 알았으면 나해를 순회할 때 주변 풍경을 좀 잘 살펴 둘 것을 그랬다. 어설픈 기억에 의존해 주변을 두리번거리는 자신의 모습이 행여라도 이상하게 비칠까 봐서 미유라는 고개를 당당하게 들지도 못했다.

황궁을 나온 이후로 무섭지 않은 순간이 없었지.

아시하, 너는 그곳에서 얼마나 무서울까.

아시하, 아시하, 아시하. 이름이 끝없이 맴돈다. 그 이름 하나만을 의지해 하염없이 헤맸다. 그나마 차림새를 제대로 갖춘 덕택에 그때처럼 시비를 걸어오거나 조롱을 하는 사람은 없었다. 겉모습 하나로 받는 대우가 그리도 달라질 줄 미처 몰랐다.

걸음을 서두르던 미유라가 멈칫 그 자리에 섰다. 하늘로 길게 뻗은 두 개의 긴 깃대 꼭대기에 눈에 익지 않은 깃발이 나부꼈다. 황기가 아니다. 미유라는 망부석처럼 서서 먼 하늘의 깃발을 한참 동안 올려다보았다. 정말 많은 것이 달라졌다. 눈에 보이지는 않지만 늘 주위를 감싸고 있는 것, 사소하면서도 큰 것, 그런 중요한 것이 달라졌다.

중앙 광장이라 했었지.

모두가 다 아는 지명을 묻고 다니면 미유라를 이상하게 여길 게 분명해서 미유라는 길을 묻지도 못했다. 그저 매일 혼자서 범위를 조금씩 넓혀 가며 길을 익혔다. 미유라는 깃발이 보이는 광장으로 홀린 듯 걸음을 재촉했다. 한 보 한 보 분명히 걸어가고 있는데도 거리가 하염없이 멀다. 마치 한 걸음 다가가다 두 걸음 뒷걸음질 치는 것처럼.

저 앞에 무엇이 기다리고 있는지 알고 있기에 그럴 테지.

가시처럼 오소소 돋은 온갖 감각들이 아찔했다. 가슴이 바짝바짝 탔다. 물이 말라붙은 분수대 위에 검은 발자국이 찍혀 있었다. 들개 한 마리가 배가 갈라진 쥐를 뜯어 먹다가 달아난다. 미유라는 입을 틀어막고 애써 광장을 훑었다. 드넓은 공간에 사람 하나 없어 그저 휑했다. 본래 이렇게 방치되어 있을 장소는 아닐 텐데.

아.

후드득. 새카맣게 몰려든 까마귀 떼가 보였다. 시야가 정처 없이 흔들렸다. 덩어리처럼 날아든 까마귀들이 공중에서 부리질을 해 댔다. 물고 뜯고 쪼아 댔다.

무엇인지 안다. 그런데 모르겠다. 하지만 안다. 아니다. 그럴 리 없다.

아무리 생각해도 이럴 수는 없다.

주저앉아 바닥을 더듬는 손에 돌멩이가 잡혔다. 있는 힘껏 집어 던졌다. 까마귀들이 파드득 흩어졌으나 허공에 꽁꽁 매인 거무스름한 두 덩어리에게서 멀리 떨어져 나가진 않았다. 허공을 배회하던 새들이 다시 차츰차츰 몰려들었다. 뭉그러진 형체의 한 면에 드문드문 뭉쳐 늘어진 긴 머리카락이 까마귀의 날갯짓에 맞아 흔들렸다.

구역질이 올라왔다. 허둥지둥 베일을 잡아 뜯어 입을 막았다. 썩은 살점을 두고 다투어 달려든 까마귀들이 까악까악 울었다. 의식이 파삭파삭 부서져 흩어진다. 제 몸이 수백만 조각으로 잘게 잘라져 새의 배 속으로 집어삼켜지는 듯했다. 비명도 오열도 나오지 않았다. 이름 지을 수 없는 이 감정이 너무도 어둡고 거대해서 소리를 지르거나 우는 일조차 사치처럼 느껴졌다.

몸의 어딘가가 무너져 사라진다. 지금 잃어버린 그것을 아마 영영 되찾지 못할 거라는 예감이 들었다. 예전의 자신으로 돌아가지 못할 것이다. 지금 이 순간이 자신의 그림자가 되어 평생을 따라다닐 것이다.

갈 곳을 잃은 담갈색 머리카락이 길게 흩날렸다. 광장의 건너편 입구에서 붉은 군복을 입은 장정 둘이 미유라를 똑바로 쳐다보고 있었다. 미유라는 휘청거리며 일어섰다. 후들후들 떨려 오는 손으로 찢겨진 베일을 끌어내려 얼굴을 가렸다. 가만가만 뒷걸음질을 쳤다. 숨이 조인다. 흘끗 군인들을 확인한 미유라가 점점 걸음을 재촉해 광장에서 빠져나갔다.

미유라의 걸음이 빨라질수록 군인들의 걸음도 빨라졌다. 미유라가 뛰기 시작하자 그들도 뛰기 시작했다.

"멈춰. 신원을 확인하겠다."

휙 돌아선 미유라가 골목을 가로질러 뛰었다. 베일이 자꾸만 벗겨졌다. 얼굴이 보일까 봐 미유라는 베일을 꽉 쥐었다. 살아서 아시하를 만나고 싶었다. 그 애를 만나야 했다. 때문에 미유라는 온 힘을 다해 도망쳤다.

하지만 발이 빠른 군인들은 삽시간에 미유라와의 거리를 성큼성큼 좁혀 왔다. 다급하게 속도를 높여 미유라를 따라잡은 군인 하나가 미유라의 어깨를 거칠게 쥐었다. 손가락 하나하나가 어깨를 힘주어 눌렀다. 통증이 전기처럼 찌릿하게 퍼졌다.

"아!"

미유라가 비명을 삼켰다. 그다음, 미유라는 골목에 내동댕이쳐졌다.

"수상한 여자다. 신원을 확인하고 압송해."

군인이 미유라의 베일을 잡아 찢었다. 이어 머리채를 한 움큼 쥐었다. 손가락 가득 잡힌 가느다란 머리카락을 묘하게 뜬 눈으로 보던 군인이 필사적으로 얼굴을 감추려는 미유라의 손을 움켜쥐고 꺾었다.

비명이 터졌다. 도망치지 못하도록 턱을 꽉 잡고 들어 올리는 장정의 악력을 당해 낼 수가 없었다. 미유라의 얼굴을 확인한 군인이 눈을 커다랗게 홉떴다.

그러더니 서서히 그 자리에 무너졌다.

쓰러진 군인의 목 뒤로 단검이 박혀 있었다. 소리 없는 일격에 놀란 다른 군인이 검을 빼어 들었다. 하지만 그가 뒤를 돌아보기도 전에 날아든 검이 그의 등을 길게 찢었다. 순식간에 두 명의 군인이 바로 눈앞에서 죽었다. 살아 있던 사람의 생명이 떠나가는 그 순간의 얼굴을 정면에서 마주쳤다. 쿵. 군인이 쓰러졌다.

미유라는 벽에 기대어 천천히 주저앉았다. 너무 놀라 아무 말도 나오지 않았다. 깜빡깜빡 명멸하는 별빛과 그 별빛보다 더욱 또렷한 한 쌍의 시선을 미유라는 못 박힌 듯 응시했다.

“무사하십니까?”

다시 만날 수 있을 거라고 기대조차 하지 못했다. 부모님과 아시하를 잃고 오롯이 혼자 가야 할 길인 줄만 알았다. 그래서 무서웠고 쓸쓸했으며 고독했다.

“……안타이.”

“죄송합니다. 늦었습니다.”

차마 울 수도 웃을 수도 없었다. 숨 쉬는 방법을 잊어버렸나 보다. 말하는 방법도 잊었나 보다. 묻고 싶은 게 너무 많은데 그랬다가는 안타이가 신기루처럼 사라질 것만 같아서, 지금 목격한 모든 광경이 사실은 꿈이라는 허망한 결과로 남지는 않을까 싶어서 미유라는 꼼짝도 할 수 없었다.

안타이가 한 걸음 한 걸음 거리를 좁혀 왔다. 초라하게 웅크려 앉아 있던 미유라가 불안한 표정으로 안타이를 올려다보았다. 바로 앞까지 다가온 안타이가 천천히 미유라의 앞에 무릎을 꿇었다. 마치 이곳이 황궁인 것처럼. 채궁에서 그를 기다리고 있는 황녀를 알현하던 때처럼.

“명하신 휴가를 마치고 돌아왔습니다, 채황녀 전하.”

황궁을 탈출한 이후부터 미유라의 시간은 외줄을 타는 광대와도 같았다. 겪어 보지 못했던 수많은 감정들을 겪었고 처해 보지 않았던 많은 위험에 처했다. 솟구치는가 싶으면 순식간에 떨어졌다. 분명한 것은 솟구쳐 있던 시간보다는 바닥으로 하염없이 굴러 떨어지던 시간이 압도적으로 많았다. 그럼에도 불구하고 정말 밑바닥에 닿을 것만 같은 순간마다 손을 내밀어 주는 사람들이 있었다. 눈물이 날 정도로 감격스러운 순간들이 있었다. 구원이었다.

머뭇거리던 미유라가 조심스럽게 손을 뻗어 안타이를 만졌다. 수염이 돋아 거칠거칠해진 턱, 온기가 도는 뺨, 긴장과 걱정으로 말라붙은 입술을 차례차례 살폈다. 스르르 흘러내리듯 미끄러진 손으로 그의 단단한 목을 지나 넓은 어깨를 더듬거리다가, 미유라는 그의 목을 제 두 팔로 감싸 끌어안았다. 목이 메어 울음이 덩어리졌다.

“잘…… 돌아왔어요, 안타이.”

미유라를 황녀라고 불러 주는 사람이 있는 한, 마지막 순간까지 미유라는 분명히 황녀인 것이다.

안타이에게 이끌려 미유라는 골목을 구불구불 돌았다. 미유라에겐 생소하고 낯설기 그지없는 길들을 안타이는 익숙하게 지나갔다. 어깨를 움츠린 채 안타이를 따라 걷던 미유라가 아무것도 없는 빈 길을 잘못 밟고 휘청거렸다. 사실은 아까부터 다리가 풀려 걷기가 쉽지 않았다.

"업히십시오."

"아니에요."

즉시 걸음을 멈춘 안타이가 미유라를 찬찬히 살폈다. 어디 다친 곳은 없나 염려하는 얼굴에 미유라가 고개를 살짝 흔들었다.

"그냥 조금 무서워서 그래요."

"저 쪽에 말을 매어 두었습니다. 그곳까지만 가시면 됩니다."

"알겠어요."

안타이의 부축을 받아 걸음을 떼려던 미유라가 무심코 그의 손을 보고는 비명을 삼켰다.

"손이…… 왜 그래요?"

손등뿐만이 아니었다. 어두운 데다 안타이가 워낙 아무렇지도 않게 걷고 있어 눈치채지 못했지만 안타이의 허벅지에는 두꺼운 천이 감겨 있었다. 아직도 축축하게 젖어 있는 천에서 일찍이 신경 쓰지 못했던 묵직한 피 냄새가 올라왔다.

"다리는요? 어디서 다쳤어요?"

안타이가 눈앞에 나타난 그 순간이 그저 기적만은 아니리란 직감이 들었다.

그가 어떻게 이곳에 어떻게 나타났으며 자신을 어떻게 찾았는지, 어디에서 왜 다쳤는지, 그리고 나라를 잃어버린 황녀와 사람들로부터 배척당하는 경호원이 앞으로 어떡해야 하는지 자신은 아무것도 모르고 있었다. 미유라가 재차 물었다.

"어떻게 된 거예요?"

"신경 쓰실 일 아닙니다."

"저기, 안타이."

망설이던 미유라가 자신의 경호원을 불러 세웠다.
"혹시 황궁에 들어갔나요? 거기서 이렇게 다친 거예요?"
대답을 듣지 않아도 충분했다. 그가 이미 알고 있겠지만 그래도 지금 자신이 처한 상황을 분명하게 전달해야 할 것 같았다. 안타이는 의지하고 믿을 수 있는 사람이기에 그가 곁에 있었으면 좋겠다고 생각했지만 그건 미유라의 소망이지 안타이의 의사는 아니었다. 지금 미유라에게는 안타이에게 명령을 할 수 있는 어떤 명분도 없었다.
"지금 완족인 안타이보다 제가 더 위험한 상황인 것을 알 거예요, 안타이. 저 때문에 당신까지 괜한 위험을 무릅써야 할 이유는 없어요."
"아시하 황녀 전하께서는 제가 채황녀 전하의 곁에 있을 것으로 믿고 저를 이리로 보내셨습니다. 그런데 황녀 전하께서 저를 내치시는 겁니까?"
"아시하요? 아시하를 만났어요?"
너무 뜻밖의 이름을 듣는 바람에 일순 현기증까지 일었다. 무사히 살아 있었다는 반가움 이전에 그 애가 어떤 모습으로 살아남았을지 모른다는 불안감이 엄습했다. 조금 전 광장의 그 광경을 목격한 충격이 컸다. 자신과 아시하를 기다리고 있던 미래가 다르지 않았을 것이다. 그걸 알기에 황궁에 갇혀 있는 아시하의 모습을 마음대로 상상할 수가 없었다. 너무 불길해서, 너무 끔찍해서.
"어디서, 아니, 어떻게요? 그 애 괜찮아요? 잘 있어요? 아픈 데는요? 어땠어요?"
"유폐되어 계시기는 하지만 잘 버티고 계십니다. 남황녀 전하께서는 강한 분 아니십니까."

"그럴 리가……. 그렇다고 해도 어떻게 거기서 그 애 혼자서……."
잘 버티고 있다니. 자신을 안심시키기 위해서 하는 말임이 틀림없다. 설혹 정말로 잘 버티고 있다 한들 사방이 적군인 그곳에서 얼마나 잘 버티고 있겠는가. 아시하가 아무리 강한 성격이라고 한들 그 애는 갓 성년이 된 아인데.
"정말로 괜찮으셨습니다. 그분이 남궁에서 빠져나올 수 있는 통로도 알려 주셨습니다."
안타이는 단호하게 잘라 말했다. 그렇게 말해야 했다. 모래알을 씹은 것처럼 혀가 서걱거렸지만 안타이는 아시하의 까칠하고 앙상한 얼굴을 죄책감에서 억지로 밀어냈다. 더 이상 남황녀가 당당하고 고고하게 빛나 보이지 않았다고, 차마 말할 수가 없었다. 한이 서려 자신을 가둔 옥지기의 손목을 내리치더라 전할 수 없었다. 자신도 모르게 끔찍한 상상을 했노라 그럴 수 없었다. 세상에는 가려 둬야 할 일들이 있다. 굳이 들춰 내 미유라의 마음을 괴롭게 만들 이유가 없다.
"저도 그 애를 만날 수는 없을까요? 무사히 잘 있는지 한 번만 제 눈으로 확인하고 싶어요."
"경계가 삼엄해 불가능합니다. 이안 장군이 직접 지키고 있었습니다. 무엇보다도 남황녀 전하께서 그걸 바라지 않을 겁니다."
눈가가 시큰해서 미유라는 고개를 떨어뜨렸다. 헛된 고집을 부리면 안 된다. 안타이 혼자 들어갔어도 부상을 입고 도망쳐 나온 곳이다. 스스로의 몸을 지키기도 힘든 판국에, 누군가를 지켜 주기는커녕 항상 지켜지는 쪽이었던 미유라를 그 위험한 곳에 들여보내고 무사히 아시하에게 데려다준다면 그야말로 기적이다. 그리고 지금은 그런 기적을 바라고 모험을 강행할 여유가 있지도 않았다.

단념하고 싶지 않아도 단념해야 하는 순간이 있다. 이런 어쩔 수 없는 순간이 몸서리치게 싫다. 미유라는 억지로 입매를 당겼다.

"아시하는요."

자신을 응시하는 안타이의 시선이 느껴진다. 표정을 보이고 싶지 않아서 미유라는 얼굴을 반대편으로 돌렸다.

"생각해 봤는데 저에게 있어서 그 애는 기적이나 행운의 증표가 아닌가 싶어요. 반역이 있었던 날 황궁에서 나를 빼돌려 살려 준 것도 그 애였고, 아시하가 너무 보고 싶어서 나해를 떠나지 못하고 있는 저에게 당신을 보내 준 사람도 아시하니까요. 그 아이가 정말 저를 몇 번이나 살려 냈는지 모르겠어요. 저는 이렇게나 그 아이에게 많은 빚을 지고 있는데…… 정작 저는 아시하에게 기적이 되어 주지를 못하네요."

정말로 기적과 행운이 필요한 사람은 아시하일 텐데도.

안타이가 눈앞에 나타났을 때 아시하는 얼마나 달아나고 싶었을까. 그러나 함께 빠져나오기 힘든 상황이었으니 안타이만 내보냈을 것이다. 아시하에게는 충분히 명령할 근거가 있었다. 안타이에게 이곳에서 나가야 하니 길을 뚫어 내라고, 평소의 동생이라면 얼마든지 요구하고도 남았으리라. 그리고 만약 아시하가 그리 명했더라면 안타이는 황궁에서 아시하와 같이 공멸하는 결말을 맞더라도 그 명령을 따랐을 터였다. 미유라를 살리기 위해 궁녀에게 희생을 강요했던 아시하가 그리 못 할 리 없었다. 하지만 아시하는 자신이 탈출할 수 있을지도 모르는 얄팍한 기회를 버렸다. 아시하가 하는 모든 선택의 기준이 미유라를 중심으로 돌아가고 있는 것이다.

"그렇다면 이번에는 채황녀 전하께서 남황녀 전하를 구해 주십시오."

먼 곳을 바라보던 안타이가 조용히 입을 열었다.

"아시하 황녀 전하를 구출하시면 마음의 빚이 사라지지 않겠습니까?"

"하지만 황궁은 이미……."

적의 손에 넘어갔다. 아득함에 어쩔 줄 모르는 미유라를 향해 안타이가 신중하게, 그러나 힘을 실어 권고했다.

"황제가 되십시오."

"제가요?"

"본래 황제가 되실 분이 아니셨습니까?"

하지만 그건 이미 예전의 일이다. 지금의 미유라는 신분을 잃고 군부에 쫓겨 다니는 도망자 신세에 불과했다.

"황궁을 빼앗기기 전의 이야기였어요, 그건."

"되찾으시면 됩니다."

"저 혼자서요?"

"아시하 황녀 전하를 다시 만나셔야 하지 않습니까?"

그것은 분명 그렇지만…….

알고 있다. 아시하를 다시 만나야 한다. 고맙다는 감사도 전해야 하고 미안하다는 사과도 해야 하고 건강한지 살펴도 봐야 한다. 안타이의 입에서 흘러나온 아시하의 이름은 두려울 정도의 충동으로 다가왔다. 애써 묻어 두었던 그리움이 맥박을 타고 쿵쿵 울렸다.

"군부를 치라는 건가요?"

황궁을 찬탈한 군부에게서 다시 황궁을 받아 내려면 그들이 했던 것처럼 군부를 치는 것밖에는 방법이 없었다. 하지만 나유타의 군대를 쥐고 있는 것은 그쪽이다.

"저에게는 군대가 없어요."

"완족의 남자들은 전부 전사로 키워집니다."

"완족을요? 하지만 완족은 나유타 황실을 미워하잖아요?"

"완족이 결코 거절할 수 없는 협상을 하십시오."

완족이 절대로 거절할 수 없는 제안을 하면 된다. 미유라는 홀린 듯이 발걸음을 옮겼다. 다시는 황녀로 살아갈 수 없을지도 모르겠다고 각오를 하고 있는데 그녀의 경호원은 더 생각지도 못한 이야기를 했다. 황녀가 아니라 황제가 되라고.

완족을 아군으로 끌어당기기 위해서는 완족이 원하는 것을 내어 주어야 한다. 미유라는 경직된 채로 안타이와 시선을 맞췄다.

완족은 끊임없이 독립운동을 해 왔다. 자신들을 좁은 땅으로 밀어내고 같은 민족이 아니라며 존재를 인정하지 않던 나유타를 상대로.

"완평."

그거다. 이제야 해답이 보인다. 완족이 모여 살고 있는 나유타의 땅, 완평. 그곳을 완족의 땅으로 인정해 주면 되었다. 치열하게 싸우며 절실하게 원하던 완족의 독립을 나유타의 황녀인 미유라가 승인하면 되는 것이다.

"완평을 약속하십시오, 채황녀 전하."

안타이가 고개를 끄덕였다. 가만히 안타이를 바라보는 미유라에게 힘주어 반복했다.

"황녀 전하께서 남황녀 전하께 기적이 되어 주십시오."

불도 밝히지 않은 어두운 방, 자신을 제외한 네 명의 군인, 어슴푸레한 어둠에 젖어 형태만 보이는 남자의 윤곽, 집요하게 따라붙는 시선들. 아시하는 숨도 제대로 쉬지 못했다. 기억은 잔혹하다. 조금만 비슷해도 자연스럽게 연상하게끔 만든다. 소리에서, 냄새에서, 형태에서, 때로는 시간과 공간에서까지 닮은 기억들을 찾아낸다.

만약 예전이었다면 아시하는 미유라와 함께 이불을 뒤집어쓰고 소곤거리면서 보냈던 채궁에서의 어느 날을 떠올렸을 것이다. 궁인들을 피해 숨바꼭질하듯 미유라와 함께 황궁을 빠져나가다 근위대에 붙들려 돌아오던 어느 저녁을 기억했을 것이다. 별궁의 유명한 귀신 이야기를 하며 그 귀신의 정체에 대해 깔깔 웃기 바빴을 것이다.

예전이었다면 분명 그랬을 테지.

멎은 듯 흐르지 않은 시간에 강박적인 초조감이 밀려들었다. 아무것도 하지 않는데도 신경이 곤두섰다. 바짝바짝 입술이 타들어간다. 두 번 다시 눈을 뜨지 않게 되기를 바란 건 처음이었다. 무수한 종류의 절망과 공포를 알았다. 같은 이름을 붙여 부르는 감정이라도 결코 같은 감정이 아니다.

문이 열리면서 환한 빛이 물살처럼 쏟아져 내린다. 뻔히 예상되는 결과라 시선을 두지도 않았다. 기척이 일정하게 다가왔다.

"남황녀 전하."

한 번씩 생각한다.

안타이가 나타났을 때 그를 남겨 두고 내가 빠져나갔다면 어땠을까.
“황녀 전하.”
불타는 황궁에서 언니와 함께 탈출했다면 어땠을까.
“황녀 전하.”
총사령관과의 힘겨루기를 하지 않았다면 어땠을까.
“아시하.”
그렇지만 기억을 잊고 과거로 돌아간다면 필시 나는 또 같은 선택을 하리라.
“남궁을 돌려 드리지요.”
그러니까 헛된 망상 같은 건 할 이유가 없다고 생각한다.
“신방으로 쓰면 잘 어울리겠군요.”
마치 급류를 탄 듯하다. 반나절마다 삶이 바뀌어 간다. 다른 사람에 의해 시시각각 처지가 달라진다. 자신의 일이지만 선택에서 늘 배제되어 있기에 그 변화의 속도를 따라가기가 버겁다.
“뭐?”
목숨 말고도 더 빼앗길 것이 남아 있던가.
“저와 결혼해 주시겠습니까?”
삶은 가까이에서 보면 비극이지만 멀리서 보면 희극이라 했다. 지금 이 순간 아시하는 그 말의 의미를 뼈저리게 깨달았다. 이렇게 웃길 수가 없다. 속은 지금 수백만 갈래의 폭풍이 휘몰아치고 있는데 그 모든 과정들이 다 생략된 채 결혼이라니.
부모님은 허용된 테두리 안에서 최대한 딸들의 의사를 존중해 주려 하셨지만 아시하는 결혼에 대한 환상이나 기대를 가져 본 적이 없었다. 사랑만을 좇아 결혼했다가 설 자리를 잃어버린 아버지의 모습을 평생에 걸쳐 겪었다. 그런 어리석은 선택은 하지 않겠다고 다짐하며 자라 왔다. 결혼은 황녀가 집안에 가져다줄 수 있는 가장 정치적인 이득이었다. 감정은 무용하다. 아시하는 결단코 계산에서 밀리는 결혼은 하지 않을 작정이었다. 가장 비싼 값에 혈통을 쳐줄 수 있는 사람과 결혼하리라 믿고 살았다. 집안을 받쳐 줄 수 있는 사람과.

그렇기에 아시하는 이 결혼이 의미하는 바를 곧장 알아차렸다. 온몸의 피가 쥐어짜인 듯 의식이 얼얼했다.

"미친놈."

절대로 핏줄을 도륙한 집안의 인질이 되어 살지는 않을 것이다. 이제 자신에게 남은 건 몰락한 황실의 마지막 황녀라는 비극적인 이미지 하나밖에 없다. 그 이미지마저 훼손당할 수는 없었다. 원수 가문과 결혼해 홀로 호의호식하는 배덕한 황녀가 되지는 않으리라.

표정이 굳은 다른 군인들과 달리 남자는 면전에서 욕을 얻어먹고도 눈 하나 깜짝하지 않았다. 침착하게 아시하를 일으켜 세우려는 그 손길을 그녀는 후려쳤다.

"저, 장군님."

다분히 정치적인 결합, 조금 더 솔직해지자면 남황녀의 일방적인 희생 이상이 될 수 없는 결혼의 의미를 아는 군인이 머뭇거리며 이안을 불렀다. 이안은 부하를 무시한 채 아시하에게 제의했다.

"궁으로 안내해 드리겠습니다."

"궁?"

"제 약혼녀를 감옥에 둘 수는 없지 않습니까?"

"내가 남궁을 되돌려받는 조건이 결혼이라?"

"더불어 일신의 안전도 보장받으실 수 있지요."

"내가 내 일신의 안전 따위를 걱정했다면 진작에 내 혈통을 팔아 치웠겠지."

이따위로 헐값 취급을 당하기 전에. 그가 제공한다는 황궁의 침실을 들어가느니 습하고 눅눅한 곰팡이가 낀 지하 감옥으로 돌아갈 것이다. 이 얄팍한 계산에 의해 하루를 더 보존하느니 광장에 매달리는 게 나았다.

이안이 뒤를 돌아보며 눈짓했다. 군인들이 방을 비우며 문을 닫았다. 빛이 끊기며 순식간에 시력을 빼앗겼다. 조금 놀라 눈을 두어 번 깜빡이는 사이에 이안의 목소리가 닿아 왔다. 그는 생각보다 훨씬 가까운 곳까지 다가와 있었다.

"최대한 값을 잘 쳐 드린 겁니다."

"아하, 내 몸값을?"

"아니, 채황녀 전하의 몸값이지요."

피가 식어 내린다. 순식간에 체온이 뚝 떨어진 듯 오싹하다.

"채황녀 전하의 몸값을 무가치하게 만들면 되겠습니까?"

너무 어두워 이안의 얼굴이 보이지 않는다. 마찬가지로 이 어둠 덕택에 자신의 표정 역시 보이지 않으리라. 아시하는 안도했다. 그나마 그것만이 위안이었다. 생각지도 못한 순간에 미유라의 이름이 들릴 때마다 무너지는 자신의 표정이 들킨다면 이 남자는 필시 모든 것을 꿰뚫어 볼 테니까.

아니. 이미 모든 것을 다 눈치채고 있을 것이다. 반복되는 소모전이 피로했다. 그럼에도 불구하고 아시하는 같은 말을 반복해 주장할 수밖에 없었다. 침묵은 곧 동의임을 알기에.

"몇 번을 반복해야 하지? 언니는 죽었다고."

"그렇다면 이번 한 번 죽은 언니 덕을 보신 거라 생각하시지요. 그래야 마음이 편하시다면."

"죽은 언니를 팔아 삶을 구걸하겠다 한 적 없을 텐데."

"황녀 전하께서는 계산에 능하시지요. 왜 자꾸 실망스러운 말씀을 하시는지 모르겠군요."

조금 더 기척이 가까워진다. 아시하는 한 걸음 뒤로 물러섰다.

"우리는 회의에서 결론을 냈습니다. 결혼식장에 걸어 들어가지 않으시겠다면 묶여서 들어가실 테고 살아서 들어가시지 않겠다 하면 죽어서 들어가실 겁니다. 결과가 바뀌지 않을 일에 있어서 최대한의 안전과 이득을 챙기지는 못할망정 가장 고된 길을 선택하려 하신다면 황녀 전하는 나유타 역사상 가장 어리석은 황녀로 남으시겠지요."

고상한 어조로 포장했으나 그 반절은 협박이고 다른 절반은 회유다. 아시하는 이 남자가 필요에 의해서라면 시체와도 능히 결혼할 수 있는 사람이라 믿어 의심치 않았다. 그리고 자신 역시 협박에 겁을 먹어 제 발로 결혼식장에 들어갈 만큼 나약하지는 않았다.

"자존심이 밥을 먹여 주지는 않으니까요."

"네놈들은 그럴지도 모르겠지만, 난 아냐."

더 이상은 들을 가치도 없는 말이다.

"너희들이 강의실에 앉아 교수에게 정치니 외교니 하는 것들을 배우고 있을 때 나는 내 다리로 유적지를 탐험하고 유물을 발견했지."

언니를 포함한 다른 귀족들이 미래를 배울 때 그녀는 과거를 배웠다. 이 땅에 남은 흔적들을 제 손으로 더듬어 가며 역사를 헤아렸다.

“인간은 기껏해야 60년쯤 살지. 내가 이 결혼에 굴복해 너희들의 그림자 밑에서 숨죽여 살아남는다 해도 내 남은 수명이 고작 40년은 될까. 나는 너희가 내게 주겠다고 말하는 그깟 40년의 시간이 얼마나 허망한지 잘 알아.”

그러나 그 인간의 삶이 만들어 낸 어떤 것들은 그 주인이 죽은 후에도 수백 년, 혹은 천 년까지도 살아남는다. 언어, 문자, 문화, 법령, 건물, 도로, 책, 미술품, 음악, 정통성, 가문, 이름, 혈통. 선대가 물려준 그 무한한 생명을 지키기 위해 긍지를 가지고 살며 명예로운 희생을 택하기도 한다. 그렇게 하나하나가 쌓여 고귀하다 일컬어지는 것이다. 그 가치를 고작 40년의 수명으로 치환할 수는 없다.

그러니 나는 죽어서 살 것이다.

기온은 탁자를 쿵쿵 두드렸다. 습관적인 행동임에도 맞은편에 서 있던 잿빛 얼굴의 군인이 움츠러들었다.

“그러니까 술을 먹다가 옥지기의 고함 소리를 듣고 그 여자를 잡은 게 전부라고?”

“예, 그렇습니다.”

“그렇단 말이지.”

기온이 못마땅하게 반복했다. 이로써 벌써 세 명째, 앵무새 같은 증언만 들었다. 하나하나 흩어 심문을 해도 마치 서로 짜 맞춘 양 증언은 완벽했고 셋을 모아 다그쳐도 말이 바뀌지 않았다. 당시 들었던 정황을 증거로 추론해 혹시 그 여자에게 다른 마음을 품었던 것은 아니냐 심문하니 절대 그런 일은 없었다며 사색이 되어 증언했다. 몸싸움을 하다가 그녀의 옷이 훼손된 것은 사실이나 그 이상의 접촉은 없었고 남황녀가 군인들을 궁지로 몰기 위해 스스로 옷을 망가뜨렸다고.

"알겠다. 나가."

거북이처럼 어깨를 웅크린 군인이 집무실을 나갔다. 그와 엇갈려 이안의 부관이 몇 장의 서류를 들고 들어왔다.

"이안 장군님께서 보내셨습니다. 아시하 전 황녀의 신병 인수 확인서와 행사할 수 있는 모든 권리에 관한 조항 및 인계서입니다."

"그 여자는 결혼을 하겠다고 하던가?"

서류를 받아 들면서 기온이 대뜸 물었다. 이안의 부관은 다소간 당황했다.

"지금 두 분께서 결혼에 관한 협의를 조항으로 작성하시는 줄로 압니다. 이를테면 결혼식 날짜나 절차, 결혼 후의 신분이라든가 머무를 궁, 재산 분배……."

"그 여자가 결혼을 승낙했나?"

"그렇진 않습니다만, 제가 알기로는 그……분의 의사는 별로 중요하지 않다 들었습니다."

"그런 것치고는 마치 기다렸다는 듯이 진행되는군."

자정이 넘은 시각부터 늦은 새벽까지 이어진 군사 회의 직후 이안이 아시하를 인계받았으니 시간으로 셈하자면 아직 채 22시간도 지나지 않았다. 그럼에도 벌써 서류를 꾸며 보내왔다는 건 아시하를 데려다 놓고 다시 업무를 보았다는 뜻이다. 기온은 시간을 확인했다. 새벽 3시. 그러고도 지금 또다시 아시하와 결혼에 대한 협의를 하는 중이라니, 웬일로 답지 않게 성실한 모습이다.

"본래 성격이 매우 꼼꼼하신 분이니까요. 훗날을 방비해 여지를 남겨 두지 말자고 말씀하셨습니다."

"이것도 참 묘한 능력이야."

그는 제 동생만큼 평가가 극단으로 엇갈리는 인물을 본 적이 없었다. 그의 아버지, 태선 공후는 둘째 아들을 나태하고 태만하다고 평했다. 늘 열의를 보인 적은 없었지만 타고난 눈치가 빨라 눈 밖에 나게끔 행동한 적 없었던 이안이 처음으로 아버지의 화를 사게 된 날은 대학을 졸업할 즈음 있었던 장교 진급시험 날이었다. 그날 이안은 아무 이유도 없이 시험에 불참해 아버지의 얼굴에 먹칠을 했다. 황족이 직접 참관을 할 만큼 중요한 시험이었기에 이안의 불참은 삽시간에 유명해졌고, 태선 공후가 자신의 재량으로 특채를 열어 이안을 진급시켰으나 낙하산이라는 오명은 씻지 못했다.

반면 리네아는 제 둘째 오빠를 보고 운이 좋아 세상을 편하게 산다며 질투했다. 어머니를 닮은 외양으로 여성들에게 쉽게 호감을 사고, 별다른 노력을 기울이지 않고도 항상 좋은 결과를 얻어낸다는 이유에서였다. 기온은 리네아가 끊임없이 부러워하는 이안의 외모가 군인으로 보기에는 너무 곱상해 좋지 못하다 여겼지만 여자인 리네아의 눈에는 다른 모양이었다.

기온은 부관이 가져온 서류를 간략하게 훑었다. 이안은 아시하의 신병을 양도받으면서 미유라에 대한 경계책도 몇 가지 적어 넣었다. 미유라의 초상화를 돌려 모든 군인들이 얼굴을 익힐 수 있게끔 하고 비슷한 인상착의를 가진 여인이 나타나면 직접 확인할 때까지 강제 구금하도록 한다. 단 불필요한 소동이 일지 않도록 미유라의 생존 소식이 외부로 흘러 나가지 않게끔 단속해야 한다. 기온은 자신이 작성하고 있던 명령문을 확인했다. 헛웃음이 났다. 귀신같은 놈. 제 머릿속이라도 들여다보고 있었던 것처럼 정확히 명령문과 맞아 들어가는 내용이었다.

"지금은 어디 가뒀나?"

"이안 장군님께서 거처하시던 별궁입니다."

귀신이 나온다는 별궁에 귀신 같은 몰골의 남황녀라. 그만하면 맞춤이다. 기온은 이안의 부관이 가져온 서류 위에 직무대리의 인을 찍었다.

"좋아. 나가 봐."

아시하는 이안이 기거하는 별궁에 유폐되었다. 커튼이나 조그마한 장식품조차 찾아볼 수 없는 삭막하고 황량한 방이었다. 침대를 제외한 모든 가구들은 아시하가 들어오기 직전에 전부 치워졌다. 부서지거나 깨질 수 있는 물건들, 커튼을 매달 수 있게끔 설치되어 있던 봉까지도 전부 떼어 냈다. 창문은 바깥에서 잠겼고 문손잡이도 교체되었다. 그 침실은 곰팡이가 없고 춥지 않은 지상 감옥이었다.

"남궁을 기대하셨겠지만 그곳은 아직 정리가 되지 않았기에 당분간은 여기서 지내셔야 되겠습니다."

몸을 해할 만한 것 무엇 하나 남겨 놓지 않으려고 싹 치워 버린 의도가 너무 분명해 아시하는 코웃음을 삼켰다.

"피곤하실 테니 목욕은 나중에 준비해 드리겠습니다. 우선은 편히 쉬시고 이따 다시 뵙지요."

이안이 가볍게 고개를 숙여 묵례했다. 아시하는 그가 방을 나갈 때까지 완전히 고개를 비틀어 외면했다. 잠시 후 바깥에서 문이 잠겼다. 이 방은 한 치의 틈도 없는 완전한 밀실이었다. 아시하는 이안이 남겼던 밉살맞은 인사말을 떠올렸다. 인간은 적응의 동물이라더니 그새 감옥에 익숙해졌는지 몸을 둘 곳이 없다. 본능적으로 머리를 기댈 수 있는 구석진 자리를 찾던 아시하는 방향을 틀어 방 가운데 덩그러니 놓인 침대 위에 앉았다. 푹신하게 몸을 받아 주는 안락함이 낯설다. 그 낯섦이 기가 막혀 오기로 몸을 뉘었다. 그러자 저절로 몸이 웅송그려졌다. 우습고 당혹스러워 어찌할 바를 몰랐다. 억지로 몸을 펴고 모로 누워 있다가 이렇게 편안하게 누워 있어도 괜찮나, 하는 죄책감에 벌떡 일어나 앉았다.

나는 나에게 어디까지 허용해야 할지 모르겠다.

더럽고 냄새 나고 딱딱하고 불편한 지하 감옥이 그나마 나았다. 몸은 까라져 의식이 몽롱한데 잠들 수가 없다. 쿵, 쿵, 쿵. 느릿느릿 뛰던 맥박이 숨을 받아들이고 내뱉을 때마다 점점 더 성급하게 내달렸다. 쿵쿵, 쿵쿵, 쿵쿵. 언니는 잠자리가 불편하거나 몸이 아플 때마다 가위에 눌려 귀신을 보았다고 했다. 어떤 날은 잘 자고 있는 아시하의 옆에서 가위에 눌린 적도 있었다. 귀신. 그러고 보니 이 별궁에서는 귀신이 나온다는 풍문이 돌았다. 차라리 그 귀신이 지금 나왔으면 싶었다.

그리워서, 너무 그리워서.

차라리 귀신이라도 보았으면 했다.

조용히 바닥에 내려섰다. 동틀 무렵의 새벽빛이 방 안을 검푸르게 채워 왔다. 홀린 듯 그 뿌옇고 창백한 색채를 가로질러 걸었다. 빛이 잘 들도록 덧문을 뗀 창문을 흔드니 단단하게 비끄러맨 사슬만 덜걱거린다. 멀리 채궁 끄트머리가 시야에 걸렸다. 그 방면이 유독 환해 못 알아보려야 그럴 수도 없었다. 그 부근으로 둘씩 조를 지어 이동하는 군인들의 그림자도 보였다.

아시하는 느닷없이 몸을 틀어 주위를 둘러보았다. 중앙에 침대 하나만 놓인 방은 휑뎅그렁했다. 예감이나 직감보다는 일말의 희망이나 기대에 가까웠지만 아시하는 길게 고민하지 않았다. '어쩌면' 가능할 수도 있다. 아시하는 바로 가까운 벽으로 다가가 손가락으로 벽면을 훑어 내렸다. 손끝에 걸리는 느낌이 없는지 주의 깊게 살핀 후 일직선으로 툭툭 두드리기 시작했다.

남궁에는 숨겨진 통로가 있었다. 그리고 그런 통로를 숨기고 있는 장소가 남궁의 침실 하나만은 아닐지도 모른다. 눈이 침침해 잘 보이지 않자 아시하는 벽에 바짝 붙었다. 어딘가에 눈으로 확인하기 어려울 정도로 가느다란 틈이 있을지도 모른다. 소리가 달라지는 구역을 찾아야 했다. 물론 가장 확실한 곳은 남궁이지만 남궁에 언제 들어갈 수 있을지, 또 혼자 들어갈 수 있을지는 분명하지 않다. 기회가 있다면 지금뿐이었다.

약간의 공명음도 놓치지 않기 위해 온몸의 감각을 전부 기울였다. 한 걸음 한 걸음 천천히 떼며 벽 너머를 느낌으로 더듬어 갔다. 높은 곳에 있을 수도 있고 낮은 곳에 있을 수도 있다. 공간이 넓을 수도 있고 좁을 수도 있다. 키가 닿는 한의 높이와 사람 한 명이 간신히 통과할 법한 너비를 전부 꼼꼼하게 살폈다. 한 발짝씩 뗄 때마다 설렘은 실망으로 변하고 실망은 다시 설렘으로 회귀했다.

아시하는 특히 기둥이 세워진 곳을 세심하게 확인했다. 해가 뜨면서 조금씩 하늘이 밝아 왔다. 설마 천장이나 바닥에 숨겨진 것은 아닐까. 아시하는 손이 닿지 않는 천장을 원망스럽게 올려다보았다. 한번 생각하기 시작하니 온갖 가능성이 물밀 듯 머릿속을 쓸어 왔다. 되도록 혼자 있는 시간을 많이 만들어야 한다. 창문을 낸 벽은 남들의 눈에 띌 수도 있으니 깜깜할 때 소리로만 확인하는 게 좋겠다. 문을 낸 벽은 두께가 확실하니 없을 가능성이 클 것이고, 천장은 해가 환하게 떴을 때 눈으로 확인해야겠지. 바닥은 카펫도 치워야 하고 공간이 넓은 만큼 가장 마지막에 보는 게 좋겠다.

한쪽 면을 면밀하게 두드려 본 아시하는 맞은편 벽의 모퉁이로 걸어갔다. 마찬가지로 손끝을 사용해 벽이 갈라진 틈이 없는지 확인한 후 벽을 두드려 울림을 들었다. 어느덧 창문을 통해 완연하게 빛이 들어차 환했다. 시간을 가늠할 수 없을 정도였다. 탁, 탁. 둔탁한 마찰음이 이어졌다. 무릎을 꿇고 온 신경을 집중해 벽에 귀를 대고 있느라 아시하는 문이 열리는 소리를 듣지 못했다. 카펫이 소리를 흡수한 탓에 발소리도 듣지 못했다.

"부르셨습니까?"

어깨를 가볍게 흔드는 손길에 아시하는 그대로 소스라쳤다. 꼴사납게도 다리에 힘이 풀려 그 자리에 주저앉았다.

"악!"

"괜찮으십니까?"

누가 봐도 수상쩍을 행동이라 식은땀이 뚝 등골을 타고 흘러내렸다. 가슴이 철렁 내려앉는다. 아시하를 일으켜 주려는 듯 이안이 손을 내밀었다. 아시하는 야멸차게 그 손을 거부했다.

"허락도 없이 왜 함부로 황녀의 방에 들어와?"

"부르셨으니까요."

"내가?"

"계속 벽을 두드리셨지 않습니까?"

꼭 등 뒤에서 여태 다 지켜보고 있었던 것만 같은 말투에 지레 놀라 말문이 막혔다. 언니를 탈출시킨 일부터 비밀 통로를 찾는 일까지, 하필이면 가장 꺼림칙한 남자에게 절대로 들켜서는 안 될 일들을 반복해서 걸린다.

"제 방이 이 옆방입니다."

아시하를 빤히 쳐다보던 이안이 한마디 덧붙였다.

"눈치채신 줄 알았는데요."

이 남자가 나를 믿어 혼자 방에 남겨 둔 게 아니었다. 왜 그걸 깨닫지 못했을까. 수상한 기척을 느끼면 바로 찾아올 수 있도록 바로 옆방에 있었던 것이다.

알고 있었다고 하기에는 대책이 없고 몰랐다고 하기에는 둘러댈 말이 마땅하지 않다. 이래서 이 남자가 불편했다. 황녀로 살면서 할 말을 못해 뒷맛이 떫은 채로 넘겨 본 적이 없는데 이 남자는 번번이 그걸 가능케 했다. 말을 못하는 편이라 여겨 본 적 없는데 이 남자는 자꾸만 아시하에게 되도 않는 말만 주워섬기게끔 만들었다. 스스로가 한심할 정도로.

여태껏 감히 황녀 앞에서 대답하기 곤란한 질문을 던지는 사람은 없었다. 아시하 역시 듣기 싫은 이야기에는 명령으로 말을 끊거나 침묵과 무시로 일관했지 우스꽝스러운 거짓말이나 변명으로 자신을 포장하지는 않았다.

"귀신이라도 보셨나 보군요."

아시하의 흔적이 남아 있는 흐트러진 침대에 눈길을 보낸 이안이 눈썹을 들어 올리며 능쳤다. 귀신 같은 것을 무서워할 줄 아느냐고 자존심을 세우려다 아시하는 얼른 입을 닫았다. 별궁을 돌아다닌다는 소녀 귀신은 모래알처럼 많은 황궁의 온갖 괴담 중 가장 유명한 괴담이었다. 이 상황을 무사히 넘길 수만 있다면 귀신이건 뭐건 상관없었다.

"잠드실 때까지 곁에 있어 드리지요."

"당신이 왜?"

"약혼자로서 그 정도는 당연히 해야 할 일 아니겠습니까?"

이안이 자연스럽게 입에 올린 약혼자라는 단어를 듣자마자 아시하는 치를 떨었다. 비위가 뒤틀려 그녀로선 상상조차 하고 싶지 않은 이야기를 이 남자는 천연덕스럽게 반복해 말한다. 아시하는 단언했다.

"나와 결혼하려면 내 시체를 끌고 들어가야 할 거야. 내가 살아 있는 이상 스스로 걸어 들어갈 일은 없을 테니까."

"전 그렇게 생각하지 않습니다만."

이안이 정색한 아시하를 향해 슬며시 웃었다.

"좋습니다. 그럼 내기할까요?"

"뭐?"

"황녀 전하께서 저와 살아서 결혼하실지, 아니면 도망치실지."

이유를 알 수 없는 기시감이 인다. 아시하는 대답 대신 이안의 얼굴을 올려다보았다. 처음으로 세세히 그의 윤곽을 뜯어보았다. 아무런 감흥도 받지 않으려 노력하면서 그 남자의 선 하나하나를 또렷하게 머릿속에 새겼다. 어째서인지 그래야 할 것 같았다. 누군가의 얼굴을 기억하려고 노력한 적 없었던 아시하로선 생경한 작업이었다.

"내가 성공하면?"

"병력을 지원하겠습니다."

흡사 미래를 읽고 있는 것처럼 한 치의 주저함도 없는 대답이 돌아왔다. 아시하는 흠칫했다. 뒷목이 섬뜩해 오한이 들었다.

"병력을 준다고? 나에게? 당신이?"

"필요하실 테니까요."

"지금 그게 말이 된다고, 가능하다고 생각하는 거야?"

"말이 되고 가능합니다. 아마 시간이 지나면 믿게 되실 겁니다."

"좋아."

이안의 허무맹랑한 조건은 차치하고서라도 이곳을 탈출하는 것만으로도 충분히 이득이다. 그 조건이 어떻게 가능할 수 있는지 따지고 들 여유도 없이 그녀는 즉답했다. 어차피 하도 허황된 소리라 따져 물을 마음도 들지 않았다.

"제 조건은 듣지 않으십니까?"

떨지 않고 대답하기 위해 아시하는 온몸에 힘을 가했다.

"절대로 그럴 일은 없으니까 알아 둘 필요도 없어."

"그러시군요."

초연을 가장하고 있지만 말을 하지 않고 있을 때에는 혀를 깨물고 있어야 할 만큼 온몸이 요동쳤다. 긴장으로 인해 손바닥이 축축하게 젖어 갔다. 꼬박 잠들지 못했는데도 전혀 피곤하지 않았다. 쉬고 싶다는 생각조차 들지 않았다.

"저는 밀린 일이 많아 이제 그만 나가 봐야 할 것 같습니다. 뭔가 필요한 게 있으십니까?"

그제야 아시하는 이안의 차림새를 인지했다. 자신이 드레스 차림인 것처럼 이안 또한 정복을 입고 있었다. 갈아입은 옷으로는 보이지 않으니 그 역시 내내 깨어 있었던 모양이었다. 신경의 소모가 극심해 그저 나가 달라고 요구하려던 아시하가 잠깐 방을 살폈다.

부족한 것은 많았다. 식사, 휴식, 갈아입을 옷, 방 안에 갖춰 두어야 할 가구, 안정. 침대에 눕는 것조차 죄스럽던 조금 전의 자신이라면 전혀 필요하다 생각하지도 않았을 목록들이었다. 그러나 이안은 아시하가 결혼식장에서 달아나는 보상으로 병력을 걸었다. 그는 벌써 아시하가 무엇을 기대하고 있는지 훤히 들여다보고 있었던 것이다. 이런 남자를 상대하면서 뿌리 깊은 죄책감까지 끌어안고 있을 여유는 없었다.

"목욕."

"알겠습니다."

반드시 성공해야만 한다. 가슴이 거듭 북받친다. 잠시라도 이성을 놓는 순간 흘러넘칠 듯한 감정이 너무 거대해 두려웠다.

목욕을 요구하기는 했지만 시중을 들어 줄 사람까지 오리라고는 기대하지 않았다. 아시하는 제 눈앞에서 어린 소녀를 처치할 만큼 황궁에 발 붙였던 누구도 살려 두지 않았던 태선 공후의 잔인함을 기억했다. 그랬기에 어느 낯선 궁녀가 갈아입을 옷과 목욕용품들을 준비해 찾아오자 얼마간 어리둥절할 수밖에 없었다. 온통 군인들만 겪다가 평범한 여자를 보니 반갑기까지 했다.

"어느 궁 소속이지?"

"태선 공후 각하의 사가에서 왔습니다."

궁녀가 얌전하게 대답했다. 스스로도 놀라울 만큼 반갑던 마음이 싹 씻겨 내려 아시하는 그대로 입을 다문 채 단 한 마디도 하지 않고 목욕을 마쳤다.

이안은 이날 저녁 다시 찾아왔다.

"혼전 상호 협의 문서에 대해 아십니까?"

이안이 품에서 종이 몇 장과 펜을 꺼내 놓았다. 가구가 없으니 바닥에 앉아 물건들을 늘어놓으면서도 그는 자못 태연했다.

"매우 드문 일이지만 양 집안의 신분 차가 상당히 클 때, 혹은 국가 간의 화친을 목적으로 혼인을 치를 때, 그리고 정략결혼 때에도 간혹 주고받는다고 합니다. 공증을 받은 문서는 증거로써 유리하니까요."

"비상식적인 결혼에나 그런 얄팍한 수가 필요하겠지."

"그 비상식적인 결혼을 하실 입장이시니 최대한 유리한 고지를 선점해 보십시오. 저는 제 능력 안에서 방어하겠습니다. 혼전 상호 협의 문서는 양측의 요구 사항을 문서에 적어 두 부를 작성하고 양가의 인장을 찍어 한 부씩 나눠 갖습니다. 인장이 찍힌 문서는 국가의 법률로써 보호하니 최대한 많은 요구를, 또 가능한 한 빈틈이 없도록 세세하게 적는 게 좋습니다. 일반적으로는 결혼 전 충분한 기간을 두고 대표로 뽑힌 여럿이 조항을 만들어 법적으로 검토를 하지만 황녀 전하께서는 함께 조항을 작성하실 증인이 없으시니 저 역시 공평하게 저 혼자 작성하도록 하겠습니다. 저는 제 가문의 인장을 가지고 있고 황녀 전하께서는."

아시하는 무의식적으로 쇄골을 더듬었다. 늘 목에 걸려 있던 황녀의 인장은 그날 부서졌다. 차갑게 헤식은 손가락이 맨 피부에 닿았다. 그 추운 체온에 아시하는 움찔 어깨를 떨었다.

"황녀 전하의 인장은 제가 충분히 대신할 수 있는 것으로 찾아보도록 하지요."

"난 이따위 결혼 할 생각이 없으니 그런 문서를 작성해야 할 이유는 없겠지."

"벌써 잊으셨나 보군요. 저는 결혼을 하시는 쪽에 걸었습니다."

"그래서 내가 그 문서를 작성하면 그걸 가지고 결혼의 증거로 삼으려고?"

"만에 하나를 생각하면 나쁜 제안은 아니지 않습니까? 스스로를 지킬 수 있는 힘도 될 수 있고 문서로 작성된 요구 사항은 법으로도 보장되니까요."

"그래? 그럼 네놈들 기준에 황족 시해는 적법했나?"

이안이 느직이 얼굴을 들었다. 가구조차 없는 방이라 시선이 분산될 곳이 없어 서로의 모습이 시야 안에 도드라지게 맺혔다. 눈을 감으면 잔상이 일 만큼 강렬하게. 이안은 단단하게 뭉친 아시하의 눈빛을 맞받았다.

"원하시는 대답은 아니겠지만 위법은 아닙니다."

아시하는 숨을 들이켰다. 명치를 얻어맞은 것만 같았다.

"황족은 국법에 우선하는 존재이지 귀속되는 존재는 아니지요."

"법에 속해 있지 않으니 법으로 보호받지 못한다?"

"정확하게 말하자면 법을 초월해 있다고 해야 합니다."

"황족을 대하는 예법 하나하나가 다 적시되어 있는데도? 내가 어린 시절부터 배워 온 황실의 언어, 행동, 교양, 규율, 이런 건 다 뭐지? 약간이라도 황족의 몸에 해를 끼치게 하는 자는 국법으로 엄히 다스렸다. 목숨까지 빼앗을 수 있는 중죄로 여겨졌어!"

빈 방의 벽에 부딪쳐 공명하는 목소리의 울림이 짜랑했다. 숫제 비명처럼 들릴 만큼. 꼬리를 끌며 맴돌던 울림이 사라지자 삽시간에 정적이 스몄다. 그 정적을 먼저 깬 쪽은 이안이었다.

"황녀 전하께서 여태껏 움켜쥐고 사신 그것은 사실 이렇게 부질없이 사라질 수도 있기도 합니다. 신기루처럼."

"그래서 네놈들은 그 신기루를 얻겠다고 이런 짓을 저질렀나?"

"그렇기 때문에 그 신기루가 사라지지 않도록 이렇게 노력을 하고 있는 겁니다. 지금 이 일도 노력의 일환이지요. 황녀 전하, 솔직하게 말씀드리자면 황녀 전하께서는 지금 관념적인 갑론을박으로 시간을 끄실 여유가 없습니다. 결혼을 하시게 될 경우를 대비하시지요. 지금 이 문서가 어떻게 작성되느냐에 따라 황녀 전하의 미래가 달라집니다. 어느 직위에서 예우를 받으실 것인지, 어떤 직위도 갖지 못하고 갇혀 사실 것인지, 앞으로 1년을 사실지 10년을 사실지 40년을 사실지, 어떤 곳에서 어떤 음식을 먹으며 무슨 일을 하고 사는지 그 모든 내일에 대한 가능성이 여기 이 종이 몇 장에 함축되어 들어가는 겁니다. 이 모든 권리를 포기하시겠습니까?"

아시하는 점 하나 찍히지 않은 백지를 노려보았다. 그가 말하는 신기루는 아시하의 전부였다. 스무 해 동안 믿고 살아온 인생이 통째로 부정당했다.

"한 가지 더 말씀드리자면 저는 황녀 전하에 관한 의무와 권리를 책임지고 이행하겠다는 인계 확인서도 이미 보냈습니다. 신변 보호를 제가 맡게 된 이상 황녀 전하의 신체에 무슨 위험이라도 생기면 제가 책임을 져야 합니다. 그리고 저는 그런 곤란한 상황이 오지 않도록 할 수 있는 노력을 다할 작정입니다."

내기는 이 남자에게 절대적으로 유리하다. 아시하가 문서를 작성하지 않겠다고 버티며 물러설 수 없는 배수의 진을 쳤듯이 이안 역시 아시하의 신변 보호를 자신의 책임하에 두며 배수의 진을 쳤다. 새로 선출한 궁인 대신 사가에서부터 함께 지내 오던 시중인을 아시하에게 붙여 감시하고 그 역시 옆방에 머물러 조금이라도 이상한 낌새가 보이면 바로 달려올 수 있도록 조치해 놓았다. 이렇게 일거수일투족을 지키고 있다 결혼식 날이 되면 묶어서라도 끌고 가면 그만이다. 그렇지만 아시하도 순순히 끌려갈 생각은 없었다.

이안은 깔끔하면서도 흐르는 듯한 필체로 문서를 작성해 갔다. 나, 태선 공후의 차남, 서면 윗줄에 적힌 단어들이 단편적으로 읽혔다. 종이 위로 사각거리는 펜촉 소리, 날렵하고 우아하게 백지를 종횡하는 검은 선들. 얼결에 시선을 빼앗기고 있던 아시하가 불쑥 정신을 차리곤 매섭게 고개를 잡아뗐다.

"남궁."

손을 멈춘 이안이 아시하를 직시했다.

"내가 걸 조건은 남궁 하나뿐이다."

"그렇습니까?"

"그곳에서의 내 자유를 보장해."

내게 이로운 미래만 상상하겠다. 다른 끔찍한 여지 따위는 끼어들 틈이 없도록 내가 해야 할 일, 내게 와야 할 미래만 기억하겠다. 내 신변에 어떤 일이 벌어지든 내게 남은 유일한 가치를 적에게 넘겨주는 어리석은 짓은 하지 않겠다. 나는 반드시 남궁을 얻을 것이다. 그리하여 이곳에서 도망칠 것이다.

고삐를 쥐고 있는 손을 꽉 오므렸다. 상당히 긴 시간이 흘렀는데도 정체된 줄이 줄어드는 듯한 기미는 보이지 않는다. 대기 시간이 길어지면서 사람들이 분분하게 불만을 표하기 시작했다.

"뭐 때문에 이렇게 내보내 주지를 않는 거야?"
"앞에 무슨 일 생긴 거 아냐?"
미유라는 고개를 푹 수그린 채 시간이 빠르게 흘러가기만을 기다렸다. 줄이 빨리 빠지지 않으니 슬그머니 중간에 끼어들려다 걸려 드잡이를 하는 사람들도 보였다. 전부 제각각의 사정으로 나해를 나가려는 사람들이었다. 바듯하게 늘어선 행렬의 중간마다 듬성듬성 자리가 비었다. 정체가 길어지면서 사정을 알아보려 자리를 맡아 놓고 나간 사람들의 흔적이었다.
"이봐요, 뭐 소식 좀 들은 거 있어요?"
인산인해를 헤치고 들어온 남자 하나가 사방을 두리번거리다 미유라에게 다가왔다. 떨려 오는 숨을 가다듬으며 미유라는 슬그머니 겉옷을 당겨 실수인 척 제 손등을 내보였다. 짙은 피부색을 본 남자가 쯧, 혀를 찼다. 더는 한마디도 말을 섞고 싶지 않다는 듯이 지체하지 않고 미유라에게서 멀어졌다.
미유라는 진흙을 발라 어둡게 위장한 손등을 내려다보았다. 호흡이 무겁다. 어두운 피부색은 완족의 가장 큰 특징이었다. 누군가 말을 걸어오는 사람이 있으면 옷깃을 내려 손등을 보이는 정도로도 충분할 거라고 안타이는 말했다. 그리고 그 말은 무서우리만큼 정확하게 적중했다. 그 후로도 두어 명 더 미유라에게 사정을 알아보러 온 사람들은 미유라의 피부색을 확인하더니 알은체도 없이 떠나갔다. 완족이다, 완족. 눈살을 찌푸리며 일행에게 속삭이는 사람은 그나마 양반이었다.
"야, 앞에 자리 나는 거 안 보여!"
천둥 같은 고함이 쩌렁쩌렁하게 내리꽂혔다. 미유라의 뒤쪽에서 있던 일행들이었다. 바로 뒤에 서 있던 한 일가의 아이들에게는 재미있고 자상한 어른, 따뜻한 이웃인 척 수다스럽고 친절하게 말을 걸던 그들이 미유라에게는 웃음기가 싹 사라진 얼굴로 소리를 질렀다. 앞 사람 두엇이 빠져나가며 생긴 빈 공간을 놓고 날을 세우는 것이다. 누군가 그 자리를 먼저 차지하게 되면 그건 순서를 어긴 그 누군가의 잘못이 아니라 완족이면서 사람들 사이에 섞여 있는 미유라의 탓이 될 가능성이 컸다.

미유라는 말의 고삐를 움켜잡으며 허둥거렸다. 어려서부터 허약했던 미유라는 승마를 배우지 못했다. 겁 없고 활동적인 아시하가 말을 살살 달래 올라탈 때마다 저런 움직임이 어떻게 가능한지 그저 놀라워하기만 했을 뿐이었다. 기실 타고난 운동신경이 남들의 절반에도 미치지 못하는 탓에 이렇게 말 등에 앉아 있는 정도가 미유라에겐 그나마 최선이었다. 말에 올라타거나 내리는 일도 안타이의 도움 없이는 불가능했다. 행여나 운 좋게 말을 몇 걸음 걷게 하더라도 말이 움직이는 즉시 굴러떨어질 게 뻔했다. 미유라가 자리에서 우물거리자 욕이 쏟아졌다.

"말귀를 못 알아듣는 거야, 못 알아듣는 척을 하는 거야?"

"앞에 자리 비었다고!"

"야, 저 멍청한 것 좀 보게. 완평에나 처박혀 있을 것이지 왜 여기까지 나와서……."

미유라에게 버럭 소리를 지르던 남자가 황급히 입을 다물었다. 사람을 헤집고 나타난 안타이가 주위를 매섭게 둘러보자 삽시간에 웅성거림이 잦아들었다. 내심 분했는지 두 사람을 연신 건너다보면서도 말 한마디 벙끗하지 못하는 것을 보니 안타이의 큰 체격과 뚜렷하고 냉정한 생김새에 저도 모르게 기가 눌린 듯했다.

"앞줄에서 큰 다툼이 있어 길이 막혔던 듯합니다."

말에 올라타 제 몸으로 미유라를 감싸 가리며 안타이가 나직이 속삭였다.

"네……."

"험한 말 듣게 해 드려 죄송합니다."

완족은 피부색이 짙고 머리가 검다. 눈썹이 짙고 코가 높으며 턱이 강했다. 대체적으로 키가 크고 어깨가 넓으며 체격이 크고 근육이 발달했다. 완족으로 신분을 가장하기로 결정하면서 미유라는 희다 못해 창백할 만큼 밝은 제 손에 진흙을 칠하고 안타이의 겉옷을 빌려 온몸과 얼굴을 휘감아 숨겼다. 전전긍긍하는 안타이에게 괜찮다고 웃어 보이면서.

"어째서 안타이가 사과를 하는 거예요?"

그렇게 완족이 되었다. 그간 알지 못했던 나유타의 뒷면을 겪기 시작했다. 예상했던 것보다 훨씬 손쉽게 사람들은 약자를 알아본다. 완족은 그 서열의 가장 밑으로 밀려난 존재였다. 완족은 아무리 돈을 많이 낸다 해도 숙박할 방을 빌릴 수도 없고 식당에서 밥을 먹을 수도 없었다. 미유라가 안타이를 경호원으로 두면서 지급했던 월급은 사실 그에겐 별로 쓸모가 없는 것이었다. 그 사실을 완족의 입장이 되어서야 알았다. 그런데도 안타이는 이런 어리석은 황녀를 구하겠다며 달려왔다. 그 무궁한 호의 앞에서 미유라는 한없이 부끄러웠다. 상대의 입장을 헤아리지 못한 일방적인 호의가 얼마나 그를 상처받게 했을까. 이래서야 그를 괴롭히던 다른 사람들보다 전혀 나을 것이 없다.

"저한테 화를 내세요. 제가 살아온 세상이 얼마나 편협한 곳이었는지 이제 깨달았냐고 비난해도 전 변명할 말이 없어요."

"왜 그러십니까?"

"저는 여태껏 아시하를 대신해 사과해 왔었는데……."

너무나 창피하다. 그럴 주제도 되지 않으면서 주제넘게 관용적인 황녀의 흉내를 냈다. 같은 가해자의 입장에서 누가 누구를 대신해 사과한단 말인가.

"정말 바보 같아요. 안타이에게 정말 필요한 건 그런 게 아니었잖아요."

"무슨 이유로 자책하시는지 잘 모르겠습니다."

"조금만 더 일찍 알았으면 좋았을 거예요. 제가 황녀로 있을 때, 그땐 그래도 할 수 있는 일이 많았을 테니까. 제가 좀 더 똑똑했어야 했어요."

완족으로서의 생활은 노숙자나 부랑아들을 피해 다녀야만 했던 도망자의 생활보다 나을 게 없었다. 그는 그런 삶을 평생 겪어 왔다. 아니, 오히려 더했을 것이다. 그 자리가 두려우면 도망칠 수 있었던 그녀와는 달리 황녀의 경호원이라는 자리는 피할 수 없는 자리였으니까. 모욕하고 경멸하며 천시하는 귀족들을 매일같이 마주하면서도 안타이는 미유라에게 자신의 고통을 조금도 내색하지 않았다. 완평으로, 자신의 가족들이 있는 곳으로 돌아가고 싶다고 전혀 언급하지 않았다.

언제나 그가 가장 우선한 임무는 미유라의 안위였다. 항상 미유라의 지근거리 안에서 그녀를 호위했다. 공식적인 행사와 비공식적인 자리도 가리지 않았다. 팔을 뻗으면 닿을 만큼 가까운 거리에서 하루의 대부분을 함께 보냈다.

미유라는 제 손으로 안타이의 큼직하고 두꺼운 손등을 덮었다. 온전히 덮어 주고 싶었지만 그의 손은 미유라의 것에 비해 월등히 컸다. 한없이 깊고 넓게 자신을 포용해 주는 이 남자의 성품처럼.

그에 비하면 자신이 포용할 수 있는 부분은 얼마나 좁은가. 이리저리 움직이며 그 넓이를 재어 보던 미유라의 손을 안타이가 뒤집어 꽉 움켜쥐었다.

“저는 황녀 전하 같은 분이 처음이었습니다.”

안타이의 목소리는 너무나도 낮고 느려서, 집중하지 않으면 금세 사라질 것만 같았다.

“미안하다는 사과를 처음 받아 보았습니다. 그 많은 귀족들 앞에서 손을 내밀어 주는 사람도 처음이었습니다. 아무도 하지 못했고 아무도 하지 않았던 일을 용기 있게 하시는 분을 처음 보았습니다. 저는 그때까지 다른 사람과 함께 강의를 들어 본 적이 없습니다. 그랬기에 강의실에 들어갔을 때 인사를 건네 오는 사람을 처음 만났습니다.”

강의실 문을 열고 들어갔을 때 창가에 앉아 책을 읽고 있던 미유라가 그를 돌아보더니 하얗게 웃었다.

—안녕하세요. 일찍 오셨네요.

채황녀가 같이 수업을 들을 줄 몰랐기에 너무 당황한 나머지 안타이는 아무 말도 하지 못했다. 습관처럼 가장 구석진 자리를 찾는 안타이에게 미유라는 자신의 옆자리를 가리켜 보였다.

—이리로 오세요. 햇볕이 너무 따뜻해요.

흐드러진 미소가 찬란했다. 그녀는 금방이라도 햇볕에 녹아 사라질 것처럼 하염없이 투명했다. 안타이는 무의식적으로 미유라를 향해 손을 뻗었다. 미유라가 빛으로 화해 흩어질 것만 같아서, 그렇게 되기 전에 붙잡아야만 할 것 같아서. 불안함과 아찔함을 동시에 느꼈더랬다.

"곁에 있어 주기를 바란다는 말도 처음 들었습니다."

미유라는 안타이의 어깨에 머리를 기댔다.

"늘 제 걱정 하셨던 것 압니다. 그렇기에 다른 사람들의 말을 귀담아들은 적 없습니다. 곁에 있어 행복했던 시간이 압도적으로 많습니다. 이제 와서 자책하지 마십시오. 남황녀 전하께서는 제가 황녀 전하를 지킬 거라고 아무것도 모르시고도 믿고 계셨습니다. 그를 빚으로 여기신다면 제가 황녀 전하의 곁에 남을 이유가 없습니다. 그렇게 되면 제가 견디지 못합니다."

흔들리는 말 위에서 미유라가 휘청거렸다. 안타이는 곧바로 미유라를 한 팔로 당겨 안았다. 단단하게 지탱해 주는 팔이 믿음직하고 함께 오르내리는 숨결이 편안하다. 미유라는 가만히 눈을 감았다. 이렇게 태산같이 큰 사람이다. 항상 등 뒤를 따뜻하고 든든하게 방비해 주는 사람이다.

"제가 황제가 된다면 더 이상 이런 일은 없을 거예요."

완족이라는 신분이 더는 원죄가 되지 않기를 바란다. 미유라가 속삭였다.

"아, 하지만 그때가 되면 완평은 나유타에서 독립했겠네요. 그러면 안타이는 완평을 이어받으러 돌아가야 할 테고요. 그렇게 되면 저는 정말로 아쉽고 허전하겠죠. 항상 같이 있던 사람이 절 떠나가는 거니까. 그래도 우리 동등한 위치가 될 수 있으니 그건 정말 기뻐요."

완평이 독립한다 한들 오랜 역사를 가진 나유타의 황제와 신생 국가인 완평의 대표자가 같은 위치일 수는 없다. 그런데도 미유라는 둘이 동등하다고 말한다.

안타이는 제 옷으로 머리카락 한 올 보이지 않도록 꽁꽁 감싼 미유라를 내려다보았다. 긴 시간 그녀와 함께하면서 안타이는 미유라가 가진 깊은 내면들을 보았다. 채황녀가 꿈꾸는 나유타와 남황녀가 꿈꾸는 나유타는 같지 않다. 어쩌면 채황녀가 꿈꾸는 세상은 남황녀가 그리는 세상에 비해 패기가 부족할지도 모른다. 두 황녀가 지향하는 가치는 다르다. 남황녀의 나유타가 좀 더 부강하고 부유하고 역동적이라면 채황녀의 나유타는 차분하고 느리며 서정적이다. 누구의 꿈이 더 옳다고는 할 수 없다. 다만 채황녀가 만드는 나유타에서는 최소한 사람들이 덜 상처받으며 살아갈 것이다. 안타이는 그 점이 가장 마음에 들었다.

"저는 황녀 전하의 곁에 남을 겁니다."

그렇기에 미유라가 완성해 갈 새로운 나유타를 가장 가까운 자리에서 지켜보고 싶었다.

"완족이 독립하는데도요?"

"제가 필요하지 않다고 말씀하실 때까지 있겠습니다."

"언제까지나요?"

"언제까지나."

"평생을 붙잡고 있을지도 몰라요."

"평생이어도 좋습니다."

안타이의 음성은 언제나 중심이 단단하고 어조가 낮아 감정이 스미지 않은 것처럼 들린다. 그렇지만 이제는 그가 다만 표현에 서투를 뿐, 누구보다도 깊은 마음을 가진 사람임을 안다. 대학에 입학해 그를 처음 만나고 서서히 알아 가던 옛날을 기억한다. 미유라가 먼저 인사를 하거나 말을 걸면 늘 무감정한 얼굴로 듣지 못한 것처럼 외면하던 남자였다. 외로움과 폭력에 익숙해져 평화로운 시간을 낯설어하던 남자였다.

아시하는 그런 안타이를 보고 언니를 만나서 인생이 달라졌다고 말했다. 하지만 미유라는 그 말에 동의하지 않았다. 안타이를 만나 인생이 달라진 건 그녀 역시 마찬가지였다. 변화는 한 사람에게만 찾아오지 않는다. 긴 시간을 들여 천천히 그가 변해 왔듯이 미유라도 변했다. 이제는 그가 없는 시간을 상상할 수도 없다. 완족이 독립해 그가 완평으로 돌아간다 상상하면 머리로는 이해할 수 있어도 가슴이 텅 빈 듯 허해 목이 메었다.

언제가 될지 모르는 미래가 벌써부터 이렇게 두려운데 어떻게 거짓을 말하겠는가. 욕심이라 해도 욕심을 부릴 수 있는 지금에 감사한다. 미유라는 물기 스민 목소리로 대답했다.

"그래요. 언제까지나 제 곁에 있어 주세요."

안타이는 능숙하게 가지를 모아 작은 불을 피우고 모포를 쌓아 잠자리를 꾸몄다. 작은 일이라도 도울 수 있을까 싶어 안타이의 근처를 서성이던 미유라는 얼마 안 가 자신이 도움이 되기는커녕 움직일수록 방해만 된다는 사실을 인정하게 됐다. 황녀가 익숙하지 않은 일을 하려고 할 때마다 안타이가 불편해했던 것이다. 미유라는 안타이가 원하는 대로 불을 가장 따뜻하게 쬘 수 있는 자리에 앉아 휴식을 취했다.

신기한 일이다. 믿고 의지할 수 있는 사람이 곁에 있으니 이제는 춥지도 무섭지도 않다. 최악의 상황이 아닌 최선의 상황을 예상하게 된다. 목표가 생기니 그 가능성을 떠나 기분이 한결 나았다. 방향을 잃고 혼자 헤매기만 하던 때보다 불안이 훨씬 덜했다. 그때는 자신이 태어나 평생을 살아왔던 나해조차 낯설었다. 그런데 안타이가 나타난 이후부터는 다시 내 나라, 내 도시로 돌아온 기분이었다.

조그마한 나뭇가지를 던져 넣자 노란 불티가 튀어 올랐다. 미유라는 본능적으로 몸을 움츠렸다. 불티가 튀면서 그녀에게 작은 화상을 입힌 건 아닐까 놀란 안타이가 다가오자 미유라는 애써 웃으면서 고개를 흔들었다.

"다친 게 아니에요. 그저 좋지 않은 기억이 떠올라서……."

황궁을 태우는 큰 불길에 벌겋게 젖어 가던 하늘이, 하루 두 번째의 노을이 아직도 잔상처럼 맺혀 잊히지 않았다. 새소리가 들릴 때에는 더욱 심했다. 현기증을 느끼며 주저앉았다가 안타이의 부축을 받고서야 정신을 차렸다. 커다란 나뭇잎이 떨어지며 시야를 스쳐 갔을 때에는 저도 모르게 비명을 질렀다. 언제 어디서 어떤 방식으로 정신적 외상이 발현될지 모른다. 평생을 안고 가야 할 충격이라 이겨 낼 엄두도 나지 않았다.

"지금도 순간순간 멍해요. 그저 긴 악몽 같기도 하고요. 가끔씩 이렇게 눈을 감았다가 다시 뜨면 여태까지의 모든 게 꿈이었다고, 꿈일 거라고…… 그런 허황된 생각도 해요."

얼마 전까지만 해도 이렇게 속내를 털어놓을 상대조차 없었다. 미유라를 구해 돌봐 주었던 중년 부부에게까지도 미유라는 진짜 신분을 말하지 못했다. 채황녀에게 호의적인 부부였지만 진짜 채황녀를 보면 어떤 반응을 보일지 겁이 나서 끝까지 채궁의 궁녀였던 것처럼 행세했다. 아마 아시하를 만나야만 이 응어리를 해갈할 수 있을 것이다. 이 세상에서 미유라와 동일한 고통을 겪은 사람은 아시하뿐이기에.

"아시하는 잘 버티고 있다고 하는데 왜 저는 그렇게 안 될까요? 왜 이렇게 못나고 약해 빠졌을까요? 괜찮은 것 같다가도 갑자기 아득한 땅굴 속으로 떨어지곤 해요. 깜빡깜빡 넋이 나가고 그런 일이 있었는지 없었는지 기억이 잘 안 나요. 바로 어제까지의 일이 전부 거짓말 같기도 하고, 또 이걸 거짓말이라고 생각하는 제가 멍청한 것 같기도 하고."

"그렇지 않습니다."

간신히 목소리를 쥐어짜 대답을 하면서도 안타이는 말재주가 부족한 자신을 원망했다. 채황녀는 고통이나 통증에 대한 면역이 없었다. 그녀는 마음이 건강하고 상냥하며 해맑은 사람이었지만 그건 그녀가 다른 이에 의해 상처받은 적이 없기 때문에 지켜진 순수였다. 완족으로 태어나 차별받는 일에 익숙하고 갖은 종류의 폭력을 받아 왔던 안타이와는 근본부터가 다르다.

"잘 견디고 계시는 겁니다."

진심이었다. 충격에 대한 내성이 없는 채황녀가 그 많은 일을 겪고도 여태까지 무사히 자신을 지켜 낸 건 기적이나 다름없었다. 부모님을 참혹하게 잃고 동생을 황궁에 남겨 놓았다는 죄책감을 떠안은 것으로도 모자라 안타이가 채황녀를 찾아냈을 때 그녀는 군인들에게 붙들려 위급한 처지에 놓여 있었다. 귀로 듣고 눈으로 본 경황이 믿기지 않을 만큼 아찔해 안타이는 차마 미유라가 홀로 헤매야 했던 지난 시간들에 대해서는 묻지도 못했다.

"기억하십니까? 황녀 전하께서는 제게 아무것도 참을 필요가 없다고 말씀하셨습니다.”

돌이켜 보면 그녀에게서 참 많은 위안을 얻었다. 완족이라는 이유로 무슨 일을 당해도 내색하지 못하고 속으로 삭이는 게 익숙했던 안타이를 채황녀는 안타까워했다.

“맞으면 아픈 게 당연하고 차별을 받으면 화가 나는 게 당연한 일이라고, 잘못된 대우를 무감각하게 받아들이지 말라고 그러셨습니다.”

안타이가 그녀를 찾아냈을 때 채황녀는 안타이의 다친 다리를 걱정했다. 감옥에 갇힌 여동생을 염려했다. 안타이에게 자신의 위험한 상황을 상기시키며 사과했다. 자신의 위험을 함께 감수해야 할 이유가 없다고도 말했다. 그럼에도 곁에 남겠다고 자청하는 안타이에게 감사했다. 그런 미유라를 지켜보면서 안타이는 차츰차츰 무언가 어긋났다고 생각했다. 분명히 올바르지 않다. 황녀의 마음은 가운데 몇 단계를 건너뛰어 버린 듯 보였다. 그녀의 표현 어디에도 채황녀 자신의 기분은 존재하지 않는다. 지금 어느 누구보다 분노하고 이성을 잃고 소리를 질러도 모자랄 상황인데 그녀는 여전히 안타이의 설득에 동의하고 자신의 욕구를 눌러 삼킨다. 긍정적인 감정은 잘 표현하면서도 부정적인 감정은 안쓰러울 만치 숨기려 애쓴다.

“화가 날 때는 화를 내시고 제가 부족하게 모실 때는 꾸중하십시오. 불편하시면 투정하시는 게 당연합니다. 홀로 감당하려 하지 마십시오.”

물론 그녀가 화를 내거나 꾸중을 하거나 투정할 사람은 아니다. 아시하라면 모를까 미유라는 그런 모습을 보인 적이 없으니. 어떤 말을 해도 그녀에게는 위로가 되지 못할 것이다. 불현듯 이안 장군과 수하 군인들에게 휩싸여 감옥으로 다시 끌려가던 아시하 남황녀의 얼굴이 떠올랐다. 그녀라면 시원스러운 몇 마디 말로 미유라의 솔직한 감정을 이끌어 낼 수 있었을 터. 아마도 지금 미유라에게는 아시하가 가장 절실하고 그리울 것이다. 남황녀는 미유라에게 있어서 안타이가 채워 줄 수 없는 부분을 채워 줄 수 있는 유일한 사람이니까.

미유라가 천천히 고개를 들었다. 그녀는 일그러진 얼굴조차 처연했다.

"안타이, 저 좀……."

저 깊고 무거운 죄책감을 도대체 어찌해야 한단 말인가. 미유라는 맨몸으로 한겨울의 빙해氷海에 떨어진 것처럼 떨고 있었다. 마음의 한기가 몸을 좀먹는 것이다. 그녀를 그러안고 온기를 나눠 주었다. 미유라를 잘 알기에 그녀가 느끼는 죄스러움을 이해한다. 아시하가 너무 꼿꼿해 강한 태풍에 부러져 버리고 마는 나무라면 미유라는 약간의 충격에도 금이 가기 쉬운 유리 인형이었다. 한번 금이 간 유리는 어떤 방법으로도 그 흔적을 돌려놓지 못한다. 그리고 그렇게 여러 번의 금이 중첩되면 어느 순간 작은 조각으로 낱낱이 흩어져 버린다. 본래의 형태를 영원히 잃게 되는 것이다. 뿌리만 잃지 않으면 처음부터 천천히 자라날 수 있는 나무와는 다르다.

"다 괜찮습니다."

가늘게 흔들리는 채황녀의 등을 쓸어 올렸다. 주워 담듯이, 쏟아지지 않도록 방비하듯이.

미유라를 처음 발견했을 때, 안타이는 그녀가 처해 있는 경악스러운 상황과는 별개로 미유라가 살아 있다는 것 그 자체에 벅찬

감동을 느꼈다. 그렇다. 당장은 이렇게 살아 있는 것으로 족하다. 모포를 두껍게 두른 미유라는 부러 불씨가 돋은 방향으로 얼굴을 두고 누웠다. 눈꺼풀을 비집는 빛무리에 시야가 붉어 손등으로 얼굴을 눌러 덮었다. 그 등 뒤에서 안타이는 나무에 기대앉아 오지 않는 잠을 청했다. 검은 밤 사이사이 명멸하는 별빛들이 마치 유리 조각인 양 따갑게 눈을 찔러 왔다. 그 밤 내내 상대를 배려한 조심스러운 뒤척임이 길고 길었다.

새벽의 푸른 기가 채 걷히지도 않았는데 내성으로 들어가려는 무수한 통행인들이 일찌감치 성문 앞에 진을 쳤다. 미유라는 초조하게 제 통행증을 매만졌다. 통행증에 새겨진 붉은 글씨는 완족을 의미했다. 무엇 하나 평범한 것이 없다. 일반 나유타 국민의 통행증은 검은 글씨가 적혀 있고 귀족들은 그 문장 자체가 신분을 의미하기에 통행증을 사용하지 않았다. 황족인 미유라 또한 통행증을 지녀 본 적이 없었다.

"검문이 강화되었다고 합니다. 통행증뿐만이 아니라 얼굴의 생김새, 머리색, 눈동자 색과 키, 귀의 모양과 체형까지도 꼼꼼하게 확인하느라 검문이 매우 늦어지는 것 같습니다."

지금 미유라가 가지고 있는 통행증은 안타이가 준비해 온 것으로 그 안에 적힌 보장 내용은 미유라의 조건과 사뭇 달랐다.

"그럼 어떡하죠?"

"불편하시겠지만 되도록 도시를 거치지 않고 이동하셔야겠습니다."

"이상하네요. 도대체 왜 이제 와서 검문이 이렇게 강화된 걸까요?"

"그것까지는 모르겠습니다."

"꼭 누구를 찾고 있는 것처럼……."

고개를 갸웃하던 미유라가 화들짝 놀라며 안타이를 올려다보았다.

"혹시 아시하가 탈출한 건 아닐까요? 전 죽은 사람으로 알려져 있잖아요."

이안 장군이 직접 지키고 있는 이상 탈출이 가능할 리 없다 생각하면서도 안타이는 말을 아꼈다. 미유라가 기적을 원하는 이유를 안다. 그녀 자신이 바로 그 기적이었기 때문이다. 그 누가 채황녀가 황궁을 빠져나왔을 거라 감히 상상했겠는가. 하물며 남황녀는 바깥으로 통하는 비밀 통로를 알고 있다. 그녀라면 어떤 꾀를 써서 도망쳤을 수도 있다.

그게 아니라면.

안타이는 입가를 꾹 단속했다. 가장 낙관적인 가정과 비관적인 가정이 분주하게 오간다. 제일 흔한 경우는 범죄자를 잡기 위한 일시적인 검문일 때였다. 드물게 살인 등의 중죄를 저지른 범인이 도주했을 경우 주변 도시들이 공조해 검문을 강화한다. 그러나 안전이 걸린 일에 요행을 바랄 수는 없다. 안타이와 미유라는 가장 비관적인 가정을 염두에 두고 움직여야 했다.

이를테면 미유라의 생존이 들통났다든가.

안타이는 지루한 기색으로 차례를 기다리고 있는 여행자들을 살폈다. 얼마나 걸릴지 모르는 검문을 기다리며 시간을 때울 건수를 찾고 있는 사람들 앞에서 의심을 살 만한 행동을 할 수는 없었다.

"최대한 조심해서 나쁠 게 없습니다. 다른 사람들의 눈에 띄지 않도록 신중하십시오."

미유라는 고개를 끄덕였다. 슬그머니 움직여 줄에서 이탈했다. 미유라가 먼저 무사히 빠져나가자 안타이가 뒤늦게 미유라를 따라왔다.

"이 통행증의 주인에겐 미안하게 되었네요. 저 때문에 여행도 불가능할 텐데."

"어차피 완족은 다른 도시로 여행하는 일이 드뭅니다."

아. 미유라가 무겁게 수긍했다. 그럴 만도 했다. 완족은 식사와 숙박이 어렵다. 자유롭게 지낼 수 있는 완평을 두고 굳이 나유타인들이 살고 있는 다른 도시로 이동할 이유가 없다. 오히려 완족을 배척하는 나유타인들이 내심 완평을 궁금해하는 경우가 많았다. 완평은 나유타의 여러 도시 중에서도 손꼽히는 고도古都로서 그 전체를 유적지로 보아도 무방한 곳이었기 때문에.

"길을 아세요?"

"고향을 잊는 완족은 없습니다. 산맥의 갈래와 별의 위치로 대략적인 방향은 잡을 수 있으니 걱정하지 마십시오."

불현듯 미유라는 자신이 평생 나고 자라 온 나해의 중앙 광장조차 찾지 못해 길을 헤맸던 기억이 떠올라 부끄러워졌다.

"생각해 보니 아시하에게 언뜻 비슷한 이야기를 들은 기억이 있어요. 완평에서 발굴한 유물에는 별자리가 그려져 있는 경우가 많다고요. 그 그림이 유물이 제작되던 계절이나 시기를 가늠케 하는 중요한 척도가 된다고 하더군요."

"그렇습니다. 모든 완족은 자신이 태어난 날의 밤하늘을 배워 알고 있습니다."

"아, 별자리를 잘 아셨죠."

별자리. 오래전 일이 슬그머니 기억난다.

완족이라면 치를 떨던 아시하가 딱 한 번 안타이 때문에 전전긍긍했던 적이 있었다. 유물에 그려진 별자리를 분석해야 한다며 온갖 고서며 그림들을 잔뜩 들고 환궁한 날, 밤을 새워 가면서 과거의 밤하늘을 유추하던 아시하가 별안간 분통을 터뜨렸다.

―지척에 걸어 다니는 해독법이 있는데, 내가 왜 이 고생이야!

그때 미유라는 오랜만에 돌아온 아시하가 반가워 동생의 옆에서 새벽 늦게까지 책을 읽던 중이었다. 미유라는 애써 웃음을 삼켰다. 나가서 물어보지 그러니, 하고 미유라가 제안하자 아시하가 얼굴을 구겼다. 안타이의 도움을 받으면 금방 끝날 일인데도 아시하는 자존심 때문에 꼬박 사흘 밤을 샜었다.

"시간을 세는 법과 날짜를 세는 법도 다르다던데요."

완족에 대해 별로 아는 게 없다 싶었는데 고고학을 공부한 아시하에게 오며 가며 한마디씩 얻어들은 지식이 의외로 상당했다. 잘 아는 것은 아니지만 잘 알려지지 않은 부분을 안다. 외국어를 거의 할 줄 모르는 사람이 일반적으로 잘 쓰이지 않을 만큼 어려운 단어 하나를 아는 것처럼. 안타이도 다소 놀란 기색으로 대답했다.

"지금은 특별한 공휴일을 제외하고는 다르지 않습니다. 저희는 두 종류의 달력을 사용합니다."

같은 공간에서 같은 언어를 사용하며 살다 보면 동등한 문화를 공유하지 않더라도 많은 부분이 닮아 가게 마련이다. 그것도 이렇게 한쪽의 문화가 일방적으로 거대할 경우에는 더더욱 빠르게. 완족이 워낙 독자적인 정체성을 지켜 온 부족이기에 흡수되는 속도가 느릴 뿐이지, 나유타의 문물은 이제 완족에게도 익숙했다.

"제가 아는 이야기는 아마도 선조의 완족과 완평에 대해서인가 봐요. 그러고 보니 아시하도 유적지를 탐사하면서 본 거라고 덧붙이기는 했어요. 저는 굉장히 낭만적이라고 생각했는데."

이야기를 하다 말고 미유라는 입을 다물었다. 완족의 고유한 문화 영역을 침범한 나유타인이 이제 와서 그들의 문화가 낭만적이라고 칭해 본들 좋게 들릴 리 없다. 안타이야 얼마든지 미유라의 실수를 이해하겠지만 앞으로 만날 완족에게까지 같은 실수를 저지르면 곤란했다.

"안타이."

"말씀하십시오."

"혹시 제가 완평에 가서 실례가 되는 언행을 한다면 제게 신호를 주세요. 보시다시피 제가 아는 게 별로 없어서…… 그러려는 의도가 있어서는 아닌데 저도 모르게 실수를 저지를지도 몰라요. 지금처럼 아시하에게 들은 옛날의 완평 이야기를 지금 이야기인 것처럼 말할 수도 있고요. 무례를 범할 수도 있어요."

"황녀 전하께서는 늘 신중하신 분이고 그런 점이 문제가 되지는 않습니다."

"모든 사람이 안타이처럼 제게 호의적이지는 않아요."

황궁을 나와 깨달았다. 채황녀라는 이름을 벗은 미유라는 더 이상 예전처럼 살 수 없었다. 쫓기고 숨고 희롱당했다. 황녀로 태어나지 않았더라면 줄곧 그렇게 살았을지도 모르는 일이다. 미유라를 향한 무조건적인 호의는 신분이 만들어 준 환상이었다. 이제는 모든 사람이 제게 그런 호의를 품지 않으리란 사실을 안다. 오히려 일반적으로 사람들은 다른 사람을 만날 때 경계심을 갖는다. 특히나 미유라처럼 신분을 위장하고 있는 사람들을 본능적으로 꺼림칙하게 여긴다. 본능. 미유라는 그 본능이 참으로 무서웠다. 그저 느낌이 수상해서, 어째서인지 좋아 보이지가 않아서, 눈빛이 탁해서, 정제되지 않은 말로 표현하자면 '촉'이 나빠서.

자연적으로 길러진 야생적인 직관력. 부단히 상대를 의심하고 부딪쳐도 보고 관계를 가졌다가 깨지면서 저절로 터득하게 되는 그 눈치라는 본능이 미유라에겐 없었다.

"괜찮습니다. 그 대신 황녀 전하께서 모두에게 호의적이시기에."

"예?"

여행객들의 발길이 닿지 않은 길은 미끄럽고 거칠다. 안타이는 높은 구두를 자주 신어 발목이 약한 미유라가 비탈진 길을 잘못 밟아 다치지 않도록 부축했다. 여분의 짐을 실은 말이 두 사람의 뒤를 충직하게 따라왔다.

"모르는 사람을 의심할 수는 있어도 나에게 선의를 갖고 있는 사람을 미워하기는 쉽지 않은 법입니다."

익숙지 않은 산길에 숨이 빠듯하게 차오른다. 미유라는 안타이의 손을 꽉 붙들었다.

"그 마음으로 황녀 전하께서는 저를 설득하셨습니다."

완족과 나유타인의 악연이 하루 이틀 일은 아니었지만 개중에서도 대학에 다니면서 온몸으로 나유타 귀족들의 악의를 겪어야만 했던 안타이의 적개심은 누구에게도 뒤떨어지지 않았다. 하루하루 갈무리된 적의가 목을 졸라 와 질식할 것만 같았다.

그랬었는데.

놀라운 일이다. 마치 마법처럼 이제는 아득한 기억이 되어 버렸다.

–다친 곳은 괜찮아요? 상처는 잘 아물었나요? 한번 봐요.

–동백꽃이 폈어요. 올해는 겨울 축제에 딱 맞춰서 피었네요.

–시험 잘 봤어요? 잘 봤겠죠…… 안타이가 누군데. 전 시험 성적이 엉망일 것 같아요. 저 재시험 치게 되면 도와주실래요?

–혹시 수업 빠져 본 적 있어요? 아시하는 있대요. 고대어 강의였나. 아시하는 외우는 걸 잘 못하거든요. 사람 얼굴만 못 외우는 줄 알았는데 문법이나 단어도 못 외우겠대요. 쪽지 시험을 치는데 잘 볼 자신은 없고, 남들이 수업에 한 번씩 빠지는 걸 봐서 아시하도 일부러 결석하고 놀러 갔는데 황녀가 수업에 들어오지 않으니 학교가 뒤집어진 거예요.

–저 이 특강 들을 건데 안타이도 같이 들어요.

–비 오네요. 우산 있으세요? 저 좀 바래다주실래요?

가랑비에 옷 젖듯이 채황녀는 차츰차츰 스며들었다. 어느 순간 정신을 차렸을 때는 이미 흠뻑 젖어 돌이킬 수 없을 정도였다. 단번에 사람을 휘어잡는 힘은 없어도 그녀는 사람을 서서히 물들여

간다. 일상이 되게 만든다.

"그런 분이 무엇을 걱정하십니까?"

나유타인들에게 신분은 절대적이다. 서로의 인간관계에 있어 신분은 가장 중요한 요소였고 채황녀는 자신이 훌륭한 신분을 지니고 태어난 덕택에 늘 이득을 얻었다고 믿었다. 문제는 그 말을 거꾸로 뒤집을 시, 신분이 인생의 가장 큰 위협이 될 수도 있는 것이다. 현재의 채황녀처럼.

하지만 완족에게는 신분이 크게 중요하지 않다. 윗선이 결정을 하면 무조건 그 명령을 받들어야 하는 나유타의 신분제도 대신 완족은 점처럼 흩어져 의견을 모으고 취합하는 수평적인 관계를 택했다. 물론 대표자가 존재하지만 절대적이지는 않았다. 그 결과 행동력에서 밀려 나유타에게 억압당하는 위치가 되었으나 완족의 고유한 수평 관계는 이들의 정체성이자 자부심이었다.

안타이가 판단하기에 채황녀는 자신의 신분을 이유로 스스로를 지나치게 낮춰 보는 경향이 있었다. 심지어 개성 강한 동생에게 치여 때때로 움츠러들기까지 했다. 그러나 상대의 내면을 중시하는 완족은 분명 미유라의 장점을 알아보리라. 미유라의 신실함과 정직, 온화함은 그녀만이 지닌 가치였다. 채황녀는 반드시 완족과 원만한 협의를 이끌어 낼 것이다. 안타이는 그 미래를 의심하지 않았다.

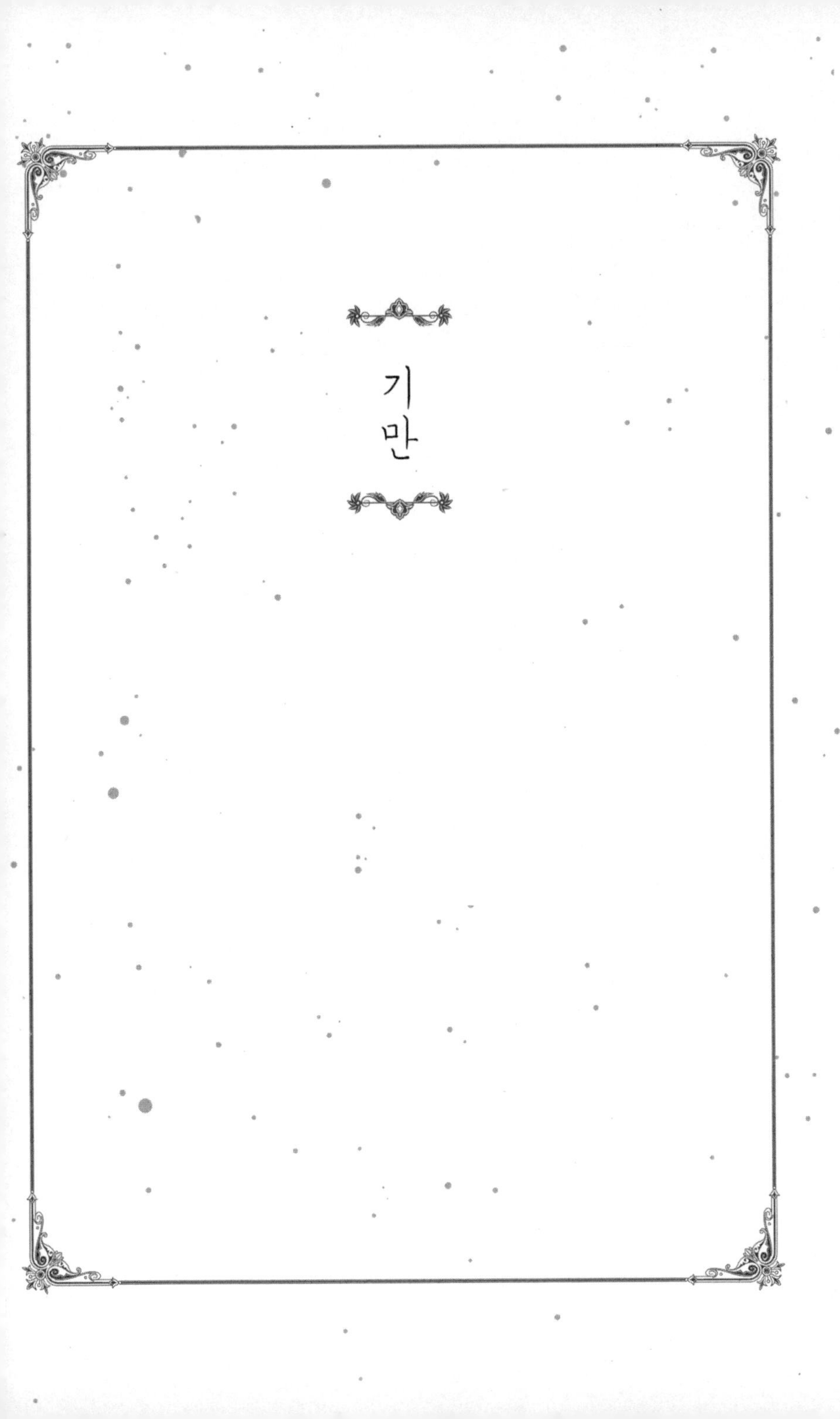

기만

귀퉁이를 둥글게 깎은 가구들이 들이왔다. 긴 의자, 상자에 가득 담긴 서적, 작은 책장, 옷장 등 생활에 꼭 필요한 소수의 세간들이 세심하게 선별되어 방을 채웠다. 예전 같았으면 쳐다보지도 않았을 형편없는 감각의 가구들이, 혹시나 모를 위험을 막느라 멋대로 깎이고 잘려 들어오니 더더욱 볼품이 없다. 아시하는 상자에 담긴 책 서너 권을 한꺼번에 집어 올렸다. 익숙한 표지였다. 《나유타 고고학사》, 《역사 속 혜성 관측 기록–계절별 천문도 수록》, 《고대어 문법 2》, 《유물로 풀이한 나유타 생활사》. 더 볼 것도 없이 남궁에 있는 책들을 대강대강 추려 온 게 분명하다. 이 와중에 책이 퍽이나 읽히겠다. 아시하는 고대어 문법 책을 상자에 던져 넣었다.

배치도를 확인하면서 일꾼을 부리고 있는 남자는 또 모르는 사람이었다. 애초에 아는 얼굴이 몇 없기도 하지만 이런 식으로 처음 보는 사람들이 하나둘씩 늘어 가는 건 별로 달갑지 않은 일이다. 살짝 기가 죽은 얼굴로 상자 속의 책을 꺼내 차곡차곡 정렬 중인 그 남자는 자신이 이안의 부관이라 했다.

"아가씨의 생활이 불편하지 않게끔 도와 드리라는 지시를 받았습니다."

하고 찾아온 목적을 설명하자마자 부관은 아시하에게 된통 날벼락을 맞았다.

"네 상관도 나를 황녀로 예우하는데 네가 나를 뭐라고?"

"실례했습니다, 황녀 전하."

부관이 그 자리에서 시정했다. 눈이 마주칠 때마다 표정 하나 없이 앉아 있는 아시하의 냉정함이 섬뜩했던지, 그 이후로 부관은 아시하가 앉아 있는 방향으로는 고개도 돌리지 못했다. 궁녀가 옷장을 채울 옷을 몇 벌 챙겨 왔다. 목욕을 도우러 임시로 들어온 줄 알았던 그 궁녀는 그 이후로도 간간이 아시하의 자질구레한 시중을 들었다. 제 손으로 이불을 정리하거나 식사를 찾아 먹지 않아도 된다는 점은 편리했으나 태선 공후의 사가에서 일하다 들어왔다는 경력이 여전히 께름칙해 아시하는 되도록 그 궁녀를 멀리했다.

부관이 조심스럽게 걸어와 기척을 냈다.

"황녀 전하, 몇 가지 알려 드릴 일이 있습니다."

"말해."

아시하는 책에 수록된 천문도를 펼쳤다. 메모지를 확인한 부관이 긴장한 얼굴로 입을 뗐다.

"우선 나름대로 필요하실 거라고 생각되는 물건들을 준비했는데 이 정도면 괜찮으십니까?"

"몰라서 물어?"

조금도 마음에 차는 구석이 없다. 처음부터 끝까지 완전히 엉망이다. 아시하의 냉대에도 부관은 별반 당황하지 않았다.

"이안 장군님께서 말씀하시기를 어차피 아무리 노력해도 황녀 전하의 심미안에 맞출 수는 없을 테니까 할 수 있는 만큼만 하라 셨습니다."

그제야 아시하가 얼굴을 들고 부관을 보았다.

"그리고 오늘부터는 문을 잠그지 않겠다고 하셨습니다. 창문도 잠겨 있는데 문까지 잠그면 갑갑하실 거라고."

"좋아. 또?"

"의사가 방문할 예정인데 언제쯤이 좋으실지 여쭤 보라고 하셨습니다."

"필요 없어."

"정확한 날짜를 말씀해 주시지 않으면 내일 방문하게끔 조처하신다 하셨는데요."

"필요하지 않다고 몇 번을 말해야 하지?"

부관이 머뭇거렸다. 상관의 지시와 황녀의 완강한 거부 사이에서 처신하기가 곤란한 기색이 여실했다. 도무지 천문도가 눈에 들어오지 않는다. 아시하는 책을 소리 내어 덮었다.

"내가 직접 말할 테니 오라고 전해."

"죄송하지만 장군님께서는 회의 때문에 자리를 비우셨습니다."

"그럼 나중에 하지. 나가 봐."

남황녀로부터 축출령이 떨어졌지만 부관은 아직도 전달해야 할 용건이 남아 있었는지 자리에서 어물거렸다. 불필요하게 시간을 소모하는 사람은 딱 질색이다. 대부분의 경우 용건을 듣는 순간

득과 실의 저울질은 끝나게 마련이니까. 속내를 감추느라 지지부진 시간을 끄는 경우도 있다지만 아시하는 예외였다. 듣는 순간 바로 계산을 마치고 결론을 정했다. 때문에 쉽게 말을 꺼내지 못하고 있는 부관이 못마땅했다. 도대체 얼마나 좋지 않은 이야기기에 망설인단 말인가. 어차피 결혼이라는 최악의 상황을 직면하고 있는 마당이라 어떤 소식을 들어도 놀라지 않을 텐데.

아시하가 물었다.

"더 전할 내용이 있나?"

"한 가지 더 있습니다."

눈짓으로 재촉하자 부관이 숨을 크게 삼켰다.

"대관식에 참석하실 준비를 부탁드립니다, 하고……."

분명히 알아듣고도 귀를 의심했다.

"뭐?"

절로 목소리에 날이 섰다. 부관은 말을 반복하는 대신 아시하의 앞에 정자세로 서서 고개를 숙여 보였다. 꼭 처분을 기다리는 듯한 모습이었다.

아시하는 부관이 가지고 있던 메모를 빼어 들었다. 대관식 준비에 관련된 사항이 조그맣게 덧붙여 적혀 있었다.

의전 순서 논의. 의상을 준비할 것. 결혼 소식 발표.

손아귀를 꽉 쥐어 종이를 구겼다. 사망 소식이 외부로 공표된 다른 황족과 달리 그녀는 살아 있었다. 감옥에 갇혀 있다고 솔직하게 알리지도 않았을 테니 아마도 공중에 붕 뜬 듯 혼자 행방이 묘연했겠지. 그런 자신의 소식을 궁금해하는 사람들이 한둘은 아닐 것이다. 쿠데타에 가담하지 않은 귀족들부터 나유타의 국민들까지 남황녀가 어찌 되었냐 묻는 이들이 많았을 터. 모두의 궁금증이 증폭된 시점에 황제의 대관식을 올리고 그 자리에 예전처럼 화려하게 치장한 남황녀를 입장시킨다. 태선 공후의 계획이 하나하나 눈앞에 그려진다. 대관식을 보러 온 사람들의 앞에서 남황녀와 둘째 아들의 결혼 소식을 선포하고, 또 그 후에는.

아시하는 손바닥으로 옆머리를 꽉 눌렀다. 연거푸 머리를 후려치던 그 남자의 억센 손아귀가 또 제 머리통을 잡고 우악스레 흔드는 기분이었다.

"내가 어떤 반응을 보일지 네 상관으로부터 어느 정도 주의는 듣고 왔겠지?"

"네. 욕을 하시면 듣고 때리면 맞으라 하셨습니다."

"상상력이 거기까지밖에 닿지 않은 네 상관을 탓하거라."

"예?"

욕하고 때린 후라면 이 말도 안 되는 계획을 받아들이리라 생각했나 보다. 처음으로 그녀는 완족 남자가 부러워졌다. 그 남자는 원하는 것이 생기면 칼을 들고 쟁취하고, 그만한 실력이 되지 않으면 제 목숨으로 값을 치르면 그만 아닌가. 끝까지 이용하고 팔아 치우려는 장삿속에 이리 휘말리고 저리 휘말려 제 목숨 하나 제 것이 되지 못하는 이런 처지보다 훨씬 자유롭다. 눈을 뜨니 궁이 불탔고 또 눈을 뜨니 감옥에 있었으며 다시 눈을 뜨니 결혼이라 한다. 다음엔 어떤 상황이 닥칠지 이제 짐작조차 가지 않는다. 피로해서 알고 싶지도 않다.

아시하가 꽝꽝 얼어붙은 목소리로 재우쳤다.

"대관식이 언제지?"

"일주일 남았습니다."

왜 그토록 맹목적으로 결혼식에만 매달렸는지 한심하다. 정략적으로 치러지는 혼사이기 이전에 둘째 아들의 결혼이자 상징성이 뚜렷한 결혼인데 절차를 전부 생략하고 급조된 결혼식장에 끌고 들어갈 리 없는 것을. 마음이 조급해 크게 보지를 못했다. 그게 아니었다. 결혼식이 아니라 대관식 전에, 그녀와 이안 사이의 연결 고리가 낙인처럼 찍히기 전에 이곳에서 도망쳐야 한다는 뜻이었다. 그것도 일주일 안에.

"뭐 해."

"예?"

"그래서?"

"예?"

"널 내 분풀이의 대상으로 밀어 넣은 네 상관한테 돌아가란 말이다."

부관은 굉장히 당혹한 얼굴이었다. 정말로 남황녀한테 잡혀 화풀이를 당할 각오라도 했던 모양인지 연신 아시하를 쳐다보았다가 시선을 떼어 내기를 반복했다. 웃기지도 않는다. 이 어리숙한 남자한테 화풀이라도 하면 뭐가 달라지나. 뭐가 달라질 거라면 진작에 저질렀다. 황녀의 몸을 탐했던 그 건방진 손을 치죄했듯이.

부관이 물러 나갔다.

더 이상 가두지 않겠다는 말만큼은 진실이었는지 바깥에서 걸쇠를 거는 소리가 들리지 않았다. 침대 위에 앉아 있다가 그 자리에서 벌떡 일어섰다가, 다시 침대에 앉았다. 아시하는 이안의 방이 있는 벽면을 노려보았다.

이제와 다시 살펴보니 가구들은 중간에서 소리를 차단하지 않도록 반대편 벽면에 몰려 있었다. 방의 구조를 전혀 고려하지 않은 일방적인 배치였다. 대부분 조립형 가구들로, 만약 사람이 올라서면 그 하중으로 인해 네모난 조각으로 분리되게끔 설계된 데다가 그나마 덩치가 큰 옷장은 한 벌 한 벌 나눠서 옷을 걸도록 판을 끼워 놓았다. 아마도 옷장에 들어가 목이라도 맬 줄 알았던 모양이다.

고작 하나 있던 침대에 몸 붙이기도 쉽지 않았었다. 뒤늦게 사람 사는 꼴로 만들어 준들 하나도 고맙지 않고 반갑지 않다. 적당히 눈 둘 곳을 찾아 둘러보다가 발견했다. 채궁의 복원이 거의 끝나 있었다. 군인의 수가 많이 줄어들었다. 그녀의 시중을 들어 주는 궁녀가 생겼듯이 모자란 사용인들을 충원하고, 어쩌면 이미 충원을 마쳤을지도 모르고, 민심을 적당한 선에서 정리해 두고 대관식을 가진다. 그럴 것이다.

멈춰 있는 줄 알았는데 멈춘 채 살고 있던 건 나 혼자뿐이었다. 나를 둘러싸고 있는 시간이 느리게 흘러 다른 사람들의 세상도 그런 줄로만 알았다.

인지하지 못했던 그 간극에 아시하는 소스라쳤다. 마음이 급해 숨죽이고 있을 수가 없어 튕기듯 몸을 일으켰다. 당장 어떤 일이라도 해야 한다. 초조함에 손끝부터 발끝까지 오그라들었다. 아시하는 방을 직선으로 질러 문을 벌컥 열어젖혔다.

짧은 심호흡이 허무하게 흩어졌다.

한꺼번에 너무 많은 공기를 들이마셨는지 어질어질하다. 잠시 숨을 고르고 아득하리만치 길게 뻗어 있는 복도와 그 끝의 출구를 보았다. 추위가 무색하게끔 오후의 햇살이 황홀하게 익어 샛노랬다. 바닥에 비친 창문의 그림자가 찬연하다. 빛으로 만든 덩어리를 한 움큼씩 뚝뚝 떼어 던져 둔 것처럼 아찔해 눈이 부셨다. 손을 공글리면 물처럼 찰랑찰랑 괴어오를 것처럼 선명해 시야가 따끔거렸다.

저 빛을 밟고 놀던 시절이 있었다.

미유라와 함께 길게 이어지는 빛의 웅덩이를 찰박찰박 밟고 놀던 추억이 있었다. 어머니가 가르쳐 준 놀이였다. 깜깜한 부분을 밟지 않도록 조심하면서 밝은 빛만을 따라 복도의 끝까지 한 발 한 발 신중하게 뛰었다. 그 놀이는 먼저 태어나 키가 좀 더 컸던 미유라에게 유리했다. 그러나 유독 지기를 싫어하는 여동생 때문에 언니는 일부러 한 발씩 잘못 디디며 동생에게 승리를 양보했었다.

아시하는 홀리듯 첫 걸음을 뗐다. 그리고 다음 순간 몸을 뒤로 물렸다.

방문 앞에 두 군인의 등이 장벽처럼 세워져 있던 탓이었다. 기척도 없이 달려 나온 황녀를 보고 깜짝 놀랐는지 잠시 시선을 교환한 두 명의 군인이 핏기 없이 창백하게 질려 있는 아시하에게 고개를 숙였다. 정중한 태도였다.

"행선지를 말씀하시면 모시겠습니다."

빛에 물든 조그맣고 어린 두 소녀의 환영이 춤추듯 나풀나풀 멀어졌다.

아시하는 입술을 깨물었다. 언어를 빼앗긴 것처럼 아무 말도 떠오르지 않았다. 영문 모르는 두 군인을 번갈아 노려본 후 아시하는 있는 힘을 다해 문을 쾅 닫았다.

강박적으로 방을 빙글빙글 돌았다.

입맛이 없어 식사를 물렸다.

단단한 벽에 등을 기댔다.

차가운 창문에 이마를 대고 눈을 감았다.

카펫을 들추고 바닥을 살폈다.

맨바닥에서 올라오는 냉기가 추워서 이불을 뒤집어썼다.

그렇게 한참 바닥을 헤매다가 어렴풋이 잠이 들었다. 우습게도. 잠은 최고의 도피처라 했다. 언제 잠들었는지도 모르게, 정신을 차려 보니 이미 밤이 깊어 어두웠다. 신이 몸에서 영혼을 분리해 휙 던져 버린 것처럼 갑자기 잠이 들었고 눈을 뜰 때도 마찬가지였다. 화들짝 놀라 앉은 아시하가 멍하게 주위를 살폈다. 정신이 확 돌아온 여파로 몸이 떨렸다. 새벽을 내내 뜬눈으로 지새우게 될 것 같았다.

이렇게 어둡고 텅 빈 곳에서.

이안은 황녀의 방에 불을 놓아두지 않았다. 불은 가장 위험한 무기가 될 수 있었다. 더듬더듬 바닥을 짚어 카펫을 제자리에 돌려놓고 나니 남은 시간이 너무 까마득했다. 방에 드문드문 들어와 앉은 가구들의 형태가 제대로 보이지 않는다. 그저 검은 덩어리들이 군데군데 뭉친 듯했다. 귀신 같다. 귀신들이 잠든 자신을 사방에서 지켜보고 있었다.

언니.

언니의 가위가 나한테로 옮아 왔나 봐.

식은땀이 뚝 떨어졌다. 침대 위에도 괴물들이 웅크리고 있었다. 몸을 꽉 죄도록 세게 감싼 이불을 질질 끌면서 침대로 돌아온 아시하는 이내 그 괴물들의 정체가 책임을 깨달았다. 이 방 안에 있는 것 중 그나마 손때가 탄 물건이라면 그 책들뿐인데 어째서인지 이마저도 끔찍했다. 아시하는 책 한 권을 움켜쥐고 내던졌다. 퍽. 귀신에게 날아가 맞았다. 책 한 권을 더 던졌다. 거칠게 날아간 책이 벽을 맞추고 나동그라졌다. 마지막 한 권을 집었다.

덜컥. 문이 열렸다. 두 번 생각할 것도 없이 그 방향으로 집어 던졌다. 동시에 시야가 환하게 밝아 와 두통이 몰려왔다.

"황녀 전하?"

갑자기 날아든 책에도 놀라지 않고 여유롭게 받아 든 이안이 의아한 얼굴로 주변을 둘러보았다. 계속 머리가 지끈지끈 아파 와서 아시하는 미간을 찡그렸다. 이안은 무심결에 잡아챈 책의 제목을 보았다. 《역사 속 혜성 관측 기록-계절별 천문도 수록》. 찢어진 천문도 한 장이 팔랑거리며 떨어졌다.

"기척이 없으시기에 잠드신 줄 알았습니다."

이안은 여전히 군복 차림이었다. 회의가 늦게 끝났거나 밀린 업무를 보고 있었던 것처럼. 아시하는 천천히 다가오는 그의 발걸음 수를 멍하게 셌다. 두 걸음. 다섯 걸음. 일곱 걸음. 여덟 걸음. 열 걸음, 열다섯 걸음. 물리적인 거리는 가까워질 수 있어도 심리적인 거리는 가까워질 수 없다. 열일곱 걸음. 문에서부터 침대까지의 거리는 정확히 열일곱 걸음이었다. 그는 아시하의 옆까지 걸어왔다.

이안이 책을 내밀었다. 그녀가 받아 들지 않자 그는 아시하의 곁에 책을 내려놓았다.

"의사를 부르겠습니다."

사람을 소리쳐 부르려는지 그가 고개를 돌렸다. 아시하가 반문했다.

"왜?"

살피려는 시선이 거리를 확 좁혀 온다. 처음 감옥에서 눈을 떴던 그날처럼. 유폐된 후부터 이리저리 앓은 통에 병색이 돌기는 했지만 오늘따라 유독 황녀의 안색이 일전에 본 적 없이 희어 사람이 아니라 인형처럼 느껴질 정도였다. 이안이 아시하의 이마를 짚었다. 한 박자 늦게 아시하가 그 손을 쳐 냈다.

"괜찮으신 겁니까?"

"그렇지 않으면?"

"바깥에 대기하던 부하들이 있었습니다. 언제든지 불러서 말씀을 하시면."

불러서 뭘 말하라는 건가. 바로 그자들의 존재가 문젯거리나 다름없는데. 순간 괴물이나 귀신 따위의 불분명한 관념들이 사라지고 명확한 공포가 아시하를 덮쳤다. 거짓된 자유와 훼손당한 추억. 아시하는 이안의 말을 잘랐다.

"차라리 문을 잠가."

말허리를 끊으며 끼어든 황녀가 이안을 직시했다. 이안은 여상스럽게 대답했다.

"보호 조치입니다."

"감시 조치인 줄 내 모를 줄 아나?"

"호위 목적이 맞습니다."

"역사상 어떤 황족이 궁인이나 황실 근위대가 아닌 중앙군을 호위로 끌고 다녔지? 문을 열면 지근거리에서 감시하고 있고 조금만 기척이 들려도 옆방에서 달려오는데 이게 호위라고? 치워. 했던 대로 잠그고 가둬."

한 주먹의 가시를 삼킨 듯 몸 곳곳이 욱신거린다. 중앙군의 붉은색 군복을 볼 때마다 옥지기와 그 동료들이 떠올라 치가 떨렸다. 멀리서만 봐도 흠칫하며 놀라게 되는 판에 고작 문 하나를 사이에 두고 있으려니 후들거려 인내하기 힘들었다.

그는 때때로 무서울 만큼 빤히 바라본다. 속내를 들여다보듯이. 시선을 받아야 하나 피해야 하나 아시하가 갈피를 잡지 못하고 있던 사이 이안이 고개를 끄덕였다.

"그러지요."

의외로 그는 더 논박하지 않았다.

"부하들은 거리를 좀 물리겠습니다. 다만 황녀 전하께서도 되도록 바깥 출입을 조심해 주셨으면 합니다."

"그게 가능하기는 했고?"

"딱히 제지하라 하지는 않았습니다."

크게 의미를 두지 않아 미처 인지하지는 못했지만 생각해 보니 저 군인들도 아시하에게 행선지로 모시겠다고 했었다. 이 남자는 자신을 속속들이 읽는 것 같은데 이쪽은 전혀 상대를 모르겠다. 불빛이 어룽진다. 호선을 그리며 번져 나간 그 희미한 테두리를 훑다가 아시하는 불쑥 독백 같은 어조로 물었다.

"난 도대체 언제까지 여기 있어야 하는 거지?"

"남궁을 말씀하시는 것이라면 결혼식을 마친 후 옮겨 갈 계획입니다."

늦다. 혈통이 넘어가고 난 후에는 그곳을 얻어 봤자 효력이 떨어진다. 빼앗기지 않게끔 지키는 것보다 이미 빼앗긴 것을 되받아오기가 훨씬 어렵다. 이 남자는 남궁이 아시하에게 어떤 의미인지 모른다. 알았다면 남궁을 안겨 주겠다고 약속할 리 없었을 테니까. 하지만 자꾸 재촉하는 남황녀에게서 뭔가 수상쩍은 기미를 눈치챘을 가능성도 있다. 아시하는 남자의 표정을 살폈다. 언제나 그렇듯이 의중을 짐작하기 어려운 얼굴이 불빛에 일렁였다. 왜 그렇게 늦어지냐 묻고 싶지만 어떤 꼬투리를 잡혀 의심을 살까 걱정이 되는 마음에 확실하게 물어볼 수도 없었다.

목이 탔다.

"대체 왜."

목소리가 가라앉았다.

"이렇게까지 결혼해야 하는 이유가 있나?"

나라면 화근이 될 만한 싹을 구태여 키우지는 않을 거다. 조금 손해를 보더라도 아무것도 없는 바닥에서 시작하는 게 쉽지 않은가. 자신은 계속 분란을 만들어 왔었고 고분고분하게 순응하는 성미도 아니다. 웃자라는 가지는 제 방향으로 휘어 놓기보다 꺾어 버리는 쪽이 편하다.

"충분히 짐작하신 줄로 압니다만."

"그냥 날 죽여 없애는 게 편하지 않나? 내가 가진 이점을 취하기 위한 전략이라고. 그렇지만 내가 당신들이 원하는 대로 맞춰서 움직일 만한 사람이 아닌 건 당신이 누구보다 잘 알잖아? 당신네들 모두가 모여서 머리를 굴렸을 텐데 날 살려 두는 게 위험하다고 의견을 낸 사람이 아무도 없어?"

아니면 위험을 감수하면서도 결혼을 진행해야 하는 이유가 있는 건가.

가장 먼저 떠오르는 건 역시 미유라의 얼굴이었다. 이 남자는 언니의 탈출을 눈치채고 있었으니까. 그러나 그걸 이유로 보기에는 이상하다. 이 남자도 심리적인 압박만을 해 왔지 물리적으로 견제해 온 적은 없었다. 지금은 지나치게 평화롭다.

"대관식."

드디어 아시하가 대관식을 입에 올렸다.

"난 참석하지 않겠다."

이안은 별로 놀라지 않았다.

"결혼 소식은 이미 알 만한 사람들이라면 다 압니다. 이건 기정사실화에 지나지 않습니다."

"난 기정사실로 인정할 생각 없어."

냉담하게 단언하자 그는 한동안 아시하를 관찰하다가 갑작스레 질문했다.

"황녀 전하께서는 살고 싶지 않으십니까?"

비아냥보다는 순수한 의문이 담긴 궁금증에 더 가까웠다. 이안의 얼굴에 일상적으로 맺혀 있던 대외적인 미소도 지금은 거의 보이지 않았다.

"무슨 뜻이지?"

"욕심이 결코 적지 않은 분이시지요? 지금까지 살아왔던 것처럼 앞으로도 살아가고 싶다는 욕심은 없으십니까?"

몰라서 묻는 건가. 그 욕심을 품지 못하게 만든 원흉이 여기 눈앞에 있는데.

황녀에게 주어진 화려한 삶을 살아 보았는데 생에 미련이 없을 리 없다. 황녀로서 감수해야 할 부분보다 황녀라서 누릴 수 있는 부분이 훨씬 많았다. 그 영예로운 과거를 기억한다.

단지 가치의 순위를 인정할 뿐이다. 더 귀한 가치가 더 오래 살아남아야 한다고 배웠다. 아시하가 믿는 가장 큰 가치는 미유라였다. 그 가치를 지키기 위해서라면 하지 못할 일이 없었다.

그가 말을 보탰다. 단정하면서도 확신 어린 어투였다.

"결혼을 하셔야 전하께서 사십니다."
"살 방법이 그것 하나뿐만은 아니지."
"가장 쉽고 편하게 살 수 있는 방법이지요."
입술을 다물고 턱을 들었다. 표정을 단속하며 정면에서 그 눈길을 받아 냈다. 아시하가 대답을 미루자 그 틈을 비집고 정적이 자리했다. 시선이 틀어지면서 굴곡이 또렷한 얼굴 곳곳에 그림자가 고였다. 고집 센 입매의 양 끝에는 한층 더 어둑어둑한 그늘이 졌다.
"이전의 생활과 그에 준하는 사회적 지위를 보장하겠습니다."
이안은 첫마디로 단번에 그녀의 시선을 끌어왔다.
"어떤 위협에서도 보호해 드릴 겁니다."
손가락 끝에서부터 맥박이 달렸다.
"저는 황녀 전하와 좋은 관계를 유지하고 싶습니다."
그는 시종일관 차분했다. 천천히 꺼내는 한 마디 한 마디가 선명하게 맺혀 귓전에 부딪쳤다.
"황녀 전하께서 살아가시길 바랍니다."
손이 가늘게 떨려 양손을 움켜잡았다. 들은 말들이 정돈이 되지 않아 섣부르게 말을 꺼내기가 어렵다. 이런 말을 들을 이유가 없다. 어지럽고 의문스럽다.
아시하는 조금 늦게 침묵을 깼다.
"당신이 왜 그런 말을 하지?"
그가 뭐라고 대답하기 전에 재차 따져 물었다.
"그런 말 어울릴 만큼 좋은 인연 아니잖아?"
"대단한 인연이지요."
"악연이겠지. 세상에 다시없을."

아무리 친절한 말로 치장해도 결국은 속 빈 강정이다. 그는 아무것도 양보하지 않았고 또 양보할 입장도 아니었다. 분하고 증오스러운 감정과는 별개로 저들의 이익은 인정한다. 상황을 부정하고 싶고 이해하고 싶지 않아도 그건 아시하의 내적 혼란일 뿐 이 남자는 아시하에게 양보하고 물러서야 할 이유가 없었다.

그러니 저런 말은 듣고 싶지 않다. 듣는 것조차 모욕이다.

"아십니까?"

가만히 건너다보는 눈길이 느껴졌다.

"저와 제 형님은 황녀 전하들의 연회에 초대된 적이 있습니다."

"그게 왜?"

"이번 일이 없었더라도 아마 두 황녀 전하 중 누군가와 저희 형제 중 누군가는 혼사를 치렀겠지요."

"절대로 그렇지 않을걸. 언니나 내가 그렇게까지 사람 볼 줄 모를 리 없어."

더는 듣기 싫어 단번에 잘라 냈지만 가능성이 전혀 없는 말은 아니었다. 물론 이안이 말하는 연회는 기억에 없다. 유적 탐사에 참여하느라 아시하는 황궁 행사 여럿을 과감하게 젖혀 왔었다. 특히 대학에 입학한 이후 두 번 있었던 자신의 생일 연회는 전부 불참했다. 간신히 시간을 내 미유라의 연회에는 참석했지만 그나마도 중간에 참석해 짧게 만나고 간 것에 그쳤다. 훗날 미유라에게 들은바 생일 연회는 결혼 적령기를 맞은 황녀 앞에 마찬가지로 결혼 적령기를 맞은 남자들을 선보이는 자리였다고 했다.

부모님께서는 극심한 신분 격차를 넘어 오직 사랑만으로 결혼을 하셨다. 문제는 아버지가 사랑만으로 결혼을 해선 안 될 자리에 계신 분이셨다는 점이다. 지극히 개인적인 선택을 하신 아버지는 평생 그 책임을 어머니와 나누어 지셔야 했다. 황제의 권위는 빛을 잃었고 어머니는 그런 아버지에게 어떤 정치적인 힘도 되어 주지 못했다. 개인의 행복을 선택하면서 그 결과를 충분히 감당할 수 있으리라 믿었던 부모님은 자신들의 실패를 계기로 자식들에게는 같은 짐을 대물리지 말아야겠다 다짐하셨다.

사랑 없는 결혼을 할 필요는 없다. 다만 격이 맞는 상대들 중에서 원하는 사람을 자유롭게 선택해라.

그런 의도로 마련된 연회였다. 목적이 있는 자리니만큼 이 남자의 신분과 외모라면 충분히 눈에 띄고도 남았을 터였다. 부모님도 군의 정점에 서 있는 총사령관의 아들이라면 필시 사윗감으로 매우 흡족해하셨을 것이다.

"그래서? 본래 가능성 있던 결혼이니 순응하라고?"

충분히 짐작할 수 있기에 더욱 인정하고 싶지 않다. 만약 반역이 일어나지 않았다고 가정하거나 일어나기 전에 생일 연회에서 이안을 마주쳤더라면 아시하는 분명 그를 눈여겨보았으리라. 이안은 아시하가 결혼 상대로 괜찮겠다고 생각해 온 조건들을 전부 갖춘 남자였다.

연회에 참석하지 못해서 정말로 다행이다.

반응을 기다리며 아시하는 내심 긴장했다. 언제나 대화의 주도권은 이안에게 있었다. 어떤 말로 결혼의 정당성을 주장할지 몰라 초조했다. 그러나 이안은 아시하가 상상했던 것보다 훨씬 솔직하게 수긍했다.

"네. 그리해 주셨으면 합니다."

"내기는 잊었나?"

"가능하시리라 믿지 않습니다."

"왜?"

"할 수 있으셨다면 진작 달아나셨겠지요."

맞는 말이다. 막막하다. 그를 비롯한 군인들의 눈이 온종일 아시하를 지켜보고 있었다. 그 감시망을 피해 돌아다닐 수도 없고 남궁은 결혼이 공인된 후에야 수중에 떨어진다. 하물며 남궁을 얻는다 할지라도 사람들은 계속 아시하에게 따라붙어 올 텐데 그 시야를 피해 침실에 몰래 숨어들어 빠져나갈 가능성이 얼마나 될까. 그가 '아닙니까?' 하고 반문하지 않은 게 고마울 만큼 정확하다.

"제게는 황녀 전하께서 불가능한 선택을 내세우며 극단적인 각오를 계속 다지고 계시는 것처럼 보입니다."

그는 아시하의 머릿속을 훤히 들여다보고 있는 듯 말을 덧붙였다. 생리적인 거부감에 질식할 것 같아 아시하는 입술을 꽉 물었다. 입을 열면 호흡을 뺏길 것만 같은 불안이 엄습했다.

"지금까지 고단하게 견디셨지요. 이젠 편하게 사셔도 괜찮습니다."

그럴 리가 없는데도 그 말이 마치 위로처럼 들린다. 당연히 믿지 않는다. 무서울 정도로 사람을 잘 휘두르는 남자가 위로의 말을 할 리가 없다. 위로를 가장한 설득이나 회유일 테지.

기묘한 밤이다. 몽롱하다. 늦은 밤 갑작스럽게 깨어나는 바람에 하루를 두 번 보내는 기분이다. 이안이 불을 챙겨 일어났다. 빛이 사라지기 전에 아시하는 방에 배치된 가구들의 위치를 다급히 확인했다. 참아야 할 시간들이 너무 길었다. 정이 붙지 않는 낯설고 건조한 방이 싫다. 꽤 긴 시간 그가 머물렀음에도 창밖은 아직도 어두운 새벽이었다. 해가 짧은 계절이라 하루의 절반 이상이 깜깜했다.

이 남자가 더 머무르기를 원하지 않는다. 그는 사람을 불편하게 만든다. 하지만 혼자이고 싶지 않다. 그리운 마음이 있는데 뭐가 그리운지는 알 수 없었다. 너무 많은 것이 그리워 차마 다 헤아리지 못하는 것인지도 모른다. 언니도 그런 기분이었을까. 언니는 외로움을 자주 탔다. 학교 일로 나해를 떠나 있는 자신에게 언니는 종종 편지를 적어 보냈다. 그립다, 보고 싶다는 문장이 많았던 것으로 기억한다.

분명히 필요한 게 있는데 명확하게 떠오르지 않아 갑갑했다. 사람인지 물건인지 기억인지 그 정체조차 닿지 않는다. 다섯 걸음. 여섯 걸음. 저 남자가 열일곱 걸음을 다 걷기 전에 찾아내서 말해야 한다. 정확하지 않아도 좋다. 그리움의 언저리에 놓여 있는 물건이라도 족했다. 의심을 사지 않고 충분히 들어줄 수 있을 만한 것. 그러면서도 마음의 안정을 가져다줄 수 있는 것. 열 걸음. 열한 걸음. 그나마 끝까지 멀쩡하게 남아 있었던 게 뭐더라. 저 남자는 내 침대 이불에 피가 뚝뚝 듣는 제 형의 검을 문질러 닦았었다. 열네 걸음. 그가 열다섯 걸음을 걸었다.

"동백 분재."

이안을 불러 세웠다.

"내 침실에 내가 키우던 분재가 하나 있어."

"화분은 곤란합니다."

"집어 던져 깨트릴까 봐?"

긍정도 부정도 없었다. 아시하는 명령했다.

"가져와."

대관식을 엿새 앞두고 의사가 찾아와 아시하를 진찰했다. 의사는 결혼을 앞둔 남황녀를 위해 시간만 사흘을 소요하는 본격적인 진료를 준비해 온 것 같았지만 아시하는 손목과 상처 일부분의 진료에만 동의했다.

"손목이 나을 만하면 무리를 하시고 다시 나을 만하면 무리를 하셔서 염증이 좀 생겼습니다. 심하지는 않으니 꾸준히 치료를 받으시고 앞으로도 계속 조심하셔야 합니다."

의사가 돌아가고 나서 이안이 붙여 준 궁녀가 들어와 아시하의 신체 치수를 쟀다. 궁녀는 기존에 재어 놓았던 아시하의 치수와 현재 치수를 비교하더니 걱정스레 말했다.

"살이 너무 빠지셨어요. 일시적인 체중 감소일 수도 있으니 옷의 일부만 현재 몸에 맞게끔 가봉을 해 놓고 나중에 다시 뜯을 수 있도록 하겠습니다."

어느 쪽도 별로 신경 쓸 만한 일은 아니었다.

오래 손보지 못해 뿌리가 마르거나 동해를 입었을지도 모르겠다 생각했지만 의외로 동백나무 분재는 멀쩡히 살아 있었다. 화분으로 할 수 있는 많은 가능성들이 스쳐 갔다.

먼저 하나. 화분을 집어 던져 창문을 깨뜨린다. 둘. 뛰어내린다.

다시 하나. 화분을 깨고 그 조각으로 급소를 찌른다.

사람이 궁지에 몰리면 이렇게까지 어리석어질 수도 있구나. 아시하는 화분을 높게 치켜들었다가 다시 바닥에 내려놓았다.

물 흐르듯 유기적인 하루가 아니라 토막으로 조각난 하루를 살았다. 분재에 물을 주고 있었는데 잠깐의 공백이 끼어든 다음, 아시하는 햇볕이 일렁이는 복도에 서 있었다. 명암이 극명하게 대비되어 눈이 시렸다. 가만히 발을 들였다. 큰 보폭으로 성큼 빛을 밟았다. 그때는 체중을 던져 뛰어야 닿을 수 있었던 건너편의 빛에 이제는 걸음을 크게 딛는 것으로 도달할 수 있었다.

해 질 녘, 창가에 서서 저물어 가는 노을을 보았다.

시간은 일정하게 흐르지 않는다.

순식간에 밤이 깊어 갔다. 정이 붙지 않는 공간은 낮보다는 밤, 밤보다는 새벽마다 거듭 생소한 장소로 변모해 간다. 아시하는 침실을 나섰다. 긴 복도를 가로지르고 계단을 내려올 때마다 등 뒤에 따라붙는 군인들이 하나씩 늘어났다. 당연히 그가 자신을 완전히 혼자 두리라고는 기대도 하지 않았다. 별궁을 빠져나와 천천히 반 바퀴를 걸었다. 공기에서 겨울 냄새가 났다. 차갑고 화한 냄새를 깊게 들이마시다 머리를 들어 위를 보았다. 유일하게 불빛이 켜진 창문이 하나 있었다.

고개를 숙인 채 열중해서 책인지 문서 따위를 읽고 있는 이안의 옆모습이 보였다. 서로 간 시야의 높이가 다른데도 인기척을 느꼈는지 이안이 고개를 들었다.

시선이 겹쳤다.

그가 먼저 가볍게 묵례를 하며 눈인사를 건네 왔다. 아시하는 답하지 않았다. 좋은 저녁입니다. 어디를 가십니까? 조심해서 다녀오십시오. 평범한 관계에서 나눌 법한 눈인사의 의미가 이 경우에는 전혀 소용이 없다. 시선을 떨쳐 내고 등을 돌렸다. 목적을 정하지 않고 걸음을 뗐다. 군인들은 미묘한 간격을 두고 좇아왔다. 팔을 뻗어 닿을 거리는 아니지만 의식적으로 신경이 거슬릴 만한 거리를 유지했다. 마치 누군가 심리적인 거리감을 지시한 것처럼.

다소 두서없이 배회하다가, 아시하는 문뜩 자신이 별궁을 중앙에 두고 그 근처를 크게 벗어나지 못하고 있다는 불유쾌한 사실을 깨달았다. 보이지 않는 족쇄에 발목이 잡힌 기분이었다. 처음에는 그 이유를 몰랐다.

조금만 멀리 떨어지면 저 군인들이 곧바로 제지할 것 같아서?

아니면 외출을 되도록이면 조심해 달라는 당부 아닌 당부를 들어서?

귀에 새겨들을 가치도 없는 그깟 제약에 제 걸음이 막혔다는 게 어이가 없다. 과연 어디까지 허용하는지 두고 보자. 곧장 마음을 고쳐먹은 아시하가 방향을 분명하게 잡았다. 가장 가까운 곳에 자리한 유의미한 장소. 언니의 궁을 목표로 둔 아시하가 확고한 보폭으로 성큼성큼 거리를 좁혀 갔다.

수천 번, 수만 번을 밟은 길이다. 꿈에서라도 혼동할 수 없는 길이다.

그럼에도 기억이 잘못되었나 했다. 길을 잘못 찾은 건가 싶었다. 어리석은 실수를 할 리가 없는데도 곧바로 뛰어나가 근방의 지형지물을 다시 한 번 살피는 번거로움을 마다하지 않았다.

채궁은 완벽하게 복구되었다. 화재의 흔적은 그을음 하나조차 남기지 않고 사라졌다. 다만 이제 이곳을 채궁이라고 불러도 좋은지 의문이 일었다. 채궁은 채황녀의 궁이라는 뜻이었다. 아명궁. 아시하는 잊고 있었던 본래의 이름을 떠올렸다. 너무 오래 쓰지 않아 그 이름이 맞기는 맞는지 혼란스러웠다. 아명궁. 궁명을 여러 차례 되뇌어 입에 익혔다. 여기는 더 이상 채궁이 아니다. 아명궁이다.

설계에 참여해 본 적도 있고 철마다 침실을 다시 꾸미기도 했다. 경험이 있으니 사용하려는 사람의 의도에 따라 공간이 얼마나 쉽게 바뀔 수 있는지 안다. 시작은 고작 몇 마디 지시에 불과했을 것이다. 청소하기 번거로우니 바닥을 진한 색으로 칠하지. 벽을 터서 연회장을 넓게 만들라고. 이쯤에 집무실을 하나 놓으면 좋겠는데 말이야. 천장을 지탱할 벽이 부족해? 그러면 기둥을 세워.

언니의 성향을 반영해 밝고 연한 색으로 칠해졌던 복도의 바닥과 벽, 천장이 진한 색으로 바뀌었다. 건물에 어울리지 않아 조잡했다. 조명이 바뀌고 창문의 개수가 줄어들었다. 회랑이 좁아지고 계단의 위치가 달라졌다. 얼마 전까지만 해도 언니가 살았던 공간인데 이제는 언니의 성격, 취향, 일상이 전혀 보이지 않았다. 언니를 만나기 위해서 뻰질나게 드나들었던 채궁이 완전히 다른 장소로 변했다. 그 괴리가 아연했다.

적응할 수 없는 사람은 아시하뿐이었는지, 궁의 사용인들은 여상스럽게 하루를 마감하는 중이었다. 부지런하게 쓸고 닦고 정돈하는 태가 항상 해 왔던 일인 것처럼 익숙했다. 너무 일상적이어서 되레 보이지 않는 벽에 가로막힌 듯했다. 저 풍경에 아무렇지 않게 스며들었던 추억이 아직도 생생한데 지금은 귀퉁이를 차지하고 서 있는 저 자신이 이방인처럼 보여 설었다. 아시하를 발견한 사용인들이 어색하게 흘끔거리면서 일을 끝마쳤다. 한 번도 그런 적이 없었다. 아시하는 미유라만큼이나 채궁의 풍경에 자연스럽게 녹아 있던 황녀였다. 그 테두리 속에서 밀려났다는 충격을 지우기가 쉽지 않았다.

화재에 크게 소실되지 않은 채궁이 이렇게 생경한데 크게 무너져 내린 본궁은 얼마나 바뀌었을까. 언니의 흔적이 없어진 것처럼 부모님의 자취도 사라졌다면?

확인할 엄두도 나지 않는다. 언니와 함께 종종 책을 빌려다 읽었던 아버지의 서재, 집무실 책상 위에 가득 놓여 있던 아버지의 친필 쪽지들. 어린 두 딸이 우아한 요조숙녀의 흉내를 내고 있을 때면 어머니가 웃으면서 꺼내 주던 솜다리꽃 문양의 찻잔. 온 가족이 정원으로 소풍을 나간 날 나무 위에 앉아 있던 노란 새. 손을 잡고 걸어오시는 부모님을 앞질러 언니와 함께 뜀박질을 했던 어느 봄의 회랑. 빗소리가 잘박잘박 울리는 창가에서 뜨개질을 하던 어머니의 긴 의자.

그 모든 것이 제자리에 놓여 있으리란 확신이 없다. 곱게 정돈해 간직하고 있었던 기억이 이 이상 흐트러진다면 그 간극을 감당할 수 없을 듯했다. 일부만 손댄 채궁이 이럴진대 뒤바뀐 본궁을 보면 견디지 못할 것 같아 더럭 겁이 났다.

시간이 흐를수록 채궁과 본궁만이 아닌 황궁 전체가 이렇게 변해 갈 것이다. 조금씩 바뀌고 바뀌어 마침내 전혀 다른 장소가 되리라. 예전과 다른 꽃이 피고 다른 바람이 불고 다른 시간이 흐르면서 자신을 포함한 전 황조는 현재가 아닌 과거로 남게 되겠지. 선조들이 그래 왔던 것처럼. 혹은 그마저도 남기지 못할 수도 있다. 권력을 승계한 것이 아니라 빼앗겼기 때문에.

두 번 다시 이곳에 발을 들여놓고 싶지 않다. 아시하는 그대로 채궁을 뛰쳐나왔다.

조만간 눈이 오려나 보다. 그간 하루가 다르게 매섭던 바람이 오늘은 제법 사그라졌다. 추위를 많이 타는 언니는 겨울 날씨에 민감했다.

—눈이 오기 직전에는 날씨가 조금 포근해지는 것 같아.

회백색 하늘을 올려다보던 언니는 아시하를 돌아보며 덧붙였다.

—하지만 눈이 내리고 나면 훨씬 더 추워져. 어째서일까?

체질적으로 허약한 미유라는 아시하와 눈놀이를 하고 나면 감기를 얻어 이틀씩 앓아눕곤 했다. 정작 목도리와 장갑까지 벗고 논 아시하는 멀쩡한데도. 나이를 먹어 가면서 꾸준히 보양을 한 덕택에 앓는 일이 서서히 줄어들긴 했으나 몸이 약한 언니가 이 추운 계절을 무사히 버티고 있을지 아시하는 걱정스러웠다.

오늘 그는 자리에 없었다. 어제와 똑같이 별궁 근처를 맴돌던 아시하는 타성처럼 눈을 들어 이안의 방을 확인했다. 그는 아시하의 주변에 깔아 놓은 제 부하들에게서 그녀의 일거수일투족을 보고받겠지만 아시하는 그렇지 못하다. 아무리 기척이 없다고 해도 가까운 곳에 자신을 감시하고 있는 사람이 있다는 사실 자체가 거슬릴 수밖에 없는 일이라 그녀는 온종일 그를 마주치지 않도록 고요하게 하루를 보냈다.

그러나 옆방은 비어 있었다.

진작 확인해 볼 것을 그랬다.

어쩐지 힘이 쭉 빠지는 기분이다. 과하게 신경을 써서 그렇겠지. 무엇보다 그가 없어도 그 부하들은 여전히 아시하를 따라다녔다. 의식이 될 듯 말 듯 한 간격을 유지한 채로.

어떻게든 떨어뜨려 놓을 수 있는 기회가 오면 좋겠는데.

남궁으로 방향을 잡은 아시하가 갑갑한 한숨을 내리 삼켰다. 뭉친 숨결이 가슴을 눌렀는지 동통이 얼얼하게 느껴졌다. 치우지 않아 쌓인 모습 그대로 언 낙엽들이 버석버석 부서진다. 남궁의 호수에 살고 있던 물고기들이 죽지는 않았을지 모르겠다. 보아하니 제대로 관리하는 자가 없는 모양이다. 어머니가 본궁의 정원에 심은 과일나무는 아마도 내년에 열매를 맺지 못할 것이다.

주위를 살피지 않고 걷다 보니 뒤따르던 군인들의 기묘한 거리감이 사라졌다는 사실을 약간 늦게 깨달았다. 아시하는 무심코 뒤를 돌아보았다. 드문드문 떨어져 서 있는 군인들 끝에서 이안이 나타났다. 그가 거리를 좁혀 오는 동시에 이안의 부관이 부하들을 수습하며 물러갔다.

"제가 수행하겠습니다."

언제나 느끼는 것이지만 그의 단어 선택은 교활하다. 수행이라니. 자신을 한 단계 낮춰 겸양했지만 그 의미는 결국 감시인 것을. 아시하는 그 자리에서 방향을 꺾어 버렸다. 다른 사람이면 몰라도 이안을 곁에 달고 남궁을 들어가려니 지레 거리낌이 인 탓이었다.

그는 아시하의 행선지를 궁금해하지 않았다. 제 부하들처럼 애매모호한 간격을 유지하지도 않았다. 이안은 바로 지척에서 동행했다. 바람이 불면 옷자락이 흩날리다가 자칫 스칠 수도 있을 법한 거리였다. 알아차리기 무섭게 소슬한 바람이 일었다. 머리카락이 길게 나부끼며 얼굴을 휘감았다. 옷의 밑단이 발길에 채이지 않도록 쥐고 있느라 머리까지 신경 쓸 겨를이 없다. 잠시 고민하던 아시하는 옷에 달려 있던 짧은 장식 끈을 끊어 머리를 올려 묶었다.

어린 시절 궁녀들이 종종 머리를 그렇게 묶어 주었던 기억이 난다. 정원에서 언니와 뛰어 놀다 보면 긴 머리카락이 종종 거치적거렸다. 그걸 불편해하는 어린 황녀를 본 궁녀들이 짧은 끈으로 머리를 묶어 준 후 아시하는 가끔 그 방법을 이용했다. 유물 발굴에 참여할 때나 흔들리는 마차에서 잠을 청할 때, 그리고 지금.

목적지가 정해졌다.

가족들과 궁에서 아주 오래 일한 사용인들만이 아는 사실이지만 황궁에는 남궁이 두 개 있었다. 조경과 건축에 관심을 두게 되면서 지금의 남궁으로 이사하기 전, 아시하는 다섯 살부터 10대 초반의 유년기를 다른 내궁에서 보냈다.

그 궁은 구조가 특이했다. 대부분의 궁이 긴 복도를 가운데 놓고 양옆으로 방이 정렬된 형태를 한 반면 그 궁은 복도나 회랑 없이 방과 방 사이에 다른 방이 있었다. 반세기가량 미로 같은 건축법이 유행할 때 지어진 유일한 궁으로 방 하나에 수많은 문이 달렸고 그 문은 제각기 크기가 다른 방으로 연결되었다. 그 방을 잘 이용하면 옛 남궁의 정문으로 들어와 후문까지 가는 일도 가능했다. 호기심 많은 막내딸의 성격에 잘 맞으리라 판단한 황제가 직접 낙점한 궁이었다.

물론 이 궁은 내궁이고 개축해서 옮겨 간 남궁은 외궁이라 직선거리로도 전체 황궁을 반 이상 가로질러야 할 만큼 떨어져 있다. 게다가 길을 구불구불하게 둘러 낸 황궁의 특성상 몸을 숨겨 이동하기도 쉽지 않다. 이미 두 번이나 탈출을 시도했다고 알려져 경계를 당하는 와중에 또 한 번의 전적을 추가하면 이번에야말로 정말 엄중한 처분을 받을 수도 있었다. 즉결 처형이라 했지. 아시하는 기억 속의 말을 되뇌었다.

두 결과가 전부 마음에 든다. 이곳에서 도망칠 수 없다면 약혼녀가 되는 것보다 죽음의 대가를 치르는 편이 나으니까.

겉으로 보기에 옛 남궁은 일렬로 늘어선 창문 덕분인지 여타의 궁과 다르게 보이지 않았다. 물론 사방을 다 돌아본다면 어딘지 답답해 보여 위화감을 느끼게 되지만 아시하는 이 궁이 정상적으로 보이는 각도를 잘 알았다.

아시하는 이안에게서 몇 걸음 물러났다. 황궁을 점거하고 구석구석 다 돌아봤으리라 짐작했는데 꼭 그런 것도 아니었던지 이안은 주위를 찬찬히 살펴보는 눈치였다. 긴장했는지 너무 떨려 속이 자꾸 뒤집혔다. 메스껍고 어지럽다. 추운 겨울인데도 땀이 배어나 손이 미끄럽다. 혹시라도 그가 이상한 기색을 눈치챌까 봐 일부러 표정을 풀고 의미 없는 눈길을 온갖 곳에 던졌다. 조심조심 거리를 벌려 가며 이때다 싶을 순간을 참고 기다렸다.

그의 시선이 잠시 떨어져 나갔다.

드디어 기회가 찾아왔다. 찰나의 틈을 이용해 아시하는 가까운 방으로 뛰어들었다. 곧바로 쫓아 들어오려는 이안을 간신히 문을 닫아 막았다. 둘러댈 말은 행선지를 정하고 걸어오는 동안 미리 계획해 놓았다.

"난 당신 얼굴 봐도 속을 모르겠는데 당신은 내 얼굴만 봐도 머릿속을 다 들여다보니까 피차 보지 말고 얘기 좀 하지."

문고리를 잡은 손이 사정없이 떨렸다. 만약을 위해 걸쇠도 걸어 잠갔다. 그가 칼로 한 번 내려치면 산산조각 날 걸쇠라 해도 잠그지 않는 것보다는 낫다. 단 1~2초의 시간이라도 벌어 줄 테니까. 탈출이 머지않았다 생각하니 절로 목소리가 흔들린다. 지하 감옥으로 끌려가 얻어맞을 때만 해도 제법 태연을 가장할 수 있었는데 이번에는 그마저도 되지 않는다. 눈치가 빠른 남자니 필히 의심을 샀겠지만 어쩔 수 없었다.

"저번에 당신은 연회를 언급하면서 당신과 내가 결혼을 하게 됐을 가능성이 크다 했었지. 그렇다면 이번에 이렇게 결혼을 밀어붙이는 이유에는 정략이 아닌 다른 이유도 있나?"

물론 이안에게서 대답은 듣지 못했다. 답이 궁금하지도 않았다. 어떤 이유가 있다 한들 이 결혼은 용납할 수 없을 테니까. 외치듯 질문을 던지자마자 아시하는 곧바로 사방으로 통하는 문 중 하나를 열고 그 안으로 달아났다.

궁을 옮긴 후 이 내궁에 걸음하지 않은 지 10년이 가까워 온다. 그럼에도 몸이 길을 기억했다. 문을 열 때마다 이 문에 연결된 다른 방들의 설계도가 시시각각 그려졌다. 간혹 기억이 뿌연 방이 나타나도 그다음 문을 여는 순간 맞는 길인지 틀린 길인지 판단이 가능했다.

지금처럼 가야 할 길과 아닌 길을 단번에 알아볼 수 있는 능력이 있었으면 좋겠다. 문을 열어 방에 뛰어들고, 또 문을 닫고 다음 방을 찾는 중에 불현듯 그런 소망이 생겨났다. 삶은 이 내궁의 방처럼 들쭉날쭉하다. 문을 열어 보기 전에는 그 방에 무엇이 놓여 있는지 알 수 없다. 물론 여태까지는 다른 방에 들어 있는 물건이 무엇인지 사람을 시켜 알아 오게 할 수도 있었고 미리 들어 알고 있었을 때도 있었다.

이 미로에 버금가는 궁에 들어온 날 아시하는 궁녀들의 손을 잡고 방의 순서를 익혔다. 시간이 흘러 좀 더 자랐을 때에는 걸음으로 크기를 재어 간략한 도면을 만들었고 또 그 훗날에는 한 방에 물건을 숨겨 놓고 찾는 놀이를 하기도 했다.

그러나 이제는 안다. 이건 놀이가 아니었다. 될 수가 없었다.

매일매일 깜깜하고, 바닥이 없고, 불붙은 날들의 문을 열었다. 지독했다. 하염없이 헤매고 굴러떨어지고 질식해 죽을 것 같았다. 다가올 방이 두려워 안주할까 싶다가도 돌아보면 제가 지나온 방도 머무를 만한 곳이 아니었다.

쉬고 싶었다.

조금이라도 마음 붙일 수 있는 곳에서.

등 뒤 한 번 돌아보지도 않고 내내 달렸다. 구불구불하게 휜 거리가 상당해 숨이 찼다. 드디어 마지막 문을 찾았다. 속도를 줄이지 않고 그대로 달려 문을 벌컥 열었다.

이제, 끝났다.

"숨바꼭질 놀이는 졸업하셨을 나이 아닙니까?"

정말로 끝났다.

단단한 힘이 손목을 낚아챘다. 아무리 버텨 봐도 손을 잡아 뺄 수가 없어 그대로 질질 끌려 나왔다. 기가 막혀 어이가 없다. 화가 나는데 할 말이 없다. 끝내는 웃음이 터졌다. 웬일로 그가 웃지 않는데 아시하가 웃었다. 정말 아무것도 소용이 없구나. 뭘 해도 안 되는가 보다. 인생의 행복이 다 끝나 이제는 불운만 남았구나 싶었다. 이런 처지가 너무 웃겨 웃음이 다 났다.

"당신이 내 머리 꼭대기에 앉아 있긴 한가 보다."

처음으로 인정했다.

"이 시각부터 대관식이 끝날 때까지 황녀 전하께서는 별궁의 침실에서 단 한 걸음도 나오시지 못할 겁니다. 일체의 출입을 금지하겠습니다."

이안에게서 대답이 돌아왔다. 상상할 수 있었던 처분 중 가장 끔찍한 처분이었다.

“장군님, 잠시 괜찮으시겠습니까?”
부관이 인기척을 내며 집무실로 들어섰다.
“뭔가?”
언뜻 본 부관의 표정이 기이했다. 기온은 미간을 찌푸렸다.
“얼마 전 군인 두 명이 실종되었습니다.”
바쁜 시간을 굳이 방해하면서까지 전해야 할 말이라면 좋지 않은 소식일 가능성이 크다. 대관식의 식순을 검토하던 기온이 손을 멈췄다.
“언제?”
답을 재촉하자 부관이 난감해하며 대답했다.
“열흘가량 족히 되었습니다.”
“그런데 그걸 왜 이제 보고해!”
“인원이 많지 않았기에 담당자가 단순한 군영 이탈로 판단했다고 합니다.”
“단순한?”
군에는 단순한 군영 이탈이 존재하지 않는다. 태선 공후가 군의 규모를 확대하면서 입대와 제대는 예전보다 자유로워졌다. 그런데도 적법한 절차를 밟지 않고 이탈했다는 것은 감당하지 못할 사고를 쳤을 가능성이 가장 컸다.
기온의 얼굴이 심상치 않게 바뀌자 부관이 결론부터 먼저 입에 올렸다.
“그 군인들이 발견되었습니다…… 죽은 채로. 그런데 그 군인들을 죽인 무기가 제가 보기에 좀 의아해서 말입니다.”

부관이 품속에서 손수건에 싼 증거품을 꺼내 기온의 책상 위에 올려놓았다. 단도였다. 현장에서 바로 들고 왔는지 손잡이까지 말라붙은 핏자국을 닦지도 않았다. 기온은 손수건째로 단도를 집어 들었다. 생김새가 지극히 눈에 익었다.

"이안?"

기성품으로 제작된 물건이 아니라 크기며 길이, 장식까지 꼼꼼하게 맞춰 주문한 물건이었다. 손잡이에 새겨진 태선의 문양은 주문자가 태선 공후의 가족임을 증명했다. 태선 공후와 자신을 포함한 네 명의 자식들 중 이런 단검을 쓰는 사람은 단 하나밖에 없었다.

부관도 눈치를 챘으니 단검을 보자마자 기온에게 가져왔을 터. 기온이 말없이 증거품을 살피는 동안 부관은 자신이 보고받은 내용을 기온에게 전달했다.

"발견된 장소는 7번가 골목 안쪽입니다. 사람이 잘 다니지 않는 지역이라 오래 방치되었던 것 같습니다. 최초 목격자는 어느 나이 든 부랑자였는데 구역 다툼에서 밀려 도망가다가 우연히 발견했다고 합니다. 단검이 좋은 물건인 것을 알아봤는지 처음에는 몰래 숨겨 놓고 있다 자신이 범인으로 몰릴 것 같으니 그제야 내놨다더군요. 의심스러워 추궁해 봐도 정말로 더는 아는 게 없고 잘 훈련된 장정 둘을 늙은 부랑자가 죽였다는 것도 이치에 맞지 않아 보여 지금은 훈방 조치했습니다."

"그리고 군인들을 죽인 사람은 이안이다?"

"모르겠습니다. 죽은 군인들은 평소 근무 태도도 성실했고 특히 이안 장군님과는 어떤 접점도 없었다고 하니까요."

기온은 손수건으로 단도의 날을 훑었다. 피를 먹어 다소 무뎌지

긴 했으나 닦아 내고 쓰면 문제없을 정도였다. 이안은 단도를 쓰다가 망가지면 그 검을 폐기하고 부족한 개수만 추가로 주문해 쓰곤 했다. 아직은 버릴 만한 물건이 아닌데 군인들을 죽이고 거리에 버려 놓았다는 점이 수상했다. 일을 많이 줬으니 줄곧 황궁에 있었을 텐데 사람들이 잘 다니지도 않는다는 7번가는 또 언제 방문했으며, 저 군인들은 이안에게 무슨 잘못을 저질렀단 말인가.

"열흘가량 되었다고 했나?"

"네. 아시하 전 황녀가 감옥에서 두 번째로 탈출하려다가 다시 잡혀 들어온 지 이삼일 되었을 무렵으로 추정합니다."

그때라면 더더욱 일을 수습하느라 밤새워 회의를 하는 둥 여러모로 바빴던 시기였다. 황녀를 인계받은 이안이 유례없이 서둘러 일을 처리했던 기억도 난다. 모두가 예민했던 시기였기에 오히려 작은 잘못으로도 꼬투리를 잡혀 처분을 받았을 법도 했겠다 싶지만 괘가 영 맞지 않는 기분이 들었다.

"그때 이안이 출궁한 적이 있었던가?"

"그런 말을 듣지는 못했습니다만 꽤 신출귀몰하신 분이니까요."

종종 자기 부관을 저 대신 회의에 밀어 넣고 어디론가 사라지던 녀석이다. 신출귀몰한 것이 아니라 실상은 제멋대로인 편에 가깝다. 일반적으로 황족은 위치나 일정을 꼼꼼하게 관리받지만 기온과 이안은 상황이 특수하고 아직 황족의 위를 수여받지 않았다는 이유로 시간을 자유로이 운용하고 있었다.

짐작할 수 있는 한도 내에서 가늠하려니 답이 나지 않는다. 의심스럽게 보면 전부 다 의심스럽고 그럴 수도 있나 하면 그럴 법도 했다. 우연과 우연이 겹쳤다면 불가능하지 않다. 실종된 시점을 정확하게 추산할 수 있는 것도 아니니 이안과의 경로를 맞춰 보기도 어렵고 이안이 틈을 내 나갔었다 주장하면 확인할 길도 없다.

무엇보다 유력한 귀족인 이안이 평민인 일반 군인을 즉처한 것에는 아무 문제될 소지가 없었다. 재판은 피의자의 신분이 높거나 쌍방의 신분이 비슷할 때에만 적용되었다. 기온도 자신의 신경을 거스른 평민들의 목숨을 그 자리에서 여러 번 거뒀다. 물론 나유타의 국법은 국민 모두에게 재판을 받을 권리를 보장하지만 기온이 절차를 무시했다고 해서 잘못을 따질 사람은 없었다.

외려 그런 점에 있어서는 이안이 다른 귀족들보다는 너그러운 편이었다. 평소라면 기온부터가 저들이 이안의 눈 밖에 날 만한 잘못을 저질렀겠거니, 여겼을 것이다. 그것도 아니라면 이안이 우연히 잃어버린 단검을 누군가 악용했을 가능성도 있다. 상상할 수 있는 여지가 이렇게나 많은데 이안을 수상하게 여기고 있는 저 자신이 이해되지 않을 지경이었다.

"이안 장군님을 모셔 올까요?"

의심을 품을 만한 일도 아니고 잘했다 잘못했다 언급할 만한 일도 아니다. 무슨 일이 있었냐 따져 물어볼 필요도 없을 만큼 별것도 아닌 일인데 이유 없이 마음이 다 심란하다. 개운하지 못한 기분이 들었다. 부관 역시 알 수 없는 위화감을 느꼈기에 굳이 상관의 시간을 방해해 가면서까지 사건을 언급한 것이다.

"됐다. 따로 불러 확인할 만큼 중한 사안도 아니니 내가 이안에게 들러 물어보겠다. 이안에게는 말을 함구해라."

자리를 조성해 놓고 부르면 이안도 분명 둘을 수상하게 여길 것이다. 차라리 흘리듯 말을 던지고 반응을 살피는 편이 낫다. 이안이 미유라의 행방을 찾기 위해 아시하를 흔들어 반응을 보겠다 공언했듯이.

남황녀 아시하. 그녀를 떠올리자마자 같은 연배인 여동생이 자연스레 연상되었다. 단 한 번도 제가 원한 걸 못 가져 본 적 없는 리네아가 이안과 아시하에게 남궁을 빼앗기고는 분해서 울었다. 자기가 왜 폐위된 황녀보다 못한 대우를 받아야 하느냐며 부관에게 쫓아와 따졌다는 것이다. 치기 어린 투정이니 신경 쓸 것 없이 결정된 대로 일을 진행하라 지시하면서도 마음 한편에는 이질감이 걸리적거렸다.

설마 그럴 리가 있나.

아무리 속을 알 수 없다 한들 이안이 그 정도로 사리 분별을 못할 녀석은 아니다. 특히 이안은 회의에서 미유라의 생존을 폭로했다. 이안이 아시하의 마음을 얻으려 했다면 그녀가 자기 자신보다 귀하게 여기는 자매의 목숨을 위험하게 만들 리가 없다.

골치 아픈 여자들 때문에 상상력만 쓸데없이 발달하는 모양이다. 책상물림을 너무 오래 하니 잡생각만 많아지지. 기온은 자리를 떨치고 일어났다. 처음부터 그는 아시하를 오래 두고 볼 생각이 없었다.

방에 갇히자 시간도 함께 갇혔다.

굉장히 많은 일을 하며 하루를 보내는 사람이 있는 반면 아무 일도 하지 않으며 하루를 보내는 사람도 있다. 강제로 구금된 아시하에게는 할 만한 일이 별로 많지 않았다. 아시하는 시간을 헤아리다 포기했다. 시중을 든다는 핑계로 시간마다 들락거리는 궁녀에게 분재의 보온재를 만들어 오라 명령해 쫓아내듯 내보낸 후

책장에서 책 몇 권을 무작위로 뽑았다. 글자의 나열을 훑으며 책장을 넘겼지만 도무지 무엇을 읽고 있는 건지 기억나지 않아 벌써 여러 번 표지를 들춰 확인했다. 그러고는 곧 다시 잊어버렸다.

문 열리는 소리가 들렸지만 의식하지 않았다. 기다리는 방문객이 없으니 굳이 확인할 필요가 없다 생각했다. 쪼개진 단어 몇 줄만 간신히 머릿속에 밀어 넣으며 책장을 펄럭 넘기려던 때였다.

"팔자 한번 늘어졌군."

부정적인 속내가 비쳐 탁해진 목소리가 귓전을 찔렀다. 비아냥 속에 그르렁거리는 울림이 섞여 듣기 거슬렸다. 아시하는 그를 깔끔하게 무시하며 책장을 꽉 쥐었다. 천천히 그다음 장의 첫 문장을 읽었다.

……의 시기에 한하여 다음의 경우에는 자음을 탈락해 발음하지만 예외의 경우를 두고 있으니 그 예시는 다음과 같다.

지금까지 무슨 책을 읽고 있었는지 불쑥 기억이 났다. 《고대어 문법 2》 교과서였다.

"요즘에는 산책도 다녔다지? 일상이 너무 여유로워 살 만한가 본데."

"덕분에."

아시하가 짧게 대꾸했다. 곁눈질 한 번 하지 않는 아시하의 태도에 비위가 사나워졌는지 기온이 으르댔다.

"내 앞에서만 콧대 높게 구나? 황녀랍시고 고고한 척하더니 군인들 앞에서는 옷을 벗었다면서. 하는 짓이 창부 못지않아."

꿈에서라도 기억하지 않으려 애써 눌러 놓았던 부분을 기온이 건드렸다. 교활한 수작임을 알면서도 몸을 훑고 더듬던 그 뱀 같은 손들이 떠올라 입술을 꽉 깨물었다. 아시하는 기온을 노려보며 응수했다.

"제 부하들의 기만에 눈뜨고 넘어가는 작자가 이 나라를 책임진다니, 그 꼬락서니 한번 볼만하겠어."

기온에게 맞서 날카롭게 대립각을 세우는 황녀를 보며 문을 지키고 있던 군인들이 눈에 띄게 긴장했다. 아시하의 입장에서 못마땅하기는 저 군인들도 마찬가지였다. 모든 출입을 금지하겠다더니 이안보다 급이 높은 기온의 경우에는 별다른 제재를 하지 않고 방에 들여보냈다. 그 영악한 처신에 속이 다 비렸다.

"네년이 그 자리에서 오래 버틸 거라 생각하지?"

그 자리. 고작 명목만 황족으로 편입한 자리를 놓고 아주 대단한 선심이라도 쓴 양 위세가 대단하다. 더한 것을 누리며 살았는데 그까짓 표면상의 황족위에 연연할까. 하지만 꼬리를 물며 이어지는 기온의 협박에 아시하는 그대로 아뜩해졌다.

"착각 마라. 네 언니만 잡으면 너도 같이 처리할 테니까."

왜 그렇게 결혼에 집착하는가 했었다. 어떻게 순조롭게 다들 결혼을 납득했나 의아했었다. 그 답을 방금 확신했다. 언니다.

이 결혼은 언니의 약점을 잡기 위한 도구였다. 언니의 생존이 들통난 것은 아닐까 홀로 전전긍긍 불안해하기는 했어도 그 비밀이 바깥으로 이미 드러나 있음을 확인하게 된 건 별개의 충격이었다. 결혼 소식을 가장 먼저 알렸던 이안은 언니의 몸값을 운운했다. 그 말의 의미를 이제야 알겠다. 언니의 이름을 들먹이며 충동을 해 오던 심리전과 다를 바 없는 줄로만 알았는데, 말 그대로의 뜻이었다. 언니를 잡기 위해서. 전 황조의 황위 계승자를 찾기 위해서.

속았다.

적대하는 입장에서 속았다는 감정을 갖는다는 게 우습지만 배신당한 기분이었다. 도대체 왜, 어째서? 서로 속이고 속는 게 당연한 관계다. 상대방의 약점은 곧 나의 강점이 되기 때문에. 분하고 화가 날 수는 있어도 실망스럽거나 배신감을 느낄 이유는 없었다. 그런데도 왜? 무엇을 기대했기에?

—저는 황녀 전하와 좋은 관계를 유지하고 싶습니다.

적으로 규정해 놓고도 내심 마음 한편으로는 그 말을 믿었던 것처럼. 칼을 벼려 벽을 삼았다 믿었건만 다디단 겉치레에 자신도 모르는 사이 홀렸다. 언니를 잡고 너도 죽이겠다 진심을 담아 협박하는 저 남자에게는 열이 치미는데 이안에게는 무엇을 따지고 무엇을 확인하고 싶은 것인지 저 자신도 명확하게 가려지지 않는다. 하지만 이것 하나만은 확실하다. 그는 독사의 혓바닥을 가진 자였다.

“저 능선이 보이십니까?”

여러 겹의 모포를 두른 채 미끄러운 길에만 주의하며 걷고 있던 미유라가 안타이의 손을 따라 시선을 멀리 뻗었다.

"저 능선이 가까워 오면 그곳이 완평입니다."

구름이 가득 낀 백색의 하늘 아래 높지만 완만한 능선이 뿌연 안개에 잠겨 있었다.

"안개가 짙네요."

"높아서 그렇습니다. 구름의 흔적입니다."

"저 위로 올라가는 건가요?"

"아닙니다. 완평은 저 능선을 등에 지고 있습니다. 갈라져 나온 낙맥은 그리 높지 않습니다."

다행이다. 미유라는 조심스럽게 안도했다. 도시의 외곽을 따라 낮은 기슭을 이동하는 지금도 체력이 달린다. 높은 산을 타야 한다면 안타이에게 어마어마한 폐를 끼치게 될 것이다. 허약한 체질 때문에 가뜩이나 걱정을 사고 있는데 이 이상의 부담까지 지울 수는 없었다.

안타이를 만나고 나해를 통과한 뒤 얼마 안 있어 미유라는 줄곧 아팠다. 긴장이 풀린 결과였다. 어린아이도 아닌데 돌봐 주는 사람이 생기자마자 기다렸다는 듯이 생색을 내는 제 몸이 부끄러웠다. 그러려는 마음이 있었던 건 정말 아니지만 이건 마치 투정처럼 보이지 않는가. 그동안 힘들었다고, 알아 달라고.

남쪽으로 내려가는 길인 데다 추위가 제법 꺾였는데도 미유라는 하루하루 더 추위를 탔고 밤마다 한기에 끙끙 앓았다. 평소 잔병치레가 잦았던 황녀의 건강을 잘 아는 안타이가 걱정스러워하며 도시로 내려가자 권유했으나 미유라는 결사적으로 반대했다. 감기나 몸살 따위가 무서워 더 큰 위험을 무릅쓸 이유가 없다, 며칠만 조금 고생하면 될 일이다, 등의 이유를 대며 끝까지 산 안에 머물렀다. 가지고 있는 가짜 통행증으로 도시를 통과하다가 걸리기라도 하면, 특히나 지금처럼 검문이 강화되었을 때 잘못 잡히기라도 하면 곤란했다.

결국 안타이는 미유라에게 찬 바람이 스며들지 않도록 모포를 여러 겹으로 꽉 둘러 주었다. 급하게 올라오느라 안타이가 챙겨온 비상약은 많지 않았고 그나마도 대부분 부상을 입었을 때 쓸 것들이라 몸살과 열을 동반한 미유라가 먹을 만한 건 없었다.

차마 면구한 심정에 미유라는 아프다 소리 한 번 제대로 하지 못했다. 짐이 되고 싶지 않아 낮에 온 힘을 다해 걷고 나면 몰려온 후유증이 밤을 차지했다. 그래도 시간이 약이었는지 감기는 차차 나아 갔다. 자주 앓아 좋은 점이 있다면 몸이 아파 오려 할 때, 나아지려 할 때를 남들보다 잘 안다는 점이다. 미유라는 목과 등을 따뜻하게 감쌌다. 그것만으로도 한결 좋았다.

"이 통행증은 누가 빌려준 거예요?"

통행증에 적힌 사항으로 보아 이 통행증의 주인은 미유라보다 다섯 살 어렸다. 키도 약간 작은 편이었지만 완족은 키와 체격이 뛰어나기로 유명하니 아마 시간이 흐르면 미유라를 앞지를 것이다. 건강과는 별개로 친탁을 한 미유라는 평범한 나유타 여자들보다 키가 컸다. 아시하도 마찬가지였다. 그러나 완평에 다녀온 아시하는 자신의 키가 완족 여자들의 평균 키에 약간 못 미치는 편이었다고 말했다. 자세가 곧아 실제보다 커 보이는 아시하가 그렇게 느낄 정도라면 아마도 미유라의 경우에는 완족 여자들 사이에서 왜소해 보일 게 분명하다. 어깨가 좁고 몸이 소녀처럼 가느다란 미유라는 실제 키보다 작아 보인다는 소리를 종종 듣곤 했었다.

"여동생 겁니다."

"여동생요?"

"예."

"동생이 있었어요? 전 안타이에게 형제자매가 없었던 걸로 기억하는데."

미유라가 고개를 갸웃했다.

"직계는 아닙니다."

나유타의 가족에 대한 개념과 완족의 가족에 대한 개념은 약간 다르다. 안타이는 미유라가 캐묻지 않으면 자신에 대한 이야기를 하지 않았고 국립대를 거치면서 나유타의 문화에 익숙해져, 서로 간의 개념이 다를 시에도 미유라에게 혼동을 줄 만한 말을 하지도 않았다.

"저희는 부족 전체를 하나의 가족처럼 여깁니다."

"피가 섞이지 않았는데도요?"

"거슬러 올라가면 조상은 다 같습니다."

"제가 기억하기엔…… 굉장히 규모가 크지 않아요?"

정확한 수를 추산한 적은 없지만 완평에 머무르고 있는 완족의 수는 30만 명에 이르는 것으로 어림하고 있다. 30만 명의 가족이라니. 혈계로 이어져 내려왔던 나유타 직계 황족의 숫자도 통틀어 백이 되지 않는다. 워낙 손이 귀한 탓이었다. 심지어 미유라의 아버지는 형제가 없었고 어머니 쪽은 신분의 차이로 격리되어 컸기 때문에 미유라가 셈하는 제 가족은 부모님과 아시하가 전부였다. 안타이는 숫자에 눌려 셈해 보지도 못하는 미유라의 부담감을 덜어 주려 노력했다.

"그저 피붙이에 덜 연연하는 정도입니다. 크게 고민하실 문제는 아닙니다."

"그래도 되도록이면 좋게 보여야 할 텐데요. 세상에, 아시하가 30만 명……."

미유라가 먼저 웃자 안타이마저 어색하게 미소를 보였다. 안타이의 입장에 대입해 보면 30만 명의 아시하가 기다리는 셈이다. 미유라를 따라 황궁으로 들어올 때 그는 얼마나 큰 중압감을 느꼈을까. 그 압박의 일부를 지금 체감했다. 뭐가 늘 그렇게 못 미더웠는지는 몰라도 아시하는 미유라가 데려올 남자는 꼭 자신의 기준을 통과해야 한다고 강조해 왔다. 그리고 미유라가 황궁으로 데려간 첫 남자는 안타이였다.

"모두가 남황녀 전하 같지는 않을 겁니다."

"맞아요. 아시하는 능히 일당백이죠."

"그런 의미는 아니었습니다."

"그럼 어떤 의미였는데요?"

무리한다 싶을 만큼 밝은 미유라의 목소리와 표정은 아시하의 흉을 보려는 장난이 아니라 피로를 감추기 위한 수단이었다. 안타이가 팔을 붙들자 미유라도 체중을 온전히 실어 왔다. 안타이는 나무가 비교적 듬성듬성하게 난 지대로 황녀를 끌어 올렸다.

"쉬었다 가겠습니다."

"벌써요?"

5년을 보아 왔다. 말수가 적고 얌전하다고 알려진 채황녀는 안타이와 함께 있을 때면 먼저 말을 꺼내고 먼저 농을 걸어온다. 안타이가 먼저 말하지 않기 때문이었다. 안타이가 웃기를 바라면 그녀가 먼저 웃었다. 채황녀를 따라 하고 있으면 안타이는 말하는 법이나 감정을 표현하는 법을 다시 처음부터 배우는 기분이 들었다.

"길이 좋지 않습니다. 돌아보고 올 테니 잠시 계십시오."

핑계를 두어 쉬게 하려는 의도였는데 미유라는 말에게 마른풀을 먹이는 등 자잘한 일손을 도왔다. 처음에는 제 하는 양이 방해만 되자 미안해하더니 안타이가 하는 모습을 유심히 봐 두었던지 이제는 제법 비슷하게 흉내를 냈다. 무서워 잘 다가가지도 못하던 말에게 손을 뻗어 살짝살짝 만져 보기까지 하는 것을 보면 그새 꽤 정이 든 모양이었다.

"학교에서 승마 수업은 낙제를 받았는데…… 너무 겁을 먹었었나 봐요. 이렇게 순한 동물을 두고요."

"그 녀석이 유독 순합니다."

"그런가요? 학교에 있는 말들은 이렇게 얌전하진 않겠죠?"

미유라가 승마를 두려워하는 건 그녀 스스로의 자신감 탓이 컸지만 안타이는 고개를 끄덕였다. 사실 대부분의 귀족들은 대학에 입학하기 전 승마를 배운다. 남자들의 경우에는 필수로 익혀야 할 항목이었고 여자들의 경우에도 가벼운 운동 삼아 타는 경우가 많았다. 국립대에 입학하지는 않았지만 남황녀 역시 승마에 꽤 익숙하다는 평가였고 미유라보다 2년 늦게 입학한 태선 공후의 막내딸은 군인 집안에서 자랐기 때문인지 남자들 못지않은 승마 실력을 자랑했다. 그래서 사실 승마 과목에서 낙제를 받는 경우는 매우 드물었다. 여학생들 입장에서는 승마 초심자를 가정하고 진행하는 교양 수업이라 과목 자체가 어려운 수준을 요구하지도 않았다. 그런데도 승마 수업은 미유라가 포기한 유일한 과목이었다.

"안타이가 졸업할 때 제게 파트너 신청을 안 한 이유가 제 낙제 소문이 부끄러워 그런 건 아닐까 생각했었거든요."

미유라가 장난스럽게 꺼낸 3년 전 이야기에 안타이가 당황해 얼굴을 붉혔다.

"당치도 않습니다."

"제가 먼저 파트너가 되고 싶다고 청했는데 그것도 거절당했죠."

"그건……."

황녀에게 파트너를 신청해서 거절당한 것도 아니고 황녀가 먼저 파트너가 되고 싶다고 신청했는데도 거절한 사람은 안타이가 유일무이했다. 단둘이서만 있는 자리에서 벌어졌으니 망정이지 누군가 알았더라면 호되게 경을 치렀을 일이었다.

하지만 미유라는 너무 과분한 상대였다. 완족인 그는 황녀인 미유라와 함께 연회장으로 들어서는 순간 닥쳐올 그 여파를 감당할 자신이 없었다. 그녀는 자신이 안타이의 방패막이가 되겠다는 뜻을 널리 퍼뜨리기 위해 파트너를 신청했겠지만 안타이는 졸업식에 아예 참석할 생각이 없다는 말로 거절했다. 그는 대학에서 6년이라는 긴 시간을 지낸 것이 아니라 버텼다. 졸업을 축하하고 기려야 할 의미가 없으니 졸업식에 참석할 마음이 들지 않았던 것이다.

난처해진 안타이가 변명조차 하지 못하고 죄스러워하자 미유라가 하얗게 웃었다.

"다 알아요."

파트너 신청을 거절하면서 안타이는 1년간 지속해 왔던 채황녀와의 인연이 끝났다고 생각했다. 미유라가 아무리 상냥하고 선하더라도 그녀는 황녀다. 화술이 뛰어나 에둘러 거절할 능력이 있는 것도 아니고, 설령 좋게 거절했더라도 황녀로서 거부당해 본 적 없었을 미유라가 느낄 수치심은 어떻겠는가. 처음부터 미유라가 먼저 다가와 맺어졌던 인연이었다.

이상했다. 아무리 생각해도 그녀가 친절을 베풀 이유가 없었다. 그래서 경계했고 부담스러워 했으며 밀쳐 내고 의심하느라 많은 시간을 허비했다. 그녀의 부단한 노력을 알면서도 그녀에게 물들어 가지 않으려 노력했다. 이미 너무 많은 나유타인들에게 상처를 입었다. 그녀의 호의는 일회성으로 끝날 수도 있었고 이빨을 감춘 악의일 수도 있었다. 언제 돌변할지 모른다. 그러니 믿으려 하지 않았다.

"만약 제가 또 파트너를 신청한다면 그때는 받아 주실 거예요?"

고개를 들어 안타이와 시선을 맞춘 미유라가 조용히 물었다. 아직 미유라에게는 대학 생활이 1년 더 남아 있었다.

안타이는 같은 질문을 들었던 그날을 회상했다. 전교 학생들이 즐기는 일주일간의 동백 축제. 그리고 축제의 마지막 날, 졸업식에 함께할 파트너가 되고 싶다던 채황녀의 요청.

"솔직하게 말씀드리자면…… 저는 춤을 출 줄 모릅니다."

—저는 졸업식에 참석할 생각이 없습니다.

무람스러워 어쩔 줄 모르는 채황녀를 등 뒤에 남겨 놓고 돌아섰지만 기실은 도망이었다. 그녀를 돌아볼 용기가 없었다. 거절당한 채황녀는 그를 붙잡지 않았다. 아무도 없는 빈 교정에 우뚝 서서 생각했다. 이렇게 끝이 나는구나. 학기는 완전히 끝났고 축제나 졸업식이 아니라면 이제 학교에 남을 까닭이 없었다. 안타이는 대학이 약속한 6년의 교육 기간을 무사히 끝마쳤고 이대로 완평으로 돌아가면 그만이었다. 그런데 그토록 기다리던 끝을 보았는데 기대했던 만큼 속이 시원하지 않았다. 어째서인지 발길이 무거웠다.

마지막이다. 더는 이곳에 올 일이 없으리라. 안타이는 걸음을 돌렸다. 수업을 들었던 강의실과 실습을 했던 강당을 둘러보았다. 도서관, 구름다리, 복도, 정원을 차례차례 거닐었다. 그해 동백나무들은 평년보다 이르게 꽃을 피워 올렸다. 희고 붉은 동백꽃이 천지에 가득했다. 학교의 상징이 동백꽃이라 겨울 축제를 일컬어 동백 축제로 표현했지만 실제로 동백꽃이 만개한 동백 축제는 귀하기로 유명했다.

일순간 안타이는 이 학교의 구석구석이 예전처럼 싫은 기억들로만 가득하지 않다는 사실을 알았다. 그녀와 함께 수업을 들은 강의실, 겁이 많아 말을 타지 못하던 그녀가 발을 동동 구르던 승마장, 같이 책을 골랐던 도서관.

어디 하나 공유하지 않은 장소가 없었다. 추억하지 못할 장소가 없었다. 옮기는 장소마다 단편적인 장면들을 마주쳤다. 그녀는 맑게 웃기도 했고 수줍게 장난을 걸어오기도 했다. 두꺼운 서적들을 한 아름 안고 걸어가던 모습도 스쳤다.

어느새 그의 일상이 되었던 미유라의 모습이 그렇게나 많았다.

가슴이 철렁했다. 울렁거리고 눈앞이 어찔했다. 참으로 어리석었다. 채황녀가 겁이 많고 소심하다고? 천만에. 정말로 겁이 많은 사람은 그녀가 아닌 안타이, 자신이었다. 미유라를 볼 때마다 왜 가슴이 간지러운지 몰랐다. 모두가 나유타의 꽃이라고 찬양할 만큼 아름다운 사람이라 절로 시선이 향하나 보다, 했었다.

처음부터 욕심을 낼 수 없는 사람이라 제멋대로 널뛰는 감정을 한낱 변덕으로 치부했다. 설레고 안타깝고 궁금하고 화가 나던 무수한 감정들의 이유를 알려고 하지 않았다. 그 기저를 들여다보게 되면 감당하지 못할 것 같아서, 그게 두려워서.

"괜찮아요. 제가 가르쳐 드릴게요."

다시는 황녀를 못 볼 줄 알았다. 그녀와 같이 있을 수 있는 지금이 안타이에게는 기적이었다. 이렇게 편안하게 대화할 수 있는 이 시간들이, 나누고 있는 말 한 마디 한 마디가 더없이 소중했다.

"……기꺼이 영광으로 알겠습니다."

대답을 들은 미유라가 애써 미소했다. 안타이는 시선을 떨어뜨렸다. 학교가 그리워지는 날이 올 줄은 몰랐다. 3년 전 놓쳐 버린 졸업식을 후회할 줄 몰랐다. 이제 황녀는 학교로 돌아갈 수 없다. 소소하고 잔잔한 일상을 하루아침에 빼앗겼다. 미유라의 남은 시간은 잔잔한 강물 위를 유영하는 놀잇배가 아니라 풍랑 속을 헤매는 조각배에 올라 있었다.

"우리 이렇게 평화로운 과거를 추억할 수 있는 날들은 이대로 끝인 거죠?"

이리 귀한 추억이 될 줄 몰랐다. 진작 좀 더 소중히 여겼어야 했다. 어쩌면 과거를 회상하고 있는 이 시간마저 훗날 그리워질지도 모른다. 아닙니다. 채황녀가 필요로 하는 말은 이 한마디뿐인데 차마 입에서 떨어지지 않는다. 다시 돌아오지 않을 기억이 너무 아려 가슴이 베인 듯했다.

"아닐 겁니다."

간신히 대답했다. 황녀는 더 이상 웃지 않았고 안타이 역시 침묵했다.

부디 이 배가 바람에 흔들리지 않고 무사히 도달하기를 바란다. 상처 입지 않고 강하게 헤쳐 가기를 원한다. 자신이 배를 보호하는 닻이 되어야 한다. 그리하여 배가 난파하지 않도록 지켜 내고 말 것이다.

도시와 도시를 잇는 사잇길은 여행자들이 꾸준히 닦아 만든 평지였다. 사람들의 눈을 피해 길이 없는 산길을 헤치며 이동하다 편평하게 다져진 땅을 밟자 구름 위에 올라선 듯했다. 처음에는 질서 없이 자라난 수풀과 무성한 나뭇가지를 헤치며 가파른 길을 걷기가 힘들었는데 지금은 힘을 싣지 않고 내딛는 걸음이 어색하다. 탁 트인 시야도 새롭다 못해 설었다.

인간의 적응력은 놀랍다. 이제 미유라는 야영을 하다 외곽까지 먹이를 찾아 내려온 멧돼지와 마주쳐도 놀라지 않게 되었다. 부스럭거리는 기척이 들려오면 안타이를 따라 소리를 죽이고 가만히 장소를 옮겼다. 나중에는 늑대 같은 짐승이 아니어서 다행이라며 웃어넘기기도 했다. 비명도 지르지 못하고 다리에 힘이 풀려 주저앉았던 초반에 비하면 장족의 발전이었다.

길이 모였다 흩어지는 교차로에는 많은 사람들이 모여 있었다. 친구처럼 보이는 상인들, 여행하는 연인들, 짐을 잔뜩 챙겨 이사하는 가족들. 관계와 신분이 제각각 다른 사람들이 워낙 많아 말 한 마리를 끌고 겉옷과 담요로 얼굴을 숨긴 채 이동하는 남녀 여행객쯤은 별반 관심을 끌지 않았다. 겨울이라 날씨가 추웠던 덕택에 외모를 가리고 있어도 수상하게 여기는 사람은 없었다. 대부분의 사람들이 찬 바람을 피해 온몸을 꽁꽁 감싸고 있었던 것이다.

딱 한 번 한 가족이 미유라를 유심히 눈여겨보는 기색이라 긴장했으나 그들은 미유라를 불러 세워 가지고 있던 약을 나눠 주더니 안타이에게 '부인이 몹시 아파 보이니 잘 챙겨 주라'는 말만 남기고 가 버렸다. 간헐적으로 콜록콜록 기침하면서 담요에 푹 파묻혀

눈만 내놓고 있던 미유라가 뒤늦게 얼굴을 붉혔다.

"부부로 보였나 봐요."

"송구합니다."

"뭐가요?"

"의심을 살 것 같아서 부인하지 못했습니다."

조금도 미안할 일이 아닌데 안타이가 워낙 깔끔하게 사과를 해 오니 되레 말문이 막혔다. 미유라는 약병을 꾹 쥐었다. 드물지만 이렇게 한 번씩 단단한 경계를 느낄 때가 있다. 그는 자신과 타인 사이의 벽이 분명한 사람이다. 그럴 법하다고 생각했고 그런 그를 이해한다. 하지만 긴 시간을 들여 벽을 많이 허물었다고 생각했는데 그 아래 감춰져 있던 선을 다시 발견한 기분이다.

그는 무뚝뚝한 사람이다. 불필요한 여지를 남기지 않는다. 말수가 없고 예의를 차리는 모습조차 딱딱하다. 아시하가 안타이를 싫어한 이유 중에는 그런 부분도 있었다. 완족이면서도 자신을 낮추는 느낌이 없다는 것이다. 그에게는 예의에서 벗어나지 않는 최소한의 선을 맞춰 놓고 그 선을 넘지 않는 고아한 자존심이 있었다. 그랬기에 아시하와 안타이가 상극일 수밖에 없었다. 아시하 역시 자존심이라면 어디 내놔도 결코 지지 않을 정도였으니.

"의심을 사면 안 되는 거예요?"

조심스레 그 선을 건드린다. 신분과는 상관없이 완족을 경호원으로 들인 채황녀와 그런 황녀를 보좌하면서 지위를 인정해 주지 않는 귀족들의 질시를 감내한 경호원의 관계는 누구도 평범하게 생각하지 않는다. 다만 둘을 의심스럽게 보면서도 차마 무슨 관계냐 입에 담지 못하는 것은 신분이 너무 명확하기 때문이었다. 묻는 것조차도 불경스럽다고 여겨질 일이라 직설적인 아시하조차도 뼈 있는 시선으로 주시할 뿐 대놓고 따지지는 못했다. 모든 사람들에게 다정하고 상냥한 채황녀가 심하게 괴롭힘을 당하던 완족 청년을 가엾게 여겨 수중에 거두었고 완족 청년은 그런 채황녀의 은혜에 보답하기 위해 신의를 다해 곁을 지킬 뿐이라고, 사람들은 미유라와 안타이를 대신해 두 사람 사이를 포용할 수 있는 수준에 맞춰 포장하고 정의했다.

"황녀 전하께 누가 됩니다."

안타이가 절제된 음성으로 대답했다.

"어째서요?"

돌아올 대답을 뻔히 알면서도 되묻는다. 사람들은 황녀인 자신보다는 완족인 안타이에게 감정의 절제를 강요했다. '황녀 전하께서는 성녀처럼 자비로우신 분이기에 이런 전례가 없는 상황을 만들었다. 완족을 경호원으로 들인 것 자체가 황녀 전하께 얼마나 큰 악재로 작용할지 모르는 일이다. 그러니 눈에 띄지 않게 행동해라. 너를 거둔 황녀 전하께 이 이상의 해를 입히지 마라.'

보이지 않는 곳에서 끊임없는 강압이 있었으리라 생각했다. 아시하의 경우에는 미유라가 함께 있는데도 아예 제 성격대로 압력을 가했다. 그러니 아무리 눈치가 없어도 모르려야 모를 수가 없었다. 때문에 언제나 거리를 먼저 좁혀 가는 쪽은 미유라였다. 표현하는 쪽도 미유라였다. 단지 우정과 신의만으로 곁에 두는 게 아니라고 틈을 남겨 암시해 왔다.

그러니 그도 자신의 솔직한 마음을 밝혀 주었으면 좋겠다. 단 한 마디면 미유라는 주저하지 않고 받아들일 준비가 되어 있었다. 다른 귀족 여성들처럼 조건을 잰다거나 자존심을 세우거나 튕기지 않을 것이다. 그런 어리석은 짓들로 시간을 낭비할 마음은 없었다. 내려놓을 것은 내려놓고 포기해야 할 것은 포기해야 하겠지만 안타이 역시 마찬가지로 내려놓고 포기해야 할 부분이 많다는 것을 안다. 아시하가 듣는다면 미유라의 손해가 너무 막심하다고 비난할 터이나 미유라는 동생처럼 생각하지 않았다. 누구의 비중이 더 큰지에 대한 계산은 무용하다. 감정에는 계산이 들어가지 않는다.

그러니까 이건 나 혼자만의 감정이 아니라고, 조금만이라도 증명해 주기를 바란다. 더는 선을 긋지 않기를 바란다.

둘 중 관계를 쌓아 옴에 있어 능동적인 사람은 언제나 미유라였다. 미유라는 안타이에게 자존심을 세운 적이 없었다. 애초부터 미유라가 주도하지 않으면 지속될 수 없을 기형적인 관계였다. 아버지가 평민인 어머니를 황후로 맞아들이기 위해 얼마나 노력했는지, 아시하와 달리 어머니의 손에 키워진 미유라는 자신이 맡아야 할 역할을 잘 알았다. 아버지는 대가 끊길 위험을 감수하면서까지 온갖 귀족 여성들을 마다하고 어머니만을 기다렸다. 그리고 마지막 순간, 어머니는 결단을 내리고 황후가 되었다.

—폐하께서는 날 강제로 끌고 올 수도 있었지. 평민이었던 난 아무 권리가 없으니까 거부하지 못했을 거야. 그래도 그렇게 하시지 않으셨단다. 나는 황궁 바깥에 있었으니 황궁에서 벌어진 일들을 잘 몰랐지만 폐하께선 그 많은 혼사를 다 거부하고 편들어 주는 사람 없이 홀로 버티셨다고 해. 얼마나 외롭고 무섭고 답답하셨을까. 그런데도 날 만나서는 전혀 티를 내지 않고 선택권을 주셨어. 언제든지 자신은 준비되어 있으니 결과에 대해서는 걱정하지 말고, 오직 마지막 선택은 나를 위해서 하라고. 엄마는 내 딸

들이 엄마처럼 힘든 결혼을 하기를 바라지는 않지만 되도록이면 사랑하는 사람을 만나 엄마처럼 사랑받으면서 살았으면 좋겠어. 물론 이 결혼은 나유타 황실에 결코 좋은 선택이 아니었지. 그래서 매 순간이 항상 행복했다고는 할 수 없어도…….

–그럼 어머니는 다음 생엔 아버지와 결혼하지 않을 거예요?

–……아니. 하지만 그때는 폐하께서 평범한 사람이셨으면 좋겠구나. 평범한 사람으로 만나 평범하게 살고 싶어. 서로 아무것도 포기하지 않고 상처받지 않고.

아버지가 어머니와 결혼하면서 권위와 권력의 상당 부분을 내려놓아야 했다는 이유로 어머니에 대한 세간의 평가는 박했다. 일반 사람들의 눈으로 보기에 어머니는 평민에서 일약 황후의 자리를 꿰찬 신데렐라였다. 사람들은 어머니가 아버지 하나만을 믿고 황궁으로 들어가면서 외가와의 교류를 끊다시피 했다는 사실은 알지 못했고 알려고 하지도 않았다. 어머니는 황궁의 재물을 빼돌려 별 볼 일 없는 외가를 먹여 살렸다는 소문이 퍼질까 두려워했다. 미유라를 직접 키웠다가 본데없는 양육법이란 뒷말을 듣고 아시하는 황궁의 법도대로 유모들에게 맡겨 키웠을 만큼 세상의 눈에 주눅 들어 있었다.

–엄마는 결혼한 걸 후회하지는 않아. 폐하와 우리 두 딸을 만날 수 있었잖니. 사람들은 엄마가 뭘 굉장히 대단한 짓을 한 것처럼 생각하는데 사실 썩 그렇진 않았어. 남들처럼 남자와 여자가 만났을 뿐인데 신분이 달랐던 거야. ……한 가지 말해 주고 싶은 건, 만약 네가 사랑하는 사람이 너를 사랑해 준다면 그건 기적이

라는 사실이란다. 너희에게는 특히 그래. 엄마는 우리 딸들에게 그런 기적이 다가왔으면 좋겠어. 적어도 너희가 사랑에 겁을 내지 않는 사람이 되기를 바란다.

그러나 어머니도 기적이 되어 주기를 바라는 남자가 완족의 신분이리라고는 예상하지 못했다.

세기의 사랑으로 이름을 날린 어머니조차도 선뜻 응원해 줄 수 없는 사람. 그럼에도 그를 바라는 나는…….

어머니. 저는 아버지를 닮았나 봐요.

미유라는 고개를 들어 정면을 응시했다.

완평의 등을 지키고 있는 능선이 부쩍 선명하다. 미유라는 능선의 거리감으로 남은 시간을 확인했다. 밤하늘의 별자리로 방향을 찾는 방법에 대해 듣기도 했으나 아무리 봐도 모래처럼 흩뿌려진 수만 개의 별들을 분간할 수 없어 그 방법은 포기했다. 하염없이 더듬어 봐도 안타이가 보는 밤하늘과 자신이 보는 밤하늘은 천양지차였다. 안타이는 미유라가 보지 못하는 별까지 짚어 냈다. 그의 시야를 공유하는 건 불가능한 일이었다.

같은 곳을 보면서 같은 것을 보지 못하는 건 아마 밤하늘의 별자리만은 아니겠지.

우리가 완평에 도착하면 좀 달라질 수 있을까.

불현듯 안타이가 미유라를 당겨 제 뒤에 세웠다. 동시에 한 무리의 여행자들이 옆을 근접하게 스쳐 갔다. 짜증을 담아 수런거리는 말들이 덩어리처럼 한꺼번에 들려왔다.

"중앙군 놈들 왜 또 저 지랄이야?"

"사야, 괜찮아? 저 미친 새끼들, 임신한 여자를 강제로 끌고 가려고…….”

“여기서 또 잡히기 전에 빨리 가자고. 아까 보니 사람들 하나하나 훑으면서 올라오더라.”

“교차로에서 불심 검문을, 그것도 저렇게 전면적으로 하는 경우가 있었나?”

“흉악범이 있었나 보지.”

“여자를 중점적으로 잡던데 도대체 어떤 년이 뭔 짓을 한 거야.”

가슴이 쿵 내려앉는다. 놀라 안타이를 쳐다보자 안타이가 곧장 미유라를 들어 말에 태우고 자신도 뛰어올랐다. 언뜻 본 사야라는 여성의 머리카락은 남들보다 약간 밝은 고동색에 가까웠다. 그녀는 연신 배 뭉침을 호소하며 사람들의 부축을 받아 걸었다. 군인들이 강제로 잡아 끌고 가려 한다는 밝은 머리카락의 여자에 자꾸만 불길한 생각이 들었다.

안타이는 잠시도 시간을 허비하지 않았다. 오던 길을 돌아 내처 달렸다. 다시 산길로 접어들었다. 교차로에 맞닿은 산길의 오른쪽 면은 낮은 절벽이었다. 안타이는 절벽 아래의 평지를 지켜볼 수 있도록 절벽에 가깝게 붙어 섰다.

“이쯤에서 지켜보고 있다가 군인들이 지나가면 다시 내려가는 게 좋겠습니다.”

벌써부터 길 저편이 소란스러웠다. 여자들뿐만이 아니라 길에 있는 모든 사람들을 검문하는지 사방에서 비명이며 항의하는 소리가 웅성웅성 울렸다. 미유라는 하얗게 질려 절벽 아래를 내려다보았다.

“통행증을 잘 가지고 계십시오.”

안타이의 당부에 미유라가 품에 갈무리해 넣은 통행증을 확인했다. 절벽 바로 아래, 군인들에게 둘러싸인 연인들이 주섬주섬 품에서 통행증을 꺼내 군인에게 건넸다. 군인들은 통행증의 내용을 확인하더니 그들의 겉옷을 벗겨 얼굴과 체격 등을 하나하나 대조했다. 우악스러운 방식에 여자의 연인이 항의를 하려 하자 다짜고짜 칼을 뽑아 들어 입을 막았다.

군인들 중에는 칼이 아닌 활을 메고 있는 자들도 섞여 있었다. 활을 쓰는 군인들은 보통 국경에 배치된다. 국경의 군인들이 포함되어 있다면 저들은 목적이 있어 꾸려진 인원임이 확실했다. 다리에 힘이 들어가지 않아 미유라는 자리에 아예 주저앉아 버렸다. 무릎에 깔린 풀이 버석거렸다. 생각보다 큰 소리가 나 속이 철렁 내려앉았다. 가까운 거리라 작은 인기척도 주의해야 했다.

군인들에게 둘러싸여 있던 남자 하나가 검문에 불응하고 도망쳤다. 정체를 숨기고 있던 범죄자나 그 언저리쯤 되는 모양이었는데 그는 삼면이 군인들에게 막히자 낮은 절벽의 거친 면을 타고 오르려는 무모한 시도를 보였다. 튀어나온 바위를 두 손과 두 발로 디뎌 가며 순식간에 벽을 올라가던 남자의 등을 군인이 활로 겨눴다. 휙, 날아오른 화살이 남자를 찍어 떨어뜨렸다. 불운이었다. 남자의 쩌렁쩌렁한 비명에 놀란 말이 길게 투레질하며 펄떡거린 것이다. 안타이가 재빨리 고삐를 잡아 말을 진정시키려 했으나 군인들은 이미 절벽 위의 기척을 알아차렸다.

“거기 뭐야!”

군인들이 소리 질렀다.

“내려와라. 모습을 보이지 않으면 쏜다!”

군인들은 두 번 경고하지 않았다.

화살이 날아왔다.

미유라는 잠깐 무슨 일이 벌어졌는지 인지하지 못했다. 바로 옆에서 퍽, 소리가 났다. 미유라는 눈을 크게 떴다. 얼어붙어 움직이지 않는 목을 꺾어 곁을 돌아보았다. 말의 몸통에 긴 막대가 꽂혀 펄럭였다. 활촉이 깊이 박혀 보이지 않은 탓에 미유라는 언뜻 나뭇가지가 박혔나, 생각했다. 그러나 곧 고통에 겨운 말이 길게 울며 푸드덕 몸부림을 치자 정신이 들었다. 무심결에 비명을 지르려는 입을 억센 손이 틀어막았다.

"진정하십시오."

군인들이 그새 달려오기 시작했다. 거리를 단축시키기 위해 절벽을 타고 오르는 이들도 보였다. 검문에 붙들려 있던 사람들 몇이 부지불식간에 소리를 지르며 도망쳤다.

안타이는 말의 고삐를 놓고 쫓아 보냈다. 이미 위치는 발각되었다. 그는 겁에 질려 제대로 걷지도 못하는 미유라를 끌다시피 하며 달렸다. 휘청거리던 미유라가 웅덩이를 잘못 밟고 쭉 미끄러졌다. 메마른 풀이 가득 덮인 비탈길이었다. 말이 울며 숲을 헤매다 주인을 쫓아왔다. 다른 방향으로 군인들의 눈을 끌어 주기를 바랐지만 불가능한 기대였다.

마른 녹색 담요를 미유라의 몸 위로 뒤집어씌우며 안타이는 침착하게 속삭였다.

"제가 시선을 끌겠습니다. 여기 엎드려 계십시오. 언뜻 봐서는 눈치채지 못할 겁니다."

"어디 가려는 거예요……?"

"돌아오겠습니다. 소리 지르지 마시고 눈을 꽉 감고 기다리십시오."

붙잡을 새도 없이 안타이가 뛰어나갔다. 자리를 벗어나면서도 안타이는 미유라의 어깨를 눌러 그녀가 풀숲 안에 엎드리도록 만들었다. 차갑고 축축한 젖은 내가 코를 톡 쏘았다. 녹색 담요 속에 갇혀 미유라는 망연하게 눈을 감았다 떴다.

"저쪽이다!"

"잡아!"

두드드드드 땅이 울렸다. 말이 울었다. 고함이 산개했다.

"활을 쏴! 발을 겨냥하라고!"

"뭐 하는 거야! 그냥 죽여, 죽이라니까?"

머리가 웡웡 울었다. 미유라는 풀의 밑동을 쥐어뜯었다. 숨이 막혔다. 비슷한 기억이 떠올랐다.

—절대로 잡혀서는 안 돼. 이곳은 내가 어떻게든 알아서 할 테니까 어서 가!

아시하였다.

—만약의 경우 어떻게 해야 하는지 알고 있으리라 생각한다.

자신의 인장을 받아 들며 와들와들 떨던 채궁의 궁녀도 있었다. 그리고 지금 안타이는 말했다.

—제가 시선을 끌겠습니다.

아찔했다.

당연한 일을 하는 것처럼 모두들 앞에 나선다. 아시하도, 안타이도. 그래서 지금 자꾸 어떤 결과가 나타나는 거지? 다치고 잡히고 갇히고 죽고, 그리고…….

다시 혼자가 된다.

소리가 멀어진다. 뭉개져 확실하게 들려오지 않았다. 가슴이 조이고 목이 메었다. 차단된 시야와 청각이 갑갑하다. 이렇게 혼자 숨어 기다리고 있는 게 맞을까, 이래야 하는 건가, 이래도 되는 건가. 모르겠다. 비참하다. 미안하다. 억울하다. 버겁다. 무형의 힘이 담요를 누르고 있는 것만 같아 그 얇은 무게를 들어 올릴 수도 없었다. 명분을 위한 희생이 더는 싫다.

하나씩 하나씩 잃어버리고 있다. 소중한 기억들, 소중한 시간들, 소중한 사람들. 자신을 밀어 넣고 문을 닫아 버리던 아시하의 단호한 손, 공중을 돌며 하나라도 더 쪼아 먹으려 날갯짓을 하던 까마귀, 눈앞에서 줄 끊어진 인형처럼 빛을 잃은 눈을 크게 뜨고 쓰러지던 군인의 얼굴이 차례차례 스쳐 갔다.

공기가 무겁다. 밀도가 높아 들이마시기 빽빽했다.

아버지, 제가 자꾸 제 소중한 사람들을 위험하게 해요. 어머니, 세상에는 헤어지는 방법이 너무 많아요. 혼자 남아 있으면 바닥이 흔들리는 것만 같아요. 시간이 느려 무거워요.

손등에 얼굴을 묻었다. 소리도 내지 못하고 울었다. 담요가 만들어 준 결계에 갇혀 멎어 있는 시간이 다시 흐르기를 기다렸다. 기다리는 일밖에 할 수가 없었다. 담요의 밑단을 아주 약간 움직여 바깥의 남아 있는 빛을 재었다. 아직 밝다. 지금도 밝다. 조금 밝다. 그럭저럭 밝다. 어둠이 물감처럼 희미하게 섞였다. 조금 어둡다. 더 그림자가 진다.

완평의 능선이 기억나지 않는다. 밤하늘을 읽는 법은 처음부터 배우지도 못했다. 그냥 전부가 다 뿌옇고 흐려 겨울의 창백한 안개 속에 갇힌 것만 같았다. 아직도 자신은 그 비밀 통로 안을 울면서 달리고 있는 것이다. 어딘지 모를 끝의 빛을 기다리면서.

등이 보인 찰나를 노려 중검으로 단번에 목을 그었다. 활과 통에 든 화살 몇 개를 챙긴 후 죽은 자의 옷에 날을 슥슥 문질러 닦고 그늘에 숨었다. 해가 지면서 빛이 줄어들어 다행이었다. 완족은 일반 나유타인들보다 시력이 좋고 청력도 뛰어나다. 어둠을 나유타인들처럼 장애물로 생각하지 않는다.

채황녀를 남겨 놓고 깊은 산속으로 군인들을 유인했다. 때맞춰 나타나 준 거대한 야생 멧돼지는 정말로 유용했다. 기척이 나뉘자 군인들이 패를 갈라 수색하기 시작한 것이다. 멧돼지를 발견한 동료가 소리를 질렀다. 활을 멘 군인이 화살을 쏘아 맞혔지만 그 일격에 흉포해진 멧돼지가 엄니로 군인을 들이받았다. 야생 멧돼지는 두세 명의 부상자를 내고 검과 화살에 난자당해 쓰러졌다.

때를 기다려 안타이는 숲의 안쪽에서 기척을 흘렸다. 수를 분산시키고 한둘씩 패에서 끊어져 나온 군인들을 공략했다. 손끝에서 뚝뚝 생명이 끊겨 나갔다. 일반적으로 사람들은 몸 안에 흐르는 피를 생명이라 묘사한다. 내 생명을 흘리고 남의 생명을 쏟아 낸다. 생성되기보다 소모되는 속도가 빨랐다.

기회를 보아 시위에 메긴 화살을 날렸다. 옆머리에 화살이 박힌 군인이 단말마도 지르지 못하고 푹 쓰러졌다. 방해물이 많아 화살이 적당하지 않은 장소에서는 검과 체술이 유용했다. 인중을 후려쳐 안면을 무너뜨리고 검을 박아 넣어 숨을 끊었다. 날을 뽑으니 손가락 사이를 타고 줄기줄기 피가 흘렀다.

삶은 허무하면서도 무겁다. 삶이 지닌 숭고함과 고귀함, 개성을 인정하지만 그만큼 생명은 손쉽게 사라진다.

검을 손에 쥔 이후부터 안타이는 자신 역시 누군가의 손에 헛되게 죽을 수도 있다는 가능성을 받아들였다. 다른 사람들의 생명을 뺏을 때마다 그 가능성을 인정하고 학습하는 과정이 반복되었다. 죽은 자의 얼굴 위에 저절로 자신의 얼굴을 겹쳐 보게 되는 것이다. 검을 쥔 자의 숙명이라고 생각했다. 맨 처음 강제로 다른 이의 생명을 빼앗는 순간은 누구에게나 충격으로 남는다. 칼을 쥔 손에 잔상처럼 생명의 무게가 걸린다. 그건 생각보다 무겁고 다시 생각보다 가볍다. 그리고 알게 된다. 내 생명도 이와 같은 무게를 지녔으리라. 무감해질 만큼 반복된 정신적인 외상이 마침내 이런 방식으로 발현된 것일지도 모른다.

그래서 채황녀가 좋았다.

그녀는 죽음에 익숙하지 않다. 그래서 생명이 덧없다고 여기지 않았다. 그녀는 사람의 생명이 얼마나 과중한 가치를 지녔는지 고민하는 사람이었다. 아무도 같은 삶을 살지 않기에 하나하나가 전부 소중하다고 여겼다. 동복 자매인 남황녀조차 생명에 차등이 있다고 믿는데 그 언니인 채황녀는 평등을 논했다. 그녀와 함께 있으면 자신은 여러 가치를 살해한 살인자이자 그녀와 동등한 가치의 삶을 사는 인간이었다. 그 모순된 간극에 상처받고 또 위로받았다.

무성한 겨울나무들이 한 줌의 달빛마저 가려 사위가 컴컴했다. 그림자와 그늘이 분간되지 않는다. 하지만 안타이는 헤매지 않았다. 돌아가는 길은 정신에 각인된 것처럼 절로 기억했다. 눈을 감아도 찾을 수 있을 것이다.

그 끝에 그녀가 있기에.

"황녀 전하."

돌아왔습니다.

귀환을 알릴 때마다 그는 늘 가슴이 떨렸다. 안타이가 돌아오면 미유라는 기다렸다는 듯이 그를 맞아 주었다. 어서 오세요, 하면서.

기척을 알렸는데도 봉긋하게 솟은 담요가 움직이지 않는다. 문득 의아하다 바로 다음 순간 끔찍한 공포가 안타이를 덮쳤다. 그녀에게서 멀리 떨어지도록 군인들을 끌고 갔었다. 외진 비탈길이니 무사할 거라고 암연히 판단했는데 설혹 군인들 중 누군가가 이 근방을 지나가다가 채황녀를 발견했다면…….

불쑥 머릿속이 텅 비어 사라졌다. 현기증에 아득했다. 제 몸에서 풍기는 피 냄새가 불길함을 더했다. 예의를 상관하지 않고 담요를 젖히려 무릎을 꿇던 때였다.

불시에 담요를 벗어 던진 그림자가 작은 짐승처럼 뛰어올라 덥석 안겨 왔다. 안타이는 반사적으로 그녀를 받아 안았다. 차갑고 쓸쓸한 풀 냄새가 훅 번져 왔다. 꽁꽁 언 손이 두서없이 온몸을 쓸고 더듬는다. 자신을 붙들고 있는 체온이 현실의 것이 맞는지 확인하고 또 확인하는 절차였다. 미유라는 끝없이 떨었다. 얼마나 떠는지 맞닿아 있는 안타이의 몸마저 같은 속도, 같은 깊이로 떨릴 정도였다.

진정할 겨를이 없었다. 미유라는 겨우 입술을 움직였지만 아무 소리도 나오지 않았다. 하고 싶은 말이 너무 많아 아무 말도 할 수 없었다. 간신히 소리를 끌어냈지만 얼마나 울었던지 목소리가 잠겨 갈라졌다.

"저랑 약속해요……."

가느다란 속삭임은 흐느낌에 가까웠다. 안타이가 고개를 숙였다.

"다시는 제게서 멀리 가지 않겠다고."

미유라는 숨도 제대로 쉬지 못했다. 피 냄새가 자욱했다. 그녀는 울먹이면서 겨우 말을 이었다.

"위험한 일이 생길 것 같다면 차라리 저를 버려요."

눈을 가리고 귀를 막고 있었다. 불길한 일은 아무것도 생각하지 않으려 했다. 미유라는 감춰 두었던 자신의 이기심을 시인했다. 부끄럽고 꺼려져 차마 표현하지는 못했지만 자신은 이기적이고 그 이기심이 창피해 솔직하지도 못했다. 아시하는 자신을 두고 동화 속에 살고 있다고 비판했다. 그랬다. 아시하의 직관은 옳았다.

내 사람들이 결국은 가장 소중하다. 저 군인들과 안타이의 생명은 절대로 동등하지 않다. 안타이가 얼마를 죽여도 상관없다. 그만 상처 입지 않고 무사히 돌아오기를 기도했다. 나는 성녀가 아니다. 나의 이상은 그야말로 허황됐다. 긴 꿈에 허우적거렸다. 바보같이.

"무슨 말씀을 왜…… 그리하십니까."

"이렇게까지 감수해야 할 만큼 저는 가치 있는 사람이 아니에요."

혼자 보내 후회했고 홀로 남아 후회했다. 더는 후회하고 싶지 않다. 다른 사람이 자신을 위해 희생하는 것보다 안타이가, 그가 자신을 위해 희생하는 것을 견딜 수 없다. 지금 미유라가 붙잡고 있는 빛은 그였다. 돌아온 그의 모습을 보자마자 미유라는 자신이 긴 통로를 또 한 번 빠져나왔다고 생각했다. 두 번 다시는 그 바닥없는 공포를 헤매고 싶지 않다.

타인의 시선, 관념, 마지막 선. 왜 그따위 누구라도 넘으면 그만인 것을 가지고 고민을 했을까. 그가 돌아오지 않았으면 어쩌려고. 인내하기만 하다 그대로 끝을 만나면 그 절망을 어떻게 감당하려고.

안타이는 얼굴을 파묻는 황녀를 보듬어 안았다. 그녀는 악몽에서 막 깨어난 사람처럼 보였다. 의식의 절반쯤이 불분명한 채로 두서없이 울고 말하고 울기를 반복했다. 자신이 무슨 말을 하는지 자각하지 못한 채 그 작은 머리를 가득 채워 온 몇 마디 말들만을 쏟아 내기 급급했다.

자신을 버려라, 지키려 하지 마라. 그럴 가치가 없다.

안타이는 굳은 숨을 삼켰다. 그녀는 결단코 가능하지 않은 요구를 하고 있었다. 듣는 것만으로도 참담했다. 그녀가 필요로 하지 않는다면 자신은 더 이상 존재할 수가 없다.

"제가 족하지 않으십니까?"

"아니에요! 그런 의미가 아니에요……."

"그러시다면 무엇이든 감수하라 명령하십시오. 네 모든 것을 걸고 지켜 내라 말씀하십시오."

발작하듯 떨면서 미유라는 고개를 흔들었다. 온 마음을 다해 거부하고 싶었다. 자신은 그의 헌신과 희생을 받고 그는 자신에게서 위험과 고통을 받아 간다. 이 불리하고 일방적인 관계를 당연하게 여기면서.

"제가 그리하기를 원합니다."

무엇이 그걸 가능케 했을까. 의문을 품는 것마저 어리석다. 같은 피를 나누지 않았고 같은 신분을 나누지 않았고 같은 국가를 나누지 않았는데도 같은 마음을 가지고 있다. 어질고 온화한 황녀라서 그를 구했다는 것은 거짓말이다. 오로지 황녀로서만 그를 대한 적 없다. 그 역시 황녀의 경호를 맡은 경호원으로서만 자신을 바라보지 않았다.

입에 담는 것만으로도 누가 알까 겁이 나서, 변질될까 봐 불안해서, 세상에 넘쳐 나는 흔한 단어 하나로 설명할 수 없다 여겨서 서로 미처 드러내지는 못했지만.

눈이 마주쳤다. 달빛 한 조각 들지 않아 컴컴한데 그 눈빛만이 유독 형형하게 빛났다. 당신이 나 대신 아프기를 원하지 않는다. 내가 당신에게 도움이 아닌 짐이 된다는 게 싫다. 감정을 가리며 둘러대는 그 핑계들이 문득 부질없다고 느꼈다.

읽혔다. 그를 읽고 또 내가 읽힌다. 숨이 가쁘게 차올랐다. 귓가를 돌며 흩어지는 숨결은 그의 것이다. 소리가 사라졌다. 귀가 먼 듯 아무 소리가 들리지 않는데도 불안하지 않았다. 지금이구나. 본능으로 알았다.

그의 목에 팔을 감고 당겼다. 그가 젖혀진 뒷머리를 감싸 받쳤다. 누구의 손이 먼저였는지 기억나지 않는다. 상관없었다.

떨어지는 눈물을 따라 그가 입을 맞췄다. 눈가부터 뺨까지 거칠한 입술이 닿았다. 곳곳에 남아 있던 눈물 자국을 빠짐없이 훑은 그가 마지막으로 입술을 찾았다. 호흡을 빼앗기고 다시 빼앗긴 호흡을 가져왔다. 섞인 호흡이 온전히 하나로 합쳐졌다.

그는 내 슬픔을 대신 마셔 주는 사람이다.

이게 사랑이 아니면 뭐란 말인가.

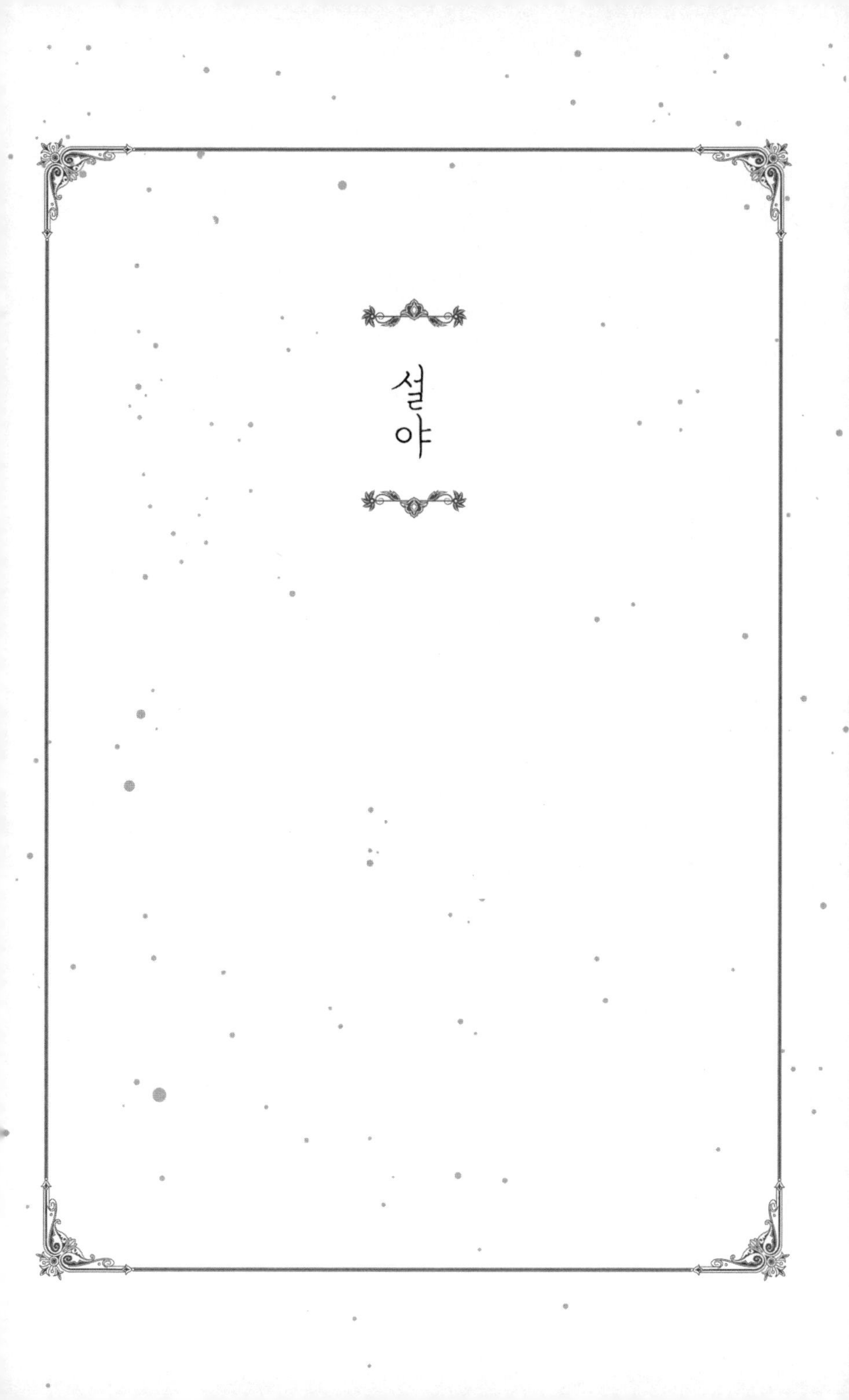

설야

대관식을 하루 앞둔 아침, 리네아와 호림이 황궁에 입궁했다. 작은 영업용 마차를 잡아타고 왔던 지난번과 달리 이날은 황궁에서 보낸 호위병들에게 둘러싸여 가문의 휘장을 앞세우고 정식 절차를 밟았다. 궁에 들어오자마자 리네아는 호림과 함께 태선 공후를 만나러 사령부로 향했다. 오는 내내 한 번도 웃지 않았던 얼굴에 가면 같은 미소를 띠며 새침한 막내딸을 연기한 리네아는 사령부를 나온 즉시 짐도 풀지 않고 이안이 머무르는 별궁으로 달려갔다.

별궁을 띄엄띄엄 둘러 경계를 서고 있던 군인들은 기온과 퍽 닮은 눈매의 여동생을 알아보았다. 덕택에 불필요한 시간 낭비는 없었다. 리네아는 빠른 걸음으로 복도를 걸어갔다. 목적지까지 가는 내내 리네아는 상당한 인원의 군인들과 마주쳤다. 창문과 벽의 사이사이나 층계참 같은 곳이었다. 움푹 파여 주의 깊게 살피지 않으면 얼핏 지나치기 쉬운 장소마다 군인들이 숨어 있었다.
숨어서 하는 감시라. 과연 그럴까.
그 앞을 지나치며 리네아는 그들을 하나씩 눈초리로 흘겼다.
이안의 방 앞에는 아무도 없었다. 잠겨 있는 문을 확인한 리네아가 군인 둘이 지키고 선 옆방으로 거침없이 거리를 좁혀 왔다. 그 방을 지키고 있던 군인들은 다른 군인들과 약간 달랐다. 리네아는 턱짓으로 이안의 방을 가리켜 보였다.
"오빠가 자리에 없네요?"
"이안 장군님께서는 잠시 자리를 비우셨습니다."
"그럼 이 방은?"
"이곳은 다른 용도로 사용되는 장소입니다."
"일부러 사람을 붙여 지키고 있어야 하는 방이? 사람의 접근이 안 되는 곳이라면 잠가 두는 정도로 충분하잖아요."
리네아가 눈짓으로 방을 열라 지시했다. 군인들이 짐짓 거부했다.
"장군님께서 허가하지 않으셨습니다."
"나 누군지 몰라요?"
"……송구합니다."
"뭐가? 날 몰라서? 아니면 지키고 있는 것을 보여 줄 수가 없어서?"
"지키고자 하는 게 아니라 감시의 책임을 맡았을 뿐입니다."
"감시하는 건 이렇게 하는 게 아니죠. 이건 보호하는 거지."
"그렇지 않습니다, 공녀님."
"아니면 격리인가? 위험으로부터의?"
리네아가 말꼬리를 붙잡고 지적했다. 사흘 전 기온이 불시에 방문했을 때 문을 열었다가 이안에게 질책을 들었던 군인들은 또다시 나타난 불청객이 난감했다. 그들은 이 처리하기 곤란한 공녀를 이안에게 떠넘기려 노력했다.

"장군님께서는 아마 사령부에 계실 겁니다."

"방금 다녀오는 길이야. 거기 없어요."

"그럼 조금만 기다려 주십시오."

"내가 바본가? 여기 누가 있는지도 모르게."

그녀의 작은 오빠는 남궁을 그렇게 소원해 온 막냇동생을 알면서도 끝까지 양보해 주지 않았다. 그게 그렇게 대단한 양보인가, 치사하고 얄미워 이를 갈았지만 순서와 권력에서 전부 밀리니 아무리 용을 써도 이안은 눈 하나 깜짝하지 않았다. 자존심이 상해 입궁까지 늦춰 가며 떼를 쓰던 리네아는 대관식이 코앞까지 닿았을 때 기막힌 소식을 들었다.

결혼. 그래, 오빠들은 혼기가 차다 못해 한참 늦어진 나이다. 그럴 수도 있다.

역혼. 의외였지만 달라진 신분으로 인해 아무나 부인으로 맞아들일 수 없는 기온보다는 이안의 결혼이 비교적 쉽다는 걸 안다.

정략결혼. 귀족으로 태어난 이상 그 비중이 크든 작든 집안의 이익을 고려하지 않고 결혼하는 사람은 매우 드물다. 아직 혼담이 오간 사람은 없지만 리네아도 격을 따져 결혼해야 할 처지였다.

그런데 기가 막혔다. 이안의 상대가 남황녀라 했다.

리네아에게서 남궁을 빼앗고 그녀의 가족들 사이에 편입되는 여자가 남황녀였다.

용납할 수 없었다. 그 여자는 지하 감옥에서 죽어야 했다. 멀쩡히 빠져나와선 안 될 여자다. 남황녀는 다른 이에게 눌러 죽은 듯이 고요하게 지낼 여자가 아니었다. 그 여자는 황금으로 겉을 칠한 독사과였다. 분명 누군가가 베어 물고 말 것이다.

지금까지 살아남은 것도 의심스러운데 심지어 결혼이라니. 다시없이 냉정하고 고고한 척 자신의 정당성을 논하던 여자가 제 적을 새로운 황조에 두겠다고 했다니. 그럴 리 없다. 어떤 속셈이 있지 않고서야 그런 선택을 할 리 없다.

리네아가 소리를 높여 날카롭게 명령했다.

"다 알고 왔으니 열어요. 난 반드시 좀 만나 봐야겠으니까."

아시하는 조금도 서두르지 않았다. 분재를 감싸 놓았던 보온재를 벗기고 물컵의 물로 마른 흙을 축축하게 적셨다. 끈으로 머리를 느슨하게 내려 묶다가 머리를 움큼 쥐어 들어 보았다. 숱과 길이가 상당한 탓인지 그 무게가 사라지자 목이 시원하고 머리가 가벼워진 기분이다. 다들 머리를 길게 기르는 통에 아무 생각 없이 휩쓸려 머리를 늘 등허리까지 유지했는데 얼핏 한 번 짧게 잘라 봐도 괜찮겠다는 느낌이 들었다.

우선은 저 예고 없이 등장한 불청객부터 맞이해야겠지만.

아시하는 소리 없는 걸음으로 다가가 문을 덜컥 열어젖혔다. 단박에 수십여 쌍의 시선들이 바늘처럼 꽂혀 왔다. 놀란 리네아가 엉겁결에 말을 잊으면서 부자연스러운 정적이 흘렀다. 아시하는 제 시선의 높이보다 한참 작은 소녀를 싸늘하게 주시했다.

"말해."

"……모르는 척 안에서 다 듣고 있었어요? 음흉하기는."

"초대도 없이 들이닥치는 무례함은 그 집 가풍인가 보지? 본데없기는."

표정 하나 흩뜨리지 않고 응수하는 아시하에게 리네아 역시 칼을 갈고 온 만큼 바득바득 받아쳤다.

"뜬금없는 결혼 소식으로 뒤통수치는 것만큼 무례하진 않죠. 황족의 긍지니 뭐니 설교하듯 운운하더니 결국 제 몸 팔아 살아남은 주제에. 그 자존심 보기보다 별거 없네요."

이안이 돌아올 때까지 달래고 설득해 리네아를 붙들어 놓고 있으려던 군인들은 난데없는 아시하의 등장에 낭패스러운 티를 냈으나 까마득히 높은 직위의 여자들 사이에 낄 엄두는 내지 못했다. 별궁을 지키고 있던 다른 군인들도 매한가지였다. 그들 중 아시하가 먼저 리네아를 맞이할 거라고 짐작한 사람은 아무도 없었다.

"먼저 자존심 꺾어 가며 비싼 값을 치르겠다고 매달리는 사람이 있으니 그 고집을 어찌 내가 당할까."

이안이 언급되자 리네아의 표정이 일변했다. 아시하의 가장 취약한 약점이 미유라라면 리네아의 약점은 제 오빠였다. 본디 가족이란 그런 것이다. 아무리 데면데면하고 부족하게 느껴져도 핏줄의 힘은 강하다. 원치 않아도 영혼을 끈다. 때에 따라 가족은 가장 훌륭한 강점도, 가장 아픈 약점도 될 수 있다.

이건 기회였다.

카랑카랑 되바라진 목소리를 들었을 때 아시하는 놀라움을 넘어 반가움까지 느꼈다. 이 결혼식을 파행으로 몰고 갈 힘이 있는 사람은 아주 드물다. 기온이 미유라와 함께 자신까지 처리하겠다며 겁박하고 돌아간 후 아시하는 제 가슴 한편에 앙금처럼 남아 있던 미련을 정리했다. 언니를 한 번 더 보고 싶다는 건 욕심이다. 안타이를 탈출시킨 것으로 할 일을 다 했다. 그 이상을 바라서는 안 된다. 그 이상을 바라 욕심을 두게 되면 그 욕심은 두 자매에게 치명적인 위협으로 작용할 가능성이 크다.

이곳에서 하루하루 언니가 자신의 약점임을 확인했다. 언니의 이름을 들을 때마다 위태로울 만큼 흔들렸다. 그리고 미유라가 그녀의 약점이듯이, 황궁에 남아 있는 자신은 미유라에게 약점이었다. 저들은 자신의 이용 가치를 찾았다. 그러니 살려 놓는 것이다.

언니의 약점으로 남아 있지는 않으리라.

의식이 분주했다. 죽을 방법도 희박하지만 아무것도 남기지 않고 죽어 이용당할 여지를 만들고 싶지도 않다. 기온이 다시 찾아오기를 기다렸다. 그를 충동질해 결혼식을 되돌리자 계획했으나 기온은 아시하의 앞에 나타나지 않았다. 마음이 급해 온갖 짓을 다 저질렀다. 이불을 갈기갈기 찢어 긴 천을 만들고 책을 쌓아 발판으로 삼았다. 옷을 바닥에 내던지고 옷장을 뜯었다. 궁녀는 하루 사이 우악스럽게 부서진 침실의 광경에 경악했다.

어디서부터 어떻게 손대야 할지 몰라 우왕좌왕하는 궁녀의 뒤에서 아시하는 방 안을 천천히 둘러보았다. 시작과 끝의 구별도 없이 엉망으로 부서졌다. 꼭 제 모습처럼. 엎질러지고 쏟아지고 헝클어진 자신과 다르지 않다. 아시하는 의자로 자리를 옮겨 앉았다. 어디 한번 지켜볼 작정이었다. 어떻게 예전의 방으로 되돌리는지. 어떻게 예전의 나로 되돌릴 수 있을지.

궁녀는 사람들을 불러와 망가진 가구들을 내버렸다. 재조립하거나 고쳐 쓰려는 시도는 없었다. 아시하는 조용하게 소리를 낮춰 지시하는 궁녀의 목소리에서 스치듯 그 답을 들었다. '어차피 곧 다른 궁으로 옮겨 가실 테니까요…….' 누구도 이의를 제기하지 않았다. 그들은 정략혼을 앞둔 황녀가 신경이 예민해져 히스테리를 일으켰다고 여기는 듯했다. 방은 다시 볼품없이 휑해졌고 순식간에 깔끔해졌다. 다 버리면 이렇게 개운해질 수 있는 건가. 스스로도 어림잡지 못할 기대감이 들었다.

오빠의 결혼 소식에 제 발로 달려온 이 공녀를 잘 이용해야 한다. 너희들이 원하는 대로 행동하지 않을 거라 알릴 작정이었다. 이용 가치가 없다고 판단하면 공녀는 곧바로 제 큰오빠를 찾아갈 테니까. 결혼식 자체를 아예 무위로 돌릴 정도의 껄끄러움을 심어 놓겠다, 마음먹었다.

"내가 잊고 있었네요. 하기야 그 핏줄 어디 안 가지."

경멸과 혐오를 가득 실어 리네아가 쏘아붙였다.

"스물한 해간 봐 온 우리 오빠가 여자한테는 워낙 돌부처 같은 사람이라 난데없이 이럴 이유가 대체 뭐가 있나 싶었는데, 생각해 보니 당신 피의 절반은 평민이었죠? 황제를 꼬여 낸 평민 여자의 딸이니 전수받은 기술이 얼마나 남다르겠어. 하긴 옥지기도 꼬여 냈던 기술이니까."

느닷없이 언급된 옥지기에, 아시하가 정색하며 되물었다.

"그게 무슨 소리지?"

"뭘 모르는 척을 하죠? 평생 얼굴과 몸치장에 그토록 신경을 쓰더니만 왜 그랬는지 이제 잘 알겠네요. 가진 게 그 몸뚱이뿐이니 어떻게 굴렸을지 뻔한걸."

아시하는 빈손을 꽉 움켜쥐었다. 제 손에 칼이 있었다면 당장 눈앞의 이 반 토막 난 계집애를 찔러 죽여 버렸을 것이다. 입을 길게 찢어 혀를 함부로 놀린 대가를 치르게 했을 것이다. 이 계집애는 건드려서는 안 될 선을 넘었다.

"그 옥지기가 그러던가? 내가 자신을 유혹했다고. 제 살길을 도모하기 위해 던진 조잡한 수에 넘어갈 정도로 사리 분별이 안 되나?"

"지금 당신 하는 꼴 보면 충분히 그러고도 남죠. 여자가 작정하고 달려들면 남자들은 결국 넘어가게 마련이니까. 우리 오빠도……."

"네 말에 따르면 네 오빠는 얼굴과 몸으로 접근하는 여자들에게 넘어갈 만큼 헤픈 남자인 모양인데."

공녀의 어리석은 상상력에 조소했다. 남녀 관계라니, 실소를 금할 길이 없다. 이토록 우스울 수가 있나. 졸지에 오빠를 도매금으로 넘겨 버린 리네아가 입술을 깨물었다.

어쩌면 차라리 이편이 나을지도 모르겠다. 군법 회의에도 들지 못하는 어리숙한 계집애에게 제대로 사용할 줄도 모르는 저울을 쥐여 주느니 남녀 관계를 이용해 감정을 단순하게 자극하는 게 쉬울 것이다. 여우 같은 황녀에게 제 오빠를 빼앗겼다고 여기게끔.

이 공녀는 할 말과 해서는 안 될 말을 구분하지 못한다. 제 몸을 잘라 내고서라도 잊고 싶다 여겼던 기억에 해묵은 진저리가 난다. 해명도 우습다. 입에 담고 싶지도 않다.

그래서 아시하는 공녀와 똑같은 눈높이를 선택했다.

여자가 작정하고 달려들면 남자들은 결국 넘어간다.

그건 황후의 자리에 오른 어머니가 가장 많이 들었던 음담이었다. 편들어 주는 이가 하나밖에 없는 어머니의 자리는 매우 불안정했다. 다행스럽게도 언니를 낳은 후부터 조금씩 위치가 잡혀 갔고 자신이 태어나면서 황후로서 공고히 자리매김했다 하나 여전히 평민 출신 황후는 귀족들의 눈에 박힌 눈엣가시였다. 환상적인 신분 상승으로 일반 국민들에게 열광적인 지지를 얻은 것과는 아주 달랐다.

"그래. 그렇다면 내 아버지가 어머니를 위해 어떻게까지 했는지 잘 알겠네?"

공녀는 황후의 혈통이 약점으로 작용할 거라 생각해서 끌어들였겠지만 그건 참으로 분별없는 선택이었다. 아시하를 오빠에게 접근한 여자로 보았다면 어머니에 대해선 언급하지 말아야 했다.

"내 어머니는 가진 것 하나 없이 아버지를 얻었고 마침내 황후의 자리에까지 오르셨다. 역사로 기록된, 후계자를 낳은 최초의 평민 출신 황후가 바로 우리 어머니다. 나는 그런 어머니의 피를 이었고 네 오빠를 얻어 냈지. 폐황녀라는 신분에도 불구하고 이미 내 궁과 내 지위에 걸맞은 대우까지 약속받은 내가 과연 앞으로 어디까지 더 올라갈 수 있을지 어디 한번 기대해 봐."

이것도 뚫린 입이라고, 작정하니 못할 말이 없다. 결혼식장에 들어가느니 목숨을 끊겠다 극언했던 각오로 하는 연극이니 공녀는 불신 가득한 눈빛을 띠면서도 자연스럽게 끌려들어 왔다.

"큰오빠와 내가 가만 두고 볼 것 같아요? 기껏해야 당신은 허울뿐인 황자비로 살걸요. 그 이상은 우리가 허락하지 않을 테니까."

"그야 두고 보면 알 일이지. 어머니께서 하신 일을 나라고 못할까."

"당신은 폐황녀라는 족쇄에서 벗어날 수 없을 거예요! 당신이 하는 모든 일은 다 견제의 대상이 될 거고 사방에서 감시하는 눈도……."

"지금은!"

리네아가 말을 마무리 짓기도 전에 동강 냈다. 하려는 말이 진부하니 더 들을 시간도 아깝다.

"그래 보이겠지. 다 잃고 홀로 남은 폐황녀, 경계할 게 뭐가 있나 싫겠지. 지금이야 내가 유폐되어 있다지만 결혼으로 온 천지에 드러나게 되면 그때는 어떨까? 나는 나 자체로 정통 황권을 상징한다. 너 같은 군벌과는 달라. 나는 너희에게나 적이지 나유타에 있어서는 적이 아니다. 너희는 날 견제하고 감시하겠지만 이 황궁을 둘러싼 나유타는 나를 대하는 너희들의 태도를 견제하고 감시할 터."

"그렇다면 당신 부모와 당신 언니는 왜……."

리네아가 입술을 달싹였다. 문득 부자연스럽게 말이 끊겼다. 어깨 너머 어딘가를 뚫어질 듯 주시하고 있는 리네아를 향해 아시하가 말을 끝맺었다.

"그게 내 믿는 바다."

오연히 말을 갈무리하며 마지막 쐐기를 박았다.

"대대로 첫 손으로 이어져 온 나유타의 황계도 작금에 이르러 깨졌는데 이제 어떤 금계라고 안 깨질까. 혹시 알아? 차대에 이르러서는 내 후손이 금관을 쓰는 날이 올지도 모르지."

늦은 저녁, 기온이 자신을 찾으러 나온 부관과 함께 집무실로 돌아오자 하얗게 질려 있던 리네아가 벌떡 일어나 그를 맞았다. 찬기를 오래 쐬었는지 혈색이 나쁜 여동생의 얼굴을 본 기온이 불을 들이라 명했다. 급한 일이니 큰오빠를 찾아내라 부관을 들볶아 기온을 끌고 온 철없는 막냇동생이라도 동생은 동생이었다.

"나 안 추워. 추운 거 아냐."

부관이 나가자마자 리네아가 정색한 얼굴로 먼저 입을 열었다.

그렇다면 부관이 나가기 전에 말을 하면 될 것을. 하지만 금세 이어진 리네아의 용건을 듣고 기온은 동생이 일부러 부관이 나갈 때까지 기다렸음을 알았다. 어쩐지 리네아답지 않은 조심성이라 기온은 의아했다.

"작은오빠 결혼 지금이라도 취소해."

"그 여자를 만났나?"

"아직 공표 안 했잖아. 취소할 수 있을 때 취소해야 해."

"나중에 쓸모없어지면 내가 알아서 처단할 거다. 네가 왈가왈부할 일이 아니야."

"대체 왜 이안 오빠가 그 여자하고 결혼하는데?"

"그럴 만한 이유가 있으니 너는 신경 쓰지 마라."

"어떻게 신경을 안 써? 그 여자를 이안 오빠 곁에 있게 하지 마!"

기온은 리네아를 묘하게 쳐다보았다. 몇 번 이안을 연회 파트너로 끌고 가더니 설마 제 오빠를 남자로 보고 있는 건 아니겠지. 어려서부터 징징거리고 떼를 쓰며 자기주장을 관철하는 데 도가 텄던 아이이기는 했지만 대관식 직전에 나타나 다 결정된 사안을 엎으려는 행동은 지나치다. 사령부에 들지 못한 여동생에게 기밀 사항을 알려 줄 수도 없는 일이라 기온은 리네아를 쫓아내려 했다. 그러나 리네아는 요지부동이었다.

"그 여자가 뭐라는지 알아? 자기 자식이 황위를 이을 수도 있대. 내전을 치르겠단 소리야."

"어디서 말 같잖은 소릴."

"벌써 오빠를 충동질해서 저 필요한 건 다 얻어 냈잖아."

"그깟 궁 하나 빼앗긴 걸로 그러는 거냐?"

"궁 하나뿐만이 아니야…… 아닐 거야."

리네아가 고개를 절레절레 저었다. 더없이 불안한 얼굴을 보이며 물러서지 않았다.

"지금은 궁 하나, 황자비의 지위 하나겠지만 그 여잔 차츰차츰 하나씩 뺏어 갈 거야. 오빠, 여긴 태선이 아냐. 나해야. 저 여자는 황궁에서 스물한 해를 살았어. 자신 있어 보인단 말이야."

저번에도 멋대로 황녀를 만나 휘말리더니 이번에도 된통 당한 낌새다. 기온은 혀를 찼다. 그 여자와는 말을 오래 섞으면 안 된다. 사람 속을 기막히게 꼬아 놓는 재주가 있는 여자였다.

"이안 오빠가 저 여자 방패막이로 나서면 어떡할 건데?"

"넌 이안을 모르나?"

"애라도 낳으면? 전 황후도 자식을 낳고 급격하게 평판이 좋아졌다고 했어."

"그 여잔 자식을 볼 만큼 오래 살지도 못할 거다."

"왜?"

"정략혼이니까."

"정략혼인 건 나도 알아, 그래도 1~2년 안에 끝날 정략혼은 아니잖아. 그 여자의 핏줄이 필요해서 하는 정략혼이고, 그럼 당연히 그 여자한테서 자식을 봐야 하는 건데!"

"결혼만으로도 그 여자의 혈통은 흡수 가능하다. 자식의 문제는 차후 상황의 추이를 지켜보며 결정할 문제고 만약 그 여자가 아이를 낳는다고 하더라도 굳이 아이가 엄마 품에서 자라야 하는 건 아니지."

돌아온 답변은 냉담했다. 맞는 말이다. 세상의 모든 아이들이 어머니와 함께 자라나지는 않는다. 그럼에도 불구하고 리네아는 약간의 울렁증을 느꼈다. 당장이면 모를까 훗날 어머니가 된 남황녀를 처분한다 상상하니 다소간 마음이 켕겨 오는 이유는, 태선의 네 남매가 어머니 없이 자랐기 때문이었다.

어머니는 리네아를 낳고 산후 감염으로 돌아가셨다. 그나마 첫째인 기온이 어머니가 있는 유년 시절을 보냈을 뿐 한두 해씩 걸러 태어난 다른 오빠들은 어머니에 대한 추억이 거의 없다시피 했고 리네아는 아예 안겨 보지도 못했다.

물질로는 충족할 수 없는 태생적인 결핍이 있다. 때때로 아버지나 오빠들로는 온전하게 채워지지 않는 공허함이 있다.

가슴이 나오기 시작했을 때나 첫 월경을 했을 때 리네아의 몸을 봐 준 사람은 유모였다. 어렴풋이 유모가 어머니의 역할을 수행하고 있구나, 하고 알았다. 여자의 몸이 변하듯 남자의 몸도 변하는 시기가 있었을 텐데 리네아는 오빠들에게서 어떤 성징을 겪었는지 들은 기억이 없었다. 아마도 오빠들은 서로서로 묻거나 아버지에게서 조언을 받았을 것이다.

자신과는 다르게.

조카에게서 어머니를 뺏겠다는 오빠의 비정한 결단은 군인으로서 공과 사를 구분하기 위한 이성이겠지만 리네아는 태연하게 듣고 넘기기가 불편했다. 월경을 시작한 날 이불과 침대 시트에 점점이 번져 있는 혈흔을 보며 울었던 기억이 있다. 몽우리가 뭉친 가슴이 아픈데도 그렇다고 말할 수 없어 어깨를 구부정하게 굽히고 앉아 식사를 했다. 식사 도중 아버지는 리네아의 자세가 좋지 않다며 야단을 쳤다.

역시 껄끄럽다. 어차피 남황녀의 미래가 정해져 있다면 당장 엄단하지 않고 무엇을 바라 미적거린단 말인가.

리네아는 기온의 안색을 살피면서 제 의견을 피력했다.

“지금도 이렇게 처리를 못 하는데 그때 가서 처리하는 게 쉬울까? 아무도 그 여자의 행방을 모르는 지금이 처리하기가 쉽잖아. 이미 온 세상에 그 여자를 황자비로 알게 된 후에 어떤 구실을 갖다 붙여 처리하려고? 왜 그리 번거롭게…….”

회의에 참여하지 않은 리네아로선 미처 모르고 있었으나 기실 기온도 같은 마음으로 이안의 결혼을 반대했었다.

“채황녀의 일에 관해 확인해야 할 부분이 있다.”

그는 여동생의 반문에 내던지다시피 답했다. 내막을 모르니 끝없이 들쑤시는 리네아의 입을 잠재우고 그에 괜히 들썩이는 저 자신도 한꺼번에 설득하기 위한 조치였다.

리네아가 잠시 말문을 닫았다. 결혼까지 감수해 가며 확인해야 할 부분이 뭔가, 고민하던 리네아가 치기 어린 상상력을 발휘해 극단적으로 찔러보았다.

“왜, 채황녀가 살아 있기라도 해?”

사정을 간파했다기보다는 우연히 맞아떨어진 것에 불과했으나 당혹감으로 굳은 기온의 표정을 보고 리네아도 깜짝 놀랐다. 하지만 군법 회의에 소집됐던 사령부처럼 충격을 받지는 않았다. 시체를 직접 보고 처리했던 사령부와 달리 리네아는 바깥에서 소식으로만 접했을 뿐이다. 때문에 사령부보다는 리네아가 좀 더 사고 전환에 유연했다.

“진짜야? 와…… 어쩌면 어떻게 아무도 그걸 말을 안 하고!”

“모르는 사람이 더 많다. 말조심해라.”

“미쳤구나, 오빠.”

평소 엄격한 큰오빠가 무서워 데면데면하게 굴던 리네아가 어쩐 일인지 겁도 없이 내질렀다. 호림이나 이안에게나 할 법한 건방진 언사에 기온의 표정이 달라졌다.
"말을 가려라. 넌 내가 이안으로 보이나?"
"……그래서 채황녀의 증거를 잡기 위해서 저 여자와 결혼하겠다는 소린데, 그럼 왜 그 여자가 동백 분재를 갖고 있어?"
그 여자가 어떻게 저리 자신만만한가 했다. 내뱉는 말 한 마디 한 마디가 하도 자신감에 차 있어서 무얼 알고 저러나 싶었다. 감옥에 갇혀 있었을 때에도 주제 모르게 뻔뻔하던 여자라 원래 타고나기가 교만한가 해서 꼬아 보았는데 오늘 그 여자의 침실에 놓여 있던 동백 분재를 발견하고 리네아는 일순 아찔함을 느꼈다. 그 자신감 속에는 믿는 구석이 있었던 거다. 전 황제의 비호로 황후가 자리를 잡았듯이 황자의 비호가 있으면 그 여자가 늘어놓은 거만한 말들도 현실이 될 가능성이 컸다.
"무슨 소리냐?"
"그 여자 침실에서 동백 분재를 봤어."
그는 리네아가 단번에 쏟아 낸 말을 전혀 알아듣지 못했다.
"그게 뭐?"
"생각 안 나? 내가 대학 입학했던 그해 겨울, 이안 오빠가 학교 동백나무를 꺾꽂이해서 만들었던 분재."
숨을 멈춘 리네아가 이어서 부연했다. 기온의 표정이 굳어 갔다.
"재작년 동백 축제에서 작은오빠가 어떤 여자와 함께 있는 걸 봤다고 했잖아. 그 여자가…… 세상에, 그 여자가 남황녀라고!"
재작년 동백 축제 주간에는 꽃이 늦게 피었다. 학생들은 동백꽃이 없는 축제를 보내고 방학을 맞이했다. 대학에 입학한 첫 축제에서 동백꽃이 만개한 교정을 즐기지 못했던 리네아는 방학 중 학교로 꽃구경이나 갈까, 하며 이안을 꾀러 찾아갔다가 의외의 장면을 보았다. 꽃이나 나무에 관심 보인 적 없던 둘째 오빠가 무슨 바람이 불었는지 학교의 꽃을 삽목해 온 거였다. 그 분재는 이안의 방에 며칠 놓여 있다가 돌연 사라졌다. 그리고 2년이 흘러 그 형태 그대로의 분재를 남황녀의 침실에서 다시 목격했다.

"저 여자가 꽃 선물을 왜 받았겠어? 이안 오빠가 저 여자의 약점을 잡아서 이용하려고 결혼하는 게 아니라 저 여자에게 진작 마음이 있어서 보호하려고 결혼하는 거면 어떡해? 이안 오빠한테서 그런 이야기 들은 적 있어? 과거에 알던 사이라는 설명도 없이 왜 일을 진행하는데, 뭐를 숨기려고! 정말로 사심 없이 이용하고 이용당하는 관계 맞아? 그 분재를 아직까지도 간직하고 키우고 있는데? 아빠하고 오빠는 그걸 알고 결혼을 허가한 거야?"

분재를 발견한 리네아는 황녀가 뭐라 하는지 하나도 들리지 않을 만큼 놀라 어안이 막혔다. 그 와중에 좀 더 신중을 기해 보겠다고 눈에 익은 궁녀를 잡아 분재의 출처를 물으니 궁녀는 남황녀의 요청으로 남궁의 침실에서 옮겨 온 게 맞다고 확언했다. 이 세상 어떤 여자도 자신을 해치려는 남자의 선물을 고이 보관하지 않는다. 당장 부서져 사라졌어야 마땅할 분재를 제 공간 안에 들여 키우고 있는 남황녀의 여유작작한 얼굴을 떠올리면서 리네아는 가슴 한편에 서늘하게 자리한 한기를 느꼈다.

"네 기억이 확실하냐?"

기온이 다그쳤다.

"동백꽃은 우리 학교의 교화야. 오빠도 알다시피 남황녀는 우리 학교에 들어오지 않았어."

나유타의 국화는 붓꽃이고 황실의 상징은 매화다. 남황녀가 화려한 외모와 차가운 성품으로 인해 종종 장미꽃에 비유되기는 했지만 나유타의 꽃이라 폭넓게 칭해진 미유라에 비하면 수준이 약했다. 그 영향인지는 몰라도 아시하가 대외적으로 관심을 둔 품목은 꽃이 아닌 보석이나 미술품이었다. 어느 모로 봐도 동백꽃과 남황녀 사이에는 접점이 없다.

"그리고 오빠, 옥지기가 남황녀를 빼돌리려고 했다는 소문. 혹시 거짓말이야?"

순진한 의문이었다. 그러나 이는 동백 분재보다 더한 파문을 몰고 왔다. 황궁에 입궁할 때마다 이곳저곳 들쑤시고 다녔던 여동생을 익히 보아 온 그는 소문의 출처를 추궁하지 않았다. 들어야 할 용무는 그게 아니었다.

"왜 묻지?"

"그 여자가 이상한 반응을 보이더라."

리네아가 조심조심 털어놓았다.

"옥지기가 제 살길을 도모하기 위해 조잡한 수를 썼다고……?"

기온은 그대로 탁자를 내리쳤다. 콰앙! 소리에 놀란 리네아가 몸을 움찔 뒤로 뺐다.

이제야 이 안개가 걷힌다. 기온은 이를 사리물었다. 서랍을 열어 손수건에 싼 단검을 꺼냈다.

까닭을 묻자면 설명할 길은 없지만 이안에 관한 의혹과 불신이 조금씩 몸집을 부풀리기 시작했을 무렵, 이 단검은 기온의 앞에 나타났다. 조금씩 떼어 모아 놓았던 불명확과 의심의 집합체가 돌연 형상으로 화한 것처럼.

제 처지도 잊고 손을 휘두른 오만한 황녀를 벌하려 칼을 휘둘렀을 때 이안은 단검을 던져 아시하를 보호하며 등장했다. 기온의 칼에서 구해 낸 것만 두 번이다. 감옥에서 도망친 황녀가 회의에 회부되자 이안은 그제야 미유라의 존재를 알리며 결혼을 주장했다. 그 시기 황궁 바깥에서 발견된 죽은 군인들의 몸에는 단검이 꽂혀 있었고, 결혼 준비는 대관식과 더불어 촉박하게 진행되었다.

그 하나하나에 개운치 않은 뒷맛이 있었다. 사소한 일들을 모아 보니 께름칙했다. 그랬기에 남황녀를 잡았던 군인들을 심문했고 단검의 소재를 이안에게 묻지 못하게끔 숨겼다.

"부관을 들어오라 해라."

애초부터 타고나기를 속이 보이지 않는 동생이라 그저 성격이려니 했다. 의도를 종잡을 수 없는 모호한 태도에 남황녀와의 관계를 의심한 적도 있지만 과도한 의심 같아 스스로 묻었다. 이 짧은 시간, 사람이 다른 사람에게 품을 법한 감정은 한계가 있다고 여겼기에.

하지만 리네아는 2년 전의 동백 축제를 언급했다. 이안이 감춰두고 있었고 아시하가 내색하지 않았던 숨겨진 2년이 기온의 상상을 비약적으로 발전시켰다. 그 둘은 조금도 서로 아는 기색을 비치지 않았다. 처음부터 생짜 낯설게 대해 생면부지의 관계라 믿었다. 그렇지 않았다면 남황녀를 이안의 관할하에 두지 않았을 것이다. 이안이 보내온 신병 인계서에 도장을 찍지 않았을 것이다. 이안의 말을 좀 더 주의 깊게 듣고 신중하게 판단했을 것이다.

—옥지기가 그 여자를 빼돌리려 했다고?

—네.

—그 옥지기는 어디 있나?

—잘못을 물어 그 자리에서 즉결 처형했습니다.

상황을 교묘하게 꼬아 놓았다. 옥지기를 죽여 입을 막고 황녀를 제 수중에 넣어 드러나지 않도록 싸맸다. 더불어 황녀의 직위를 예비 약혼녀로 올려놓아 옥지기의 동료들이 감히 장군의 약혼녀를 범하려 했다고 자백하지 못하게끔 분위기를 잡았다.

―제 부하들의 기만에 눈 뜨고 넘어가는 작자가 이 나라를 책임진다니, 그 꼬락서니 한번 볼만하겠어.

어째서 바로 깨닫지 못했나. 여태껏 얼마나 많은 부분을 놓친 건가.

기온의 부름을 받은 부관이 들어왔다.

"부르셨습니까?"

기온이 명령했다.

"남황녀에 관한 모든 기록을 파하고 지금 별궁으로 가서 그 여자를 구금해라. 이 시각부로 남황녀는 내 소관으로 넣어 두겠다."

네가 어찌 나오나 두고 보자. 이안이 남황녀를 내놓지 않으려 하거나 돌려받으려 한다면 사유를 불문하고 그 자리에서 그녀를 즉결 처분하겠다. 여우가 황궁 바깥으로 달아난 줄로만 알았는데 알고 보니 황궁 안에도 한 마리 들어앉은 꼴 아닌가. 이번에는 달아나기 전에 반드시 사냥하리라.

돌연 스치는 불길함에 기온은 부관을 붙잡고 하나 더 지시했다.

"내일 아침까지 황궁의 모든 출입문을 봉쇄한다."

긴급하게 소집되어 별궁으로 달려가는 군인들의 군홧발 소리가 일정하게 울렸다. 기온은 덩그러니 남겨진 단검을 꾹 움켜잡았다.

이안의 부관은 자신을 부르는 가느다란 여성의 목소리를 듣고 우뚝 멈춰 섰다. 주인을 찾아 주위를 두리번거리자 별궁에서 가끔 마주쳤던 아시하의 궁녀가 다급하게 달려왔다.

"이안 장군님을 한참 찾았는데 어디에도 안 계셔서요. 제가 입궁하던 날 장군님께서 황녀 전하에 대해 이상한 질문을 하는 사람이 있으면 알려 달라 하신 일이 있는데요. 그런데 오늘 오후에 공녀님께서 별궁에 다녀가시면서 제게 물어보시기를, 동백 분재가 황녀 전하의 물건이 맞느냐 하시는데 남궁에서 가져온 물건이 맞다고 답을 드렸거든요. 별일 아닐 수도 있지만 하고 많은 것들 중에 굳이 사소한 분재 하나를 찍어 궁금해하시는 게 조금 마음에 걸려서요. 장군님을 뵈면 제 대신 이야기 좀 전해 주시겠어요?"

부관은 어리둥절한 채 고개를 끄덕였다.

리네아가 돌아간 지 반나절은 족히 흘렀는데도 아무런 소식이 없다. 기다림이 길어져 피로하다. 아시하는 열리지 않는 문을 쏘아보았다. 곧장 제 오빠에게 달려갈 줄 알았는데 잘못 생각했던가. 때맞춰 식사 시간을 알리러 들어온 궁녀를 물리고 병사들이 오지 않는지 창밖을 살폈다. 그렇게 몇 시간을 보내다 지쳐 의자에 몸을 묻었다.

이제 오늘 밤밖에 남지 않았다.

내가 황자비의 자리에 오르게 되면 너희에게 위협이 되리라 암시했다. 내 어머니처럼 자리를 지켜 미래를 도모하겠다는 의사를 내비쳤다. 너희에게 이용당하는 것이 아니라 내가 너희를 이용하겠다 의도했다. 이쯤이면 찾아와 자신을 끌고 가 처리해야 마땅한데 아직까지도 답이 오지 않는다. 답답했다. 그럼에도 살려 두겠다는 건가? 너무 어설프게 꾸며 내어 간파당했나? 어쩌면 그 계집애가 못 알아들은 건 아닌가? 무시하기로 한 건가?

시간이 얼마 남지 않아 초조하다. 숨을 크게 들이마셨다. 가슴 안쪽이 바르르 떨렸다. 외골수처럼 한 길만 보았다. 목표를 두고 눈 돌리지 않았다. 살아남아야만 하는 언니, 살아남아서는 안 될 나. 결과가 과정을 압도하도록 주문처럼 반복했다. 인이 박이도록 외웠다. 이젠 너무 당연한 말이 되었다. 나는 이 계절까지만 살다 갈 것이라고.

혹독한 겨울이다.

아시하는 창문가에 서서 아래를 내려다보았다. 밤이 되니 어슷하게 윤곽만 떠오른 덩어리들을 하나하나 훑었다. 가슴이 웅웅 울린다. 창문틀을 쥔 손에 힘이 실렸다. 그림자들이 나타나 비어 있던 길을 채웠다. 빠르게 움직인다. 온다. 오고 있다. 눈을 감았다가 천천히 떴다.

"이제야."

아시하는 입 속으로 채근했다. 이제야 오는구나. 이제야 내가 이 무거운 속박에서 해방되겠구나. 눈물은 나지 않았다. 울고 싶은 시간들은 많았는데 운 적은 없다. 머리가 크고부터는 울컥해도 눌러 참는 일이 일상이었다.

긴장해서, 나답지 않아서, 나약해지고 싶지 않아서, 쑥스러워서, 용납이 되지 않아서, 지는 것 같아서, 아직은 눈물 흘릴 때가 아니라서.
그래서 울었던 기억이 참 없다.
아시하는 손가락을 넓게 펼쳤다. 손바닥에서부터 갈라져 나온 다섯 개의 손가락을 보았다. 한 점에서 시작했으나 그 길이는 전부 제각각 다르다. 이렇게 다른 삶을 사는가 보다. 가장 길고 단단한 길은 언니의 길, 가늘고 짧은 길은 내가 가는 길. 손가락을 잇듯이 붙여 보다가 그만두었다. 손을 옹송그려 쥐고 시선을 멀리 두었다. 부질없다.
열 맞춘 발소리가 조금씩 선명해졌다. 언성을 높인 대화가 중간중간 잘려 들렸다.
"……런 지시도 받은 바가……."
"소속……리가 있습니까?"
"절차상 이런 일은……."
"……이제부터 직속 관리를……."
계단을 돌아 올라오는지 목소리가 좀 더 커졌다.
"폐황녀에 관한 모든 조항은 오늘 부로 직권 회수되었소!"
"누구의 명령입니까?"
"기온 장군 직속이오."
"기다려 주십시오. 이안 장군님께……."
"지금부터 길을 막는 자는 전부 기온 장군께 대한 항명으로 간주하겠소!"
아시하는 먹색 밤하늘에 시선을 고정했다.
아, 눈이 온다.

소란 끝에 문이 예고도 없이 열렸지만 아시하는 차분했다. 수십여 명의 군인들이 군홧발로 들어와 동행을 요구했다. 그녀는 군인들의 무례를 책하지 않았다. 아시하는 부모님과 함께 보냈던 시간들을 되새기고 있었다. 꿈을 꾸는 것만 같다. 군인들에 의해 그 추억들이 부서지고 흩어질까 봐 아시하는 아무 저항 없이 묵묵하게 뒤를 따랐다. 이들에게 신경 쓸 시간조차 아깝다.

나해는 나유타에서 가장 먼저 눈이 내리는 곳이었다.

겨울이 제일 이르게 도달하는 곳.

형태도 제대로 맺지 못한 눈송이가 가늘게 흩날렸다. 땅에 닿는 즉시 족족 녹아 사라졌다. 어렸을 적에는 밤새 내린 눈으로 정원이 하얗게 덮이면 눈덩이를 주먹만 하게 뭉쳐 작은 눈사람을 만들곤 했다. 아버지에게 배운 손재주였다. 아버지는 함께 걸어가다가도 소리 없이 멈춰 발 밑 깔린 눈을 주워 꾹꾹 뭉쳤다. 작은 덩어리를 두 개 만들어 겹치니 눈사람이 되었다. 어머니와 함께 기다리고 있자 아버지는 눈사람을 어머니에게 건넸다. 어느새 그 눈사람은 반지를 왕관처럼 머리에 이고 있었다.

또 무슨 일이 있었더라.

눈이 내리던 겨울.

눈이 내리지 않았던 겨울.

쓸쓸하고 차가운 냄새가 나던 겨울.

빨갛게 언 손으로 쥐었던 뜨거운 찻잔. 입김처럼 번지던 하얀 연기.

언니, 내가 다 기억해 내지 못하면 어떡하지. 우리 지냈던 일들, 잊어버린 추억이 있으면 어떡하지.

"이게 무슨 일들입니까."

한 무리의 군인들이 나타나 앞을 가로막았다. 상념이 깨졌다.

아시하는 한 걸음 가까이 선 이안을 무감하게 바라보았다.

“남황녀에 대한 전권은 분명 제가 위임받은 것으로 기억합니다만.”

“기온 장군님의 명입니다.”

물러서 있던 기온의 부관이 나서 대답했다.

“제대로 된 절차도 없이 말입니까?”

“위급한 사항이라 그렇습니다.”

“제가 알지 못하는 위급한 사항도 있습니까?”

“나중에 직접 여쭤 보십시오. 저는 명령을 받았을 뿐이며 불복하는 자가 있을 경우.”

아시하를 둘러싸고 있던 군인들이 부관의 손짓 하나에 일제히 검을 뽑았다. 그들은 사방에서 아시하의 목을 둘러 겨눴다. 약속된 것처럼 일정한 움직임이었다. 냉기가 피부를 벨 듯 아슬아슬하게 닿아 왔다.

“상대를 불문하고 무조건 폐황녀를 즉결 처분하라 하셨습니다.”

눈이 마주쳤다.

그저 담담해 아무 생각도 들지 않았다. 그간 당한 것이 많아 원망스럽고 밉고 싫을 줄 알았는데 막상 마주치니 놀라울 만큼 잔잔했다. 깔끔하게 씻겨 고요했다.

부슬부슬 날아든 투명한 눈송이가 남색 제복에 흔적도 없이 스며든다. 이 비슷한 서정적인 광경을 어디에서 봤더라. 약간의 시간을 들여 떠올려 냈다. 창문을 통해 책상에 앉아 뭔가를 읽고 있던 옆모습을 봤었다. 노란 불빛에 비친 옆얼굴이 차분했다. 그러다 시선을 느꼈는지 아래를 내려다보더니 짤막한 눈짓으로 인사를 건네 왔었지.

칼을 든 군인으로서의 모습을 훨씬 많이 봤는데도 몇 초 되지 않는 이 짧은 장면이 더 선연한 까닭은, 아무래도 그가 칼과는 어울리지 않는 인상이어서일 터.

그는 여느 때와 다르지 않게 침착했다. 그래 보였다. 저 속을 가늠할 수 없는 눈빛을 마주할 일도 이젠 없겠구나. 어쩐지 새삼스럽다. 아시하는 자신이 그와 똑같은 얼굴을 하고 있기를 바랐다. 꿰뚫어 볼 수 없는, 아무것도 들여다보이지 않는 오연한 얼굴.

오고 간 것이 없으니 아쉬울 건 없다. 줄 것도 없고 받을 것도 없다. 계산은 끝났다. 홀가분하다. 내기는 이것으로 끝이다. 마침내 이렇게 결혼식장에서 도망친다.

그 단정한 얼굴에서 시선을 뗐다.

이안이 물러섰다.

군인들이 칼을 거뒀다. 아시하는 천천히 발걸음을 디뎠다. 올곧게 앞만 보았다.

내 안에 남겨 놓고 싶은 것들은 전부 현재가 아닌 과거에 있다. 그러니 살지 못한 삶에 미련 가질 턱이 없다. 뒤돌아보지 않을…….

힘없이 떨어지던 눈송이들이 급작스레 분 강한 바람에 쓸려 휘르르 날아들었다.

차가운 감촉들이 두서없이 얼굴에 부딪쳤다. 얼굴과 어깨를 감싼 힘이 아시하를 압박해 주저앉혔다. 그 손이 뒤통수를 세게 눌러 고개조차 돌리지 못하게끔 제지했다. 숨이 먹힌다. 아시하는 차가운 옷깃에 묻힌 그대로 멎었다.

검이 부딪친다. 위치를 헤아릴 수도 없을 만큼 여러 방향에서.

"뭐 하시는 겁니까!"

"이안 장군님!"

"그만두시지 않으면 기온 장군님에 대한 항명으로 받아들이겠습니다!"

기온의 부관이 소리 높여 경고했다. 군인들이 검을 회수하는 틈을 타 뛰어든 이안은 눈 깜짝할 새 남황녀를 낚아채고 그대로 몸을 낮춰 시간을 벌었다. 허공을 휘돌아 떨어지는 칼들을 받아 치며 대형을 일그러뜨렸다. 덩달아 이안 휘하의 군인들도 상관이 검을 뽑자 반사적으로 그 뒤를 따랐다.

"황녀를 놓치지 마라! 잡는 즉시 처단해도 좋다!"

명령이 떨어졌다. 부관의 부하 한 명이 상황을 기온에게 전달하라는 지시를 받고 달려갔다. 아시하는 제 뺨에 맞닿아 있는 남색의 군복을 확인했다. 생소하다. 정체를 몰라 낯설어 생소한 것이 아니라 이럴 연유가 없어 생소했다.

몸을 당겨 오는 힘에 반발해 아시하는 상체를 비틀었다. 별안간 뒷목 일부분이 뜨끔하더니 목덜미가 시원해졌다. 길고 무거운 머리카락 뭉치가 우수수 떨어졌다.

"고개를 젖히지 마십시오."

아시하는 얼떨결에 순응했다. 이안의 손이 상처 부위를 꽉 눌러 덮었다. 체온이 얼음처럼 차가워 통증을 느낄 겨를이 없었다. 끄는 대로 끌리고 미는 대로 밀렸다. 어지러워 눈을 감았다. 쿵쿵, 맥이 뛰었다. 귓전에서 들리기에 아시하는 그것이 제 심장 소리인가 했다. 쿵. 그 파동이 전해졌다. 여러 차례 거듭하고서야 아시하는 자신이 아닌 이안의 심장 소리임을 알아차렸다.

전력은 이안이 우세했다. 이안이 지휘해 온 한 부대의 군인들과 더불어 별궁을 지키던 인원까지 합세하니 머릿수부터가 상대방을 상회했다. 그러나 시간을 끌면 불리해진다. 기온이 오기 전에 빠져나가야 했다.

오로지 남황녀만을 목표로 하라는 지시를 받고 모든 군인들이 이안에게 달려드는 바람에 이안을 중심으로 혼전이 펼쳐졌다. 남황녀를 빼돌리려는 사람이 이안이다 보니 몇몇 병사들이 중압감을 느껴 몸을 사렸다. 이안은 기회를 놓치지 않고 그 사이를 교묘하게 파고들었다.

인원이 분산되면서 서넛씩 뒤엉켜 패를 짰다. 이안의 부하들이 제 상관을 향해 달려드는 군인들의 발을 묶었다. 효과가 차츰차츰 나타나기 시작했다. 이안이 한 번씩 겨눠 밀어낸 기온의 군인들을 수하 군인들이 맡아 차단했다. 이안은 퇴로를 확보하고 아시하를 추슬러 안았다. 황녀의 뒷목 자상에서 흘러나온 피에 자꾸만 손이 미끄러졌다. 황녀는 숨만 몰아쉴 뿐 아픈 티를 내지 않았다. 남황녀는 유난히 고통을 잘 참는다. 기온의 악력에 손뼈가 부러졌을 때에도 그녀는 비명 한 번 지르지 않았다.

많이 다치고 많이 아팠던 남황녀는 몸피가 나뭇개비처럼 앙상했다. 큰 힘을 들이지 않고도 이안은 그녀를 끌어당길 수 있었다. 뭉텅 잘려 떨어진 아시하의 머리카락이 군인들의 발아래서 엉망진창으로 짓뭉개졌다. 그 칼이 조금만 더 깊게 들어왔다면 아마 아시하는 머리카락이 아닌 더한 것을 잃었을 것이다.

기온의 부관이 부하들 여럿을 제치고 달려왔다. 아시하를 노리며 휘두른 검의 선단에서 하얀 빛이 굽이쳤다. 반사되어 눈이 부셨다. 기온의 부관은 예상대로 검 끝을 차단한 이안을 형언키 어려운 표정으로 올려다보았다.

"왜 이러시는지 모르겠습니다."

"실은 저도 그렇습니다."
"기온 장군님께서 크게 실망하실 겁니다."
"압니다."
"무사하실 거라 장담하십니까?"
"글쎄요."
모호한 대답과는 다르게 실린 힘은 조금도 줄어들지 않는다. 기온의 부관이 재우쳐 물었다.
"장군님을 따르는 부하들을 죄인으로 만들어야 할 만큼 황녀에게 큰 의미가 있습니까?"
"엄밀히 따지자면 제 부하들의 상관은 저이니 항명죄는 적용되지 않습니다."
"기온 장군님은 총사령관 각하의 직무대리도 겸하고 계십니다. 어떤 의미인지 아실 줄 믿습니다."
"이런. 제게 명령 불복종 및 체계 혼란, 조작 혐의가 추가되겠군요."
"이안 장군님!"
난전 속에서 제 상대를 거꾸러뜨린 부관이 서둘러 뛰어들었다. 이안은 검을 밀어 쳤다. 맡고 있던 상대를 부하들에게 다시 떠넘기며 이안이 아시하의 상태를 확인했다.
"달리실 수 있습니까?"
낮은 목소리가 속삭였다. 질문이 아니라 예고에 가까웠다. 언제 대형을 뚫고 외곽까지 나왔는지 보지 못했으니 기억에도 없다. 아시하는 고개를 한 번 끄덕였다. 쫓으려는 기온의 부하와 막으려는 이안의 부하들을 뒤에 남겨 놓고 아시하는 이안이 인도하는 방향으로 이끌렸다. 제 발로 달리고자 했으나 잡아끄는 이안의 속도가 훨씬 빨랐기에 대부분 끌려가는 꼴이었다.

내궁과 외궁의 사잇길을 크게 돌았다. 구부러진 길을 돌며 모자란 숨을 들이켠 아시하가 콜록콜록 입을 막고 기침했다. 목이 홧홧하게 아파 온다. 지쳐 뛰지 못하는 황녀를 등 뒤에 숨기고 이안이 주변의 동향을 살폈다. 바로 지척에 대기 중인 병사들이 있었다. 별궁의 소요를 듣고 모인 병사들이었다. 이안은 아시하의 상처를 지혈하며 그 인기척들이 사라지기를 기다렸다.

"다행히 상처가 얕군요."

아시하는 자신의 팔목을 말없이 내려다보았다. 이안에게 잡혀 있었던 팔목에는 피를 인주 삼아 그의 손 모양이 도장처럼 큼직하게 찍혀 있었다. 손을 다치진 않았으니 이건 그에게서 묻어난 흔적일 것이다. 목의 상처에서 이만한 피가 흐른 걸까. 별 뜻 없이 넘기려다 아시하는 손의 방향이 다르다는 사실을 알아챘다.

당연하다. 그 혼전 속에 휩싸여 있었는데 베인 곳 하나 없이 멀쩡하게 빠져나왔을 리가 없다. 아시하는 그의 제복을 훑어 살폈다. 어두워 잘 보이지 않는다. 무심코 손을 뻗으려다 아슬아슬하게 되돌려 허공을 쥐었다.

판단이 서지 않는다. 이안의 행동은 도를 넘었다. 그는 어떤 일도 할 필요가 없었다. 조용히 폐황녀를 넘겨주고 책봉식을 기다려 황자의 관을 받으면 그만이다. 황위를 물려받지는 못하겠지만 그에 버금가는 영예와 보상이 단 하루만 지나면 찾아올 텐데, 그는 어째서 제 아비와 형의 뜻에 반하고 나를 살렸나. 무슨 생각으로, 어떤 의도로 이런 소득 없는 짓을 벌였나.

"지금쯤 형님께서는 이 소식을 접하셨을 겁니다."

싸우고 조롱하고 화내고 치를 떤 기억밖에 없는데.

"당연히 황궁의 각 문들을 봉쇄하시겠지요."
"그거야……."
그럴 테지. 기가 막혀 말을 잃었다.
"이건 대체."
정신이 산만해 적당한 표현이 떠오르지 않는다.
"제정신이야?"
조금 부족했다. 어질어질하다. 아시하는 입술을 들썩였다. 뭐라고 물꼬를 터야 할지 답답했다. 감당이 안 된다.
"미쳤어?"
"그럴 리가요."
"내가 이걸 뭐라고……. 어쩔 작정으로……. 내가 나를 걱정해야 하는 건가, 당신을 걱정해야 하는 건가."
의문을 가져야 하는지 의심을 가져야 하는지 화를 내야 하는지 기쁜 일인지, 어느 쪽으로도 가닥을 잡을 수가 없다. 목이 잘려 죽을 일을 사지가 찢겨 죽게 만들었다.
"한핏줄을 타고난 저야 어쨌든 죽음만은 피해 가겠지만 전하께서는 그러지 못하실 테니까요."
"이래서 당신이 얻는 게 뭔데?"
"황녀 전하의 40년입니다."
기가 차다. 아시하는 입을 다물었다.
"전하께서는 시간의 허망함을 말씀하셨지만 저는 황실의 명예, 황실의 긍지 같은 관념보다 황녀 전하께서 살아가실 40년이 더 가치 있다고 생각합니다."
"당신이 무슨 자격으로 내게 그런 말을 해!"
그는 적군의 고위 장교고 자신은 자리를 빼앗긴 황녀다. 반역을 일으켜 가족을 몰살시킨 군대의 고위 장교가 이제 와 당신의 삶이 귀중하다 설교를 한다. 그만한 후안무치가 없다. 남은 염치가 있다면 그는 자신이 기온에게 순순히 끌려가도록 두었어야 마땅했다.

"압니다. 제겐 그럴 자격이 없겠지요."

"그런데도 왜?"

"세상에는 사리 분별을 따져 행동할 수 없는 경우도 간혹 벌어지더군요."

가장 이성적으로 판단하고 행동해야 할 군인인 그가 이성보다 앞선 감정을 입에 담았다. 가족을 배신하고 아시하를 빼돌린 이 행위에 또 그녀가 모르는 함정이 숨어 있는 게 아니라면 답은 하나뿐이다. 상상할 수도 없고 예상한 적도 없다. 조금도 나눈 적 없다 여겨 믿기지 않았지만 아시하는 망설이지 않았다.

"나한테 무슨 마음을 가졌기에?"

대답을 들으면 즉각 비웃어 주려 했다. 내게 어떤 감정을 가졌건 당신에게 그럴 만한 자격이 있는 줄 아느냐, 쏘아 주려 했다.

그때였다. 항상 단정하게 지켜 오던 그의 표정이 불현듯 흔들렸다. 순간이었으나 그 변화는 분명하고 선명했다. 당혹감, 고뇌, 망설임. 그에게서 볼 수 있으리라 상상하지 못한 일말의 감정들이 파편처럼 반짝였다. 놀라 꽂힌 시선이 그대로 붙잡혔다.

이안이 팔을 낚아챘다.

지켜 왔던 간격이 무너졌다. 그는 본능적으로 자신을 밀어내려는 아시하의 가느다란 팔까지 한꺼번에 당겨 안았다. 뒷목을 잡아 움직이지 못하게 고정시키고 아시하의 아랫입술을 혀끝으로 쓸어 삼켰다. 아시하가 팔에 힘을 주어 그 가슴을 떨쳐 내려 했지만 소용없었다. 윗입술. 뜨겁게 데워진 숨결이 닿았다. 고개를 비틀며 도망가려 했지만 그는 더 깊게 파고들었다. 아시하는 잡히는 대로 두들기고 쥐어뜯었다. 군복에 달려 있던 훈장들이며 장식들이 후드득 뜯겨 나왔다. 축축하게 젖은 군복을 움켜쥐던 아시하는 그 낯선 촉감에 놀라 저도 모르게 정지했다.

눈에 젖은 게 아니다.

우툴두툴 찢긴 천이 손가락 끝에 걸렸다. 익숙해져 미처 인지하지 못하고 있었던 냄새가 훅 풍겨 왔다. 더운 땀과 차가운 눈에 희석된 흐린 피 냄새. 그가 집요하게 입술 안쪽을 훑었다. 아시하는 그의 상처를 손끝으로 더듬었다. 그가 혀를 탐하다 거칠게 빨아들였다. 아시하는 상처를 찾아 훑다 헤집어 긁었다. 멎어 있던 피가 손가락 끝을 습하게 적셔 온다.

자신의 긍지를 부수고 언니를 잡으려는 이 남자를 수없이 의심하면서 버텼다. 그 의심을 바탕 삼아 견뎠다. 그의 극점과 나의 극점은 평행선을 달리고 있다. 아무리 길게 그어도 결코 만나지지 않는다.

그러니까 지금 이건 크게 잘못되었다.

알고 있다. 잘못되었다. 기만이다. 스스로를 상처 입혀 가며 행하는 거짓이다. 마땅히 그래야 한다.

그러지 않고서는 이 혼란을 감당할 자신이 없다.

시야가 아득하다. 스르르 미끄러지려는 손에 힘을 실었다. 땀에, 눈에, 그리고 피에. 의식이 엉겼다. 내 가족을 끔찍하게 죽인 학살자의 아들이다. 같은 혈통을 이은 그의 가족이 한 짓은 그가 한 짓과 다름없다. 그리고 나는,

그에 의해 목숨을 건졌다.

그에 의해 다시 상실을 겪었다.
그에 의해 다시 목숨을 건졌다.
그에 의해 절망을 느꼈다.
그리고 다시 또 그에 의해 목숨을 건졌다. 인생이 질기고 모질어 자꾸만 죽음을 피해 가나 했는데 그 막후에는 항상 그가 있었다. 죽겠다는 제 각오를 번번이 방해하면서.
이제 한계다. 온몸이 터져 나갈 것 같다. 해일처럼 밀어닥치던 무수한 감각과 번민과 사념들이 차곡차곡 쌓이다 못해 일시에 텅 비워졌다.
의식이 명멸한다. 오롯이 혼자일 수 있는 눈꺼풀 안의 어둠 속에서 나 자신을 놓으려던 순간, 단단해진 눈송이들이 얼굴을 두드렸다. 정신이 퍼뜩 돌아온다. 그는 몸부림을 치는 황녀의 마지막 숨결까지 삼킨 후에야 겨우 아시하를 놓아주었다.
"오늘이 황녀 전하를 뵙는 마지막 날이니 이번 한 번쯤은 저도 솔직해지고 싶습니다."
듣고 싶지 않다. 알고 싶지 않다. 그를 비웃어 주기는커녕 도리어 내가 후회하게 될 것만 같다. 이 막연한 불안감의 정체를 모르겠다.
"아마도 믿지 못하시겠지만 저는 황녀 전하께 거짓된 말씀은 드린 적 없습니다."
입술을 깨물었다. 새로운 통증을 빌려서라도 정신을 차려야 했다.
"황녀 전하와의 결혼을 진심으로 원했습니다. 그래야만 제 힘으로 전하를 지킬 수 있기 때문입니다. 하지만 황녀 전하께서는 다른 사람에게 종속될 수 없는 분이시더군요. 그러시다면 차라리 중립국인 라단으로 망명해 일신의 안전을 도모하시길 바랐지만 전하께서는 나유타를 떠날 수 있는 분도 아니시지요.”

“그만해.”

“전하께서 무엇 때문에 자신을 계속 희생하려 하셨는지 알고 있습니다. 하지만 전 전하께서 살아가셨으면 좋겠습니다. 처음부터 지금까지 제가 바란 건 오직 그뿐입니다.”

애써 호흡을 추슬렀다. 들썩이는 숨을 억눌렀다. 안정을 되찾아야 한다.

“살아가십시오.”

가슴이 쿵, 흔들렸다. 주먹을 꽉 쥐었다. 손마디가 하얗게 질리도록 온 힘을 다하여.

“당신이 이제 와서 그런 소릴 해 봤자, 당신이 했던 짓들을 내가 납득할 것 같아? 사실은 나를 지키고 싶었다고 말하면 내 마음이 당신을 받아들일 것 같아?”

“저는 황녀 전하의 마음을 감히 바란 적 없습니다.”

그가 확고하게 답했다. 오래 작정해 왔던 것처럼 아주 시원스럽게.

“그러니 혼란스러워하지 마십시오. 이제껏 하셨던 대로 절 원망하고 증오하십시오. 전하께선 그래야 사실 테니까요.”

눈송이가 하염없이 떨어져 내린다. 바람이 불자 얇게 쌓이기 시작한 눈이 베일처럼 희게 몰아쳤다. 어째서 이 겨울에, 하필이면 이리도 눈 내리는 밤에, 그런 침착한 얼굴로, 단단한 목소리로.

비스듬히 기울어진 긴 그림자를 보다 성큼 걸음을 들였다. 손끝과 발등에 그림자가 걸린다.

내가 당신을 계속 미워하면, 당신은?

가족들을 배신하고 나를 빼돌린 후에, 여기에 남아야 할 당신은?

아마도 그의 마음을 다시는 듣지 못할 것이다. 나는 물어보려 하지 않을 거고 그는 말하려 하지 않을 것이다.

나는 나를 위해서 그를 외면할 테니까.

그의 부담감을 함께 나눠 지고 싶지 않다. 내게는 살아가라 말하면서 동시에 자신을 미워하라 당부하는 이 남자의 마음 깊은 곳까지 들여다보고 싶지 않다. 이미 어깨에 과중한 무게의 짐을 얹고 있다. 이 이상의 무게를 감수할 수 없다. 내가 가야 할 길은 멀고 내 다리는 지쳐 있다. 마음은 무겁고 몸은 피로하다.

그럼에도 이 알 수 없는 죄책감은 대체 어디에서 기인한 것이란 말인가.

점차 기세를 더해 가며 쏟아지던 눈이 세찬 함박눈으로 변했다. 하늘을 올려다보니 달빛을 품은 눈에 가려져 밤의 검은빛이 보이지 않았다.

펑펑 내려 모든 게 하얗게 덮이고, 꽝꽝 얼어붙어 안을 들춰 볼 수 없게 되었으면 좋겠다. 나해도, 제 마음도.

단말마조차 지르지 못하고 고꾸라진 병사의 몸뚱이 위로 켜켜이 눈이 쌓인다. 붉게 젖어든 눈 위로 눈이 내리고 또 내렸다. 천천히 걸음을 디뎠다.

다시 돌아왔다. 남궁으로, 끝내.

갈림길에서 이안은 자연스럽게 남궁 쪽 길로 접어들었다. 그는 벌써 다 눈치채고 있었다. 유독 남궁을 고집했던 황녀의 집착과 남궁 근처에서 홀연히 사라진 안타이의 흔적으로. 아시하는 부정하지 않았다. 더불어 가능하다면 마지막으로 남궁을 제 눈에 담아 놓기를 소망했다. 잊지 않도록. 언제 돌아올 수 있을지 모를 미래는 기약하기에 너무 머니까.

이곳에서 악몽이 시작됐다. 기나긴 길을 돌고 돌아 오늘 원점에 선다.

—저런, 옷을 고르고 계셨습니까? 아니면 화장을 하고 계셨습니까? 몸단장이 안 끝나 미처 도망을 가지 못하신 게로군요. 하기야 그 드레스와 보석, 신발들 다 챙겨 가시려면 오늘 안으로는 힘들겠다 싶었습니다만.

이죽거리던 음성이 떠오른다. 먼 과거의 일처럼 아득하면서도 바로 어제 벌어진 일처럼 생생했다.

—고해라. 황제가 어찌 되었지?

—목이 잘렸습니다.

—황후는?

—저희들이 들이닥치자마자 도망치다가 길이 막히니 창문으로 뛰어내려 자진했습니다.

—채황녀는?

—불에 탄 시신을 확인했습니다.

—그럼 이다음에 너는 어찌 될까?

살아서 탈출하겠다고 기원하지 못했다. 사로잡힌 순간부터 죽음은 예정된 방문객처럼 찾아올 것이라 믿었으니까. 가슴이 벅차 제멋대로 내달린다. 아직은 마음을 놓을 수 없는 단계인데도 자신을 주체할 수가 없었다. 희망을 가지기는 이르다. 거듭 단속했다. 불안하다. 믿기지 않는다. 두렵다. 기대한다. 또 다른 형태의 악몽이 시작되는 건 아닐까 저어된다. 마음을 다잡고 인내했다. 무겁고 짙어 형언키 어려운 속내를 삼키고 또 삼켰다.

오지 않을 줄 알았던 내일이 지척에 닿아 있다.

많은 피를 본 끝에 새로운 하루가 기다리고 있었다.

희생된 자들에게는 미안하지 않았다. 저들이 죽어야 내가 산다. 그러니 죽음에 책임을 통감하지도 않는다. 어쩔 수 없는 희생에 연민을 느낀다는 건 위선이다.

피에 젖은 복도를 밟고 걸어 나왔다. 그러하니 다시 그 길을 밟고 걸어 들어갈 것이다. 이제는 마른 길보다 진 길이 익숙하다.

아시하는 가만히 두 손을 펼쳤다. 손가락마다 피가 붉게 배었다. 그의 것이다. 제 손에는 그의 피가, 그의 손에는 자신의 피가 묻어 있다.

서로 피를 봐야만 하는 관계. 앞으로 걸어가야 할 길이 바로 이 손안에 있었다.

드디어 남궁의 회랑에 발을 들였다.

아시하는 굳은 얼굴로 궁을 둘러보았다. 살펴보지 않아도 단박에 느껴진다. 남궁의 풍경은 아시하가 기억하는 그대로였다. 아무 데도 손댄 흔적이 없었다. 어떻게 이럴 수 있을까. 전혀 다른 장소로 탈바꿈한 채궁을 보았으니 남궁도 으레 그럴 것이라 생각했다.

차곡차곡 담아 놓았던 풍경들이 신기루처럼 펼쳐진다. 해가 뜨기 전부터 궁으로 쓸고 닦으려 부산스럽게 오가는 궁인들, 정원으로 개방한 창문 너머로 호수의 물고기들에게 밥을 주는 어린 궁녀들, 정원에서 자란 꽃으로 침실을 장식해 주던 궁녀의 능숙한 손길, 스물한 번을 찾아왔던 사계절, 해가 뜨고 지는 무렵마다 회랑을 비춘 촛불들.

정말 아무것도 변하지 않았다.

아시하는 말없이 이안을 올려다보았다.

"저는 이곳에서 황녀 전하를 배웅하겠습니다."

복도의 절반도 채 지나지 않아 이안이 멈춰 섰다. 그는 비밀 통로에 대해 한마디도 묻지 않았다. 비밀을 지킬 수 있으니 고마운 일인데도 아시하는 자신도 모르게 주저했다.

—황녀 전하께서는 살고 싶지 않으십니까?

—그럴 리가요. 제가 얼마나 남황녀 전하를 보호하려고 애쓰고 있는데, 서운하군요.

—어떤 위협에서도 보호해 드릴 겁니다.

—저는 황녀 전하와 좋은 관계를 유지하고 싶습니다.

사람 마음이 이리도 간사했던가. 지난날 그가 건넸던 몇 마디 말들이 두서없이 튀어 올랐다. 기억해 보려 할 때는 무엇엔가 흐려져 모호하더니 이제는 눈빛이나 어조까지 분명하게 살아난다. 아시하는 고개를 끄덕였다.

"황녀 전하를 다시 만나 뵙게 된다면."

그가 첫마디를 뗐다.

"그곳은 틀림없이 전쟁터겠지요. 우리는 서로에게 완전한 적으로 마주하게 되겠군요."

알고 있다. 아는데도 그의 입을 통해 낙인을 찍듯 확인하니 선득했다.

"그러니 저는 황녀 전하를 두 번 다시 뵙지 않길 바랍니다."

겨우 수습한 감정이 흐트러질까 불안해 아무 말도 할 수 없었다. 아시하는 입술을 사리물었다. 가족이 아닌 다른 이에게 마음 가진 적 없었다. 황녀였기에 남의 희생이나 배려를 받는 일은 마땅하다 여겼다. 이곳은 적진이고 그는 적이다. 경계하고 멀리해야 한다. 그 역시 자신을 마음껏 미워하라 말하지 않았던가. 그렇게 끝낼 일이다. 빚진 게 없다.

"황녀 전하."

그럼에도 그의 부름에 기다렸던 것처럼 그를 본다.

"정당하지 않게 얻었던 것, 이제야 돌려 드립니다."

"……뭐?"

"나중에 보시지요."

열어 보려는 아시하를 이안이 제지했다. 한 손에 들어갈 만큼 주머니는 작았다. 아시하는 주머니를 꽉 움켜잡았다.

"내기에서 이기셨군요. 경하드립니다."

기쁜 일인데 웃을 수가 없다. 혀가 버석거렸다. 이안은 만나지 않기를 바란다며 작별 인사를 건네 왔다. 아버지와 형에게 잡혀 어떤 일을 겪을지 모르는데 그에 대해서는 걱정하는 기색 하나 없이. 분명 단순한 책망으로 끝나지는 않을 것이다. 사로잡았던 유일한 볼모를 탈출시켰으니 응당 그에 상응하는 대가를 치르게 될 터.

하지만 나는 당신을 한 번쯤은 만나고 싶다. 멀리서 짧게 스치더라도 좋으니 나로 인해 큰 고초를 겪지는 않았구나, 확인하고 싶다. 이런 마음을 갖는 나 자신을 이해할 수 없다. 그래서 더더욱 꺼낼 수 없는 진심이었다.

"이런 말이 어울리진 않겠지만 저는 황녀 전하를 뵈어 참 좋았습니다."

이안이 고개를 숙여 마지막으로 묵례를 보내왔다.

"우리가 얼마나 많은 순간을 함께했는지 황녀 전하께선 잘 모르실 겁니다."

아무 말도 남길 수가 없다. 아시하는 이안을 두고 돌아섰다. 빠르게 멀어지다 층계참에 이르러 무의식적으로 그를 돌아보았다. 이안은 끝까지 아시하의 뒷모습을 지켜보고 있었다.

맞닿은 시선 끝에서 그가 짧게 미소했다. 아시하는 숨을 누르고 계단을 달려 올라갔다.

도망치는 순간까지 그에게 반신반의했다.

경계를 끝까지 지우지 않았다. 교묘하게 짠 속임수의 일부가 언제 나타날지 모른다는 의심에 긴장을 놓지 않았다. 주체할 수 없이 떨다 진정하기를 반복했다.

복도의 끝에 도달해 침실의 문을 열었다. 아무도 없었다. 피가 묻었던 흰 이불보가 같은 색으로 교체되고 동백 분재가 놓여 있던 자리만 희게 비어 있을 뿐 그곳도 변하지 않았다.

그러나 변하지 않는 부분이 있다면 달라지는 부분도 있다.

어제와 오늘이 다르다. 오늘과 내일도 다를 것이다.

바다에 잠긴 양 울렁인다. 시간을 아껴 통로를 열었다. 언니가 빠져나갔고 안타이가 뒤를 이었던 이곳에 마침내 발을 들인다. 수색대가 도착했는지 바깥이 시끄러웠다. 황궁이 불타던 그날처럼.

어서 벗어나야 한다. 아시하는 문을 당겼다. 그러다 이안이 건넸던 주머니에 생각이 미쳐, 옹색한 달빛에 의지해 내용물을 확인했다. 동시에 통로의 문이 완전히 닫혔다. 시각과 청각이 사라졌다.

……아.

—우리가 얼마나 많은 순간을 함께했는지 황녀 전하께선 잘 모르실 겁니다.

귀담아 듣지 않았다. 지하 감옥에서 별궁까지, 얼굴을 가장 자주 마주한 사람이 이안이었으니 그걸 의미했겠거니 넘겨짚었다.

—대단한 인연이지요.

아시하는 손을 꽉 말아 쥐었다. 그건 자신의 인장이었다. 기온의 검에 떨어져 깨진 인장이 아니라 망가지지 않고 온전한 형태를 한 인장. 새로 만든 것도 아니었다. 인장에 남아 있는 약간의 사용감이 그를 증명했다.

—우리도 내기하자. 당신이 누군지 맞혀 볼 테니 당신도 내가 누군지 맞혀 봐.

기억이 어슴푸레 재구성된다. 남들보다 한 뼘은 큰 키와 늘씬한 몸매. 겉보기에는 분명 호리호리한데도 어깨가 넓고 키가 커서 그런지 체격이 좋다고 느꼈다. 언니의 경호원인 완족 남자만큼의 위압감은 아니었으나 고개를 꺾어 올려다봐야 하는 눈높이가 흔치 않았기에 인상적이었다.

당시의 그는 지금보다 훨씬 머리가 짧았다.

—절 기억하실 것처럼 말씀하시더니 그냥 지나치십니까?

머릿속이 덜커덕덜커덕 울렸다. 땅 위를 구르는 마차 바퀴같이. 기억한다. 사립대에 입학해 첫 1년을 보내고 황궁으로 귀향하던 길이었다. 코끝을 스치는 공기의 온도가 묘하게 낮기에 마차의 창문을 열고 바깥을 보았다. 익숙한 풍경이 눈 어귀를 스쳤다. 그랬다. 어느덧 나해였다.

—내 침실에 내가 키우던 분재가 하나 있어.

그는 다 알면서도 내색하지 않았다. 어째서였을까. 추억의 힘을 빌렸다면 그렇게까지 그를 의심하지는 않았을 텐데. 자신을 효과적으로 뒤흔들 수 있었을 것이다. 그런데도 그는 침묵을 지켰다. 어려운 길을 선택했고 가장 힘든 결말을 맞았다.

추억을 훼손시키고 싶지 않았던 건가. 마음 붙일 곳 하나 없어 동백 분재라도 가져다 달라던 황녀에게 그 분재의 자리나마 지켜주고 싶었던 건가.

그렇다면 이제 와 밝힌 이유는 뭐지?

더는 기만할 수 없어서? 추억에 의미를 두지 말라고? 다 잊자는 뜻인가?

아시하는 망연히 앞을 응시했다. 그저 암흑이라 보이지 않는다. 그러나 바깥에 있을 때도 자신은 청맹과니나 다름없었다. 조금도 눈치채지 못했다. 더듬더듬 벽을 짚고 걸으며 이안의 얼굴을 그려 보았다. 두어 번 눈여겨보았는데도 막상 흐릿한 일부분을 도저히 떠올릴 수가 없다. 단아한 인상이라는 기억만 있을 뿐 그새 망각에 덮여 분명치가 않다. 섬세하고 귀족적으로 흐르던 윤곽만 헤아리다 그 얼굴 위로 하얀 가면을 덧씌웠다.

어째서 몰랐을까. 그때도 턱 선의 흐름이 참 멋지다고 생각했으면서. 뚜렷하게 뻗은 콧날이 우아하다고 감탄했으면서.

그는 아마 모를 거다. 축제가 끝나고 자신이 얼마나 찾으려고 노력했었는지. 혹시 그가 다시 나타날지도 모른다는 기대를 품고 다음 해 동백 축제에 참여했었다는 사실도.

가능하다면 시간을 거스르고 싶다. 역사를 짐작할 수 없는 이 기이한 비밀 통로에 고대의 신비한 힘이 깃들어 있다면 좋겠다. 허황된 희망이지만 진심을 다해 바란다. 돌이킬 수 있는 기회가 주어지길 원한다. 이 통로가 끝나 빛을 찾으면 그 빛에 순수하게 기뻐할 수 있도록. 잃어버린 소중한 일상을 조금이라도 누릴 수 있도록. 아무 이해관계 없이 그를 마주할 수 있도록. 어둠을 빌려 이루지 못할 꿈을 소원했다.

그는 참으로 약았다. 이래서는 어찌 미워한단 말인가. 무사하라는 인사라도 남길 것을 그랬다. 이제 그리웠다는 말을 전할 수도 없을 거다. 가슴이 사무쳐 숨통을 쥐어짰다. 생각만으로도 아려 통증이 오는데 떨쳐 낼 수가 없다. 마치 손끝에 박힌 가시처럼 보이지 않는 존재감이 짓눌러 온다.

언니, 어쩌지? 나 뭘 잃어버렸나 봐. 이 허전함이 대체 어디서 오는 건지 모르겠어. 나 어디가 아픈 걸까? 내 몸 안에 선인장이 자라고 있는 것 같아…….

그가 싫었다. 그를 좋아했다. 그를 증오한다. 그가 보고 싶었다. 모순된 감정이 겹쳐 무엇을 우선해야 될지 모르겠다. 그는 말했다. 우리가 다시 마주치는 그날 우리는 완전한 적으로서 서게 된다고. 그는 빼앗았고 나는 빼앗겼다. 나는 다시 빼앗아야 하고 그는 지켜 내야 한다.

눈가가 따끔거린다. 아시하는 손등으로 눈가를 힘주어 눌렀다. 목이 뜨겁고 텁텁해 속이 탔다. 눈물의 온도는 생각했던 것보다 훨씬 뜨거웠다. 바짝바짝 타들어 간 마음이 그동안 이렇게 아픈 화상을 입었던 줄 미처 몰랐다.

아버지와 어머니에겐 어떤 말로도 용서를 구할 수 없을 것이다. 현실이 현실 같지 않아서 마음껏 애도할 수도 없었다. 냉철한 판단을 빌미 삼아 감정을 억누르기 일쑤였다. 이성적이어서가 아니라 직면한 현실을 포용할 수가 없어서 회피하려 들었다.

맙소사.

언니, 내가 이리 어리석어. 미안해.

이제 언니의 두려움을 조금은 이해한다. 어둠이 두려운 게 아니다. 헤아릴 수 없는 깊이가 두려운 게 아니다. 그 안을 헤매고 있는 자신이 두려운 것이다. 내 바닥과 정면으로 마주하는 시간이 두려운 것이다.

—이런 말이 어울리진 않겠지만 저는 황녀 전하를 뵈어 참 좋았습니다.

그건 자신이 그를 만나면 꼭 하고 싶었던 말이었다. 곁에 있었는데 눈치채지 못했다. 알았을 때는 이미 너무 늦어 버렸다.

가면을 쓴 남자를 만났다. 이름도 얼굴도 모른 채 끌렸다. 가면을 벗은 남자가 있었다. 얼굴을 마주하기만 해도 혐오하며 이를 갈았다. 그리고 그 두 사람은 같은 사람이었다.

가면 뒤에 숨은 시간은 이미 끝났다. 그럼에도 의식은 한참 전 흘러간 시간의 언저리를 맴돈다.

2년 전 하얀 가면을 쓰고 욕망과 비밀이 가득한 조그마한 세계를 엿보던 그 겨울, 아시하는 열아홉 살이었다.

1부 完

2부

동백 축제

마차가 길을 꺾어 들어가자마자 덜걱덜걱 전해지던 진동의 울림이 변했다. 고르게 포장된 도로와 한층 청량해진 겨울 공기. 목적지에 한층 가까워진 모양이다. 아시하는 창문을 열고 밖을 응시했다. 깔끔하게 정돈된 도로가 한눈에 들어온다.

나유타는 대륙을 통틀어 가장 먼저 도로를 정비한 나라였다. 여전히 차도와 가도를 분리하지 않고 있는 소국들과 달리 나유타의 모든 도시는 길의 중앙에 차도를 놓고 그 양옆으로 가도를 배치했다. 용도에 따라 색을 입힌 길과 통일감 있게 붉은 지붕을 얹은 가옥들. 그 너머로 저 멀리 하얀 아치문이 보인다. 온통 붉은 지붕들 위로 홀로 하얗게 솟아 있어 눈이 시렸다.

나유타 국립 대학교.

언니 미유라가 재학 중인 이 귀족 대학은 열두 동의 도서관과 일흔 동이 넘는 연구실 및 강의실, 전속 요리사들을 고용한 열 곳의 식당과 온갖 분야의 체육 시설을 비롯해 생활 기반과 유흥 시설까지 완벽하게 갖춰진 국내 최대의 종합 교육기관이었다. 학생 수는 사립대의 4분지 1도 채 되지 않는데 학교 부지의 규모는 무려 20배에 이른다. 실로 어마어마한 크기였으나 권위 의식이 높은 귀족들의 취향에는 딱 부합하는 규모로, 아시하도 제 학교보다 훨씬 큰 국립대의 기반 시설만큼은 늘 부러워했다. 개인별 맞춤 수업을 지향하는 이 학교에선 강의실 하나에 스무 명, 서른 명 이상의 학생들이 들어앉아 있지는 않을 테니까.

남들보다 이른 방학을 맞아 집으로 돌아가는 길이었다.

이론보다는 실습과 답사의 비중이 높은 탓에 고고학과는 학기를 유동적으로 운영했다. 예컨대 방학 때 탐사 일정이 잡혀 있는 경우에는 교과 학기를 일찍 마쳐 주는 식으로. 혹은 학기 중 탐사 일정이 잡혔을 경우에는 학기가 늦게 끝나기도 한다.

어느 쪽이건 남들보다 짧은 방학을 보낸다는 점에선 다를 게 없다. 아시하가 사립대의 고고학과에 입학했을 때 미유라는 한 쌍처럼 붙어 다니던 동생과 떨어져야 한다는 소식에 크게 서운해했고 아시하의 방학이 짧아 그마저도 같이 보내기 어렵다는 걸 알고 또 우울해했다.

이번에도 짧은 휴식 후 다시 내려가야 한다고 말한다면 언니는 무척 실망하겠지. 떠나오는 입장인 아시하보다는 떠나보내야 하는 입장인 미유라가 상대의 부재를 극심하게 느꼈다. 쌓여 가는 편지의 분량만 봐도 알 수 있다. 미유라는 아시하에게서 답장이 오지 않아도 편지를 꾸준하게 써서 보냈다. 오죽하면 연서도 이렇게는 못 쓰겠다, 이걸로 책 한 권은 엮어 내겠다고 아시하가 농담할 정도였다.

언니가 보고 싶다. 점점 가까워지는 국립대에 시선을 두고 있던 아시하는 문득 짓궂은 계획을 떠올렸다. 이대로 불쑥 언니의 학교에 찾아가면 어떨까? 상상도 못 하고 있다가 깜짝 놀랄 언니의 표정이 선하다. 맛있다고 소문이 자자한 교내 식당에서 언니와 함께 밥을 먹고 언니가 듣는 수업도 함께 듣고. 물론 수업료를 내진 않았지만 황녀인 자신이 쫓겨날 리는 없을 테니까.

다분히 충동적인 계획이었는데 곱씹어 볼수록 꽤 괜찮았다.

그러나 장난스러운 꿈을 안고 국립대에 도달한 남황녀의 마차는 학교 정문을 넘지 못했다. 교내에서 개인 마차가 다닐 수 없다는 학교의 교칙도 교칙이었거니와, 그날은 동백 축제라 일컬어지는 겨울 축제가 갓 시작된 날이었던 것이다.

"동백 축제?"

마차에 앉아 소식을 들은 아시하가 되물었다.

"예, 황녀 전하. 학교의 교화가 동백꽃인 관계로 꽃이 피는 계절인 겨울에 축제가 열린다고 합니다."

"그게 나랑 무슨 상관이지? 그 축제에 황녀의 마차를 가로막을 권한이 있나?"

학교의 교칙은 학생들에게나 적용되는 법이지 외부인이자 황족인 자신과는 관련 없는 사항이다. 신분을 따지자면 아시하는 귀빈이었다. 귀빈의 마차를 금하는 축제는 듣도 보도 못했다.

"평소라면 귀빈의 마차는 통과시키는 것이 관례이나 오늘부터 시작된 겨울 축제는 신분을 밝히면 출입할 수 없는 축제라서 문제가 되는 것 같습니다, 황녀 전하."

"그런 축제가 어디 있어?"

"이 학교만의 전통적인 축제라 합니다."

대답과 함께 궁녀가 학교 문을 지키던 사용인에게 받아 가져온 건 아무런 문양도 들어 있지 않은 기본 형식의 가면이었다. 온통 하얗고 장식 하나 없어 언뜻 보기에는 반으로 자른 둥근 달걀을 닮았다. 차갑고 오만한 황녀에게 눌려 내내 눈치만 살피고 있던 사용인이 더듬거리며 설명을 보충했다.

“황녀 전하, 저희 학교의 동백 축제는 가면 축제입니다. 모든 분들은 예외 없이 이 가면을 쓰고 입장하시지요.”

그러니까 아시하가 이해한 바로, 축제는 이런 내용이었다.

평소 귀족들은 직위에 따라 서로서로 갖춰야 할 예법과 서열 정리가 많아 피로한 일상을 지내고 있다. 대학교 내에서 귀빈을 제외한 학생들의 마차가 금지된 이유도 알력 싸움으로 인한 피해가 나날이 증가한 탓이었다.

동백 축제는 이런 귀족들에게 얼마간의 자유를 누릴 수 있게끔 기획된 축제로 모든 귀족들은 가면을 쓰고 자신의 정체를 감춘다. 얼굴을 드러내고 다니는 건 학교의 시중인들뿐으로, 이 시기에 학교를 방문하는 귀빈들 역시 가면을 쓰는 일이 정례화되어 있으며 축제 기간만큼은 남들의 시선에 신경 쓸 것 없이 온갖 종류의 일탈이 허용된다.

다만 학교는 그 결과에 대해서 아무런 책임을 지지 않는다. 자신의 행위로 인해서 나타나는 결과는 오롯이 스스로의 문제이며 정체를 숨기는 것도 본인들이 알아서 해야 할 일. 이렇게 학교 안에서는 어떠한 제지도 받지 않으나 단 한 가지, 정체를 밝히는 일 즉 스스로 가면을 벗거나 다른 사람의 가면을 강제로 벗기려고 하는 것만큼은 용인되지 않는다.

일종의 놀이에 가까운 축제였다.

아시하는 잠시 가면을 내려다보았다.

물론 황실의 권위는 이 모든 우스꽝스러운 법칙에 우선한다. 학교의 암묵적인 전통이라 할지라도 황녀의 권위를 강제할 수는 없는 법. 그러나 이 전통이 지금까지 내려올 수 있었던 것은 채황녀를 포함한 모든 귀족들이 학교의 전통을 존중했기 때문이며, 아무도 이 전통을 뒤엎으려 하지 않았던 이유 또한 충분히 예측 가능했다.

금기에서 벗어난 일주일이란 꽤 매혹적이지 않은가.

"가끔은 내가, 내가 아니기를 바라는 사람들이 이렇게나 많단 말이지."

1년에 단 한 번 오는 일주일이라.

얼굴을 가리고 함께 축제를 즐기는 사람들도 학교에서 엄격히 선발한 귀족들뿐. 엉뚱한 사람이 섞여들 걱정이 없으니 다들 마음 놓고 가면을 쓸 수 있는 것이다.

가면이 코끝을 기점으로 얼굴 하단을 비스듬히 가로질렀다. 입술과 턱, 왼쪽 뺨 일부만을 남기고 얼굴을 감춰 버린 아시하가 대학의 아치문을 성큼성큼 걸어 들어갔다.

부지는 끝도 없이 광활했다. 도저히 걸어서는 다닐 수 없는 압도적인 크기에 일순 어지러움을 느꼈을 만큼. 입구에 설치된 축척 지도에 의한 면적으로만 보자면 황궁과 비슷했으나 건물이 많고 길을 복잡하게 내어 가시거리가 짧은 황궁과 달리 이곳은 시야가 트여 있어 체감 거리가 훨씬 멀었다.

다행스럽게도 학교 내에서는 자체적으로 마차나 말 등의 이동 수단을 운용하고 있었다. 일정한 거리로 정거장을 두어 이용하고 또 다른 정거장에서 반납하는 형식이었다.

학교가 너무 넓으니 막상 갈 곳이 없다. 아시하는 잠시 고민하다 우선 가까운 건물로 이동했다. 축제를 즐기는 것도 좋지만 언니를 찾아야 한다. 언니는 모범생이니 축제를 즐기는 일보다는 도서관에서 책을 읽고 있지 않을까. 문제는 이 학교 내에 도서관만 무려 열두 동이라는 점이다. 그마저도 어디에 있는지 지도를 외우지 않는 이상 위치를 알 도리도 없다.

일이 생각보다 복잡하게 됐네.

주위를 휘휘 둘러보다 아시하는 건물 입구에 붙어 있는 알림판을 발견했다. 의식의 절반은 언니, 나머지 절반은 축제에 대한 궁금증으로 혼재되어 있다 보니 집중력이 자꾸만 널을 뛰었다. 어차피 지금 당장은 언니를 찾을 수도 없다. 잠시 머릿속에서 언니를 지우고 알림판을 읽었다. 시간대별 강의실 수업 안내. 이 학교는 축제 기간인데도 수업을 하나, 무심코 감탄하던 아시하는 강의 제목을 하나하나 확인하다 눈을 의심했다.

카마수트라 이론과 실전

외모의 특징으로 파악하는 남자의 정력

라단의 점술로 보는 신년 운세

해을란의 자유연애 지론 : 왕의 정부로서의 삶

"아니…… 이 학교는 무슨 강의가 이렇게 비범해?"

옆에 적힌 교수들의 이름 태반이 낯설다. 수업의 질을 관리하기로 유명한 학교니 아마 정식으로 채용된 교수는 아니고 축제를 위해 초빙된 임시 강사들처럼 보였다. 위에서부터 차례대로 읽어 내려가던 아시하는 해을란의 자유연애 지론을 강의하는 라일라 부인의 이름에서 놀라 시선을 고정했다.

저 이름, 들어 본 기억이 있다. 라일라 부인은 30년 전 해을란 국왕의 정부로 유명했던 여자였다.

일반적으로 귀족들은 감정보다는 집안이나 상황에 맞춰 결혼하는 경우가 태반이었다. 그런 귀족들이 왕왕 부인이나 남편 모르게 애인을 두는 경우가 있었지만 보통은 음지에 숨어 결코 드러내지 않는 데 반해 라일라 부인은 왕의 비호를 받아 궁정에도 마음대로 출입했던 여자였다. 심지어 전성기 시절에는 궁정 내에서 왕비와 부딪쳐 시비를 일으키고도 아무런 처벌도 받지 않았다고 했던가.

부인이 왕의 정부가 되었을 때는 이미 두 번의 결혼과 이혼을 거친 후였다. 그녀는 3년간 왕의 사랑을 받았지만 때마침 왕비가 임신하면서 결국 궁에서 쫓겨나 다른 남자와 결혼식을 치렀다. 왕비가 직접 주관한 강압적인 혼사였다.

하지만 그 결혼은 고작 1년도 지속되지 못했다. 왕비가 아기를 출산한 뒤에 두 사람이 이혼을 발표했던 것이다. 세 번의 이혼을 거친 라일라 부인은 왕의 공공연한 정부였다는 경력을 이용해 수많은 남자를 만나기 시작했다. 알려진 남자만 일곱 명에 달했고 숨겨진 남자는 훨씬 더 많으리라는 추측이 돌았다. 그러다 언제부턴가 모습을 드러내지 않더니 조용히 사라졌다.

어떤 사람들은 그녀가 정말로 사랑하는 남자를 만나 과거를 청산하고 숨어들었을 거라고 판단했고 또 다른 사람들은 나이가 들어 외모가 예전만큼 못하게 되자 자연스럽게 관계가 끊겨 초라하게 퇴장했을 거라고 추정했다.
그러나 그녀가 남긴 화려한 염문은 반 세대 가까운 시간이 흐른 지금까지도 회자되고 있었다. 당시 태어나지도 않았던 아시하마저 그 소문을 여러 번 들었을 정도로. 궁금증이 일어 라일라 부인의 초상화를 구해 보려 한 적도 있었지만 시간이 많이 흐른 데다 그녀가 남긴 초상화가 너무 적어 불가능했다. 그 후 가끔 아시하는 언니를 보며 라일라 부인을 상상했다. 모르긴 몰라도 언니만한 절세가인은 되어야 가능한 일이 아닌가 싶었기 때문이었다.
과연 어떤 사람이려나.
궁금하다. 미묘한 호승심을 느끼며 아시하는 강의가 진행되고 있을 강의실을 찾아 복도를 또박또박 걸었다.
"……보세요. 결혼이라, 어쩔 수 없는 경우가 있지요. 그렇다고 해서 밤의 즐거움을 포기할 수는 없는 법 아니겠습니까? 집에서는 만족하지 못하니 애인은 둬야겠는데 이 남자 저 남자 만나자니 위험부담이 크고 진심으로 사랑할 수 있는 남자를 만난다면야 또 모르지만 솔직히 말해 열렬히 사랑하다가도 막상 까서 속궁합 안 맞으면 그땐 답도 없어요. 이건 그런 위험을 되도록 피해 가고자 알려 드리는 겁니다. 우선 손을 보십시오. 손이 크고 손가락이 긴 남자들은 그 길이에 비례해서……."
가장 가까운 강의실에서 숨죽인 웃음소리가 터져 나왔다.
"……그다음은 귀의 생김새가 중요합니다. 귀의 안쪽에 보시면 여기 움푹 파인 부분이 있지요. 이 부분이 넓고 깊게 파일수록 남성의 크기도 그렇습니다."
복도를 지나가면서 아시하는 창문을 통해 강의실 내부를 슬쩍 들여다보았다. 혼자 가면을 쓰고 있을 때는 미처 몰랐는데 똑같은 가면들이 여럿 모이니 괴상하기 그지없다. 개성 하나 없이 눈만 뚫린 하얀 가면들. 저런 가면들을 두고 어찌 저리 익살맞을 수 있는지 강사가 신기할 만큼 기괴한 광경이었다.

강의실에 앉아 있던 학생들 태반은 여학생들로 보였다. 선뜻 들어가기 어려운 제목의 강의였는데도 학생 수가 제법 상당하다. 이상했다. 보수적이기로 유명한 귀족 사회에서, 더군다나 이처럼 귀족들만 모여 더더욱 보수적일 수밖에 없는 곳에서 이만한 관심사라니.

꼭 제 학교 동기들을 보는 것만 같다. 그 학생들은 가면을 쓰지 않고도 저 비슷한 이야기를 종종 떠들어 대곤 했었다. 흥미 삼아 얻어들은 이야기를 미유라에게 전해 주면 미유라는 확연히 당황한 얼굴로 아시하를 흘겼다. 생각해 보면 언니의 반응이 재미있어서 더더욱 원색적인 장난을 치게 되었던 것도 같다.

"그런데 문제는 이게 영애들의 귀의 생김새와도 맞아야 된다는 겁니다."

학생들 여럿이 무심결에 귓바퀴를 확인했다. 혹시 강의실 안에 언니가 있는 건 아닌가 싶어 아시하는 학생들을 훑어보았다. 얼굴을 가려 알아볼 수는 없었지만 언니처럼 옅은 머리카락과 가냘픈 선을 가진 학생은 보이지 않았다. 무엇보다 근처에 안타이가 없다. 다른 사람이면 몰라도 안타이는 피부색과 체격이 남다르니 한눈에 알아볼 수 있었다. 하기야 언니가 이런 이야기를 들으러 앉아 있을 사람은 아니지.

아시하는 금세 자리를 떴다.

라일라 부인의 강의는 건물 가장 안쪽의 강의실에서 진행되던 중이었다. 건물 구조가 단조로운 덕에 별반 헤매지 않고 강의실을 찾은 아시하는 문을 열고 들어가려다 멈칫했다. 창문 너머로 보인 라일라 부인의 모습이 자신이 상상했던 것과는 전혀 달랐기 때문이었다.

그녀는 중년으로 보기엔 나이가 들었고 노인으로 보기엔 조금 젊었다. 백발이 성성한 머리카락에 한참 작은 키, 살이 올라 둥근 얼굴과 평범한 이목구비. 젊었을 적에는 약간 예쁘장했을지도 모르겠으나 지금은 그 흔적이 자취조차 없다. 왕비와도 맞섰다는 소문에 키가 크고 날카롭게 생긴 미인을 그려 왔던 아시하로선 내심 당혹스러운 일이었다. 당연히 미유라와는 비교도 되지 않는다. 나이를 감안해도 마찬가지였다.

"바깥에 계시지 말고 들어오세요."

아시하를 눈치챈 부인이 직접 문을 열고 불렀다. 왕의 정부 자리에서 쫓겨난 후 1년 만에 그녀는 몰락한 귀족 부인으로 돌아갔다. 나유타와 해을란의 신분 체계는 그리 다르지 않다. 부인은 자신의 앞에 앉아 있는 학생들이 까마득히 높은 지위의 영양들이라는 사실을 잘 알고 있는지 말투며 태도가 시종 공손했다.

"참 아름다우신 분이군요."

강의실로 들어오는 아시하를 보며 부인이 첫마디를 건넸다. 아시하는 가면을 더듬었다. 분명 얼굴을 감추고 있는데도 부인은 가면 너머를 꿰뚫어보는 듯 보였다.

"골격이 바른 데다 우아한 시선 처리를 타고 나셨으니 자태만으로도 귀하신 분인 줄 알겠습니다."

"내 외모도 보이나?"

"눈빛이 가면에 가려지지 않으며 얼굴형에 모난 데 없고 입매가 시원하니 그것만으로도 충분히 미인이시지요."

부인이 깔끔하게 대답했다.

"왜 저리 그리 보셨는지 압니다. 다른 분들께서도 들어오시면서 제 얼굴부터 훑어보시더군요. 유명세에 비하면 저는 참으로 평범한 사람이지요. 소문에는 분명 진실된 부분도 있지만 과장된 부분도 적지 않습니다. ……최소한 저는 지금 여기 이렇게 있으니 다른 남자와 도망갔다는 것만큼은 틀림없는 거짓이겠죠."

고요하고 잔잔한 부인의 목소리를 듣고 있자니 30여 년 전의 화려한 남성 편력은 거짓말처럼 들린다. 뭔가 잘못되었다고, 오해가 있다고 외치는 것만 같았다. 그녀가 왕의 정부로 유명세를 탔고 세 명의 남편을 가졌으며 수많은 남자와 사랑했던 건 분명한 사실인데도.

"생각해 보면 저는 외로움을 참 많이 탔습니다."

라일라 부인을 보러 온 학생들은 두 부류였다. 그 유명한 정부가 도대체 어떻게 생겼나, 하는 호기심과 다른 수업처럼 질척하고 본능적인 연애담에 대한 기대.

그러나 부인은 그 어느 쪽도 아니었다.

"늘 외로움에 허기가 졌어요. 제 공허를 다른 사람의 사랑을 받아 채우려 했습니다. 제게 사랑은 돈이었고 때론 몸이었지요. 가장 쉽게 눈에 보이는 것이었기에 그게 사랑이라 믿었어요. 그때그때마다 조금씩 다른 부분은 있었지만요. 분명 사랑을 했고 사랑을 받았다고 생각했는데 언제나 그 끝은 상처로만 남았고……. 대체 뭐가 문제인지 알 수가 없었답니다. 시간이 한참 흘러서야 알았어요. 나 스스로도 채우지 못한 내면의 공허는 그 누구도 채워 주지 못한다는 사실을요."

부인의 강의는 지루할 정도의 담담한 내면 고백에 가까웠다. 그녀 덕분에 자연스레 수업 분위기로 끌려들어 온 아시하가 비어 있는 자리를 찾아 두리번거리다 중앙의 빈 의자에 앉았다. 부인이 잠깐 말을 멈추고 아시하를 유의미하게 지켜보더니 다시 이야기를 이어 갔다.

“저는 남들보다 사랑에 대한 시행착오를 여러 차례 겪었던 거지요.”

아시하는 표정을 지우고 통통한 노부인을 직시했다. 그러려니 듣고 있는 학생들이 절반, 생각보다 대담하지 않은 내용에 실망한 학생들이 일부, 부인의 외로움을 이해하는 것처럼 고개를 끄덕이며 듣고 있는 학생들도 두엇.

홀로 어디에도 속하지 않은 기분이 든다. 아시하는 학생들처럼 부인을 마냥 편하게 보지 못했다. 자신은 정부보다는 왕비의 지위에 가깝다. 때문에 애초부터 별반 호의적이지 않은 마음을 품고 들어왔다. 자신이 만약 해을란의 왕비였다면 기껏 다른 남자에게 떠맡겨 치우는 정도가 아니라 훨씬 냉혹하고 엄정한 처벌을 내렸을 터였다. 이렇게 남들에게 그 추억을 팔며 살지도 못하게끔.

“얼마나 많은 남자들을 만났어요?”

학생 하나가 질문했다.

“약 스무 명은 되는 것 같군요.”

“전부 다 진심으로 사랑해서 만난 건가요?”

“그 순간에는 진심이었어요.”

“그러면 후회는 하지 않으시겠네요?”

다른 학생이 끼어들었다. 학생들의 나이는 10대 후반부터 20대 초중반까지 다양했다. 한결같이 사랑에 환상을 품고 기대를 가질 나이들이다. 학생들은 법적인 결혼 생활과 법외의 치정 생활을 함께 경험했던 라일라 부인의 대답을 기다렸다. 라일라 부인처럼 솔직하고 화려한 사랑을 겪었던 사람은 드물다. 때문에 학생들의 호기심은 다소간 원초적이었다.

부인이 대답했다.

"후회합니다."

이전부터 오래 갈등해 왔던 문제에 답을 내리듯 약간의 주저함도 없었다. 부인에 대한 호감이 없어 비뚤게 듣고 있던 아시하마저도 놀라 부인을 다시 보았을 만큼 짐짓 단호한 태도였다.

"후회가 따르지 않는 이별은 없어요. 상대의 부족함에 실망해서든, 나의 부족함이 안타까워서든, 그도 아니라면 함께 지냈던 지난 세월이 아까워서라도 이별한 후에는 후회가 반드시 찾아옵니다."

"전부 다요?"

"저는 여러 종류의 이별을 겪었고 이별한 상대도, 이유도 다양했어요. 사람이 만족하는 이별이란 없어요. 꿈이랍니다. 많은 사랑을 했지만 단 한 번도 같은 사랑을 하진 않았어요. 한눈에 반해 열정적으로 만난 사람도 있고 천천히 알게 되어 상대의 장점을 찾아 가는 만남도 있었지요. 그런 사람과 결혼을 하기도 했고 결혼하기도 전에 끝나기도 했습니다. 하지만 이별이 결정된 순간부터는 결국 어떤 이유로든 이번엔 이만하면 만족스러웠어, 하고 느꼈던 경우는 없어요."

어쩌면 부인이 제대로 된 사람을 만나지 못했던 건 아닐까. 아시하는 그녀를 빤히 지켜보았다. 한두 번의 결혼은 누구나 실패할 수 있다. 라일라 부인처럼 집안을 살리기 위해 허울만 남은 귀족으로써 나이 많은 남자와 결혼한 사람일수록, 특히나 어린 나이에 결혼할수록. 라일라 부인이 처음으로 결혼했을 당시 그녀의 나이는 10대 후반이었다.

"그럼 당신의 3년도 후회하나?"

아시하는 도발적으로 질문을 던졌다.

라일라 부인이 왕의 정부로 있었던 3년에는 어떠한 수식어도 붙지 않는다. 그녀의 3년이라 하면 정확히 그 시기를 의미한다 여겨질 만큼 그녀의 3년은 인생 중 가장 중요한 시기였기에. 라일라 부인의 이름값은 그 3년을 치르고 지금 수준으로 치솟았다. 만남부터 헤어지기까지의 모든 고비가 순정 소설의 현현이나 다름없었다. 오죽하면 그녀의 긴 인생 중 오직 그 3년만을 잘라 각색한 소설만도 수십 권에 이르렀다.

왕은 두 번째의 결혼 생활을 끝내고 실의에 빠진 부인 앞에 기적처럼 나타났다. 왕을 만나고부터 부인은 이름만 귀족이던 몰락한 시절에서 벗어나 온 나라를 아우르는 불멸의 연인으로 살았다. 정부의 존재를 알게 된 왕비와 사이가 멀어지자 왕은 왕비 대신 라일라 부인을 공식 석상에 동반했고 부인과 왕비가 궁정에서 시비가 붙었을 때에는 라일라 부인을 감쌌다.

모든 학생들의 시선이 아시하에게로 쏠렸다. 부인은 선불리 대답하지 못했다. 해을란의 왕은 예순을 넘기고도 여전히 건재하게 왕좌를 지키고 있다. 여기가 해을란이 아닌 나유타라 할지라도 각 나라의 왕에 대한 언급은 중한 무게로 취급받는다.

"영애께서는 매우 거침없으신 분이시군요."

"수업을 듣는 학생으로서 이 정도는 궁금할 수 있지 않나?"

부인은 아시하를 지긋이 응시했다.

"제게 별로 좋은 감정이 없으신가 봅니다."

"그다지 그렇진 않은데."

라일라 부인을 좋게 보는 건 아니지만 왕비를 두고도 나라가 들썩일 만큼 정부에게 한눈을 판 왕의 허랑방탕함도 마음에 들지 않고 정부 하나 깔끔하게 처리하지 못한 왕비의 우유부단함도 마음에 들지 않는다. 세기의 사랑을 논하자면 신분을 뛰어넘어 사랑만으로 결합한 아시하의 부모님 역시 세기의 사랑이었다. 결혼이란 상대에게 신의를 지키겠다는 약속이다. 아무리 봐도 해을란이 자랑하는 세기의 사랑에는 의리가 없다.

"아니면 영애께서는 남의 이목을 신경 쓰지 않아도 될 자리에 계신 아주 고귀한 분이시겠지요."

라일라 부인이 차분하게 말을 이어 갔다.

"처음 들어오실 때부터 실은 그리 느꼈습니다. 영애께서 앉아 계신 그 자리는 이 교실에 앉아 있는 모든 사람들의 이목이 집중되기 좋은 자리라 수업이 시작됐을 때부터 줄곧 비어 있었거든요. 그런데 그 자리에 서슴없이 앉는 영애를 뵈며 저는 영애께서 사람들의 시선을 불편해하지 않는 분이라 생각했지요."

"내 질문과는 전혀 상관없는 대답 아닌가?"

"……제가 보냈던 그 3년은."

학생들은 아시하가 질문했을 때부터 내내 침묵을 지켰다. 대답을 회피할 수 없었던 라일라 부인이 마침내 입을 열었다. 그때 두 사람을 연신 번갈아 쳐다보고 있던 여학생 하나가 목소리를 높여 부인의 말허리를 잘랐다.

"대답하지 마세요!"

여학생이 아시하를 돌아보며 힐난했다.

"왜 그리 불편한 질문을 하죠? 영애께서 얼마나 귀한 분인지는 몰라도 상대에게 배려가 없는 분이란 건 잘 알겠네요."

"맞아요. 부인의 안전을 책임지지도 못할 거면서 곤란한 질문은 하지 마세요."

"말투도 혼자 너무 건방져요. 여기 영애보다 더 대단한 사람이 있으면 그 무례를 어쩌려고 그래요? 심지어 황녀 전하이신 미유라 전하께서도 평소 상대를 존중해 주시는 친절한 분이신데 만약 그분이 여기 계신다면 어쩌시려고요?"

뒤를 이어 학생들이 한마디씩 보탰다. 비난을 듣다가 아시하는 새삼 깨달았다. 아 맞다, 지금 나는 황녀로 보이면 안 되지. 가면에 익숙하지 않으니 자꾸만 잊어버린다. 남황녀로 있을 때는 하등 문제 되지 않았을 부분들도 가면을 쓴 이들 중 '일부'가 되니 달라졌다. 좀 더 신중을 기해야 하겠다, 단단히 마음먹으며 아시하는 우선 수긍했다.

"그렇군요. 말투는 고치도록 하죠."

"말투만 문제가 아니에요!"

"부인의 안위도 제가 최대한 책임지겠어요. 이 정도면 됐나요?"

아시하가 명확하게 단언했다.

"그 약속을 어떻게 믿어요?"

"부인은 아직 아무런 답을 한 바 없으니 문제가 될 일은 없고 이쯤에서 내가 퇴장하면 깔끔하게 끝나는 일 아니겠어요?"

딱 잘라 마무리하며 아시하가 자리에서 일어섰다. 성큼 큰 보폭으로 강의실을 빠져나가자 불만에 차 있던 웅성거림이 어수선하게 잦아들었다. 라일라 부인은 주위 한 번 돌아보지 않고 그대로 오연하게 걸어 나가는 여학생의 뒷모습을 눈으로 좇다가 소리쳤다.

"잠시만요."

문고리를 잡은 채로 아시하는 몸을 가볍게 틀었다.

"영애께서 그걸 궁금해하시는 데엔 특별한 의미가 있나요?"

특별한 의미라. 저 셋의 결말도 궁금하다면 궁금하지만 동쪽으로 길게 국경을 맞대고 있는 해을란 왕가와 언제 어떻게 엮일지 모르는 일이니 그 집안을 알아 둬서 나쁠 게 없다. 인접한 국가들 중에서 유일하게 나유타와 대등하다 주장하고 있는 큰 나라 아닌가. 그런 왕의 비공식적인 야사를 당사자에게 들을 기회니 놓치고 싶지 않을 수밖에.

그러나 황녀라 말할 수 없는 지금은 주제넘는 참견으로 비치나 보다. 아시하는 입매를 당겨 답을 대신했다. 가만히 아시하를 관찰하고 있던 부인이 표정을 가다듬었다.

"이 대답이 영애께 도움이 된다면 좋겠군요. 제 3년은 지옥이었어요."

정제되지 않은 표현에 놀란 여학생들이 숨을 훅 들이마셨다. 아시하는 오랫동안 부인을 직시하고 있다가 고개를 짧게 끄덕였다.

이제 언니를 어디서 찾아야 할까. 아시하는 건물 근처를 두서없이 서성거렸다. 차분한 말씨를 쓰고 하얀 피부와 갈색 머리카락, 큰 키를 가진 여자. 한데로 합쳐지면 언니의 모습이 되지만 뜯어 놓고 보면 아무래도 단박에 눈에 띌 만한 특징이 없다. 이럴 바엔 차라리 언니보다 안타이의 인상착의를 묻는 게 훨씬 쉽겠다. 언니만한 체격을 가진 여자는 찾아보면 꽤 있겠지만 완족의 체격과 완족의 피부색을 지닌 사람은 독보적일 테니까.

안타이는 졸업장을 받고도 아직 학생인 언니 때문에 학교를 벗어나지 못했다. 언니의 경호원으로서 수업을 함께 듣고 공부도 같이한다 하니 학교를 두 번 다니는 셈이다. 언니가 보내는 편지 속에는 안타이가 심심찮게 등장했다. 안타이와 사이가 좋지 않은 아시하에게 굳이 그의 근황을 알리려는 게 아니라 단지 일상을 공유하고 있기에 필연적으로 언급하게 되는 그런 수준이었다. 하필이면 훌륭한 근위대를 두고도 굳이 완족 남자를 경호원으로 삼은 언니의 선택을 아직도 이해할 수는 없지만 어쨌든 살다 보니 그 남자가 도움이 되는 날도 오긴 하나 보다.

강의가 끝났는지 열 명가량의 학생들이 건물을 빠져나왔다. 아시하는 그중 가장 앞서 나온 남학생에게 말을 걸었다.

"사람을 하나 찾고 있는데."

눈이 마주치자 남학생이 꾸벅 묵례를 했다. 상대의 정체를 알 수 없으니 간단한 묵례로 인사를 대신하는 관습이 있는 듯 보였다. 같은 인사를 나누며 아시하가 용건을 꺼냈다.

"키가 아주 크고 피부색이 좀 짙은 남자, 본 적 있어요?"

어려운 질문도 아닌데 남학생은 당황했는지 바로 답을 주지 않았다. 이 학교는 이렇게 말을 걸면 안 되나? 자유롭고 복작복작한 제 학교만 알다가 처음으로 귀족 대학에 오니 어설프고 서투른 일투성이다. 또 뭘 실수했나 싶어 불편해지려던 찰나, 아시하의 온몸을 천천히 훑어본 남학생이 뒤늦게 대답했다.

"어…… 잘 모르겠습니다."

아시하는 떨떠름한 기분으로 고개만 갸웃거렸다.

그러나 비슷한 일은 그 후에도 반복되었다. 질문을 받은 학생들은 노골적으로 아시하를 쳐다보거나 글쎄요, 하고 대답하기 일쑤였다. 가면을 쓴 학생들은 시원스럽지 못하고 예민하고 소심한 사람들이 많았다. 학생들의 특성인지 축제의 특성인지 모를 일이다. 세 명의 학생들을 그렇게 보낸 아시하는 간신히 한 명의 남학생으로부터 답을 얻었다.

"체격이 크고 피부색이 짙은 남학생이라고 하셨습니까?"

엄밀히 따지면 안타이는 학생이 아니었지만 언니를 따라 가면을 쓰고 들어왔을 테니까 학생이라고 해 두는 편이 나을 것 같았다.

"네."

"미로 정원으로 한번 가 봐요."

"미로 정원?"

"웬만한 사람들이 다 한 번씩 거쳐 가는 곳이니 거기서 만날 수 있을 겁니다."

남학생은 친절하게 방향까지 짚어 주고 떠났다. 미로. 여기도 그런 게 있구나. 어린 시절을 보냈던 미로궁이 떠올라 아시하는 새삼 반가워졌다. 짚어 준 방향을 향해 시선을 멀리 뻗었다. 잘 보이지 않는다. 걸어서는 갈 수 없을 거리 같아 아시하는 정거장에 들러 마차를 빌렸다. 마부에게 목적지를 말하고 마차에 올라탔다.

마차는 한참을 달렸다. 내려서야 알았지만 미로 정원은 학교 내에서도 위치가 꽤 깊었다. 들어갔다가 헤맨 사람들이 제법 되는지 커다란 경고문과 함께 조감도를 아예 그려 놓았다. 그림만 봐도 길이 매우 복잡하다. 다행히 미로 정원의 바로 곁에 건물이 하나 붙어 있어, 만에 하나 미로 속에서 길을 잃더라도 소리를 질러 도움을 청할 수 있게끔 되어 있었다.

여긴 뭘 하는 건물일까.

아시하는 정원보다 건물을 먼저 살폈다. 입구에 명패가 있었다.

'사회과학 도서관.'

그럼 경제나 정치, 법 정도 포함이 되려나. 이 학교는 모든 학생들이 여러 분야를 폭넓게 배운다고 들었다. 전공을 정해 한 분야를 좁고 깊게 파고들어 가는 아시하의 사립대와 다르게.

학교가 설립된 목적이 상이하니 당연한 일이다. 나무에 비유하자면 국립대는 줄기고 사립대는 뿌리다. 사립대는 한 분야의 전문가를 양성하고 국립대는 지도자를 양성한다. 그 둘이 합쳐져 피어난 결실이 나유타다.

남학생이 알려 준 대로 미로 정원을 살펴볼까, 혹은 언니가 있을지도 모르니 도서관을 살펴볼까. 아시하는 도서관의 현관문을 잡고 갈등했다.

그때 갑자기 예고도 없이 문이 안쪽으로 당겨졌다. 아시하는 엉겁결에 딸려 들어갔다.

"이런, 실례했습니다."

재빨리 아시하의 손을 붙들어 지탱해 주면서 남자가 예의 바르게 사과했다.

"괜찮으십니까?"

아시하는 놀라 고개를 들었다. 어깨가 넓고 체형이 늘씬해 날렵하게 재단한 옷이 그림처럼 잘 어울리는 남자였다. 게다가 키도 아주 크다.

와. 아시하는 속으로 감탄했다. 일반 여자들보다 키가 큰 탓에 굽이 있는 구두만 신으면 남자들과 눈높이가 맞기 일쑤인 자신이 고개를 들어 올려다볼 수 있는 남자라니. 염려가 섞인 다정한 목소리하며 제 손을 붙든 힘도 단단하다.

그러다 하얀 가면과 마주쳤다. 반으로 딱 잘라 놓은 달걀 같은 가면. 그 부조화에 저도 모르게 웃음이 풋 터졌다. 남자가 웃지 않는 게 신기하다. 달걀 가면을 쓴 여자가 문이랑 함께 딸려 들어오면 우스울 만도 한데 남자는 아주 태연했다.

"왜 그러십니까?"

"아니, 사과하는데 달걀이 말하고 있는 것 같아서 왠지 기괴하기도 하고, 표정이 안 보이니까 좀 이상하네……."

아차. 말투.

"……요. 뭐, 됐어요. 통행을 방해한 건 나도 마찬가지니까."

대답을 들은 남자가 아시하의 가면을 뚫어지게 들여다보았다. 묘한 시선이 느껴진다. 얼굴이 보일 리 없는데도 어쩐지 뜨끔했다. 자신이 수상한 사람이라도 된 것만 같다. 아무래도 이 학교에 익숙하지 않은 티가 나는 모양이다. 처음 와 봤으니 어설픈 건 어쩔 수 없지만 이럴 줄 알았으면 동백 축제에 대해 조금은 알아보고 들어오는 건데.

남학생이 알려 준 대로 미로 정원이나 찾아봐야겠다. 그녀가 도서관으로 들어올 거라고 생각했는지 문을 잡고 기다리고 있는 남자에게 까딱, 간략한 인사만 남기고 아시하는 그대로 등을 돌려 나가 버렸다.

어디선가 시선이 자꾸 좇아오는 기분이 든다. 미로 속에서 아시하는 주변을 두리번거렸다. 울창하게 자란 측백나무가 시야를 에워 인기척이 보이지 않는데도 이상하게 꺼림칙하다. 웬만한 사람들이 한 번씩은 다 들르는 곳이라더니 그렇지도 않아 보인다. 한낮임에도 그늘이 져 어둑하고 고요하다. 아시하는 스산한 기분을 누르며 구불구불 휘어지는 좁은 길을 따라 걸음을 옮겼다.

조감도로 길을 대충 봐 둘 걸 그랬나.

걷다 보니 모이고 흩어지는 길이 많아 어지럽다. 길이 복잡하기로 둘째가라면 서러울 황궁에서 나고 자랐고 미로궁에서도 살아

봤지만 작정하고 만든 미로는 확실히 복잡하다. 미로에 익숙하니 길을 잘 찾을 줄 알았는데. 측백나무 벽에 막혀 왼쪽으로 길을 꺾어 돌던 아시하가 일순 멈칫했다.

뭔가 야릇한 소리가 들린 것 같았다. 언뜻 앓는 듯한, 혹은 숨죽인 듯한. 그 정체 모를 소리에 고개를 갸울이던 아시하는 굽어진 미로의 구석에서 어른대는 그림자를 발견하고 기함했다.

하얀 가면을 쓴 한 쌍의 남녀가 서로를 맹렬하게 탐닉하는 중이었다. 여자는 이미 반라에 가까웠다. 마치 남의 침실을 엿보는 기분이다. 여자의 신음이 점점 들떠 가기 시작하자 남자가 제 입술로 여자의 신음을 삼켰다.

사춘기 이후부터는 부모님의 침실에도 들어가지 않았었다. 눈살을 찌푸리며 아시하는 뒷걸음질을 쳤다. 온갖 종류의 일탈이 저런 뜻이었나 보다.

'……허용 범위가 좀 과한 것 같은,'

데.

등이 어딘가에 부딪쳤다. 소리로 보아 측백나무 벽은 아니었다. 혼잣말을 미처 끝맺지도 못했다. 등 뒤에서 입을 틀어막고 낚아채는 힘에, 아시하는 비명도 지르지 못한 채 그대로 끌려들어 갔다.

아시하를 강제로 잡아챈 괴한은 측백나무 벽을 향해 그녀를 힘껏 내동댕이쳤다. 떠미는 힘을 이기지 못하고 쿵, 부딪친 아시하가 바닥으로 고꾸라졌다.

"아악!"

"입 다물어!"

하얀 가면을 쓴 괴한이 몸을 바짝 붙여 오며 협박조로 속삭였다.

"다치고 싶어?"

괴한의 목소리에서 끈끈한 욕망이 묻어났다. 그가 바라는 게 무엇인지 아시하는 그 목적을 훤하게 들여다보았다.

망할 놈의 가면, 망할 놈의 학교, 망할 놈의 축제, 망할 놈의 미로!

도대체 머리가 얼마나 야무지게 돌면 축제를 틈타 여학생을 겁간하려 든단 말인가. 축제에 참가하는 사람들의 면면을 고려하면 있을 수 없는 일이고 있어서도 안 될 일이다. 심지어 괴한이 붙잡고 있는 사람은 이 나라 단둘밖에 없는 황녀다. 누군지 알면 결코 못 할 짓이다.

아시하는 괴한의 정강이를 온 힘을 다해 걷어찼다.

"너야말로 잘못 걸린 줄 알아!"

억! 괴한이 비명을 삼켰다. 나유타에서 성질 매섭기로 둘째가라면 서러울 아시하다. 절대 고분고분 당하고 있을 성미가 아니었다.

"너 누구야! 어디서 겁도 없이 이따위 짓이야?"

"이년이!"

"후회할 짓 하지 마. 가면 뒤에 숨었다고 내가 널 못 잡아낼 것 같아?"

몸을 비틀며 빠져나가려는 아시하를 괴한이 붙잡았다. 다시 걷어차려 했지만 자세가 좋지 않아 비껴 나갔다.

분명 근방에 학생 둘이 있는 걸 봤는데 소리를 질러도 오지 않는다. 설마 그대로 도망간 건 아니겠지. 연신 다른 사람들의 기척이 들리지 않을까 귀를 기울이면서 아시하는 되는대로 괴한을 걷어차고 두들겼다. 얻어맞으면서도 괴한은 꿋꿋하게 아시하를 놓치지 않았다. 비슷한 키, 비슷한 체격인데도 힘 차이가 여실해 억울하다.

괴한이 아시하의 머리채를 휘어잡았다. 시야가 휘청거렸다. 기겁한 아시하가 벗어나려고 발버둥을 치던 순간이었다.

돌연 괴한의 묵직한 체중이 사라졌다. 머리카락을 휘감은 손도 마찬가지였다.

쿵. 아시하에게서 떨어져 나간 괴한이 바닥으로 처박혔다.

아시하는 깜짝 놀라 구세주처럼 등장한 남자를 보았다. 그는 괴한을 구겨진 종잇장처럼 다뤘다. 멱살을 잡아 아시하에게서 떼어낸 그는 땅을 나뒹구는 괴한의 명치를 차올렸다. 간결하고 짧은 동작인데 효과는 확실했다. 기도가 막혔는지 괴한이 꼴딱꼴딱 숨넘어가는 소리를 냈다.

마지막으로 괴한을 눌러 제압한 남자가 아시하의 앞에 무릎을 꿇고 앉았다.

"다치지 않으셨습니까?"

남자는 정중했다. 괴한을 사정없이 두드려 패던 조금 전과는 전혀 다르게. 그 간극이 생경하다. 충격을 삭이며 숨을 돌리던 아시하가 분을 지우지 못한 목소리로 대답했다.

"아파."

"교내에 병원이 있습니다. 모셔다드리겠습니다."

그가 손을 내밀었다. 아시하는 그 손을 물끄러미 쳐다보다가 제 손을 얹었다.

여태까지 보아 온바 가면을 쓴 학생들은 상대가 자신보다 신분이 낮은 사람일 수 있다는 가능성을 염두에 두고 움직였다. 즉 적당한 친절함으로 상대를 대하지만 지나치게 깍듯한 예의는 차리지 않는다고 해야 할까. 약식으로 바뀐 인사부터가 그랬다. 상대를 높이는 쪽이 아니라 낮추는 방향으로 예법이 변형됐다. 예를 차리고 또 예를 받기 좋아하는 귀족들의 성향을 고려했을 때 결코 보편적인 경우는 아니었다. 아마도 다들 어지간히 자기 자존심을 지켜야 하는 일이 있었거나 이 축제만의 개성일 터.

하지만 이 남자는 마치 이곳이 황실 연회인 것처럼 행동했다. 여성 앞에 무릎을 꿇는다는 건 자기 자신을 낮추겠다는 가장 직접적인 표현이다. 물론 사교계의 남자들은 여성 앞에서 언제나 완벽한 신사로 변신한다. 다만 대부분 자신의 신분과 얼굴이 공개되었을 경우에 한한다. 아시하는 안타이의 인상착의를 설명했을 때 우물쭈물 제대로 된 답변을 주지 않고 그녀를 외면하던 남학생들을 떠올렸다. 더불어 학교의 사용인이 설명한 축제의 설립 배경도 기억해 냈다. '귀족의 피로한 일상'에서 벗어난 자유라 했었지. 그래서인지 확실히 학생들은 보이지 않는 선을 제 주위에 둘러치고 있었다.

그런데 내가 남황녀라는 사실을 모르면서도 정식에 준하는 예법을 차리는 남자라.

"제가 일으켜 드려도 괜찮으시겠습니까?"

남자가 다시금 양해를 구했다. 고개를 끄덕인 아시하가 왼손을 남자의 어깨에 얹었다. 그는 아시하를 가볍게 감싸 일으켰다. 옷깃에서 서늘한 향이 났다. 향수보다는 새벽바람이나 차가운 공기 냄새에 가까웠다.

겨울 냄새가 나는 남자였다.

아시하는 두 다리에 힘을 실어 똑바로 섰다. 제 몰골을 내려다보니 한숨이 다 났다. 흙먼지 웅덩이에서 일주일은 구른 꼴이다. 엉망으로 헝클어진 머리카락을 손가락으로 대충 빗어 정리하고 옷에 달라붙은 잎과 부러진 가지들을 툭툭 털어 떨어낸 뒤, 지렁이처럼 몸을 꼬고 있는 괴한의 앞에 섰다.

"이걸 어떻게 갚아 줘야 내 화가 풀리지?"

괴한이 후들후들 떨며 얼굴을 파묻었다.

"……죄송합니다."

"죄송해? 죄송할 짓이면 애초에 하지 말았어야지."

"……잘못했습니다."

조금 전과 태도가 아주 다르다. 가면을 생명줄처럼 움켜쥔 괴한이 납작 엎드려 사죄했다. 정말 별 더러운 꼴을 다 본다. 만약의 경우 학교를 봉쇄해서라도 잡아내고야 말겠다 각오하고 있던 참이긴 하나 사실 그 만약의 일이 일어난 후라면 때는 이미 늦었다. 얼마나 끔찍한 일일지 상상조차 하기 싫다. 그 전에 이 남자가 나타나 진심으로 다행이었다.

이놈을 어떻게 처리해야 마땅할까, 고민하고 있는데 그 장면을 가만히 바라보고 있던 남자가 저벅저벅 다가왔다.

"표정이 안 보이니 확실히 영애께 진심으로 사과하는 것처럼은 보이지 않는군요."

그가 대번에 한 손으로 괴한의 머리를 움켜쥐더니 다른 손으로 가면을 뜯어냈다. 괴한이 방어하려 했지만 역부족이었다.

—사과하는데 달걀이 말하고 있는 것 같아서 왠지 기괴하기도 하고, 표정이 안 보이니까 좀 이상하네요.

어라, 아까 그 사람이었나?

아시하는 남자의 입성을 찬찬히 뜯어보고서야 알아차렸다. 도서관에서 마주친 그 남자다. 저 남다른 체격을 보고도 눈치채지 못하다니, 확실히 자신은 사람 알아보는 눈이 형편없었다.

도서관에서 비명 소리를 듣고 달려와 준 걸까.

가면을 멀리 던져 버린 남자가 괴한의 얼굴을 잡고 들어 올렸다. 평범한 외모였다. 기껏해야 스물하나, 스물둘쯤 보이는 흔하디흔한 얼굴. 스쳐 지나가도 기억에 남지 않을 특색 없는 인상.

당황한 괴한이 항변했다.

"이 축제에서는 남의 가면에 손댈 수 없다는 규칙이 있지 않습니까?"

"불만이면 제 가면도 벗겨 보시든지요."

남자가 버둥거리는 괴한의 뒷목을 찍어 눌렀다.

"대응을 보아하니 학생은 아니고 초대권으로 입장했나 보군요."

"초대권?"

초대권이 발부된다면 본래 이 축제에 들어올 자격이 없는 사람도 초대권을 구해 들어올 수 있다는 뜻 아닌가?

아시하는 예법을 간략하게 줄인 학생들의 심정을 이해했다. 신분을 가린 사람을 대할 때마다 이 사람이 '나와 같은 위치의 사람'인지 '나와 같지 않은 사람'인지를 엄정하게 계산해야 할 터.

"어디서 어떤 소문을 듣고 왔는지는 모르겠지만 이건 좀 곤란하지요. 아무리 익명을 보장하는 축제라도 지켜야 할 정도는 있습니다. 이곳 학생들의 신분을 잊지 않았기를 바랍니다. 당신이 영애께서 내리실 처분을 감당해 낼 수 있는 사람일지 과연 궁금해지는군요."

괴한의 낯빛이 핼쑥해졌다. 어떻게라도 매달려 선처를 요청하려는 괴한의 손등을 구두 굽으로 꽉 눌러 밟아 준 후 아시하는 남자와 함께 빌어먹을 미로 정원을 벗어났다.

천만다행으로 상처는 서너 군데의 얕은 생채기가 전부였다. 아시하가 보기엔 치료가 필요한 수준이 아니었으나 남자는 반드시 병원에서 처치를 받아야 한다고 주장했다.

"위생적이지 않은 환경에서의 부상은 아무리 작게 느껴져도 쉽게 보아선 안 됩니다."

그 말에 결국 동의를 하고 따라나서기는 했지만 사실 아시하는 흙먼지에 익숙했다. 유적지 탐사를 따라다니다 보니 흙구덩이 속에서의 자잘한 부상은 빈번한 일이었던 것이다.

텅 비어 있던 병원을 지키고 있던 의사는 한눈에 보아도 높은 신분의 귀족 아가씨가 남학생의 부축을 받으며 들어오자 기겁을 하며 놀랐다.

간단한 응급처치를 예상하고 있었던 아시하는 잘 꾸며진 침실을 방불케 하는 개인 병실로 안내를 받고 당혹했다. 기껏해야 약간 까진 상처일 뿐이다. 아픈 걸로만 따지자면 괴한을 잡아 제압한 남자의 손이 더 아플 텐데, 살짝 긁힌 것과 다름없는 상처를 가지고 침대에 누워 따뜻한 차에 다과까지 대접을 받고 있으려니 영 낯설기 그지없었다.

아시하는 병실을 살펴보았다. 기반 시설 하나는 국내에서 따라올 곳이 없다더니 화초와 그림 등의 실내 장식은 물론이거니와 위급 시 의사를 호출할 수 있도록 설치된 종이며 간단하게 먹고 마실 수 있게 만들어 놓은 스낵바까지 보인다. 사립대에선 꿈도 꿀 수 없는 설비였다.

정체 모르는 괴한에게 하마터면 험한 짓을 당할 뻔했다는 경위를 들은 의사가 성심껏 아시하를 위로하다가 '미로 정원에서요.' 하고 덧붙인 한마디에 혀를 찼다.

"견학을 오셔서 잘 모르셨나 보군요. 그곳이 원래 좀 그렇습니다."

"원래, 좀?"

아시하가 남자를 쳐다보았다. 그도 고개를 끄덕였다.

"위치가 으슥해 불순한 용도로 사용되는 일이 잦습니다. 저도 처음에는 영애께서 그 의도로 들어가신 줄 알았습니다만."

"그럴 리가!"

처음부터 그런 장소일 줄은 알지도 못했다.

"사람을 찾는다니까 미로 정원으로 가라 하던데, 요?"

분명히 그리 들었다. 대부분의 학생들이 한 번쯤은 거쳐 가는 곳이라며 남학생이 방향까지 친절하게 짚어 줬었다. 아시하에게 이야기를 들은 남자가 망설임 없이 단언했다.

"축제 기간 중에는 사람을 찾을 수 없습니다. 평소에 아주 눈에 띄는 사람이라면 지나가다가 눈치챌 수 있을지는 모르나 그마저도 심증만 갈 뿐입니다. 더군다나 이 넓은 학교에서 누군가의 위치를 예상한다는 건 절대 불가능하지요."

아시하는 곰곰이 상황을 되짚었다.

언니의 인상으로는 사람을 찾기 어려울 것 같아 누가 봐도 눈에 띄는 안타이의 인상착의로 언니를 찾으려 했다. 안타이가 있는 장소에 언니도 있을 테니까.

그러나 안타이의 위치를 물었을 때마다 번번이 돌아온 것은 제 온몸을 훑어보던 노골적인 시선과 떨떠름한 대답이었다. 안타이는 국립대를 졸업한 유일한 완족 남자였다. 평범의 범주를 넘어선 체격과 한눈에 봐도 색이 다른 피부를 가진 사람이 누구일지

학생들이 못 알아들었을 리 없다. 축제 기간에만 특별히 편성된 성적性的인 강의와 미로 정원을 헤아리다 아시하는 입술을 깨물었다.

그러니까 날 그런 쪽으로 생각했단 말이지?

성적 취향으로 완족 남자를 선택한 귀족 여학생을 골려 주려 일부러 미로 정원으로 보냈다, 이건가?

어이가 없다. 장난이라도 질이 나쁘다.

"그렇다고 사람을 미로 정원으로 보내?"

운이 나빠 사고를 당한 게 아니라 일부러 사고를 당하라고 교사한 거다. 단순한 장난의 수준을 넘었다. 친절을 가장한 악의였다. 심장이 쾅쾅 내달린다. 그런 놈을 두고 그나마 괜찮은 사람을 만났다고 생각했다니 제 멍청함이 한심스럽다. 안타이를 찾을 게 아니라 그 남학생을 찾아내야 한다. 어떤 일을 치를 뻔했는지 따지고 그 책임을 묻고 싶었다.

"정말 사람 찾을 방법 없어요?"

"포기하셔야 할 겁니다."

언니를 찾겠다는 기대는 접었다. 헤매고 헤매느니 황궁에서 기다리는 게 훨씬 쉽겠다. 하지만 자신을 미로 정원으로 보낸 남학생은 너무 괘씸하다.

"어쩌면 방법이 있을지도 모르겠는데……."

의외로 얼굴을 모른다는 건 큰 문제가 아니다. 전부 가면을 쓰고 다니는 판이니 외모를 알아도 소용이 없다. 다만 입고 있는 상의가 어렴풋이 기억이 날 듯 말 듯 했다. 혹시라도 학교를 샅샅이 뒤지고 다니다 보면 옷을 보고 기적처럼 찾아낼 수도 있지 않을까?

“댁으로 돌아가시겠다면 마차가 있는 곳까지 배웅해 드리겠습니다.”

“아뇨.”

아시하는 단칼에 거부했다. 약이 올라서 이대로는 못 돌아가겠다.

“난 오늘 이 축제 끝까지 있을 거예요.”

이젠 주의 사항도 제법 배웠다. 말투 조심, 인사 조심, 사람 조심, 으슥한 장소 조심. 뭐가 더 있을지는 겪어 봐야 알겠지만 그저 다 조심하고 경계해야 된다는 사실만큼은 확실하게 체득했다.

아시하는 침대에서 내려와 옷매무새를 정돈했다. 학생들 사이에 섞여도 무리 없도록 스스로를 점검하는 그녀를 말없이 지켜보고 있던 남자가 뜻밖의 제안을 건넸다.

“그러시다면 제가 영애께 이곳을 안내해 드리겠습니다.”

아시하 남황녀의 정체를 언제 눈치챘느냐 한다면, 처음 보자마자 즉시 알아차렸다.

그리 놀라운 일도 아니었다. 지난여름, 황녀가 수업을 제치고 학교를 몰래 빠져나가는 바람에 양화를 쥐 잡듯 뒤지고 다녔던 일을 생각하면 차라리 동백 축제는 매우 양호한 축이니까. 남황녀는 별생각 없이 듣기 싫은 수업이라 남들처럼 한번 빠져 보았을지 몰라도 그 여파는 어마어마했다. 다른 학생도 아닌 남황녀가 수업에 들어오지 않자 교수는 곧장 황녀와 함께 양화로 내려와 있던 근위대에 연락을 취했고 황녀의 실종에 기겁한 근위대가 인근에서 훈련 중이던 이안의 소속 부대에 긴급 지원을 요청했던 것이다.

당시 이안은 여름방학을 반납하고 양화에 내려와 있었다. 훈련은 훈련이었지만 실제로는 경력을 맞추기 위한 구색에 더 가까웠다. 집안 배경이 좋은 귀족들이 대부분 그렇듯이, 이안에게도 여름방학 동안 일반 병사로 일정 교육을 이수하고 나면 겨울방학 때 진급시험을 통과하도록 미리 상황이 짜 맞춰진 상태였다. 내정된 진급자에다 태선 공후의 아들이니 이안은 동원 병력에서 제외되어야 마땅했지만 그는 스스로 황녀가 실종된 이 비상시국에 신분을 가려 수색대를 꾸린다는 건 비효율적이라는 핑계로 수색에 자원했다.

기실 번지르르한 겉치레였다. 이안의 본심은 아버지가 그토록 거추장스럽게 여기는 남황녀가 누구인지 확인하려는 데에 있었다.

태선 공후의 평가에 의하면 남황녀는 거만하고 고집 센 계집애였다. 제 언니와는 다르게 도도하고 오만하고 시건방진 둘째 황녀.

—그 계집애는 왜 학교를 엉뚱한 데로 가서 이 고생을 시키느냔 말이다!

남황녀의 사립대 진학이 결정되던 날 태선 공후는 분통을 터뜨렸다.

—양화 현후 그놈이 퍽이나 협조하겠군그래. 자기네 지역 경제 위축된다고 단속도 못 하게 길길이 뛰는 놈인데 황녀 때문에 주둔군을 늘린다고 하면 참 좋아하겠어. 골이 아파서 원……. 황녀씩이나 되어 가지고 땅 파고 삽질을 하겠다니 도통 그 알량한 머리

로 뭘 생각하는지 알 수가 있나.

국립대는 결코 단순한 의미의 대학이 아니었다. 그곳은 입학 자체만으로도 귀족들의 자긍심을 상징한다. 개인 교습으로 일정 수준의 지식과 교양을 쌓은 어린 귀족들은 대학에서 처음으로 만나 안면을 익히고 인맥을 쌓아 갔다. 대학에 입학한 학생들 한 명 한 명이 장차 나유타를 이끌어 갈 인재들이자 권력의 중추였기에 그들은 졸업을 하고도 학교를 빈번하게 드나들었고 성년이 되지 않은 귀족들도 일찌감치 귀빈의 자격으로 대학에 방문해 눈도장을 찍어 놓곤 했다. 요컨대 국립대는 비공식적인 사교계의 장이었다.
그런 학교를 처음으로 거부한 이가 남황녀였다. 전례가 없는 일이라며 주변인들이 뜯어말리자 황녀는 오만하게 말했다고 한다.

-뭐가 걱정이죠? 어디든 내가 있는 곳이 사교계의 중심이 될 텐데.

결국은 말 그대로였다. 황녀가 드물게 공식 행사에 모습을 드러내면 영애들은 앞다투어 그녀의 옷차림을 흉내 냈고 진의가 밝혀지지 않은 황녀의 일거수일투족도 번번이 입방아에 올랐다. 리네아는 남황녀의 유령과 함께 대학에 다니는 것 같다며 불평을 표했다. 좋은 의미로든 나쁜 의미로든 황녀는 시선을 끄는 사람이었다.
화려한 상업 지구인 양화는 얽힌 골목길마다 사람으로 북적거렸다. 군인들은 조를 나눠 사방으로 흩어졌다. 시간을 단축하려는 목적으로 갈림길이 등장할 때마다 쪼개고 쪼개지다 보니 대부분

혼자 골목을 훑게 되었다. 마찬가지로 이안도 혼자 남아 일부의 구역을 맡았다.

남황녀가 재학 중인 사립대는 부자 학교로 유명하다. 신분에 의한 진입 장벽이 낮은 대신 엄청난 액수의 입학금과 등록금을 내지 않으면 들어갈 수 없는 곳이다. 전국의 부유한 학생들이 모인 장소니 그런 학생들의 취향을 고려한 향락 시설들이 빼곡하게 들어차는 건 당연지사. 돈은 유흥을 부르고 유흥은 사람은 부르게 마련인지라 양화는 전국 각지에서 모인 사람들로 들끓었다.

이름난 유흥가 골목으로 들어서니 해가 중천임에도 사람들이 술에 취해 널브러져 있었다. 매캐한 토사물과 술 냄새가 뒤엉켜 훅 풍겨 온다.

황녀가 양화로 내려간 후부터 총사령관은 양화의 치안에 골머리를 썩였다. 나해를 제외한 지방 도시들의 치안은 중앙군과 지방군이 절반씩 업무를 나눠 담당하고 있었는데 양화 현후가 총괄하는 지방군은 엄격한 통제가 양화의 발전을 저해한다며 비협조적인 태도를 보이기 일쑤였다.

반면 황녀의 안전을 가장 우선시해야 하는 근위대와 중앙군은 정돈되지 않은 환경이 행여나 황녀에게 위해를 끼칠까 노심초사했다. 그러니 황녀의 실종을 심각하게 받아들인 것이다.

이안은 가게 문을 벌컥 열어젖혔다. 술과 도박에 흥청망청 취해 있던 사람들이 이안의 붉은 군복을 보고 겁에 질렸다. 어떤 사람들은 단속이 나온 줄 착각하고 탁자 아래에 몸을 숨겼다. 남자들 사이를 넘나들며 매춘을 영업하던 헐벗은 여자들도 허겁지겁 옷을 걸쳤다. 당연하지만 여기에 황녀는 없었다.

남황녀가 이런 지저분한 골목에 발을 들일 사람은 아니다.

이안은 황녀가 흥미를 가질 법한 장소를 짚어 보았다. 하이 주얼리들이 모여 있는 13번가. 그러나 그 구역은 근위대에서 맡아 수색하기로 했다. 이안은 주변을 살펴보다 경매장을 발견했다. 비싸고 아름다운 것이라면 종류와 가격을 불문하고 수집하는 취미가 있는 남황녀에게 경매장은 꽤 흥미로운 장소일 터였다.

이안은 태선 공후가家의 인장을 제시하고 입장했다. 경매는 한창 진행 중이었다. 모두가 무대를 주시하는 가운데 홀로 무대를 등지고 황녀를 찾았다. 고가의 경매에 참여한 백여 명의 사람들을 샅샅이 둘러보았지만 대부분 나이가 지긋한 중년들로 아시하는커녕 또래로 보이는 여자조차 없었다.

아무것도 건진 것 없이 경매장을 빠져나오다가 이안은 다른 군인들과 마주쳤다. 그들은 이안에게 아직도 남황녀가 발견되지 않았다는 소식을 전해 왔다. 실종은 실종이되 자의에 의한 실종이라 크게 불안해하지 않았던 근위대 병사들의 안색이 피를 쭉 빨린 듯 누렇게 뜨기 시작했다며.

이안은 근위병이 가져왔던 황녀의 시간표를 떠올렸다. 오늘 남황녀가 도망간 수업은 5시간짜리 고대어 문법 보충 강의였다. 평소 황족들의 외부 일정은 30분에서 1시간 단위로 관리된다. 황녀의 증발이 알려진 이상 어쩔 수 없이 근위병들은 그녀의 5시간을 공백으로 보고해야 한다.

넋이 나갈 만도 하군.

시간을 확인하니 황녀가 사라진 지 벌써 3시간이 지났다. 남은 시간은 2시간. 남황녀도 일을 크게 만들 생각은 없을 테니 아마 2시간 안에 개인 볼일을 마치고 학교로 슬그머니 돌아갈 터. 하지만 황녀가 제 발로 돌아올 때까지 근위대와 중앙군은 수색을 중단

할 수 없었다. 졸지에 불법으로 향락을 즐기던 사람들만 날벼락을 맞았다. 이안과는 다르게 유흥가를 꼼꼼하게 단속한 군인들이 죄인을 호송하느라 자리를 비우게 되면서 남은 군인들이 감당해야 할 구역이 점점 넓어졌다.

몇 번째일지도 모를 가도를 따라 쭉 올라간다. 문득 하늘을 올려다보니 오후 3시의 여름 하늘이 청명하게 맑았다. 온기를 실은 바람이 풍부하게 분다. 기분 좋게 따뜻한 날씨였다. 확실히 수업을 듣기에는 아까운 날이다. 이안도 군인이기 이전에 학생이었다. 유난히 날씨가 좋은 날이면 수업을 미루고 놀러 나가는 동기들을 여럿 보았다. 이안 자신도 학교 수업에 그리 충실한 모범생은 아니었다. 도망갈 만하다고 절반쯤 농을 섞어 생각했다.

숨을 들이마시니 유흥가의 지저분한 냄새 대신 단 과자 냄새, 짓이겨진 풀 냄새, 쌉쌀한 재스민 향기가 은은하게 풍겨 왔다.

걸음이 우뚝 멎었다.

재스민 향기?

나유타에는 자생지가 없을 텐데. 국내에서 소비되는 재스민 향이나 차는 전량 남쪽의 소국에서 수입한다. 대부분 황실과 귀족가로 들어가지 민가에서 소비되는 경우는 없다고 보아도 좋았다.

이안은 장소와 어울리지 않는 재스민 향의 발원지를 찾아 고개를 틀었다.

곧이어 눈을 의심했다. 그다음은 장소를 의심했다. 무슨 말로 첫마디를 떼야 할까 고민하다가 결국 쓴웃음을 삼켰다.

남황녀가 선택한 건 술도, 보석도 아니었다.

그녀는 차양을 드리운 탁자에 앉아 한 잔의 차와 다과 그릇을 앞에 놓고 한가롭게 망중한을 즐기고 있었다. 잠시 책장을 몇 장

넘겨 보더니 느긋하게 책을 읽는다. 학교가 발칵 뒤집히고 기백 명의 군인들이 양화를 헤집고 돌아다니는 비상 상황은 전혀 예측조차 못 한 듯 홀로 평화로웠다.

마치 가장 편안한 자리를 골라 느긋하게 햇볕을 쬐고 있는 고양이 같다.

초상화나 공식 석상에서 본 아시하는 오연하고 서늘한 분위기를 가시처럼 둘러친 황녀였다. 매년 새로 제작하는 황실 가족의 초상화 속에서도 그녀는 묘하게 쏘아보는 시선과 턱을 들어 올린 모습으로 표현되곤 했다. 간혹 미소를 띠고 있어도 채황녀처럼 우아하고 고상한 미소가 아니라 칼날처럼 차가운 미소에 가까워 냉기가 흘렀다. 실제로도 남황녀는 채황녀와 달리 냉정하고 곁을 주지 않는 성격이라 들었다.

오늘처럼 무장이 해제된 남황녀는 처음 본다. 턱을 괴거나 책장을 팔랑팔랑 넘기거나 차를 마실 때마다 재스민 향이 바람이 담겨 날아왔다.

황녀가 궁금한 마음에 수색에 참여하기는 했지만 막상 그녀를 대면하고 보니 황녀의 시간을 어떻게 방해해야 할지 선택이 쉽지가 않았다. 돌아가셔야 합니다, 하고 말을 꺼낸다면 황녀는 어떤 얼굴이 될까. 순식간에 초상화 속의 단단한 표정으로 돌아가리라. 눈을 한 번 감았다 뜰 아주 짧은 시간 안에.

거리를 성큼 좁혔다.

남황녀는 찻잔을 기울여 천천히 홀짝였다. 그녀는 이안을 알아채지 못했다. 고개를 들고 주위를 둘러볼 생각도 없어 보였다. 잔의 손잡이를 우아하게 잡고 있는 손가락과 손목이 하나같이 눈부시게 희고 가늘다. 일상적이고 사소한 휴식 속의 남황녀는 한적하고 평온하다. 그녀는 일부러 사람들이 잘 들어오지 않을 조용한 거리의 찻집을 골랐다.

이안은 시계를 확인했다. 남은 시간은 1시간 반. 황녀는 수업이 끝나기 전에 학교로 돌아가려 할 것이다. 그럼 그녀가 바깥에서 보낼 수 있는 시간은 기껏해야 1시간 남짓이다. 어차피 황녀의 실종은 공공연한 사건이 되어 버렸다. 그렇다면 굳이 황녀에게서 남은 1시간의 여유를 빼앗을 필요가 있을까.

단 황녀가 거리를 홀로 배회하게 둘 수는 없다. 이안은 남황녀가 눈치채지 않도록 몰래 그녀의 짧은 휴식을 지켜 주기 시작했다.

그러나 사건은 항상 예기치 않은 순간 찾아오는 법이다.

쭈뼛쭈뼛 나타난 어린 남매가 황녀의 주변을 맴돌았다. 선명한 원색 계통의 의상을 차려 입은 데다가 멀리서 봐도 이목구비가 또렷하게 도드라지는 화려한 외모의 황녀다. 그녀는 절로 사람들의 시선을 끌 수밖에 없었다. 그런 관심이겠거니 싶어 별 주의를 기울이지 않았던 찰나,

어린 남매가 빈 의자에 놓여 있던 황녀의 손가방을 들고 달아났다.

"뭐야!"

화들짝 놀란 황녀가 벌떡 일어났다.

그새 멀찍이 도망친 남매의 품 안에서 가방에 달린 브로치가 쨍하게 번쩍였다. 다급하게 주위를 둘러보던 황녀의 시선이 이안에게 꽂혔다.

"뭐 해, 쫓아가!"

당황한 황녀가 발을 동동 굴렀다.

"잡으라니까?"

이안은 새어 나오려는 웃음을 참았다.

아닌 척 해도 황녀는 황녀다. 다급하니 튀어나오는 명령조가 아주 자연스럽다.

남매로부터 가까이에 있는 사람은 황녀였지만 그녀는 굽이 아찔하게 높은 구두를 신은 상태였다. 황녀의 명령을 무시해서는 안 되겠지. 덩달아 아이들이 뭣도 모르고 훔쳐 간 물건은 황실의 물건이기도 했다.

이안은 아시하를 지나쳐 골목으로 걸어갔다. 아이들은 나뭇가지처럼 뻗은 골목 속으로 눈 깜짝할 사이에 자취를 감췄다. 그들을 찾아 골목으로 들어선 이안은 골목 안쪽까지 깊게 늘어선 가게들을 보고 미간을 찡그렸다.

골목은 사창가로 통해 있었다.

황녀가 발 들이지 않으리라 예상해 검문하지 않았던 사창가와 불법 도박장이다. 이안을 발견한 여자가 반색을 하며 맞았다.

"잘생긴 청년이네? 어서 들어와요."

"아이들을 찾고 있습니다만."

"아이? 무슨 아이?"

"열 살 전후의 남매입니다."

"글쎄, 모르겠는데."

진한 화장을 한 여자가 입술을 길게 당겼다.

"그러지 말고 들어와요. 잘해 줄게."

군복을 보고도 기죽은 낯빛이 아니다. 군인들과 알음알음 통해 있나 보군. 이안은 어렵잖게 추리를 마쳤다. 팔짱을 끼려는 여자를 뿌리치고 더 안쪽으로 걸어갔다. 서너 군데의 가게에 들러 남매의 인상착의를 설명했지만 사람들은 짜기라도 한 것처럼 고개를 흔들었다.

"정말 모릅니까?"

눈에 띄는 가방을 들고 다니는 아이들이니 보지 못했을 리 없는데 이쯤 되면 일부러 숨겨 주고 있다는 생각이 든다. 남자들이 미심쩍은 웃음을 흘리며 어깨를 으쓱했다.

"진짜 못 봤다니까요. 여기 애들이 한둘도 아니고."

"사람 갖고 장난치나."

대뜸 날카로운 목소리가 끼어들었다.

"실실 웃으면서 그런 식으로 대답하면 어디 믿음이 가겠어?"

황녀였다. 급하게 쫓아왔는지 안색이 살짝 질려 있었다. 자박자박 다가오는 황녀의 걸음걸이를 보며 이안은 입매를 굳혔다. 티를 내지 않으려 노력하고 있으나 황녀는 오른쪽 발을 약간 끌었다. 높은 구두를 신고 서둘러 오다가 발목을 접질린 것이다.

"보지 못했으니 모른다고 하지 그럼 뭐라고 한단 말이오?"

"그래? 그럼 내가 한번 이 골목 전부 뒤져 볼까?"

황녀가 차갑게 응수했다.

"그러려면 그러시든가."

근처 어귀에서 바스락대는 소리가 들린다. 이안은 황녀를 진정시켜야 할 필요성을 느꼈다.

"잠시만 조용히 계시지요."

미세하지만 인기척이 분명했다. 어린아이들이라 그런지 기척을 숨기는 일에 능숙하지 않은 모양이었다. 자신을 쫓아오는 사람이 있으니 불안한 마음에 살펴보러 왔으리라. 이안은 퇴로를 확인하고 일부러 발걸음을 크게 뗐다. 아이들이 후다닥 일어나 달려갔다.

그러나 골목의 좁아지는 폭으로 보아 이 길은 막힌 길이었다. 심지어 아이들이 들고 있는 가방에는 보석이 잔뜩 박힌 브로치도 달려 있었다. 브로치가 석양을 반사하며 연신 발갛게 빛났다.

가방의 빛이 방향을 인도하니 붙잡는 건 쉬운 일이다.

이안은 막다른 길에 이르러 가방을 꼭 끌어안은 남매의 앞에 섰다.

"무슨 생각으로 가방을 훔쳐 갔는지는 모르겠지만."

아이들이 뚱그렇게 뜬 눈으로 이안을 올려다보았다.

"너희들도 일을 크게 만들지 않는 게 좋겠지. 서로서로 운이 없었다고 치자. 주인이 찾으러 왔으니 가방을 돌려주는 선에서 끝내는 게 어때?"

"……왜요?"

남자아이가 반문했다. 여자아이도 앙칼지게 고개를 흔들었다.

"저 언닌 이런 거 많잖아요."

"우리한텐 이게 엄청나게 좋은 물건이지만 저 누나한텐 하나쯤 없어져도 상관없지 않아요?"

"그게 평범하게 좋은 물건이 아니라서 말이지."

사치스럽고 눈 높기로 유명한 남황녀의 물건이다. 어지간한 값으로 셈할 수 있는 가방이 아닐 테다. 아이들이 눈을 깜빡였다.

"처분해서 몫을 나눠 드릴게요."

"아하."

골목 사람들이 유별나게 군인을 두려워하지 않는다 싶었는데 다 이유가 있었던 거다.

"비율은 오빠가 제시하세요. 맞춰 드릴게요."

"이런 흥정은 누구한테 배웠지?"
"다들 그렇게 하는걸요."
소년이 맹랑하게 대답했다.
"절반까지 드릴 수 있어요. 오늘 일만 눈감아 주시면 돼요."
"절반 이상은 안 돼요. 우리도 빚을 갚아야 하니까."
"처분할 생각이라면 물건을 잘못 골랐어. 그 가방은 아무나 처분하지 못하는 물건이거든."
"그렇게나 대단한 거예요?"
물건도 물건이지만 사람이 더 대단하지, 아마.
이안이 손을 내밀었다.
"그러니 가방은 돌려주는 게 좋겠다."
남매가 도록도록 눈을 굴린다. 값비싼 보석으로 화려하게 장식된 가방은 아이들같이 어린 소매치기가 감당하기에 과한 물건임을 아는 것이다.
"설마 저 언니 귀족이에요?"
"평범한 사람은 아니지."
"어쩐지 멍청하게 이런 가방을 들고 골목까지 들어왔다 싶었어."
투덜거리면서도 미련이 남는지 남매가 소곤소곤 귀엣말을 나눴다. 오며 가며 몇 차례 의논을 끝마친 아이들이 가방을 제 뒤로 숨겼다.
"우리가 못 팔 물건이라고 하니까 그럼 오빠한테 팔게요. 적당히 내고 오빠가 사 가세요."
"훔친 물건을 사 가라?"
"우리는 오늘 공치지 않아서 좋고 형도 저 누나한테 사례금을 받으면 되잖아요."

제법 영악한 제안 아닌가. 아이들은 이안에게서 돈을 받고 이안은 황녀에게서 돈을 받으라니, 결과적으로 보면 황녀는 제 가방을 제 돈 내고 되찾는 꼴이다. 저 자존심 높은 황녀가 그걸 용납할까. 아버지로부터 누누이 들어온 남황녀의 평판이 남달랐던 탓에 이안은 그녀의 선택이 궁금해졌다.

-뭐 해, 잡으라니까!

다짜고짜 내려진 명령에 무심코 따랐지만 생각해 보니 황녀는 오늘 사람들 앞에서 제 신분을 곧이곧대로 밝히지 못할 상황이었다. 그녀는 평소 대중 앞에서 완벽한 모습만을 보이려는 결벽성을 가지고 있었으니까. 결코 가방을 도둑맞고 발목을 다쳐 절룩거리며 언성을 높여 싸우다 자기가 황녀라고 고백할 인물이 못 된다. 혹여 말한다 해도 근위대 하나 없이 홀몸인 그녀를 사람들이 믿으려 들지 않을 터.

권한을 마음껏 발휘할 수 없는 황녀에게 선택지는 많지 않았다.

"가방 주인에게 물어보지. 가방을 돈 주고 돌려받을 의향이 있는지."

이안은 두 아이의 팔을 꽉 붙잡았다.

놀랍게도 그사이 황녀는 또 그녀 나름대로 사태를 키워 놓았다.

오래 자리를 비우지 않았는데도 그녀가 서 있던 자리에 사람들이 바글바글 몰려들어 비집고 들어가기가 어려울 정도였다. 뭐가 문제인가 했더니 황녀의 고압적이고 단호한 자세가 일을 키운 원흉이었다.

"훔쳐 가 달라는 차림새로 들어오니 그런 일을 당하지!"

"도둑을 은닉하는 것으로 모자라 이젠 피해자에게 책임을 전가해?"

수십 명에 육박하는 사람들에게 둘러싸이고도 황녀가 당당하게 되받아쳤다.

"입성 보아하니 먹고살 만한 집 여식 같은데 당신 같은 사람이 뭘 알아? 여기 부모 빚 대물린 애들이 어디 한둘인 줄 아나? 가엾은 애들한테 적선이나 한 셈 칠 것이지 그깟 가방 하나 가지고 범인을 잡아서 감옥에 넣느니 마느니, 말버릇 하나하나 인정머리가 없어."

"도둑질을 했으면 벌받는 게 당연하지. 모든 사람들이 빚을 지면 도둑질로 빚을 갚나? 당신들 꽁꽁 뭉쳐서 범죄를 저질러도 은폐해 주고 단속 나오는 군인들한테는 불법 금품 수수로 무마하나 본데 그따위 알량한 동지 의식으로 서로 돕고 산다 착각하지나 마."

"나이도 어린 게 뭘 안다고!"

사태가 험악해진다. 말싸움 이상으로 번지면 정말로 큰일이다. 이안은 사람들과 황녀 사이에 잡아온 두 아이를 밀어 넣었다.

"이 아이들이 재미있는 제안을 하기에 데려왔습니다."

도둑질을 한 장본인들이 끌려오자 황녀를 몰아치던 사람들이 눈짓을 교환했다. 이안은 황녀와 사람들을 죽 훑어보았다.

"재미있는 제안?"

"처분이 어려운 가방이니 값을 적당히 셈해 주면 돌려주겠다고 하더군요."

황녀가 단칼에 거부했다.

"말 같지도 않은 소릴. 비상식이 상식인 양 통용되는 구역에 있으니까 다 같이 머리가 돌았나. 뭘 믿고 나한테 제안을 걸어? 도둑을 잡았으면 가둬야지. 끌고 와."

황녀의 상식과 신분으로는 당연한 요구였다. 그러나 뒷골목의 사람들은 황녀의 신분을 몰랐고 얼굴을 붉혀 가며 싸우던 이들이 태반이었다. 수십의 얼굴이 흉흉하다. 하물며 오만한 황녀는 이들에게 아주 밉보였다.

"당신이 뭔데 명령이야?"

"대체 뭐라도 돼?"

"돈 얼마 물어 주고 돌려받으면 그게 해결이지 뭘 더 바라?"

황녀가 한 손으로 쇄골을 더듬더니 목걸이를 꾹 감아쥐었다. 언뜻 보기에는 목걸이의 형태였으나 이안은 저게 무엇인지 잘 알았다. 황실의 인장이다. 그녀는 화가 나 있었다.

여기서 온건하게 타협하려면 돈을 주고 가방을 돌려받는 편이 무난하다. 그러나 도둑에게 값을 치르고 물건을 받으면 저 성질로 선 지는 기분이겠지. 물러서지 않고 치죄를 주장하던 자존심에도 타격이 크다. 아니면 결벽성의 불문율을 깨고 인장으로 신분을 증명한 뒤 이안에게 명령해 아이들을 압송하게 하거나.

"왜, 막상 돈을 내고 받으라니까 그건 못 하겠나?"

남자가 비아냥거렸다. 황녀는 입술을 깨물었다. 아이들을 노려보고 사람들을 휙 둘러보고서 그녀는 결정을 내렸다.

"좋아."

그다음 황녀는 파격적인 제안을 내걸었다.

"어찌 됐든 내 손을 떠난 물건. 난 상관하지 않겠어. 그런데 처분하기가 쉽지 않은 물건이라 내게 되팔려고 했다니 여기서 경매를 붙이지. 누구든 나 대신 값을 치를 사람이 있으면 이 애들에게 돈을 내고 가방을 가져가."

시선들이 일제히 남매가 안고 있는 가방으로 집중됐다. 황녀는 사람들 틈에서 아예 한 발짝 물러섰다.

황녀가 얄밉기는 얄밉되 아이들이 가지고 있는 가방이 누가 봐도 보통 물건이 아니다. 눈먼 자들이라도 가치를 알아챌 보물이었다. 싸워 가면서 아득바득 돌려받으려는 이유가 있었던 것이다.

아까와는 다른 의미로 사람들이 황녀의 눈치를 보기 시작했다. 황녀는 뜻밖의 제안 하나를 던져 삽시간에 분위기를 반전시켰다.

이곳은 돈과 탐욕에 지배받는 거리였다. 도덕과 윤리가 아니라 이기와 욕망으로 가득한 사람들만이 살아남고, 살아가는 장소. 그들은 순식간에 계산을 끝마쳤다.

사창가의 입구에 앉아 있던 여자가 조심조심 물었다.

"저게 얼마짜리죠?"

"보면 몰라?"

"은 두 쾌."

다른 여자가 재빨리 선수를 쳤다.

"은 열 쾌."

"은 서른 쾌."

"은 쉰 쾌."

가격이 강파르게 상승했다.

"금 세 쾌."

"금 다섯 쾌."

옳지 않은 돈이 오가는 장소라 그런지 단위가 장마를 만난 강물처럼 불어났다. 가격을 제시한 남자가 황녀의 표정을 살폈다. 황녀가 코웃음을 쳤다.

"이 반지랑 바꾸죠."

여자 하나가 손가락에 끼고 있던 반지를 잡아 뺐다. 보석을 박은 금반지였다. 목걸이며 귀걸이를 꺼내는 사람도 생겨났다.

"이거 가격 상한선이 얼마요?"

"저 가방 가격쯤 하겠지."

"그게 얼만데?"

"금 열두 쾌!"

도박장의 남자가 경매에 끼어들었다. 아시하는 냉하게 대꾸했다.

"당신들이 제시한 금액으로는 턱도 없어."

"금 스무 쾌."

"네가 그만한 돈을 낼 깜냥이 되기는 해?"

"아, 돈 내지 왜 못 내!"

"금 서른 쾌!"

남매를 둘러싼 모두가 너 나 할 것 없이 손을 들고 경매에 참여했다. 황녀는 사람들의 테두리까지 물러났다. 이안도 황녀를 따라 몸을 뺐다. 중재자가 없는 경매는 점점 아수라장으로 변해 갔다. 황녀가 내건 가방은 언뜻 봐도 집 한 채 가격이 오락가락할 귀물이다. 돈을 내고 사는 사람이 남는 장사였다.

"값 못 치를 놈들은 뒤로 빠져!"

이윽고 상대가 능력 밖의 터무니없는 가격을 제시한다며 멱살을 부여잡는 사람도 생겨났다. 사람들에게 치여 휘청거리던 남매가 울먹였다.

"우리 이거 안 팔래요. 우리 물건인데 왜 팔아야 돼요?"

"너희 그거 훔친 물건이잖아. 진짜 가방 주인이 팔겠다는데 이제 와서 무슨 소리야!"

"잠깐만. 훔친 가방을 왜 우리만 이렇게 비싼 가격으로 사야 해?"

"금 일흔 쾌!"

급기야 남매의 곁에 있던 사람이 가방을 낚아챘다. 가방을 빼앗기지 않으려고 버둥거리던 남매가 대차게 머리를 얻어맞았다. 즉시 수십 개의 손이 가방에 달라붙었다. 가방이 손에서 손으로 옮겨질 때마다 비명과 폭력이 난무했다. 어느덧 황녀는 무리에서 빠져나와 그 광경을 관망하는 중이었다. 이안은 황녀의 옆에서 나직이 말을 걸었다.

"이럴 걸 예상하고 경매로 넘기신 겁니까?"

황녀가 으쓱하고는 돌아섰다.

"가자."

이안은 난장판이 된 사람들을 보았다. 가방을 뺏긴 남매가 피투성이로 떠밀렸다. 그러고도 모자랐는지 안에서는 여전히 가방을 두고 몸싸움이 벌어졌다. 정작 이 사태를 초래한 황녀는 가방에 대한 미련을 버린 듯 뒤돌아보지도 않았다. 이안은 절뚝절뚝 위태롭게 걸어가는 황녀를 따라잡았다. 꿋꿋하게 신고 있는 높은 구두가 걸음마다 아찔하게 꺾인다.

"잠시 실례하지요."

"실례?"

황녀는 거절하지 못할 것이다.

발목은 아프고, 길은 컴컴하고, 지금은 황녀로서의 몸가짐을 따지지 않아도 괜찮으니까.

이안은 황녀를 번쩍 들어 올렸다. 무릎과 등을 탄탄하게 받쳐 안고 그녀의 걸음을 대신 걸었다. 황녀는 거부하지 않았다. 어렴풋이 비친 하얀 발목이 한쪽만 퉁퉁 부었다. 많이 아팠을 텐데 여태껏 잘도 참았다.

잠잠하게 안겨 규칙적으로 흔들리던 황녀가 퍼뜩 놀라며 소리쳤다.

"아, 큰일 났다! 나 아까 돌아갔어야 했는데."

5시간의 수업은 진작에 지나갔다. 이안은 알면서도 모르는 척 반응했다.

"뭐 말씀이십니까?"

"아무것도 아니야. 아…… 야단이겠다. 할 수 없지, 뭐. 있잖아, 저 사람들 저렇게 치고 박고 사분오열했으니 공조 체제로 사창가 운영 더는 못 하겠지? 그쪽도 나한테 감사해. 내가 단속 일 줄여줬으니까."

"예, 감사합니다."

"가방 아깝긴 한데 그만하면 싸게 먹혔다 쳐야지. 길에서 마차만 하나 잡아 줘. 그리고 당신도 갈 길 가고."

이제 황녀는 두 번 다신 근위대 없이 수업을 젖히고 외출하지 않겠지.

이안은 편한 자세를 찾아 가슴에 기대 오는 황녀를 내려다보았다. 오만하고 도도하고 시건방진 계집애라. 그렇다. 그녀는 확실히 오만하고 도도하고 시건방진 둘째 황녀가 맞다. 그리고 오만하고 도도하고 시건방져도 충분히 그럴 자격이 있는 황녀다.

황녀는 깔끔하게 떠났다.

하지만 팔 안에 남은 짙은 재스민 향기는 홀로 돌아오는 길 내내 이안의 품에 머물렀다. 그녀는 자칫 무게감에 눌릴까 다른 여성들이 잘 사용하지 않는 재스민 향기가 굉장히 잘 어울리는 사람이었다.

그리고 반년이 흐른 오늘 지금 이 자리, 이 추운 겨울에 계절과 공간을 잊은 재스민 향기가 다시금 나타났다.

학생인 것처럼 하얀 가면에 제 정체를 숨기고 있었지만 얼굴은 가려도 향기만은 가리지 못했다. 향기가 안겨 오는 순간 지난여름의 기억이 생생하게 되살아났다. 이안은 확신했다.

남황녀를 다시 만났다.

"우리 집에도 미로 저택이 있지만 난 기껏해야 앞문에서 뒷문까지 숨바꼭질이나 하고 놀았는데…… 사람들 참 머리 비상하네."

알고 보니 미로 정원에서는 마음만 맞으면 그 자리에서 즉석으로 만남을 갖는 경우도 허다하다고 한다. 실제 연인인 경우보다 서로 누구인지 모르고 즐기는 비율이 훨씬 높다고 하니 아까 본 그 연인들도 진짜 연인일 가능성이 낮았다. 그러니 아시하가 비명을 질러도 소리 소문 없이 도망을 갈밖에. 자칫했다간 자신들의 모습이 다른 사람들의 눈에 띌 수도 있으니 타인의 곤경을 외면하게 된다는 거다.

괜히 언니가 걱정된다. 언니에게서 수상한 기색이나 의뭉스러운 느낌을 받은 적은 없기에 이런 위험한 일을 겪지는 않았으리라 짐작하지만 축제의 풍조가 풍조이니만큼 불안하다. 하기야 안타이는 가면을 써도 정체를 가릴 수 없고 안타이와 함께 있을 언니도 자연스레 정체가 탄로 날 테니 큰일은 없겠지.

그렇지만 막상 언니와 안타이의 관계가…….

무척 모호했다. 그 둘은 언니가 대학에 입학하면서부터 1년, 그리고 그가 대학을 졸업하고 언니가 자신의 경호원으로 임명하면서부터 또 1년, 도합 2년을 함께 지냈다. 황족을 전담으로 호위하는 근위대가 있는데도 경호원이라는 새로운 자리를 만든 것에서부터 원래 황궁에 들어올 수 없는 완족 남자를 그 자리에 앉히기까지 언니의 선택은 파격 그 자체였다. 고집이 없던 언니가 유일하게 제 의견을 피력한 일이다. 두 사람만 생각하면 아시하는 가슴이 빽빽하게 뭉친 듯한 답답함을 느꼈다.

물론 사적인 접촉을 하는 기미는 없다. 언니도 안타이도 공적인 관계라 말하고 있고 특히 언니는 자기 신분을 외면하지 못할 고지식한 사람이었다.

설마 언니가 처신을 엉망으로 하지는 않겠지만.

아시하는 괜한 경계심을 밀어냈다. 혹시라도 미묘한 낌새가 보이면 그때 어떤 수단을 써서라도 그 둘을 갈라놓겠다고 마음먹은 지가 벌써 오래였다.

"그런데 초대권은 뭐지? 아니, 뭐죠?"

"학생들의 요청을 다 반영해야 하기 때문에 여러 방면으로 관계자들의 도움을 받고 그 대가로 소량의 초대권을 발권하는데 이 초대권이 외부에서 매우 비싼 가격으로 거래되고 있다 하더군요."

"그러니까 신분이 확실하지 않은 사람들도 들어온다는 거네요."

"드물지만 그렇습니다. 오늘 영애께서 만난 그 남자도 그런 부류지요."

그 괴한은 학교의 고용인들에게 인계해 가둬 놓았다. 축제가 끝나 신분을 밝힐 수 있게 되면 남황녀의 이름으로 처벌할 작정이었다. 당장은 어렵다. 지금 괴한에게 죄를 물으면 남황녀가 축제에 참여했다는 사실이 알려지기 쉽고 그랬다가는 축제의 취지에 어긋날 수도 있으니. 무엇보다도 그 괴한은 기한 없이 갇혀 자신이 느꼈던 것보다 더한 공포를 겪어 봐야 한다.

아시하는 남자를 빤히 관찰하다가 불쑥 농담 삼아 물었다.

"그쪽은 믿을 수 있는 사람이에요?"

그가 슬그머니 입매를 당겼다.

"그러시는 영애께서는 믿을 수 있는 분이십니까?"

"내가 누군지 알면 당신은 복권 맞은 건데?"

아시하의 답을 들은 남자가 가볍게 맞받았다.

"그렇다면 제 당첨 운을 시험해 봐야겠군요."

"……어떻게?"

고양이 눈이 되어 남자를 경계하던 아시하가 슬금슬금 뒷걸음질을 쳤다. 생각해 보면 이 남자는 축제의 불문율도 어기고 괴한의 가면을 벗기지 않았었나. 그러고 보니 사용인들에게 괴한을 넘길 때 어떻게 무마했는지 모르겠다. 학교 사정에 밝은 남자가 후속 조치를 주도하는 바람에 아시하는 끼어들 틈을 찾지 못했다.

"내 가면에는 절대 손대지 마요."

아시하가 불안한 목소리로 경고하자 남자가 낮게 웃었다.

"영애께서는 왜 이 축제에서 가면을 쓰는지 아십니까?"

"……모르죠."

"그럼 한 가지 유용한 조언을 드리지요. 만약 영애께서 자신을 지키고 싶으시다면 다른 어떤 방법보다도 가면을 벗어 던져 버리시는 게 가장 쉽습니다."

"왜죠?"

"다른 사람의 가면을 벗기지 않는 건 나 자신을 보호하기 위해서니까요."

아시하는 고개를 갸웃했다. 남자의 말뜻을 알 듯 말 듯 하다.

"그게 아니라 내 가면으로 자신을 보호하는 것 아닌가요?"

"간혹 어떤 사람들은 쓸모없는 것을 지키느라 정말 중요한 것을 잃곤 하지요."

아시하는 가면을 매만졌다. 괴한과 상당히 격한 몸싸움을 벌였는데도 쓰고 있던 가면은 무사했다. 정신이 없어 의식하지는 못했지만 그 괴한도 아시하의 가면에는 끝까지 손대려 하지 않았다. 남자가 지적하기 전까지는 그 까닭을 깊게 생각하려 하지 않았는데, 사뭇 미심쩍다.

"이거 그냥 먹고 노는 축제가 아닌가 봐."

가면을 쓴 학생들이 전부 능구렁이처럼 보이고 이래저래 계산속도 복잡하게 얽혀 있다. 들어온 지 불과 몇 시간 되지 않은 자신이 섞여 들려니 물 위에 둥둥 뜬 기름 같다. 첫인상부터 엉망이다.

"영애께서 운이 안 따라 주셔서 그렇지 마음껏 먹고 노는 축제 맞습니다."

아시하는 뚱하게 남자를 올려다보았다.

시작이 순탄하지 않아 믿기지 않았지만 결론적으로 남자의 말은 정답이었다. 그를 따라 학교를 순회한 지 채 반 시각도 되지 않아서 아시하는 축제에 가졌던 부정적인 이미지들을 깨끗하게 날려 버렸다.

학교에서 준비한 볼거리, 놀 거리, 즐길 거리, 먹을거리는 전부 무료였다. 분야도 무궁무진했다. 강의실에서는 학생들이 듣고 싶어 한 온갖 강의들이 시간마다 진행되고 일부 연구실은 비워져 전시장으로 활용됐다. 도서관에서는 희귀 서적, 고서 원본 전시회나 학술회 등의 행사가 있었고 연주회, 낭독회, 연극, 서커스를 포함해 국경을 넘나드는 많은 공연 일정이 일주일 내내 빼곡했다. 그 외에도 점술이나 유령 저택 체험, 오락거리는 물론이고 실컷 즐기다 지치면 잠시 쉴 수 있도록 휴게실도 마련되어 있었는데 그곳에서는 휴식을 취하면서 피부 관리나 마사지도 함께 받을 수 있었다.

열 곳의 식당에서는 세계 각국의 요리를 제공했고 각 행사장마다 놓인 긴 탁자에는 간식과 음료, 와인이 가득했다. 접시와 잔은 비워지는 즉시 새 것으로 채워졌다. 다 마신 잔은 굳이 제자리에 돌려놓지 않아도 적당한 장소에 두면 사용인들이 치워 가기 때문에 잔을 들고 다니는 학생들도 종종 보였다.

아시하는 남자와 함께 소국 화가들의 작품을 전시해 놓은 회장에 입장했다. 나유타나 해을란, 라단 같은 대국의 유명한 예술가들이 아니라 소국 무명 예술가들의 작품들이라 그런지 전시회장은 한적했다. 안내원 세 사람을 제외하고 관람객은 아시하와 남자, 단 두 명뿐이었다.

"여긴 사람이 왜 이렇게 없죠?"

"알려지지 않은 화가의 작품들이니까요."

남자의 답에 이어 안내원이 자세하게 설명했다.

"사실 여기 전시된 작품들은 화가 측에서 참가비를 내고 보낸 작품들이 대부분입니다."

"섭외비를 이쪽에서 지불하지 않고?"

"대형 화가들의 경우에는 그렇지만 아무래도 무명 화가들의 경우에는 자신의 작품이 이곳 분들의 눈에 드는 것만으로도 엄청난 기회가 될 수 있습니다. 오히려 참가비를 물더라도 작품을 전시하겠다는 화가가 많아 경쟁률도 치열합니다."

그래서인지 화풍의 분위기가 제각기 다르다. 전시회장을 돌다 아시하는 여태까지 보아 왔던 그림과는 상당히 다른 느낌의 작품을 발견했다. 주로 유화를 다루는 나유타에서는 보기 드문 색채를 가진 그림이었다.

종이, 수채화. 담 283년도 제작.

아시하가 그림에 관심을 보이자 안내원이 즉각 따라붙었다.

"남쪽의 몇몇 소국들 사이에서 최근 유행하는 화풍이랍니다. 건너편으로 가시면 비슷한 그림들을 더 보실 수 있습니다."

한 자락 이어진 야트막한 능선을 배경으로 외딴집에 그려진 어느 교외의 풍경이었다. 엷은 구름과 갈대밭이 누운 방향으로부터 사분사분한 바람 한 줄기가 절로 느껴지는 일몰, 혹은 일출의 한 장면.

"마음에 드시나 봅니다."

"취향은 아닌데 은근히 눈길을 끄네."

잔잔하고 고요하며 투명하다. 그림에 언니의 분위기를 닮은 구석이 있어 그런 걸까.

"조용하고 한적한 휴식을 원하시는 분들이 교외에 별장을 마련해 놓고 쉬신다고 들었습니다."

"그래요?"

아시하는 수채화 속 갈대밭을 거니는 언니를 상상했다. 황제가 될 언니는 평생을 소란스럽고 북적대는 황궁에서 살아야 한다. 외딴집이라니, 언니에겐 있을 수 없는 일상이다. 불가능한 광경인데 언니의 성격에는 왠지 어울린다.

"아쉽겠다."

"가시면 되지 않습니까?"

"나? 아니, 내가 아니라 언니. 난 이런 잔잔한 나라는 심심해서 별로 안 좋아해."

언니라면 모를까, 나는 아니다.

그럼에도 남자의 말 때문인지 재차 눈길이 간다. 아시하는 붉은 일몰을 머리에 인 외딴집 속 자신을 그려 보았다. 앞으로는 갈대밭이 광활하게 펼쳐져 있고 뒤로는 능선이 하늘을 떠받치고 있다면.

찬찬히 떠올리다가 고개를 설레설레 흔들었다.

아무래도 어색하다. 나와는 영 어울리지 않겠지.

아시하는 수채화 앞을 맴돌던 시선을 거두고 걸음을 뗐다.

"보자. 아니, 봐요."

식당의 창가 자리에 앉아 남황녀는 모아 온 각종 일람표들을 꺼내 놓았다. 오후 4시 반. 식사 시간을 애매하게 피해 간 식당에는 끼니를 제때 챙기지 못한 서너 쌍의 학생들이 늦은 식사를 하는 중이었다. 학교에 들어오자마자 미로 정원, 미로 정원에서 병원, 병원에서 전시장을 누볐던 남황녀는 오후 4시가 되어서야 살짝 당황한 목소리로 물었다. '그런데, 지금 몇 시지?' 그리고 금세 말꼬리를 만들어 붙였다. '요.' 하고.

공대에 익숙하지 않은 남황녀는 번번이 제 편한 대로 말을 토막 내기 일쑤였다. 공과 사를 이렇게 구분하는 상대는 처음이다.

"차라리 말씀을 편하게 하시면 듣기에도 편하겠습니다."

남황녀가 냉큼 동의했다.

"그러지 뭐."

이러니 남황녀가 눈에 띌 수밖에 없다.

그녀는 상대를 탐색하지 않는다. 자기 확신이 분명하기 때문에 본능적으로 우위를 점한다.

남황녀는 스스로를 높이는 사람이고 채황녀는 스스로를 낮추는 사람이다. 언어의 높이가 다르고 시야의 높이가 다르다. 자신이 남들보다 한 단계 높은 계단 위에 서 있다고 생각하는 사람과 남들과 같은 평지에 서 있다고 생각하는 사람은 근본부터 표가 나게 마련이다.

채황녀는 다른 학생들과 동등한 위치를 자처했다. 그것으로도 부족했던지 그녀는 안타이의 앞에 무릎을 꿇고 앉았다. 채황녀가 자신과 안타이를 같은 선상에 두던 그날 학생들은 자신들의 위상이 완족과 같은 위치로 추락했다는 전대미문의 낭패감을 맛봤다.

귀족들은 선천적으로 '빼앗김'에 관한 공포가 있다. 타인을 드높여 내 자리를 지킬지언정 평등하게 내려놓는 건 원하지 않는다. 그걸 처음으로 시도한 이가 채황녀였다. 아직은 성공이라고도, 실패라고도 말할 수 없다. 채황녀가 황제의 자리에 오르면 그녀는 경호원의 흔적을 깔끔하게 정리해야 할 것이니. 귀족들 입장에서도 자신을 낮추는 사람보다는 자신을 높이는 사람을 모시기가 쉽다.

채황녀가 안타이를 경호원으로 데려갔을 때 가장 극렬하게 반대를 했던 사람이 남황녀였다던가.

"신년 운세, 연극, 유령 저택, 서커스."

남황녀는 호불호가 확실했다. 일람표를 보며 참석할 행사와 아닌 행사를 딱딱 분류해 나눴다. 시간은 한정되어 있는데 황녀의 계획은 끝이 없다. 기실 일주일에 걸쳐 진행되는 축제를 하루 안에 즐기겠다는 자체가 욕심이었다.

"라단의 운세는."

황녀가 얼굴을 들었다.

"홀수 날 해가 뜨는 시간에 봐야 잘 맞는다더군요."

"그래?"

"작년에 컴컴한 새벽부터 줄을 서서 기다리는 학생들을 보았습니다."

고개를 슬쩍 기울이고 듣던 황녀가 정작 엉뚱한 정보를 낚아챘다.

"작년 축제를 기억한다면 최소한 2학년 이상. 좋아."

"저 말입니까? 신입생일 수도 있지요."

"그런 것치고는 너무 잘 알잖아."

"영애처럼 미리 견학을 온 적이 있을 거라고는 생각하지 않으십니까?"

"당신 그렇게까지 어린 느낌은 아닌데?"

황녀는 속지 않았다. 이안은 불현듯 궁금해졌다. 제가 이미 황녀의 정체를 간파하고 있다는 사실을 알게 되면 황녀는 어떤 반응을 보일까.

요리사가 음식을 내왔다. 해을란 남쪽 지방의 특산물이라는 해산물과 양고기 요리. 남황녀는 음식을 한두 입 맛만 보는 정도로 식사했다. 손에 쥐면 둘레를 감싸고도 한 마디는 남을 것 같은 손목이며 두드러지게 솟아나온 쇄골 뼈. 간식에 집착하느라 번번이 체중 관리에 실패하는 여동생을 둔 이안은, 언젠가 리네아의 신경질을 기억해 냈다. '마른 것들이 더하다니까!'

"아까부터."

창밖을 빤히 내다보고 있던 남황녀가 턱짓했다.

"사람들이 다들 저 뒤편으로 가는 것 같은데, 착각인가?"

이안은 황녀가 가리키는 방향으로 멀리 시선을 뻗었다. 말과 마차가 드문드문 간격을 두고 한 길을 오간다. 그러고 보니 오늘이 축제의 첫날이다. 자신은 크게 의미를 두지 않는 행사지만 처음으로 축제를 즐기러 찾아온 남황녀라면 관심을 가질 만한 행사가 있었다.

"천등을 날리러 가는 겁니다."

"천등?"

"천등을 만들어 미리 소원을 쓴 종이를 넣어 두었다가 밤이 깊어지면 한꺼번에 등을 날려 보내지요."

동백 축제의 첫날을 기념하며 천등을 날리고 나면 그다음 날부터는 밤마다 가면무도회가 이어진다. 축제의 마지막 밤에는 졸업생만을 대상으로 하는 무도회로 축제가 끝나고 학교는 겨울방학이라는 긴 휴식에 들어간다.

황녀는 예상보다 훨씬 더 흥미를 보였다.

"생각해 보면 누구나 항상 마음속으로 뭔가 바라는 게 있잖아? 그게 참 신기해."

미모, 부귀, 권력, 영예까지 넘치도록 가진 황녀에게도 이루고 싶은 소원이 있나 보다.

이안은 천등을 딱 한 번 날렸었다. 아무것도 적지 않고 텅 비워 놓은 천등을. 반면 내리 국립대를 졸업했거나 졸업을 앞둔, 또 재학 중인 세 오빠를 두어 학교 소식에 정통한 리네아는 천등에 실어 보낼 제 소원을 미리 정해 두고 이안에게도 엄포를 놨다.

—오빠가 쓸 게 없으면 나를 위해 쓰란 말이야.

리네아의 소원은 뻔했다. 먹어도 찌지 않는 몸. 좋은 성적. 행복한 미래. 삶에 있어 약간의 행운이 작용해야 얻을 수 있는 것들.

교화이자 축제의 상징이지만 교내의 동백나무에는 아직 꽃봉오리도 맺히지 않았다.

“꽃이 다 어디 갔나 했더니, 여기 있네.”

야외 광장에서 나눠 주는 천등에 종이로 접은 동백꽃이 한 송이씩 붙어 있었다. 천등을 펼쳐 본 남황녀가 꽤 즐거워했다.

“꽃을 좋아하십니까?”

“아니.”

뜻밖에도 남황녀는 부정했다. 평소의 가치관인지 반응이 몸에 밴 듯 자연스러웠다.

“찰나에 사라져 버리는 건 좋아하지 않아.”

“보통은 그런 비영속적인 부분에 의미를 두지요.”

“금방 없어져 버리는 가치가 무슨 소용이야.”

아름다움을 인정하지만 가치는 두지 않는다. 남황녀가 주장하는 가치에는 냉하고 엄정한 느낌이 든다. 기준선이 아주 깔끔하고 명확하다. 그 선을 넘어가기는 어렵겠지만 한번 황녀의 기준을 충족시키고 나면 황녀에게 얼마나 무거운 의미를 지닐지 기대된다.

종이를 빠듯하게 채워 가던 황녀가 불쑥 얼굴을 들더니 이안을 보았다.

“왜 당신은 아무것도 안 써?”

“딱히 쓸 소원이 없습니다.”

“그래?”

어느새 하늘이 저물었다. 겨울의 해는 짧았다. 현저히 빛이 잦아들자 사용인들이 바삐 돌아다니며 불을 붙인 토막 초를 하나씩 나눠 주기 시작했다. 황녀의 하얀 가면이 주홍 불빛에 물들었다. 남황녀가 무심하게 입을 열었다.

"알고 보니 당신 꽤 비관적인 사람이구나?"

이미 충분히 가져서.

현재에 만족해서.

이런 견해는 들어 보았어도 황녀의 견해는 처음 듣는다.

"기대하는 게 없으니까 바라는 것도 없는 거지. 안 그래?"

"딱히 원하는 게 없을 뿐인데 비관적이라는 말은 너무합니다."

"그래? 그럼 이래도 그러려니 저래도 그러려니 순응하는 착한 사람이구나."

황녀는 농담을 농담 같지 않게 하는 재주가 있다.

"적으실 게 많은 걸 보니 영애께서는 욕심이 많으신 분인가 봅니다."

그래서 이안은 일부러 그녀의 약을 올렸다. 황녀의 반응이 어떨지 보고 싶었다.

"두루두루 공사다망해서 염려할 일이 많을 뿐인데 욕심 많다는 말은 너무하다."

뜻밖에도 기분 상한 기색 없이 황녀가 엇비슷하게 받아넘겼다. 공적인 자리에서의 위명과 다르게 사적인 자리에서의 남황녀는 상대하기 까다롭지 않다. 유독 발음이 또박또박하고 말씨가 차가워 특유의 분위기가 사라지지는 않지만 자세히 들어 보면 남을 깔아뭉개거나 무시하는 느낌은 드물다. 미로 정원에서 불유쾌한 짓을 당하고도 학교를 뒤집어 놓는 대신 여전히 가면을 쓰고 착실하게 영애 1로서의 역할을 하고 있다는 점도 의외였다. 암암리에 다티를 내서 문제지만.

"이 가면, 써서 좋은 점이 하나 있네."
"무엇입니까?"
"뭘 들어도, 뭘 말해도 거리낄 게 없어."
내 안의 일부가 분리가 된 기분.
또 다른 자신을 발견하는 시간.
오목한 잔에 데운 술을 채워 온 사용인들이 학생들에게 잔을 하나씩 나눠 주었다. 으슬으슬한 추위에 떨던 학생들이 너도 나도 할 것 없이 잔을 받아 들었다. 이안이 데운 술을 가져와 황녀에게 건넸다. 주고 나서야 아차, 싶었다. 황녀는 지금 열여덟 살 이하, 대학 입학 전 학교 축제에 견학 온 미성년자 행세를 하는 중 아니었던가.
"저,"
불렀지만 이미 늦었다. 남황녀도 제 처지를 잊었는지 아주 자연스럽게 잔을 비웠다.
"왜?"
천등을 챙긴 학생들이 광장을 빠져나간다. 적당한 시간이 될 때까지 야외 광장에서 시간을 보내는 학생도 있지만 일부 학생들, 특히 졸업을 앞둔 학생들은 자신이 가장 애착을 가진 장소에서 천등을 날리기도 했다.
결국 이안은 하려던 말을 삼키고 엉뚱한 제안을 꺼냈다.
"우리도 자리를 옮기지요."
잠시 생각하던 남황녀가 종이를 꼭꼭 접어 천등에 실었다.
"그래. 하늘이 가장 가까운 곳으로 가자."

근처의 강의동 구름다리 위에 자리를 잡았다. 가는 길에 황녀는 한 잔의 데운 술을 더 챙겨 왔다. 난간에 손을 짚고 바깥으로 얼굴을 내밀더니 소리를 죽여 감탄한다. 뜨문뜨문 반짝이는 조각난 불빛들이 땅에 뜬 별 같다. 전부 첫 천등이 떠오르기를 기다리는 학생들의 빛이었다.

"낮에는 사람이 별로 없더니 밤이 되니까 꽤 많구나."

"천등을 안에서 날릴 수는 없으니까요."

"그런데 왜들 안 날려? 이제 이렇게 깜깜한데."

"영애께서 가장 먼저 띄우셔도 됩니다."

"그러긴 싫어. 왠지 아까우니까."

남황녀가 고개를 흔들었다. 길고 풍성한 머리카락이 황녀의 움직임에 따라 같이 흔들렸다.

"당신은 내일도 오니?"

"글쎄요. 영애께서는 오십니까?"

"글쎄……."

남황녀가 오늘 찾으려고 했던 사람은 아마 채황녀였을 터. 그리고 채황녀는 이 축제에 아예 참여하지 않았을 것이다. 혹 왔더라도 그녀의 경호원 때문에 사람들 사이에는 절대 섞여 들려 하지 않았거나. 채황녀가 아니라면 남황녀도 축제에 찾아올 이유가 없다.

"어, 저기 천등 날아간다."

지루한 눈치 싸움 끝에 천등 하나가 하늘에 올랐다. 이안보다 남황녀가 먼저 발견했다. 한 사람이 먼저 천등을 날려 보내자 뒤이어 학생들이 천등을 하나씩 띄웠다.

"이거 어떻게 하는 거야?"

"고체 연료에 불을 붙이면 됩니다."

황녀를 도와 고체 연료에 촛불을 가져다 댔다. 연료에 불이 붙자 천등이 둥글게 몸집을 불렸다. 표면을 장식한 종이 동백꽃에도 발갛게 색이 번졌다. 이제 손을 놓으면 저절로 떠오르겠다 싶을 만큼 부력이 실렸을 때였다.

“잠깐만!”

남황녀가 손짓했다.

“이거 잘 잡고 있어 봐.”

그러더니 불쑥 불붙은 천등 안에 손을 넣어 종이를 꺼내려 했다. 깜짝 놀란 이안이 황녀의 손을 붙잡았다.

“손, 다치면 어쩌려고 그러십니까.”

“갑자기 써넣을 게 하나 더 생각이 나서.”

황녀를 말리고 대신 종이를 꺼내 건넸다. 황녀는 다급하게 빈 공간을 채웠다.

“당신 말대로 나 욕심이 많은가 봐.”

내용이 보이지 않게끔 꼭꼭 접어 숨긴 종이를 다시 집어넣었다.

천등이 팽팽하게 부풀었다.

하나, 둘, 셋.

함께 숫자를 세고 황녀가 천등을 날려 보냈다. 황녀는 고개를 바짝 치켜들고 밤하늘 위로 높게 솟아오른 천등을 배웅했다. 곳곳에서 떠오른 노랗고 붉은 천등들이 별보다 선연하게 하늘을 갈랐다. 빛의 비. 마음을 담은 궤적들에 눈이 부시다.

“와…….”

황녀는 끝까지 자신의 천등을 놓치지 않았다. 너울거리는 빛이 저 멀리 조그마한 빛의 점으로 줄어들었다가 사라질 때까지. 멀어지는 빛의 뒤를 새로운 천등들이 쫓는다. 한 무리 한 무리 천등들이 계속해서 날아올라 하늘을 가로질렀다.

기대하지 않으니 바라지도 않는다.

황녀의 말은 어쩌면 일부분 맞는지도 모르겠다. 차곡차곡 정해져 있는 내일에 기대를 품은 적이 없으니까.

"당신은 쓸 소원이 없다더니."

종이를 접어 천등에 싣고 연료에 불을 붙였다. 저 멀리 사그라지는 빛의 꼬리를 물듯 마지막 천등이 떠오른다.

"뭐라고 썼어?"

황녀가 궁금증을 표했다. 이안은 먼저 반문했다.

"영애께서는 뭘 쓰셨습니까?"

황녀는 고민하는 낌새가 여실했다. 자신의 궁금증에 대한 답을 얻으려면 이안의 질문에 대한 답도 줘야 하는 것. 한참 머리를 굴리며 계산을 하는가 싶더니 마침내 궁금증이 이긴 모양이었다. 남황녀는 솔직하게 털어놓았다.

"만약 내일 당신을 마주치게 된다면 꼭 알아보게 해 달라고. 당신은?"

이안은 가만히 웃었다.

"비밀입니다."

황궁에 돌아와서야 기억났다. 분명 그 남학생을 찾아낼 작정이었는데 완전히 까맣게 잊고 있었다. 이미 돌아왔으니 이제 와서 찾을 길도 없다. 깨끗하게 잊고 잘 놀고 올 수 있었으니 다행인 건지 영영 못 찾게 되었으니 화가 나야 하는 건지.

반년 만에 돌아온 집은 어느덧 겨울이다. 여름과 겨울. 계절이 확실한 시기에만 황궁을 겪게 된다. 가장 푸르거나 가장 창백하고 건조한 계절. 이 겨울도 오래 누리지 못하고 탐사 일정에 맞춰 다시 학교로 내려가야 한다. 짧은 방학이다. 이 짧은 휴식의 시작을 언니와 함께 학교에서 축제를 즐기며 맞이하려 했는데 일정이 완전히 어긋났다.

언니는 채궁에 있었다. 언니의 지근거리에서 대기하고 있는 완족 남자를 보면 알 수 있다. 안타이라는 이름의 그 남자는 아시하를 보자마자 예를 갖췄다. 남자는 끈질기다. 나유타 사람도 아닌 주제에 나유타 황실의 예를 취한다. 처음에는 남자를 무시했다. 그런데도 남자는 아시하를 볼 때마다 받아 주지 않는 인사를 계속했다. 뱀눈을 뜨며 남자를 공개적으로 거부하거나 무안을 줘도 소용이 없었다. 모두가 반기지 않는 자리에서 기를 쓰고 버티는 이유를 모르겠다. 굳이 저런 남자를 경호원으로 데려온 언니도 정말 이해 못 하겠다.

"아시하!"

서재의 문을 열고 들어가자마자 기척을 들은 언니가 반갑게 소리쳤다.

"세상에, 언제 온 거야?"

"방금 도착했어."

"왜 미리 연락하지 않았어? 그랬으면 기다리고 있었을 텐데."

"언니야말로 오늘 겨울 축제 안 갔어?"

"아, 그거. 응."

언니가 고개를 가로저었다.

"왜? 축제잖아."

"그냥. 즐겁지 않을 것 같아서."

"저 남자 때문이야?"

아시하가 턱 끝으로 문밖을 가리켰다. 미유라는 애매하게 웃었다.

"아무도 차별받지 않는 축제라도 안타이는 어떻게든 차별 대우를 받게 되어 있으니까."

"그럼 혹 떼어 놓고 가든가. 언니가 저 남자 사정을 그렇게까지 생각해 줘야 될 이유가 뭔데?"

"꼭 그를 생각해서가 아니라 이미 겪어 본 축제라서 이제 별로 흥미가 없을 뿐이야."

미심쩍지만 차분하게 대응하는 언니는 당할 수가 없다. 이미 겨울 축제를 겪은 바 있으니 흥미가 없다는 해명도 그럴듯했다. 황녀로서 참여해야 하는 공식적인 일정이 아닌 이상 언니는 애초 사람이 많이 몰리는 장소를 좋아하지도 않았으니.

"진작 알았으면 좋았을걸."

"갔었니?"

"난 언니가 있을 줄 알았지."

"초행길인데 난처했겠다."

"그렇지도 않았어. 있잖아, 나 거기서 어떤 사람을 만났는데 말이야……."

언니를 통해 이 남자가 누구였을지 유추해 보려 했지만 막상 설명하려니 그것부터가 막힌다. 아시하는 고심했다.

"언니한테 물어보고 싶은 사람이 있는데."

"누구?"

"얼굴을 모르니까 설명이 어렵다. 언니. 키 크고 체격이 호리호리하면서 말투가 친절한 남자 알아?"

말해 놓고 보니 학교에서 언니를 찾던 때와 다를 게 없었다. 키가 크고 마르고 갈색 머리를 가진 여자. 안타이처럼 인종이 다르지 않은 이상에야 특징을 잡기가 어렵다. 그렇기에 가면을 쓰고 제 정체를 감출 수 있는 것이겠지만.

"얼굴도 모르는 남자를 찾는 거야?

"얼굴만 모르는 남자야."

"그럼 뭘 더 아는데?"

"말을 약간 교묘하게 해. 속이 안 읽히게."

"너와는 전혀 반대되는 유형이구나."

"가만히 있어도 눈에 띌 만한 사람일 텐데. 조용히 묻힐 분위기가 아니야."

설명을 하면 할수록 미궁에 빠져든다. 많이 알았다 생각했는데 따져보니 아는 부분이 적다. 야릇하게 신비하다. 안개 속을 날아가는 새처럼 형체가 보일락 말락 흐리다.

"언니, 학교 안에서 유난히 시선을 끄는 유명한 남자들 중에 엇비슷하게 짚이는 사람 없어?"

"아무래도 모르겠는데. 글쎄, 내 주변에 그런 사람은 없었던 것 같기도 하고. 아시하, 어쩌면."

언니는 미안한 표정이었다.

"그 남자는 평소에 완전히 다른 모습일지도 몰라. 간혹 가면을 쓰면 성격이 달라지는 사람들이 있거든. 평소에는 소심하지만 축제만 되면 과감하게 변한다든가."

"그럴 것 같지는 않아."

미로 정원에서의 인연이 아니었더라면 결코 그 남자는 아시하에게 먼저 말을 걸지 않았을 것이다. 사람들 틈에 섞이기보다는 한 발짝 물러서 관조하는 쪽에 가까워 보인다. 이름도 모르고 정체도 모른다. 하루가 의미 없이 흘러가지 않았다고 생각했는데 만남과 헤어짐이 참으로 부질없다.

"꼭 찾아야 하는 사람이야? 어떤 사람인데 그래."

아무것도 아니야.

별것 아니야.

그렇게 말하고 잊어버리면 그만인 일을 어째서 깔끔하게 끝내지 못하는 걸까.

"아시하, 방학 동안에는 여기서 지낼 거지? 오랜만에 봤는데 우리 내일 나갈까?"

어느 한곳에 가만히 있기보다는 돌아다니기를 좋아하는 아시하를 위한 언니의 배려가 웬일인지 반갑지 않다.

아시하는 내키지 않는 기분을 억지로 숨겼다. 언니를 섭섭하게 만들고 싶지 않았다. 처음부터 사람들과 가볍게 스치고 지나가도록 기획된 축제 아니었던가.

그러니 이 아쉬움도 그저 한때 부는 바람 같은 것이라고, 단지 그뿐이리라.

그렇게 생각했는데 다시 또 겨울 축제의 광장 안에 서 있다.

오전 내내 언니와 시간을 함께 보냈지만 언니에게 온전히 집중하지 못했다. 짧은 방학, 짧은 휴일, 짧은 축제. 어디 하나 집중하기에는 턱없이 모자란, 모두 다 짧기만 한 것들. 방학이 끝나면 언니와는 또 한 학기를 떨어져 지내야 하고 축제가 끝나면 그 남자는 찾을 수 없다. 몸은 이곳에 있는데 마음은 바람처럼 방황을 하는 탓에 두 번이나 언니의 이야기를 놓쳤다. 드문 일이었는데도 언니는 아무것도 묻지 않았다.

끊긴 대화를 일상적으로 이어 나가던 언니는 점심시간이 가까워 올 즈음 시간을 확인하더니 잊고 있었던 일정이 갑자기 기억난 것처럼 어설픈 연기를 했다.

—미안해, 아시하. 오후에 자선 행사에 참석해야 하는데 난 그 준비를 해야 할 것 같네.

언니는 시간을 양보했다. 아시하가 미안해하지 않아도 될 방법으로.

의도치 않게 언니를 불청객으로 만들어 버린 기분이다. 뒤늦게 일어서서 언니를 잡으려 하자 언니는 시계를 가리켜 보였다.

—아시하, 마음이 초조하고 불안한 건 '때'를 놓치지 말라는 경고야.

—그거 언니는 꼭 경험이 있었다는 말처럼 들린다.

미유라는 짧은 미소로 대답을 대신했다.

시기를 놓치지 말라는 경고. 그와 시기를 운운할 만큼의 거창한 약속은 없었는데도 그런 것일까. 아니면 그 시기를 만들어 가려는 과도기에 서 있는 건가.

고민은 짧았다.

이렇게나 생소한 갈증을 안고 하루를 견디고 싶지는 않다. 해갈이 필요하다.

황실의 문장을 가린 마차를 타고 학교에 도착했을 때는 이미 점심시간이 훌쩍 흐른 늦은 시각이었다. 아시하는 가면을 쓰고 내렸다. 하루 만에 찾아온 국립대는 여전히 광활했고 마찬가지로 아득하니 눈에 설었다. 꽤 익숙해졌다 생각했는데 아무래도 이곳에서 보낸 하루가 너무 빨랐었나 보다. 새로운 장소, 낯선 풍경 사이에 발을 들여놓은 기분이다.

혼자라서 그런 걸까.

만날 시간도 장소도 정해 놓지 않았다.

그저 우연에 기대어 스쳐 가다 알아볼 수 있기를 바랄 뿐.

사람을 기억하는 일은 늘 자신 없었다. 황궁이나 학교에서 마주치는 사람들은 모두가 남황녀 아시하를 알고 있었고 예법에 따라 자신을 소개하며 다가왔다. 그렇기에 굳이 기억의 일부를 할애해 머릿속에 넣어 두지 않아도 불편함을 느끼지 못했다. 사람을 기억하는 훈련을 하지 않아서인지 특별한 인상이나 특징을 지닌 사람이 아니면 아시하는 상대를 종종 잊어버리기도 했다. 그런 경우에도 별문제는 없었다. 사람을 기억하지 못하는 황녀가 문제가 아니라, 황녀에게 자신을 각인시키지 못하는 상대가 문제가 되니까.

얼굴을 알아도 알아보기 힘든 마당인데 하물며 얼굴조차 모르는 남자를 찾을 수 있을지 자신이 없다. 정신의 방황을 잡기 위해 찾아왔는데 이번에는 몸의 방황이 시작됐다. 무슨 작품인지도 모르는 낭독회를 들으며 그와 비슷한 분위기를 가진 사람은 없는지 주변을 살폈다. 특별한 상황이 아닌 이상 사방을 두리번거린다거나 다른 사람을 의식하지 않던 아시하에겐 어색하기 그지없는 일이었다.

다른 이 내 앞에서 그대 이름 부르면
내게는 조종弔鐘 소리처럼 들리고
전율이 나를 덮쳐 오는데
왜 그대 그토록 사랑스러웠던가.
내 그대 알았음을 다른 이들은 모르지.

(*영국 낭만주의 시인 조지 고든 바이런의 시 'When we two parted'에서 차용)

낭독이 점차 고조에 달한다. 학생들은 숨소리조차 내지 않고 낭독을 감상했다.

"그 누가 그대를 더 잘 알 수 있을까."

어른어른 꿈을 걷는 듯하다.

희뿌연 하늘을 올려다본다. 눈이 부시다. 학생들의 행렬을 따라 찾아간 천막 속에서는 마술 쇼가 한창이었다. 화장을 요란하게 한 여자 마술사가 움푹한 모자 속에서 하얀 비둘기를 꺼냈다. 푸드덕, 공중을 한 바퀴 돈 비둘기가 마술사의 손가락 위에 앉는다. 마술사는 비둘기를 모자 안에 넣고 그대로 뒤집었다. 어느새 비둘기는 사라지고 빨간 손수건이 툭 떨어졌다. 손수건을 꼬깃꼬깃 접어 숨을 불어 넣자 손수건은 빨간 장미로 변했다. 환호와 탄성 속에서 여자 마술사는 큼직하게 자란 빨간 장미를 맨 앞자리에 앉아 구경하고 있던 어느 남학생에게 선사했다.

어깨가 넓고 뒷머리를 단정하게 정리한 학생이었다.

설마.

남학생을 유심히 지켜보고 있던 아시하는 마술이 끝나자마자 장미를 든 남학생을 찾아 학생들 사이를 거꾸로 거슬러 갔다. 뒤편에 있던 학생들이 천막을 먼저 빠져나가면서, 혼잡을 방지하기 위해 앞쪽 사람들은 자리가 빌 때까지 느긋하게 앉아 기다리거나 책을 꺼내 읽는 여유를 부렸다. 아시하는 급하게 빈 공간을 가로질러 그 남학생의 어깨에 손을 얹었다.

"저기."

손을 올리자마자 본능으로 느꼈다. 사람을 잘못 짚었다는 사실을.

"네?"

멀리서 볼 때는 닮은 점만 눈에 보였는데 가까이에서 보니 남학생은 완연히 다른 사람이었다. 남학생이 데려온 듯한 가면 쓴 여학생이 아시하를 보며 물었다.

"누구세요?"

"……실례했어요. 사람을 잘못 봤네요."

"아는 사이 아니에요?"

"괜찮습니다. 그럴 수도 있죠."

수상해하는 여자와 달리 남자는 인심 좋게 받아들였다. 가만 살피니 그 둘은 연인처럼 보였다. 또래의 낯선 여자가 제 애인에게 흥미를 보였다고 생각해 경계한 것 같았다. 친밀한 사람들만의 고유한 영역이 있다. 아시하는 그 영역에서 물러났다. 남학생은 붉은 장미를 제 여자 친구에게 선물했고, 여학생은 기뻐하며 장미를 받아 제 앞섶에 꽂았다.

전날의 경험으로 인해 사람을 물어물어 찾는 건 불가능한 일임을 알고 있다. 돌이켜 보니 제 관심사만 늘어놓았지 남자의 관심사는 묻지도 않았다. 방향의 갈피를 잡을 수가 없다. 기억을 되짚어 보다가 아시하는 그를 처음 보았던 도서관으로 찾아갔다.

서가에서는 오래된 책의 묵은 냄새가 났다. 워낙 사람이 없었기에 도서관은 둘러볼 것도 없었다. 도서관에 비치되어 있던 일람표에서 관련 학술회의 일정을 발견한 아시하는 마차를 타고 학술회가 열리고 있을 연구실로 향했다.

학술회라면 다른 행사처럼 사람만 찾고 나오기는 어려울 것이다. 적당히 참여하면서 시간을 보내야 할 텐데 잘 모르는 주제라 부담스러웠다.

고대 역사나 언어 쪽이면 누구보다 전문적으로 참여할 수 있는데.

사립대에서 교양 수업으로 듣고 있기는 하지만 수업의 편성 비중 자체가 다르니 이 학교 학생들만큼 배우지는 못했다. 대학 입학 전까지 개인 교습을 받은 것도 이 학교와 얼마나 차이가 있는지 모르는 일이고. 그 남자는 이런 방면에 관심이 있는 걸까. 아니면 귀족으로서의 소양, 혹은 가문을 이어받아야 하는 입장에서 공부하느라 축제 날까지 도서관에 있었던 걸까.

마차에서 내리는 순간 키가 큰 남자가 휙 스쳐 갔다.

"잠시만요!"

무의식적으로 남자를 불러 세웠다. 돌아보는 남자의 앞모습을 보고 아시하는 곧장 직감했다. 또 잘못 잡았구나.

"아무것도 아니에요."

한심하다.

키가 큰 사람을 보면 그 사람인가 싶다. 어깨가 넓고 훤칠한 사람을 보면 그 사람인가 싶다. 걸음이 맵시 있는 사람을 보면 그 사람인가 싶다. 선이 날렵한 사람을 보면 그 사람인가 싶다. 저절로 지나가는 사람들을 한 명 한 명 살펴보게 된다. 언니와는 다르다. 언니는 이곳에서 찾지 못하더라도 집에 돌아가면 만날 수 있으리라는 확신이 있었으니까. 강박적으로 덜컥덜컥 가슴이 내려앉는 기분을 느끼며 찾아다니지 않아도 괜찮았다.

어떻게든 만날 수 있는 사람과 지금이 아니면 만날 수 없는 사람. 접점이 있는 사람과 접점이 없는 사람.

상쾌하지 못한 걸음으로 학술회장의 문을 열었다. 기대감보다는 불안감이 컸다. 마음의 균형이 틀어진 것만 같다.

나는 왜 그 남자를 다시 만나고 싶은 건가.

학회장은 고요했다. 문밖의 축제 분위기는 온데간데없이 중간에 들고나는 사람도 드물 만큼. 낯선 수업, 낯선 공간 속에서 아시하는 그나마 알고 있는 사람을 찾으려 교수들과 학생들 틈을 훑었다.

머리를 길게 늘어뜨린 여자. 따닥따닥 습관적으로 손가락 관절을 꺾는 남자. 초록색 보석이 박힌 머리 장식을 한 여자. 머리를 짧게 자른 남자. 어깨가 넓고 등을 굽혀 앉은 여자. 유독 옷차림이 화려해 절로 눈길을 끄는 남자.

맞는지 아닌지 모르겠다. 닮은 구석이 있어 보이기도 하고 완전히 다른 사람처럼 보이기도 한다. 머리가 지끈거린다. 하루가 이렇게 아무 소득 없이 끝나 버리면 어쩌지. 미련은 남는데 시간이 아깝다. 마음이 번잡하니 갈등은 심해지고 주제도 모른 채 들어온 발표는 귓전에 건성으로 얹힌다.

아무래도 안 되겠다.

그럼에도 조금만 더, 잠시만 더 찾아보자, 재촉하는 이 속삭임은 어디에서 기인한 것인지.

마지막으로 한 번만 더.

마음을 정했다. 미로 정원에서 잡은 괴한을 처리할 적 사정에 어두운 아시하 대신 남자가 상황을 주도해서 종결시켰다. 괴한을 깔끔하게 처리하기 위해 남자는 자신의 신분을 사용했을 가능성이 크다. 이마저도 어긋난다면 남자를 찾을 방법은 영영 없다. 그때는 아쉬워하지 않을 것이다. 결국은 단발성으로 끝날 인연이었다는 뜻일 테니까.

그렇대도 혼란한 감정을 무 자르듯 단박에 정리할 수는 없는 법이다.

괴한을 인계했던 치안 관리소의 소장은 남자의 신분에 대해 끝까지 모른다고 주장했다.

"왜, 그가 내게 자신의 신분을 함구하라 하던가?"

"아닙니다. 정말로 말씀하지 않으셨습니다."

"나나 나와 동행했던 그 남자의 정체도 모르면서 중재도, 타협도 없이 내 지시가 있을 때까지 놈을 가둬 놓고 있다는 건가? 이 학교에 출입을 했다는 사실 자체만으로 그놈 역시 평범한 사람은 아닐 텐데?"

"교내에서 겁간을 시도한 것 자체가 중죄입니다. 그분이 말씀하시기를 영애께서 합의를 보실 생각이 없으실 테니 모든 처분은 전적으로 영애께 맡기라 하셨습니다. 만일 지금이라도 합의를 하시겠다면……."

실제로 괴한은 꽤 잘사는 집의 아들이라 했다. 밤새 갇혀 떨다가 소장에게 자신의 신상에 대해 많이도 털어놓은 모양이다. 하루를 넘기도록 집에 돌아오지 않았으니 가족들도 슬슬 자식을 찾으려 손을 쓰기 시작했을 테고 정황을 알게 되면 아시하에게 거액의 보상금을 제시할 가능성이 컸다. 괴한은 소장이 중재자의 역할을 해 주기를 바란 눈치였다.

“합의를 받게 해 주면 그에 따른 보상을 얼마간 주겠다 했나 보지?”

“절대로 오해십니다! 그럴 리가요.”

“놈이 보상금을 얼마 불렀지?”

“그런 것 없습니다. 정말로요.”

“당신 돈 버는 재주가 영 맹탕이네.”

중간에서 적당히 줄을 타며 흥정하는 요령이 없다. 약간이라도 머리를 굴렸다면 괴한이 중재를 제안했을 때 그 거래 내역을 아시하에게 고백해 얼마간의 포상을 노릴 법도 한데 소장은 그러지도 못했다. 학교 학생들이 전부 귀족이니 돈 쓰는 데 있어서 인색하지 않을 텐데도.

“놈이 제시한 금액의 2배를 치를 테니 그쪽 집안에서 어찌 나오든 끝까지 잡아 놓았다가 내가 사람 보내면 범인 인계해.”

“예? 예.”

“혹시 내가 놈에 대한 처분을 미루거나 하지 못할 경우 그가 어디로 인수하겠다는 이야기도 없었나?”

“없…… 없었습니다.”

온전히 아시하에게 맡겨 놓은 모양새다. 남자가 소장에게 뭘 어떻게 지시했는지는 몰라도 소장은 아시하 앞에서 줄곧 쩔쩔매면서 정작 캐묻는 것엔 명확하게 답변을 하지 못했다. 추궁을 해도 나오는 게 없다. 하는 수 없이 돌아서려다 아시하는 마지막으로 질문을 던졌다.

“당신 여기서 얼마나 일했지?”

“4~5년쯤 됐습니다.”

"그럼 웬만한 사람은 다 알겠네. 당신 보기에 그 남자, 누구였을 것 같아?"

"저는 영애께서 누구신지도 짐작이 안 되는데 더군다나 그분은 그때 한 번 뵌 게 전부라…… 모르겠습니다."

나야 여기 학생이 아니니 모르는 게 당연한 거고.

수확이 없다. 실망도 거듭되니 이제 그러려니 인정하게 된다. 비슷한 구석이 있는 사람들을 보며 예기치 않게 순간순간 놀라는 일도 이제 그만해야지. 홀로 걷는 제 그림자에 문득문득 곁을 돌아보지도 않을 것이다. 남자는 오늘 오지 않았는지도 모른다. 흐른 시간이 허탈하지만 어쩔 수 없다.

그래, 어쩔 수 없다.

해 질 녘의 햇빛은 샛노랗다. 나른하고 몽롱한 빛이 가득해 어둑한 현기증이 일었다. 그저 터벅터벅 걸었다. 조금 더 일찍 올 것을 그랬다. 그냥 언니와 하루를 즐겁게 보낼 것을 그랬다. 만날 시간과 장소를 정확히 약속할 것을 그랬다. 그를 마주치게 된다면 꼭 알아보게 해 달라는, 그 말을 하지 말 걸 그랬다.

축제에 왔다는 의무감으로 행사장을 돌았다. 온실에 들러 계절을 망각하고 피어난 꽃을 구경했다. 가득 찬 장미 향이 너무 독해 어지러웠다.

"무도회에서 사용하실 장미를 한 송이 드릴까요?"

둘러보니 여학생들이 장미를 하나씩 받아 드레스나 머리를 장식하는 중이었다. 아시하는 고개를 내저었다. 무도회에 참석할 생각이 없으니 장미를 받을 이유가 없었다. 뒤늦게 끼니를 제대로 챙기지 못했다는 생각에 교내 곳곳에 마련된 음식들로 대충 빈속을 채웠다.

재미없다.

어두워 오니 무도회의 파트너를 구하려는 학생들이 늘어났다. 낮에는 혼자 다니던 학생들이 저녁이 되자 둘씩 짝을 지어 오갔다. 정거장까지 걸어가는 5분여의 짧은 시간 동안 아시하도 세 번이나 연달아 붙잡혔다. 보통은 '안 가요.' 하고 거절하는 선에서 정리가 됐지만 재차 권유하고 붙드는 사람도 있었다. 아시하를 끈질기게 따라오던 그 남학생은 근처의 연극이 끝나고 여학생들이 우르르 쏟아져 나오자 새로운 파트너를 찾아 급하게 자리를 떴다.

이럴 줄 알았으면 연극이나 볼 걸 그랬나 보다.

외국의 유명한 배우들을 섭외해 신년극을 공연한다고 들었는데 온종일 이리저리 휩쓸려 다니기만 했을 뿐 제대로 진득하게 구경한 게 별로 없다. 무엇보다도 이럴 걸 그랬다 저럴 걸 그랬다, 후회만 남는 이 기분도 싫다.

"실례지만 혹시 무도회에 같이 가기로 약속된 사람이 없으시면……."

"안 가요."

딱 잘라 말을 끊었다. 상대는 무안해하며 물러섰다.

설상가상으로 정거장 내 준비되어 있던 말과 마차는 전부 동난 상태였다. 정거장을 관리하는 고용인이 난처해 어찌할 바 모르겠다는 목소리로 말했다.

"죄송합니다. 지금 집에 돌아가시려는 분들이 많으셔서 그분들이 앞서 말과 마차를 전부 사용하시는 바람에……. 마차를 회수해 오는 중이니 조금만 기다리시면 이용 가능하십니다."

"기다리지."

말은 그렇게 했지만 아시하를 흘끔흘끔 쳐다보는 남학생들의 시선에 옆얼굴이 따끔할 지경이다. 이젠 깜깜해서 어떤 사람이 있는지 보이지도 않는다.

평균보다 키가 큰 자신이 시선을 끈다는 건 잘 알고 있다. 외모도 신분도 밝힐 수 없는 이 축제에서 남을 평가할 수 있는 요소는 키나 몸매, 입고 있는 옷, 풍기는 이미지가 우선이니까. 대화를 하면서 성품이나 자세를 보기도 하겠지만 연인이나 친구처럼 평소 알고 지내던 사이가 아닌 이상 이 축제만으로 친밀해지는 경우는 드물 것이다. 아무리 친절해도, 아무리 긴 시간을 함께해도 일회성 만남이 다발성으로 이어지지는 않는다. 여기 자신이 증인이다.

한 무리의 말과 마차가 도착했다.

주변의 정거장을 돌며 다급하게 회수했는지 말들의 분위기가 산만하다. 정리가 될 때까지 또 시간이 한참 소모됐다.

……한참이라.

뒤를 돌아보니 똑같이 마차를 기다리고 있는 학생들의 긴 줄이 보인다. 서두르는 사람은 아무도 없었다. 바로 앞이나 뒷사람과 행사에 대한 간략한 사담을 나누는 학생도 보였지만 대개는 혼자서 차분하게 기다리는 모습이었다. 지루해할 만큼의 시간은 흐르지 않았다는 뜻이다.

그런데 난 왜 이렇게 짜증을 내고 있지?

"마차가 준비됐습니다. 어디로 모실까요?"

"학교 정문으로."

짧게 답하고 마차의 발 디딤대에 올라서려던 아시하의 팔목을 누군가 힘을 실어 잡았다. 워낙 순식간이라 소리를 지를 겨를조차 없었다. 발을 헛디뎌 그대로 중심을 잃고 거꾸러지려는 아시하를 본 학생 몇이 숨죽인 비명을 울렸다.

"어, 뭐……!"
그 누군가는 아시하가 꼴사납게 넘어지도록 두지 않았다. 제 몸으로 아시하의 체중을 떠받치고 어깨를 당겨 안아 추슬렀다.
"드디어 찾았군요."
코끝을 시리게 하는 차가운 겨울바람 냄새가 훅 풍겨 온다.
"어제는 절 기억하실 것처럼 말씀하시더니 그냥 지나치십니까?"
아시하는 제 왼팔을 힘 있게 쥔 손을 멍하니 내려다보았다. 말문이 터지지를 않는다. 기가 막혔다가 웃음이 날 것도 같다가, 왠지 모를 화가 울컥 치밀다가도 피시시 가라앉는다. 마치 물결이 울렁이는 뱃전에 앉아 있는 것처럼 위아래를 종잡을 수가 없다.
"……도대체."
만나고 보니까 이렇게나 확실하고 뚜렷한, 남들과는 헷갈릴 수가 없는 사람인데 왜 계속 혼동 속에서 헤맸던 걸까.
"여태 어디 있었어?"
길었던 하루가 주마등처럼 스쳐 간다. 헛되다 생각했고 허망하다고 생각했던 지금까지의 한나절이.
"내가 얼마나 헤맨 줄 알아?"
"저도 알고 싶습니다. 영애께서는 어디 계셨습니까?"
그가 마찬가지로 응수했다.
"아침부터 계속 찾았는데 어디에도 안 계시더군요."
달빛을 등진 남자의 하얀 가면에 역광이 진다. 가면의 그늘진 표정은 화가 난 듯, 안도하는 듯, 위압적인 듯, 냉정한 듯, 여러 갈래로 읽힌다. 그중 어떤 것이 이 남자의 진짜 감정인지는 알 수 없다. 전부일 수도 있고 전부 아닐 수도 있다. 더불어 제 가면의 표정 역시 알고 싶다. 화가 난 것처럼 보일까, 혹시라도 울상을 짓고 있는 것처럼 보이는 건 아닐까. 서러워 투정하는 표정은 아니겠지.

"이제라도 만나 다행입니다."

그 말 한마디에 가시처럼 날 서 있던 기분이 가라앉는다. 짜증도 실망도 의미를 잃는다. 이 크고 넓은 학교의 어딘가에서 똑같은 하루를 보낸 사람이 바로 이 앞에 있다. 같은 기분을 맛봤고 같은 생각을 했고 같은 갈등을 느꼈을 한 사람이.

"난 오늘 못 만나면 영영 못 보겠구나, 생각했어."

"서운하군요. 전 내일도 찾아봐야겠다 생각했는데요."

"……진짜?"

그는 정말 한나절을 함께 지냈던 여자를 찾기 위해서, 보냈던 시간보다 훨씬 더 긴 시간을 투자할 수 있는 남자일까.

"실례합니다. 두 분, 혹시 마차를 이용하실 계획이 없으시다면 다음 분을 먼저 태워도 괜찮으시겠습니까?"

짤막한 침묵을 뚫고 마부가 신중하게 끼어들었다. 그제야 앞이 막혀 차편에 오르지 못하고 있던 긴 줄이 눈에 들어온다. 아까까지만 해도 마차가 언제 준비되냐며 신경을 뾰족하게 세우고 있던 와중이었다. 소리 없는 닦달에 정거장의 고용인이 안절부절못하며 허옇게 질려 가던 차에,

그가 자신을 찾아냈다.

그러니까.

만일 그를 다시 마주친다면 내가 생각했던 내 첫마디는.

"다시 만나고 싶었어."

남자가 단정하게 미소했다.

"그럼 시간을 제게 좀 나눠 주시겠습니까?"

“그 구두가 이 드레스와 어울린다고 생각해? 다시 찾아와.”

아시하는 수차례 구두를 돌려보냈다. 수십 번의 시도를 거쳐 드레스를 골라 놓으니 이번에는 구두가 말썽이다. 아직 머리 모양과 귀걸이, 입술 색깔은 결정하지도 못했다. 미유라는 아시하를 대신해서 차례를 기다리며 놓여 있는 구두들을 살폈다. 대부분 보기만 해도 벌써부터 무릎과 발목이 시큰거릴 만큼 높은 구두들이다. 이동 수단보다는 흉기에 가까웠다.

“이런 걸 신고 가겠다고?”

“그거 신어도 그 남자가 나보다 더 클 거라니까.”

아시하는 새벽바람이 채 가시기도 전에 남궁만이 아니라 채궁까지 왈칵 뒤집었다. 남궁의 궁녀들을 보내 채궁의 모든 보석들을 빌려 온 것이다. 체형과 발의 모양이 다르니 옷과 구두는 공유할 수 없어도 보석은 빌려 쓸 수 있었다. 난데없는 소란에 놀란 미유라가 아침 식사를 핑계 삼아 남궁으로 찾아왔을 때 이미 아시하의 침실은 펼쳐 놓은 옷과 신발들로 발 디딜 틈이 없을 지경이었다.

“여전히 누군지도 모른다면서?”

“이번에는 확실하게 만날 시간과 장소를 정했지.”

“어제는 그 남자와 자정까지 뭘 했는데?”

“그냥 걸었다니까.”

“걷기만 했어?”

“언니, 같이 걷기만 해도 시간이 잘 가는 사람이 있더라.”

언니처럼 사람이 많은 장소를 기피하진 않지만 그와는 사람 많고 북적거리는 곳에서 남은 시간을 보내고 싶지 않았다. 얼떨결에 다음 사람에게 마차를 양보해 버리는 바람에 다음 정거장까지 천천히 산책하기로 했다. 갈라진 달빛 하나만을 의지하며 아무도 없는 길을 걸었다. 두 그림자가 나란히 일렁였다.

"신기하다."

"뭐가 말입니까?"

"두 번."

아시하는 고개를 틀어 올려 남자와 시선을 맞췄다.

"당신은 날 두 번이나 찾아냈잖아."

최초의 한 번은 미로 정원에서. 그리고 조금 전의 만남까지 세어 두 번.

"이러다가 한 번만 더 만나면 우린 운명의 숫자라는 세 번을 채우게 되겠다. 당신은 운명 같은 거 믿니?"

"믿지 않습니다."

남자는 일상적으로 대답했다.

"그래? 내 주변에는 운명과 우연과 인연을 믿는 사람들이 좀 많은데."

"영애께서는 운명을 믿으십니까?"

"한 번만 더 마주치면 믿으려고 했지."

동화, 낭만, 기적. 그 집합체가 자신의 부모님이다. 아버지는 어머니를 처음 본 순간 한눈에 반했고 두 번째 본 순간 이 여자와 결혼해야 되겠다, 마음을 먹었으며 세 번째 만나 어머니에게 청혼했다. 끈질긴 구혼의 역사가 시작되던 순간이었다.

그런 부모님의 영향을 가장 크게 받은 사람이 언니였다. 아시하는 언니가 아버지처럼 신분을 무시하고 결혼 상대자로 평민 남자를 구해 올까 봐 노심초사했다. 심지어 지금 데려온 남자는 완족 출신으로 평민 남자보다 더 상황이 나빴다. 사감이 없는 사이라고 하니 의심하기가 어려워 그저 두고 보고 있을 뿐이지만, 아시하는 굳이 신분의 격차를 뛰어넘는 사랑이 아니더라도 얼마든지 이 테두리 내에서 충분히 좋은 사람을 만날 수 있다고 생각했다. 바로 지금처럼.

"그렇다면 저는 내일 오후 1시, 천등을 날렸던 구름다리 위에 있을 겁니다."

운명이 아시하의 손으로 굴러들어 왔다. 세 번의 만남이다. 아시하는 손을 빈틈없이 쥐어 감쌌다. 손안에 움켜쥔 이것이 손가락 틈새로 흘러 나가지 않도록 세게, 힘을 실어서.

가면 탓에 외부로 드러낼 수 있는 화장법은 오직 입술 색뿐이다. 아시하의 외출을 돕던 미유라는 아시하가 잘 몰랐던 정보를 하나 제공했다. 제 개성을 펼칠 수 있는 부분이 극도로 한정되어 있기 때문에 여학생들 대부분이 입술 화장에 주력한다는 내용이었다. 입술은 아주 작은 부분이지만 가면으로 가려진 얼굴 중 상대의 시선이 가장 먼저 꽂히는 부분이라 한 사람 전체의 분위기를 좌우하게 마련이다. 더불어 같은 제품을 써도 사람에 따라 전부 다른 발색이 된다는 점도 매력적이다. 때문에 이 축제를 노려 쏟아지는 입술 화장품만 수십 종에 달한다는 것이다.

아시하는 말린 장미색으로 입술을 칠했다. 타고난 이목구비가 입체적이라 아시하에게는 강하고 화려한 화장법이 잘 어울렸다. 언니조차 갖지 못한 장점이다. 아시하는 화장이 짙을수록 아름다웠고 미유라는 화장을 하지 않은 얼굴이 아름다웠다.

높은 구두, 몸매를 강조하는 화려한 드레스, 짙은 화장.

그는 완벽하게 갖춘 자신의 모습을 보여 주고 싶은 남자였다.

약속 장소에 도착하니 생각보다 시각이 다소 일렀다. 간격이 애매하게 떴다. 아시하는 가족을 제외한 다른 사람을 기다려 본 적이 없었다. 가족들도 보통 아시하에게 맞춰 주는 편이었기에 이런 기다림은 생소했다. 정해진 장소, 정해진 시간, 정해진 사람. 그 어디 하나 불확실한 구석이 없는데도 이렇게 기대하며 긴장한 적이 있었던가. 제 마음이 어색하고 낯설기 그지없는데 이게 또 기분 나쁘지는 않다.

그 남자는 천등에 어떤 소원을 빌었을까.

한낮에 보는 구름다리는 느낌이 사뭇 달랐다. 무수한 빛을 품고 날아가던 천등은 이제 흔적조차 없다. 1년에 단 한 번 볼 수 있는 광경이었지. 매해 겨울마다 반복되었을, 또 반복되어 갈 하루를 떠올리면서 구름다리에 올랐다. 지대가 높으니 시야가 훤히 트여 시원했다.

이곳에 있으면 그가 찾아오는 모습을 볼 수도 있겠다, 슬그머니 기대하면서 주위를 확인하는 순간 아시하는 당황했다.

둘만의 약속 장소일 줄 알았던 구름다리에는 이미 학생들이 여럿 자리를 선점한 상태였다. 언뜻 보아도 스무 명가량. 절반 이상이 남자였다. 그 남자는 미리 와서 기다리기보다는 정시 정각에 딱 나타날 유형으로 보였지만 또 모르는 일이다. 대부분의 사람들은 상대를 기다리게 만들면 무례라고 여기니까. 일대일로 마주하고 있을 때에는 분명 넘칠 만큼 두드러진다 여겨지는 남자인데 남학생들이 한꺼번에 보이니 혼동이 온다. 어젯밤처럼 어리둥절서 있다가 남자에게 발견되기는 싫었다. 사실을 말하자면 아시하는 가면을 쓴 언니와 축제에서 마주친다 해도 한눈에 알아볼 자신이 없었다.

이를 어쩌지.

우선 한 바퀴 빙 둘러 눈이 마주친 사람들을 훑었다. 아시하를 보고 있는 사람이 절반, 등지고 있는 사람이 절반. 개중 꽤 많은 수가 아시하를 의식하면서 흘끗거렸다. 자세를 고쳐 잡는 사람도 있었다. 그러나 그들 중 누구도 자신이 기다리는 그 남자는 아니었다.

그 남자는 자신을 어떻게 단번에 알아봤을까.

달빛마저 흐리던 그 컴컴한 밤에, 가깝지도 않은 거리에서.

아시하는 자신을 등지고 있는 남자들을 하나씩 살폈다. 그 사람인가 싶어 짚는 족족 엉뚱한 사람이었던 경험 때문에 추론하기가 쉽지 않았다. 신중하게 관찰하다가 아시하는 언뜻 그와 비슷한 사람의 뒷모습을 발견했다. 단지 살짝 확인만 할 생각으로 다가갔는데 아시하의 기척을 느낀 남자가 유심히 쳐다보는 시선이 불편할 정도로 뜨거웠다. 남자가 먼저 말을 붙였다.

"혼자 오셨나 보죠."

"아뇨, 만나기로 약속한 사람이 있는데요."

아시하는 사무적인 어조로 대꾸했다.

"가면 축제에서 약속이라니요."

"뭐 문제 있나요?"

"정체도 모르는 상대와의 약속이 얼마나 허망하고 가벼운 것인지 여기 모르는 사람이 누가 있습니까?"

이건 또 뭐야.

남자가 한 걸음 성큼 다가서는 바람에 아시하는 두 걸음 뒤로 물러났다.

"그래서요?"

"저는 어떻습니까?"

남자가 노골적으로 추파를 던졌다. 생각해 볼 여지도 없다. 아시하는 딱 잘라 거부했다.

"그쪽, 내 취향 아니에요."

"그건 오늘 차차 즐겨 가면서 다시 판단해 보시죠."

"그쪽도 파트너를 기다리고 있던 중 아닌가요?"

"상관없어요. 제가 없으면 그 여자도 금방 다른 파트너를 구할 테니까."

"……나는 여태껏 그런 생각을 못 해 봤네요."

가끔씩 축제의 이면을 맞닥뜨리게 되는 순간이 있다. 예고도 없이 원치 않을 때 갑작스럽게. 사람과 사람을 놓고 당하는 흥정은 불쾌하다. 아시하의 말에서 자신을 선택할 여지가 있다고 생각했는지 남자가 손을 내밀었다. 아시하는 그 손등을 야멸차게 쳐 냈다.

"그 사람에게 고마워해야겠어요. 아무것도 몰랐던 내게 신의를 지켜 줘서."

아마도 그 남자는 이 학교 내에서 여성 앞에 무릎을 꿇고 정석으로 예법을 차리는 유일한 귀족 남자였나 보다. 참 인복 없다 생각했는데 실상 가장 큰 인복을 손에 쥐고 있었으니 남은 건 잔챙이밖에 없던 모양이지.

"뭐요?"

씨근대는 남자의 말을 냉정하게 무시하면서 습관적으로 구름다리로 들어오는 길을 살피던 아시하가 일순 시선을 고정했다.

차분하게 가까워지는 긴 그림자가 눈길을 잡아 끌었다. 아직 멀어 분별이 되지 않는데도 시각이 아닌 다른 감각이 종처럼 둥, 길게 울린다.

당신도 나를 이렇게 알아봤을까?

구름다리 아래를 향해 손을 가볍게 흔들어 인사를 보냈다. 다소 간 놀랐는지 그가 멈칫 섰다가 미소로 화답했다. 그의 머리 위로 하얗게 쏟아지는 빛이 난만해 눈이 부시다. 눈을 한 번 감았다가 뜬다. 그때까지도 투명하게 아린 잔상은 부옇게 남아 있었다.

–만약 내일 당신을 마주치게 된다면 꼭 알아보게 해 달라고.

남황녀는 대범하고 솔직했다. 익명을 감안하더라도 쉽게 할 수 있는 말은 아니다. 그런 소리를 태연하게 툭 던져 놓고 그녀는 아득히 반짝이던 천등을 오래도록 배웅했다. 조금은 하염없이, 조금은 꿈꾸듯이.

“오빠, 그 여자 누구야?”

한 발짝 앞서 축제에서 돌아온 리네아가 이안을 보자마자 물었다. 어지간히도 궁금했던지 외출복을 갈아입지도 않고 이안을 기다린 낌새였다. 남매들 중 공식적으로 연인을 둔 사람은 아무도 없었다. 나이가 어린 리네아나 워낙 숫기 없고 내성적인 호림이야 그렇다 치더라도 충분히 나이가 차다 못해 넘친 기온마저 지금껏 독신이었다. 본인이 자리를 확고하게 잡을 때까지 여성에 눈 돌리지 않겠다고 각오한 탓도 있지만 정략결혼을 목표로 둔 그가 가장 노려 봄 직한 상대인 채황녀 미유라가 학생인 터라 어쩔 수 없이 미뤄진 부분도 있다.

이 와중에 이안이 순서를 제치고 웬 여성과 함께 천등을 날렸으니 의아하기도 하고 궁금하기도 할밖에.

"아니라고 잡아떼지 마? 내가 오빠를 못 알아볼 리 없잖아."

평생을 한 집에서 부대끼며 산 가족인데 고작 얼굴을 가렸다는 이유로 알아보지 못할 리가 없다. 축제의 맹점이었다. 가족 또는 친하게 지내는 동기의 경우 그 사람의 복장이나 태도, 분위기나 말씨로 금세 사람을 파악하게 된다. 같은 이유로 리네아 역시 먼 거리에도 불구하고 단번에 이안을 꿰뚫어 보았다. 느낌, 자세, 걸음걸이, 손을 움직이는 동작까지 완벽하게 제 오빠의 오랜 습관을 닮아 있었기에.

"동백 축제의 묘미는 익명 아니었나?"

"귀찮은 거 싫어하고 사람들이랑 어울리는 거 싫어하고 엄하게 시간 낭비하는 거 싫어하는 오빠가 묘령의 여자와 축제를 즐겼다니까 이상해서 그러지. ……아니면 오빠도 뭐, 그런 거야? 하룻밤?"

"하룻밤이 끝이 아닐지도 모르지."

오묘한 여운을 남기고 돌아서니 듣고 있던 리네아가 '대체 뭔데!' 하며 발을 동동 굴렀다. 궁금해 죽겠다는 티가 여실했지만 이안은 더 답하지 않았다.

이 집안에서 황실과 연을 맺을 가능성이 가장 큰 사람은 기온이라고 생각해 왔다. 권력 지향적인 기온이 아버지의 뒤를 이어 군부를 통솔하면서 황녀를 부인으로 맞이한다면 이 나유타에서 그를 따를 사람은 없을 것이므로. 군대를 가진 기온과 혈통을 지닌 황녀의 만남이니 구색도 맞춰진다. 문제가 있다면 지금 채황녀의 행보가 영 이상하게 흘러가는 중이라는 점이다.

2년 전, 채황녀는 공개된 장소에서 평범한 귀족들과는 다른 가치관을 입증했다. 황녀가 제 행보를 제대로 정리하지 못한다면 기온에게 채황녀라는 최선책은 의미가 사라진다. 그리된다면 차선책으로 거론될 사람이 동생인 남황녀 아시하였다.

아시하.

이안이 날려 보낸 천등은 아시하의 이름을 안고 저 멀리 사라졌다.

그것은 황녀가 비록 자신을 모른다 해도 자신은 그녀를 기억하고 있다는 암시이기도 했고 그녀가 솔직하게 털어놓은 작은 소원에 대한 답변이기도 했다.

설령 남황녀가 자신을 알아보지 못한다 할지라도 자신이 알아볼 것이다.

졸업을 일주일 앞둔 마지막 학기, 마지막 축제였다.

장교 진급을 앞둔 마음이 싱숭생숭해 학교를 찾았던 것은 아니었다. 학교에 대단한 애착이나 추억이 있지도 않았다. 주변 정리를 하거나 사람들을 만나려는 의도도 아니었다. 대학은 그 자체로 일상이었을 뿐이다. 6년을 다녔으니 평소처럼 발길이 향했고 마지막 축제의 하루쯤은 학교에서 보내도 괜찮겠다고 생각했다. 게다가 학교 안에는 아버지와 형, 두 동생들을 비롯해 많은 시중인들에게서 벗어나 혼자 시간을 보낼 수 있는 장소도 있었다.

하지만 학교를 매일같이 가게 될 줄도 몰랐다. 그것도 휴식과는 전혀 상관없는 용무로.

'만약 내일'을 가정하는 황녀의 한마디에 재차 학교로 돌아왔다. 남황녀는 전날 흥미를 가진 전시와 행사에 대해 여러 암시를 내비친 바 있었다. 그 기억을 따라 황녀가 갈 법한 장소를 우선으로 찾았다. 그녀는 그림을 좋아하고 잘 알려지지 않은 화가의 작품에도 관심을 두는 사람이다. 독특한 행사나 외국에서 초빙해 온 무대에도 관심이 많다. 불편한 경험이 있었던 미로 정원 쪽으로는 들어오지도 않겠지. 제 판단에 의지해 하루를 모두 소비했지만 어디에도 남황녀는 없었다.

불길했다. 물론 학교의 어딘가에서 행사를 구경하느라 본의 아니게 엇갈리고 있는 중인지도 모르나 황녀에겐 벌써 전례가 있지 않던가. 브로치를 훔쳐 갔던 양화의 어린 남매와 미로 정원에서의 경험. 심지어 이안은 6년을 학생으로 지냈으니 이 학교에 익숙했지만 남황녀는 어제가 첫 방문이었다.

또 괴상한 사건에 말려든 건 아닌가.

까닭 모를 불안에 짊어진 달빛이 무겁다.

황녀는 자신의 관심사가 아니면 신경을 쓰지 않는 사람이다. 근위대에 둘러싸여 사람들의 접근이 차단된 상태라면 상관없지만 축제처럼 남들과 부딪치기 쉬운 장소는 다르다. 황녀는 귀족 대학인 이곳을 안전한 장소로 여기는 듯 보였으나 위험은 시간과 장소를 가리지 않는다. 숨죽여 도사리고 있던 위험은 언제든 주의를 잃는 찰나에 손톱을 세우고 덮쳐 온다.

그래서 저 멀리 마차에 오르려는 남황녀를 발견하고서야,

“어제는 절 기억하실 것처럼 말씀하시더니 그냥 지나치십니까?”

뒤늦게 안도했다. 동시에 그런 저 자신이 낯설어 적잖이 당황스러웠다. 황녀는 무어라 말을 할 것처럼 그를 보았다가 다시 입술을 깨물어 닫았다. 놀라움, 설움, 반가움, 피로. 말로 표현하지 않아도 그 마음이 선명하게 전해져 온다.

"다시 만나고 싶었어."

그 마음을 황녀는 단 한 번의 호흡으로 정리했다. 지극히 남황녀다운 간결하고 깔끔한 한마디였다. 그렇구나. 자연스럽게 납득이 된다. 자신도 아마 그녀를 다시 만나고 싶었던가 보다. 그렇지 않고서야 이 복잡한 기분을 설명할 길이 없다.

함께 교교한 밤길을 걸었다. 그 길 한가운데에서 황녀는 세 번의 만남을 예상하며 운명을 말했다.

자신은, 이미 그녀를 세 번 만났다.

동백 분재

가면 축제라고 해서 음탕하고 성적인 면모만 존재하지는 않는다. 불나방처럼 밤을 노리고 모여드는 사람이 있으면 가면으로 가려지지 않은 다른 내면에 반해 축제가 끝나고도 좋은 인연을 맺어가는 사람도 있는 법.

축제에서는 매해 적어도 서너 쌍 이상의 연인이 꾸준하게 탄생했고 그 대부분이 학교를 졸업한 후에도 약혼이나 결혼까지 관계가 진전되곤 했다. 또 드물지만 우스꽝스러운 우연이 작용해 연인으로 맺어지는 경우도 간혹 있었다.

예를 들면 무도회에 함께 가기로 약속했던 파트너의 의상이 다른 사람과 겹치는 바람에 파트너가 바뀌었던 사건이 대표적이다. 그들은 서로 상대가 바뀐 줄도 모르고 축제를 즐기다 연인으로 발전했다.

반면 동백 축제가 연인이나 약혼자를 시험하는 역할을 하기도 했는데, 혼담이 오가는 상대방의 본성을 알아보기 위해 가면을 쓰고 접근한다거나 축제를 이용해 짧은 바람을 피우려는 학생들이 더러 있다 보니 심심찮게 여러 종류의 반전이 벌어졌다.

어느 남학생은 자신과 혼담이 오가던 상대 여학생을 찾으려다가 엉뚱한 여학생을 자신의 예비 약혼녀로 잘못 짚는 실수를 저질렀다. 남학생은 동백 축제가 끝난 후에야 그 사실을 알았다. 물론 두 사람만 입을 닫으면 아무도 모를 일이었지만 남학생은 그렇게 하지 않았다. 그는 자신의 진짜 예비 약혼녀 대신 축제를 함께 보낸 여학생을 선택했고 집안 사이의 혼담은 파기되었다.

학교의 긴 역사 속 가장 유명한 스캔들은 어느 여학생이 한 남학생의 마차 앞으로 뛰어들던 순간으로부터 시작된다. 그녀는 학교를 졸업하면 곧장 결혼식을 올릴 약혼자를 둔 학생이었는데, 제 약혼자가 다른 여성과 바람을 피우는 장면을 목격한 뒤 그 뒤를 쫓아갈 마차를 찾다가 달리던 마차 앞으로 뛰어드는 위험천만한 일을 저질렀다. 마차에 타고 있던 남학생은 급작스러운 사태에 당혹했지만 신사의 도리로서 여학생의 곤경을 무시하지 못했고 자신의 길을 돌려 상대 마차의 뒤를 따라갔다.

추격 끝에 약혼자와 상대 여성의 진한 애정 행각을 확인한 여학생은 곧장 두 사람에게 달려들어 문제를 공론화시켰다. 벌거벗고 있던 두 남녀 앞에 약혼녀가 나타나 드잡이를 하니 그날로 학교가 뒤집힌 건 당연지사. 아무리 가면을 썼다 해도 수백 명의 학생들이 몰려오면 그중 한둘은 정체를 알아채는 사람도 나타나게 마련인지라 세 사람의 신분은 그 자리에서 발각되었고 혼약으로 굳건히 묶여 있던 두 집안은 하루아침에 불구대천의 원수가 됐다.

"그래서 이 뒤는 어떻게 됐어?"

이런 이야기가 전해져 내려오는 까닭은 축제 기간 동안 벌어졌던 사건 사고들로 재미 삼아 황색신문을 발간하는 학생들이 있기 때문이다. 심지어 매해 일어난 사건이 덧붙어 갱신되기도 한다. 신문은 교내 게시판에 일주일간 게시되었다가 축제가 끝나는 시점과 동시에 조용히 사라진다.

"혼담이 깨지고 제각각 다른 짝을 만나 결혼했다고 들었습니다."

"옛날 일이라는데 용케 아네?"

"제 가족이 그 자리에 있었으니까요."

"당사자로?"

"영애께서는 돌려서 떠보는 법을 모르시는군요."

제 성격이 직설적인 건 스스로가 가장 잘 안다. 단점이라 여긴 적 없던 제 성향이 아까부터는 걸림돌이 되고 있었다. 하지만 제가 소문에 밝은 것도 아니고 이 남자는 어지간해서는 자신에 대한 정보를 흘리지 않는데 솔직하게 물어보는 것 외에 무슨 수가 있단 말인가.

이 모든 건 방금 전에 시작한 내기에 원인이 있다.

아시하는 황색신문을 읽다가 제법 흥미로운 이야기를 접했다. 7일의 축제가 끝난 그다음 날에도 학교를 떠나지 못하는 어떤 학생들에 관한 소문이었다.

신문의 설명인즉슨, 축제의 특성을 살려 서로의 정체를 걸고 내기를 하는 학생들이 해마다 늘어나는 추세인데 대부분은 내기의 결과로 사소한 선물을 주고받는 정도에서 재미를 찾았지만 간혹 분위기에 휩쓸려 땅이나 개인 소유의 별장을 거는 학생들도 일부 있다는 내용이었다.

보통은 월요일에 다시 만나 내기의 승패를 확인하나 내기가 일

파만파로 커졌을 경우에는 하룻밤을 더 기다리지 못해 일요일을 꼬박 새우다가 월요일로 넘어가는 자정에 결과를 확인한다. 그 자리에 동석하면 꽤 재미있는 상황들을 볼 수 있다며 신문은 다소 짓궂은 필치로 적어 놓았다.

단순하게 도박에 미친 놈들이니 기억을 할애하는 것조차 아까울 지경이다. 하지만 신문은 연달아 낭만적인 내기 하나를 소개하면서 아시하의 관심을 끌었다.

밤의 무도회에서 만난 남학생과 여학생이 유행에 따라 서로의 정체를 걸고 내기를 했다. 이들은 상대방의 신분을 밝히기 위해서 매일같이 축제에 나와 꼬박 하루의 시간을 함께 보내며 추억을 쌓아 갔다. 상대를 파악하기 위해 탐색하듯 던지던 질문은 점차 상대의 본모습을 알아 가는 계기로 변했고 언제부턴가 그 둘은 상대를 이기기 위해서가 아니라 상대에게 자신을 더 잘 알리기 위해서 스스로의 마음을 표현하게 되었다. 그리고 축제의 마지막 날, 남학생은 사람들이 많은 분수대에 이르러 여학생 앞에 무릎을 꿇고 어머니의 반지를 바치며 청혼했다.

–저는 아직 당신의 얼굴도 이름도 모르지만 이제는 그 무엇도 상관없어졌습니다. 저와 결혼해 주십시오.

예전 같았으면 어리석다고 생각했을 거다. 성마르고 다분히 충동적인 이 이야기를. 그런데 지금은 마냥 남 일처럼 느껴지지 않는다. 저들과 비슷하게 동백 축제에서 만났고 같은 행로를 밟아가고 있는 한 사람이 여기 있기에.

아시하는 남자를 말끄러미 지켜보았다.

그러니까 지금 내가 꺼내는 이 제안은 전부 당신 때문이다.

"우리도 내기하자."

그는 끝나 가는 축제가 아쉬워 자신의 앞에 무릎을 꿇고 청혼할 사람은 아니다. 하지만 적어도 이 일주일을 끝이 아닌 시작으로 바꿀 수는 있다.

"당신이 누군지 맞혀 볼 테니 당신도 내가 누군지 맞혀 봐."

그가 빙긋 웃었다.

"저는 지는 내기는 하지 않습니다."

"마찬가지야. 나도 지는 거 싫어해."

"내기에는 대가가 따른다는 것을 알고 계실 텐데요."

그거라면 미리 생각해 둔 게 있다. 아시하는 제 패를 꺼내 들었다.

"각자 소원을 걸지."

"그건 너무 추상적이지 않습니까?"

"당신은 지금 호박이 넝쿨째 굴러들어 온 거야. 건물이나 땅과는 비교도 안 될걸."

세상에. 스스로 하는 말마다 족족 놀랍다. 제 한마디가 가진 무게를 아는데도, 되도록이면 서로 누군지 알지 못하는 선에서 이 일주일을 마무리해야 안전하다는 점을 알면서도 지금 자신은 이렇게 말하고 있는 것이다.

나를 찾아내고 내게서 네 원하는 것을 얻어 내라고.

심지어 여기서 신중을 기하고 있는 사람은 자신이 아닌 이 남자였다.

"제가 무엇을 요구할지 두렵지 않으십니까?"

"내가 이길 수도 있는데 왜?"

“이 내기가 제게 매우 유리하다는 사실을 알려 드려야겠군요.”
“그런 말로 겁주는 건 아니고?”
“제가 왜 넝쿨째 굴러들어 오는 호박을 마다하겠습니까?”
“그럼 마다하지 말고 내가 누군지 맞혀 보면 되겠네.”
아시하가 태연하게 말을 받았다. 분수대 앞에서 남학생이 청혼을 한 이후 그곳은 공공연한 만남의 장소가 되었다. 더불어 학교의 전통에 따르면 심판의 날은 월요일이라 했다. 방학이라는 긴 휴식에 들어가기 직전 학교가 마지막으로 성업을 이룬다는 하루.
“돌아오는 월요일 정오, 분수대 앞. 어때?”
철저하게 유행을 따라 제의했다. 어쩐지 그는 약간 머뭇거리는 기색이었다.
“월요일이라…….”
“다들 그렇게 만난다는데?”
대부분의 제안은 듣자마자 좋고 싫음이 판가름 난다. 고작 ‘네, 아니오’로 답할 일에 망설임이 끼어든다는 건 영 좋지 않은 징후였다. 아시하는 내심 긴장했다. 이 남자는 축제 이상의 안면이 내키지 않는 걸까. 그럼에도 여성에 대한 배려는 신사의 미덕이라 속으로 재어 보는 중인가.
조금씩 더 불안해진다.
그가 갈등을 정리하고 고개를 끄덕일 때까지 아시하는 죄인 마음을 놓지 못했다.
“좋습니다.”
“정말?”
“그날 뵙지요.”
명료하게 확언하는 목소리에서 어딘지 모르게 여운이 느껴진다. 여유가 아니라 여운이라는 점이 의아했지만 아시하는 우선 약속부터 재차 확인했다.

"확실해?"

"물론입니다. 넝쿨에 달린 것이 호박이 맞는지 제 눈으로 직접 봐야 하지 않겠습니까?"

저 자신을 복권이니 호박이니 하며 행운에 비유하고 있지만 아시하가 가진 자부심과는 별개로 사실 이 남자는 그리 행운에 연연할 사람처럼은 보이지 않는다. 그는 항시 초연하고 침착하니까. 늘 차분하니 고상해, 욕심이나 미련을 떨 것 같지도 않다. 자신을 드러내는 일에 능한 아시하와는 달리 남자는 자신을 감추는 일에 능하다.

"좋아."

약속에 온점을 찍었다.

분명 이제부터 시간이 들쭉날쭉 흐르리란 예감이 든다.

축제 내내 그를 보면서도 월요일에 만날 그를 기다릴 것이다. 무언가를 묻고 무언가를 답하면서도 그날 어떤 얼굴로 만나 또 어떤 얼굴로 헤어질지 궁리할 것이다. 내가 마치 두 사람인 것처럼, 현재와 미래를 동시에 겪고 있는 것처럼.

그러니 우선은 이 약속에 힘입어 그와 동백 축제의 끝까지 온전히 함께할 수 있기만을 바랄 뿐이다.

"그래서,"

"아시하. 난 지금 네가 그래서, 하고 말할 때마다 무서워."

아시하는 고개만 돌려 언니와 얼굴을 마주했다. 모처럼 한침대에 나란히 누워 하루를 마무리하려던 참이었다. 자매의 잠버릇은 성격을 닮았다. 목 뒤와 무릎 아래 베개를 괴고 반듯하게 잠드는 아시하와 달리 언니는 사방에 푹신한 베개를 잔뜩 깔아 놓지 않으면 잠을 못 잤다.

“뭐가?”

“그래서 너는 지금 44년 전 학교를 뒤흔들었던 삼각관계의 여대생에게 마차를 제공해 준 친절한 남학생을 찾아야 하고 그 남학생의 자식들의 자식들을 추적해 네가 만나고 있는 그 사람의 정체를 밝혀내야 한다는 거잖아.”

“그렇지. 그 남학생이 자신의 조부님이셨다고 했으니까.”

“하지만 그 조부님이 외척일 수도 있어. 네가 나이를 속인 것처럼 자신의 신상을 하나씩 꼬아서 알려 주는 건 아주 쉬운 일이야.”

“그렇겠지.”

아시하는 실망을 별로 내색하지도 않았다. 언니는 한숨처럼 웃었다.

“보통은 여자 쪽이 신비한데 말이야.”

“언니 생각에도 내가 많이 불리하니?”

“서로 유리하고 불리할 건 없지. 너는 우리 학교 학생이 아니니까. 아예 마주친 적도 없던 사람을 알아낸다는 건 불가능해. 내기 자체가 어느 정도 안면은 있는 상태를 전제하고 하는 거거든. 아마 서로 헛짚는 정도에서 끝나지 않을까?”

헛짚는다, 라. 아시하는 누워 있던 자세를 가다듬었다. 움직일 적마다 사박사박 소리가 난다. 어차피 뒤척이지도 않고 잠드는 통에 아시하는 언니처럼 몸에 거치적거리지 않는 잠옷을 선호할 필요가 없었다.

“언니, 내 목적은 비기는 게 아냐.”

"그러면?"
"이겨도 져도 상관없어. 무승부만 아니면 돼."
지느니 차라리 둘 다 틀리기를 바랄 줄 알았는데 아시하에게서 돌아온 반응이 평소와 같지 않아 설다. 미유라는 눈빛으로 이유를 재촉했다.
"난 그 남자가 내게 요구할 소원이 궁금하거든."
"아……."
"그래서 난 내가 누구인지 그 남자한테 암시를 줄 거야."
가만 손을 뻗어 온 언니가 아시하의 검은 머리카락을 매만졌다. 보통 사람은 제가 가지지 못한 다름에 대한 환상이 있다. 색이 옅은 언니는 아시하의 창백하리만치 짙은 검정에 관심을 보였다. 아시하는 둘의 긴 머리카락이 제멋대로 뒤섞인 꼴을 보았다. 자신에게서 흘러나온 검은색, 그리고 중간은 언니와 섞여 이도 저도 아니게 흐려지다가 언니에게 닿을 무렵에는 완연히 연한 갈색으로 바뀌어 있었다.
"그 남자는 네게 뭘 바랄 것 같니?"
"몰라."
"그럼 너는 그 남자에게 뭐를 원해?"
"생각 안 했어."
아시하가 직설적으로 답했다.
"어째서?"
"가능하지 않은 일에 기대 안 하니까."
눈썰미가 부족한 자신이 남자의 정체를 간파해 낼 수 있을 리가 없으니. 차라리 그에게 나라 전체에 단둘 있는 황녀의 이미지를 심어 주는 게 낫다. 외양이 다른 두 명의 황녀 중에서 정답을 고르는 건 그다지 어려운 일이 아니므로.

“그래도 만약 우연이 작용해 그 남자가 누군지 파악했다면 너는 어떤 소원을 말하고 싶어?”

언니는 만약과 우연을 가정했다. 확실히 그는 노력을 초월한 힘이 작용해야만 알 수 있는 남자다. 두 대代 전 스캔들 당사자도 아닌, 당사자에게 약간의 도움을 제공했던 사람을 누가 기억한단 말인가. 그럼에도 분수대 앞에서 그를 만나, 그가 누구인지 꿰뚫어 보게 된다면.

아시하는 입매를 당겼다.

나는 내게 입 맞춰 달라 말할 것이다.

상상만으로도 화들짝 놀랄 언니의 표정이 선하다. 고작 사흘 만나 놓고 무슨 소리냐며 기겁을 하겠지.

“있지, 네 생일 연회에 초대하면 어때?”

언니는 벌써 아시하를 대신해 소원을 궁리하는 중이었다. 한창 눈 내리는 시기에 태어난 아시하의 생일은 이제 두 달도 채 안 남았다. 하지만 이번 겨울은 유적지에서 보내게 되어 있었다. 거기에 양화에 내려가 새로운 학기를 준비할 시간을 포함하면 다시 나해에 올라올 틈이 없다. 이미 그 점을 분명히 해 두었는데도 부모님과 언니는 아시하의 생일에 미련을 버리지 못했다.

“참석 못 할 거라고 나 드레스도 안 맞췄잖아.”

“잠시라도 안 되니? 네가 만난 그 남자가 누구인지 꼭 보고 싶은데.”

“시간을 쪼갤 수 있을지 고려는 해 볼게. 그런데 기대하지는 마.”

확신 없는 대답에 언니가 눈에 띄게 아쉬워했다.

“아시하.”

"왜?"

"정말 좋은 인연이라는 생각이 들면 무슨 수를 써서라도 네 생일 연회까지 끌고 와. 지금까지의 내 선례를 봐서 알겠지만…… 네 마음이 닿지 않는 사람들과 네게 주어진 많지 않은 기회를 소모하면 아깝잖아."

문득 언니가 스물한 살, 얼마 안 있어 스물두 살이 된다는 점에 생각이 미쳤다. 결혼이 머지않은 나이였다. 대학에 입학해 성인이 된 열아홉부터 언니는 꼬박꼬박 생일 축연을 빙자한 선을 보았다. 대학 입학을 인생의 전환기이자 성인의 기준으로 치는 덕분에 연초에 생일을 맞이한 아시하는 아직 한 번도 경험하지 못했지만 언니는 어느덧 세 번이나 목적이 교묘하게 비틀어진 연회를 겪었다.

그리고 언니는 아무도 선택하지 않았다.

"언니는 언니가 연회에서 만난 사람들과 마음이 닿지 않았고 시간을 낭비했다고 생각해?"

언니는 한 번도 자신의 결혼에 대한 구체적인 계획을 말한 적이 없었다.

"차라리 언니도 동백 축제에 참가하는 게 어때? 언니도 축제에서 괜찮은 사람 만나서 언니 생일 연회에 초청하면 되잖아. 나보다는 언니 결혼이 더 가깝고 더 중요해. 언니는 황위를 이을 사람이야. 알지? 부모님께서는 언니가 좋은 사람을 만나 사랑하고 결혼하기를 바라셔."

일찌감치 황실을 떠받쳐 줄 수 있는 훌륭한 가문의 남자와 결혼을 하겠다고 선언했던 아시하와는 다르게 언니는 결혼에 대한 그 어떤 청사진도 언급하지 않았다. 단순히 부끄럽고 쑥스러워 아무 언급이 없는 것이리라 짐작했지만.

"언니."

"응."

"언니 마음은 비어 있는 거 확실하지?"

질문이 아닌 요구였다. 청유가 아닌 강요였다. 누구라고 딱히 지칭할 필요도 없다. 언니는 긴 베개를 끌어당겨 얼굴을 묻었다. 침묵은 짧았다. 새로 만들어진 높은 솜 벽 너머에서 언니가 희미하게 대답했다.

"응. 걱정하지 마."

어찌했든 언니가 말한 '마음이 닿는다'는 표현은 꽤 길게 마음을 사로잡아 사소한 것에서부터 거리감을 겨누어 보는 버릇 아닌 버릇이 생겼다. 주로 소리나 향기, 색채처럼 수치로는 나타낼 수 없는 감각을 대상으로. 그러다 보면 그림자처럼 실체는 없어도 제법 느낌이 명확하게 살아나는 부분들이 존재했다.

마차 안에서 아시하는 종종 창문을 열고 가도를 내다보았다. 오가는 길은 매일 익숙해지는 만큼 또 매일 새로워진다. 기억하는 풍경과 기억에 없던 풍경이 늘 제 옆을 따라왔다. 덜컥. 문을 열고 나오던 아이와 눈이 마주쳤다.

"엄마, 비……."

아이는 뒷말을 삼켰다. 아시하는 손을 살짝 내밀었다. 때마침 톡 떨어진 빗방울이 손가락에 맺혔다.

부슬부슬 겨울비가 내리는 아침이었다. 입김이 희게 서리도록 추운데도 막상 눈이 얼 온도로는 내려가지 않았던 모양인지 땅은 바랜 잿빛으로 젖어 질척였다. 습하고 차가워 옷이 상하기 쉬운 날이다. 때문에 찾아 들어가는 실내마다 자리를 선점한 학생들로 가득했다. 우천으로 인해 야외 행사가 모두 취소되어 선택지가 비교적 드물어진 까닭도 있었다.

"여긴 어딜 베껴 온 거야?"

비안개가 낀 축축한 날이면 으레 괴담이 따라붙는다. 양화의 사립대에도 비슷한 전설이 돌았다. 이 학교는 아예 교내에 유령 저택을 재현해 놓았다. 작은 강의동을 비우고 가구를 들여 꾸며 놓았을 뿐인데 매일 줄이 길어 한참을 대기해야 들어갈 수 있을 정도로 인기가 좋았다.

"동부의 유명한 유령 저택이라더군요."

"진짜 유령이 나와?"

"전 믿지 않습니다만 그 저택의 가구들을 직접 옮겨 왔다니 운이 좋으면 볼 수도 있겠지요."

그는 운명도 유령도 믿지 않는다. 언니와는 전혀 다른 사람이다. 운명과 유령을 믿는 언니, 운명도 유령도 믿지 않는 이 남자. 그는 현실과 이성에 근거하고 언니는 환상과 감성에 근거한다. 아시하는 감탄했다.

"당신에게는 유령을 보는 게 운이 좋은 일이구나."

입구를 지키고 있던 문지기가 저택으로 입장하는 두 사람에게 한 토막의 초를 건넸다. 발을 들여놓자마자 초의 용도를 알았다. 전부 꼼꼼하게 잠겨 있는 창문과 드문드문한 간격으로 흐리게 빛을 발산하는 복도의 불빛. 자칫하면 제 발에 제가 걸려 넘어질 것만 같은 음습함. 전체적으로는 평범하게 꾸며 놓은 침실이나 응접실과 다를 바 없는데도 축축하고 기괴한 분위기가 도는 이유는 유령 저택이라는 학교 측의 홍보 덕이 컸을 터. 심리적인 압박인 것이다.

"언뜻 여기서 유령을 봤다는 학생들도 있었다는 거 같던데. 혹시 모르니 기대해 봐."

미지에 대한 공포는 필연적으로 호기심을 끈다. 조금만 발길 닿는 대로 걷는 족족 주워듣는 게 소문이다.

"그런데 왠지 당신은 뭘 보든 놀라지도 않을 것 같아. 진짜 유령이 나타나도 눈 하나 깜짝 않겠지."

"놀랄 겁니다."

"믿지도 않으면서?"

"그러니 놀라운 거지요."

"그게 그렇게 되나……? 그럼 축제가 끝나면 우리 집에 초대할게, 놀러 와. 우리 집에도 유령이 있으니까."

아시하는 곧장 말을 정정했다.

"아니, 있다고들 말하지."

황궁의 별궁 하나에는 유령 이야기가 떠돈다. 어디든 사람이 많이 몰리는 장소라면 만들어지는 게 괴담이라지만 황궁의 유령 이야기는 그 사이에서도 제법 유명했다. 유령이 나온다고 일컬어지는 거주 공간 중 유일하게 폐쇄되거나 흉가가 되지 않은 장소이기 때문이었다. 이 남자도 귀족의 일원이니 황궁의 괴담을 접해 봤을 가능성이 높았다.

"아마도 밤을 배회하는 어린 소녀의 모습이었다던가? 저택……을 관리하는 시중인들이 잠들어 있다가 늦은 밤 이상한 시선을 느끼고 눈을 떴는데 머리맡에서 자신을 내려다보고 있던 소녀와 눈이 마주치고는 그대로 기절해 버렸거든. 그 뒤로 그 근처에서는 밤마다 소녀가 돌아다닌다, 꿈결에 이상한 기척을 느끼더라도 절대로 눈을 뜨지 마라, 그런 소문이 흉흉하게 퍼졌지. 다들 발 들여놓기를 하도 무서워해서 한동안 일을 지시하는 쪽도 지시를 받는 쪽도 애를 먹었고."

"재미있는 이야기군요."

그가 자연스럽게 호응해 왔다.

공포에 짓눌린 궁녀들은 시종일관 헛것을 보기 일쑤였고 그녀들은 계속 괴담을 확대, 재생산했다. 그렇다고 황궁에 대해 불경한 언사를 할 수는 없어서 쉬쉬하며 저들끼리만 쑥덕이는 바람에 부모님의 귀까지 소문이 들어갔을 때에는 이미 수습할 방도도 없이 덩치가 부풀려진 후였다.

아시하는 고여 이지러진 그림자를 밟아 건넜다.

"사람의 눈이라는 게 얼마나 우스운 건지."

훗날 내막을 알고 나서는 어찌나 웃었는지 모른다.

"보았다는 사실에 휘둘리기 시작하면 상황이 걷잡을 수 없이 왜곡돼."

소문은 30년이 흐르는 동안 입에서 입으로 전해지며 끈질기게 생명력을 유지했다. 우연한 기회로 별궁의 소문을 엿들은 어린 황녀들은 평소 기담에 능하던 어머니에게 진위를 물었고, 어머니는 부끄러워하며 진실을 고백했다.

유령의 정체는 결혼 전 아버지의 초청으로 황궁에 입궁했던 어머니였다.

평민의 신분으로 자라 황궁과는 상관없이 살아왔던 어머니는 하루 묵고 나갈 별궁이 제 몸에 맞지 않는 옷처럼 그저 불편하기만 했더랬다. 도저히 잠을 이룰 수 없어 까치발을 들고 몰래 침실을 빠져나갔던 것까지는 좋았는데 다시 방을 찾아 들어오려니 복도를 중간에 두고 빼곡하게 채워진 공간 중 어느 곳이 제 침실인지 찾을 수가 없었다. 어머니는 어쩔 수 없이 한참을 헤매다 별궁을 관리하는 궁녀의 숙소를 발견했다. 발소리를 죽여 다가갔으나 차마 미안한 심정에 깨우지를 못하고 난처하게 내려다보고만 있는데 시선을 느낀 궁녀가 잠결에 눈을 떴다가 그대로 기절해 버렸다는 것이다.

"다음 날부터 시중인들 사이에 소문이 퍼지기 시작했지만 어머니는 다음 날 아침 집으로 돌아가셨으니까 소문에 대해 해명을 할 만한 사람이 없었지. 하필이면 아버지 선대에서 좀 슬픈 과거를 가지고 이른 나이에 죽은 소녀가 있었던 모양이라 이럭저럭 궤가 쓸데없이 끼워 맞춰지는 바람에 그렇게 진실 아닌 진실로 끝. 지금에 와서는 해명을 하는 것도 우스운 꼴이라 그냥 그런 체 실체 없는 유령하고 살아가는 중이지. 그래도 초대하겠다는 건 진짜야."

용케 황궁, 황제, 황후 등의 직접적인 단어들을 빼고도 내용 전달에 성공했다.

혹시 눈치챘을까?

당장 눈치채지 못했대도 상관없다. 조금만 수소문해 보면 이 이야기는 황궁 내의 유명한 괴담임이 드러날 테니까. 그는 차분하고 예의 바른 인사치레를 보였다.

"내막이 더 흥미롭군요. 초대, 기대하겠습니다."

그리고 이 남자는 알아차려도 절대 티를 안 낼 사람이지.

이제는 축제가 끝난 후 자신도 이 남자가 누구인지 알 수 있게 되기를 기다릴 뿐이다. 느릿느릿 묶여 있는 시간이 흘러, 어서 그날이 오기를. 지금의 자신은 눈을 뜨고 있는 장님, 귀가 들리는 귀머거리와 다르지 않다. 보아도 본 것이 없고 들어도 들은 것이 없다.

일주일이 너무도 길다.

이 남자도 나와 같은 마음으로 궁금해할까.

더딘 기다림이 지루하고 초조할까.

거대한 미로 정원에 갇힌 기분이다. 직선으로 그으면 짧게 빠져나갈 수 있는 길을 쪼작쪼작 헤치고 빙글빙글 둘러 빠져나가게끔 만들어 놓았다. 머지않은 곳에 출구를 둔 채로 곁길을 헤매고 있다.

"당신은 답답하지 않니?"

아시하는 벽면에 붙은 안내문을 심상하게 훑다가 불쑥 물었다.

"정체도 모르는 나와 닷새를 이리 보내고도 앞으로 이틀은 더 지나야 한다는 사실이."

이 저택에 얽힌 일화를 읽고 있으면서도 정작 대화는 여태까지와 다를 것 없이 되돌이표를 찍는다.

616년 서주 난안의 '춤추는 인형' 사건. 동부의 이름난 폐가라더니 실제 뿌리를 둔 사건이 있는지 간략하게 그린 소녀의 초상화까지 붙여 놓았다.

소녀의 놀이방. 소녀가 지극히 아껴 때를 가리지 않고 늘 곁에 두었던 인형의 얼굴이 점점 웃는 낯으로 변해 간다는 사실을 깨달은 장소. 소녀는 망가져 있는 다른 장난감들을 보고 제 형제자매들의 장난으로 여겨 울음을 터뜨렸다.

"저는 이 시간이 좋습니다."

엉망으로 엎질러진 보드게임과 말들, 식은 찻잔. 하루아침에 사람만 삭제된 듯 생활감이 남아 있는 음침한 장면을 보면서 그도 평이하게 말을 받았다.

"그래?"

대가족의 식당. 소녀의 가족들은 인형의 얼굴이 바뀌어 간다는 소녀의 말을 귀담아 듣지 않았다.
동선에 따라 배치된 안내문을 읽으며 아시하는 놀이방을 거쳐 식당 내부로 들어섰다. 깜깜해, 아시하는 가볍게 투덜거렸다.
"빛이 약해 멀리까지 비추지 못하는군요. 영애께서는 내기의 결과가 무척 궁금하신 모양입니다."
"당연하지. 당신은 안 궁금해?"
긴 탁자 위에 차려진 6인분의 식사에도 주인은 없었다. 식사 도중 자리를 비운 것처럼 식기들이 손에 쥐었다 내려놓은 형태 그대로 놓여 있었다. 바닥까지 닿는 하얀 탁자보와 자리 주인의 체격에 따라 제각기 다른 폭으로 배치된 의자.
식사 도중 소녀는 제 오빠가 자꾸만 발로 자신을 찬다며 화를 냈다. 오빠는 말했다. '엄마, 아빠. 제가 아니에요!' 소녀가 반박했다. '그럼 내 자리 밑에 뭐가 있는데?'
"저는 결과보다는 과정에 더 관심이 많습니다."
"이기고 지는 건 상관없니?"
"이제 와서 그건 전혀 중요한 문제가 아니지요. 월요일이 되면 영애와 저의 관계는 어떤 식으로든 변화를 맞이할 겁니다."
대가족의 응접실. 소녀의 오빠는 여동생이 아끼던 인형이 응접실 구석에 버려져 있는 것을 발견했다. '저 인형이 방금 절 쳐다봤어요!'
"결과가 기대되지는 않아?"
"과정이 아쉽지는 않으십니까?"
그가 반문했다. 아시하는 대답을 잠시 미루고 저택의 침실 앞에 부착된 안내문에 눈길을 뻗었다.
소녀의 침실. 인기척을 느끼고 잠에서 깬 소녀는 창가의 달빛

속에서 인형이 빙글빙글 돌며 춤을 추고 있는 광경을 목격했다. 그리고…….

"이 일주일은 두 번 다시 돌아오지 않습니다."

당장에라도 이불을 젖히고 휙 튀어나올 듯 중앙이 솟아오른 침대와 폐쇄된 창문. 아시하는 그가 들고 있는 미약한 불빛에 의지해 침실을 한 바퀴 천천히 돌았다. 새삼 언니의 조언이 떠올랐다.

간혹 가면을 쓰면 성격이 달라지는 사람이 있다 했지. 이제 보니 성격이 달라진 사람은 그가 아니라 나인지도 모르겠다.

"당신 말도 무슨 뜻인지는 알겠다."

저택의 동선 마지막은 가설 계단이었다. 앞뒤로 지대의 높이가 차이 나 입구와 출구의 층수가 다른 탓이었다. 허술하게 설치했는지 듬성듬성 이가 빠져 있는 계단에 첫발을 올려놓자 나무가 삐걱대며 울었다.

"지금 갑자기 든 생각인데 우리처럼 동백 축제를 꼬박 함께 보내고 마지막 날에, 서로 누구인지 모르는 채로 아무것도 기약하지 않고 헤어지는 사람들도 있겠다."

아시하는 난간을 쥐어 잡았다. 걸음걸음 발을 뗄 때마다 중심이 기우뚱 흐트러지는 느낌이 든다.

"하지만 난 그렇게까지 낭만적이지는 못해. ……당신은 몇 걸음 떨어져서 올라와야겠어. 여기 자꾸 흔들리니 기분 나빠."

끼득끼득.

삐걱삐걱.

대여섯 단을 사이에 두고 그가 아시하의 뒤를 밝혔다.

"그런 사람들이 있을 법도 하군요. 다만 저 역시 그런 낭만주의자는 아닙니다. 걸음이 불안하니 조심하십시오."

"학생들 안전을 너무 고려하지 않은 거 아냐? 수백 명이 이용하는 시설이 왜 이렇게 불안해? 어쨌든 우린 딱히 서로 못 볼 꼴 보인 것도 아니고 환상에 약한 성격들도 아니잖아. 그러니까…… 뭐야!"

시커먼 그림자가 벼락처럼 날아들어 아시하를 덮쳤다.

제 귀 바로 옆으로 떨어지는 그림자에 질겁해 무의식적으로 쇄골과 어깨를 한꺼번에 쓸어 냈다. 손에 빗맞은 덩어리가 벽에 부딪쳤다가 희한한 방향으로 고꾸라지려는 것을 몇 걸음 아래에 있던 그가 순식간에 잡아챘다. 놀라운 반사 신경이었지만 제 어리벙벙한 의문이 우선이라 찬탄할 여유도 없었다.

그가 촛불을 가까이 대고 손에 쥔 것을 살폈다.

"인형이군요."

"인형? 인형이 왜 머리 위에서 떨어져?"

"춤추는 인형의 집이니까요."

"……어쩐지 계단이 왜 이리 허술한가 했더니."

난간 위에는 다음 학생들을 위해 인형을 제자리에 놓아 달라는 마지막 안내문까지 보였다. 담이 큰 자신이니 망정이지 겁이 많은 언니였다면 사람 하날 잡고도 남았으리라. 물론 언니는 애초 이 저택에 발도 들이지 않으려 하겠지만 말이다.

유령 저택을 빠져나와 대기 중이던 정거장의 마차에 몸을 실은 아시하는 불현듯 헛헛한 감각에 목 언저리를 더듬었다.

있어야 할 게, 없었다.

온통 찬물을 뒤집어쓴 듯 등골이 시리며 피가 싸늘하게 식어 내렸다.

황녀의 인장이 사라졌다.

"나도 내가 이해가 안 돼. 이게 무슨 일인지."

이런 하소연을 들어 줄 사람은 역시 언니밖에 없다.

입궁한 즉시 채궁으로 마차를 돌렸다. 외출복 그대로 언니를 찾아 침실로 들어가자 침실을 정리하고 있던 궁녀가 '채황녀 전하께서는 서재에 계세요. 늦게까지 계실 거라 말씀하셨어요.' 하며 언니의 소재를 알렸다.

서재로 찾아갔더니 실과 바늘처럼 붙어 다니는 완족 남자가 서재 앞을 지키고 서 있었다. 짜증이 주체가 안 되는 와중에 완족 남자까지 더해져 울컥 울화가 치밀어 오르는 바람에 남자를 향해 몇 마디 트집도 잡았다.

그리고 지금은 언니 앞이다.

"어디서 잃어버렸는지는 알 것 같은데 진행 중인 행사를 중지시키려면 내가 누군지 밝혀야 하잖아. 그런데 내 손에 인장은 없고, 아니면 그 남자에게 부탁을 해야 하는데 내기야 뭐, 그래. 날렸다 생각하면 돼. 어차피 이길 마음은 없었으니까 그건 상관없는데 행사를 중지시키고 고용인들을 소집해서 수색하려니 남황녀의 인장이 여기 있다고 사방팔방 광고하는 꼴이라 그것도 불안한 거야."

마차에서 안절부절못하는 아시하를 보고 그도 뭔가 이상함을 눈치챘다. 혼자 고민해 봤자 답이 없으니 아시하는 솔직하게 털어놓았다.

-가문의 인장을 잃어버렸어.

-어디서 분실하셨는지는 기억하십니까?

—아무래도 유령 저택 어딘가에 흘린 것 같은데.

그길로 다시 유령 저택에 찾아갔지만 저택 앞에는 여전히 입장을 기다리는 학생들이 가득해 재입장이 불가능했다. 막막하다. 인장을 되찾을 방법을 논의하면서 그는 아시하를 위로했다.

—걱정 마십시오. 저택 내부가 어둡고 인장은 작으니 사람 눈에 쉽게 띄지는 않을 겁니다. 딱히 불편이나 문제가 될 소지가 없으시다면 축제가 끝났을 때 가문의 시중인들을 풀어 찾으시는 게 가장 안전하고 조용히 해결할 수 있는 방법입니다.

아시하는 신경질적인 걸음으로 서재를 오갔다.

"……라고 말을 하니까 그 말도 맞다 싶어서 축제가 끝나고 찾아야겠다 마음먹기는 했지만 황실의 인장 분실이라니, 이게 무슨 망신이야. 누가 먼저 발견해서 주워 가지는 않겠지? 그새 이상한 일에 이용되지도 않겠지? 잃어버린 것보다 잃어버렸다는 사실이 알려지는 게 더 난감해. 내가 생각해도 진짜 나 자신이 너무 바보 같아. 도대체 어쩌다 잃어버렸는지."

한참을 감정을 실어 토로하다가 아시하는 언니를 살폈다. 웬일인지 언니는 아무 말 없이 그저 조용했다.

"언니, 내 말 듣고 있어?"

"듣고 있어."

언니가 열없이 고개를 끄덕였다.

"나 유령 저택에서 잃어버린 게 맞긴 맞나? 오늘은 온종일 실내로만 다녀서 좀 불안한데. 그래도 그나마 실내가 낫지 야외에서 잃어버렸으면 그건 영영 포기해야 되는 거잖아. 오늘따라 하필이면 날씨는 왜 또 궂어서 다니기도 복잡하고. 진짜 엉뚱한 데로 흘러가기라도 했으면……."

탁. 아시하는 발끝을 세워 섰다. 공간을 가르며 선명하게 울리던 목소리가 뚝 멎었는데도 언니는 시간이 상당히 흐른 뒤에야 때늦은 정적을 알아차렸다.

"언니, 대체 뭘 보는데 그리 심각해?"

언니의 어깨 너머로 고개를 내밀었다.

"아니면 나한테 뭐 화났니?"

"아니야, 그런 거."

"뭔데 그럼?"

아시하는 미유라가 손에서 놓지 못하고 있는 얇은 종이 묶음을 빼앗듯이 가져왔다. 미유라가 가라앉은 목소리로 설명했다.

"오늘 오전 중에 올라온 국방 보고서야."

"매년 연말마다 올라오는 거? 그런데?"

"해을란이 우리를 상대로 국경 수비 병력을 증강하겠대."

"무슨 소리야. 협약이 있잖아."

"그 협약의 만기 시효가 올해까지야. 우리는 기존의 협약을 유지하거나 병력을 빼는 쪽으로 생각하고 있었는데 해을란 쪽에서 오히려 병력을 증강하겠다고 나와서."

아시하는 보고서를 팔락팔락 세어 넘겼다. 중간을 듬성듬성 건너뛰고 결론부터 찾았다. 총사령관의 서명을 얻고 올라온 보고서는 해을란과 마찬가지로 병력을 추가 투입하겠다는 결말로 끝났다.

"승인했어?"

"응. 공문 발송했어."

"작년에는 관세 때문에 충돌하지 않았나?"
잠시 생각에 잠겨 있던 미유라가 고개를 주억였다.
"그때는 우리가 보낸 건국절 기념 사절단을 마음에 안 들어 했지. 나유타가 다른 소국들과 자신들을 똑같이 대우하고 있다면서. 왜 그렇게 우리를 아니꼽게 여기는지 모르겠어."
"왜긴 왜야, 우릴 우습게 보는 거지. 견제할 대상으로 생각하니까 신경을 살금살금 긁다가 잊을 만하면 한 번씩 뒤통수를 쳐. 그래 놓고는 대국의 아량 운운하는 거 보면 웃기지도 않아. 그 뻔한 속내를 누가 못 읽을까 봐?"
한때 독보적인 황제의 국가였다가 그 위력이 쇠해 가는 나유타와, 이런 나유타 아래에 있다가 세력을 키워 비등하게 덩치를 불린 자신들이 이제는 동등하다 주장하려는 속셈이다. 여전히 황제의 국가인 나유타와 왕의 국가인 해을란. 그 차이가 고까우니 이렇게 번번이 신경전을 벌인다. 어느새 분실한 인장을 싹 잊어버린 아시하가 분개했다.
"두고 보자."
"뭘 어쩌려고?"
"거기 왕자만 여섯이라며."
"그게 왜?"
"왕자만 여섯인데 누수 없이 권력 이양이 될까? 게다가 해을란의 왕은 이제 죽을 때가 다 됐지. 권력욕이 남달라. 제 나이를 알면 진작부터 후계자한테 조금씩 권력을 이양했을 텐데 아직까지도 제 손에 꿋꿋이 다 틀어쥐고 있는 걸 보면. 내 생각엔 결코 평탄하게 왕관이 넘어가진 못할 거야."
얼마 전부터 언니는 아버지의 업무를 일부분 돕기 시작했다. 일종의 실전 수업인 셈이다. 국경 보고서 외에도 몇 권의 보고서와 회의록을 쌓아 놓고 있는 언니를 보니 미안해진다. 장녀로서 훗날의 나유타를 책임져야 하는 언니가 더 많은 책임과 의무를 지는 건 마땅한 일이지만 자신도 동백 축제에 정신이 팔려 바쁜 언니를 돌아보지 못했다.

"네 말을 들으니 이건 왕위 계승을 대비한 국경 강화라는 생각도 드네."

"그 왕은 자신이 앞으로도 한 30년은 더 살 거라고 믿지 않을까? 국력 과시용이야, 그건."

아시하는 살금살금 다가가 언니를 등 뒤에서 끌어안았다.

"언니, 걱정하지 마."

"뭐를?"

"내가 꼭 좋은 남자랑 결혼해서 언니를 든든하게 받쳐 줄게."

"네가 의미하는 좋은 남자는 배경이 좋은 남자라는 거지?"

아시하의 손을 꼭 쥔 언니가 고개를 꺾어 돌아보았다.

"그렇지만 너 지금 축제에서 만나는 남자 있잖아. 그 남자는 어쩌고?"

"이틀만 기다려 봐. 나 지금 사람 진짜 잘 고른 것 같아. 내 보는 눈을 믿어 보라니까."

"그 사람이 네 기준을 충족해 줄 수 있는 사람 같니?"

"난 그렇다고 생각해."

그는 아시하에게 월요일이 두 사람의 친분에 있어 하나의 전환점이 되리라 예상한 바 있었다. 보다 현실적인 관계, 보다 계산적인 관계, 사람을 저울에 올려 재고 따지는 관계. 황녀라는 자신의 신분은 그 남자에게 기회가 될 수도 있지만 부담이 될 수도 있다.

그에게 자신은 우연히 미로 정원에서 구출했다가 축제를 함께 보낸 여자에서 나유타의 둘째 황녀인 남황녀 아시하로 바뀌게 되리라. 아시하 역시 그를 미로 정원의 괴한에게서 구해 준 예의 바르고 산뜻하며 단정한 남자에서 이러저러한 조건을 지닌 남자로 인식하게 될 것이다.

"있지, 아시하."

"응."

"그 남자가 만약 네 기준에 부합하지 못하더라도 네 마음이 그 남자에게 간다면 애써 떨쳐 내려고 하지 마. 너는 계속 나를 돕겠다고 말하지만 나는 내 힘으로 잘할 수 있어. 네 결혼까지 정략적으로 이용해야 할 만큼 힘들지 않아."

뺨이 닿을 만큼 아슬아슬한 거리에서 언니는 희맑은 미소를 보였다.

"그래도 내가 언니에게 도움이 될 만한 집안을 끌어오면 언니가 훨씬 수월해져."

"내가 원하지 않아."

"언니. 나도 나유타 황녀야."

아시하는 정색을 실어 반박했다.

"그건 내가 황녀로서 지켜야 하는 최소한의 의무야."

"물론 정략결혼은 쉬운 방법이지만 유일한 방법도 아니야. 네 행복을 그렇게 쉽게 포기하지 마. 우리 둘 중 적어도 한 사람은 마음 가는 사람과 행복한 결혼을 했으면 좋겠어. 아시하, 너와 나는 부모님을 보면서 서로 사랑하고 신뢰하는 사람들이 얼마나 충실한 삶을 살 수 있는지 평생 보아 왔잖니."

희망에 버금가는 미래를 이야기하는 언니의 목소리에선 어딘지 모르게 처연한, 자포자기한 느낌이 묻어났다.

언니는 언제나 시선의 끝이 무지개에 닿아 있는 듯한 사람이었다. 실체가 없는 것을 동경하고 동화 같은 삶을 꿈꾸는 사람. 그러나 언니도 결국은 그 무지개 위를 걸어갈 수는 없는 현실을 알고 있는 게 아닐까.

어떠한 계기로 인하여 언니는 이미 자신이 그런 삶을 살지 못하리라 판단하고 있는 것이다. 제 마음은 비어 있다던 언니가 스스로의 미래를 낙관적으로 보지 않는 이유를 차마 짐작하고 싶지 않다. 이 껄적지근한 뒷맛. 앙금처럼 가라앉은 잔여물들을 어떻게 걸러 내야 하나.

아시하는 서재의 닫힌 문 너머를 말없이 쏘아보았다.

축제의 일요일은 마침맞게도 홀수 날이었다. 그와 만나기로 한 시간보다 훨씬 이르게 황궁을 나섰다. 아침나절에 당도해 점술가의 천막을 찾아가니 이미 좋다는 시간을 선점하러 일찌감치 찾아온 학생들의 줄이 길었다. 아시하는 한참을 기다려 순서를 받았다.

"나는 신년 운세가 아니라 다른 걸 묻고 싶은데."

"예, 가능합니다. 다만 질문을 하나 이상은 받지 않습니다."

7일 내리 이어진 손님들에 라단의 점술가는 시작부터 지친 기색이 역력했다. 점술의 '때'가 중요하다는 이유로 점술가는 이른 시간부터 정오까지만 자리를 깔았다.

재미 삼아 신년 운세나 한번 볼까 했었던 아시하는 새벽부터 줄을 서야 한다는 소리에 그 자리에서 포기했던 적이 있었다. 사람이 다른 사람의 인생을 들여다본다니, 이 얼마나 허황된 소린가. 미래라고 읊어 주는 몇 마디에 매달려야 할 만큼 자신에게는 별반 절실한 일이 없다. 그러니 새벽부터 채비할 의욕도 나지 않았다. 어젯밤 언니에게서 미묘한 분위기를 감지하지 못했더라면, 그리고 언니의 옆에 완족 남자만 없었더라면 오늘도 약속된 시간에 맞춰 느지막이 출발했을 터였다.

"결혼에 대해서도 알 수 있나?"

"예. 영애의 생년월일과 생시를 알려 주십시오."

아시하는 언니의 것을 댔다. 점술가가 잠시 맞춰 보더니 물었다.

"영애 본인의 것입니까?"

"아니. 꼭 본인이어야 하나?"

"아닙니다. 아주 귀하신 분의 생시 같아 여쭤 본 것입니다."

"여기서 귀하지 않은 사람이 어디 있어."

이 학교 학생들은 전부 평범한 귀족들이 아니다. 전 학생이 나유타의 고위층과 관련된 사람들이다. 점술가가 당황한 내색 없이 해명했다.

"그렇기는 합니다만 이분은 유독 특출하신 분이시군요. 이미 누구와도 댈 수 없는 위치에 계신 분처럼 보입니다."

"그리고?"

"장차 아주 중요한 자리에 오를 분이시고요."

아시하는 입을 다물었다.

"이런 분의 운명을 제가 감히 입에 담아도 될는지……."

"됐으니까 계속해."

"이분의 결혼에 대해서 하문하셨지요?"

"그래."

"이분은…… 주어진 상황에서 늘 최선의 선택을 하려 노력하는 분이십니다. 걱정하실 일이 없는데 왜 그걸 궁금해하시는지요?"

아시하는 갸웃했다. 걱정할 일이 없다고? 아무도 반기지 않는 완족 남자를 데려오고 그 남자와 매일 붙어 지내는 데다 결혼에 대해서는 한마디도 속내를 내비치지 않으며 마치 자신은 꿈꾸는 미래에서 한 발짝 물러선 듯 관조하는 태도를 취하는 언니에게 걱정할 일이 없다면.

가족의 입장에서 걱정할 일이 없다는 뜻인가?

"결혼을 하나?"

"예, 하십니다."

"어떤 사람과?"

"음…… 이분의 운명 속에는 이분께 명예를 가져다줄 남자들이 보이는군요."

"……남자들?"

예상치 못한 단어에 놀라 되물었다. 언니가 무난한 결혼을 한다는 말보다 언니의 운명에 엮인 남자들이라는 단어가 더 의외였다. 내성적이고 얌전한 언니에게 남자들이라니.

"그 남자들 중 한 사람과 결혼한다는 말이지?"

"예, 그러합니다."

"그 남자와 결혼하면 부귀영화를 누리고?"

"만족할 만큼 누리십니다."

"알겠다. 그만하면 됐어."

괜한 것을 걱정했나 보다. 아무렴 언니가 자신의 입장을 잊을 만큼 어리석은 사람은 아니다. 아시하 역시 언니가 잘못된 선택을 한다면 결단코 방관할 마음이 없었다. 부모님도 다르지 않을 것이다. 귀족들의 엇비슷한 삶을 아는 점술가가 빤한 소리를 늘어놨는지도 모르겠지만 아시하는 다소간 안심했다. 이럴 거면 그냥 제 운명이나 물어볼 것을.

내가 이 축제에서 만난 사람과 인연이 있는지.

내 운명의 끝에 자리한 사람은 누구인지.

추억이 다독다독 쌓여, 마침내 마지막 날이 되었다.

이날 주고받은 대화는 극히 적었다. 마지막 동백 축제는 고요하게 흘러갔다. 졸업을 앞둔 학생들의 침잠한 분위기가 전염이라도 된 것처럼 내려앉아 숨이 무거웠다.

"왠지 방향감각을 상실한 것 같아."

간신히 목적지를 정해 정거장으로 향했지만 마차는 대부분 사용 중으로 대기가 꽤나 길었다. 졸업생들이 마차를 빌려 학교 전체를 돌아보느라 반환이 늦은 탓이다. 아시하는 월요일, 내기, 신분, 소원, 가면에 관련된 주제는 하나도 입 밖에 내지 않았다. 이런 날은 처음이었다. 대신 천등과 음악, 음식에 관한 주제를 두서없이 풀어 놓았다. 그나마도 길지 않았다.

대기 순번이 되어 마차에 오르는 순간부터 아시하는 침묵했다. 그도 마찬가지였다. 일주일의 만남을 정리하는 시간이다. 기억을 되살려 그간의 모든 발자취를 좇았다. 그는 마차가 움직이기 직전, 마부에게 당부했다.

"되도록이면 말을 천천히 몰아 주십시오."

그의 당부에 따라 천천히 굴러가는 마차 안에서 아시하는 생각했다. 이 마차의 속도처럼 시간을 늘리고 당겨 조종할 수 있다면 얼마나 좋을까.

"우연히 저기서 처음 만났지."

그도 웃으며 가볍게 대응했다.

"문을 여는데 사람이 딸려 들어와 놀랐습니다."

돌이켜 보면 그 짧은 찰나가 모여 인연이 되었다. 일상에서 수없이 마주치는 '순간의 선택'들이 부딪쳐 오늘이 달라지고 내일이 바뀌어 간다. 그는 미로 정원에서 들려온 비명을 무시할 수도 있었다. 그 전에 자신이 미로 정원에 가게 된 것도 순전히 한 남학생이 알려 준 거짓된 정보 때문이었다. 그때 남학생을 붙잡아 완족 남자에 대해 묻지 않았더라면 자신은 이 남자와 마주치지도 못했다. 하나하나 더듬어 생각하니 정말 많은 우연들이 작용했기에 가능했던 시간을 보냈다.

"그 후에 당신이 날 구해 줬지."

마차는 미로 정원의 외곽을 덜걱덜걱 돌았다.

하루로 끝날 줄 알았던 축제를 충실하게 보내고 연관이 없으리라 믿었던 이 학교에 추억을 새겼다. 내일을 언급하지 않아도 내일을 알고 있다.

병원, 전시회, 식당. 머리를 맞대고 동선을 더듬었다. 마차를 잠시 세워 두고 들른 전시회장은 첫날처럼 휑했다. 다만 전시되었던 그림 대부분이 팔려 나갔다는 의외의 소식도 있었다. 천등의 구름다리를 거쳐 아시하는 그를 찾아 헤맸던 이튿날의 제 동선도 하나하나 헤아렸다.

"생각났다. 도서관과 연계된 학술회를 어림해서 찾아갔다가 끝날 때까지 오도 가도 못했었어."

"저는 영애께서 계실 줄 알고 학내의 모든 공연장을 전부 찾았습니다."

그리 엇갈리기도 쉽지 않다. 소리를 죽여 웃자 그도 입매를 편안하게 풀었다.

자신의 발자취와 그의 발자취를 동시에 좇았다.

착실하게 흐르는 시간의 꽁무니를 따라 7일의 추억을 온전히 되짚었다. 정원의 봉우리 진 동백나무 군락을 감상하다가 아시하는 불쑥이 짧은 소회를 비쳤다.

"끝내 피어난 동백꽃은 보지 못하고 축제가 끝났네."

그 말이 작별 인사가 되었다.

다음 날 아침, 그와의 약속을 지키기 위해 외출을 준비하고 있던 아시하의 남궁으로 궁녀가 허겁지겁 달려들어 왔다.

"황녀 전하, 어서 채궁으로 가 보셔야 할 것 같습니다!"

월요일. 언니의 마차가 전복되는 사고가 일어났다.

아시하는 창백하게 굳은 표정으로 사건 경위에 대해 보고받았다. '하필이면 인파가 제대로 통제되지 않아서.' 이 말을 구절마다 반복해 듣던 아시하의 인내심이 마침내 폭발했다.

"그래서 황녀의 마차가 전복되는 꼴을 구경하고만 있었나!"

바리케이드가 순식간에 무너지면서 인파가 언니의 마차를 덮쳤다고 했다. 언니를 호위하기 위해 파견된 근위대는 사람들을 몰아내고 상황을 정리하기에도 인력이 모자랐다. 애초부터 작은 자선 행사라는 이유로 언니가 많은 인력을 동원하지 않았던 게 문제였다. 떠미는 힘을 버티지 못하고 우르르 무너진 사람들의 부상도 큰일이지만 가장 중요한 건 마차에 갇혀 버린 언니의 안위였다. 이때 언니의 가장 근거리에서 언니를 경호하고 있었던 안타이가 단신으로 언니를 구출했고, 그는 뒷수습을 근위대에 맡긴 채 자신의 말에 언니를 태워 황궁으로 되돌아왔다.

단둘이서만.
아시하는 채궁의 침실 문을 벌컥 열어젖혔다.
침실에는 언니와 의사, 더불어 완족 남자까지 한자리에 있었다. 아시하는 가장 먼저 언니의 얼굴을 살폈다. 의사가 당황하며 설명했다.
"채황녀 전하께서 마차에 머리를 부딪치시는 바람에……. 큰 상처는 아니니 얼굴에 흉이 남지는 않을 것으로 판단됩니다."
그럼에도 언니의 얼굴을 지혈하고 있던 궁녀는 애써 울음을 참고 있는 표정으로 보였다. 아시하는 제 걸음을 멈추지 않고 또각또각 안타이에게 다가가 뺨을 있는 힘껏 후려쳤다.
"아시……."
이름을 부르려던 언니가 하얗게 질렸다.
"근위대보다도 더 가까운 자리를 허락받았고 경호원이라는 직위까지 따로 만들어 하사했으면 제 이름에 걸맞은 책임을 져야지. 안 그래?"
"죄송합니다."
그는 변명하지 않았다.
"이런 사고에서 언니를 무사히 지켜 내지도 못할 거면 너는 여기 존재할 가치가 없지. 내 말이 틀려?"
"죄송합니다."
"그래 놓고는 뭘 잘했다고 여기까지 쫓아 들어와? 당장 내 앞에서 사라져. 두 번 다시는……."
"아시하!"
언니가 목소리를 높였다. 끝이 가늘게 흔들려 파슬파슬 흩어질 것 같은 목소리였다.

“어쩔 수 없었던 사고에 엉뚱한 책임을 묻지 마. 그 사람 책임이 아니야.”

“경호원이라면 어떤 돌발적인 사고에도 무조건 언니의 안전을 우선으로 해야 해. 명백한 책임 방기야.”

“책임이 있다면 준비가 미흡했던 내게 있어.”

언니는 잦게 떨리는 손가락을 이불 아래로 숨겨 감췄다.

“아시하, 네가 평소에 그를 무시해 온 거 알아. 못마땅하게 여기고 짜증을 부려도 네 입장에서는 그럴 수 있다고 생각해. 하지만 이 사고는 그가 유발한 것도 아니고 안타이 역시 사고에 휩쓸려 부상을 입고도 날 황궁까지 무사히 데려왔어. 내 치료가 우선이라며 자기 치료도 뒷전으로 밀어 놓은 사람이야. 너는 그저…….”

언니는 눈을 똑바로 마주쳐 왔다.

“넌 그저 누구든 지금 화풀이를 할 대상이 필요할 뿐인 거잖아.”

그제야 완족 남자의 부상을 알았다. 그러나 어디를 어떻게 얼마나 다쳤는지 확인할 기분은 역시 들지 않았다. 언니가 말하기 전에 스스로 눈치채지도 못할 만큼 아시하는 그에게 관심이 없었다. 관심을 둘 이유도, 필요도 없었다.

어쩌면 언니의 말은 틀리지 않았을지도 모른다. 다친 언니를 보니 화가 치밀어 누구에게든 책임을 묻고 싶었는지도 모른다. 하지만 둘째 황녀로서 그에게 책임을 물을 권리가 없다는 생각을 하지는 않는다. 언니는 완족 남자에게 지나치게 관대하다. 누군가는 그 관대함을 방비해야만 한다.

“……부모님은 오셨어?”

“사고 소식을 듣고 바로 오셨어. 아버지는 사고를 대신 수습해 주신다 하셨고 어머니는 너무 속상해하셔서 옆방에…….”

"진정제를 처방해 드렸습니다. 남황녀 전하께도 같은 약을 처방해 드리겠습니다."

아시하는 잠시 제 몸을 내려다보았다. 언니의 사고 소식에 많이 놀라긴 했지만 약을 먹어야 할 만큼 가슴이 떨리거나 숨이 막히지는 않는다. 호흡을 크게 내쉬어 마음을 가라앉히며 의사의 권유를 거절했다.

"난 됐어."

"아시하, 너도 곧 나가 봐야 하지 않아?"

언니는 그새 외출 준비를 하다 만 제 모습을 살핀 모양이었다.

"난 이제 괜찮아. 사실 크게 다친 것도 아닌데, 나보다는."

안타이를 한 번 쳐다보더니 언니는 말끝을 흐렸다. 아시하의 앞에서 안타이를 언급하기가 부담스러웠는지 희끄무레한 미소로 대화를 무마했다. 아시하는 지혈이 끝난 언니의 상처를 직접 살폈다. 의사의 말마따나 큰 상처가 아님은 분명하지만 황녀의 부상은 크든 작든 중요한 사고다. 언니는 겉으로는 의연하고 침착한 태도를 견지하고 있었어도 이불 속에 숨긴 손은 끝까지 바깥으로 내놓지 못했다.

불운하다. 정말로 운이 없었다고밖에 설명할 수가 없다. 불시에 튀어나온 단어가 이 상황에 너무도 적합해서 아시하는 몇 번이고 되뇌었다. 불운. 운이 따라 주지 않았다. 의자를 당겨 언니의 머리맡에 앉았다. 언니의 다친 얼굴이 못내 속상해 먹먹했다.

"언니 얼굴은 말끔하게 나을 거야."

"응. 심한 상처가 아니라니까."

"이 김에 며칠 쉬는 거지, 뭐."

"……위로해 주는 거니?"

태연한 척하고 있어도 언니는 간헐적으로 몸을 떨었다. 사고의 충격을 쉽게 잊어버리기는 쉽지 않다. 마음이 무겁다. 이런 언니를 두고 어떻게 외출을 해야 할지, 아무래도 만나자마자 사정을 설명하고 일찍 돌아오는 편이 좋겠다.

"아시하, 어서 가 봐. 약속에 늦겠다."

완벽한 차림새로 그를 만나기에는 이미 늦었다. 간단하게 손만 보고 출발해야 아슬아슬하게 약속에 맞출 수 있을 성싶었다. 불편한 기분으로 언니에게 휴식을 권하며 일어서려는데 채궁의 수석 궁녀가 들어왔다. 각 궁의 수석 궁녀는 황녀의 일정을 정리하고 궁에 딸린 인원들을 관리하는 총괄직이었다.

"남황녀 전하."

그런 궁녀가 언니가 아니라 저를 부르니 아시하는 의아했다.

"무슨 일이지?"

"채황녀 전하께서 얼굴을 다치시는 바람에 당분간 일정을 소화하시기 곤란하여, 대부분의 일정은 재차 조율하는 중이지만 급한 일정은 남황녀 전하께서 대신 분담해 주셔야 할 것 같습니다. 오늘 군의 진급시험에 채황녀 전하께서 참관하시기로 되어 있는데 지금부터 성장盛粧을 준비하고 출발하시면 때에 늦지 않게 맞출 수 있을 듯합니다."

일순 앞이 아찔했다.

반사적으로 언니를 돌아보았다. 못지않게 당혹스러움을 표하며 언니가 중재에 나섰다.

"아시하에게는 오늘 하루의 계획이 따로 있으니 그 부분은 이쪽에서 정중하게 배려를 요청하는 편이 어떨까요?"

"남궁에 우선 확인해 보니 남황녀 전하께는 오늘 공적인 일정이 없으시다는 답변을 받았습니다."

"일정을 늘 공적, 사적으로만 나눠 운용하지는 않잖아요. 그렇지 않나요?"

"송구합니다만, 조율이 가능한 일정이라면 제 선에서 전부 정리하고 있습니다. 이 진급시험은 진급 대상이 전부 고위층 자제분들이시라 반드시 황녀 전하께서 황실을 대표해 시험을 참관하시고 배지를 수여해 주셔야 합니다. 모두 차기 요직에 오를 분들이기에 황실에서도 여태껏 불참한 역사가 없습니다."

아시하는 후회했다.

차라리 어머니처럼 안정제를 먹고 침대에 누울 것을 그랬다. 정당하게 대신할 수 있는 사람이 없었다면 수석 궁녀도 어떻게든 다른 대책을 강구했을 테니까.

이미 머릿속으로는 계산이 끝났다. 알고 있다. 자신이 언제나 강조해 왔던 황녀의 책임으로서 언니를 대신해 시험을 참관하러 가야 한다. 도리어 여느 때였다면 나서서 언니의 일정을 받아 대리 수행했을 터.

"남황녀 전하."

"충분히 알아들었으니 그만 말해."

지금의 나는 진심으로 나답지 않다.

"준비해."

당연한 선택인데도 왜 이리도 되돌아가는 걸음이 무거운지, 마음이 내키지 않는지, 가슴이 답답한지.

"아시하, 미안해."

사과받을 일이 아니다. 그러니 언니가 미안해해야 할 필요가 전혀 없다고 말해야 한다. 괜찮다고, 언니가 마음 쓰지 않아도 된다고 말하려 몇 번이나 시도했지만 제 소리가 얽힌 듯 번번이 목에 걸리는 통에 아시하는 끝끝내 어떤 말도 하지 못했다.

언니의 사고 소식은 아시하보다 한발 먼저 시험장에 당도해 있었다. 총사령관은 침중한 태도로 아시하에게 언니의 안부를 물었다.

“커다란 사고라 중앙군도 수습을 도울 겸 파견을 보냈지요. 채황녀 전하께서는 무탈하십니까?”

사고 규모가 크다는 건 지금 알았다. 군인들까지 파견되어 뒷수습을 도왔다면 범상한 수준은 벗어났다. 언니가 쉽게 진정하지 못했던 이유가 있었다. 불현듯 자신이 얼마나 많은 사실을 놓치고 있었나, 싶어 마음 한편이 섬뜩해 왔다.

“괜찮습니다.”

지나치게 가라앉아 있는 남황녀의 모습이 언니에 대한 우려 때문이라 해석했는지 총사령관은 빠른 쾌유를 바란다는 인사말을 두어 마디 더 보탰다.

진급시험 절차에 대한 긴 설명을 들었지만 그게 귀에 들어올 리 없다. 군인들의 검술이나 창술 따위도 눈에 들어올 리 없었다. 어디에도 집중이 되지 않는다. 아시하는 간신히 제게 주어진 쉬운 절차만을 되뇌었다. 여기 주어진 자리를 채우고 있다가 참관이 끝나면 제복에 배지를 달아 주는 것이 해야 할 일의 전부다. 누구를 유심히 지켜보거나 기억할 것도 없었다. 어차피 기준을 통과한 군인들이 의례적으로 치르는 시험이라 참석 여부가 곧 당락 여부로 귀결된다 들었다. 이름만 시험일 뿐 진급이 정해진 군인들이 그간 갈고닦아 온 실력을 선보이는 자리다.

아시하는 의무적으로 얼굴을 한 명 한 명 훑었다. 눈길을 두었다 떼기 무섭게 기억은 소멸됐다. 사람의 인상을 잘 외우지 못하는 문제도 문제지만 머릿속이 산란해 뭔가를 더 욱여넣을 공간이 부족했다.

언니는 정말 괜찮을까.

그는 약속 장소에 나왔을까.

큰 사고에 충격을 많이 받지는 않았을까.

그는 나를 기다리고 있을까.

사고는 무사히 수습됐을까.

약속 시간이 지나도록 오지 않는 나를 대체 뭐라고 생각하고 있을까.

사람을 보내 소식을 전할까 고민해 보기도 했지만 학내 대표적인 만남의 장소에서 얼굴도 못 본 한 사람을 찾아오라고 명령할 수는 없었다. 어리석다는 평판만 남을 것이다. 대신 아시하는 그의 인내심에 기대를 걸었다. 꼬박 하루를 들여 자신을 찾아 헤맸던 사람이다. 늦더라도 꼭 찾아갈 테니 한 번만 더 인내심을 발휘해 기다려 주기를 바랄 뿐이다.

시험 시작이 자꾸만 늦어진다. 아시하는 어수선한 총사령관을 흘끗 보다가 제 근처의 근위병에게 시간을 물었다.

"지금 몇 시지?

"오후 3시가 되었습니다. 뭔지는 모르겠지만 약간 문제가 생긴 모양입니다."

이미 약속 시간은 지나갔다. 빨리 시작해서 빨리 마친대도 족하지 않을 판인데 오늘따라 마음처럼 되는 일이 아무것도 없다. 아시하는 등을 곧게 세우고 냉랭히 헤식은 눈초리로 시험을 기다렸다. 진급시험은 그로부터 조금 더 시간이 흐른 후에야 시작되었다.

누가 보아도 참관에 집중하지 못하는 티가 여실했지만 언니의 급작스러운 사고는 훌륭한 방패막이가 되어 주었다.

아시하는 찬 숨을 들이마셨다. 속이 홧홧하다. 몇 명이 거쳐 갔는지 기억도 나지 않는다. 세어 보지도 않았다. 시험에 집중하지 못하는 사람은 아시하 외에도 더 있었다.

시험이 시작되기 전부터 유달리 주변이 부산스럽던 총사령관은 숫제 일그러진 얼굴로 버럭버럭 화를 내기 바빴다. 처음에는 아시하를 의식하며 조용히 부관을 닦달하더니 시험이 중반을 거쳐 종반에 다다르면서는 아예 냉정을 잃었다. 그 흉흉한 기세에 참관에 무관심한 채 제 생각에만 빠져 있던 아시하마저 총사령관을 몇 번이나 의식했을 정도였다.

시간이 멎어 갑갑하다는 표현은 그와 있을 때가 아니라 바로 지금을 두고 이르는 말이었다. 지금에 비하면 축제의 일주일은 쏜살같이 흘러 버린 축이다. 그걸 지나쳐 보내고서야 깨달았다.

"황녀 전하."

2시간에 걸친 진급시험이 끝나자마자 아시하는 서둘러 몸을 일으켰다. 서둘러 배지를 수여하려 단 아래로 내려서는데 총사령관의 부관이 허겁지겁 달려와 아시하를 붙잡았다.

"뭐죠?"

"각하께서 잠시만 기다려 달라 청하십니다."

시작할 때에도 미적미적하더니 끝날 때도 이토록 지지부진이다. 자잘하게 낭비된 시간만 모아도 족히 30분은 절약했겠다. 배지 수여식만 기다리며 장장 2시간을 참아야만 했던 아시하가 마뜩잖은 기분을 숨기지 못하며 총사령관을 기다렸다. 그는 아시하를 붙잡아 놓고도 부하들에게 한참 명령을 내리고서야 앞에 섰다.

"송구합니다만 황녀 전하."
"말씀하세요."
"시험에 진급 대상자가 하나 불참했는데 지금 사람을 보내 찾고 있는 중이니 조금만 기다려 주시겠습니까?"
기가 막힌다. 아시하는 싸늘하게 반문했다.
"시험은 다 끝났는데 그 불참자를 지금까지도 찾고 있었단 건가요?"
"오래 걸리지는 않을 겁니다."
"중요한 건 그게 아니죠. 그 사람이 오면 시험과는 상관없이 배지를 수여해 달라는 말씀이신데, 거절하겠어요. 만약 늦게 들어와 다른 사람들 사이에 섞여 배지를 받았다면 나는 그것도 몰랐겠네요. 차라리 이리 불참해 주니 고맙군요. 국가의 큰 행사에도 사전에 아무 연락 없이 불참하는 사람이라면 그런 사람은 나유타를 위해 일할 자세가 되어 있지 않은 거니까."
"황녀 전하, 이미 그는 모든 적법한 기준을 통과했습니다."
"이 시험도 적법한 절차 중의 하나예요. 탈락시키세요."
아시하는 총사령관의 요청을 단칼에 쳐 냈다.
"예상에 없던 일입니다. 아마도 피치 못할 사정이나 사고가 있었을 것으로 보입니다만."
"그럼 다음 진급시험을 기다리면 되겠군요."
아시하는 인원에 맞춰 준비되어 있던 배지 중 하나를 제가 챙김으로써 가능성을 아예 닫아 버렸다. 총사령관이 입매를 단단하게 비틀어 물었다. 그것을 조금도 의식하지 않고 아시하는 단 아래로 내려가 배지를 군인들의 제복에 하나씩 달아 주었다. 미유라라면 일일이 다정하고 상냥하게 축하한다는 인사라도 나눴겠지만 아시하는 그마저도 짤막한 눈인사로 대신했다.

"황녀 전하, 황궁으로 모실까요?"

"아니, 국립대로 출발해."

어처구니없는 실랑이를 겪은 탓에 어느덧 시간은 저녁 6시를 지나쳤다. 6시간. 시간의 폭이 너무도 넓다. 완벽하게 치장을 갖춘 제 모습도 기쁘지 않았다. 아름다운 모습으로 6시간을 늦게 도착하느니 차라리 이보다는 덜 완성되었더라도 시간에 맞춰 출발할 수 있었던 아침의 자신이 그립다. 애써 고개를 돋우려는 기망이 절반, 그 기망을 누르려는 절망이 절반. 그 틈에 막혀 제 마음은 갈 곳을 잃었다.

누군가 제 표정을 들여다볼 것만 같아 두렵다. 아시하는 짜증스레 창문을 꽉꽉 죄어 닫았다. 아무것도 보고 싶지 않고 아무것도 듣고 싶지 않다. 마차 옆을 가까이에서 스쳐 가는 말발굽 소리마저 거슬린다. 아시하는 눈을 감았다.

이 마음을 어떻게 다독여야 할지 모르겠다. 누구의 탓도 아닌 일이니 책임을 물을 수조차 없다는 것을 안다. 예상하지 못한 사고였고 이에 얽힌 모두가 운이 나빴던 거라고.

괜찮고 아니고, 납득할 수 있고 아니고를 떠나 그저 어쩔 수 없었던 것이다.

가장 운이 따라 주기를 원했던 하루가 가장 운이 나빴다.

기대하지 않았다.

도저히 기대할 수가 없었다.

황궁의 마차를 타고 학교 안에 들어와 분수대까지 내처 달렸다. 낮의 빛은 온데간데없이 사위가 깜깜해, 시간이 흐른 줄도 모르게 밤이 찾아왔다. 괴괴한 달빛에 불현듯 지난날을 연상했다.

–드디어 찾았군요.

아시하는 그가 움켜잡았던 손목 위를 천천히 쓸어 내렸다.

마차가 멎었다. 마부의 알림을 듣기도 전에 아시하는 치렁치렁한 옷자락을 끌고 마차에서 내려섰다.

그래, 기대하지 않았다.

마땅히 기대할 수가 없었다.

분수대는 비어 있었다.

분수대만이 아니라 학교 전체가 텅 비어 적요했다.

꿈에서 확 깨어나듯 일순 선명하게 느꼈다. 축제는 끝났다. 가면에 숨어 시작했고, 끝까지 가면에 숨은 채로 이렇게.

혼자 마주한 학교는 하루 사이 완전히 낯선 장소로 변모했다. 공허하고 춥고 거대하다. 사람이 하나 사라진 것만으로도 이리 달라질 수가 있구나. 아시하는 다시금 자신이 이곳에서 이방인과 다름없었음을 상기했다. 일주일은 물거품처럼 덧없이 사그라졌다.

앞으로 한동안은 이 학교에 발을 들이지 못하겠구나. 그런 기분이 들었다.

황궁으로 돌아오니 남궁 앞에서 완족 남자가 대기하고 있었다. 아무래도 언니가 남궁까지 찾아와 기다리고 있는 모양이다. 그는 아시하를 발견하더니 천천히 머리를 숙여 인사했다. 완족 남자는 어깨부터 팔을 붕대로 단단하게 감아 고정하고 한쪽 다리에 부목을 댄 상태였다. 사람들에 받혀 밀리고 치이고 깔린 흔적이다.

큰 사고였다 했지.

그만한 사고에 휘말리고도 여동생이 걱정되어 남궁에 와 있는 언니도 미련하고,

저 꼴을 하고 여전히 언니 뒤를 수행했을 저 남자도 미련하고,

무엇이 우선인지 분간하지 못하는 나도 미련하다.

언니는 침실 앞을 서성이고 있었다. 얼굴을 마주한 그대로, 언니는 아무것도 묻지 않았다. 눈빛만 봐도 언니의 마음을 안다. 피차 마찬가지일 것이다. 아시하는 잠시 침묵했다가 억지로 목소리를 끌어냈다.

"언니. 나 긴 꿈을 꾸었나 봐."

언니는 위로 대신 따뜻하게 안아 주었다.

며칠 후 아시하는 짧은 방학을 마치고 나해를 떠났다.

늦봄에 접어들 무렵, 탐사단에서 교체되어 양화로 돌아왔다. 그동안 언니는 답장이 없어도 꼬박꼬박 편지를 부쳐 왔다. 언니는 늘 귓전에서 소곤소곤 속삭이듯 편지를 쓴다. 아시하는 가장 위에 놓인 편지를 펼쳤다.

아시하. 양화에는 봄이 왔니? 나해는 꽃샘추위가 꽤 길었어. 네가 인장을 찾아 달라고 부탁했던 기억이 나서 시설을 철거하기

전에 사람을 보내 유령 저택을 훑어보라고 했는데 너 말고도 그곳에서 물건을 잃어버린 사람이 또 있었나 봐. 이미 다른 곳에서 한 무리 와서 저택을 수색했다는 소식을 들었어. 이렇듯 축제 때는 물건을 분실하는 일이 빈번하니 네가 주의가 부족했던 건 아니야. 그런데 네 인장은 결국 못 찾았어. 내 생각에는 다른 곳에서 잃어버렸을 가능성도 있다 싶어. 너무 걱정하지는 마. 네 인장은 내가 다시 만들어서 보내 줄게.

아, 그렇지. 아시하, 네게 선물이 하나 와 있어. 동백꽃이 핀 동백 분재야. 네 앞으로 와 있지만 네가 부재중이라 남궁에 가져다 놓고 궁녀들에게 잘 돌보도록 부탁해 놓았어. 나도 수시로 찾아가서 보곤 해. 네가 돌아오는 여름까지 잘 키우고 있을 테니 염려하지 않아도 괜찮아.

아시하는 언니의 편지를 몇 번이고 반복해 읽었다.

아시하. 양화에는 봄이 왔니? ……네게 선물이 하나 와 있어. 동백꽃이 핀 동백 분재야.

동백꽃이 핀 동백 분재야.

토막 난 추억이 수면 위로 떠올랐다.

—꽃을 좋아하십니까?
—아니. 찰나에 사라져 버리는 건 좋아하지 않아.

—끝내 피어난 동백꽃은 보지 못하고 축제가 끝났네.

아시하. 동백꽃이 핀 동백 분재야.

심장이 쿵 울렸다. 구름다리 위에서 그를 발견하고 들었던 귓전의 종소리처럼. 비슷한 감각으로 쿵, 현기증처럼 일더니 온몸을 휘돌며 떨어져 내렸다.

언니, 누구에게서 온 선물인지 확인할 수 있어? 그리고 꽃은 아직도 피어 있어?

답장을 쓰는 손이 자꾸만 떨려 왔다. 그를 만나고부터는 시간이 제멋대로 흘렀다. 늘 어릿어릿하고 까마득해 잔잔히 멈춘 듯하다가도 빠르게 휩쓸리곤 했다.

언니에게서 답장이 도착했다. 편지를 여니 압화로 만든 동백꽃 한 송이가 툭 떨어졌다. 아시하는 마른 꽃송이를 조심스레 감싸 쥐었다.

아시하, 이 선물을 보낸 사람이 내가 추정하는 그 사람이 맞는 거니? 나는 네가 선물을 보낸 사람이 누구일지 이미 알고 있을 거라고 생각했었어. 왜냐하면 동백 분재에는 발신인에 대한 정보가 전혀 없었거든. 황녀에게 보내는 선물치고는 일반적이지 않아 수상쩍다 싶었는데 지난 동백 축제 기억이 나서 네 궁으로 옮겨 두라 일러 놨어. 하지만 네 편지를 보니 너도 분재를 보낸 사람이 누구인지 모르나 보구나. 이 분재를 계속 보관해 두고 있어도 괜찮겠니?

그리고 동백꽃은 이미 져 버렸어. 너도 알잖니, 꽃은 오랜 기간 피지 못한다는 걸. 네가 크게 실망하지 않았기를 바라. 겨울이 돌아오면 꽃은 또다시 필 테니까.

2부 完